Arturo Pérez-Reverte est né à Carthagène, Espagne, en 1951. Licencié en sciences politiques et en journalisme, il a travaillé longtemps comme grand reporter et correspondant de guerre pour la télévision espagnole, notamment pendant la crise du Golfe et en Bosnie. Ses romans sont des succès mondiaux, et plusieurs d'entre eux ont été portés à l'écran. Il partage aujourd'hui sa vie entre l'écriture et sa passion pour la mer et la navigation. Il a été élu à la Real Academia Española de las Letras en 2003.

Arturo Pérez-Reverte

LA REINE DU SUD

ROMAN

Traduit de l'espagnol
par François Maspero

Éditions du Seuil

TEXTE INTÉGRAL

TITRE ORIGINAL
La Reina del Sur

ÉDITEUR ORIGINAL
Santillana de Ediciones Generales, S. L.

ISBN original : 84-204-6435-X

ISBN 978-2-02-066399-1
(ISBN 2-02-057358-X, 1re publication)

A Élmer Mendoza, Julio Bernal et César Batman *Güemes.*
Pour l'amitié. Pour le corrido.

Le téléphone sonna et elle sut qu'ils allaient la tuer. Elle le sut avec une telle certitude qu'elle demeura immobile, le rasoir levé, les cheveux collés au visage, dans la vapeur de l'eau chaude qui ruisselait sur les carreaux de faïence. Bip-bip. Très calme, retenant son souffle, comme si l'immobilité ou le silence pouvaient changer quelque chose au cours d'événements déjà accomplis. Bip-bip. Elle était dans sa baignoire, en train de s'épiler la jambe droite, l'eau savonneuse jusqu'à la taille, et sa peau se hérissa comme si le robinet d'eau froide venait de se mettre à gicler. Bip-bip. Sur la chaîne stéréo de la chambre à coucher, Los Tigres del Norte chantaient l'histoire de Camelia la Texane. La trahison et la contrebande, disaient-ils, sont inséparables. Elle avait toujours craint que ces chansons ne soient des présages, et voilà qu'elles devenaient soudain réalité, une réalité obscure et menaçante. Le Güero* s'en était moqué ; mais cet appel lui donnait raison, et il donnait tort au Güero. Il lui donnait tort pour ça et pour bien d'autres choses encore. Bip-bip. Elle lâcha le rasoir, sortit lentement de la baignoire, laissant des empreintes humides jusque dans la chambre. Le téléphone était sur le couvre-lit, petit, noir et sinistre. Elle le regarda sans y toucher. Bip-bip. Terrifiée. Bip-bip. Son bourdonnement se mêlait aux paroles de la chanson comme s'il en faisait partie. Car les contrebandiers, disaient maintenant Los Tigres, ne pardonnent jamais. Le Güero avait eu les

* « Le Blond » en espagnol mexicain.

mêmes mots, en riant comme d'habitude, tandis qu'il lui caressait la nuque et lui lançait le téléphone sur sa jupe. Si, un jour, il sonne, c'est que je serai mort. Alors il faudra que tu te mettes à courir. A courir de toutes tes forces, ma poupée. A courir sans t'arrêter, parce que je ne serai plus là pour t'aider. Et si tu arrives vivante, où que tu arrives, bois une tequila à ma mémoire. Pour les bons moments, ma belle. Pour les bons moments. Il était comme ça, le Güero Dávila. Le virtuose du Cessna. Le roi de la piste courte, comme l'appelaient ses amis et aussi don Epifanio Vargas : capable de décoller sur trois cents mètres, avec son chargement de cocaïne et de marijuana de première qualité et de voler au ras de l'eau par les nuits noires d'un côté à l'autre de la frontière en éludant les radars des fédéraux et les charognards de la DEA, l'agence antidrogue américaine. Capable aussi de vivre sur le fil de la lame, en jouant son propre jeu dans le dos de ses chefs. Et capable de perdre.

L'eau qui ruisselait de son corps formait une flaque à ses pieds. Le téléphone sonnait toujours, et elle sut qu'elle n'avait pas besoin de décrocher pour avoir la confirmation que la chance avait abandonné le Güero. C'était suffisant pour qu'elle suive ses instructions et parte en courant ; mais il n'est pas facile d'accepter qu'un simple bip-bip change d'un coup le cours d'une vie. C'est pourquoi elle finit par prendre le téléphone et appuyer sur le bouton pour écouter :

– *Ils ont eu le Güero, Teresa.*

Elle ne reconnut pas la voix. Le Güero avait des amis et certains restaient fidèles au temps où ils passaient de la marijuana et des paquets de coke dans les pneus des voitures par El Paso, en direction des États-Unis. Ce pouvait être n'importe lequel d'entre eux : Neto Rosas, ou Ramiro Vázquez, par exemple. Elle ne reconnut pas celui qui appelait, et c'était sans importance, car le message était clair. Ils ont eu le Güero, répéta la voix. Ils l'ont descendu, et son cousin aussi. Maintenant c'est le tour de la famille du cousin, et c'est aussi le tien. Alors cours de toutes tes forces. Cours sans t'arrêter. Puis la communication fut coupée, elle regarda ses pieds humides sur le sol, se rendit compte qu'elle tremblait de froid et de peur : quel que soit celui qui a appelé, pensa-t-elle, il a prononcé les mêmes mots que le Güero. Elle l'imagina dans la fumée des cigares et devant les verres d'une cantine*, écoutant attentivement le Güero assis devant lui, en train de fumer un joint, jambes croisées sous la table comme à son habitude, les bottes pointues en peau de serpent, le foulard noué autour du cou, les cheveux blonds coupés ras, le blouson de pilote posé sur le dossier de la chaise, le sourire mince et assuré. Tu feras ça pour moi, mon vieux, s'ils me font la peau. Tu lui diras de courir de toutes ses forces, sans s'arrêter, parce qu'ils voudront la descendre, elle aussi.

La panique lui vint à l'improviste, très différente de la terreur froide qu'elle avait ressentie jusque-là. Ce fut une explosion de confusion et d'affolement, brève, sèche, qui la fit crier en portant les mains à sa tête. Ses jambes se dérobèrent et elle tomba assise sur le lit. Elle regarda autour d'elle : les moulures blanches et dorées des montants, les tableaux au mur, paysages léchés et personnages se promenant au soleil, les porcelaines qu'elle avait collectionnées pour les aligner sur la console, tout ce qui était destiné à faire un foyer agréable et confortable. Elle sut que ce n'était plus un foyer et que, dans quelques instants, ce serait un piège. Elle se vit dans la grande glace de l'armoire : nue, mouillée, les cheveux sombres collés au visage, les yeux noirs très ouverts, exorbités par l'horreur. Cours sans t'arrêter, avaient dit le Güero et la voix qui répétait les paroles du Güero. Alors elle se mit à courir.

* La *cantina* est le bistrot populaire mexicain.

1. Je suis tombé du nuage sur lequel je marchais…

J'avais toujours cru que les *corridos** mexicains de la drogue – les *narcocorridos* – n'étaient que des chansons et que *Le Comte de Monte-Cristo* n'était qu'un roman. Je l'ai dit hier à Teresa Mendoza, quand elle a accepté de me recevoir, entourée de gardes du corps et de policiers dans la maison de la Colonie Chapultepec où elle logeait, à Culiacán, État du Sinaloa. J'ai évoqué Edmond Dantès en lui demandant si elle avait lu le livre, et elle m'a adressé un regard silencieux, si long que j'ai craint que notre conversation ne s'arrête là. Puis elle s'est tournée vers la pluie qui fouettait les vitres, et je ne sais si c'est une ombre de la lumière grise du dehors ou un sourire pensif qui a dessiné sur ses lèvres un trait étrange et cruel.

– Je ne lis pas de livres, a-t-elle dit.

J'ai su qu'elle mentait, comme elle l'avait sans doute fait une infinité de fois au cours des douze dernières années. Mais je n'ai pas voulu paraître importun et j'ai changé de sujet. Le long itinéraire d'aller-retour de la femme que j'avais enfin devant moi, après l'avoir suivie à la trace huit mois durant sur trois continents, contenait des épisodes qui m'intéressaient beaucoup plus que ses lectures. Dire que j'étais déçu serait inexact. La réalité est presque chaque fois au-dessous des légendes ; mais, dans mon métier, le mot « déception » est toujours relatif : réalité et légende ne sont que de simples matériaux de travail.

* Les *corridos* sont des chansons populaires mexicaines dont les couplets relatent événements et faits divers célèbres.

Le problème est plutôt qu'il est impossible de vivre durant des semaines et des mois en étant techniquement obsédé par quelqu'un, sans se faire de l'individu en question une idée personnelle, précise, et forcément inexacte. Une idée qui s'installe dans notre tête avec tant de force et de vraisemblance qu'il est difficile, voire inutile, ensuite, de la modifier fondamentalement. De plus, les écrivains jouissent du privilège de faire adopter leur point de vue par leurs lecteurs avec une facilité déconcertante. Voilà pourquoi, par ce matin pluvieux de Culiacán, je savais que la femme qui se tenait devant moi ne serait jamais la véritable Teresa Mendoza, mais une autre qui la supplantait, en partie créée par moi : une femme dont j'avais reconstitué pièce par pièce l'histoire, incomplète et contradictoire, en la recueillant auprès de ceux qui l'avaient connue, haïe ou aimée.

– Pourquoi êtes-vous venu ? m'a-t-elle demandé.

– Il me manque un épisode de votre vie. Le plus important.

– Tiens donc. Un épisode, dites-vous.

– C'est cela.

Elle avait pris un paquet de Faros sur la table et approchait d'une cigarette la flamme d'un briquet en plastique, bon marché, après avoir fait un geste pour arrêter l'homme assis à l'autre bout de la pièce qui s'était levé avec empressement en portant la main gauche à la poche de sa veste : un individu d'âge mûr, large d'épaules et plutôt corpulent, aux cheveux très noirs et à l'épaisse moustache mexicaine.

– Le plus important ?

Elle a posé le paquet et le briquet sur la table, de façon parfaitement symétrique, sans rien m'offrir. Ce qui m'était bien égal, puisque je ne fume pas. Il y avait déjà là deux autres paquets, un cendrier et un pistolet.

– Ce doit être vraiment le plus important, a-t-elle ajouté, puisqu'il vous a mené jusqu'ici.

J'ai regardé le pistolet. Un Sig Sauer. Suisse. Quinze balles 9 mm parabellum par chargeur, en quinconce. Et trois chargeurs pleins. Les extrémités dorées des projectiles étaient grosses comme des glands de chêne.

– Oui, ai-je répondu doucement. Il y a douze ans. Dans le Sinaloa.

Nouveau regard silencieux. Elle savait qui j'étais, car dans son monde ce genre de choses s'achète. De plus, je lui avais fait parvenir trois semaines plus tôt une copie de mon texte inachevé. C'était l'appât. Et la carte de visite pour compléter le tout.

– Pourquoi devrais-je vous le raconter ?

– Parce que j'ai déjà beaucoup travaillé sur vous.

Elle a continué de me dévisager derrière la fumée de sa cigarette, les paupières un peu plissées, comme les masques indiens du Grand Temple. Puis elle s'est levée pour aller vers le bar d'où elle est revenue avec une bouteille de Herradura Reposado et deux verres petits et étroits, de ceux que les Mexicains appellent *caballitos*. Elle portait un ample pantalon de lin sombre, un chemisier noir et des sandales, et j'ai constaté qu'elle n'avait pas de bijoux, ni collier ni montre, juste un bracelet d'argent au poignet droit. Deux ans auparavant – les coupures de presse étaient dans ma chambre de l'hôtel San Marcos –, la revue *¡ Hola !* l'avait fait figurer parmi les vingt femmes les plus élégantes d'Espagne, au même moment où *El Mundo* rendait compte de la dernière enquête judiciaire concernant ses affaires sur la Costa del Sol et ses liens avec le trafic de drogue. Sur la photo publiée à la une, on la devinait derrière la vitre d'une voiture, protégée des reporters par plusieurs gardes du corps portant des lunettes noires. L'un d'eux était le gros moustachu qui était assis en ce moment à l'autre bout de la pièce et me surveillait de loin en feignant l'indifférence.

– Beaucoup travaillé..., a-t-elle répété, pensive, en versant la tequila dans les verres.

– C'est vrai.

Elle a bu une petite gorgée, debout, sans cesser de m'observer. Elle était moins grande que sur les photos ou à la télévision, mais ses mouvements restaient toujours aussi calmes et sûrs : comme si chaque geste s'enchaînait naturellement au précédent, écartant toute improvisation ou toute hésitation. Peut-être n'a-t-elle plus jamais d'hésitations, ai-je soudain pensé. J'ai eu aussi confirmation qu'à trente-cinq ans elle retenait toujours autant l'attention. Moins, peut-être, que sur les photos récentes et sur celles que j'avais vues ici et là, conservées par des gens qui l'avaient connue de l'autre côté de l'Atlantique. Y compris celle qui la montrait de face et de profil sur une vieille fiche de police du commissariat d'Algésiras. Et aussi sur des bandes vidéo, images imprécises qui se terminaient toujours par l'irruption brutale, dans le champ, de gorilles qui écartaient brutalement l'objectif. Avec, sur toutes, la même apparence distinguée qu'aujourd'hui, toujours vêtue de sombre et portant des lunettes noires, montant ou descendant de luxueuses voitures ; se dessinant, avec le flou dû au grossissement du téléobjectif, à une terrasse de Marbella, ou en train de prendre le soleil sur le pont d'un grand yacht d'une blancheur de neige : la Reine du Sud et sa légende. La femme qui apparaissait à la fois dans les pages de la rubrique mondaine et celles des faits divers. Mais il y avait une autre photo dont j'ignorais encore l'existence ; une photo que Teresa Mendoza devait décider de me montrer, inopinément, deux heures plus tard : très défraîchie, rafistolée par-derrière avec du papier adhésif, elle a fini par atterrir sur la table entre le cendrier plein, la bouteille dont elle avait vidé à elle seule les deux tiers, le pistolet Sig Sauer et ses trois chargeurs qui étaient là comme un signe prémonitoire – de fait, c'en était un, d'acceptation fataliste – de ce qui devait arriver le soir même. Quant à cette dernière photo, il s'agissait en réalité de la plus ancienne, et ce n'était qu'une moitié de photo, car il lui manquait tout le côté gauche : de celui-ci émergeait seulement le bras d'un homme, dans la manche d'un blouson de pilote, passé sur les épaules d'une jeune femme brune, mince, à l'abondante chevelure noire et aux grands yeux. La jeune femme devait avoir un peu plus de vingt ans : elle portait un pantalon très serré et un affreux blouson en jean à col d'agneau, et elle regardait l'objectif avec une expression indécise, à mi-chemin entre le sourire et, peut-être, l'inquiétude. J'ai remarqué qu'en dépit du maquillage vulgaire, outrancier, elle avait un regard innocent, ou vulnérable ; accentué encore par la jeunesse du visage ovale, des yeux sombres légèrement en amande, de la bouche très bien dessinée, par les anciennes et nombreuses gouttes de sang indigène que révélaient le nez, le teint mat de la peau, l'arrogance du menton volontaire. J'ai pensé que cette jeune femme n'était pas jolie, mais qu'elle était singulière. Elle possédait une beauté incomplète ou lointaine, comme si celle-ci s'était diluée au fil des générations et n'avait laissé que les traces éparses d'une splendeur passée et une fragilité, peut-être sereine ou confiante. Si je n'avais pas acquis quelque familiarité avec le personnage, cette fragilité aurait pu m'émouvoir. Enfin, je suppose.

– J'ai du mal à vous reconnaître.

C'était la vérité, et je l'ai dite telle quelle. Elle n'a pas semblé vexée du commentaire. Elle regardait seulement la photo sur la table, et elle est restée ainsi un bon moment.

– Moi aussi, a-t-elle conclu.

Puis elle l'a rangée dans le sac qui se trouvait sur le canapé, en la glissant dans un portefeuille en cuir portant ses initiales, et elle m'a montré la porte.

– Je crois que c'est suffisant.

Elle paraissait très fatiguée. La longue conversation, les cigarettes, la bouteille de tequila. Elle avait des cernes noirs sous les yeux qui n'étaient plus ceux de la vieille photo. Je me suis levé, j'ai boutonné ma veste, je lui ai tendu la main – elle l'a à peine effleurée – et j'ai regardé encore une fois le pistolet. Le gros homme qui s'était tenu à l'autre bout de la pièce était maintenant près de moi, toujours indifférent, prêt à me raccompagner. J'ai contemplé avec intérêt ses splendides bottes en peau d'iguane, la panse qui débordait de la ceinture cloutée, le renflement menaçant sous la veste. Quand il a ouvert la porte, j'ai pu voir que sa corpulence était trompeuse et qu'il faisait tout de la main gauche. Il était évident qu'il se réservait la droite comme outil de travail.

– J'espère que tout se passera bien, ai-je ajouté.

Elle a suivi mon regard en direction du pistolet. Elle a acquiescé lentement, mais ce n'était pas à mes paroles. Elle suivait ses propres pensées.

– Naturellement, a-t-elle murmuré.

Puis je suis sorti. Les fédéraux portant gilets pare-balles et fusils d'assaut qui m'avaient minutieusement fouillé à mon arrivée montaient toujours la garde dans le hall ; un fourgon militaire et deux Harley Davidson de la police stationnaient dans le jardin près de la fontaine circulaire de l'entrée. De l'autre côté des hauts murs, dans la rue, il y avait cinq ou six journalistes et une caméra de télévision sous des parapluies, maintenus à distance par les soldats en battle-dress qui entouraient la *finca*. J'ai tourné à droitc et j'ai marché sous la pluie en quête du taxi qui m'attendait à un bloc de là, au coin de la rue General Anaya. Je savais maintenant tout ce que je désirais savoir, les zones obscures étaient devenues claires, et chaque pièce de l'histoire de Teresa Mendoza, réelle ou imaginaire, s'emboîtait à sa place exacte : depuis la première photo, ou moitié de photo, jusqu'à la femme qui m'avait reçu avec un automatique sur la table. Manquait le dénouement ; mais, lui, je le connaîtrais dans les prochaines heures. Comme elle, il ne me restait qu'à m'asseoir et à attendre.

Douze années s'étaient écoulées depuis cette après-midi où Teresa Mendoza s'était mise à courir dans la ville de Culiacán. Ce jour-là, début du long voyage d'aller-retour, le monde raisonnable qu'elle croyait avoir construit à l'ombre du Güero Dávila s'était écroulé autour d'elle – elle avait pu entendre le crépitement des morceaux qui s'éparpillaient –, et elle s'était vue soudain en danger et perdue. Elle avait laissé le téléphone pour parcourir l'appartement en tous sens, ouvrant les tiroirs à tâtons, aveuglée par la panique, cherchant un sac pour y fourrer quelques effets indispensables avant de s'enfuir. Elle voulait pleurer son homme, ou crier jusqu'à s'en arracher la gorge ; mais la terreur qui l'assaillait par vagues comme des volées de coups paralysait ses gestes et ses sentiments. C'était comme si elle avait mangé un champignon de Huautla ou fumé de l'herbe très forte, douloureuse, qui l'avait mise dans un corps étranger au sien sur lequel elle n'avait aucun contrôle. Et c'est dans cet état qu'après avoir passé en hâte, maladroitement, un jean, un chemisier, des souliers, elle avait descendu l'escalier en vacillant, encore mouillée sous ses vêtements, les cheveux humides, avec un petit sac de voyage contenant le peu de choses qu'elle avait réussi à y glisser, froissées et en vrac : des tee-shirts de rechange, un blouson en jean, des culottes et des chaussettes, son portefeuille avec deux cents pesos et ses papiers d'identité. Ils iront tout de suite à la maison, l'avait prévenue le Güero. Ils iront voir ce qu'ils peuvent y trouver. Et il vaut mieux qu'ils ne t'y trouvent pas.

Elle s'arrêta dans la rue, indécise, précaution instinctive de la proie qui flaire la présence toute proche du chasseur et de ses chiens. Face à elle s'étendait la complexe topographie urbaine d'un territoire hostile. Colonie Las Quintas : larges avenues, maisons discrètes et confortables avec bougainvillées et belles voitures garées devant. Elle se dit qu'elle avait fait un long chemin depuis le faubourg misérable de Las Siete Gotas. Et voilà que soudain la pharmacienne d'en face, l'employé de l'épicerie où elle avait fait ses achats au cours des deux dernières années, le vigile de la banque avec son uniforme bleu et son fusil à répétition calibre 12 en bandoulière – celui qui lui adressait des propos galants en lui souriant chaque fois qu'elle passait devant – lui semblaient dangereux, à l'affût. Elle n'aurait plus d'amis, avait conclu le Güero avec ce rire indolent, que parfois elle adorait et d'autres détestait de toute son âme. Le jour où le téléphone sonnera et où tu te mettras à courir, tu seras seule, ma belle. Et je ne pourrai pas t'aider.

Elle serra le sac contre elle comme pour protéger son ventre et marcha sur le trottoir, tête basse, sans rien regarder ni personne, en tâchant au début de ne pas presser le pas. Le soleil commençait à descendre au loin, sur le Pacifique qui se trouvait à quarante kilomètres à l'ouest, vers Altata, et les palmiers, les arbousiers et les manguiers de l'avenue se découpaient sur un ciel qui se teindrait bientôt de la lumière orangée propre aux crépuscules de Culiacán. Elle sentait ses tympans résonner de battements sourds, monotones, qui se superposaient au bruit de la circulation, au martèlement de ses talons. Si quelqu'un l'avait hélée à ce moment-là, elle n'aurait pas été capable d'entendre son nom ; ni même, peut-être, le claquement d'un coup de feu. De leur coup de feu. A force de l'attendre, muscles tendus et tête baissée, son dos et ses reins lui faisaient mal. La Situation. Trop souvent, elle l'avait entendu répéter, mi-figue mi-raisin, sa théorie du désastre au milieu des verres et de la fumée des cigarettes, et elle la portait gravée dans son esprit, comme une bête marquée au fer rouge. Dans ce genre d'affaire, avait dit le Güero, il faut savoir reconnaître La Situation. Par exemple, quelqu'un peut arriver et te dire bonjour. Tu l'as peut-être déjà rencontré et il te sourit. Gentiment. Tout miel. Mais tu as une impression étrange : une sensation mal définie, comme si quelque chose n'était pas à sa place. Et, un instant plus tard, tu es mort. – En parlant, le Güero regardait Teresa et pointait un doigt vers elle en imitant un revolver, tandis que les copains s'esclaffaient. – Ou morte. Ce qui, tout compte fait, vaut mieux que d'être emmenée vivante dans le désert et d'y être questionnée très patiemment avec un bec à acétylène. Parce que les questions, ça va encore quand on connaît les réponses – dans ce cas les souffrances sont vite abrégées –, mais rien ne va plus quand on ne les connaît pas. C'est le détail qui fait la différence, comme disait Cantinflas. Le problème. C'est très difficile de convaincre celui qui tient le chalumeau que tu ne sais pas ce qu'il suppose que tu sais et qu'il aimerait savoir aussi.

Merde. Elle souhaita que la mort du Güero ait été rapide. Qu'ils l'aient allumé d'un coup avec son Cessna, pour l'envoyer servir de pâture aux requins, et non emmené dans le désert pour lui poser des questions. Avec la Police fédérale et la DEA, les interrogatoires se terminaient habituellement à la prison d'Almoloya ou celle de Tucson. On pouvait négocier, parvenir à un accord. Devenir témoin protégé, ou détenu privilégié, si l'on savait se servir habilement de ses cartes. Mais ses transactions, le Güero ne les avaient jamais faites de ce côté-là. Le double jeu n'était pas son genre et il n'était pas une balance. S'il avait trahi, c'était juste un peu, moins pour l'argent qu'histoire de vivre sur le fil du rasoir. A San Antonio, crânait-il, on aime jouer sa peau. Ça l'amusait de bluffer ces types. Et il rigolait intérieurement quand ils lui disaient : décolle d'ici, petit, et atterris là, et nous fais pas attendre ; quand ils le prenaient pour un vulgaire homme de main à mille pesos ; quand ils lui lançaient sur la table, sans aucun respect, des liasses de dollars crissantes à chaque retour de vols qui rapportaient aux caïds une montagne de fric et où il jouait, lui, sa liberté et sa vie. Le problème, c'est que ça ne suffisait pas au Güero de faire certaines choses, il avait aussi besoin de les raconter. Il était du genre grande gueule. A quoi ça sert de niquer une gonzesse, disait-il, si tu peux pas le raconter aux copains. Et quand ça foire, il y a la légende, Los Tigres del Norte ou Los Tucanes de Tijuana te nommeront dans des corridos de la drogue qu'on entend partout, dans les cantines et les autoradios. Tu seras une légende, mec, une légende. Alors qu'ils aillent se faire voir. Et bien des fois, blottie contre son épaule, en buvant dans un bar, dans une fête, entre deux danses au salon Morocco, lui une bière Pacífico à la main, elle le nez enfariné de coke, elle avait été épouvantée de l'entendre confier aux amis des choses que n'importe quel homme sensé aurait tues. Teresa n'avait même pas son certificat d'études, tout ce qu'elle avait c'était le Güero ; mais elle savait que les vrais amis, on ne les reconnaît que quand ils vous rendent visite à l'hôpital, en prison ou au cimetière. Ce qui revenait à dire que les amis sont des amis jusqu'au moment où ils cessent de l'être.

Elle parcourut trois blocs sans regarder derrière elle. Pas

question. Les talons de ses chaussures étaient trop hauts, et elle comprit qu'elle se tordrait une cheville si elle se mettait brusquement à courir. Elle ôta ses chaussures, les mit dans son sac et, pieds nus, elle tourna à droite au carrefour suivant, pour déboucher dans la rue Juárez. Là, elle s'arrêta devant un fast-food, pour voir si elle était suivie. Elle ne remarqua rien qui indique un danger ; de sorte que, pour se donner un peu de temps de réflexion et calmer les battements de son cœur, elle poussa la porte et s'installa à la table qui était la plus au fond, le dos au mur et les yeux fixés sur la rue. Afin, comme aurait dit en se marrant le Güero, d'étudier La Situation. Ou d'essayer. Les cheveux humides glissaient sur son visage : elle ne les écarta qu'une fois, car elle décida ensuite que c'était mieux ainsi, que ça la masquait un peu. On lui servit un milk-shake au nopal, et elle resta un temps immobile, incapable de former des pensées suivies, jusqu'au moment où elle eut envie de fumer et se rendit compte que, dans sa précipitation, elle avait oublié le paquet. Elle demanda une cigarette à la serveuse, accepta le feu de son briquet en ignorant le regard étonné que celle-ci portait sur ses pieds nus et fuma calmement en tentant de mettre de l'ordre dans ses idées. Maintenant, oui. Maintenant, la fumée dans les poumons lui avait rendu une certaine sérénité ; suffisante pour analyser La Situation avec un peu de sens pratique. Il fallait qu'elle parvienne à l'autre maison, celle qui était sûre, avant que les coyotes ne la repèrent et qu'elle ne finisse en personnage secondaire et involontaire de ces corridos de la drogue où le Güero rêvait de figurer grâce à Los Tigres ou à Los Tucanes. L'argent et les papiers s'y trouvaient ; et sans eux, elle aurait beau courir, elle n'arriverait jamais nulle part. L'agenda du Güero y était aussi : numéros de téléphone, adresses, notes, contacts, pistes clandestines en Basse-Californie. Sonora, Chihuahua et Cohahuila, amis et ennemis – pas facile de les distinguer – en Colombie, au Guatemala, au Honduras et sur les deux rives du Rio Bravo : El Paso, Juárez, San Antonio. Tu le brûles ou tu le caches, lui avait-il dit. Pour ton bien, surtout ne l'ouvre pas, ma poupée. Ne l'ouvre pas. Et seulement au cas où tu te sentirais vraiment traquée, vraiment perdue, va voir don Epifanio Vargas et échange-le contre ta peau. C'est clair ? Jure-moi que pour rien au monde tu n'ouvriras l'agenda. Jure-le devant Dieu et la Vierge. Allez. Jure-le sur ce que tu tiens dans tes mains.

Elle n'avait pas beaucoup de temps. Elle avait aussi oublié sa montre, mais elle vit que l'après-midi avançait. La rue semblait calme : circulation normale, passants ordinaires, personne à l'affût dans les environs. Elle remit ses chaussures. Elle laissa dix pesos sur la table et se leva lentement, en prenant son sac. Elle n'osa pas regarder son visage dans la glace en sortant dans la rue. Au coin, un gosse vendait des sodas, des cigarettes et des journaux, alignés sur un carton d'emballage où l'on pouvait lire le mot Samsung. Elle acheta un paquet de Faros et une boîte d'allumettes, en regardant furtivement derrière elle, et poursuivit son chemin avec une lenteur délibérée. La Situation. Une voiture en stationnement, un flic, un homme qui balayait le trottoir la firent sursauter. Les muscles de son dos lui faisaient de nouveau mal et elle avait un goût âcre dans la bouche. Les talons la gênaient toujours. En la voyant ainsi, pensa-t-elle, le Güero se serait moqué d'elle. Et, intérieurement, elle le maudit pour cela. Où est ton rire, pauvre type, maintenant que tu es sous terre ? Où sont ton arrogance de mâle et tes putains de vantardises, salaud, maintenant que tu n'es plus qu'un cadavre ? En passant devant une boutique de *tacos**, elle sentit une odeur de viande brûlée, et le goût âcre dans sa bouche s'accentua aussitôt. Elle dut s'arrêter pour se précipiter sous un porche et vomir un torrent de jus de nopal.

Je connaissais Culiacán. J'y étais venu bien avant ma rencontre avec Teresa Mendoza, tout au début, quand j'enquê-

* Les *tacos* mexicains sont des petites crêpes de farine de maïs fourrées de viande ou de légumes.

tais sur son histoire et qu'elle n'était encore qu'un vague défi personnel sous la forme de quelques photos et coupures de presse. J'y suis encore revenu quand tout a été fini et que je me suis trouvé enfin en possession de ce dont j'avais besoin : faits, noms, lieux. C'est pourquoi je peux maintenant les ordonner, sans autres lacunes que celles qui sont inévitables ou qu'il vaut mieux ne pas combler. Je dirai également que tout a commencé il y a longtemps, au cours d'un repas avec René Delgado, le directeur du journal *Reforma*, à Mexico. Une vieille amitié me lie à René, datant de l'époque où, jeunes reporters, nous partagions la même chambre à l'hôtel Intercontinental de Managua pendant la guerre contre Somoza. Depuis, chaque fois que je viens au Mexique, nous nous retrouvons pour nous raconter nos nostalgies, nos rides et nos cheveux gris. Et cette fois-là, en dégustant au San Angel Inn des *escamoles*, ces larves de grosses fourmis, et des tacos de poulet, il m'a proposé l'affaire.

– Tu es espagnol, tu as de solides contacts ici. Écris-nous un bon reportage sur elle.

J'ai hoché négativement la tête, occupé à éviter que le contenu du taco ne coule sur mon menton.

– Je ne suis plus reporter. Désormais j'invente tout et je ne descends pas au-dessous des quatre cents pages.

– Dans ce cas, fais ça à ta manière, a insisté René. Un putain de reportage littéraire.

J'ai terminé le taco et nous avons débattu le pour et le contre. J'ai hésité jusqu'au café et au Don Julián n° 1, et je n'ai cédé qu'au moment où il m'a menacé d'appeler les mariachis. Mais ça ne lui a finalement rien rapporté : le reportage pour *Reforma* s'était transformé en projet littéraire personnel. Heureusement, mon ami ne s'en est pas formalisé. Au contraire : le lendemain, il a mis à ma disposition ses meilleurs contacts sur la côte Pacifique et dans la Police fédérale pour que je puisse compléter les années obscures. L'étape de la vie de Teresa Mendoza qui était inconnue en Espagne et même au Mexique.

– Comme ça, nous pourrons au moins publier un article sur ton livre, vieille crapule, a-t-il dit.

Jusque-là, on savait seulement qu'elle avait vécu à Las Siete Gotas, un quartier pauvre de Culiacán, et qu'elle était de père espagnol et de mère mexicaine. Et aussi qu'elle n'était pas allée plus loin que l'école primaire et que, employée dans une boutique de chapeaux du marché Buelna puis changeuse de pesos de la rue Juárez, un soir de jour des Morts – présage ironique –, la vie lui avait fait croiser le chemin de Raimundo Dávila Parra, pilote à la solde du cartel de Juárez, plus connu dans le milieu sous le nom du « Güero Dávila », à cause de ses cheveux blonds, de ses yeux bleus et de son air gringo. Toutes ces informations reposaient davantage sur la légende qui s'était forgée autour de Teresa Mendoza que sur des faits précis ; c'est donc pour éclairer cette partie de sa biographie que je me suis rendu dans la capitale de l'État du Sinaloa, sur la côte ouest, face à l'entrée du golfe de Californie, et que j'ai parcouru ses rues et ses cantines. J'ai même refait le parcours exact, ou presque, qui avait été le sien lors de cette dernière ou première après-midi où, après avoir reçu le coup de téléphone, elle avait quitté la maison qu'elle avait partagée avec le Güero Dávila. Et c'est ainsi que je me suis retrouvé devant le nid qu'ils avaient habité pendant deux ans : une petite villa confortable et discrète avec un étage, un patio derrière, des myrtes et des bougainvillées devant la porte, située dans la partie sud-est de Las Quintas, un quartier fréquenté par les narcos de la classe moyenne – ceux pour qui les choses vont bien, mais pas au point de pouvoir s'offrir une luxueuse résidence dans la très sélecte Colonie Chapultepec. Puis j'ai marché sous les palmiers royaux et les manguiers jusqu'à la rue Juárez et, devant le marché, je me suis arrêté pour observer les jeunes gens qui, téléphone mobile dans une main et calculatrice dans l'autre, changent de l'argent en pleine rue ; ou, pour dire les choses autrement, blanchissent en pesos mexicains l'argent des automobilistes qui s'arrêtent près d'eux avec leurs liasses de dollars qui sentent la marijuana ou la coke. Dans cette ville, où l'illégalité est souvent une convention et un mode de vie – travailler contre la loi, dit un corrido célèbre, est compris dans l'héritage familial –, Teresa Mendoza avait fait quelque temps partie de ces jeunes gens, jusqu'au jour où un break Bronco noir s'était arrêté près d'elle et où son conducteur, Raimundo Dávila Parra, baissant la vitre teintée de la portière, l'avait longuement contemplée. C'est alors que sa vie avait définitivement changé.

Maintenant elle marchait sur ce trottoir dont elle connaissait chaque pavé, la bouche sèche et la peur dans les yeux. Elle évitait les filles qui bavardaient en groupes ou se promenaient dans l'attente de clients devant le magasin de fruits El Canario, et elle surveillait, méfiante, la gare routière d'où les camions et les bus partaient pour les montagnes environnantes, et les échoppes de tacos du marché, fourmillant de femmes chargées de paniers et d'hommes moustachus portant casquettes de base-ball et chapeaux texans. De la boutique de musique populaire située derrière la bijouterie du coin lui parvint la mélodie de *Pacas de a kilo** : c'étaient Los Dinámicos ou peut-être Los Tigres qui chantaient. A cette distance, impossible de trancher, mais elle connaissait la chanson. Bon Dieu, elle la connaissait trop bien, même, car c'était la préférée du Güero ; et ce salaud avait l'habitude de la chanter en se rasant, la fenêtre ouverte pour scandaliser les voisins, ou de la lui dire tout bas à l'oreille quand ça l'amusait de la mettre en colère :

Los amigos de mi padre
me admiran y me respetan
y en dos y trescientos metros
levanto las avionetas.
De diferentes calibres,
*manejo las metralletas***…

* Paquets d'un kilo.
** Les amis de mon père/m'admirent et me respectent/et sur deux et trois cents mètres/je fais décoller les avions./Je manie les mitraillettes/de tous les calibres possibles…

Salaud de Güero, pensa-t-elle de nouveau, et elle prononça ces mots presque à voix haute, pour réprimer le sanglot qui montait dans sa gorge. Puis elle regarda à droite et à gauche. Elle était toujours sur ses gardes, à l'affût d'un visage, d'une présence qui signifieraient une menace. Sans doute, pensait-elle, lui enverraient-ils quelqu'un qui la connaissait. Qui pourrait l'identifier. Aussi son espoir était-il de le reconnaître la première. Ou de les reconnaître. Parce qu'ils allaient ordinairement par deux, pour se protéger l'un l'autre. Et aussi pour se surveiller, dans un travail où personne ne faisait confiance à personne, pas même à son ombre. Le reconnaître suffisamment tôt, en devinant le danger dans son regard. Ou dans son sourire. Elle se souvint : quelqu'un te sourira. Un instant plus tard, tu seras morte. Et elle ajouta intérieurement : si j'ai de la chance. Si j'ai beaucoup de chance, je serai morte. Dans le Sinaloa, se dit-elle en imaginant le désert et le chalumeau mentionné par le Güero, avoir ou ne pas avoir de la chance n'était qu'une question de rapidité, de calcul mental. Plus tu mets de temps à mourir, moins tu as de la chance.

Dans la rue Juárez, les voitures circulaient dans le même sens qu'elle. Elle s'en rendit compte après avoir passé le cimetière San Juan, et elle tourna à gauche pour rejoindre la rue General Escobedo. Le Güero lui avait expliqué que si, un jour, elle était suivie, il lui faudrait prendre des rues où les voitures lui arriveraient de face, de façon à les voir venir à temps. Elle pressa le pas en se retournant régulièrement. Elle parvint ainsi dans le centre de la ville, passa devant le bâtiment blanc de l'hôtel de ville et se mêla à la foule qui se pressait aux arrêts d'autobus et au voisinage du marché Garmendia. Là seulement, elle se sentit un peu rassurée. Le ciel était en plein crépuscule, orange intense sur les immeubles, à l'ouest, et les vitrines commençaient à éclairer les trottoirs. Ils ne vous tuent presque jamais dans des endroits comme celui-là, pensa-t-elle. Ils ne vous enlèvent pas non plus. Les voitures circulaient dans les deux sens, et deux policiers en uniforme marron étaient arrêtés au carrefour. Le visage de l'un lui sembla vaguement familier, aussi détourna-t-elle le sien en changeant de direction. Beaucoup de flics locaux étaient à la solde des narcos, ainsi que ceux de la Justice de l'État, et les fédéraux et bien d'autres, avec leur dose de neige à sniffer dans le portefeuille et leur verre gratuit dans les cantines ; ils assuraient la protection des principaux caïds de la mafia ou appliquaient le principe salutaire : vis, touche ton pot-de-vin et laisse vivre, si tu veux qu'on te laisse en vie. Trois mois auparavant, un chef de la police récemment arrivé de l'extérieur avait voulu changer les règles du jeu. Il avait reçu soixante-dix balles, toutes bien ajustées, de « corne de bouc » – nom que l'on donnait ici au fusil-mitrailleur AK 47 – devant la porte de chez lui et dans sa propre voiture. Ratatatatata ! Dans les boutiques, on vendait déjà des CD avec des chansons sur cet événement. *Soixante-dix balles de sept* était le titre de la plus célèbre. On avait tué le chef Ordóñez à six heures du matin, précisait le texte. Et ça faisait beaucoup de balles pour une heure si matinale. Du pur Sinaloa. Des chanteurs populaires comme El As de la Sierra se faisaient photographier pour les affiches publicitaires de leurs disques avec un avion derrière eux et un flingue calibre 45 à la main, et Chalino Sánchez, idole locale de la chanson qui avait été une des meilleures gâchettes des mafias avant de devenir compositeur et interprète, s'était fait descendre d'une rafale pour une femme, ou pour une autre raison inconnue. S'il y avait quelque chose dont les corridos de la drogue n'avaient pas besoin, c'était bien l'imagination.

Au coin du glacier La Michoacana, Teresa laissa derrière elle le marché, les magasins de chaussures et de vêtements, et descendit la rue. Le logement secret du Güero, son refuge en cas d'urgence, était à quelques mètres, au deuxième étage d'un immeuble d'habitation discret, avec devant le porche le charreton d'un marchand qui vendait des coquillages le jour et des tacos à la viande rôtie la nuit. En principe, nul ne connaissait l'existence de cet endroit :

Teresa n'y était venue qu'une fois, le Güero lui-même le fréquentait peu, pour ne pas le brûler. Elle monta l'escalier en essayant de ne pas faire de bruit, mit la clef dans la serrure et la fit tourner précautionneusement. Elle savait qu'il était impossible qu'il y ait quelqu'un ; mais elle inspecta quand même l'appartement, inquiète, cherchant quelque signe anormal. Même cette planque n'est pas tout à fait sûre, avait dit le Güero. Peut-être qu'on m'a vu, ou qu'on a appris quelque chose : va savoir, sur cette terre de trous-du-cul où tout le monde sait tout. Et même si ce n'est pas le cas, s'ils m'attrapent et s'ils me gardent vivant, je ne pourrai pas me taire longtemps avant qu'ils me bousillent la gueule et que je me mette à leur chanter des rancheras et tout le tintouin. C'est pour ça que tu ne dois pas t'endormir sur ton perchoir comme les poules, ma poupée. J'espère tenir le temps qu'il faudra pour que tu prennes le fric et que tu disparaisses avant qu'ils débarquent. Mais je ne te promets rien, ma poupée – il continuait de rire en disant ça, le salaud –. Non, je ne te promets rien.

La planque avait les murs nus, sans autre ameublement qu'une table, quatre chaises et un canapé, et un grand lit dans la chambre à coucher avec une petite console pour le téléphone. La fenêtre de la chambre donnait sur l'arrière de l'immeuble, un terrain avec des arbres et des buissons qui servait de parking, au bout duquel on distinguait les coupoles jaunes de l'église du Sanctuaire. Un placard avait un double fond et, en démontant celui-ci, Teresa trouva deux gros paquets de liasses de cent dollars. Environ vingt mille, calcula-t-elle, aidée par son expérience passée de changeuse de la rue Juárez. Il y avait aussi l'agenda du Güero ; un épais carnet relié en cuir brun – elle se souvint : surtout ne l'ouvre pas –, une réserve de coke d'environ trois cents grammes et un énorme Colt Double Eagle chromé à crosse de nacre. Le Güero n'aimait pas les armes à feu et ne portait jamais sur lui de mitraillette ou de pistolet – je n'en ai rien à foutre, disait-il, quand ils te cherchent, ils finissent toujours par t'avoir –, mais il gardait celle-là par précaution, en cas d'urgence. Pourquoi dire non si c'est oui ? Ce serait trop bête de ne pas l'avoir sous la main. Teresa non plus ne les aimait pas ; mais comme tous les hommes, les femmes et les enfants du Sinaloa, elle savait s'en servir. Et difficile d'imaginer d'urgence plus réelle que dans le cas présent. Elle vérifia donc que le chargeur du Double Eagle était plein, tira la culasse en arrière en dégageant une balle de calibre 45 qui alla se loger dans le canon avec un clic-clac sonore et sinistre. Ses mains tremblaient d'anxiété quand elle mit le tout dans son sac. Au milieu de l'opération, le bruit du tuyau d'échappement d'une voiture qui résonna en bas, dans la rue, la fit sursauter. Elle resta immobile un instant pour écouter, avant de continuer. Avec les dollars, il y avait deux passeports : le sien et celui du Güero. Tous deux portaient des visas américains en cours de validité. Elle contempla un moment la photo du Güero ; les cheveux ras, les yeux de gringo regardant calmement le photographe, son éternel sourire au coin des lèvres. Après avoir un peu hésité, elle ne mit que le sien dans son sac et, quand elle se pencha, elle sentit les larmes couler de son menton sur ses mains : elle se rendit compte que cela faisait déjà un moment qu'elle pleurait.

Elle regarda autour d'elle, les yeux humides, en essayant de voir si elle avait oublié quelque chose. Son cœur battait si fort qu'il semblait près de jaillir de sa poitrine. Elle alla à la fenêtre, inspecta la rue que les ombres du soir commençaient à obscurcir, le vendeur de tacos éclairé par une ampoule et les braises de son gril. Puis elle alluma une cigarette et fit quelques pas indécis dans l'appartement en tirant nerveusement dessus. Elle devait partir, mais elle ne savait pas où aller. La seule chose claire était qu'elle devait partir. Elle était sur le seuil de la chambre à coucher quand elle aperçut le téléphone, et une pensée lui traversa la tête : don Epifanio Vargas. Don Epifanio était quelqu'un de bien. Il avait travaillé avec Amado Carrillo dans les années dorées des ponts aériens entre la Colombie, le Sinaloa et les États-Unis, et il avait toujours été un bon parrain pour le Güero, très régulier et toujours de parole, avant d'investir dans d'autres affaires et d'entrer en politique : dès lors, il n'avait plus eu besoin d'avion et le pilote avait changé de patron. Il lui avait proposé de rester avec lui, mais le Güero aimait voler, même si c'était pour les autres. Il disait qu'en haut on est quelqu'un et en bas un simple muletier. Don Epifanio ne s'était pas formalisé, il lui avait même prêté de l'argent pour son nouveau Cessna, quand l'autre s'était retrouvé hors d'usage après un violent atterrissage sur une piste de la sierra avec trois cents kilos de *Doña Blanca** dans le ventre, bien emballée dans son masking tape, deux avions fédéraux tournant au-dessus, les routes vertes de *guachos***, sous les rafales de AR 15 dans le hurlement des sirènes et des mégaphones, une vraie foire qui semblait ne devoir jamais s'arrêter. Le Güero s'en était tiré d'un cheveu, avec un bras cassé, après avoir dû d'abord affronter les fédéraux et ensuite les propriétaires de la cargaison à qui il avait dû prouver, coupures de presse à l'appui, que toute la came avait été saisie, que trois des huit camarades de l'équipe de réception étaient morts en défendant la piste et que c'était un homme de Badiraguato, mouchard à la solde des fédéraux, qui avait vendu la mèche. La balance avait fini les mains attachées dans le dos, asphyxiée par un sac en plastique sur la tête, ainsi que son père, sa mère et sa sœur – la mafia aimait les comptes nets –, et le Güero, lavé des soupçons, avait pu s'acheter un Cessna neuf grâce au prêt de don Epifanio Vargas.

Elle éteignit la cigarette, laissa le sac par terre près de la tête du lit et sortit l'agenda. Elle le posa sur le couvre-lit et le contempla un moment. Elle se souvenait : surtout ne l'ouvre pas. Ce putain d'agenda du salaud qui dansait maintenant avec la Camarde était là, et elle aurait dû obéir, ne pas l'ouvrir ? Quelle connerie ! Ne fais pas ça, lui disait comme une voix intérieure. Feuillette-le au moins un peu, la pressait une autre. Si ce truc vaut ta vie, connais ce que

* Cocaïne.
** Surnom des militaires mexicains.

vaut ta vie. Pour se donner du courage, elle sortit le paquet de cocaïne, enfonça un ongle dans le plastique et en porta une pincée à son nez, en inspirant profondément. Un instant plus tard, avec une lucidité toute neuve et les sens à vif, elle regarda de nouveau l'agenda et, enfin, l'ouvrit. Le nom de don Epifanio y était avec d'autres qui la firent frissonner quand elle les parcourut : le Chapo Guzmán, César *Batman* Güemes, Héctor Palma… Il y avait des numéros de téléphone, des points de contact, des intermédiaires, des chiffres et des clefs dont le sens lui échappait. Elle continua de lire et, peu à peu, son pouls se ralentit et elle finit par se sentir glacée. Surtout ne l'ouvre pas, se souvint-elle en tremblant. Bon Dieu ! Elle comprenait maintenant pourquoi. Tout était encore pire qu'elle ne l'avait cru.

C'est alors qu'elle entendit qu'on ouvrait la porte.

– Regarde qui est là, mon vieux Pote. Ça alors !

Le sourire du Gato* Fierros luisait comme une lame de couteau mouillée, car c'était un sourire humide et dangereux, semblable à celui d'un tueur de films d'Hollywood, ceux où les narcos sont toujours bruns, latinos et mauvais, style Pedro Navaja et Juanito Alimaña**. Le Gato Fierros était brun, latino et mauvais comme dans les chansons de Rubén Blades ou de Willy Colón ; et une chose seulement n'était pas claire : cultivait-il délibérément ce stéréotype, ou Rubén Blades, Willy Colón et les films tournés par les gringos s'inspiraient-ils de gens comme lui ?

– La petite amie du Güero.

Le pistolero était debout dans l'encadrement de la porte, les mains dans les poches. Ses yeux félins auxquels il devait son surnom ne quittaient pas Teresa tandis qu'il s'adressait à son compagnon avec une grimace railleuse.

– Je ne sais rien, dit Teresa.

* Le Chat.
** Pedro le Couteau et Juanito la Limace.

Elle était tellement terrorisée qu'elle reconnut à peine sa voix. Le Gato Fierros hocha la tête d'un air compréhensif, deux fois.

– Bien sûr, dit-il.

Son sourire s'élargissait. Il avait perdu le compte des hommes et des femmes qui assuraient ne rien savoir avant d'être tués, rapidement ou lentement, selon les circonstances, sur une terre où mourir de mort violente était mourir de mort naturelle – vingt mille pesos pour un meurtre banal, cent mille pour un policier ou un juge, gratis s'il s'agissait d'aider un copain. Et Teresa était au courant des détails : elle connaissait le Gato Fierros et aussi son compagnon Potemkin Gálvez, dit le Pinto. Tous deux portaient des vestes légères, des chemises Versace en soie, des jeans et des bottes en peau d'iguane presque identiques, comme s'ils se fournissaient dans le même magasin. C'étaient des hommes de main de César *Batman* Güemes, et ils avaient beaucoup fréquenté le Güero Dávila : camarades de travail, convoyeurs de cargaisons aériennes pour la sierra, et aussi compagnons de fiestas qui débutaient l'après-midi au Don Quijote avec de l'argent frais qui sentait ce qu'il sentait, se poursuivaient dans les *téibol-dance* de la ville, le Lord Black et l'Osiris, avec des danseuses nues à cent pesos les cinq minutes, deux cent trente si cela se passait dans les boxes, avant de se terminer avec du whisky Buchanan's et de la musique *norteña**, en sniffant quelques rails de coke pure pour adoucir leur cuite, tandis que Los Huracanes, Los Pumas, Los Broncos ou n'importe quel autre groupe, payés en billets de cent dollars, les accompagnaient en chantant des corridos, *Narices de a gramo*, *El puñado de polvo*, *La muerte de un federal***, qui parlaient d'hommes morts ou d'hommes qui allaient mourir.

– Où est-il ? demanda Teresa.

Le Gato Fierros émit un petit rire méchant.

* *Norteño*, *norteña* : du nord du Mexique.

** *Un gramme dans le nez*, *La pincée de poudre*, *La mort d'un fédéral*.

– Tu l'entends, Pote ?… Elle demande où est le Güero. Tu te rends compte ?

Il restait dans l'encadrement de la porte. L'autre tueur hocha la tête. Il était large et trapu, solide, avec une épaisse moustache noire et des taches sombres sur la peau, comme les chevaux pie. Il ne semblait pas aussi à l'aise que son compagnon et fit le geste de regarder sa montre avec impatience. Ou peut-être avec gêne. En déplaçant le bras, il découvrit la crosse d'un revolver passé dans sa ceinture, sous la veste de lin.

– Le Güero, répéta le Gato Fierros d'un air pensif.

Il avait sorti les mains de ses poches et s'approchait lentement de Teresa qui restait immobile à la tête du lit. Arrivé à sa hauteur, il s'arrêta en la fixant dans les yeux.

– Tu comprends, ma mignonne, dit-il enfin, ton homme a voulu jouer au plus fin.

Teresa sentait la peur lovée dans ses entrailles comme un serpent à sonnette. La Situation. Une peur blanche, froide, semblable à la surface d'une dalle.

– Où est-il ? insista-t-elle.

Ce n'était pas elle qui parlait, mais une inconnue dont les mots imprévisibles l'épouvantaient. Une inconnue imprudente qui ignorait l'urgence du silence. Le Gato Fierros devait s'en rendre compte car il la regarda, surpris qu'elle puisse poser des questions au lieu de rester paralysée ou de crier de terreur.

– Nulle part. Il est mort.

L'inconnue continuait d'agir pour son propre compte et Teresa fut affolée de l'entendre dire : espèces d'enfoirés. Car c'est bien ce qu'elle dit, ou ce qu'elle s'entendit dire : espèces d'enfoirés, et la dernière syllabe n'avait pas franchi ses lèvres qu'elle s'en repentait déjà. Le Gato Fierros l'étudiait avec beaucoup de curiosité et d'attention. Mais c'est qu'elle nous provoque ! dit-il, pensif. C'est pas beau de mentir comme ça.

– Une si jolie petite bouche, conclut-il d'une voix suave.

Après quoi il lui asséna une gifle qui l'étala de tout son long sur le lit, et il resta un autre moment à l'observer comme s'il appréciait le tableau. Le sang battant aux tempes et la joue brûlante, étourdie par le coup, Teresa le vit fixer le paquet de poudre qui était sur la console, en prendre une pincée et la porter à son nez. C'est toujours ça de pris, dit le tueur. Elle est coupée, mais c'est quand même de la bonne. Puis, tout en se frottant avec le pouce et l'index, il en offrit à son compagnon ; mais l'autre fit non de la tête et regarda sa montre. On n'est pas pressés, mon frère, ajouta le Gato Fierros. Pas pressés du tout, et je me fous de l'heure qu'il est. Il regardait de nouveau Teresa.

– Une belle petite garce, précisa-t-il. Et puis, maintenant, elle est veuve.

De la porte, Pote Gálvez prononça le nom de son compagnon. Gato, dit-il, très sérieux. Finissons. L'interpellé leva une main pour réclamer le calme. Ne charrie pas, insista l'autre. Les instructions sont claires. Ils ont dit de la buter, pas de la tringler. Alors laisse tomber, ne sois pas salaud. Mais le Gato Fierros hochait la tête comme un cheval qui encense en entendant venir la pluie.

– Tu parles, dit-il. J'ai toujours eu envie de me farcir cette gonzesse.

Teresa avait déjà été violée avant d'être la femme du Güero Dávila : à quinze ans, par plusieurs voyous de Las Siete Gotas, et ensuite par l'homme qui l'avait fait travailler comme changeuse rue Juárez. Elle sut donc ce qui l'attendait quand le sourire en lame de couteau du tueur se fit plus humide et qu'il lui défit le bouton de son jean. Soudain, elle n'avait plus peur. Parce que ce n'est pas réel, pensa-t-elle confusément. Je dors, et ce n'est qu'un cauchemar comme bien d'autres et que j'ai déjà vécus : quelque chose qui concerne une femme qui rêve, qui me ressemble, mais qui n'est pas moi. Je peux me réveiller quand je veux, sentir la respiration de mon homme sur l'oreiller, me serrer contre lui, mettre mon visage contre sa poitrine et découvrir que rien de tout ça n'était réel. Je peux aussi mourir dans mon sommeil d'un infarctus, d'un arrêt du cœur, de n'importe quoi. Je peux mourir subitement, et rien, ni le rêve ni la vie, n'aura d'importance. Dormir longtemps sans images ni cauchemars. Me reposer pour toujours de ce qui n'a jamais été réel.

– Gato, insista l'autre.

Il avait fini par bouger, en faisant quelques pas dans la chambre. Merde, dit-il. Le Güero était des nôtres. Un homme, un vrai. Souviens-toi : El Paso, la frontière, le Rio Bravo. Les coups qu'on a bus ensemble. Et elle était sa femme. En disant cela, il sortait un revolver Python de sa ceinture et visait Teresa au front. Recule, sinon tu vas être éclaboussé, mon frère, et finissons. Mais le Gato Fierros avait une autre idée en tête et il lui faisait face, dangereux, en le défiant, un œil sur Teresa et l'autre sur son compagnon.

– De toute manière elle va mourir, dit-il, et ça serait du gâchis de ne pas en profiter.

Il écarta le Python d'un geste de la main et Pote Gálvez, indécis, gauche, les regarda alternativement, lui et Teresa, de ses yeux sombres de tueur *norteño* ou se lisait la méfiance indienne, des gouttes de sueur perlant entre les poils de son épaisse moustache, le doigt écarté du revolver dont il pointait le canon en l'air comme s'il allait se gratter la tête avec. Et alors ce fut le Gato Fierros qui sortit son feu, un gros Beretta nickelé, le braqua sur l'autre en le visant à la tête, et lui dit en riant qu'il avait le choix : ou bien il niquait aussi la fille pour qu'ils soient à égalité, ou bien il se dégonflait, et dans ce cas qu'il s'ôte de là, sinon il allait y avoir un sacré combat de coqs avec du plomb à la clef. Pote Gálvez regarda Teresa, résigné et honteux ; il resta ainsi quelques instants et ouvrit la bouche pour dire quelque chose ; mais il ne dit rien et, au lieu de cela, il remit lentement le Python dans sa ceinture, s'éloigna lentement du lit et gagna la porte à pas comptés, pendant que l'autre tueur, narquois, continuait à le viser de son pistolet et lui disait : je te paierai un Buchanan's, mon frère, pour te consoler de t'être fait pédé. Et tandis qu'il disparaissait dans l'autre pièce, Teresa entendit le bruit d'un coup, quelque chose qui volait en éclats, peut-être la porte de l'armoire que Pote Gálvez brisait d'un poing furieux et impuissant ; et, pour quelque obscure raison, elle lui fut reconnaissante. Mais elle n'eut guère le temps d'y penser davantage, car déjà le Gato Fierros lui enlevait son jean ou plutôt le lui arrachait, soulevait à demi son tee-shirt pour lui empoigner brutalement les seins et lui mettait le canon du pistolet entre les cuisses comme s'il allait tirer, tandis qu'elle se laissait faire sans un cri ni un gémissement, les yeux grands ouverts fixant le plafond blanc, en demandant à Dieu que tout se passe vite et qu'ensuite le Gato Fierros la tue immédiatement, avant que tout cela cesse d'être un cauchemar en plein sommeil pour devenir la vie dans toute son abominable crudité.

C'était la vieille histoire, celle de toujours. Finir ainsi. Il ne pouvait y avoir d'autre issue, même si Teresa Mendoza n'avait jamais imaginé que La Situation aurait cette odeur de sueur, de mâle en rut, d'alcool que le Gato Fierros avait éclusé avant de monter chercher sa proie. Pourvu que ça finisse, pensait-elle dans ses moments de lucidité, pourvu que ça finisse une fois pour toutes, et je pourrai me reposer. Elle pensait cela un instant, puis replongeait aussitôt dans son vide dépourvu de sentiments et de peur. Il était trop tard pour la peur, parce qu'on a peur avant que les choses arrivent, et qu'ensuite, pendant qu'elles arrivent, la consolation est que tout a une fin. La seule, l'authentique peur est que la fin tarde trop longtemps à venir. Mais le Gato Fierros n'en prenait pas le chemin. Il donnait de violents coups de reins, dans l'urgence de finir et de se vider. Silencieux. Bref. Des coups de boutoir cruels, sans la regarder, en la repoussant peu à peu au bord du lit. Résignée, les yeux rivés sur la blancheur du plafond, lucide seulement par éclairs, l'esprit vide pendant qu'elle supportait les assauts, Teresa laissa pendre un bras et rencontra le sac ouvert de l'autre côté, par terre.

Elle découvrit soudain que La Situation peut avoir deux

aspects. Elle peut être la Mienne, elle peut être celle de l'Autre. Sa surprise fut si grande que, si l'homme qui l'écrasait le lui avait permis, elle se serait redressée sur le lit, un doigt en l'air, très sérieuse et réfléchissant très fort, afin de s'en assurer. Voyons. Considérons cette variante. Mais elle ne pouvait pas se redresser, car seuls étaient libres ce bras et cette main qui, après être tombée accidentellement dans le sac ouvert, frôlait maintenant le métal froid du Colt Double Eagle entre les liasses de dollars et le linge.

Ce n'est pas à moi que ça arrive, pensa-t-elle. Ou peut-être qu'elle ne pensa rien du tout, qu'elle se borna à observer, passive, cette autre Teresa Mendoza qui pensait à sa place. Ce qui est sûr, c'est que, le temps de comprendre, elle ou l'autre femme qu'elle espionnait avait déjà fermé les doigts sur la crosse du pistolet. Le cran de sûreté était à gauche, près de la détente et du bouton pour expulser le chargeur. Elle le toucha du pouce et sentit qu'il glissait vers le bas, verticalement, en libérant le percuteur. Elle fit un effort de mémoire : il y a une balle engagée. Il y a une balle, puisque je l'y ai mise moi-même, là, dans le canon – elle se rappelait le clic-clac métallique –, ou peut-être que je crois seulement l'avoir fait, peut-être que je ne l'ai pas fait et que la balle n'y est pas. Elle considéra tout cela en calculant froidement : cran de sûreté, détente, culasse armée. Balle. C'était l'enchaînement logique, si ce clic-clac avait bien été réel et non le produit de son imagination. Sinon, le percuteur frapperait dans le vide et le Gato Fierros aurait tout le temps de réagir – et mal. De toute manière, ça ne serait pas pire. Un peu plus de violence, peut-être, ou d'acharnement, dans les derniers instants. Rien qui ne serait pas terminé dans la demi-heure à venir : pour elle, pour cette femme qu'elle observait, ou pour les deux à la fois. Rien qui ne mettrait pas fin rapidement à ses souffrances. Elle en était là de ses réflexions, quand elle s'aperçut que le Gato Fierros avait cessé de se démener et la regardait. Alors Teresa leva le pistolet et lui tira une balle en plein visage.

Il y avait une âcre odeur de poudre et la détonation retentissait encore entre les murs de la chambre quand Teresa appuya une deuxième fois sur la détente : mais le canon du Double Eagle avait sauté en l'air au premier tir, de sorte que la nouvelle balle arracha un morceau de mur. Le Gato Fierros avait roulé contre la console comme s'il s'asphyxiait, les mains sur la bouche, des flots de sang coulaient entre ses doigts et inondaient ses yeux exorbités par la surprise, stupéfiés par la flamme qui lui avait brûlé les cheveux, les cils et les sourcils. Teresa ne put savoir s'il criait ou non, car la détonation avait frappé ses tympans en la rendant sourde. Elle s'était mise à genoux sur le lit, le tee-shirt retroussé sur les seins, nue de la taille aux pieds, les deux mains serrant la crosse du pistolet pour mieux ajuster le troisième tir, quand elle vit apparaître à la porte Pote Gálvez, décomposé et stupéfait. Elle se tourna pour le regarder comme au milieu d'un rêve au ralenti ; et l'autre, qui portait toujours son revolver à la ceinture, leva les deux mains devant lui comme pour se protéger, en contemplant terrorisé le Double Eagle que, maintenant, Teresa pointait dans sa direction, et sa bouche, sous l'épaisse moustache noire, s'ouvrit pour prononcer un « non » silencieux semblable à une supplication ; mais peut-être Pote Gálvez dit-il vraiment « non » à voix haute et qu'elle ne put l'entendre car elle était toujours sourde du fait des détonations. Elle décida que ce devait être ça, car l'autre continuait de remuer rapidement les lèvres, les mains tendues vers elle dans un geste conciliateur, en prononçant des mots qu'elle ne put pas non plus entendre. Et Teresa allait presser la détente quand elle se souvint du coup de poing dans l'armoire, du Python braqué sur son front : le Güero était des nôtres, Gato, ne sois pas salaud. Et elle était sa femme.

Elle ne tira pas. Ce bruit de porte qui volait en éclats maintint son index immobile sur la détente. Son ventre et ses jambes nues étaient glacés quand, sans cesser de viser Pote Gálvez, elle recula sur le lit et, de la main gauche, jeta les vêtements, l'agenda et la coke dans le sac. Ce faisant, elle surveillait le Gato Fierros qui continuait de gargouiller par terre, ses mains sanglantes sur la figure. Un instant, elle pensa tourner le pistolet vers lui et l'achever d'une balle ; mais l'autre tueur était toujours à la porte, les mains tendues et le revolver à la ceinture, et elle sut avec certitude que si elle cessait de le viser, ce serait elle qui recevrait une balle. Elle attrapa donc le sac et, tenant fermement le Double Eagle dans la main droite, elle se leva et s'éloigna du lit. D'abord le Pinto, décida-t-elle, et ensuite le Gato Fierros. C'était l'ordre logique, et le bruit de la porte volant en éclats – même si elle lui en était vraiment reconnaissante – ne suffisait pas à y changer quelque chose. A ce moment, elle vit que les yeux de l'homme qu'elle avait devant elle lisaient dans les siens, que la bouche sous la moustache s'interrompait au milieu d'une nouvelle phrase – maintenant, c'était une rumeur confuse qui parvenait aux oreilles de Teresa – et, quand elle tira pour la troisième fois, cela faisait déjà une seconde que Potemkin Gálvez, avec une agilité déconcertante pour un homme de sa corpulence, s'était lancé vers la porte du palier et l'escalier tout en portant la main à son revolver. Elle tira une quatrième et une cinquième balle avant de comprendre que c'était inutile et qu'elle allait se retrouver sans munitions, et elle ne lui courut pas après car elle sut que le tueur ne pouvait pas s'en aller comme ça ; qu'il allait revenir d'un instant à l'autre et que son avantage momentané était un simple épisode, déjà annulé. Deux étages, pensa-t-elle. Et ça continue de ne pas être pire que ce que je connais déjà. Elle ouvrit donc la fenêtre de la chambre, regarda dans la cour de derrière et entrevit en bas, dans l'obscurité, des buissons et des arbustes. J'ai oublié d'achever cette ordure de Gato, se dit-elle trop tard, alors qu'elle sautait dans le vide. Puis les branches et les buissons lui griffèrent les jambes, les cuisses et la figure quand elle tomba au milieu, et ses chevilles lui firent mal en frappant le sol comme si on lui brisait les os. Elle se releva en boitant, étonnée d'être en vie, et courut sans chaussures et nue de la ceinture aux pieds entre les voitures garées sur le parking. Quand elle fut assez loin, elle s'arrêta, essoufflée, et se recroquevilla près d'un mur en briques à demi écroulé. En plus des griffures et des écorchures qu'elle s'était faites aux pieds en courant, elle sentait une douloureuse brûlure aux cuisses et au sexe : le souvenir récent la faisait enfin frissonner, car l'autre Teresa Mendoza venait de l'abandonner et elle restait seule avec elle-même sans personne à épier de loin. Sans personne à qui attribuer sensations et sentiments. Elle ressentit un violent besoin d'uriner et se mit à le faire là où elle était, accroupie et immobile dans le noir, en tremblant comme si elle avait de la fièvre. Les phares d'une voiture l'éclairèrent un instant : d'une main elle serrait le sac et de l'autre le pistolet.

2. On dit que les flics l'ont vu mais qu'ils ont eu peur…

J'ai déjà dit qu'au début de mon enquête, avant de rencontrer personnellement Teresa Mendoza, je m'étais rendu à Culiacán, Sinaloa. Là, le trafic de la drogue a depuis belle lurette cessé d'être clandestin pour devenir un fait de société objectif, et des dollars distribués à bon escient m'ont permis de m'introduire dans ce genre de milieux spécialisés où il suffit d'un jour ou d'une nuit pour qu'un étranger indiscret et sans recommandation finisse flottant dans l'Humaya ou le Tamazula avec une balle dans la tête. Je me suis fait aussi quelques bons amis : Julio Bernal, le directeur de la Culture de la municipalité, et l'écrivain du Sinaloa Élmer Mendoza dont, pour me mettre en situation, j'avais lu les splendides romans *Un assassin solitaire* et *L'Amant de Janis Joplin*. Ce sont Élmer et Julio qui m'ont le mieux orienté dans les méandres locaux : ni l'un ni l'autre n'avaient été personnellement en relation avec Teresa Mendoza au début de cette histoire – elle n'était encore personne à l'époque –, mais ils avaient connu le Güero Dávila et d'autres personnages qui, d'une façon ou d'une autre, en ont animé la trame. C'est ainsi que j'ai pu découvrir une bonne partie de ce que je sais aujourd'hui. Au Sinaloa, tout est une question de confiance : dans un monde dur et complexe comme celui-là, les règles sont simples et ne prêtent pas à équivoques. On est présenté à quelqu'un par un ami en qui ce quelqu'un a confiance, et il vous fait confiance parce qu'il a confiance en celui qui vous cautionne. Après, si quelque chose tourne mal, c'est celui qui vous a donné sa caution qui en répond sur sa vie et sur la vôtre. Bang, bang. Les cimetières du Nord-Ouest mexicain sont pleins de pierres tombales où sont gravés des noms de gens à qui quelqu'un a fait confiance.

Une nuit, dans la musique et la fumée des cigarettes du Don Quijote, tandis que nous buvions de la bière et de la tequila après avoir écouté les histoires grivoises du comique Pedro Valdez – précédé du ventriloque Enrique et de Chechito, sa marionnette accro à la coke –, Élmer Mendoza s'est penché au-dessus de la table et m'a indiqué un homme corpulent, brun, portant lunettes, qui buvait entouré d'un groupe nombreux, de ce genre d'hommes qui gardent partout leurs vestes et leurs blousons comme s'ils avaient toujours froid : bottes en peau de serpent ou d'autruche, ceintures richement brodées à mille dollars, chapeaux texans ou casquettes de base-ball avec l'écusson des Tomateros de Culiacán et beaucoup d'or massif au cou et aux poignets. Nous les avions vus descendre de deux Ram Charger et entrer comme chez eux, sans que le vigile qui les avait salués obséquieusement à la porte leur demande de se prêter à la formalité habituelle de la fouille, comme le reste de la clientèle.

– C'est César *Batman* Güemes, a dit Élmer à voix basse. Un narco célèbre.

– Il y a des corridos sur lui ?

– Plutôt… – Mon ami riait, entre deux gorgées. – C'est lui qui a tué le Güero Dávila.

J'en suis resté bouche bée, en regardant le groupe : faces brunes et traits durs, moustaches abondantes et danger évident. Ils étaient huit et, depuis le quart d'heure qu'ils se trouvaient là, ils avaient éclusé deux douzaines de canettes de bière. Maintenant ils venaient de commander deux bouteilles de Buchanan's et deux de Remy Martin, et les danseuses, chose insolite au Don Quijote, quittaient la piste pour descendre les rejoindre. Un groupe d'homosexuels teints en blond – à la fin de la soirée le lieu regorgeait de gays et les deux confréries se mélangeaient sans problème – leur adressait des regards aguichants de la table voisine. Le dénommé Güemes leur souriait malicieusement, très viril, puis il a appelé le serveur pour payer leurs consommations. Bel exemple de coexistence pacifique.

– Comment le sais-tu ?

– Tout Culiacán le sait.

Quatre jours plus tard, grâce à une amie de Julio Bernal qui avait un neveu lié au business, nous avons eu, César *Batman* Güemes et moi, une conversation tout à fait étonnante et intéressante. J'avais été invité à un barbecue dans une maison de San Miguel, sur la partie haute de la ville. Là, les narcos juniors – ceux de la deuxième génération –, moins ostentatoires que leurs pères descendus de la sierra, d'abord dans le quartier de Tierra Blanca et ensuite à l'assaut des villas spectaculaires de la Colonie Chapultepec, commençaient à investir dans des demeures d'aspect discret, où le luxe était réservé, toutes portes fermées, à la famille et aux invités. Le neveu de l'amie de Julio, fils d'un narco historique de San José de los Hornos, de ceux qui, dans leur jeunesse, avaient affronté à coups de pistolet policiers et bandes rivales – pour l'heure il purgeait confortablement une condamnation à la prison de Puente Grande, État de Jalisco –, avait vingt-huit ans et s'appelait Ernesto Samuelson. Cinq de ses cousins et son frère aîné avaient été tués par d'autres narcos, ou par les fédéraux, ou par les militaires, et il avait vite assimilé la leçon : études de droit aux États-Unis, affaires à l'étranger et jamais sur le sol national, argent blanchi dans une respectable société mexicaine de transports routiers et dans des élevages de crustacés au Panama. Il vivait dans une maison d'apparence modeste avec sa femme et ses deux enfants, conduisait une sobre Audi européenne et passait trois mois par an dans un simple appartement de Miami, avec une Golf dans le garage. Ainsi, on vit plus longtemps, disait-il. Dans ce métier, ce qui tue, c'est l'envie.

C'est Ernesto Samuelson qui m'a présenté à César *Batman* Güemes, dans son jardin, sous la pergola coiffée de roseaux et de palmes, une bière dans une main et une assiette de viande trop cuite dans l'autre. Il écrit des romans et des films, a-t-il dit, avant de nous laisser seuls.

Batman Güemes parlait doucement et très bas, avec de longues pauses qu'il employait à vous étudier sous toutes les coutures. Il n'avait pas lu un livre de sa vie, mais il adorait le cinéma. Nous avons parlé d'Al Pacino – *Scarface* était son film préféré –, de Robert De Niro – *Les Affranchis*, *Casino* –, et de la façon dont les réalisateurs et les scénaristes d'Hollywood, ces enfants de putain, ne présentent jamais un narco yankee et blond – *gabacho y güero* –, mais les appellent tous Sánchez en les faisant naître au sud du Rio Bravo. En discutant ainsi de blonds, il me rendait les choses faciles et j'ai laissé tomber le nom du Güero Dávila ; et tandis que l'autre me regardait en silence à travers ses lunettes avec une extrême attention, j'ai achevé en ajoutant celui de Teresa Mendoza. J'écris son histoire, ai-je conclu, conscient qu'en certains lieux et avec certain genre d'hommes les mensonges vous reviennent toujours en pleine figure. Et l'on m'avait prévenu que *Batman* était si dangereux que, quand il montait dans la sierra, même les coyotes allumaient des feux pour qu'il ne s'approche pas d'eux.

– Ça fait un putain de bout de temps, a-t-il dit.

Je lui donnais moins de cinquante ans. Il avait la peau très brune et un visage impénétrable aux traits *norteños* accentués. J'ai su par la suite qu'il n'était pas du Sinaloa, mais d'Álamos, État de Sonora, un concitoyen de María Félix, et qu'il avait commencé comme marchand de volailles et d'ânes en passant des émigrants, de l'herbe et de la neige pour le cartel de Juárez dans un camion lui appartenant, avant de monter dans la hiérarchie : d'abord aux ordres du « Seigneur du Ciel », et finalement propriétaire d'une société de transports routiers et d'une autre d'avions privés qui faisaient la contrebande entre la sierra, le Nevada et la Californie, jusqu'au moment où les Américains avaient renforcé leur surveillance de l'espace aérien et colmaté presque tous les trous de leur système de radars. Aujourd'hui, il vivait dans un semi-repos, de ses bénéfices investis dans des affaires sûres et du contrôle de plusieurs villages de paysans cultivateurs de marijuana dans le haut de la sierra, presque à la frontière du Durango. Il possédait un bon ranch du côté d'El Salado, avec quatre mille têtes de bétail : Do Brasil, Angus, Bravo. Il élevait aussi des chevaux de course et des coqs qui lui rapportaient une montagne d'argent chaque année en octobre et en novembre au moment des combats de la foire aux bestiaux.

– Teresa Mendoza, murmura-t-il au bout d'un moment.

Il hochait la tête en prononçant son nom, comme si ça lui rappelait quelque chose d'amusant. Puis il a bu une longue gorgée de bière, mâché un morceau de viande et bu à nouveau. Il continuait à me fixer derrière ses lunettes, un peu ironique, en me donnant à entendre qu'il ne voyait pas d'inconvénient à me parler d'une histoire si ancienne, et que si je prenais le risque de poser des questions dans le Sinaloa, ça ne regardait strictement que moi. Parler des morts ne créait pas de problèmes – les corridos de la drogue étaient pleins de noms et d'histoires réels ; en revanche, toucher aux vivants était dangereux, on risquait de passer pour un bavard et un mouchard. Et moi, acceptant les règles du jeu, j'ai regardé l'ancre en or – à peine un peu plus petite que celle du *Titanic* –, accrochée à la grosse chaîne qui brillait dans l'échancrure de sa chemise à carreaux, et j'ai posé sans plus de détours la question qui me brûlait les lèvres depuis qu'Élmer Mendoza me l'avait désigné quatre jours plus tôt, au Don Quijote. Je lui ai dit ce que j'avais à lui dire, après quoi j'ai relevé les yeux et j'ai vu que l'homme me regardait exactement comme avant. Ou il me trouve sympathique, ai-je pensé, ou je vais avoir des problèmes. Au bout de quelques secondes, il a bu une autre gorgée de bière sans cesser de m'observer. Il a dû me trouver sympathique car, finalement, il a souri légèrement, juste ce qu'il fallait. C'est pour un film ou pour un roman ? a-t-il demandé. Je lui ai répondu que je ne savais pas encore. Que les deux revenaient au même. Alors il m'a offert une bière, en a pris une autre pour lui et a commencé à me raconter la trahison du Güero Dávila.

Ce n'était pas un mauvais type, le Güero. Courageux, de parole, beau garçon. Une allure à la Luis Miguel mais en plus maigre, et plus dur. Et bon vivant. Très sympathique. Raimundo Dávila Parra dépensait son argent à mesure qu'il le gagnait, ou presque, et il était généreux avec les amis. César *Batman* Güemes et lui avaient bien souvent veillé jusqu'au petit matin avec alcool, musique et femmes, pour fêter de fructueuses opérations. Un temps, même, ils avaient été intimes : de vrais *broders*, des *carnales*, comme on dit au Sinaloa. Le Güero était chicano : natif de San Antonio, au Texas. Et il avait débuté très jeune, en transportant de l'herbe cachée dans des voitures vers les États-Unis : ils avaient fait plus d'un voyage ensemble, en passant par Tijuana, Mexicali ou Nogales, jusqu'à ce que les *gabachos*, les Yankees, les expédient pour un temps en prison, là-haut. Ensuite, le Güero s'était mis dans le crâne de voler : il avait suivi des cours et s'était payé un entraînement d'aviateur civil dans la vieille école du boulevard Zapata. C'était un bon pilote – le meilleur, a reconnu *Batman* en hochant la tête d'un air convaincu –, de ceux qui n'ont pas froid aux yeux : l'homme qu'il fallait pour des atterrissages et des décollages clandestins sur les petites pistes cachées de la sierra, ou pour des vols à basse altitude en évitant les radars du Système hémisphérique qui contrôlaient les routes aériennes entre la Colombie et les États-Unis. En fait, le Cessna semblait prolonger ses mains et sa détermination : il atterrissait n'importe où et à n'importe quelle heure, et cela lui avait apporté célébrité, argent et respect. La *raza culichi* – les gens de Culiacán – l'appelait, à juste titre, le roi de la piste courte. Au point que Chalino Sánchez, qui était aussi un de ses amis, avait promis de composer un corrido qui porterait ce titre : *Le Roi de la piste courte*. Mais Chalino s'était fait trouer la peau avant l'heure – le Sinaloa était vraiment insalubre et le climat variable –, et le Güero était resté sans chanson. De toute manière, avec ou sans corrido, il n'avait jamais manqué de travail. Son parrain était don Epifanio Vargas, un caïd, un vétéran de la sierra, avec de solides protections, dur et franc du collier, qui contrôlait la Norteña de Aviación, une compagnie privée de Cessna, de Piper Comanche et de Navajo. Sous la couverture de la Norteña, le Güero Dávila avait fait des transports clandestins de deux ou trois cents kilos avant de participer aux grands business de l'époque dorée, quand Amado Carrillo s'était gagné le surnom de « Seigneur du Ciel » en organisant le plus grand pont aérien de l'histoire du trafic de la drogue entre la Colombie, la Basse-Californie, les États de Sinaloa, de Sonora, de Chihuahua et de Jalisco. Beaucoup des missions exécutées en ce temps-là par le Güero avaient consisté à amuser l'ennemi en servant de leurre pour les écrans des radars opérant au sol et pour les avions Orión bourrés de technologie avec des équipages mixtes, gringos et mexicains. Et amuser n'était pas seulement un terme technique, car le pilote lui-même y prenait du plaisir. Il avait fait des étincelles en jouant sa peau avec des vols limites, de nuit et de jour : manœuvres excentriques, atterrissages et décollages sur quelques mètres de terrain et dans des endroits invraisemblables, afin d'éviter que l'attention ne se porte sur les gros Boeing, les Caravelle et les DC8 qui, achetés en commun par les trafiquants, transportaient en un seul voyage huit à douze tonnes avec la complicité de la police, du ministère de la Défense et même de la présidence du gouvernement mexicain. C'était l'époque heureuse du président Carlos Salinas de Gortari, quand les narcos trafiquaient à l'ombre de Los Pinos* ; une époque très heureuse aussi pour le Güero Dávila : avions vides, sans cargaison et donc sans la responsabilité de celle-ci, jouant au chat et à la souris avec ceux des adversaires qu'il n'était pas possible d'acheter complètement. Des vols où il jouait sa vie à pile ou face, ou tout au moins une lourde peine s'il était pris du côté gringo.

En ce temps-là, César *Batman* Güemes, qui gardait litté-

* Les Pins, nom du palais présidentiel.

ralement les pieds sur terre, commençait à prospérer dans la mafia du Sinaloa. Les groupes mexicains devenaient indépendants des fournisseurs de Medellín et de Cali : ils augmentaient leurs pourcentages, se faisaient payer avec des quantités de plus en plus grandes de coke et commercialisaient eux-mêmes la drogue qu'ils se bornaient auparavant à transporter. L'ascension de *Batman* dans la hiérarchie locale en avait été facilitée ; et après divers règlements de comptes sanglants pour stabiliser le marché et la concurrence – certains matins, on retrouvait douze à quinze morts, chez les siens ou chez les autres –, après avoir fait figurer sur ses listes d'émargement le plus grand nombre possible de policiers, de militaires et de politiques, y compris des douaniers, des officiers d'immigration gringos, les paquets portant sa marque – une petite chauve-souris – avaient commencé à franchir le Rio Bravo dans des camions. Il s'occupait autant d'héroïne que de coke ou de marijuana. « Je vis de trois animaux », disaient les paroles d'un corrido qu'il s'était fait composer par un groupe *norteño* de la rue Francisco Villa : « *mi perico, mi gallo y mi chiva** ». Presque à la même époque, don Epifanio Vargas, qui avait été jusque-là le patron du Güero Dávila, commençait à se spécialiser dans des drogues d'avenir, telles que l'ecstasy, avec ses propres laboratoires dans le Sinaloa et le Sonora, et aussi de l'autre côté de la frontière américaine. Puisque les *gabachos* aiment la horse, disait-il, moi je la leur ferre sur place. En quelques années, sans presque tirer de coups de feu ni alimenter le cimetière, on pourrait dire en gants blancs, Vargas avait réussi à devenir le premier magnat mexicain des précurseurs de drogues de synthèse comme l'éphédrine qu'il importait sans problème d'Inde, de Chine et de Thaïlande, et l'un des principaux producteurs de méta-amphétamines d'un côté et de l'autre de la frontière. Il avait fait également ses débuts en poli-

* Surnoms donnés à la drogue : le *perico* (la perruche) désigne la cocaïne ; le *gallo* (le coq), la marijuana ; la *chiva* (la chèvre), l'héroïne.

tique. Avec les affaires légales bien visibles et les illégales camouflées derrière une société pharmaceutique officiellement enregistrée, la cocaïne et la Norteña de Aviación n'avaient plus de raison d'être. Il avait donc vendu la compagnie aérienne à *Batman* Güemes et, du coup, le Güero Dávila, qui voulait continuer à voler plus encore que gagner de l'argent, avait changé de caïd. A ce moment-là, le Güero avait déjà acheté une maison avec un étage dans le quartier de Las Quintas, il ne conduisait plus la vieille Bronco noire mais une voiture fraîchement immatriculée, et il vivait avec Teresa Mendoza.

C'est là que les choses avaient commencé à mal tourner. Raimundo Dávila Parra n'était pas quelqu'un de discret. Vivre longtemps n'était pas sa préoccupation première, et il préférait flamber tout de suite, vite et bien. Il se moquait de tout ; et, entre autres, il avait une trop grande gueule, ce qui finit toujours mal, même pour les requins. Il déconnait ferme en se vantant de ce qu'il avait fait et de ce qu'il allait faire. Mieux vaut, disait-il, être cinq ans un roi que cinquante ans une oie. C'est ainsi que, petit à petit, des rumeurs avaient commencé à parvenir aux oreilles de *Batman* Güemes. Le Güero truffait la cargaison des autres de la sienne en profitant de ses voyages pour ses propres affaires. La marchandise lui était fournie par un ex- policier nommé Guadalupe Parra, également connu sous le nom de Lupe el Chino ou Chino Parra, qui était son cousin germain et avait des contacts. En général, il s'agissait de coke saisie par des douaniers qui en prenaient vingt, en déclaraient cinq, et laissaient filer le reste. Chose hautement répréhensible – il ne s'agissait pas du comportement des flics mais du commerce privé du Güero –, car il gagnait un sacré paquet pour son travail, les règles étaient les règles, et se livrer à des trafics privés, au Sinaloa et dans le dos des patrons, était le moyen le plus efficace de s'attirer des ennuis.

– Quand on vit de travers, a précisé ce soir-là *Batman* Güemes, sa bière dans une main et son assiette de viande grillée dans l'autre, il faut travailler droit.

Pour résumer : si le Güero était bavard, son salaud de cousin germain n'était pas une lumière. Chino Parra était un incapable qui bousillait le travail. Un minable du genre à qui on confie un camion de coke et qui vous livre un camion de Pepsi. Il était couvert de dettes, il avait besoin de sniffer toutes les demi-heures, il était fou de grosses bagnoles, et il logeait sa femme et ses trois gosses dans une maison très luxueuse située dans la partie la plus ostentatoire de Las Quintas. C'était comme si ça ne lui suffisait pas de manger à sa faim mais qu'il voulait encore s'en mettre jusque-là : les billets verts, les *cueros de rana* *, comme disent les Mexicains, partaient aussi vite qu'ils arrivaient. C'est pourquoi les deux cousins avaient décidé de monter pour leur compte une opération en grand : le transport de certaine cargaison que des douaniers avaient interceptée à El Salto, État de Durango, et qui avait trouvé des acheteurs dans l'Obregón. Comme d'habitude, le Güero avait volé seul. Profitant d'un voyage à Mexicali avec quatorze caisses de saindoux contenant chacune vingt kilos d'héroïne, il avait fait un détour pour en ramasser cinquante de neige bien empaquetés dans leur emballage de plastique. Mais quelqu'un avait repéré le Güero, et quelqu'un d'autre avait décidé de lui couper les ergots.

– Qui cela ?

– N'exagérez pas. Quelqu'un.

Le piège, a poursuivi *Batman* Güemes, lui avait été tendu juste sur la piste d'atterrissage, à six heures du soir – la précision de l'heure aurait fait merveille dans le corrido que le Güero désirait si fort et que le défunt Chalino Sánchez ne composa jamais –, près d'un endroit de la sierra connu sous le nom de l'Épine du Diable. La piste faisait seulement trois cent douze mètres et le Güero, après l'avoir survolée sans rien y voir de suspect, venait de terminer sa descente avec les volets de son Cessna 172R au dernier cran, tous signaux d'alarme hurlants,

* Les « peaux de grenouille ».

presque aussi vertical que s'il tombait en parachute ; il commençait à rouler à une vitesse de quarante nœuds, quand il avait vu deux pick-up stationnés et des gens qui n'auraient pas dû être là, camouflés sous les arbres. Et donc, au lieu de freiner, il avait remis pleins gaz pour accélérer et tiré sur le manche. Il aurait peut-être réussi, et quelqu'un a dit ensuite qu'au moment où ils avaient commencé à vider des chargeurs entiers de AR 15 et de « cornes de bouc », il était déjà parvenu à ôter les roues du terrain. Mais tout ce plomb faisait un sacré lest et le Cessna était allé s'écraser quelque cent pas au-delà du bout de la piste. Quand ils l'avaient rejoint, le Güero était encore vivant dans les débris tordus de la cabine : il avait le visage en sang, la mâchoire brisée par une balle, et les os cassés lui perçaient la peau, pourtant il respirait faiblement. Il n'en avait pas pour longtemps, mais les instructions étaient de le tuer lentement. Ils avaient donc sorti la drogue de l'avion, puis, comme dans les films, ils avaient jeté un Zippo allumé sur l'essence à 100 octanes qui ruisselait du réservoir crevé. Ffffuuiit ! La vérité est que le Güero ne s'était presque rendu compte de rien.

Quand on vit de travers, a répété César *Batman* Güemes, il faut travailler droit. Cette fois, il l'a dit en manière de conclusion, sur un ton pensif, en posant l'assiette vide sur la table. Puis il a fait claquer sa langue, a liquidé son fond de bière et contemplé l'étiquette jaune de la *Cervecería del Pacífico S.A.* Tout ce temps, il avait parlé comme si l'histoire qu'il me racontait n'avait rien à voir avec lui, comme s'il l'avait entendue rapportée par d'autres. Une histoire qui était du domaine public. Et j'ai supposé qu'elle l'était.

– Et Teresa Mendoza ?

Il m'a jeté un regard méfiant derrière ses lunettes, une interrogation silencieuse sur le sens de ma question. Je lui ai demandé sans finasser si elle était impliquée dans les manœuvres du Güero, et il a répondu sans hésiter non, absolument pas. A l'époque, elle n'était qu'une fille parmi beaucoup d'autres : toute jeunette, et muette. La gonzesse d'un narco. A cette différence près qu'elle ne se décolorait pas les cheveux et qu'elle n'était pas non plus de ces perruches qui aiment se faire remarquer. D'ailleurs, a-t-il ajouté, ici les femmes s'occupent seulement de leurs affaires : coiffeur, téléfilms, Juan Gabriel et musique *norteña*, achats de trois mille dollars chez Sercha's et chez Coppel, où leur crédit vaut plus que l'argent. Enfin, vous voyez. Le repos du guerrier. Elle devait avoir entendu des choses, bien sûr. Mais elle n'avait rien à voir avec les trafics de son homme.

– Alors pourquoi s'en prendre à elle ?

– Ce n'est pas à moi qu'il faut poser la question.

Il était soudain sérieux, et j'ai craint encore une fois que la conversation ne s'arrête là. Mais, au bout d'un moment, il a haussé les épaules. Ici, il y a des règles, a-t-il dit. On ne les choisit pas, elles sont déjà là quand on arrive. Tout est une question de réputation et de respect. Comme chez les squales. Si on flanche ou si on saigne, les autres vous viennent dessus. C'est faire un pacte avec la mort et la vie : tant d'années pour être un monsieur. On dira ce qu'on voudra, l'argent sale ôte la faim aussi bien que le propre. Et puis il donne le luxe, la musique, le vin et les femmes. Ensuite on meurt vite, et en paix. Peu de narcos prennent leur retraite, et la fin naturelle est la prison ou le cimetière ; sauf pour les plus chanceux et les plus malins qui savent décrocher à temps, comme Epifanio Vargas, par exemple, qui a crevé le plafond en achetant la moitié du Sinaloa et en tuant l'autre moitié, s'est lancé ensuite dans l'industrie pharmaceutique et fait aujourd'hui de la politique. Mais c'est rare. Ici les gens se méfient de celui qui a été longtemps dans le business et continue d'être actif.

– Actif ?

– Vivant.

Il m'a laissé méditer quelques secondes. Ceux, ajouta-t-il ensuite, qui savent et qui sont dans ce métier disent – il appuyait beaucoup sur *ceux* et sur *disent* – que même si vous êtes bon et réglo dans le travail, très sérieux et de parole, vous finissez mal. Les gens viennent à vous, c'est facile, ils vous préfèrent à d'autres, vous montez sans le vouloir, et alors les concurrents vous tombent dessus. C'est pour cela que tout faux pas se paye cher. Et plus vous avez de gens ou plus vous en tenez, plus vous devenez vulnérable. C'est ce qui s'est passé pour un autre *güero*, un blond fameux qui a eu ses corridos, Héctor Palma, dont un ancien associé, à cause de désaccords, a enlevé et torturé la famille, dit-on, et à qui, le jour de son anniversaire, il a envoyé par la poste la tête de sa femme dans une boîte. *Hapibirsdé-tou-you*. Quand on vit sur le fil du rasoir, personne ne peut se permettre d'oublier les règles. Ce sont les règles qui ont fixé le sort du Güero Dávila. Et c'était un brave type, je vous jure. Un bon coq de combat. De bonne race, cet homme-là. Courageux, de ceux qui donnent tout ce qu'ils ont dans le ventre et meurent où on leur demande. Un peu bavard et ambitieux, comme vous avez pu constater, mais pas différent de ce qu'il y a de meilleur ici. Je ne sais si vous me comprenez. Quant à Teresa Mendoza, elle était sa femme. Innocente ou non, les règles l'incluaient aussi.

Sainte Vierge. Saint Patron. La petite chapelle de Malverde était dans l'ombre. Seule une veilleuse luisait sous le porche, ouvert à toute heure du jour et de la nuit, et par les vitraux filtrait la lumière rougeâtre de quelques cierges allumés devant l'autel. Depuis un long moment Teresa se tenait immobile dans le noir, près de la clôture qui séparait la rue Insurgentes des voies du chemin de fer et du canal. Elle essayait de prier et n'y parvenait pas ; d'autres choses lui occupaient la tête. Elle avait beaucoup hésité avant de se décider à téléphoner. En calculant les possibilités. Ensuite elle avait marché jusque-là en observant très attentivement les alentours, et maintenant elle attendait, cachant la braise de sa cigarette dans le creux de sa main. Une demi-heure, avait dit don Epifanio Vargas. Teresa n'avait pas de montre, et il ne lui était pas possible d'évaluer le temps écoulé. Une voiture de la police passa lentement, en direction du boulevard Zapata, elle sentit son estomac se tordre et se hâta d'éteindre la cigarette : elle entrevit les silhouettes des deux agents assis à l'avant, le visage de celui de droite légèrement éclairé par la veilleuse de la chapelle. Teresa recula pour s'enfoncer davantage dans le noir. Ce n'était pas seulement qu'elle était hors la loi. Dans le Sinaloa, comme dans tout le Mexique, être en contact avec la police, qu'il s'agisse de l'agent en quête d'un pigeon à plumer – la veste fermée pour qu'on ne voie pas son matricule – ou du supérieur qui recevait chaque mois une liasse de dollars du narcotrafiquant, c'était parfois se fourrer dans la gueule du loup.

Cette prière inutile n'en finissait pas. Sainte Vierge. Saint Patron. Elle l'avait recommencée six ou sept fois, sans jamais la terminer. La chapelle du bandit Malverde lui rappelait trop de souvenirs liés au Güero Dávila. C'était peut-être pour ça que, lorsque don Epifanio Vargas, au téléphone, avait accepté le rendez-vous, elle lui avait donné le nom de cet endroit, presque instinctivement. Don Epifanio avait d'abord proposé la Colonie Chapultepec, près de chez lui ; mais cela impliquait de traverser la ville et de passer un pont sur le Tamazula. Trop risqué. Et même si elle n'avait donné aucun détail sur les événements, sauf qu'elle était en fuite et que le Güero lui avait dit de prendre contact avec don Epifanio, celui-ci avait compris que les choses allaient mal, ou pire. Il avait voulu la rassurer, ne t'inquiète pas, Teresita, on va se voir, ne pleure pas et ne bouge pas. Cache-toi et dis-moi où. Il l'appelait toujours Teresita quand il la rencontrait avec le Güero sur le front de mer dans les restaurants de la plage d'Altata, dans une fête, ou le dimanche à Los Arcos en train de manger du *callo de hacha**, du cebiche de crevettes et du crabe farci. Il l'appelait Teresita et l'embrassait sur la joue, un jour il l'avait même présentée à sa

* Chair d'un gros coquillage, plat populaire du Sinaloa.

femme et à ses enfants. Et bien que don Epifanio soit un homme intelligent et puissant, possédant plus d'argent que le Güero n'en réunirait jamais dans toute sa vie, il était toujours aimable avec lui, il continuait à l'appeler fiston comme au bon vieux temps ; et une fois, à Noël, le premier que Teresa passait en qualité de fiancée, don Epifanio lui avait même envoyé des fleurs et une petite émeraude colombienne très jolie avec une chaîne en or, et une liasse de dix mille dollars pour qu'elle puisse faire un cadeau à son homme, une surprise, et qu'elle s'achète ce qui lui ferait plaisir avec le reste. Voilà pourquoi Teresa lui avait téléphoné ce soir-là, pourquoi elle gardait pour lui cet agenda du Güero qui la brûlait et pourquoi elle attendait calmement dans le noir à quelques pas de la chapelle de Malverde. Sainte Vierge, Saint Patron. Parce que don Epi est le seul à qui tu puisses te fier, assurait le Güero. C'est un homme bien et un homme d'honneur, il a été un bon patron et puis il est mon parrain. Salaud de Güero. Il avait dit ça avant que tout foute le camp, avant que sonne le téléphone qui n'aurait jamais dû sonner et qu'elle se voie dans l'état où elle se voyait. J'espère bien, murmura-t-elle, que tu rôtis en enfer. Fumier. Pour m'avoir mise dans la chaudière où tu me mets. Elle savait maintenant qu'elle ne pouvait se fier à personne ; pas même à don Epifanio. C'était pour cela qu'elle lui avait donné rendez-vous ici : presque instinctivement peut-être, mais en fait elle savait bien ce qu'elle faisait. La chapelle était un endroit tranquille où elle pourrait arriver sans être vue, par la voie de chemin de fer qui longeait le canal, et surveiller toute la rue au cas où l'homme qui l'appelait Teresita et lui avait donné dix mille dollars et une émeraude à Noël ne viendrait pas seul, ou si le Güero s'était trompé dans ses prévisions, ou si elle perdait son sang-froid et – à condition, évidemment, qu'elle en soit capable – devait se mettre encore une fois à courir.

Elle lutta contre la tentation d'allumer une autre cigarette. Sainte Vierge. Saint Patron. A travers les vitraux, elle pouvait voir les cierges qui éclairaient l'intérieur de la chapelle. Saint Malverde avait été de son vivant Jesús Malverde, le bon bandit qui volait les riches, disait-on, pour aider les pauvres. Les prêtres et les autorités n'avaient jamais reconnu cette canonisation ; mais les prêtres et les autorités n'avaient aucune notion de ce genre de choses, et le peuple s'en était chargé. Après son exécution, le gouvernement avait ordonné qu'on le laisse sans sépulture, pour faire un exemple. Mais les gens qui passaient par là couvraient son corps de pierres, une seule à chaque fois pour ne pas désobéir, jusqu'à ce qu'il finisse par avoir ainsi une sépulture chrétienne, après quoi on avait fait la chapelle et le reste. Parmi les rudes habitants de Culiacán et dans tout le Sinaloa, Malverde était plus populaire et plus miraculeux que l'Enfant Jésus lui-même ou que Notre-Dame de Guadalupe. La chapelle était pleine de plaques et d'ex-voto qui le remerciaient pour ses miracles : une mèche de bébé pour un accouchement facile, des crevettes dans de l'alcool pour une bonne pêche, des photos, des images. Mais surtout saint Malverde était le patron des narcos du Sinaloa qui venaient lui demander protection et lui rendre grâce, avec des offrandes et des plaques écrites à la main ou gravées, après chaque retour heureux et chaque affaire réussie. *Merci, gentil saint, de m'avoir sorti de prison*, pouvait-on lire, fixé au mur à côté de l'effigie du saint – brun, moustachu, vêtu de blanc, un élégant foulard noir autour du cou –, ou *Merci pour ça que tu sais*. Les individus les plus durs, les pires criminels de la plaine ou de la sierra portaient sa photo à leur ceinture, sur des scapulaires, sur leur casquette de base-ball et dans leur voiture, le nommaient en se signant, et beaucoup de mères venaient prier quand leur fils faisait son premier voyage, allait en prison, ou connaissait une mauvaise passe. Il y avait des tueurs qui collaient l'image de Malverde sur la crosse de leur pistolet ou de leur « corne de bouc ». Et même le Güero Dávila, qui disait ne pas croire à ces choses, avait sur le tableau de bord de son avion une photo du saint dans un cadre en cuir, avec cette prière : *Mon Dieu, bénissé mon chemin et permetté mon retour* – tel quel, fautes d'orthographe comprises. Teresa l'avait achetée au gardien du sanctuaire, à l'époque où elle allait en cachette y faire brûler des cierges quand le Güero restait des jours sans rentrer à la maison. Elle l'avait fait jusqu'au moment où il s'en était aperçu et le lui avait interdit. Des superstitions idiotes, ma poupée. Je n'ai pas envie que ma femme se rende ridicule. Mais le jour où elle lui avait apporté la photo avec la prière, il n'avait rien dit, il ne s'était même pas moqué, et il l'avait mise sur le tableau de bord du Cessna.

Quand les phares s'éteignirent après avoir illuminé la chapelle de deux longues rafales, Teresa était déjà en train de pointer le Double Eagle sur la voiture. Elle avait peur, mais cela ne l'empêchait pas de peser le pour et le contre, en passant en revue les apparences sous lesquelles le danger pouvait se présenter. Sa tête était très douée pour le calcul, et ceux qui l'avaient employée jadis comme changeuse devant le marché Buelna en savaient quelque chose : A + B = X, + Z probabilités dans un sens ou dans l'autre, multiplications, divisions, j'ajoute tant et je retire tant. Et cela la mettait encore une fois face à La Situation. Cinq heures au moins s'étaient écoulées depuis que le téléphone avait sonné dans la maison de Las Quintas, et deux depuis la première balle dans la tête du Gato Fierros. Une fois payé le quota d'horreur, d'affolement, toutes les ressources de son instinct et de son intelligence étaient mobilisées pour la garder en vie. C'était pour cela que sa main ne tremblait pas. C'était pour cela qu'elle voulait prier sans y parvenir et que, en revanche, elle se rappelait avec précision qu'elle avait tiré cinq balles, qu'il lui en restait une dans le canon et neuf dans le chargeur, que le recul du Double Eagle était très fort pour elle et que, la prochaine fois, elle devrait tirer un peu au-dessous de la cible si elle ne voulait pas la manquer ; en ne plaçant pas sa main gauche sous la crosse, comme dans les films, mais par-dessus le poignet droit pour le maintenir à chaque coup de feu. Là résidait sa dernière chance, et elle le savait. Que son cœur batte lentement, que son sang circule calmement et que ses sens restent en alerte, c'était cela qui, dans une heure, ferait la différence entre être vivante ou étendue par terre. C'était pour cela qu'elle avait sniffé deux fois rapidement une pincée qu'elle avait prise dans le paquet qui était dans son sac. Et c'était pour cela que, à l'arrivée de la Suburban blanche, elle avait détourné instinctivement les yeux de la lumière pour ne pas être aveuglée ; et maintenant elle regardait de nouveau par-dessus son arme, un doigt sur la détente, retenant son souffle, guettant le premier indice d'un quelconque coup fourré. Prête à tirer, quelle que soit la cible.

Les portières claquèrent. Elle bloqua sa respiration. Une, deux, trois. Merde. Trois silhouettes masculines debout près de la voiture, éclairées à contre-jour par les réverbères de la rue. Choisir. Elle avait cru pouvoir échapper à ça, rester en marge, pendant que quelqu'un agissait pour elle. Ne te fais pas de souci, ma poupée – tel était le principe. Contente-toi de m'aimer. C'était doux et confortable. Il était trompeur, ce sentiment de sécurité quand elle se réveillait la nuit et sentait la respiration tranquille de l'Homme. La peur était alors quelque chose d'inconnu. Parce que la peur est fille de l'imagination, et il n'y avait rien d'autre que des heures heureuses qui passaient comme un joli boléro ou un fleuve paisible. Et le piège était facile : son rire quand il la prenait dans ses bras, ses lèvres parcourant sa peau, sa bouche murmurant des mots tendres ou s'aventurant très loin, très profond au creux de ses cuisses, comme si elle allait rester là pour toujours – si elle vivait assez longtemps pour qu'oublier ait un sens, cette bouche serait la dernière chose qu'elle oublierait. Mais rien ni personne ne reste pour toujours. Nul n'est à l'abri, et tout sentiment de sécurité est dangereux. On se réveille soudain avec l'évidence qu'il est impossible de se soustraire à la vie réelle ; que l'existence est un chemin, que marcher sur ce chemin implique un choix permanent. Ou celui-ci, ou celui-là. Avec qui on vit, qui on aime, qui on tue. Qui vous tue. Chacun, qu'il le veuille ou non, marche seul. La Situation. En fin de compte, choisir. Après avoir hésité un instant, elle braqua son pistolet sur la plus massive et la plus grande des trois silhouettes masculines. Elle constituait la meilleure cible. Et, en plus, c'était le chef.

– Teresita, dit don Epifanio Vargas.

Cette voix connue, si familière, remua quelque chose en elle. Elle sentit que les larmes – elle était trop novice et elle les avait crues impossibles – lui brouillaient la vue. D'un coup, elle devint fragile ; elle voulut comprendre pourquoi et, en s'y efforçant, il fut aussi trop tard pour l'éviter. Pauvre conne, se dit-elle. Tu es stupide. Dès que ça tourne mal, tu pleures. Les lumières lointaines de la rue se décomposaient sous ses yeux et tout devint une masse confuse de reflets liquides et d'ombres. Soudain, elle n'eut plus rien devant elle à viser. Elle baissa le pistolet. Pour une larme, pensa-t-elle, résignée. Maintenant, ils peuvent me tuer à cause d'une saloperie de larme.

– Sale époque.

Don Epifanio Vargas tira une longue bouffée sur son havane et contempla la braise d'un air songeur. Dans la pénombre de la chapelle, les cierges et les veilleuses allumés éclairaient son profil indien, les cheveux très noirs, épais et coiffés en arrière, la moustache *norteña* affirmant un physique qui avait toujours rappelé à Teresa celui d'Emilio Fernández ou de Pedro Armendáriz dans les vieux films mexicains qui passaient à la télévision. Il devait avoir la cinquantaine, et il était grand et large, avec des mains énormes. Dans celle de gauche, il tenait le havane et dans celle de droite l'agenda du Güero.

– Autrefois, au moins, nous respections les femmes et les enfants.

Il hochait la tête, nostalgique et triste. Teresa savait que cet autrefois remontait au temps où, jeune paysan de Santiago de los Caballeros fatigué de crever de faim, Epifanio

Vargas avait abandonné sa paire de bœufs, son champ de maïs et de haricots, s'était mis à égrainer le chanvre indien pour préparer la marijuana, avait risqué sa peau pour trouer celle de quiconque lui barrait le chemin, et avait laissé tomber dès que cela lui avait été possible pour passer finalement de la sierra à la plaine et s'installer à Tierra Blanca, quand les réseaux de contrebandiers du Sinaloa commençaient à faire passer au nord en même temps que leurs savonnettes de shit les premiers lots de coke qui arrivaient de Colombie par bateau et par avion. Pour les hommes de la génération de don Epifanio qui, après avoir traversé le Rio Bravo à la nage avec leur marchandise sur le dos, habitaient maintenant de luxueuses fincas de la Colonie Chapultepec, et dont les précieux rejetons allaient dans des collèges de luxe au volant de leurs propres voitures ou faisaient leurs études dans des universités américaines, ce temps lointain avait été celui des grandes aventures, des grands risques et des grandes richesses acquises du jour au lendemain : une opération réussie, une bonne récolte, une cargaison faste. Des années de danger et d'argent jalonnant une vie qui, dans la sierra, n'aurait été qu'une existence misérable. Vie intense et souvent brève ; car seuls les plus durs de ces hommes avaient réussi à survivre, à s'établir et à délimiter le territoire des grands cartels de la drogue. Des années où tout était à définir. Où personne n'occupait une place sans pousser les autres, et où l'erreur et l'échec se payaient comptant. Mais le seul paiement accepté était sa propre vie. Ni plus ni moins.

– Ils sont aussi allés chez Chino Parra, commenta don Epifanio. On l'a dit aux informations tout à l'heure. La femme et les trois enfants... – La braise du havane brilla quand il tira une autre bouffée. – Chino, on l'a retrouvé devant chez lui, dans le coffre de sa Silverado.

Il était assis à côté de Teresa sur le banc situé à droite du petit autel. Quand il bougeait la tête, les cierges donnaient des reflets lustrés à son abondante chevelure soigneusement peignée. Les années écoulées depuis qu'il était descendu de la sierra avaient affiné son aspect et ses manières ; mais sous les costumes sur mesure, les cravates qu'il faisait venir d'Italie et la soie de ses chemises à cinq cents dollars, survivait, bien vivant, le paysan de la sierra du Sinaloa. Et pas seulement par le fond inamovible d'ostentation des *Norteños*, les gens du Nord – bottes pointues, ceinture brodée à boucle d'argent, pièce d'or accrochée à une chaîne –, mais aussi et surtout par le regard tantôt impassible, tantôt méfiant ou patient, de l'homme que, durant des siècles et des générations, une averse de grêle ou une sécheresse obligeaient chaque fois à repartir de zéro.

– Apparemment, ils ont attrapé Chino le matin et passé la journée avec lui à bavarder… D'après la radio, ils ont pris leur temps.

Teresa put imaginer sans effort les mains attachées avec du fil de fer, les cigarettes, les rasoirs. Les cris de Chino Parra étouffés dans un sac en plastique ou sous une épaisseur de papier adhésif, dans une cave ou un hangar, avant qu'ils mettent fin à ses souffrances et aillent s'occuper de sa famille. C'était peut-être même Chino qui avait fini par dénoncer le Güero Dávila. Ou sa propre famille. Elle connaissait bien Chino, sa femme Brenda et les trois gosses. Deux garçons et une fille. Elle se souvint d'eux jouant et chahutant sur la plage d'Altata, l'été dernier : leurs petits corps bruns et chauds de soleil, sous les serviettes, endormis pendant le retour sur la banquette arrière de cette Silverado où l'on venait de retrouver le cadavre de leur père. Brenda était toute menue, très bavarde, elle avait de jolis yeux marron et portait à la cheville droite une chaînette en or avec les initiales de son homme. Elles étaient allées bien des fois ensemble faire du shopping dans Culiacán, pantalons de cuir très serrés, faux ongles peints, souliers à talons aiguilles. Guess Jeans, Calvin Klein, Carolina Herrera… Elle se demanda si c'était Potemkin Gálvez et le Gato Fierros qu'ils avaient envoyés, ou d'autres tueurs. Si cela s'était passé avant la visite qu'ils lui avaient faite, ou pendant. S'ils avaient tué Brenda avant ou après ses gosses. S'ils avaient fait ça vite, ou si, avec eux aussi, ils avaient pris leur temps. De vrais porcs. Des salauds, les hommes. Elle avala une grande bouffée d'air et la relâcha peu à peu pour que don Epifanio ne la voie pas pleurer. Puis elle maudit en silence Chino Parra, avant de maudire encore plus le Güero. Chino était téméraire, comme la plupart de ceux qui tuaient ou trafiquaient : par pure ignorance, parce qu'il ne pensait pas. Il s'embarquait dans de sales histoires par absence de jugeote, sans se rendre compte que ce n'était pas seulement lui qu'il mettait en danger, mais toute sa famille. Le Güero n'était pas comme son cousin : lui, il était intelligent, il savait ce qu'il faisait. Il connaissait tous les risques et il avait toujours su lui dire ce qui allait lui arriver, à elle, s'il se laissait prendre ; mais ça lui faisait une belle jambe, maintenant. Saloperie d'agenda. Ne l'ouvre pas, avait-il dit. Prends-le et ne l'ouvre pas. Le salaud, murmura-t-elle encore une fois. Maudit salaud de Güero.

– Que s'est-il passé ? demanda-t-elle.

Don Epifanio haussa les épaules.

– Il s'est passé ce qui devait se passer, dit-il.

Il regardait le garde du corps qui se tenait à la porte, la corne de bouc à la main, silencieux comme une ombre ou un fantôme. Quitter la drogue pour la pharmacie et la politique n'excluait pas de continuer à prendre les mêmes précautions. L'autre nervi était dehors, également armé. Ils avaient donné deux cents pesos au gardien de nuit de la chapelle pour qu'il quitte les lieux. Don Epifanio regarda le sac que Teresa avait mis par terre, entre ses pieds, puis le Double Eagle posé sur son ventre.

– Ton homme aimait trop faire le malin. Ce n'était qu'une question de temps.

– Il est vraiment mort ?

– Bien sûr qu'il est mort. Ils l'ont pris là-haut, dans la sierra… Ce n'étaient pas les *guachos*, ni les fédéraux, ni rien de tout ça. C'étaient les siens.

– Qui ?

– Qu'est-ce que ça peut faire ? Tu connais les trafics du Güero. Il mettait ses propres cartes dans le jeu des autres. Et quelqu'un a fini par le balancer.

La braise du havane se raviva. Don Epifanio ouvrit l'agenda. Il le rapprochait de la lumière des cierges, en le feuilletant au hasard.

– Tu as lu ce qui est là-dedans ?

– Je n'ai fait que vous l'apporter, comme il me l'avait dit. Je ne sais rien de tout ça.

Don Epifanio hocha la tête d'un air pensif. Il semblait mal à l'aise.

– Le pauvre Güero a récolté ce qu'il avait semé, conclut-il.

Elle regardait maintenant devant elle, vers les ombres de la chapelle où étaient accrochés les ex-voto et les fleurs séchées.

– Le pauvre ? Le salaud, oui ! Un salaud qui n'a pas pensé à moi.

Elle était arrivée à maîtriser le tremblement de sa voix. Sans se retourner, elle sentit que l'autre l'observait.

– Tu as de la chance, l'entendit-elle dire. Tu es vivante.

Il resta ainsi quelque temps à l'étudier. L'odeur du havane se mêlait à celle des cierges et d'un brûloir à encens allumé juste à côté du buste du saint bandit.

– Que penses-tu faire ? demanda-t-il enfin.

– Je ne sais pas. – Maintenant, c'était au tour de Teresa de hausser les épaules. – Le Güero m'a dit que vous m'aideriez. Donne-le-lui et dis-lui de t'aider. C'est ce qu'il m'a dit.

– Le Güero a toujours été un optimiste.

Le creux qu'elle sentait à son estomac se fit plus profond. Fumée suffocante des cierges, crépitement de flammèches devant Malverde. Chaleur humide. Elle fut prise soudain d'un désarroi insoutenable. Elle réprima l'envie de se lever, d'éteindre les cierges d'un coup, de sortir à la recherche d'air frais. Courir encore, s'ils la laissaient faire. Mais quand elle regarda de nouveau devant elle, elle vit que l'autre Teresa Mendoza lui faisait face et l'observait. Ou peut-être était-ce elle-même qui était là, silencieuse, regardant la femme apeurée qui se penchait en avant sur son banc à côté de don Epifanio, avec un pistolet inutile posé sur son ventre.

– Il vous aimait beaucoup, s'entendit-elle dire.

L'autre s'agita sur le banc. Un homme honnête, avait dit le Güero. Bon, juste et de parole. Le meilleur patron que j'aie jamais eu.

– Et je l'aimais bien, dit don Epifanio très bas, comme s'il craignait que l'homme de main placé à la porte ne l'entende parler de sentiments. Et toi aussi... Mais avec ses conneries, il t'a mise dans une sale situation.

– J'ai besoin d'aide.

– Je ne peux pas m'en mêler.

– Vous êtes très puissant.

Elle l'entendit faire claquer sa langue avec découragement et impatience. Dans ce business, expliqua don Epifanio, toujours à voix basse et en jetant des regards à la dérobée sur le garde du corps, le pouvoir était une chose relative, éphémère, assujettie à des règles compliquées. Et lui le conservait, précisa-t-il, parce qu'il n'allait jamais fourrer son nez où il ne fallait pas. Le Güero ne travaillait plus pour lui. C'était désormais l'affaire de ses chefs. Et ces gens-là aimaient faire le ménage en grand.

– Je n'ai rien de personnel contre toi, Teresita. Mais tu les connais. C'est leur façon d'agir... Ils doivent donner l'exemple.

– Vous pourriez leur parler. Leur dire que je ne sais rien.

– Ils sont parfaitement au courant que tu ne sais rien. Ce n'est pas le problème... Et je ne peux pas me compromettre. Sur cette terre, celui qui demande une faveur doit la rendre le lendemain...

Maintenant, il contemplait le Double Eagle qu'elle gardait sur ses cuisses, une main posée négligemment sur la crosse. Il savait que le Güero lui avait autrefois appris à tirer, qu'elle était capable d'atteindre six canettes de bière Pacífico vides, l'une après l'autre, à dix pas. Le Güero avait toujours aimé la Pacífico et les femmes qui n'avaient pas froid aux yeux, même si Teresa ne supportait pas la bière et si elle avait peur à chaque détonation du pistolet.

– Et puis, poursuivit don Epifanio, ce que tu viens de me raconter aggrave encore les choses. Ils ne peuvent pas laisser dessouder un des leurs, et encore moins par une femme… Ils seraient la risée de tout le Sinaloa.

Teresa regarda ses yeux noirs et impassibles. Des yeux durs d'Indien. De survivant.

– Je ne peux pas me compromettre, l'entendit-elle répéter.

Et don Epifanio se leva. Il s'en fout, pensa-t-elle. Tout s'arrête ici. Le creux dans son estomac s'agrandissait aux dimensions de la nuit qui guettait dehors, inexorable. Elle capitula, mais la femme qui l'observait dans l'ombre s'y refusa.

– Le Güero a dit que vous m'aideriez, insista-t-elle, obstinée, comme si elle se parlait à elle-même. Il a dit : porte-lui l'agenda et échange-le contre ta vie.

– Ton homme aimait trop les coups de dés.

– Je ne sais rien de tout ça. Mais je sais qu'il me l'a dit.

C'était plus une plainte qu'une supplication. Une plainte sincère et très amère. Ou un reproche. Ensuite, elle resta un moment sans parler, et finalement releva la tête, comme l'accusé fatigué qui attend le verdict. Don Epifanio était debout devant elle, et il paraissait plus grand et plus massif que jamais. Ses doigts tapotaient l'agenda du Güero.

– Teresita…

– Dites-moi.

Il continuait de tambouriner sur l'agenda. Elle le vit regarder l'effigie du saint, puis de nouveau le garde du corps à la porte, et enfin elle. Ses yeux fixèrent encore une fois le pistolet.

– C'est bien vrai que tu n'as rien lu ?

– Je vous le jure. Et puis qu'est-ce que j'aurais lu ?

Un silence. Long, pensa-t-elle, comme une agonie. Elle entendait grésiller les mèches des cierges sur l'autel.

– Tu as une seule possibilité, dit-il enfin.

Teresa se cramponna à ces paroles, l'esprit soudain lucide comme si elle venait de sniffer deux rails de *Doña Blanca*. L'autre femme s'était évanouie dans l'ombre. Elle était de nouveau elle-même. Ou le contraire.

– Une seule me suffit, dit-elle.
– Tu as un passeport ?
– Oui. Avec un visa américain.
– Et de l'argent ?
– Vingt mille dollars et quelques pesos. – Elle ouvrait le sac à ses pieds pour les lui montrer, pleine d'espoir. – Il y a aussi un sac de poudre de dix ou douze onces.
– La poudre, tu la laisses. C'est dangereux de se promener avec ça, là-bas… Tu sais conduire ?
– Non. – Elle s'était levée et le regardait de près, attentive. Concentrée sur sa survie. – Je n'ai même pas le permis.
– Je doute que tu puisses atteindre l'autre côté. Ils repéreront ta trace à la frontière, et même chez les gringos tu ne seras pas en sécurité… Le mieux serait que tu partes cette nuit même. Je peux te prêter une voiture avec un chauffeur sûr… Je peux faire ça et lui dire de te conduire à Mexico. Directement à l'aéroport, et là tu prendras le premier avion.
– Pour où ?
– Ça, je m'en fiche. Mais si tu veux aller en Espagne, j'y ai des amis. Des gens qui me doivent certaines faveurs… Si tu m'appelles demain avant de monter dans l'avion, je pourrai te donner un nom et un numéro de téléphone. Ensuite, ce sera à toi de jouer.
– Il n'y a pas d'autre solution ?
– Aucune. Avec celle-là, ou ça passe, ou ça casse.

Teresa regarda les alentours, scrutant l'ombre de la chapelle. Il n'y avait plus personne pour décider à sa place. Elle était absolument seule. Mais elle restait vivante.
– Je dois partir, s'impatientait don Epifanio. Décide-toi.
– C'est décidé. Je ferai ce que vous me dites.
– Bien… – Don Epifanio la regarda mettre le cran de sécurité du pistolet et le glisser sous sa ceinture, entre son jean et la peau, puis le couvrir de son blouson. – Et souviens-toi d'une chose : même là-bas, tu ne seras pas à l'abri. Tu comprends ?… Si j'y ai des amis, les autres aussi en ont. Tu devras donc t'enterrer assez profond pour qu'ils ne te trouvent pas.

Teresa acquiesça de nouveau. Elle avait sorti le paquet de coke du sac et le posait sur l'autel, sous l'effigie de Malverde. En échange, elle alluma un autre cierge. Sainte Vierge, pria-t-elle un instant en silence. Saint Patron. *Mon Dieu, bénissé mon chemin et permetté mon retour.* Elle se signa presque furtivement.

– Je regrette vraiment, pour le Güero, dit don Epifanio derrière elle. C'était un brave garçon.

Teresa s'était retournée en l'entendant parler. Elle était maintenant si lucide et si sereine qu'elle sentait que sa gorge était sèche et que son sang circulait plus lentement, battement après battement. Elle mit son sac sur son épaule, en souriant pour la première fois de la journée : un sourire qui se dessina sur sa bouche comme une pulsion nerveuse, inattendue. Et ce sourire, ou quel que soit le nom qu'on pouvait lui donner, devait être étrange, car don Epifanio la regarda avec une certaine surprise, parfaitement lisible sur son visage. Teresita Mendoza. Bon Dieu ! La femme du Güero. La compagne d'un narco. Une fille comme bien d'autres, plutôt discrète, ni trop éveillée ni trop jolie. Et pourtant il l'observa de cette façon pensive et prudente, avec beaucoup d'attention, comme s'il avait soudain devant lui une inconnue.

– Non, dit-elle. Le Güero n'était pas un brave garçon. C'était un vrai salaud.

3. Quand les années auront passé…

– Elle n'était personne, a dit Manolo Céspedes.
– Explique-moi ça.
– Je viens de le faire. – Mon interlocuteur pointait vers moi deux doigts entre lesquels était coincée une cigarette. – Personne, ça signifie personne. Une paria. Elle a débarqué avec ce qu'elle avait sur elle, comme quelqu'un qui veut se cacher dans un trou de souris… Tout a été le fait du hasard.
– Un peu plus, quand même. C'était une fille intelligente.
– Et alors ?… Je connais beaucoup de filles intelligentes qui ont fini sur le trottoir.
Il a regardé dans la salle, comme s'il cherchait un exemple à me montrer. Nous étions assis sous la marquise de la terrasse de la cafétéria California, à Melilla. Un soleil africain à son zénith colorait de jaune les façades modernistes de l'avenue Juan Carlos Ier. C'était l'heure de l'apéritif, trottoirs et terrasses regorgeaient de monde : passants oisifs, vendeurs de billets de loterie, cireurs de chaussures. L'habillement européen se mêlait aux hidjabs et aux djellabas arabes, accentuant l'ambiance de terre frontalière, à cheval sur deux continents et plusieurs cultures. Au fond, là où se trouvaient la place d'Espagne et le Monument aux morts de la guerre du Rif de 1921 – un jeune soldat de bronze, tête tournée vers le Maroc –, les cimes des palmiers annonçaient la Méditerranée.
– Je ne l'ai pas connue à ce moment-là, a poursuivi Céspedes. En fait, je ne me souviens même pas d'elle. Un

visage derrière le comptoir du Djamila, à la rigueur. Ou même pas. C'est seulement beaucoup plus tard, en entendant des choses ici et là, que j'ai fini par faire le lien avec l'autre Teresa Mendoza… Je te l'ai dit : à cette époque-là, elle n'était personne.

Ex-commissaire de police, ex-chef de la sécurité du palais de la Moncloa, ex-délégué du gouvernement à Melilla : le hasard de la vie avait fait tout cela de Manolo Céspedes ; mais il aurait aussi bien pu être habile torero aux nerfs bien trempés, gitan rieur, pirate berbère ou rusé diplomate rifain. C'était un vieux renard, brun, sec comme un légionnaire accro au hasch, avec beaucoup d'expérience et de savoir-faire. Nous nous étions rencontrés vingt ans plus tôt, dans une époque de violents incidents entre les deux communautés, européenne et musulmane, qui avaient porté Melilla à la une des journaux, quand je gagnais ma vie en écrivant pour eux. Et en ce temps-là, natif de Melilla et autorité civile suprême de l'enclave nord-africaine, Céspedes connaissait tout le monde : il allait boire au bar des officiers du Tercio, contrôlait un réseau efficace d'informateurs des deux côtés de la frontière, dînait avec le gouverneur de Nador et rétribuait aussi bien des mendiants des rues que des membres de la Gendarmerie royale marocaine. Notre amitié datait d'alors : longues discussions, agneau aux épices, gin tonics jusqu'au petit matin. Chacun régalant l'autre à tour de rôle. Aujourd'hui, retraité de son poste officiel, Céspedes vieillissait paisiblement en s'ennuyant et en s'occupant de la politique locale, de sa femme, de ses enfants et de l'apéritif de midi. Ma visite modifiait agréablement sa routine quotidienne.

– Je te dis que tout a été un hasard, a-t-il insisté. Et dans son cas, le hasard s'appelait Santiago Fisterra.

Je suis resté avec mon verre en l'air, souffle coupé.

– Santiago López Fisterra ?

– Bien sûr. – Céspedes tirait sur sa cigarette en jouissant de mon intérêt. – Le Galicien.

J'ai expulsé lentement l'air de mes poumons, bu un peu

et me suis carré sur ma chaise, heureux comme quand on retrouve une trace perdue, tandis que Céspedes souriait en calculant la place que cela prendrait dans les comptes de notre vieille association de services mutuels. Ce nom m'avait conduit jusqu'ici, à la recherche de certaine période obscure dans la biographie de Teresa Mendoza. Ce jour-là, à la terrasse de la California, je n'avais encore que des témoignages douteux et des conjectures. Il avait pu se passer telle chose. On disait qu'il s'était passé telle autre. On avait raconté à quelqu'un, ou quelqu'un croyait savoir. Des rumeurs. Pour le reste, pour le concret, seule figurait dans les archives de l'immigration du ministère de l'Intérieur une date d'entrée – voie aérienne, Iberia, aéroport de Barajas, Madrid –, avec le nom authentique de Teresa Mendoza Chávez. Puis la trace officielle semblait disparaître pendant deux ans, jusqu'à ce que la fiche de police 8653690FA/42, où apparaissaient des empreintes digitales, deux photos, l'une de face et l'autre de profil, vienne clore cette étape de la vie que j'essayais de reconstituer, et permette de mieux suivre ses pas à partir de ce moment. La fiche était de l'ancien modèle en carton, datant d'avant le passage de la police espagnole à l'informatique. Je l'avais eue sous les yeux une semaine plus tôt, au commissariat d'Algésiras, grâce à l'entremise d'un autre vieil ami : le commissaire en chef de Torremolinos, Pepe Cabrera. Les informations succinctes qui figuraient au verso mentionnaient deux noms : celui d'un individu et celui d'une ville. L'individu s'appelait Santiago López Fisterra. La ville était Melilla.

Ce soir-là, nous avons fait deux visites. L'une a été brève, triste et peu utile, même si elle m'a permis d'ajouter un nom et un visage à la liste des personnages de cette histoire. En face du club nautique, au pied des remparts médiévaux de la vieille ville, Céspedes m'a montré un homme maigre, aux cheveux gris et clairsemés, qui surveillait les voitures en échange de quelques pièces. Il était assis par terre près d'un bollard et contemplait l'eau sale au-dessous du quai. De loin, je l'ai pris pour un vieil homme maltraité par le temps et la vie ; mais, arrivé près de lui, je me suis rendu compte qu'il ne devait pas avoir quarante ans. Il portait un pantalon rapiécé, une chemise blanche d'une propreté insolite, et d'immondes chaussures de sport. Malgré le soleil éblouissant, le teint grisâtre, mat, de sa peau fanée, couverte de taches, ses tempes profondément creusées étaient très visibles. Il lui manquait la moitié des dents, et j'ai pensé qu'il ressemblait à ces cadavres que la mer rejette sur les plages et dans les ports.

– Il se nomme Veiga, m'a dit Céspedes, tandis que nous nous approchions. Et il a connu Teresa Mendoza.

Sans attendre ma réaction, il a dit : bonjour Veiga, comment vas-tu ? et lui a donné une cigarette et du feu. Il n'y a eu ni présentations ni commentaires, et nous sommes restés là un moment à contempler silencieusement l'eau, les bateaux de pêche amarrés, l'ancien débarcadère des minéraliers de l'autre côté du bassin et les monstrueuses tours jumelles construites pour commémorer le cinq centième anniversaire de la conquête de la ville par les Espagnols. J'ai vu que les bras et les mains de l'homme étaient couverts de croûtes et de cicatrices. Il s'était levé pour allumer la cigarette, maladroitement, en balbutiant des paroles confuses de remerciement. Il sentait le vin suri et la misère. Il boitait.

– Pose-lui la question, si tu veux, a dit enfin Céspedes.

J'ai hésité un instant, puis j'ai prononcé le nom de Teresa Mendoza. Mais je n'ai lu sur son visage aucun signe laissant entendre qu'il le connaissait ou s'en souvenait. Je n'ai pas eu plus de chance en mentionnant celui de Santiago Fisterra. Ce Veiga, ou ce qui restait de lui, s'était de nouveau tourné vers l'eau huileuse du quai. Rappelle-toi, mon vieux, lui a dit Céspedes. Mon ami que voilà est venu parler avec toi. Ne dis pas que tu ne te rappelles pas Teresa et ton copain. Ne me fais pas ce couplà… Mais l'autre s'obstinait à ne pas répondre ; et quand

Céspedes a insisté encore une fois, il a seulement obtenu qu'il se gratte les bras avant de nous regarder d'un air ahuri et indifférent. Et ce regard vague, lointain, les pupilles tellement dilatées qu'elles occupaient la totalité de l'iris, paraissait glisser sur les personnes et les choses du fond d'un lieu sans chemin de retour.

– C'était l'autre Galicien, a dit Céspedes tandis que nous nous éloignions. Le matelot de Santiago Fisterra... Neuf ans dans une prison marocaine l'ont mis dans cet état.

La nuit tombait quand nous avons fait notre seconde visite. Céspedes m'a présenté l'homme sous le nom de Dris Larbi – mon ami Dris, a-t-il dit en lui donnant des tapes dans le dos – et j'ai vu un Rifain de nationalité espagnole qui s'exprimait dans un castillan parfait. Nous l'avons trouvé dans le quartier de l'Hippodrome, devant le Djamila, l'une des trois boîtes de nuit qu'il dirigeait dans la ville – j'ai su cela plus tard, ainsi que quelques autres choses sur son compte –, au moment où il descendait d'un luxueux cabriolet Mercedes : taille moyenne, cheveux noirs très frisés, barbe soigneusement taillée. Des mains qui serraient la vôtre avec précaution, pour évaluer ce qu'elle exprimait de vous. Mon ami Dris, a répété Céspedes ; et à la façon dont l'autre le regardait, à la fois circonspecte et déférente, je me suis demandé quels détails biographiques du Rifain justifiaient ce respect prudent envers l'ancien délégué du gouvernement. Mon ami Untel – c'était mon tour –. Il enquête sur la vie de Teresa Mendoza. Céspedes l'a dit ainsi, à brûle-pourpoint, au moment où l'autre me tendait la main droite et tenait dans la gauche les clefs électroniques pointées vers la voiture dont les clignotants – aouh ! aouh ! – scintillaient en activant l'alarme. Le dénommé Dris m'a étudié avec beaucoup d'attention et en silence, si bien que Céspedes a éclaté de rire.

– Ne t'inquiète pas, a-t-il dit. Ce n'est pas un flic.

Au bruit du verre brisé, Teresa Mendoza fronça les sourcils. C'était le deuxième verre que les clients de la table numéro quatre cassaient cette nuit-là. Elle échangea un regard avec Ahmed, le barman, et celui-ci se dirigea vers la table avec une pelle et un balai, taciturne comme toujours, le nœud papillon noir se balançant sous sa pomme d'Adam. Les projecteurs qui tournaient sur la petite piste dessinaient des spirales lumineuses sur son gilet rayé. Teresa vérifia l'addition d'un client qui se tenait au bout du bar, très animé, avec deux des filles. L'individu était là depuis plusieurs heures et le chiffre était respectable : cinq White Label avec glace et eau gazeuse pour lui, et huit babies pour les filles – la plus grande part des babies avait été discrètement subtilisée par Ahmed sous prétexte de changer les verres. La fermeture était dans vingt minutes et Teresa écoutait, involontairement, la conversation habituelle. Je vous attends dehors. Une, ou les deux. Les deux, si possible. Et cetera. Dris Larbi, le patron, était inflexible sur la morale officielle. C'était un bar où l'on servait à boire, point final. En dehors des heures de travail, les filles étaient libres. Enfin, en principe, car le contrôle était strict : cinquante pour cent pour la maison, cinquante pour cent pour l'intéressée. Voyages et fêtes organisés à part, où les normes étaient modifiées pour tenir compte de qui, comment et où. Je suis un homme d'affaires, disait Dris. Pas un vulgaire proxénète.

Un mardi de mars, presque la fin du mois. Ce n'était pas une nuit animée. Sur la piste vide, Julio Iglesias ne chantait pour personne en particulier. *Caballero de fina estampa*, disait la chanson. Teresa remuait silencieusement les lèvres en suivant la musique, attentive à son bloc et à son stylo, sous la lumière de la lampe qui éclairait la caisse. Une nuit médiocre, constata-t-elle. Presque mauvaise. Très différente des vendredis et des samedis, quand il fallait faire venir des filles d'autres boîtes parce que le Djamila débordait : fonctionnaires, commerçants, Marocains fortunés venus de l'autre côté de la frontière, militaires de la garnison. Niveau à peu près convenable, pas de clientèle pénible, sauf l'inévitable. Des filles propres et jeunes, présentant bien, renouvelées tous les six mois, recrutées par Dris au Maroc, dans les quartiers marginaux de Melilla, quelques Européennes de la Péninsule. Paiement ponctuel – de la délicatesse jusque dans le détail – à la police et aux autorités compétentes pour qu'elles puissent vivre et laisser vivre. Consommations gratuites pour le commissaire de police adjoint et les inspecteurs en civil. Un établissement exemplaire, papiers administratifs en règle. Peu de problèmes. Rien que Teresa n'ait déjà expérimenté, multiplié à l'infini, dans ses souvenirs encore récents du Mexique. La différence était qu'ici, les gens, bien que de manières plus rudes et moins polis, ne se canardaient pas et que tout se passait avec beaucoup de savoir-faire. Il y en avait même – et elle avait eu du mal à s'y habituer – qui ne se laissaient absolument pas gruger. Vous vous trompez, mademoiselle. Ou, en version plus directe, dans le goût bien espagnol : faites-moi le plaisir de vous mettre ça dans le cul. C'est vrai que ça rendait parfois la vie difficile. Mais souvent, aussi, ça la facilitait. C'était très reposant de ne pas avoir peur de la police. Ou de ne pas avoir peur tout le temps.

Ahmed revint avec sa pelle et son balai, passa de l'autre côté du bar et se mit à bavarder avec les trois filles qui restaient libres. Cling ! De la table aux verres cassés venaient des rires, des bruits de coupes entrechoquées. Ahmed rassura Teresa d'un clin d'œil. Tout était en règle là-bas. Cette addition allait être lourde, s'assura-t-elle en jetant un regard sur les notes qu'elle gardait à côté de la caisse enregistreuse. Des hommes d'affaires espagnols et marocains fêtant un contrat quelconque : les vestes sur le dossier des chaises, les chemises déboutonnées, les cravates dans les poches. Quatre hommes mûrs et quatre filles. Le pseudo-Moët & Chandon disparaissait vite des seaux à glace : cinq bouteilles, et encore une à venir avant la fermeture. Les filles – deux Arabes, une Juive et une Espagnole – étaient jeunes et professionnelles. Dris ne couchait jamais avec ses employées – on ne mélange pas le cul et le boulot, disait-il –, mais il déléguait parfois des amis en manière d'inspecteurs du travail. Première qualité, claironnait-il ensuite, chez moi, il n'y a que de la première qualité. Si le rapport était négatif, il ne les maltraitait jamais. Il se bornait à les virer, un point c'est tout. Résiliation. Ce n'étaient pas les filles qui manquaient à Melilla, avec l'immigration illégale, la crise et tout le reste. Certaines rêvaient de passer sur la Péninsule, d'être mannequin, de se produire à la télévision ; mais la plupart se contentaient d'avoir un permis de travail et un domicile légal.

Un peu plus de six mois s'étaient écoulés depuis la conversation que Teresa Mendoza avait eue avec don Epifanio Vargas dans la chapelle de saint Malverde, à Culiacán, Sinaloa, le soir du jour où le téléphone avait sonné et où elle s'était mise à courir pour ne s'arrêter qu'une fois arrivée dans cette ville étrange dont elle n'avait jamais entendu le nom jusque-là. Mais cela, elle ne s'en rendait compte que lorsqu'elle consultait le calendrier. Quand elle regardait en arrière, tout le temps ou presque qu'elle avait vécu à Melilla lui paraissait figé. Aussi bien six mois que six ans. Elle avait atterri là comme elle aurait pu atterrir ailleurs, après son entrevue avec le contact que lui avait donné don Epifanio Vargas, dès qu'elle avait débarqué à Madrid où elle était descendue dans une petite pension de la place d'Atocha avec son sac pour tout bagage. A sa grande déception, on n'avait rien à lui proposer sur place. Si elle voulait un lieu discret, loin des surprises désagréables, et aussi un travail pour justifier son séjour jusqu'à ce qu'elle obtienne les papiers de sa double nationalité – pour la première fois, le père espagnol qu'elle avait à peine connu allait lui être utile à quelque chose –, Teresa devait partir ailleurs. Le contact, un homme jeune, pressé et peu causant qui lui avait fixé rendez-vous à la cafétéria Nebraska de la Gran Vía, n'avait que deux options à lui proposer : la Galice ou le sud de l'Espagne. Pile ou face, à prendre ou à laisser. Teresa avait demandé s'il pleuvait beaucoup en Galice et l'autre avait esquissé un léger sourire – le premier depuis le début de leur conversation – et répondu que oui. Il y pleut des cordes, avait-il dit. Teresa avait donc décidé qu'elle irait dans le Sud ; l'homme avait sorti un téléphone mobile et était allé s'asseoir à une autre table pour parler un moment. Quelques instants plus tard, il était de retour et notait sur une serviette en papier un nom, un numéro de téléphone et une ville. Tu as des vols directs de Madrid, avait-il ajouté en lui donnant la serviette. Ou de Malaga. Pour y aller, le train ou l'autobus. De Malaga et d'Almería, il y a aussi le bateau. Et en s'apercevant qu'elle le regardait, déconcertée par la mention du bateau et de l'avion, il avait eu un second et dernier sourire avant de lui préciser que l'endroit où elle allait n'était pas en Espagne mais dans le nord de l'Afrique, à soixante ou soixante-dix kilomètres de la côte andalouse, près du détroit de Gibraltar. Ceuta et Melilla, avait-il expliqué, sont des villes espagnoles sur la côte marocaine. Après quoi il avait posé sur la table une enveloppe contenant de l'argent, avait payé l'addition et s'était levé en lui souhaitant bonne chance. Il avait dit ces mots, bonne chance, et il partait déjà, quand Teresa, reconnaissante, avait voulu lui dire comment elle s'appelait, mais l'homme l'avait interrompue en lui disant qu'il ne voulait pas le savoir, que ça lui était complètement égal. Qu'en lui rendant service il ne faisait que son devoir envers ses amis mexicains. Qu'elle utilise bien l'argent qu'il venait de lui donner. Et il avait ajouté, d'un ton objectif et sans intention apparente de l'offenser, que quand l'argent serait épuisé et qu'il lui en faudrait encore, elle pourrait toujours utiliser son con. C'est là, avait-il ajouté – et il semblait regretter de ne pas en avoir un pour son usage personnel –, l'avantage que possèdent les femmes.

– Elle n'avait rien de spécial, a dit Dris Larbi. Ni jolie ni laide. Ni très vive, ni très bête. Mais elle s'est révélée parfaite question calcul… Je m'en suis rendu compte tout de suite, c'est pourquoi je l'ai mise à la caisse… – Il s'est souvenu d'une question que je lui avais posée un peu plus tôt et a hoché négativement la tête avant de poursuivre. – Eh bien, non, la vérité est qu'elle n'a jamais fait la pute. En tout cas, pas avec moi. Elle arrivait recommandée par des amis, de sorte que je lui ai donné le choix. Je lui ai dit : d'un côté ou de l'autre du comptoir, à toi de décider… Elle a choisi d'être derrière, d'abord comme barmaid. Elle gagnait moins, naturellement. Mais elle se trouvait bien comme ça.

Nous marchions à la limite du quartier de l'Hippodrome et de celui du Real, près des maisons coloniales, dans des rues rectilignes qui menaient à la mer. La nuit était douce et les fleurs aux fenêtres sentaient fort.

– Deux ou trois fois, peut-être. Deux ou trois fois, ou un peu plus. – Dris Larbi a haussé les épaules. – C'était elle qui décidait. Vous comprenez ?… Il lui est arrivé d'aller avec qui elle voulait aller, mais pas pour de l'argent.

– Et les fêtes ? a demandé Céspedes.

Le Rifain a baissé les yeux, soupçonneux. Puis il s'est tourné vers moi avant d'observer de nouveau Céspedes, comme quelqu'un qui déplore une incongruité commise devant des étrangers. Mais l'autre s'en moquait bien, et il a insisté :

– Les fêtes.

Dris Larbi m'a regardé de nouveau en fourrageant dans sa barbe.

– Ça, c'était autre chose, a-t-il admis après avoir un peu réfléchi. J'organisais parfois des parties de l'autre côté de la frontière…

Maintenant, Céspedes ricanait.

– Tes fameuses fêtes.

– Eh bien, oui. Vous savez… – et le Rifain l'observait comme s'il essayait de se souvenir de ce qu'il savait réellement, puis il a détourné de nouveau son regard, mal à l'aise – … des gens de là-bas.

– Là-bas, c'est le Maroc, a précisé Céspedes à mon intention. Il veut dire des gens importants : hommes politiques ou chefs de la police. – Il accentua son sourire de vieux renard. – Mon ami Dris a toujours eu d'excellentes relations.

Le Rifain a souri d'un air contraint tout en allumant une cigarette à basse teneur en nicotine. Et je me suis demandé combien de choses sur lui et sur ses relations pouvaient figurer dans les archives secrètes de Céspedes. Suffisamment, ai-je supposé, pour qu'il nous accorde en ce moment le privilège de sa conversation.

– Elle allait à ces parties ? ai-je demandé.

Larbi a fait un geste ambigu.

– Je ne sais pas. A quelques-unes, c'est bien possible. Et, bon... Ce serait à elle de vous répondre. – Il a paru réfléchir un peu, en surveillant Céspedes du coin de l'œil, et a fini par acquiescer. – C'est vrai, à la fin, elle y est allée plusieurs fois. Moi je ne m'en mêlais pas, car je ne faisais pas ça pour gagner de l'argent avec les filles mais pour un autre genre de business. Les filles venaient en complément. Un cadeau. Mais je n'ai jamais dit à Teresa de venir... Elle l'a fait parce qu'elle l'a voulu. C'est elle qui l'a demandé.

– Pourquoi ?

– Je n'en ai aucune idée. Je vous l'ai dit, ce serait à elle de vous répondre.

– Elle sortait déjà avec le Galicien ? s'est enquis Céspedes.

– Oui.

– On dit qu'elle a fait certaines démarches pour lui.

Dris Larbi l'a regardé. Il m'a regardé. Puis de nouveau lui. Mais pourquoi vous me faites ça ? disaient ses yeux.

– Je ne sais pas de quoi vous parlez, don Manuel.

L'ex-délégué du gouvernement riait, sarcastique, les sourcils haussés. Il avait l'air de beaucoup s'amuser.

– Abdelkader Chaïb, a-t-il précisé. Colonel. Gendarmerie royale... Ça ne te dit rien ?

– Je vous jure que je ne vois pas.

– Tu ne vois pas ? Ne me prends pas pour un con, Dris. Je t'ai dit que ce monsieur est un ami.

Nous avons fait quelques pas sans parler, et j'en ai profité pour mettre mes idées en ordre. Le Rifain fumait en silence, comme s'il n'était pas content de la manière dont il avait exposé les choses.

– Tant qu'elle a été avec moi, elle ne s'est mêlée de rien, a-t-il dit soudain. Et je n'ai rien fait non plus avec elle. Je veux dire que je ne l'ai pas baisée.

Puis il a indiqué Céspedes du menton, en le prenant à témoin. Il était de notoriété publique qu'il ne se liait jamais avec ses employées. Et il avait déjà dit que Teresa était parfaite pour tenir les comptes. Les autres filles la respectaient. Elles l'appelaient la Mexicaine. Mexicaine par-ci, Mexicaine par-là. Elle avait bon caractère ; et même si elle n'avait pas fait d'études, son accent lui donnait un air bien élevé, avec cette abondance de vocabulaire des Hispano-Américains, cet usage du vouvoiement et ces formules de politesse qui leur confèrent à tous l'allure d'académiciens de la langue. Très discrète sur sa vie privée. Dris Larbi savait qu'elle avait eu des ennuis dans son pays, mais il ne lui avait jamais posé de questions. Pour quoi faire ? Teresa ne parlait jamais non plus du Mexique ; quand quelqu'un évoquait ce sujet, elle émettait une banalité quelconque et changeait de conversation. Elle était sérieuse dans le travail, vivait seule et ne donnait jamais l'occasion aux clients de confondre les rôles. Elle n'avait pas non plus d'amies. Elle suivait son chemin.

– Tout s'est bien passé pendant, mettons… six ou huit mois. Jusqu'au soir où les deux Galiciens ont fait leur apparition. – Il s'est tourné vers Céspedes en me désignant. – Vous avez vu Veiga ?… Bon, celui-là n'a pas eu beaucoup de chance. Mais l'autre en a eu encore moins.

– Santiago Fisterra ?

– Oui. Je crois encore le voir : un type brun, avec un grand tatouage ici. – Il hochait la tête d'un air désapprobateur. – Un peu givré, comme tous les Galiciens. Du genre dont on ne sait jamais ce qui va leur passer par la tête… Ils traversaient le Détroit à bord d'un Phantom, M. Céspedes sait de quoi je parle, n'est-ce pas ?… Des Winston de Gibraltar et des tablettes de shit marocain… On ne s'occupait pas encore de la coke, c'était juste avant qu'elle arrive... Eh bien... – il s'est de nouveau gratté la barbe et a craché bien droit par terre, plein de rancœur –, le fait est que ces deux-là sont entrés un soir au Djamila, et que moi je me suis bientôt retrouvé sans la Mexicaine.

Deux nouveaux clients. Teresa consulta la pendule à côté de la caisse. On fermait dans un quart d'heure. Elle sut qu'Ahmed la regardait d'un air interrogateur et, sans lever les yeux, elle fit oui de la tête. Un verre rapide avant d'éteindre les lumières et de mettre tout le monde à la rue. Elle poursuivit ses comptes, pour boucler la soirée. Elle ne croyait pas que les nouveaux venus allaient les modifier beaucoup. Deux whiskies, pensa-t-elle, en les jugeant à leur mine. Un peu de gringue aux filles, qui déjà bâillaient ferme, et peut-être un rendez-vous dehors, plus tard. Pension Agadir, à un demi-bloc de là. Ou encore, s'ils avaient une voiture, une visite éclair aux pinèdes, près des murs de la caserne du Tercio. En tout cas, ce n'était pas son affaire. C'était Ahmed qui tenait le registre des passes.

Ils s'installèrent au bar, près des siphons à bière, et Fatima et Sheila, deux des filles qui étaient en train de bavarder avec Ahmed, allèrent les rejoindre pendant que le barman leur servait deux pseudo-Chivas de douze ans d'âge avec beaucoup de glace et sans eau. Elles commandèrent des babies, sans que les clients y fassent objection. Au fond, les casseurs de verres continuaient à boire et à rire, après avoir payé leur addition sans sourciller. Quant à l'individu posté au bout du bar, il n'arrivait pas à conclure un accord avec ses compagnes ; on les entendait discuter à voix basse, dans le bruit de la musique. Maintenant c'était Abigail qui chantait pour personne sur la piste déserte que seul animait, monotone, le projecteur tournant du plafond. Je veux lécher tes plaies, disait la chanson. Je veux écouter tes silences. Teresa attendit la fin du dernier couplet – elle savait par cœur toutes les chansons du répertoire musical du Djamila – et regarda de nouveau la pendule de la caisse. Un jour de plus derrière elle. Identique au lundi d'hier et au mercredi de demain.

– C'est l'heure de fermer, dit-elle.

Quand elle leva la tête, elle se trouva devant un sourire tranquille. Et aussi des yeux clairs – verts ou bleus, imagina-t-elle après un instant – qui la dévisageaient d'un air amusé.

– Déjà ? demanda l'homme.

– Nous fermons, répéta-t-elle.

Elle revint à ses comptes. Elle ne sympathisait jamais avec les clients, et encore moins à l'heure de la fermeture. En six mois, elle avait appris que c'était une bonne méthode pour que chacun reste à sa place et qu'il n'y ait pas de malentendus. Ahmed allumait toutes les lampes, et le charme déjà limité que la pénombre donnait aux lieux disparut d'un coup : faux velours usé des sièges, taches sur les murs, brûlures de cigarettes au sol. Même l'odeur de renfermé parut plus intense. Les casseurs de verres prirent leurs vestes sur les dossiers des chaises et, après être parvenus à un rapide accord avec leurs compagnes, partirent les attendre dehors. L'autre client était déjà sorti, en protestant contre le prix pour un doublé. Je préfère m'astiquer tout seul, proférait-il en s'en allant. Les filles se rassemblaient. Fatima et Sheila, sans toucher aux babies, faisaient des grâces à côté des nouveaux venus ; mais ceux-ci ne semblaient pas désireux de nouer une relation. Un regard de Teresa leur indiqua de rejoindre les autres. Elle mit la note sur le comptoir, devant le brun. Celui-ci portait une chemise de travail kaki, les manches relevées sur les coudes ; et quand il tendit le bras pour payer, elle vit qu'un tatouage couvrait tout l'avant-bras droit : un Christ en croix avec des motifs marins. Son ami était blond et plus mince, la peau claire. Presque un gosse. Un peu plus de vingt ans, probablement. Et le brun, la trentaine.

– Nous pouvons finir notre verre ?

Teresa affronta de nouveau les yeux de l'homme. Maintenant qu'il y avait de la lumière, elle vit qu'ils étaient verts. Elle remarqua qu'ils n'étaient pas seulement tranquilles, mais qu'ils souriaient, même quand les lèvres cessaient de le faire. Ses bras étaient forts, une barbe naissante sombre hérissait son menton, et il avait les cheveux en broussaille. Presque beau, constata-t-elle. Ou sans le « presque ». Elle pensa aussi qu'il sentait la sueur propre et le sel, même si elle était trop loin pour le savoir. Elle le pensa, c'est tout.

– Bien sûr, dit-elle.

Des yeux verts, un tatouage sur le bras droit, un ami mince et blond. Hasards d'un comptoir de bar. Teresa Mendoza loin du Sinaloa. Seule, S comme Solitude. Des jours tous semblables, avant de cesser de l'être. L'inattendu qui se présentait soudain, pas avec éclat, pas accompagné de signes importants pour l'annoncer, mais en se glissant d'une manière imperceptible, paisible, de même qu'il aurait aussi bien pu ne pas venir. Comme un sourire ou un regard. Comme la vie ou comme – celle-là vient toujours – la mort. C'est peut-être pour cela que, le soir suivant, elle espéra le revoir ; mais l'homme ne revint pas. Chaque fois qu'un client entrait, elle levait la tête en souhaitant que ce soit lui. Mais ce n'était pas lui.

Elle sortit après avoir fermé et alla sur la plage voisine, où elle alluma une cigarette – elle y mettait parfois quelques brins de haschisch – en regardant les lumières de la jetée et le port marocain de Nador, de l'autre côté de la tache obscure de la mer. Elle faisait toujours cela quand le temps était beau, pour suivre ensuite le front de mer jusqu'au moment où elle trouvait un taxi qui la ramenait chez elle, au Polygone : un petit appartement avec chambre à coucher, salle de séjour, cuisine et salle de bains, que lui louait Dris Larbi en défalquant le loyer de son salaire. Et Dris n'était pas un mauvais homme, pensa-t-elle. Il traitait convenablement les filles, tâchait d'être bien avec tout le monde et n'était violent que quand les circonstances ne lui laissaient pas d'autre choix. Je ne suis pas une putain, lui avait-elle dit le premier jour, sans détour, quand il l'avait reçue au Djamila pour lui expliquer les perspectives de travail qui s'offraient dans son établissement. J'en suis ravi pour toi, s'était borné à dire le Rifain. Au début, il l'avait acceptée comme quelque chose d'inévitable, ni avantageux ni désavantageux : une obligation à laquelle il devait se soumettre du fait d'engagements personnels – l'ami de l'ami d'un ami – qui n'avaient rien à voir avec elle. Un certain respect, dû à des cautions que Teresa ignorait dans une chaîne qui reliait Dris Larbi à don Epifanio Vargas en passant par l'homme de la cafétéria Nebraska, avait fait que le Rifain l'avait laissée travailler de l'autre côté du bar, d'abord avec Ahmed, comme barmaid, et plus tard comme responsable, à partir du jour où elle lui avait signalé une erreur dans les comptes et refait les opérations en une demi-minute, après quoi Dris avait voulu savoir si elle avait fait des études. Teresa lui avait répondu oui, un peu, pas plus loin que l'école primaire, et l'autre l'avait regardée d'un air pensif avant de dire : tu as des chiffres dans la tête, Mexicaine, on croirait que tu es née pour les additions et les soustractions. J'ai travaillé un peu dans la partie là-bas, chez moi, avait-elle répondu. Quand j'étais encore gamine. Alors Dris lui avait annoncé qu'à partir du lendemain elle toucherait un salaire de responsable, Teresa s'était occupée de l'établissement et n'était plus revenue sur son passé.

Elle resta un moment sur la plage à terminer sa cigarette, absorbée par les lumières lointaines qui semblaient éparpillées sur l'eau calme et noire. Puis elle regarda autour d'elle, en frissonnant comme si le froid du petit matin avait fini par pénétrer sous son blouson dont elle avait remonté et boutonné le col jusqu'en haut. Bon Dieu ! Là-bas, à Culiacán, le Güero lui avait dit bien souvent qu'elle n'était pas faite pour vivre seule. Je t'assure, insistait-il. Ça n'est pas du tout ton genre. Ce qu'il te faut, c'est un homme qui tienne les rênes, et ferme. Et toi, tu dois juste rester ce que tu es : toute douce et toute mignonne. Bien tranquille. Bien gentille. Toi, on doit te traiter comme une reine, ou alors pas question. Tu ne dois même pas faire la tambouille ; les restaurants ne sont pas là pour les chiens. Et en plus tu aimes ça, mon amour. Tu aimes ce que je te fais et comment je te le fais, et tu me regretteras – il riait en chuchotant ça, ce maudit salaud de Güero, tandis que ses lèvres parcouraient son ventre – quand ils me donneront mon compte et m'expédieront sans ticket de retour. Bang ! Alors viens, prends ma bouche et cramponne-toi à moi, ne me laisse pas m'échapper, serre-moi fort dans tes bras, parce qu'un jour je serai mort et plus personne ne me serrera dans ses bras. Quel malheur pour toi, ma gosse. Tu seras si seule. Je veux dire quand je ne serai plus là, quand tu te souviendras de moi, quand tu auras envie de ça et que, tu verras, personne ne pourra jamais te le faire comme je te le faisais.

Si seule. Comme il semblait étrange et en même temps familier, ce mot : solitude. Chaque fois que Teresa l'entendait dans la bouche des autres ou le prononçait elle-même intérieurement, l'image qui lui venait à l'esprit n'était pas la sienne mais celle du Güero, dans un lieu pittoresque où elle l'avait épié un jour. Ou peut-être était-ce bien la sienne, d'image : Teresa elle-même en train de l'observer. Car il y avait eu aussi des époques obscures, des portes noires que le Güero fermait derrière lui, à des kilomètres de distance, comme s'il n'avait jamais fini de redescendre de là-haut. Parfois, il revenait d'une de ces missions ou d'un travail dont il ne lui disait jamais rien mais dont tout le Sinaloa semblait être au courant, et il restait muet, sans les fanfaronnades habituelles, en éludant ses questions comme s'il était encore en l'air, à cinq mille pieds, évasif, plus égoïste que jamais, affectant d'être très occupé. Et elle, désemparée, sans savoir que dire ni que faire, tournait autour de lui comme un animal maladroit, en quête d'un geste ou d'un mot qui le ramènerait à elle. Apeurée.

Ces fois-là, il sortait pour aller dans le centre de la ville. Un temps, Teresa l'avait soupçonné d'avoir une autre femme – il en avait sûrement, comme tous, mais ce qu'elle craignait, c'était qu'il en ait une en particulier.

Cela la rendait folle de honte et de jalousie ; si bien qu'un matin elle l'avait suivi jusqu'aux abords du marché Garmendia, cachée dans la foule, et elle l'avait vu entrer dans la cantine La Ballena : *Entrée interdite aux vendeurs, aux mendiants et aux mineurs.* Le panneau sur la porte ne mentionnait pas les femmes, mais tout le monde savait que c'était une des deux règles tacites de l'endroit : rien que de la bière et rien que des hommes. Aussi resta-t-elle là, dans la rue, un bon moment, plus d'une demi-heure, près de la vitrine d'un marchand de chaussures, sans rien faire d'autre que surveiller les battants de la porte et attendre qu'il sorte. Mais il ne sortait pas, si bien qu'elle avait fini par traverser la rue pour entrer dans le petit restaurant qui se trouvait à côté et dont la salle communiquait avec la cantine. Elle avait commandé un soda, était allée à la porte du fond et, du seuil, elle avait regardé : elle avait vu une grande salle pleine de tables, et, au bout, un juke-box d'où sortait une chanson des Dos Reales, *Caminos de la vida.* Et ce que ce lieu avait d'insolite, à pareille heure, c'était qu'à chaque table était assis un homme seul avec une bouteille de bière. Tel quel. Un par table. Presque tous étaient des hommes d'âge ou en tout cas majeurs, chapeau texan ou casquette de base-ball sur la tête, visages bruns, grosses moustaches noires ou grises, chacun buvant en silence, plongé dans ses réflexions et sans parler à personne, à la manière d'étranges philosophes pensifs ; et certaines bouteilles gardaient encore la serviette en papier nouée autour du goulot avec laquelle elles étaient servies, comme si les tables portaient des œillets blancs pour accompagner la bière blonde. Tous se taisaient, buvaient et écoutaient la musique que, parfois, l'un d'eux allait renouveler en mettant une pièce dans le juke-box, et à l'une de ces tables était le Güero Dávila avec son blouson de pilote sur les épaules, sa tête blonde immobile, totalement seul, fixant le vide ; sans plus, laissant filer les minutes, ne sortant de son inertie que pour enlever l'œillet en papier de la demi-Pacífico à sept pesos et porter celle-ci à ses lèvres. Les Dos Reales s'étaient tus et leur avait succédé José Alfredo chantant *Cuando los años pasen*. Quand les années auront passé. Alors Teresa s'était éloignée lentement de la porte, elle avait regagné la rue et, sur le chemin du retour, elle avait pleuré longtemps sans pouvoir s'arrêter. Elle pleurait, elle pleurait, incapable de mettre fin à ses larmes, sans bien savoir sur quoi. Peut-être sur le Güero et sur elle-même. Sur les années à venir.

Elle l'avait fait. Deux fois seulement, depuis son arrivée à Melilla. Et le Güero avait raison. D'ailleurs elle ne s'était pas attendue à mieux. La première, c'était par curiosité : elle voulait savoir où elle en était, après si longtemps, avec le souvenir lointain et douloureux de son homme et celui, plus récent, du Gato Fierros, de son sourire cruel, de sa violence, encore gravés dans sa chair et dans sa mémoire. Elle avait choisi avec un certain soin non exempt d'une part de hasard, sans problème ni conséquences. C'était un jeune soldat qui l'avait abordée à la sortie du cinéma Nacional où elle était allée voir un film avec Robert De Niro, pour sa journée libre : un film de guerre et de copains avec un dénouement bien haletant, une partie de roulette russe comme elle avait vu s'y livrer une fois le Güero et son cousin, complètement ivres de tequila, faisant les idiots avec un revolver jusqu'au moment où elle s'était mise à crier et leur avait arraché l'arme pour les expédier dans leur lit tandis qu'ils riaient, pauvres ivrognes irresponsables. Cette réminiscence de la roulette russe l'avait attristée ; et c'est peut-être pour cela qu'à la sortie, quand le militaire l'avait abordée – chemise à carreaux comme au Sinaloa, grand, aimable, cheveux clairs et courts comme le Güero –, elle s'était laissé inviter à boire quelque chose à l'Anthony's, avait écouté la conversation banale de l'homme et avait fini avec lui sur les remparts de la vieille ville, nue des pieds à la ceinture, le dos contre le mur et un chat sur chaque buisson qui les regardait avec intérêt, les yeux brillant sous la lune. Elle n'avait presque rien senti, car elle était trop attentive à s'observer, comparant sensations et souvenirs, comme si elle s'était de nouveau dédoublée, la seconde elle-même étant le chat qui était devant elle et regardait, impassible et silencieux comme une ombre. Le soldat avait dit qu'il voulait la revoir et elle avait dit d'accord, mon amour, bientôt ; mais elle savait qu'elle ne le reverrait jamais, et même que si, un jour, elle le croisait – Melilla était une petite ville –, elle aurait du mal à le reconnaître, ou alors qu'elle ferait semblant de ne pas le connaître. Elle n'avait même pas retenu son nom.

La seconde fois, c'était pour des raisons pratiques : un policier. Les démarches pour son permis de séjour provisoire allaient lentement, et Dris Larbi lui avait conseillé d'accélérer les formalités. Le personnage s'appelait Souco. C'était un inspecteur d'âge moyen, d'aspect convenable, qui se faisait payer les services rendus aux immigrés. Il était venu plusieurs fois au Djamila – Teresa avait des instructions pour le servir gratuitement – et ils se connaissaient vaguement. Elle était allée le voir et il l'avait mise froidement devant l'alternative. Comme au Mexique, avait-il précisé, sans qu'elle soit capable d'établir ce que ce fils de pute entendait par coutumes mexicaines. Le choix était ou payer, ou coucher. Teresa économisait jusqu'au dernier centime, aussi avait-elle opté pour la seconde solution. Par un curieux prurit machiste qui avait bien failli la faire éclater de rire, le dénommé Souco avait essayé de faire valoir ses talents au cours de leur rencontre dans la chambre 106 de l'hôtel Avenida – Teresa avait tenu à mettre les points sur les i : ce serait une rencontre, et une seule – et il avait même exigé un verdict au moment de la cigarette et du repos, soucieux de son amour-propre, et le préservatif encore posé. J'ai joui, avait-elle répondu en se rhabillant lentement, encore toute moite de sueur. Mais plus que d'habitude ? avait-il insisté. Bien sûr, avait-elle affirmé. Puis, de retour chez elle, elle était restée assise très longtemps à réfléchir dans la salle de bains, en se lavant lentement, avant de fumer une cigarette devant le miroir en étudiant avec appréhension chaque trait de ses vingt-trois années de vie comme si elle avait peur de les voir se modifier dans une étrange mutation. Peur de voir un jour sa propre image seule à la table, comme les hommes de la cantine de Culiacán ; de ne pas pleurer et de ne pas se reconnaître.

Mais le Güero Dávila, si précis dans ses prédictions comme dans ses imprévoyances, s'était trompé sur un point du pronostic. Elle savait maintenant qu'à partir d'un certain seuil, la solitude n'était pas difficile à assumer. Même les petits accidents et les concessions mineures ne l'altéraient pas. Quelque chose était mort avec le Güero, même si cela avait moins à voir avec lui qu'avec elle-même. Peut-être une certaine innocence, ou un sentiment de sécurité injustifié. Teresa avait quitté le dénuement très jeune, laissant derrière elle la rue sordide, la misère et les aspects en apparence les plus durs de la vie. Elle avait cru s'être éloignée de tout cela pour toujours, ignorant que le froid restait là, à l'affût derrière la porte fermée et trompeuse, dans l'attente du moment où il pourrait se glisser par les fentes et bouleverser de nouveau son existence. On pense que l'horreur est loin, bien loin, et celle-ci s'insinue en vous. Elle n'était pas encore préparée, alors. Elle était une enfant : la femme d'un narco, confortablement installée, collectionnant des vidéos, des figurines et des images de paysages accrochées au mur. Une parmi tant d'autres. Toujours prête à satisfaire son homme, qui le lui rendait en luxe. Toujours attentionné. Avec le Güero, il n'était question que de rire et de faire l'amour. Plus tard, elle avait vu venir les premiers signes, de loin, sans y prêter attention. Des signes néfastes. Des avertissements que le Güero prenait à la blague, ou auxquels, pour être plus exact, il n'accordait aucune importance. Il s'en fichait complètement, parce que, malgré ce que disaient les autres, il se croyait très malin. Plus vif et plus d'attaque. Tout simplement, il avait décidé de sauter le mur et de ne pas attendre. Même elle, ce salaud ne l'avait pas attendue. Et pour résultat, un jour, soudain le bip-bip : Teresa de nouveau dehors, sans protection, courant affolée avec un sac et un pistolet à la main. Et ensuite l'haleine du Gato Fierros et son membre turgescent la perforant, les coups de feu, la tête stupéfaite de Potemkin Gálvez, la chapelle de Malverde et l'odeur du havane de don Epifanio Vargas. La peur qui lui collait à la peau comme la suie des cierges allumés, épaississant la sueur et les paroles. Et enfin, prise entre le soulagement de laisser tout cela derrière elle et l'incertitude de l'avenir, un avion dans lequel, elle ou l'autre femme qui parfois lui ressemblait, se contemplant – la contemplant – dans le reflet nocturne du hublot, à trois mille mètres au-dessus de l'Atlantique. Madrid. Un train vers le Sud. Un bateau traversant la mer et la nuit. Melilla. Et maintenant, sur l'autre bord du long voyage, Teresa ne pourrait jamais oublier le halètement sinistre qui rôdait au-dehors. Même si elle avait de nouveau la peau et le ventre disponibles pour d'autres qui n'étaient plus le Güero. Même si – l'idée amenait toujours sur ses lèvres un étrange sourire – elle pouvait aimer encore, ou croyait pouvoir le faire. Mais peut-être l'ordre correct, pensait-elle en analysant sa situation, était-il d'abord d'aimer, ensuite de croire aimer, et enfin de cesser d'aimer ou d'aimer un souvenir. Elle savait maintenant – cela lui faisait peur et en même temps, paradoxalement, la rassurait – qu'il était possible, voire facile, de s'installer dans la solitude comme dans une ville inconnue, dans un appartement avec un vieux téléviseur et un lit dont le sommier grinçait quand l'insomnie vous agitait. De se lever pour faire pipi et de rester là, une cigarette entre les doigts. De se mettre sous la douche et de se caresser le sexe d'une main humide et savonneuse, les yeux fermés, en se rappelant la bouche d'un homme. Et de savoir que cela pourrait durer toute la vie, qu'elle pourrait étonnamment s'habituer à ce qu'il en soit ainsi. Se résigner à vieillir, amère et seule, stagnant dans cette ville comme dans n'importe quel autre coin du monde, pendant que ce monde continuait à tourner comme il l'avait toujours fait, même si, avant, elle ne s'en était pas rendu compte : impassible, cruel, indifférent.

Elle le revit une semaine plus tard, près du marché de la côte de Montes Tirado. Elle était allée acheter des épices au magasin Kif-Kif – à défaut du *chile* mexicain, son goût pour le piment avait fini par s'adapter aux puissants condiments marocains – et elle remontait la rue, un sac dans chaque main, en cherchant les façades qui faisaient le plus d'ombre pour éviter la chaleur du matin qui, ici, n'était pas humide comme à Culiacán, mais sèche et dure : chaleur nord-africaine de versants sans eau, de figuiers de Barbarie, de garrigue et de pierre nue. Elle le vit sortir d'une boutique de matériel électrique avec un carton sous le bras et le reconnut tout de suite : le Djamila, la semaine dernière, l'homme qu'elle avait laissé terminer son verre pendant qu'Ahmed lavait le carrelage et que les filles disaient à demain. Lui aussi la reconnut ; car, lorsqu'il passa près d'elle en s'écartant un peu pour ne pas la heurter avec le carton, il eut le même sourire que quand il avait son verre de whisky sur le bar et lui demandait, plus avec les yeux qu'avec les lèvres, la permission de le finir, et il lui dit bonjour. Elle dit également bonjour et poursuivit son chemin tandis qu'il mettait le carton à l'arrière d'une camionnette garée le long du trottoir ; et sans avoir besoin de se retourner, elle sut qu'il la suivait du regard, jusqu'au moment où, arrivée au coin de la rue, elle sentit ses pas derrière elle, ou crut les sentir. Alors Teresa fit quelque chose d'étrange, qu'elle-même était incapable d'expliquer : au lieu de continuer à marcher directement jusque chez elle, elle tourna à droite et entra dans le marché. Elle alla au hasard, comme si elle cherchait la protection de la foule, et pourtant, si on lui avait demandé de quoi elle se protégeait, elle aurait été incapable de répondre. Ce qui est sûr, c'est qu'elle marcha sans but entre les étals de fruits et de légumes achalandés, les cris des marchands et des clients qui résonnaient sous la verrière, et qu'après avoir déambulé dans la pêcherie, elle sortit par la porte qui donnait sur le petit café de la rue Comisario Valerio. Ainsi, sans regarder une seule fois en arrière, elle arriva chez elle. La porte de la maison se trouvait en haut d'un escalier blanchi à la chaux, dans une ruelle en pente du Polygone bordée de jalousies en fer forgé avec des pots de fleurs et des persiennes vertes – la monter et la descendre deux ou trois fois par jour constituait un excellent exercice – et, de l'escalier, on voyait les toits de la ville, le minaret rouge et blanc de la grande mosquée avec, au loin, vers le Maroc, le contour sombre du mont Gourougou. Au moment où elle cherchait les clefs dans la poche de son jean, elle se retourna enfin. Alors elle put le voir au coin de la ruelle, calme et tranquille, comme s'il n'avait pas bougé de cet endroit de toute la matinée. Le soleil se réverbérait sur les murs blancs et sur sa chemise en dorant ses bras et son cou, et en projetant sur le sol une ombre nette et définie. Un seul geste, un mot, un sourire mal venu, et elle aurait pivoté sur ses talons pour ouvrir la porte et la refermer en laissant l'homme dehors, loin de chez elle et de sa vie. Mais, quand leurs regards se croisèrent, il se borna à rester comme il était, immobile dans la ruelle, dans toute cette lumière des murs blancs et de sa chemise blanche. Et les yeux verts paraissaient sourire de loin comme au bar du Djamila quand elle avait annoncé : c'est l'heure de fermer, et l'on eût dit qu'il voyait des choses que Teresa ignorait. Des choses concernant leur présent et leur avenir. C'est pour cela, peut-être, qu'au lieu d'ouvrir la porte et de la refermer derrière elle, elle posa les sacs par terre, s'assit sur une marche et sortit un paquet de cigarettes. Très lentement, sans lever les yeux. Et elle resta ainsi tandis que l'homme montait l'escalier. Un moment, son ombre masqua le soleil. Puis il s'assit près d'elle, sur la même marche ; et, les yeux toujours baissés, elle vit un pantalon de coton bleu, très délavé. Des chaussures de sport grises. Les manches de la chemise relevées sur des bras brûlés par le soleil, minces et forts. Une montre de plongée Seiko avec un bracelet noir sur le poignet gauche. Le tatouage du Christ en croix sur l'avant-bras droit.

Teresa alluma la cigarette en baissant la tête, et ses cheveux lui balayèrent la figure. Ce faisant, elle se rapprocha un peu de l'homme, dans un geste involontaire ; et lui s'écarta comme il l'avait fait dans la rue quand il portait le carton, de manière à ne pas la heurter. Elle ne le regarda pas et sut qu'il ne la regardait pas non plus. Elle fuma en silence, analysant sereinement chaque sentiment, chaque sensation physique qui parcourait son corps. La conclusion était étonnamment simple : il était encore mieux de près que de loin. Soudain il bougea un peu, et elle sentit qu'elle avait peur qu'il s'en aille. Ça serait trop bête, pensa-t-elle, de le laisser partir. Elle leva la tête en écartant ses cheveux pour l'observer. Il avait un profil agréable, le menton osseux, le visage bronzé, les sourcils un peu froncés à cause de la réverbération qui lui faisait plisser les yeux. Vraiment rien à redire. Il regardait au loin, vers le Gourougou et le Maroc.

– Où étais-tu ? demanda-t-elle.

– J'étais en voyage. – Il avait un léger accent qu'elle n'avait pas noté la première fois : une modulation agréable et douce, un peu fermée, différente de l'espagnol que l'on parlait ici. – Je suis rentré ce matin.

C'était comme s'ils reprenaient un dialogue interrompu. Deux vieilles connaissances qui se rencontrent, sans être surprises. Deux amis. Peut-être deux amants.

– Je m'appelle Santiago.

Il avait fini par se tourner vers elle. Ou tu es très rusé, pensa-t-elle, ou tu es un amour. Mais que ce soit l'un ou l'autre, ça ne changeait rien. Les yeux verts lui souriaient de nouveau, sûrs et tranquilles, en l'étudiant.

– Moi je suis Teresa.

Il répéta le nom à voix basse. Teresa, dit-il d'un ton songeur, comme si, pour une raison que tous deux ignoraient encore, il devait s'habituer à le prononcer. Il continua de l'observer pendant qu'elle tirait sur sa cigarette avant d'expulser la fumée d'un coup, comme si c'était chaque fois une décision ; et quand elle laissa tomber le mégot par terre et se mit debout, il resta sans bouger, assis sur la marche.

Elle sut qu'il demeurerait ainsi sans forcer les choses, sauf si elle lui facilitait le pas suivant. Non par absence de confiance en soi ou par timidité, bien sûr. Il était clair que ce n'était pas son genre. Son calme semblait signifier que chacun devait participer à égalité, que chacun devait faire sa part du chemin.

– Viens, dit-elle.

Elle constata qu'il était différent. Moins imaginatif et fantaisiste que le Güero. Il n'y avait pas, comme chez celui-ci – le jeune soldat et le policier ne comptaient pas –, de plaisanteries, ni de rires, ni de provocations, ni de mots pimentés en guise de prologue ou d'assaisonnement. En fait, cette première fois, c'est à peine s'il y eut des mots : cet homme se taisait durant presque tout ce temps où il agissait avec une grande lenteur et un grand sérieux. Très minutieux. Ses yeux, qui même alors restaient tranquilles, ne la quittaient pas un instant. Ils ne se détournaient ni ne se fermaient jamais. Et quand un rai de lumière entrait par les lames des persiennes en faisant briller de minuscules gouttes de sueur sur la peau de Teresa, l'éclat vert de ses yeux paraissait devenir plus clair, fixe et toujours en alerte, aussi serein que le reste du corps mince et fort qui ne la bousculait pas avec impatience comme elle s'y était attendue, mais la pénétrait sûrement et fermement. Sans hâte. Aussi attentif aux sensations que la femme manifestait sur son visage qu'à son propre contrôle ; prolongeant jusqu'à l'extrême limite chaque baiser, chaque caresse, chaque position. Répétant les mêmes gestes, les mêmes vibrations, les mêmes réponses, tout cet enchaînement complexe : odeur de sexe nu et humide, tendu. Salive. Ardeur. Douceur. Pression. Paix. Causes et effets qui donnaient de nouvelles causes, séquences identiques apparemment sans fin. Et lorsqu'elle était prise de vertiges lucides, comme si elle allait tomber de quelque lieu où elle gisait ou flottait abandonnée, et que, croyant se réveiller, elle répondait sous une forme ou une autre, accélérant le rythme ou le menant là où elle savait – croyait savoir – que tout homme désire être mené, il faisait non d'un léger mouvement de la tête, le sourire serein de ses yeux s'accentuait, il prononçait à voix basse des mots inaudibles et même, une fois, il leva le doigt pour la gronder doucement, attends, murmura-t-il, calme-toi, ne bouge pas ; et après avoir battu en retraite et s'être immobilisé un instant, les muscles du visage figés, concentré pour récupérer son contrôle – elle le sentait entre ses cuisses, très dur et mouillé en elle –, il s'enfonça soudain de nouveau avec douceur, encore plus lentement et plus avant, jusqu'au plus profond. Et Teresa étouffa un gémissement, tout recommença, tandis que le soleil déversait sur elle par les fentes des persiennes des rafales de lumière brèves et brûlantes comme des coups de couteau. Et ainsi, la respiration entrecoupée, le regardant intensément de si près qu'il lui semblait avoir son visage, ses lèvres et ses yeux également en elle, prise entre ce corps et les draps froissés et humides sous le sien, elle le serra plus fort de ses bras, de ses mains, de ses jambes et de sa bouche en pensant tout à coup : mon Dieu, Sainte Vierge, Sainte Mère du Christ, nous n'avons pas mis de préservatif.

4. Partons là où personne ne nous jugera…

Dris Larbi n'aimait pas se mêler de la vie privée de ses filles. Ou du moins c'est ce qu'il m'a dit. En homme tranquille, il s'occupait de ses affaires et, pour lui, tout le monde pouvait agir à sa guise du moment qu'on ne lui fasse pas payer les frais. Si pacifique, m'a-t-il expliqué, qu'il s'était laissé pousser la barbe pour faire plaisir à son beau-frère, un insupportable intégriste qui habitait Nador avec sa sœur et ses quatre neveux. Il possédait la carte d'identité espagnole et le passeport marocain, votait aux élections, tuait son mouton le jour de l'Aïd et payait ses impôts sur les bénéfices déclarés de ses affaires officielles : tout cela n'était pas rien, pour quelqu'un qui avait passé la frontière à dix ans avec une caisse de cireur de chaussures sous le bras et moins de papiers qu'un lapin de garenne. C'était précisément ce point, celui des affaires, qui avait obligé Dris Larbi à considérer attentivement la situation de Teresa Mendoza. En effet, la Mexicaine avait fini par occuper une situation particulière. Elle tenait la comptabilité du Djamila et connaissait certains secrets de l'entreprise. De plus, elle avait une tête faite pour les chiffres et, du coup, elle lui était d'une grande utilité dans un domaine plus vaste. Car les trois établissements que le Rifain possédait dans la ville faisaient partie d'affaires plus complexes, qui incluaient le trafic illégal d'immigrés – il préférait dire les « déplacements privés » – vers Melilla et la Péninsule. Cela impliquait des passages par la clôture frontalière, des planques dans la Cañada de la Muerte ou dans de vieilles maisons du Real, des pots-de-vin aux policiers de garde aux postes de contrôle, ou des expéditions plus compliquées, vingt ou trente personnes par voyage, avec débarquements clandestins sur la côte andalouse par des bateaux de pêche, des chris-crafts ou des *pateras** qui partaient du rivage marocain. Plus d'une fois, on avait proposé à Dris Larbi de profiter de cette infrastructure pour transporter une cargaison plus rentable ; mais il n'était pas seulement bon citoyen et bon musulman, il était prudent. La drogue, c'était bien, et de l'argent facile ; mais travailler dans cette branche, quand on était connu et qu'on avait une certaine position de ce côté de la frontière, c'était aussi la perspective de se retrouver tôt ou tard devant les tribunaux. Et c'était une chose de graisser la patte à quelques policiers espagnols pour qu'ils ne demandent pas trop de papiers aux filles ou aux immigrés, et une autre, bien différente, d'acheter un juge. Dans les rapports de police, prostitution et immigration illégale étaient moins graves que cinquante kilos de haschisch. Il y avait galère et galère. L'argent venait plus lentement, mais on avait toute liberté pour le dépenser et il ne partait pas en avocats et autres sangsues. Il savait ce qu'il disait.

Il l'avait suivie deux ou trois fois, sans trop se cacher. En faisant l'innocent. Il avait aussi un peu enquêté sur cet individu : Galicien, passages à Melilla tous les huit ou dix jours, un chris-craft à moteur hors-bord Phantom, peint en noir. Point n'était besoin d'être œnologue ou ethnologue ou tout ce qu'on voudra, pour en déduire qu'il n'y avait pas que du vin dans ses cubitainers. Quelques informations prises dans les lieux adéquats lui avaient permis d'établir que l'individu vivait à Algésiras, que le chris-craft était immatriculé à Gibraltar, et qu'il s'appelait – ou qu'on l'appelait, car dans ce milieu il était difficile de savoir – Santiago Fisterra. Sans antécédents judiciaires, lui avait dit confidentiellement un sergent de la Police

* Barques à faible tirant d'eau en usage dans le détroit de Gibraltar.

nationale qui, naturellement, appréciait beaucoup que les filles de Dris Larbi lui prodiguent leurs faveurs buccales pendant les heures de service dans la voiture de patrouille. Tout cela avait donné au patron de Teresa une idée approximative du personnage : inoffensif tant qu'il n'était qu'un client du Djamila, indésirable dès lors qu'il devenait un intime de la Mexicaine. Indésirable évidemment pour lui, Dris.

Il réfléchissait à tout ça, tandis qu'il observait le couple. Il les avait aperçus par hasard, de sa voiture, en se promenant du côté du port, dans le Mantelete, le long des remparts de la vieille ville ; et avant de poursuivre sa route, il avait manœuvré pour revenir en arrière, se garer et aller boire une bière devant le Foyer du Pêcheur. Sur la petite place, sous une voûte très ancienne de la forteresse, assis à l'une des trois tables déglinguées d'un boui-boui, Teresa et le Galicien mangeaient des brochettes. L'odeur épicée de la viande rissolant sur la braise parvenait jusqu'à Dris et il dut se contenir – il n'avait pas déjeuné – pour ne pas y aller et commander quelque chose. En bon Marocain, il ne pouvait résister aux brochettes.

Au fond, elles sont toutes pareilles, se disait-il. Elles peuvent paraître sereines, mais il suffit qu'elles croisent un mâle qui leur plaît pour qu'elles foncent, et il n'y a plus de raison qui compte. Il était resté un moment à les observer, sa bouteille de Mahou à la main, en tâchant de faire le lien entre la jeune femme qu'il connaissait, la Mexicaine efficace et discrète derrière son comptoir, et celle qu'il voyait, portant un jean, des chaussures à hauts talons et un blouson de cuir, les cheveux séparés par une raie, lisses, tirés en arrière et rassemblés sur la nuque comme dans son pays, en train de bavarder avec l'homme assis près d'elle à l'ombre des remparts. Une fois de plus, il avait pensé qu'elle n'était pas particulièrement jolie, qu'elle était même plutôt quelconque ; mais que tout dépendait de la manière dont elle s'attifait, ou du moment. De grands yeux, des cheveux très noirs, un corps jeune auquel le pantalon serré seyait bien, des dents blanches, et surtout cette façon de s'exprimer doucement et d'écouter quand on lui disait quelque chose, silencieuse et sérieuse comme si elle réfléchissait, de sorte qu'on se sentait compris et presque important. Du passé de Teresa, Dris savait le strict nécessaire, et il ne souhaitait pas en connaître davantage : elle avait eu de graves problèmes dans son pays, et quelqu'un d'influent lui avait trouvé un endroit où se terrer. Il l'avait vue débarquer du ferry de Malaga avec son sac de voyage, tout étourdie, plongée soudain dans un monde étranger dont elle ignorait les codes. Il s'était même dit que ce petit pigeon serait mangé en deux jours. Mais la Mexicaine avait fait preuve d'une singulière capacité d'adaptation au terrain ; comme ces jeunes soldats qui viennent de la campagne, habitués à supporter le soleil ou le froid, et qui, ensuite, à la guerre, résistent à tout et sont capables d'endurer fatigues et privations, faisant face à n'importe quelle situation comme s'ils n'avaient fait que ça toute leur vie.

Voilà pourquoi sa relation avec le Galicien le surprenait. Elle n'était pas de celles qui s'amourachent d'un client ou du premier chien coiffé, elle était au contraire très prudente. Très réfléchie. Et pourtant elle était là, en train de manger des brochettes sans quitter des yeux ce Fisterra ; lequel avait peut-être l'avenir devant lui – Dris Larbi lui-même était la preuve qu'on pouvait réussir dans la vie – mais qui, pour le moment, n'avait même pas de quoi payer son enterrement, la perspective la plus probable étant dix ans dans une prison espagnole ou marocaine, ou un coup de couteau au détour d'une rue. Pis : Dris Larbi était sûr que le Galicien n'était pas étranger aux demandes récentes et insolites de Teresa d'assister aux parties qu'il organisait d'un côté ou de l'autre de la frontière. Je veux y aller, avait-elle déclaré, sans autres explications ; et lui, pris de court, n'avait pas pu ni voulu refuser. Bon, d'accord, pourquoi pas. Et, en effet, elle y était allée, voir et constater, très élégante et très maquillée, les cheveux bien tirés en arrière comme maintenant, habillée d'une mini-jupe et d'un corsage échancré noirs moulant un corps qui n'était pas mal du tout, avec, sur les talons hauts, des jambes en vérité tout à fait acceptables – jamais Dris Larbi ne l'avait vue ainsi, elle qui savait être si discrète et si sérieuse derrière le bar du Djamila. Une vraie tenue de combat, avait pensé le Rifain la première fois, quand il l'avait prise en voiture avec quatre filles européennes pour la mener de l'autre côté de la frontière, au-delà de la Petite Mer, dans une luxueuse villa près de la plage de Kariat Arkeman. Plus tard, tandis que la fête battait son plein – quelques colonels, trois hauts fonctionnaires, deux hommes politiques et un riche commerçant de Nador –, Dris Larbi n'avait pas quitté Teresa des yeux, curieux de découvrir ce qu'elle avait dans la tête. Pendant que les quatre Européennes, renforcées par trois très jeunes Marocaines, s'occupaient des invités de la manière habituelle en pareilles circonstances, Teresa avait conversé avec un peu tout le monde, en espagnol et aussi dans un anglais élémentaire dont il ne savait pas jusque-là qu'elle le pratiquait et que lui-même ignorait complètement, mis à part les mots goodmorning, goodbye, fuck et money. Déconcerté, il avait vu que, toute la nuit, Teresa avait affiché avec les uns et les autres tolérance et même sympathie, comme si elle tâtait prudemment le terrain ; et après avoir esquivé les avances d'un des hommes politiques locaux qui avait fait le plein de tout ce qu'il était possible d'ingérer de solide, de liquide et de gazeux, elle avait fini par se décider pour un colonel de la Gendarmerie royale répondant au nom de Chaïb. Et Dris Larbi, qui, comme les maîtres d'hôtel efficaces, observait une discrète réserve, une fois ici, une autre là, une inclination de tête ou un sourire, faisant en sorte que tout se passe au mieux pour ses invités – il avait un compte bancaire à alimenter, trois boîtes de nuit à tenir et des douzaines d'immigrants clandestins qui attendaient de passer en Espagne –, n'avait pu qu'apprécier, en bon expert des relations publiques, l'aisance avec laquelle la Mexicaine se coltinait le gendarme. Lequel n'était pas, avait-il noté avec inquiétude, un militaire quelconque. Car tout trafiquant qui prétendait faire transiter du haschisch entre Nador et Alhucemas devait payer un impôt, en dollars, au colonel Abdelkader Chaïb.

Teresa avait été encore présente, un mois plus tard, à une autre partie, où elle avait de nouveau rencontré le colonel marocain. Et en les voyant chuchoter à l'écart sur un canapé près de la terrasse – cette fois, cela se passait dans le luxueux dernier étage d'un des plus beaux immeubles de Nador –, Dris Larbi, qui commençait à prendre peur, avait décidé qu'il n'y aurait pas de troisième fois. Il avait même pensé à la renvoyer du Djamila ; mais il se sentait lié par ses engagements. Dans cette chaîne complexe d'amis d'amis, le Rifain ne contrôlait pas les extrémités ni les maillons intermédiaires ; en pareil cas, mieux valait rester prudent et ne heurter personne. Et puis il ne pouvait nier qu'il ressentait une certaine sympathie pour la Mexicaine : il l'aimait bien. Mais pas au point de faciliter les affaires du Galicien ni de mettre en péril ses relations avec les Marocains. Sans compter que Dris Larbi tenait à rester loin du cannabis sous toutes ses formes et dans tous ses états. Donc, fini ce petit jeu, s'était-il dit. Si elle voulait se faire Abdelkader Chaïb ou un autre pour le compte de Santiago Fisterra, pas question de tenir la chandelle.

Il l'avait prévenue comme il savait le faire dans ces cas-là, en douceur. En laissant tomber quelques mots. Un soir qu'ils quittaient ensemble le Djamila et descendaient vers la plage en discutant d'une livraison de gin qui devait avoir lieu le lendemain, au moment où ils arrivaient au front de mer, Dris Larbi avait aperçu le Galicien qui attendait, assis sur un banc ; et sans transition, au milieu d'une phrase où il était question de caisses de bouteilles et de règlement au fournisseur, il avait dit : ce type-là n'est pas de ceux qui restent. Rien de plus. Puis il avait gardé le silence pendant quelques secondes avant de recommencer à parler des caisses de gin, le temps de se rendre compte que Teresa le regardait avec beaucoup de sérieux ; non comme si elle ne comprenait pas, mais en le défiant de poursuivre, si bien que le Rifain s'était vu obligé de hausser les épaules et d'ajouter : ou ils partent, ou ils se font tuer.

– Qu'est-ce que tu peux en savoir ? avait-elle dit.

Et cela sur un ton de supériorité et presque de mépris qui avait passablement offensé Dris Larbi. Pour qui se prenait-elle, cette Apache stupide ? Il avait ouvert la bouche pour lâcher une grossièreté, ou peut-être – il n'avait pas encore décidé – pour expliquer à la Mexicaine qu'après avoir passé le tiers de sa vie à faire le trafic des êtres humains et à vendre du cul, il savait pas mal de choses ; et que si elle n'était pas contente, elle pouvait toujours se chercher un autre job. Mais il s'était tu, car il croyait comprendre qu'elle ne se référait pas à cela, pas aux hommes et aux femmes qui tirent un coup et disparaissent, mais à quelque chose de plus compliqué dont il n'était pas au courant ; et que, parfois, pour qui était capable d'observer ce genre de subtilités, cela transparaissait dans la manière de parler et dans les silences de cette femme. Cette nuit-là, Dris Larbi avait senti que le commentaire de Teresa avait moins à voir avec les hommes qui partent qu'avec les hommes qui se font tuer. Parce que, dans le monde d'où elle venait, se faire tuer était une façon de partir aussi naturelle que n'importe quelle autre.

Teresa avait une photo dans son sac. Elle la gardait depuis très longtemps : depuis que Parra, dit Chino, l'avait prise, un jour où ils fêtaient son anniversaire. Ils étaient seuls sur la photo, le Güero Dávila et elle ; il portait son blouson de pilote et avait passé un bras sur ses épaules. Il semblait très en forme, riant devant l'objectif, avec sa dégaine de grand gringo maigre, le pouce de l'autre main passé dans la boucle de sa ceinture. Son attitude désinvolte contrastait avec celle de Teresa qui se contentait d'un sourire mi-innocent mi-gêné. Elle avait tout juste vingt ans, elle ne semblait pas seulement très jeune mais aussi très fragile, ouvrant grands les yeux devant le flash, avec sur la bouche cette grimace un peu forcée qui n'arrivait pas à répondre à la joie de l'homme qui l'enlaçait. Peut-être, comme cela arrive sur la plupart des photos, cette expression n'était-elle que fortuite : un instant quelconque, le hasard fixé sur la pellicule. Mais comment ne pas l'interpréter aujourd'hui, à la lumière des événements qui avaient suivi ? Souvent, les images, les situations, les photos ne trouvent leur vrai sens qu'après coup ; comme si elles restaient en suspens, provisoires, pour se voir confirmées ou démenties plus tard. Nous faisons des photos non pour nous souvenir, mais pour les compléter ensuite avec le reste de notre vie. Voilà pourquoi il y a des photos qui sont parlantes et d'autres non. Images que le temps se charge de mettre à leur vraie place, en attribuant à certaines une authentique signification et en la niant à d'autres qui s'éteignent toutes seules, comme si les couleurs s'effaçaient au fil des ans. Cette photo qu'elle gardait dans son sac était de celles que l'on prend pour qu'elles acquièrent ensuite leur sens, bien que nul ne le sache sur le moment. Et maintenant le passé tout récent de Teresa donnait à ce vieil instantané un avenir inexorable, aujourd'hui accompli. Il était désormais facile, de cette rive d'ombres, de le lire et de l'interpréter. Tout apparaissait évident dans l'attitude du Güero, dans l'expression de Teresa, dans le sourire embarrassé provoqué par la présence de l'appareil. Elle souriait pour faire plaisir à son homme, juste ce qu'il fallait – allons, mon bébé, regarde l'objectif et pense très fort que tu m'aimes, ma poupée –, tandis que le sombre présage se réfugiait au fond de ses yeux. Le pressentiment.

Maintenant, assise près d'un autre homme au pied de la vieille ville, Teresa pensait à cette photo. Elle y pensait parce que, à peine arrivés là, pendant que son compagnon commandait les brochettes à l'Arabe qui tenait la rôtissoire, un photographe ambulant les avait abordés, un vieux Yashica pendu au cou ; et quand ils lui avaient dit non, merci, elle s'était demandé quel avenir elle aurait pu lire sur la photo qu'il ne prendrait pas, en la contemplant des années plus tard. Quels signes seraient à interpréter quand tout serait accompli, de cette scène devant les remparts, avec la mer qui résonnait à quelques mètres, les vagues battant le rocher derrière la voûte médiévale qui laissait voir un morceau de ciel bleu intense, l'odeur d'algues, de pierre séculaire et d'ordures de la plage se mêlant à celle des brochettes épicées dorant sur les braises.

– Je pars cette nuit, dit Santiago.

C'était la sixième fois, depuis qu'ils se connaissaient. Teresa compta quelques secondes avant de le regarder, et acquiesça.

– Pour où ?

– Peu importe. – Il la regardait gravement, conscient que, pour elle, c'était une mauvaise nouvelle. – Il y a du travail.

Teresa savait ce qu'était ce travail. Tout était prêt de l'autre côté de la frontière, car c'était elle-même qui s'en était chargée. Elle avait la parole d'Abdelkader Chaïb – le compte secret du colonel à Gibraltar venait de grossir un peu – qu'il n'y aurait pas de problèmes à l'embarquement. Depuis huit jours, Santiago attendait un signal dans sa chambre de l'hôtel Ánfora, tandis que Lalo Veiga gardait le chris-craft dans une calanque de la côte marocaine, près de la pointe Vermeille. Dans l'attente d'une cargaison. Et maintenant, le signal était arrivé.

– Quand reviens-tu ?

– Je ne sais pas. Une semaine tout au plus.

Teresa hocha légèrement la tête, en acquiesçant de nouveau, comme si une semaine était bien le délai adéquat. Elle aurait fait la même chose si elle avait entendu un jour, ou un mois.

– Il n'y aura pas de lune, précisa-t-il.

C'est peut-être pour ça que je suis ici près de toi, pensait-elle. C'est le temps de la nouvelle lune et tu as du travail, c'est comme si j'étais condamnée à tenir toujours le même rôle. La question est de savoir si je veux ou si je ne veux pas le tenir. S'il me va ou s'il ne me va pas.

– Sois-moi fidèle, ajouta-t-il, lui ou son sourire.

Elle l'observa comme si elle revenait de très loin. De si loin qu'elle dut faire un effort pour comprendre ce qu'il pouvait bien vouloir dire.

– J'essaierai, dit-elle enfin, quand elle comprit.
– Teresa ?
– Oui ?
– Il ne faut pas que tu restes ici.

Il la regardait bien en face, il avait l'air presque sincère. Tous ils regardaient bien en face, tous ils avaient l'air presque sincères. Y compris quand ils mentaient, ou quand ils faisaient des promesses qu'ils ne tiendraient jamais, même s'ils ne le savaient pas.

– Laisse tomber. Nous en avons déjà parlé.

Elle avait ouvert son sac et cherchait le paquet de cigarettes et le briquet. Des Bisonte. Des cigarettes âcres, sans filtre, auxquelles elle s'était habituée par pur hasard. Il n'y avait pas de Faros à Melilla. Elle en alluma une, et Santiago continuait de la regarder de la même façon.

– Je n'aime pas ton travail, dit-il au bout d'un moment.
– Le tien ne me plaît pas non plus.

Cela sonna comme le reproche que c'était et contenait trop de choses en huit mots seulement. Il détourna les yeux.

– Je veux dire que tu n'as pas besoin de cet Arabe.
– Mais toi tu as besoin d'autres Arabes… Et tu as besoin de moi.

Elle se souvint, bien qu'elle n'en eût pas envie. Le colonel Abdelkader Chaïb allait sur ses cinquante ans et ce n'était pas un mauvais bougre. Juste ambitieux et égoïste, comme n'importe quel homme, et aussi raisonnable que n'importe quel homme intelligent. Il pouvait être aussi, quand il le voulait, aimable et bien élevé. Il avait traité Teresa avec courtoisie, sans rien exiger de plus que ce qu'elle avait décidé de lui donner, et sans la confondre avec la femme qu'elle n'était pas. Sérieux en affaires et respectant ses engagements. La respectant, elle, jusqu'à un certain point.

– Plus jamais ça.
– Bien sûr.
– Je te le jure. J'y ai beaucoup réfléchi. Plus jamais ça.

Il gardait son air soucieux, et elle se tourna à demi. Dris

Larbi était à l'autre bout de la petite place, devant le Foyer du Pêcheur, une bouteille de bière à la main, observant la rue. Ou eux. Elle le vit lever la bouteille, comme pour la saluer, et elle lui répondit en inclinant un peu la tête.

– Dris est un brave homme, dit-elle, en revenant à Santiago. Il me respecte et me paye.

– C'est un maquereau de putes et un salaud d'Arabe.

– Et moi je suis une pute et une salope d'Indienne.

Il resta silencieux et elle fuma sans rien dire, renfrognée, en écoutant la rumeur de la mer derrière la voûte dans le mur. Santiago entrecroisait distraitement les tiges métalliques des brochettes sur l'assiette en plastique. Il avait des mains rudes, fortes et brunes, qu'elle connaissait bien. Il portait la même montre étanche, bon marché et fiable, pas de bracelets ni de bagues. Les reflets de la lumière sur le badigeon de la place doraient le duvet sur le tatouage du bras. Ils rendaient également ses yeux plus clairs.

– Tu peux venir avec moi, dit-il enfin. On est bien, à Algésiras... Nous nous verrions tous les jours. Loin de tout ça.

– Je ne sais pas si j'ai envie de te voir tous les jours.

– Tu es une fille bizarre. Vraiment bizarre. Je ne savais pas que les Mexicaines étaient comme ça.

– Je ne sais pas comment sont les Mexicaines. Je sais comment je suis, moi. – Elle resta un instant songeuse. – Enfin, certains jours, je crois que je le sais.

Elle jeta sa cigarette par terre, puis l'écrasa sous la semelle de son soulier. Après quoi elle se tourna pour voir si Dris Larbi était toujours au café d'en face. Il n'y était plus. Elle se leva et dit qu'elle avait envie de faire un tour. Encore assis, tout en cherchant l'argent dans la poche arrière de son pantalon, Santiago continuait de la regarder, et son expression avait changé. Il souriait. Il savait toujours comment sourire pour que s'évanouissent les nuages noirs qui l'assaillaient. Pour qu'elle les chasse très loin. Abdelkader Chaïb compris.

– Merde, Teresa.

– Quoi ?

– Parfois tu ressembles à une gamine, et ça me plaît. – Il se leva en laissant quelques pièces sur la table. – Je veux dire quand je te vois marcher, et tout ça. Tu frétilles du cul, tu te retournes, et je te boufferais tout entière comme un fruit frais… Et tes nichons.

– Qu'est-ce qu'ils ont ?

Santiago penchait la tête, en cherchant une définition appropriée.

– Ils sont jolis, conclut-il, d'un air sérieux. Les meilleurs nichons de Melilla.

– Ça alors ! C'est la galanterie espagnole ?

– Je ne sais pas. – Il attendit qu'elle ait fini de rire. – C'est ce qui me vient à l'esprit.

– Et c'est tout ?

– Non. J'aime aussi comment tu parles. Ou comment tu te tais. Ça me met, comment dire… dans tous mes états. Et pour un de ces états, le mot le plus juste c'est : tendre.

– Bravo. Je suis contente de savoir qu'il t'arrive d'oublier mes seins et de devenir tendre.

– Ça n'empêche rien. Tes nichons et ma tendresse, nous sommes compatibles.

Elle ôta ses chaussures et ils partirent sur le sable sale, puis entre les rochers au bord de l'eau, sous les murailles de pierre ocre dont les meurtrières laissaient dépasser des canons rouillés. Au loin se dessinait la silhouette bleutée du cap des Trois Fourches. Parfois l'écume leur léchait les pieds. Santiago marchait les mains dans les poches en s'arrêtant de temps en temps pour s'assurer que Teresa ne risquait pas de glisser sur la mousse des pierres mouillées.

– D'autres fois, poursuivit-il soudain, comme s'il n'avait pas cessé d'y penser, je te regarde et tu me parais tout d'un coup très âgée… Comme ce matin.

– Et qu'est-ce qui s'est passé, ce matin ?

– Eh bien, quand je me suis réveillé, tu étais dans la salle de bains, je me suis levé et je t'ai vue devant la glace, en train de te passer de l'eau sur la figure ; tu te regardais comme si tu avais du mal à te reconnaître. Avec un visage de vieille.

– Laide ?

– Très laide. Alors j'ai voulu te faire redevenir jolie, je t'ai prise dans mes bras, je t'ai emportée sur le lit et on a fait les fous pendant plus d'une heure.

– Je ne me souviens pas.

– De ce qu'on a fait dans le lit ?

– Que j'étais laide.

Elle s'en souvenait très bien, évidemment. Elle s'était réveillée tôt, avec la première clarté grise. Chant de coqs à l'aube. Appel du muezzin sur le minaret de la mosquée. Tic-tac de la pendule sur la table de nuit. Et elle, incapable de retrouver le sommeil, contemplant la lumière qui éclairait peu à peu le plafond de la chambre, avec Santiago dormant sur le ventre, les cheveux en broussaille, la tête à moitié plongée dans l'oreiller et la barbe naissante rêche de son menton frôlant son épaule. Sa respiration lourde et son immobilité presque permanente, identique à la mort. Et l'angoisse subite qui l'avait poussée hors du lit pour courir à la salle de bains, ouvrir le robinet et s'asperger longuement la figure, pendant que la femme qui l'observait dans le miroir ressemblait à la femme qu'elle avait regardée quand elle avait les cheveux mouillés, à Culiacán, le jour où le téléphone avait sonné. Et ensuite Santiago qui se reflétait derrière elle, les yeux gonflés de sommeil, nu comme elle, la prenant dans ses bras avant de la ramener sur le lit pour lui faire l'amour dans les draps froissés qui sentaient leur odeur à tous deux, odeur de sperme et de chaleur des corps enlacés. Et enfin les fantômes s'évanouissant jusqu'à nouvel ordre, une fois de plus, avec la pénombre de l'aurore sale – il n'y avait rien de plus sale au monde que cette pénombre grise et indécise des petits matins – que la lumière du jour, en se répandant à travers les persiennes, renvoyait de nouveau aux enfers.

– Parfois, avec toi, je me sens un peu exclu, tu comprends ?... – Santiago regardait la mer bleue, ondulant avec la houle qui clapotait entre les rochers : un regard familier et presque technique. – Je crois que tu es toute à moi, et puis, d'un coup, tu m'échappes. Tu t'en vas.

– Au Maroc.
– Ne fais pas l'idiote. Je t'ai dit que c'était terminé.

Encore une fois le sourire qui effaçait tout. Inutile de faire le joli cœur, pensa-t-elle. Salaud de contrebandier de ta salope de mère.

– Toi aussi, tu t'en vas, dit-elle. Très loin.

– Moi, ce n'est pas pareil. J'ai des affaires qui me donnent des soucis. Je veux dire des affaires de maintenant. Mais toi, c'est autre chose.

Il se tut un instant. Il semblait chercher une idée difficile à concrétiser. Ou à exprimer.

– Chez toi, dit-il enfin, c'était là avant que je te rencontre.

Ils firent quelques pas, puis revinrent vers la voûte du rempart. Le vieux aux brochettes nettoyait la table. Teresa et l'Arabe échangèrent un sourire.

– Tu ne me racontes jamais rien du Mexique, dit Santiago.

Elle s'appuyait sur lui pour remettre ses chaussures.

– Il n'y a pas grand-chose à raconter... Là-bas, les gens se flinguent entre eux pour la drogue ou pour quelques pesos, ou ils te flinguent parce qu'ils disent que tu es communiste, ou un cyclone arrive qui flingue tout le monde sans faire la différence.

– Je parlais de toi.

– Moi ? Je suis du Sinaloa. Un peu blessée dans mon orgueil, ces derniers temps. Mais têtue comme une mule.

– Et quoi d'autre ?

– Il n'y a rien d'autre. Je ne te pose pas de questions sur ta vie. Je ne sais même pas si tu es marié.

– Je ne le suis pas. – Il agitait les doigts devant ses yeux. – Et je suis fâché que tu ne me l'aies jamais demandé jusqu'à maintenant.

– Je ne te le demande pas. Je dis seulement que je ne le sais pas. C'est l'accord que nous avons passé.

– Quel accord ? Je ne me souviens d'aucun accord.

– Pas de questions à la con. Tu arrives, je suis là. Tu t'en vas, je reste.

– Et l'avenir ?
– L'avenir, on en parlera quand il sera là.
– Pourquoi couches-tu avec moi ?
– Et avec qui d'autre, sinon ?
– Avec moi.

Il s'arrêta devant elle, coudes écartés, mains à la ceinture, comme s'il allait lui chanter une ranchera.

– Parce que tu es un beau mec, dit-elle en l'inspectant de haut en bas, très lentement, d'un air appréciateur. Parce tu as des yeux verts, des fesses à se damner et des bras forts... Parce que tu es un fils de pute sans être un égoïste. Parce que tu sais être doux et dur en même temps... Ça te suffit ? – Elle sentit que les muscles de son visage se tendaient sans qu'elle le veuille. – ... Et aussi parce que tu ressembles à quelqu'un que j'ai connu.

Santiago la regardait. Gêné, naturellement. Son expression flattée s'était effacée d'un coup, et elle devina ce qu'il allait dire avant même qu'il ouvre la bouche.

– Ça ne me plaît pas, de te rappeler un autre.

Salaud de Galicien. Salauds de mecs de merde. Tous si faciles et tous si cons. Soudain, elle sentit qu'il était urgent de mettre un terme à cette conversation.

– Écrase. Je n'ai pas dit que tu me rappelles un autre. J'ai dit que tu ressembles à quelqu'un.

– Et toi, tu ne veux pas savoir pourquoi je couche avec toi ?

– A part mon utilité pour les parties de Dris Larbi ?
– A part ça.
– Parce que tu jouis très fort, bien au chaud dans ma fente. Et aussi, parfois, parce que tu te sens seul.

Confus, il se passa la main dans les cheveux. Puis il lui attrapa le bras.

– Et si je couchais avec d'autres ? Tu t'en ficherais ?

Elle libéra son bras sans violence : juste en l'écartant doucement.

– Je suis sûre que tu couches aussi avec d'autres.
– A Melilla ?
– Non. Ça, je le sais. Pas ici.

– Dis que tu m'aimes.
– D'accord. Je t'aime.
– Ce n'est pas vrai.
– Qu'est-ce que ça peut te faire ? Je t'aime.

Il ne m'a pas été difficile de connaître la vie de Santiago Fisterra. Avant de venir à Melilla, j'avais complété le rapport de la police d'Algésiras par un autre, plus détaillé, des Douanes, où figuraient des dates et des lieux, y compris celui de sa naissance, O Grove, un village de pêcheurs dans la ria d'Arosa. Je savais donc que, lors de sa rencontre avec Teresa, Fisterra allait sur sa trente-troisième année. Son curriculum était classique. Embarquement sur des bateaux de pêche à quatorze ans, service militaire dans la marine, puis travail pour les *amos do fume** qui opéraient dans les rias galiciennes : Charlines, Sito Miñanco, les frères Pernas. Trois ans avant de rencontrer Teresa, le rapport des Douanes le localisait à Villagarcía, patron d'un chris-craft du clan des Pedrusquiños, une famille bien connue de la contrebande des cigarettes qui, à cette époque, élargissait ses activités au trafic du haschisch marocain. A ce moment-là, Fisterra était payé à tant le voyage : son travail consistait à piloter des chris-crafts qui allaient prendre tabac et drogue de cargos nourrices et de bateaux de pêche en dehors des eaux espagnoles, en profitant de la géographie compliquée du littoral galicien. Ce qui donnait lieu à des duels dangereux avec les services de surveillance côtière, Douanes et Garde civile ; au cours d'une de ces incursions nocturnes, alors qu'il tentait d'échapper à la poursuite d'une vedette turbo par des zigzags serrés entre les parcs à moules de l'île de Cortegada, Fisterra ou son copilote – un garçon d'El Ferrol, nommé Lalo Veiga – avait allumé un projecteur pour éblouir leurs poursuivants au milieu d'une manœuvre, et

* En galicien, « les patrons de la fumée » : les caïds du trafic de cigarettes.

les douaniers avaient heurté un parc. Résultat : un mort. L'histoire n'était relatée qu'à grands traits dans les rapports de police, c'est pourquoi mes appels aux numéros de téléphone que j'avais relevés s'étaient avérés infructueux jusqu'au moment où mon ami l'écrivain galicien Manuel Rivas, qui habitait la région – il avait une maison tout près de la Côte de la Mort –, avait recueilli diverses informations qui confirmaient cet épisode. Selon ce que m'avait rapporté Rivas, personne n'avait pu prouver l'intervention de Fisterra dans l'accident, mais les douaniers locaux, aussi durs que les contrebandiers – ils étaient nés dans les mêmes villages et avaient navigué sur les mêmes bateaux – avaient juré de l'envoyer par le fond à la première occasion. Œil pour œil. C'était suffisant pour que Fisterra et Veiga quittent les Rías Bajas pour des cieux moins insalubres : Algésiras, à l'ombre du rocher de Gibraltar, soleil méditerranéen et eaux bleues. Là, bénéficiant d'une législation britannique permissive, les deux Galiciens avaient fait immatriculer par des tiers un puissant hors-bord de sept mètres de long, moteur Yamaha PRO six cylindres et 225 chevaux trafiqués à 250, avec lequel ils faisaient la navette entre la colonie, le Maroc et la côte espagnole.

– A cette époque, m'a expliqué à Melilla Manolo Céspedes après notre rencontre avec Dris Larbi, la cocaïne était encore réservée aux riches. Le gros du trafic consistait en cigarettes de Gibraltar et en haschisch marocain : deux récoltes et deux mille cinq cents tonnes de cannabis exportées chaque année clandestinement en Europe… Tout ça passait par ici, bien sûr. Et continue à passer.

Nous avons fait honneur à un dîner en règle, assis à une table de La Amistad : un café-restaurant plus souvent désigné par les habitants de Melilla comme la Casa Manolo, devant la caserne de la Garde civile que Céspedes lui-même avait fait construire au temps de son règne. En réalité, le maître des lieux ne s'appelait pas Manolo mais Mohamed, et il était aussi connu comme le frère de Juanito, propriétaire du restaurant Casa Juanito, lequel ne se nommait pas non plus Juanito mais Hassan ; labyrinthes patronymiques très révélateurs d'une ville aux multiples identités telle que Melilla. Quant à La Amistad, c'était un endroit populaire, avec des chaises et des tables en plastique et un bar pour les tapas où souvent les gens, Européens et Marocains, mangeaient debout. La qualité de sa cuisine était mémorable, à base de poisson et de fruits de mer frais venus du Maroc, que Manolo-Mohamed en personne achetait chaque matin au marché central. Ce soir-là, nous avons mangé, Céspedes et moi, des clovisses, des langoustines de la Petite Mer, des tranches de mérou, du cabillaud sur le gril arrosés d'une bouteille de Barbadillo glacé. Un vrai festin. Avec le ratissage systématique des fonds par les pêcheurs, il est de plus en plus difficile de trouver tout cela dans les eaux de la Péninsule.

– Quand Santiago Fisterra est arrivé, a poursuivi Céspedes, presque tout le trafic important se faisait avec des chris-crafts. Il est venu parce que c'était sa spécialité, et parce que beaucoup de Galiciens cherchaient à s'installer à Ceuta, à Melilla et sur la côte d'Andalousie... Les contacts avaient lieu ici ou au Maroc. La zone la plus fréquentée était les quatorze kilomètres qui se trouvent entre Punta Carnero et le cap Cires, en plein Détroit : les petits trafiquants par les ferries de Ceuta, les gros avec des yachts, des bateaux de pêche, des chris-crafts... Le trafic était si intense qu'on appelait cette zone le Boulevard du Haschisch.

– Et Gibraltar ?

– Eh bien, c'était le centre de tout. – Céspedes a indiqué le paquet de Winston posé à côté de lui sur la nappe et, avec sa fourchette, il a tracé un cercle autour. – Comme une araignée dans sa toile. A l'époque, c'était la base principale de la contrebande en Méditerranée occidentale... Les Anglais et les *Llanitos*, comme on appelle les autochtones de la colonie, laissaient les mains libres aux mafias. Investissez donc ici, messieurs, confiez-nous votre fric, facilités financières et portuaires... Le tabac allait directement des docks du port aux plages de La Línea, mille mètres plus loin... En fait, rien n'a changé. – Il indiqua de nouveau le paquet. – Ces cigarettes viennent de là-bas. Sans taxes.

– Et tu n'as pas honte ?... Un ex-délégué du gouvernement qui fraude le fisc ?

– Ne me casse pas les pieds. Aujourd'hui, je suis un retraité. Tu sais combien de cigarettes je fume par jour ?

– Et si on revenait à Santiago Fisterra ?

Céspedes a savouré sans hâte une tranche de mérou. Puis il a bu une gorgée de Barbadillo et m'a regardé.

– Celui-là, je ne sais s'il fumait ou non ; mais le trafic de cigarettes, ce n'était pas son job. Un voyage avec une cargaison de haschisch équivalait à cent avec des Winston ou des Marlboro. Autrement rentable.

– Et autrement dangereux, j'imagine.

– Bien plus. – Après avoir sucé consciencieusement les têtes des langoustines, Céspedes les alignait sur le bord de son assiette comme pour les passer en revue. – Si tu ne graissais pas suffisamment la patte aux Marocains, ton compte était bon. Vois ce pauvre Veiga... Mais avec les Anglais, il n'y avait pas de problème : ceux-ci pratiquaient leur double morale habituelle. Tant que la drogue ne touchait pas le sol britannique, ils s'en lavaient les mains... Et donc les trafiquants arrivaient avec leurs cargaisons au vu et au su de tout un chacun. Et quand ils étaient surpris par la Garde civile ou les douaniers espagnols, ils couraient se réfugier à Gibraltar. La seule condition était qu'ils jettent auparavant leur marchandise par-dessus bord.

– C'était si facile ?

– Très facile. – Il indiqua de nouveau le paquet de cigarettes avec sa fourchette, en donnant cette fois un petit coup dessus. Parfois l'équipage du chris-craft postait des complices, qu'ils appelaient les singes, en haut du Rocher avec des jumelles à rayons infrarouges et des transmetteurs radio, pour être au courant des mouvements des douaniers... Gibraltar était l'axe de toute une industrie, on y brassait des millions. *Mehanis**, policiers *llanitos* et

* Policiers marocains.

espagnols… tout le monde touchait son ticket. Même moi, ils ont voulu m'acheter… – il riait tout bas à ce souvenir, le verre de vin blanc à la main –, mais ils n'ont pas eu de chance. En ce temps-là, c'était moi qui achetais les autres.

Céspedes a soupiré.

– Maintenant, a-t-il repris, tout en expédiant la dernière langoustine, c'est différent. Gibraltar brasse de l'argent autrement. Fais-y un tour, regarde les boîtes aux lettres de Main Street et compte le nombre de sociétés fantômes qui y ont leur siège. Tu te marreras. Ils ont découvert qu'un paradis fiscal est plus rentable qu'un nid de pirates, bien qu'au fond ce soit la même chose. Et calcule la clientèle : la Costa del Sol est une mine d'or, et les mafias étrangères s'installent de toutes les façons imaginables. De plus, d'Almería jusqu'à Cadix, les eaux espagnoles sont aujourd'hui très surveillées, du fait de l'immigration clandestine. Même si le haschisch reste en pleine forme et si le trafic de la coke cogne toujours très fort, avec des méthodes différentes… disons que les temps héroïques, ceux de l'artisanat, sont révolus : les cravates et les cols blancs ont pris la relève des vieux loups de mer. Tout se décentralise. Les chris-crafts des contrebandiers ont changé de mains, de tactiques et de bases arrière. La pompe à fric n'est plus la même.

Ayant terminé ce discours, Céspedes s'est carré sur sa chaise, a demandé un café à Manolo-Mohamed avant d'allumer une cigarette libre de taxes. Sourcils haussés, un sourire nostalgique éclairait son visage de vieux filou. Je me suis bien amusé, semblait-il dire. Et j'ai compris que l'ancien délégué au gouvernement ne regrettait pas seulement l'ancien temps mais aussi une certaine classe d'hommes.

– En tout cas, a-t-il conclu, quand Santiago Fisterra a fait son apparition à Melilla, le Détroit était tout à lui. *Edad golden age*, comme diraient les *Llanitos*. Ah ! Trajets directs aller-retour, de l'audace, encore de l'audace, toujours de l'audace : fallait en avoir dans le pantalon ! Chaque nuit on jouait au chat et à la souris entre trafiquants d'une part, douaniers, policiers et gardes civils de l'autre... Parfois on gagnait, parfois on perdait. – Il a tiré longuement sur sa cigarette et, à ce souvenir, ses petits yeux malins se sont encore rétrécis. – Et c'est là-dedans que, tombant de Charybde en Scylla, est venue se fourrer Teresa Mendoza.

On raconte que ce fut Dris Larbi qui dénonça Santiago Fisterra ; et qu'il le fit malgré le colonel Abdelkader Chaïb, ou peut-être même avec son assentiment. C'était facile au Maroc, où le maillon le plus faible était celui des contrebandiers non protégés par l'argent ou la politique : un nom prononcé ici ou là, quelques billets changeant de mains. Et pour la police en mal de statistiques, cela tombait bien. De toute manière, personne n'a pu prouver l'intervention du Rifain. Quand j'ai abordé ce sujet – je l'avais réservé pour notre dernière rencontre –, celui-ci s'est refermé comme une huître et il a été impossible de lui tirer un mot de plus. Enchanté de vous avoir connu. Fin des confidences, adieu, et au plaisir de ne jamais nous revoir. Mais Manolo Céspedes, qui était encore délégué du gouvernement à Melilla au temps des faits, soutient que ce fut bien Dris Larbi qui, dans le but d'éloigner le Galicien de Teresa, chargea de l'affaire ses contacts de l'autre côté. En général, la consigne était : paye et trafique à ton aise. *Allah bismillah.* Avec l'aide de Dieu. Cela signifiait un vaste réseau de corruption qui allait des montagnes où était récolté le cannabis jusqu'à la frontière ou à la côte marocaine. Les paiements s'échelonnaient en conséquence : policiers, militaires, hommes politiques, hauts fonctionnaires et membres du gouvernement. Afin de se justifier devant l'opinion publique – après tout, le ministre de l'Intérieur assistait aux réunions antidrogues de l'Union européenne en qualité d'observateur –, gendarmes et militaires effectuaient périodiquement un certain nombre d'arrestations ; mais toujours du menu fretin, en appréhendant des gens qui n'appartenaient pas aux grandes mafias officielles et dont l'élimination ne causait de tort à personne. Ils étaient souvent dénoncés, ou expédiés en prison, par les contacts mêmes qui leur procuraient le haschisch.

Le commandant Benamou, du service des garde-côtes de la Gendarmerie royale marocaine, n'a vu aucun inconvénient à me raconter sa participation à l'épisode de Cala Tramontana. Il l'a fait à la terrasse du café Hafa, à Tanger, après qu'un ami commun, l'inspecteur de police José Bedmar – vétéran de la Brigade centrale et ex-agent des renseignements au temps de Céspedes –, se fut chargé de le contacter et de nous ménager une entrevue, en me recommandant fortement par fax et par téléphone. Benamou était un homme sympathique, élégant, portant une petite moustache qui lui donnait l'aspect d'un *latin lover* des années cinquante. Habillé en civil, veste et chemise blanche, il m'a parlé une demi-heure en français, sans sourciller, jusqu'à ce que, la confiance venant, il passe à un espagnol presque parfait. Il racontait bien, avec un certain sens de l'humour noir, et de temps en temps il indiquait la mer qui s'étendait devant nous sous la falaise, comme si tout s'était passé là, juste devant la terrasse où il buvait son café et moi mon thé à la menthe. A l'époque des faits, a-t-il précisé, il était capitaine. Patrouille de routine sur une vedette armée – en prononçant le mot « routine », il a fixé un point indéfini de l'horizon –, contact radar à l'ouest des Trois Fourches, procédure habituelle. Le hasard faisait qu'il y avait une autre patrouille à terre, reliée par radio – il regardait toujours l'horizon quand il a prononcé le mot « hasard » ; et, entre les deux, mouillée dans la Cala Tramontana comme un oiseau dans son nid, une embarcation entrée clandestinement dans les eaux marocaines, collée à la côte, en train d'embarquer une cargaison de haschisch d'une patera amarrée à couple. Mégaphone, projecteur, fusées, avec des parachutes illuminant les rochers de l'île de Charranes au-dessus de la mer laiteuse, sommations réglementaires et quelques tirs de dissuasion. Apparemment, le chris-craft – bas, allongé, fin comme une aiguille, peint en noir, moteur hors-bord –

avait des problèmes de démarrage, car il avait tardé à bouger. A la lumière du projecteur et des fusées, Benamou avait vu deux silhouettes à bord : une au siège du pilote, et l'autre courant à l'arrière pour détacher le filin de la patera où se trouvaient deux hommes en train de s'activer à jeter par-dessus bord les paquets de drogue que le chris-craft n'avait pas encore embarqués. Le moteur pétaradait sans parvenir à se mettre vraiment en marche ; et Benamou – s'en tenant au règlement, a-t-il bien précisé entre deux gorgées de café –, avait ordonné à son matelot de l'avant de tirer une rafale avec la 12.7, droit sur la cible. Le bruit avait été celui que fait toujours une mitrailleuse, tacatacata ! Assourdissant, naturellement. Selon Benamou, c'était impressionnant. Une autre fusée. Les hommes de la patera avaient levé les mains, et juste à ce moment le chris-craft s'était cabré, son hélice soulevant une gerbe d'écume, et l'homme qui était debout à l'arrière était tombé à l'eau. La mitrailleuse de la vedette de patrouille continuait à tirer, tacatacata, et les gendarmes de la côte l'avaient appuyée, timidement au début, pan ! pan !, et ensuite avec plus d'enthousiasme. On aurait dit la guerre. La dernière fusée et le projecteur éclairaient les ricochets et les impacts des balles sur l'eau, et soudain le rugissement du moteur s'était fait plus fort et le chris-craft était parti comme un obus en ligne droite ; si bien que, le temps de regarder vers le nord, il avait déjà disparu dans l'obscurité. Ils s'étaient donc rapprochés de la patera, avaient arrêté les occupants – deux Marocains – et repêché trois paquets de haschisch et un Espagnol qui avait reçu une balle de 12.7 dans la cuisse : un trou gros comme ça – Benamou a indiqué la circonférence de sa tasse de café. Interrogé pendant qu'on lui prodiguait les soins médicaux appropriés, l'Espagnol avait dit se nommer Veiga et être le matelot de ce bateau de contrebande dont le patron était un certain Santiago Fisterra ; ledit Fisterra étant l'homme qui leur avait filé entre les doigts dans la Cala Tramontana. Benamou se souvenait d'avoir entendu gémir le prisonnier : il m'a abandonné. Le commandant croyait également se rappeler que le dénommé Veiga, jugé deux ans plus tard à Alhucemas, avait écopé de quinze ans dans la prison de Kenitra – en mentionnant ce nom, il m'a regardé comme pour me recommander de ne jamais prendre cet endroit pour résidence d'été – et qu'il en avait fait la moitié. Délation ? Benamou a répété ce mot plusieurs fois, comme s'il lui était complètement étranger ; et tout en regardant de nouveau l'étendue bleu cobalt qui nous séparait des côtes espagnoles, il a hoché la tête. Il ne se souvenait de rien à ce sujet. Il n'avait jamais entendu parler d'aucun Dris Larbi. La Gendarmerie royale avait son propre service de renseignements, très compétent, et sa surveillance côtière était hautement efficace. Comme chez vous la Garde civile, a-t-il précisé. Ou plus. L'affaire de la Cala Tramontana avait été un épisode de routine, comme bien d'autres. La lutte contre le crime, et tout ça.

Il ne revint qu'au bout d'un mois et, en vérité, elle ne s'attendait plus à le revoir. Le fatalisme du Sinaloa avait fini par lui faire croire qu'il était parti pour toujours – il est de ceux qui ne restent pas, lui avait dit Dris Larbi –, et elle avait accepté cette absence comme elle acceptait maintenant sa réapparition. Depuis quelque temps, Teresa comprenait que le monde tournait suivant des règles propres et impénétrables ; imprévisibles aussi, comme le hasard – les Mexicains employaient le même mot, *albures*, pour désigner les jeux de hasard et les bonnes blagues –, impliquant apparitions et disparitions, présences et absences, vies et morts. Et elle ne pouvait rien faire de plus que d'accepter ces règles comme siennes, de flotter, en se sentant prise dans l'invraisemblable plaisanterie cosmique, de brasser l'eau pour se maintenir à la surface, et de se laisser entraîner par le courant au lieu d'essayer de le remonter ou de le comprendre. C'est ainsi qu'elle était arrivée à la conviction qu'il était inutile de se désespérer ou de lutter pour quoi que ce soit d'autre que le moment présent, l'acte d'inspirer et d'expirer, les soixante-cinq battements à la minute – le rythme de son cœur avait toujours été lent et régulier – qui la maintenaient en vie. Il était absurde de gaspiller son énergie à tirer sur des ombres, à cracher vers le ciel, en incommodant un Dieu occupé à des tâches plus importantes. Quant à ses croyances religieuses – celles qu'elle avait apportées avec elle de son pays et qui survivaient à la routine de cette nouvelle vie –, Teresa continuait d'aller à la messe tous les dimanches, elle récitait mécaniquement ses prières avant de se coucher, *Notre Père*, *Ave Maria*, et se surprenait parfois elle-même en demandant au Christ ou à la Sainte Vierge – elle avait même plusieurs fois invoqué saint Malverde – telle ou telle faveur. Par exemple, que le Güero Dávila repose dans Votre Gloire, amen. Même si elle savait très bien que, malgré ses bonnes intentions, il était improbable que le Güero repose dans cette foutue Gloire. Il devait à coup sûr rôtir en enfer, ce sale chien, comme dans les chansons de Paquita la del Barrio – « est-ce que tu brûles, inutile ? ». A l'instar de ses autres prières, elle n'y mettait guère de conviction, c'était plus pour respecter le protocole que pour autre chose. Par habitude. Encore que, s'agissant du Güero, le mot eût plutôt été « fidélité ». En tout cas, elle faisait ça comme on envoie une requête à un ministre puissant, sans trop d'espoir de la voir exaucée.

Elle ne priait pas pour Santiago Fisterra. Jamais. Ni pour sa santé ni pour son retour. De façon délibérée, elle le maintenait en marge, refusant de l'associer officiellement au fond du problème. Elle se l'était juré : pas question de répétition ou de dépendance. Jamais plus. Et pourtant, la nuit où, en rentrant chez elle, elle l'avait trouvé assis sur les marches comme s'ils s'étaient quittés quelques heures plus tôt, elle avait ressenti un soulagement formidable, une joie forte qui s'était traduite par un frémissement entre ses cuisses, dans son ventre et dans ses yeux, et par le besoin d'ouvrir la bouche pour respirer très profondément. Ce fut un moment bref, puis elle se retrouva en train de calculer le nombre exact de jours qui s'étaient écoulés depuis la dernière fois, le compte de ce qui était nécessaire pour aller d'ici à là-bas et revenir, en kilomètres et en heures de trajet, les horaires adéquats pour appeler au téléphone, le temps que met une lettre ou une carte postale pour aller d'un point A au point B. Elle pensait à tout cela, mais elle ne lui fit aucun reproche. Elle y pensait encore pendant qu'il l'embrassait, qu'ils entraient dans la maison sans prononcer un mot pour se diriger vers la chambre à coucher. Et elle y pensait toujours quand il se laissa aller doucement sur son ventre, enfin calmé, soulagé, et que sa respiration entrecoupée s'apaisa contre son cou.

– Ils ont eu Lalo, dit-il enfin.

Teresa ne bougea pas. La lumière du couloir découpait le contour de l'épaule masculine contre sa bouche. Elle y posa un baiser.

– Et ils ont bien failli m'avoir aussi, ajouta Santiago.

Il restait immobile, le visage plongé dans le creux de son cou. Il parlait très doucement, et ses lèvres lui frôlaient la peau à chaque mot. Lentement, elle passa ses bras autour de son dos.

– Raconte-moi, si tu le veux.

Il eut un léger hochement de tête pour dire non, et Teresa ne voulut pas insister, parce qu'elle savait que ce n'était pas nécessaire. Qu'il le ferait quand il se sentirait plus calme, si elle gardait la même attitude et le même silence. Et ce fut ce qui se passa. Au bout d'un moment, il se mit à raconter. Pas à la manière d'un récit, non, mais par courts fragments semblables à des images, ou à des souvenirs. Elle comprit qu'en réalité il se remémorait à voix haute. Peut-être qu'après tout ce temps c'était la première fois qu'il en parlait.

Et ainsi elle sut, et ainsi elle put imaginer. Et surtout elle comprit que la vie joue de sales blagues aux gens, et que ces blagues s'enchaînent de façon mystérieuse avec d'autres qui arrivent à des gens différents, et qu'on pouvait se retrouver au centre de l'absurde, englué comme une mouche dans une toile d'araignée. Elle écouta donc une histoire qui lui était déjà connue avant même qu'elle en prenne connaissance, où seuls changeaient, et encore à peine, les lieux et les personnages ; et elle décida que le Sinaloa n'était pas aussi loin qu'elle l'avait cru. Elle vit aussi le projecteur du patrouilleur marocain perçant la nuit comme un frisson, la fusée blanche dans le ciel, le visage de Lalo Veiga, bouche bée de stupeur et de peur, qui criait en découvrant le bateau marocain : la patrouille ! La patrouille ! Et dans la pétarade inutile du moteur qui ne démarrait pas, la silhouette de Lalo dans la lumière du projecteur, courant à l'arrière pour larguer le filin de la patera, les premiers coups de feu, les étincelles, l'eau giclant, le sifflement des balles, et les autres éclairs des tirs du côté de la terre. Et soudain le moteur rugissant de toute sa puissance, l'avant du chris-craft se soulevant vers les étoiles, et encore des balles, et le cri de Lalo tombant par-dessus bord : le cri, les cris, attends-moi, Santiago, attends-moi, ne me laisse pas, Santiago, Santiago, Santiago ! Et après, le hurlement du moteur à pleins gaz et le dernier regard par-dessus son épaule pour voir Lalo abandonné dans la mer, pris dans le cône de lumière du patrouilleur, un bras inutilement levé dans le geste d'attraper le chris-craft qui file, bondit, s'éloigne en frappant de sa coque les vagues obscures.

Teresa écoutait tout cela tandis que l'homme immobile et nu sur elle continuait de lui caresser la peau du cou en bougeant ses lèvres, sans découvrir son visage et sans la regarder. Ou sans la laisser le regarder.

Les coqs. Le chant du muezzin. Toujours l'aube sale et grise, indécise, entre nuit et jour. Cette fois non plus, Santiago ne dormait pas ; à sa respiration, elle sut qu'il restait éveillé. Toute la nuit, elle l'avait entendu s'agiter à son côté, pris de tremblements quand il tombait dans un bref sommeil, si inquiet qu'il se réveillait aussitôt. Teresa était allongée sur le dos, réprimant l'envie de se lever et de fumer, les yeux ouverts, regardant d'abord l'obscurité du toit et ensuite la tache grise qui rampait du dehors comme une limace malsaine.

– Je veux que tu viennes avec moi, murmura-t-il soudain.

Elle était absorbée par l'écoute des battements de son cœur : le matin, ils paraissaient plus lents que jamais, semblables à ceux de ces bêtes qui dorment pendant l'hiver. Un jour, je mourrai, et ce sera à cette heure-ci, pensa-t-elle. La lumière sale qui vient toujours au rendez-vous me tuera.

– Oui, dit-elle.

Ce même jour, Teresa chercha dans son sac la photo qu'elle gardait depuis le Sinaloa : elle, sous le bras protecteur du Güero Dávila, en train de regarder le monde sans deviner ce qui l'y guettait. Elle demeura ainsi un bon moment, avant d'aller jusqu'au lavabo pour se contempler dans la glace, la photo à la main. Pour comparer. Ensuite, avec lenteur et méticulosité, elle la déchira en deux, garda le morceau où elle figurait et alluma une cigarette. Avec la même allumette, elle enflamma un coin de l'autre moitié et resta immobile, la cigarette entre les doigts, en la regardant crépiter et se consumer. Le sourire du Güero fut la dernière chose à disparaître, et elle se dit que c'était bien dans sa manière : rire de tout jusqu'à la fin en envoyant le monde au diable. Dans les flammes du Cessna comme dans les flammes de cette maudite photo.

5. Ce que j'ai semé là-bas dans la sierra…

L'attente. La mer obscure et des millions d'étoiles figées dans le ciel. L'étendue sombre, immense vers le nord, limitée au sud par la silhouette noire de la côte. Tout, à l'entour, si tranquille que l'on eût cru de l'huile. Et une brise légère de terre à peine perceptible, intermittente, dont le frôlement sur l'eau produisait de minuscules scintillements d'une étrange phosphorescence.

Sinistre beauté, conclut-elle finalement. C'étaient les mots qui convenaient.

Elle n'était pas bonne, pour exprimer ce genre de choses. Cela lui avait demandé quarante minutes. De toute manière, il était comme ça, ce paysage : beau et sinistre ; et Teresa Mendoza le contemplait en silence. Dès la première de ces quarante minutes, elle était restée immobile, sans desserrer les lèvres, sentant la fraîcheur imprégner peu à peu son chandail et les jambes de son jean. Attentive aux rumeurs de la terre et de la mer. Au bruit étouffé de la radio allumée, canal 44, volume au minimum.

– Jette un coup d'œil, suggéra Santiago.

Il dit cela dans un murmure à peine audible. La mer, lui avait-il expliqué les premières fois, ne transmet pas les bruits et les voix de la même façon. A certains moments, on peut entendre des choses qui sont dites à un mille de distance. Pareil pour les lumières ; c'était pour cela que le Phantom était dans l'ombre, camouflé dans la nuit et la mer, la peinture noir mate couvrant sa coque en fibre de verre et le capot de son moteur. Et pour cela aussi que tous deux se taisaient, qu'elle ne fumait pas et qu'ils ne bougeaient presque pas. Dans l'attente.

Teresa colla son visage à la gaine de caoutchouc qui cachait l'écran du radar Furuno de 8 milles. A chaque balayage de l'antenne, le tracé sombre de la côte marocaine demeurait d'une netteté parfaite sur la partie inférieure de l'écran, montrant, en bas, l'anse dont l'arc se déployait entre la pointe des Croix et celle d'Al Marsa. Le reste était vide : pas un signal sur toute la surface de la mer. Elle appuya deux fois sur la touche de recherche, pour faire passer de un à quatre la radio de veille. Au balayage suivant, la côte apparut plus petite et plus longue, en incluant vers l'est la tache précise, bien avancée dans la mer, de l'île du Persil. Là aussi, tout était vide. Pas un bateau. Pas même le faux écho d'une vague. Rien.

– Les fumiers, entendit-elle dire Santiago.

Attendre. Cela faisait partie de son travail ; mais depuis le temps qu'ils sortaient tous les deux en mer, Teresa avait appris que le problème n'était pas l'attente, c'étaient les choses que l'on imagine pendant. La rumeur de l'eau sur les rochers, le bruit du vent que l'on pouvait confondre avec celui d'une vedette de patrouille marocaine – la *mora*, dans le jargon du Détroit – ou avec l'hélicoptère des Douanes espagnoles étaient moins inquiétants que ce long calme préalable où les pensées devenaient votre pire ennemi. Même la menace concrète, l'écho hostile apparaissant soudain sur l'écran du radar, le rugissement du moteur luttant pour la vitesse, la liberté, la vie, la fuite à cinquante nœuds avec une vedette de patrouille dans votre sillage, les chocs du plat de la coque retombant sur les vagues, les violentes décharges d'adrénaline alternant avec les bouffées de peur en pleine action étaient pour elle des situations préférables à l'incertitude du calme, quand l'imagination était livrée à elle-même. Rien de pire que la lucidité. Et rien de plus pervers que les éventualités terrifiantes, froidement évaluées, que recelait l'inconnu. Cette attente interminable à l'affût d'un signal de la terre, d'un contact radio, s'apparentait aux aubes grises qui continuaient de la garder éveillée sur son lit chaque matin, pareilles à celle qui se levait maintenant sur la mer, avec la nuit indécise qui pâlissait à l'est, et le froid, l'humidité qui rendait le pont glissant et imprégnait les vêtements, les mains et la figure. Allons ! Aucune peur n'est insupportable, conclut-elle, et encore moins celle qui vous laisse le temps et la tête libres pour y penser.

Cinq mois déjà. Parfois, l'autre Teresa Mendoza qu'elle surprenait de l'autre côté du miroir à la lumière glauque des petits matins continuait de l'épier attentivement, guettant les changements qui, peu à peu, semblaient se manifester en elle. Ces changements n'étaient pas encore grand-chose. Et ils étaient plus liés à des attitudes et à des situations extérieures qu'à d'authentiques événements qui se produisent à l'intérieur et modifient pour de bon les perspectives et la vie. Mais, d'une certaine manière, elle sentait aussi ceux-là arriver, sans date ni rendez-vous précis, imminents et à la remorque des autres, comme lorsqu'elle était à la veille d'être prise de maux de tête pendant trois ou quatre jours de suite ou d'aborder le cycle – pour elle toujours irrégulier et douloureux – des jours pénibles et inévitables. C'était pour cette raison qu'il était intéressant, presque éducatif, de sortir ainsi de soi-même ; de pouvoir se regarder de l'intérieur aussi bien que de l'extérieur. Désormais Teresa savait que tout, la peur, l'incertitude, la passion, le plaisir, les souvenirs, son propre visage qui paraissait plus âgé qu'il y avait quelques mois, pouvait être contemplé de ce double angle de vue. Avec une lucidité mathématique qui ne relevait pas d'elle, mais de l'autre femme qui vivait en elle. Et cette aptitude pour ce singulier dédoublement, découverte ou plutôt devinée à Culiacán, le soir – distant d'un an à peine – où le téléphone avait sonné, était ce qui lui permettait d'observer froidement, du bord de ce chris-craft immobile dans l'obscurité d'une mer qu'elle commençait désormais à connaître, devant la côte menaçante d'un pays dont, récemment encore, elle ignorait pratiquement l'existence, près de l'ombre silencieuse d'un homme qu'elle n'aimait pas ou que peut-être elle ne croyait pas aimer, avec le risque d'aller pourrir pour le reste de sa vie dans une prison ; une idée qui la faisait frémir de panique – le fantôme de Lalo Veiga était le troisième passager de chaque voyage – quand, comme maintenant, elle avait le temps de la méditer.

Mais c'était mieux que Melilla, mieux que ce que tout ce qu'elle avait espéré. Plus personnel et plus propre. Il lui arrivait même de penser que c'était mieux que le Sinaloa ; mais alors l'image du Güero Dávila venait s'interposer comme un reproche, et elle se repentait de trahir ainsi le souvenir. Rien n'était mieux que le Güero, et c'était vrai en plus d'un sens. Culiacán, la jolie maison de Las Quintas, les restaurants du front de mer, la musique des *chirrines* – les orchestres de là-bas –, les promenades en voiture à Mazatlán, les plages d'Altata, tout ce qu'elle avait pris pour le monde réel et qui lui faisait aimer la vie se cimentait pour n'être plus qu'une erreur. Elle ne vivait pas réellement dans ce monde, mais dans celui du Güero. Ce n'était pas sa vie, mais une autre dans laquelle elle s'était installée, une vie de confort et de bonheur, jusqu'au moment où elle en avait été expulsée par un appel téléphonique, par la terreur aveugle de la fuite, par le sourire en lame de couteau du Gato Fierros et les coups de feu du Double Eagle tirés par elle-même. Maintenant, pourtant, il existait quelque chose de neuf. Quelque chose d'indéfinissable et qui n'était pas si négatif dans l'obscurité de la nuit et dans la peur tranquille, résignée, qu'elle éprouvait quand elle regardait les alentours, malgré l'ombre voisine d'un homme qui – cela, elle l'avait appris à Culiacán – ne pourrait plus jamais faire qu'elle se raconte encore une fois des histoires en se croyant protégée de l'horreur, de la douleur et de la mort. Et, chose étrange, cette sensation, loin de l'intimider, la stimulait. Elle l'obligeait à s'analyser avec plus d'intensité ; avec une curiosité réfléchie, non exempte de respect. Voilà pourquoi elle restait parfois à regarder la photo où elle avait figuré avec le Güero et lançait en même temps des coups d'œil à la glace, en s'interrogeant sur la distance toujours plus grande entre ces trois femmes : la jeune aux yeux étonnés de l'instantané, la Teresa qui vivait maintenant de ce côté de la vie et du passage du temps, et l'inconnue dont le reflet – de plus en plus inexact – observait les deux premières.

Bon Dieu, qu'elle était loin de Culiacán ! Entre deux continents, avec la côte marocaine à quinze kilomètres de la côte espagnole : les eaux du détroit de Gibraltar et la frontière sud d'une Europe où elle n'avait jamais imaginé qu'elle irait un jour. Là, Santiago Fisterra faisait des transports pour le compte d'autrui. Il louait une petite maison sur une plage de la baie d'Algésiras, dans la partie espagnole, et le chris-craft était amarré à Marina Sheppard, protégé par le drapeau britannique du Rocher : un Phantom de sept mètres de long avec une autonomie de cent soixante milles et un moteur de 250 chevaux – on appelait ça des *cabezones*, des « grosses têtes », dans l'argot local que Teresa commençait à combiner avec son mexicain du Sinaloa –, capable de passer de zéro à cinquante-cinq nœuds en vingt secondes. Santiago était un mercenaire. A la différence du Güero Dávila au Sinaloa, il n'avait pas de chefs et ne travaillait en exclusivité pour aucun cartel. Ses employeurs étaient des trafiquants espagnols, anglais, français et italiens installés sur la Costa del Sol. Pour le reste, il s'agissait plus ou moins du même job : faire transiter des cargaisons d'un lieu à un autre. Santiago était payé à tant la livraison, et il répondait sur sa vie des pertes ou des échecs. Mais il s'agissait seulement de cas extrêmes. Cette contrebande – presque toujours du haschisch, de temps en temps des cigarettes des docks de Gibraltar – n'avait rien à voir avec celle que Teresa Mendoza avait connue avant. Le monde de ces eaux-là était dur, on n'y plaisantait pas, mais moins hostile que celui du Mexique. Moins de violence, moins de morts. Les gens ne se flinguaient pas pour un verre de trop, ils n'avaient pas la « corne de bouc » facile comme au Sinaloa. Des deux rives, celle du nord était la plus tranquille, même si l'on tombait aux mains de la justice. Il y avait des avocats, des juges, des normes qui s'appliquaient également aux délinquants et aux victimes. Mais le côté marocain était différent : là, le cauchemar rôdait en permanence. Corruption à tous les niveaux, droits de l'homme presque inconnus, prisons où l'on pouvait pourrir dans des conditions abominables. Avec cette circonstance aggravante qu'elle était une femme, ce qui signifiait tomber dans l'engrenage inexorable d'une société musulmane telle que celle-là. Au début, Santiago s'était opposé à ce qu'elle prenne la place de Lalo Veiga. Trop dangereux, disait-il, d'un ton définitif. Ou qu'il croyait définitif. Très sérieux, en authentique macho, avec cet accent galicien bizarre qui lui revenait parfois, moins brusque que le parler des autres Espagnols, si rude et si tranchant. Mais après une nuit que Teresa avait passée les yeux ouverts, à regarder d'abord l'obscurité du plafond, puis la clarté grise familière, en retournant tout dans sa tête, elle avait réveillé Santiago pour lui dire qu'elle avait pris une décision. Irréversible. Plus jamais elle n'attendrait personne en regardant des séries à la télévision, dans aucune maison et dans aucune ville du monde, et il pouvait choisir : ou il la prenait sur le chris-craft, ou elle le quittait sur-le-champ, pour toujours, point final. Alors, le menton hirsute, les yeux rouges de sommeil, il s'était gratté les cheveux emmêlés et lui avait demandé si elle était folle, ou si elle était devenue idiote, ou bien quoi. Jusqu'au moment où elle s'était levée, toute nue, et, dans cet état, avait sorti sa valise de l'armoire et commencé à y fourrer ses affaires, tout en essayant de ne pas se voir dans la glace, ni de le regarder, ni de penser à ce qu'elle était en train de faire. Santiago l'avait laissée s'agiter en l'observant pendant une minute et demie sans ouvrir la bouche ; et finalement, croyant qu'elle partait pour de bon – Teresa continuait d'entasser ses vêtements sans savoir si elle allait partir ou non –, il avait dit : bon, très bien, d'accord. Comme tu voudras, et merde. C'est pas à moi que les Arabes défonceront le cul s'ils te prennent. Et fais gaffe à ne pas tomber à la flotte comme Lalo.

– Ah ! les voilà.

Un clic-clac sans paroles, trois fois répété dans la radio laissée au minimum. Une ombre petite, traçant un sillage de minuscules phosphorescences sur la surface noire et tranquille. Pas même un moteur, mais le clapotement amorti de rames. Santiago observait dans les Baigish 6UM de vision nocturne, avec intensificateurs de lumière. Russes. Les Russes en avaient inondé Gibraltar, en pleine liquidation soviétique. Les navires, sous-marins ou bateaux de pêche qui faisaient escale dans le port, vendaient tout ce qui, à bord, pouvait être dévissé.

– Cette bande de salopards arrive avec une heure de retard.

Teresa entendait les murmures, le visage de nouveau collé à la gaine de caoutchouc du radar. Tout est clair dehors, dit-elle, également à voix basse. Pas trace de la *mora*. Santiago se leva et alla à l'arrière avec un filin.

– *Salam Aleikoum !*

La cargaison était soigneusement empaquetée, avec des housses en plastique munies de poignées pour faciliter la manipulation. Des capsules d'*aceite*, sept fois plus concentré et plus cher que la résine conventionnelle. Vingt kilos par paquet, estima Teresa pendant que Santiago les lui passait et qu'elle les arrimait en répartissant la charge sur les deux bords. Santiago lui avait appris à coincer un colis avec un autre pour qu'ils ne bougent pas en haute mer, en soulignant l'importance d'un bon arrimage pour la rapidité du Phantom : aussi vital que le pas de l'hélice ou son degré d'immersion. Un paquet bien ou mal placé pouvait signifier plusieurs nœuds de plus ou de moins. Et dans ce travail, deux milles étaient une distance à ne pas mépriser. C'était souvent celle qui séparait la prison de la liberté.

– Que dit le radar ?

– Toujours clair.

Teresa pouvait distinguer les silhouettes noires sur la barque à rames. Parfois lui parvenaient quelques mots en arabe, prononcés à voix basse, ou une expression impatiente de Santiago, qui continuait de charger des paquets à bord. Elle regarda la ligne sombre de la côte, à l'affût d'une lumière. Tout était obscur, sauf quelques points épars sur la masse noire du mont Musa et sur le profil escarpé qui se découpait par intermittence vers l'ouest quand passait le faisceau du phare du cap Cires où l'on parvenait à apercevoir quelques lueurs de cabanes de pêcheurs ou de contrebandiers. Elle inspecta de nouveau le balayage de l'écran en passant de l'échelle de quatre milles à celle de deux, et en l'agrandissant ensuite à huit. Il y avait un écho presque à la limite. Elle observa avec les jumelles prismatiques de 7 × 50 sans rien voir, et dut recourir aux jumelles russes : une lumière très lointaine, se déplaçant lentement vers l'ouest, sûrement un gros cargo faisant route vers l'Atlantique. Sans cesser de regarder dans les jumelles, elle revint à la côte. Maintenant, n'importe lequel des points lumineux était net dans la vision verte du paysage qui précisait les rochers et les arbres, et même la houle légère. Elle régla la mise au point pour voir, tout près, les deux Marocains de la patera : un jeune, avec un blouson de cuir, et l'autre plus âgé, bonnet de laine et veste sombre. Santiago était à genoux devant l'énorme capot du moteur, arrimant à l'arrière les derniers paquets : pantalon de toile, sandales, chemise noire, son profil obstiné se tournant de temps en temps pour jeter un coup d'œil précautionneux aux alentours. Grâce au dispositif de vision nocturne, Teresa pouvait distinguer ses bras puissants, muscles tendus pour hisser la cargaison. Même en faisant ça, qu'il était beau, le salaud !

Le problème de travailler comme transporteur indépendant, en dehors des grandes mafias organisées, était que quelqu'un pouvait en prendre ombrage et glisser quelques mots dangereux dans des oreilles inopportunes. Comme au Mexique. C'était peut-être ce qui expliquait la capture de Lalo Veiga – Teresa avait quelques idées à ce sujet, et Dris Larbi y figurait en bonne place –, même si, après, Santiago avait réussi à limiter les imprévus, en distribuant judicieusement davantage d'argent au Maroc par un intermédiaire de Ceuta. Cela réduisait les bénéfices mais assurait, en principe, de plus grandes garanties dans ces eaux. De toute manière, vétéran dans ce travail, échaudé par l'affaire de la Cala Tramontana et en bon Galicien qu'il était, Santiago restait méfiant. Et il faisait bien. Ses modestes moyens ne suffisaient pas pour acheter tout le monde. Et puis il pouvait toujours se produire qu'un patron de la *mora*, un *mehani* ou un gendarme ne se contente pas de sa part, qu'un concurrent paye plus que ce que payait Santiago et moucharde, qu'un avocat influent ait besoin de clients à saigner. Ou que les autorités marocaines organisent un coup de filet dans le menu fretin pour se justifier à la veille d'une conférence internationale sur le trafic de la drogue. En tout cas, Teresa avait acquis assez d'expérience pour savoir que le véritable danger, le plus concret, se présenterait ensuite, en entrant dans les eaux espagnoles où le Service de surveillance douanière et les Heineken de la Garde civile – on les surnommait ainsi parce que leurs couleurs rappelaient des canettes de bière – patrouillaient nuit et jour pour traquer les contrebandiers. L'avantage était que, à la différence des Marocains, les Espagnols ne tiraient jamais pour tuer ; sinon, ils auraient eu les juges et les tribunaux sur le dos – en Europe, on prenait certaines choses plus au sérieux qu'au Mexique et aux États-Unis. Cela laissait une chance d'échapper en mettant pleins gaz, bien qu'il ne soit pas facile de se dérober aux puissantes vedettes turbo HJ des Douanes et à l'hélicoptère – « l'oiseau », disait Santiago – doté de systèmes de détection très sophistiqués, avec des patrons expérimentés et des pilotes capables de voler à quelques mètres au-dessus de l'eau : on était obligé de pousser le moteur à sa limite dans de dangereuses manœuvres d'esquive, avec le risque d'avaries et celui d'être capturé avant d'atteindre les feux de Gibraltar. Dans ces cas-là, les paquets étaient balancés par-dessus bord : adieu pour toujours à la cargaison et bonjour à un autre genre de problèmes, pires que ceux avec la police ; car les affréteurs trafiquants de haschisch ne se montraient pas forcément compréhensifs, et, après l'ajustement des comptes, on risquait d'avoir plus de chapeaux que de têtes à coiffer. Tout cela sans oublier la possibilité d'un mauvais choc de la coque en retombant dans la houle, d'une voie d'eau, d'un abordage des vedettes poursuivantes, d'un échouage sur la plage, d'un écueil surgissant à l'improviste et déchiquetant le chris-craft et son équipage.

– Terminé. On y va.

Le dernier paquet était arrimé. Trois cents kilos, tout juste. Les hommes de la barque naviguaient déjà vers la terre ; et Santiago, après avoir lové le filin, sauta dans le cockpit et s'installa au siège du pilote, à tribord. Teresa s'écarta pour lui laisser la place, tout en enfilant, comme lui, un ciré. Puis elle lança un nouveau regard à l'écran du radar ; tout était clair à l'avant, au nord et sur la pleine mer. Fin des précautions immédiates. Santiago mit le contact et la faible lumière rouge des instruments éclaira le tableau de bord ; compas, compteurs de vitesse et de tours, pression d'huile. Pédale sous le volant et levier de commande de l'immersion du moteur à droite du pilote. Rrrr ! Vrrroum ! Les aiguilles firent un bond comme si elles se réveillaient tout d'un coup. Vrrroum ! L'hélice souleva une tempête d'écume à l'arrière et les sept mètres de long du Phantom se mirent en mouvement, de plus en plus vite, fendant la mer d'huile avec la netteté d'un couteau bien aiguisé : 2 500 tours minute, vingt nœuds. La trépidation du moteur se transmettait à la coque, et Teresa sentait toute la force de sa poussée ébranler la structure en fibre de verre qui semblait avoir soudain acquis la légèreté d'une plume. 3 500 tours minute : à trente nœuds, l'embarcation planait. La sensation de puissance, de liberté, était quasi physique ; et en l'éprouvant, son cœur se mit à battre comme s'il était pris d'une légère ivresse. Elle pensa, une fois encore, que rien n'égalait cela. Ou presque. Santiago, attentif à la direction, un peu penché sur le volant, le menton éclairé en rouge par les cadrans des instruments de bord, appuya encore sur la pédale des gaz : 4 000 tours minute et quarante nœuds. Le déflecteur ne suffisait plus à les protéger du vent qui se faisait humide et cinglant. Teresa remonta la fermeture de son ciré jusqu'au cou et se coiffa d'un bonnet de laine en rassemblant ses cheveux qui lui fouettaient la figure. Puis elle jeta un nouveau coup d'œil au radar et balaya les canaux avec l'indicateur de fréquences de la radio Kenwood vissée à la console – les douaniers et la Garde civile communiquaient par Secraphone, un système de brouilleur ; mais, même si on ne comprenait pas leurs conversations, l'intensité du signal capté permettait d'établir s'ils étaient à proximité. De temps en temps, elle levait la tête pour guetter l'ombre menaçante de l'hélicoptère parmi les lumières froides des étoiles. Le firmament et le cercle obscur de la mer qui les entourait semblaient filer avec eux, comme si le chris-craft était au centre d'une sphère qui se déplaçait à toute allure à travers la nuit. Maintenant, en haute mer, la houle croissante imprimait un léger roulis à leur marche, et on commençait à distinguer, au loin, les lumières de la côte espagnole.

Comme ils étaient semblables, pensait-elle, et comme ils étaient différents ! Comme ils se ressemblaient pour certaines choses – elle l'avait senti dès le premier soir, au Djamila –, et comme leur manière d'affronter la vie et l'avenir était opposée ! Santiago était aussi vif, audacieux et impassible dans le travail que le Güero : de ceux qui ne perdent jamais la tête, même quand les pires emmerdes leur tombent dessus. Il lui donnait autant de plaisir quand ils faisaient l'amour, généreux et attentif, se contrôlant avec beaucoup de calme et suivant tous ses désirs. Moins drôle, peut-être, mais plus tendre que l'autre. Plus doux, parfois. Là se terminaient les ressemblances. Santiago était taciturne, peu dépensier, ses amis étaient rares et il se méfiait de tout le monde. Je suis un Celte du Finisterre, disait-il – en galicien, Fisterra signifie fin, extrémité de la terre. Je veux vivre vieux et jouer aux dominos dans un café d'O Grove, je veux avoir une grande maison avec un mirador en PVC d'où je pourrai voir la mer, un puissant télescope pour suivre l'entrée et la sortie des bateaux, et une goélette de soixante pieds à moi, ancrée dans la ria. Mais si je gaspille mon argent, si j'ai trop d'amis ou si je fais confiance à trop de gens, je n'arriverai jamais jusque-là et je n'aurai rien de tout ça : plus la chaîne a de maillons, moins on peut s'y fier. Et puis Santiago ne fumait pas, ni tabac, ni haschisch, ni rien, et il buvait à peine, juste un verre de temps en temps. A son réveil, il courait pendant une demi-heure sur la plage, avec de l'eau jusqu'aux chevilles, puis cultivait ses muscles en faisant des flexions : jusqu'à cinquante chaque fois, avait constaté Teresa, incrédule. Il avait un corps mince et dur, clair de peau mais très bronzé sur les bras et la figure, avec son tatouage du Christ en croix sur l'avant-bras droit – le Christ de mon nom, avait-il expliqué un jour* – et une autre marque sur l'épaule gauche, un cercle entourant une croix celte et des initiales, I. A., dont il ne voulut jamais lui donner la signification – elle soupçonnait qu'il s'agissait d'un nom de femme. Il avait aussi une vieille cicatrice de plusieurs centimètres en diagonale, dans le dos, à la hauteur des reins. Un coup de couteau, avait-il dit, quand Teresa l'avait interrogé. Il y a longtemps. Je vendais des blondes de contrebande dans les bars, et les autres gamins ont eu peur que je leur prenne leur clientèle. Et, en disant cela, il souriait un peu, mélancolique, comme s'il regrettait le temps de ce coup de couteau.

Teresa se faisait parfois la réflexion qu'elle aurait pu l'aimer si tout cela ne s'était pas passé dans le lieu, dans le moment de sa vie inappropriés. Les choses arrivaient toujours trop tôt ou trop tard. Pourtant elle était bien avec lui, c'était comme si les nuages noirs se dissipaient, quand elle regardait la télé la tête contre son épaule, quand elle feuilletait la presse du cœur en bronzant au soleil, une Bisonte agrémentée de haschisch entre les doigts – elle

* Le Christ de Fisterra (ou Finisterre) est vénéré dans toute la Galice.

savait que Santiago n'approuvait pas qu'elle fume ça, mais elle ne l'entendit jamais dire un mot pour s'y opposer – ou le regardait travailler, torse nu, sous le porche, la mer au fond, dans les instants qu'il consacrait à ses modèles de bateaux en bois. Elle aimait beaucoup le voir construire des bateaux parce qu'il était vraiment patient et minutieux, prodigieusement habile à reproduire des barques de pêche à l'identique, peintes en rouge, bleu et blanc, et des voiliers avec chaque toile et chaque filin à sa place. Cette passion des bateaux et aussi celle du chris-craft étaient étonnantes car, à sa surprise, elle avait découvert que Santiago ne savait pas nager. Ni même se maintenir à flot comme elle – le Güero lui avait appris à Altata – sans style, mais enfin en nageant plus ou moins. Il le lui avait avoué un jour, à l'occasion d'autre chose. Je n'ai jamais réussi à garder la tête hors de l'eau, avait-il dit. C'est bizarre. Et quand Teresa lui avait demandé pourquoi, dans ces conditions, il se risquait sur un chris-craft, il s'était borné à hausser les épaules, fataliste, avec ce sourire qui semblait sortir de lui après avoir fait beaucoup de tours et de détours. La moitié des Galiciens ne savent pas nager, avait-il dit finalement. Nous nous noyons avec résignation, c'est tout. Et elle n'avait pas su, d'abord, s'il plaisantait ou s'il parlait sérieusement.

Un jour qu'ils mangeaient des tapas chez Kuki – la Casa Bernal, une gargote de Campamento –, Santiago lui présenta une connaissance : un reporter du *Diario de Cádiz* nommé Óscar Lobato. Causant, brun, la quarantaine, un visage marqué de cicatrices qui lui donnaient l'allure d'un personnage patibulaire qu'il n'était pas, Lobato se mouvait comme un poisson dans l'eau aussi bien parmi les contrebandiers que parmi les douaniers et les gardes civils. Il lisait des livres et savait tout, des moteurs à la géographie ou à la musique. Il connaissait également tout le monde, ne révélait pas ses sources, même avec un 45 appuyé sur la tempe, et fréquentait le milieu depuis longtemps, avec un carnet d'adresses bourré de numéros de téléphone. Il était toujours prêt à aider quand il le pouvait, sans se soucier de savoir de quel côté de la loi on était, en partie pour cultiver ses relations publiques et en partie parce que, disait-on, malgré les vices de son métier, il n'était pas un mauvais bougre. Et puis il aimait son travail. Ces jours-là, il sillonnait l'Atunara, le vieux quartier des pêcheurs de La Línea où le chômage avait forcé les habitants à se reconvertir en contrebandiers. Les chris-crafts de Gibraltar venaient sur la plage en plein jour, déchargés par des femmes et des enfants qui peignaient leurs propres passages piétonniers sur la route pour traverser plus commodément avec leurs fardeaux. Les gosses jouaient aux trafiquants et aux gardes civils sur le bord de la mer, en se poursuivant avec des cartons de Winston vides sur la tête ; seuls les plus petits acceptaient de jouer le rôle des gardes. Et chaque intervention de la police se terminait dans les gaz lacrymogènes et les balles en caoutchouc, avec d'authentiques batailles rangées entre les habitants et les forces de l'ordre.

– Imaginez la scène, racontait Lobato : la plage de Puente Mayorga la nuit, un chris-craft de Gibraltar avec deux hommes qui déchargent les cigarettes. Une paire de gardes civils : un vieux sergent et un jeune. Halte ! Qui vive ? etc. Les acolytes, à terre, qui s'enfuient. Le moteur qui ne démarre pas, le jeune garde qui se jette à l'eau et monte sur le bateau. Le moteur qui se met enfin en marche, et voilà le chris-craft en train de filer vers Gibraltar, un trafiquant à la barre et l'autre se colletant avec le pandore… Imaginez maintenant ce bateau qui s'arrête au milieu de la baie. La conversation avec le garde. Écoute, mon garçon, lui disent-ils. Si nous continuons ensemble jusqu'à Gibraltar, nous on va au désastre, et toi ils vont te chercher des poux dans la tête pour nous avoir poursuivis à l'intérieur du territoire britannique. Alors on se calme, d'accord ?… Dénouement : le chris-craft qui regagne le rivage, le garde qui descend. Adieu, adieu ! Bonne nuit. Et paix sur la terre aux hommes de bonne volonté.

Galicien et trafiquant, cela faisait pour Santiago deux raisons suffisantes de se méfier des journalistes ; mais

Teresa savait qu'il faisait une exception pour Lobato : il était objectif, discret, ne partageait pas le monde en bons et en méchants, savait se faire accepter, payait les consommations et ne prenait jamais de notes en public. Il savait aussi raconter des histoires drôles et ne remuait jamais la merde. Il était arrivé à la Casa Bernal avec Toby Parrondi, un pilote de chris-craft de Gibraltar, et plusieurs camarades de ce dernier. Tous les *Llanitos* étaient jeunes : cheveux longs, peau bronzée, boucles d'oreilles, tatouages, cigarettes avec briquets en or sur la table, grosses cylindrées aux vitres teintées qui circulaient en faisant retentir à plein tube la musique de Los Chunguitos, de Javivi ou de Los Chichos : des chansons qui rappelaient un peu à Teresa les corridos mexicains de la drogue. La nuit je ne dors pas, le jour je ne vis pas, disait l'une d'elles. Entre tes murs, maudite prison. Des chansons qui faisaient partie du folklore local comme celles du Sinaloa, avec des titres tout aussi pittoresques : *La Maure et le Légionnaire*, *Je suis un chien errant*, *Poings d'acier*, *A mes copains*. Les contrebandiers de Gibraltar ne se différenciaient des Espagnols que par leur peau plus claire et leur parler où se mélangeaient mots anglais et accent andalou. Pour le reste, ils étaient taillés sur le même patron : chaînes d'or au cou avec un crucifix, une médaille de la Vierge ou l'inévitable effigie de Camarón. Tee-shirts heavy metal, chandails coûteux, chaussures Adidas ou Nike, jeans de bonnes marques très délavés avec des liasses de billets dans la poche de derrière et le renflement du couteau dans l'autre. Gens durs, par moments aussi dangereux que ceux du Sinaloa. Rien à perdre et beaucoup à gagner. Leurs amies portaient des pantalons serrés et des tee-shirts courts qui laissaient voir les hanches tatouées et les piercings des nombrils, elles étaient inondées de parfum et couvertes d'or. Elles rappelaient à Teresa les femmes des narcos de Culiacán. Et, d'une certaine manière, elle-même. En s'en rendant compte, elle pensa que beaucoup de temps s'était écoulé et trop de choses s'étaient produites depuis. Dans ce groupe, il y avait quelques Espagnols de l'Atunara, mais la plupart étaient *llanitos* ; britanniques avec des noms espagnols, anglais, maltais et de tous les coins de la Méditerranée. Comme leur dit Lobato, à elle et à Santiago, avec un clin d'œil, le meilleur de chaque endroit.

– Alors comme ça, tu es mexicaine.

– Comme tu vois.

– Ça fait une sacrée trotte.

– C'est la vie.

Le sourire du reporter était taché d'écume de bière.

– On dirait une chanson de José Alfredo.

– Tu connais José Alfredo ?

– Un peu.

Et Lobato se mit à chantonner *Llegó borracho el borracho*, « l'ivrogne est arrivé soûl », pendant qu'il commandait une autre tournée. La même chose, pour mes amis et pour moi, dit-il. Y compris les messieurs de cette table et leurs dames.

... Pidiendo cinco tequilas,
Y le dijo el cantinero :
*se acabaron las bebidas**.

Teresa chanta quelques couplets avec lui et, à la fin, ils éclatèrent de rire. Elle pensa qu'il était sympathique. Et il ne jouait pas au plus fin. Jouer au plus fin avec Santiago et ces gens-là était mauvais pour la santé. Lobato la regardait avec des yeux attentifs qui la jaugeaient. De ces yeux qui savent découvrir l'iguane dans le feuillage.

– Une Mexicaine avec un Galicien. Il faut le voir pour y croire.

C'était bien. Ne pas poser de questions, évoquer seulement, au passage, ce que d'autres disent. Comme ça, sans avoir l'air d'y toucher.

– Mon père était espagnol.

*... en commandant cinq tequilas,/et le bistrotier lui dit :/Il n'y a plus rien à boire.

– D'où ça ?
– Je ne l'ai jamais su.

Lobato ne demanda pas s'il était bien vrai qu'elle ne l'avait jamais su ou si elle voulait seulement éluder. Considérant que la question familiale était close, il but une gorgée de bière et désigna Santiago.

– On dit que tu vas au Maroc avec lui.
– Qui dit ça ?
– C'est un bruit qui court. Ici, il n'y a pas de secrets. Quinze kilomètres de large, ça ne fait pas beaucoup d'eau.
– Fin de l'interview, dit Santiago en prenant des mains de Lobato le verre à demi vide pour le remplacer par un autre de la nouvelle tournée que venaient de commander les blonds assis autour de la table.

Le reporter haussa les épaules.

– Elle est jolie, ta copine. Et avec cet accent…
– Moi, il me plaît.

Teresa se laissait aller dans les bras de Santiago, elle se sentait tout alanguie. Kuki, le patron de la Casa Bernal, posa des portions sur le comptoir : gambas à l'ail, viande lardée, croquettes, tomates assaisonnées d'huile d'olive. Teresa adorait ces repas d'amuse-gueules à l'espagnole, debout devant un comptoir, que ce soit de la charcuterie ou des plats cuisinés. *Tapear*, disaient-ils ici pour désigner cette façon de se restaurer. Elle liquida la viande lardée en trempant son pain dans la sauce. Elle était affamée et l'excès de poids n'était pas son souci : elle était maigre de constitution et avait encore quelques années devant elle où elle pouvait se permettre de *ponerse hasta la madre*, comme on disait à Culiacán : de s'en fourrer jusque-là. Kuki avait une bouteille de Cuervo sur ses étagères, et elle demanda une tequila. En Espagne, les *caballitos*, ces verres étroits et longs fréquents au Mexique, étaient inconnus, et elle buvait toujours dans des petits verres à dégustation, parce que c'était ce qui y ressemblait le plus. Le problème était que chaque gorgée faisait le double.

D'autres clients entrèrent. Santiago et Lobato, accoudés au bar, discutaient des avantages des bateaux pneumatiques, genre Zodiac, pour se déplacer à grande vitesse sur une mer agitée ; et Kuki intervenait dans la conversation. Les coques rigides souffraient beaucoup lors des poursuites, et cela faisait un certain temps que Santiago caressait l'idée d'un canot semi-rigide avec deux ou trois moteurs, assez grand pour affronter la mer jusqu'aux côtes orientales de l'Andalousie et au cap de Gata. Le problème était que cela dépassait ses moyens : trop gros investissement et trop de risques. A supposer, bien entendu, que cette idée soit confirmée par les faits.

Tout d'un coup, la conversation s'arrêta. Les Gibraltariens de la table s'étaient tus, eux aussi, et ils regardaient le groupe qui venait de s'installer au bout du comptoir, sous la vieille affiche de corrida datant de la guerre civile – *Feria de La Línea, 19, 20 et 21 juillet 1936.* C'étaient quatre hommes jeunes, avenants. Un petit blond avec des lunettes, et deux grands aux cheveux courts, athlétiques, portant des polos de sport. Le quatrième était séduisant, vêtu d'une chemise bleue aux plis impeccables et d'un jean si propre qu'il semblait neuf.

– Et me voilà encore une fois entre Achéens et Troyens, soupira ironiquement Lobato.

Il s'excusa un instant, fit un clin d'œil à ceux de la table et alla saluer les nouveaux venus, en s'attardant un peu avec l'homme à la chemise bleue. Au retour, il riait tout bas.

– Ils sont tous les quatre de la Surveillance douanière.

Santiago les regardait avec un intérêt professionnel. En se voyant observé, l'un des deux grands inclina un peu la tête en guise de salut, et Santiago leva de quelques centimètres son verre de bière. Cela pouvait être une réponse ou ne pas l'être. Les codes et les règles du jeu auquel ils jouaient tous : chasseurs et gibier en territoire neutre. Kuki servait manzanilla et tapas sans s'émouvoir. Ces rencontres étaient quotidiennes.

– Le beau gosse est le pilote de l'oiseau, dit Lobato qui continuait de les observer.

L'oiseau était l'hélicoptère BO-105 des Douanes,

équipé pour le ratissage et la chasse en mer. Teresa l'avait vu voler en poursuivant des vedettes de contrebandiers. Il volait bien, très bas. En prenant des risques. Elle dévisagea l'individu : un peu plus de trente ans, cheveux noirs, peau bronzée. Il aurait pu passer pour un Mexicain. Il semblait correct, joli garçon. Un peu timide.

– On m'a dit que, la nuit dernière, quelqu'un a tiré sur lui un feu de Bengale qui s'est pris dans son rotor. – Lobato regardait Santiago. – Ça ne serait pas toi, par hasard ?

– Je ne suis pas sorti la nuit dernière.

– Alors c'est un de ceux-là.

– Possible.

Lobato regarda les Gibraltariens qui, maintenant, parlaient trop haut, en riant. C'est quatre-vingts kilos que je vais leur mettre demain, fanfaronnait quelqu'un. Sous leur nez. L'un d'eux, Parrondi, dit à Kuki de servir une tournée à ces messieurs les douaniers. Je fête mon anniversaire et c'est un honneur pour moi de les inviter, pérorait-il, narquois. A l'autre bout du comptoir, les autres refusèrent, mais l'un d'eux leva deux doigts pour faire le V de la victoire en le congratulant. Le blond à lunettes, informa Lobato, était le patron d'une vedette turbo HJ. Lui aussi galicien, naturellement. De La Corogne.

– Et pour ce qui est de l'hélicoptère, ajouta-t-il, tu vois le coup : réparation, donc une semaine sans vautours à l'horizon : le ciel est à nous, et c'est bon pour toi.

– Je n'ai rien de prévu pour les jours qui viennent.

– Pas même des cigarettes ?

– Pas même.

– Dommage.

Teresa continuait d'observer le pilote. Il avait l'air si sage, si bien élevé. Avec sa chemise impeccable et ses cheveux brillants, bien coiffés, il était difficile de l'associer à l'hélicoptère, cauchemar des contrebandiers. Elle se dit que ça se passait peut-être comme dans un film qu'elle avait vu au cinéma de plein air de La Línea avec Santiago, en mangeant des graines de tournesol : *Doctor Jeckyll & Mister Hyde*.

Lobato, qui avait remarqué son regard, accentua un peu son sourire.

– C'est un brave garçon. De Cáceres. Et ils lui jouent les tours les plus pendables que tu puisses imaginer. Une fois, ils lui ont lancé une rame qui a cassé une pale, et il a failli se tuer. Et quand il atterrit sur la plage, les gamins le reçoivent à coups de pierres… Parfois, l'Atunara ressemble au Vietnam. Évidemment, en mer, il n'est pas le même homme.

– Oui, confirma Santiago entre deux gorgées de bière. En mer, ce sont ces enfants de putain qui ont l'avantage.

C'est ainsi qu'ils meublaient leur temps libre. D'autres fois, ils allaient à Gibraltar, faire des achats ou régler leurs affaires à la banque, ou ils se promenaient sur la plage par les magnifiques couchers de soleil du tardif été andalou, avec, au fond, le Rocher qui allumait peu à peu ses lumières et la baie couverte de bateaux portant différents pavillons – Teresa avait appris à identifier les principaux –, dont les feux se mettaient à briller à mesure que les rayons disparaissaient à l'ouest. Leur petite villa était à dix mètres de l'eau, sur l'embouchure du Palmones où se trouvaient quelques maisons de pêcheurs, juste au milieu de la baie entre Algésiras et Gibraltar. Elle aimait cet endroit qui lui rappelait un peu Altata, au Sinaloa, avec des plages de sable, et des pateras bleues et rouges échouées près de l'eau calme du fleuve. Ils prenaient leur petit déjeuner, café crème et pain grillé trempé dans l'huile, à l'Espigón ou à l'Estrella de Mar, et, le dimanche, ils mangeaient des tortillas aux crevettes à la Casa Willy. Parfois, entre deux traversées du Détroit, ils prenaient la Cherokee de Santiago et allaient jusqu'à Séville par la Route du Toro, manger à la Casa Becerra, ou ils s'arrêtaient sur la route pour goûter au jambon ibérique et à la *caña de lomo** dans les auberges de campagne. D'autres fois, ils

* Filet de porc préparé comme du boudin.

suivaient la Costa del Sol jusqu'à Malaga ou prenaient la direction opposée, par Tarifa et Cadix, vers Sanlúcar de Barrameda et l'estuaire du Guadalquivir : vin Barbadillo, langoustines, discothèques, terrasses de cafés, restaurants, bars et karaokés, jusqu'au moment où Santiago ouvrait son portefeuille, faisait ses comptes et disait : ça suffit, la réserve est épuisée, on rentre pour se refaire du pognon, vu que personne ne nous le donnera gratis. Ils passaient souvent des journées entières au pied du Rocher, barbouillés d'huile et de cambouis, brûlés par le soleil et dévorés par les mouches, sur la cale d'échouage de Marina Sheppard, à démonter et remonter le moteur du Phantom – des mots qui, avant, étaient mystérieux, tels que pistons américains, soupapes, cages de roulement, n'avaient désormais plus de secrets pour elle –, puis faisaient des essais en planant sur les eaux de la baie et en observant de près l'hélicoptère, les HJ et les Heineken qui, dès la nuit suivante peut-être, reprendraient contre eux le jeu du chat et de la souris au sud du cap de l'Europe. Et chaque fin d'après-midi de ces journées tranquilles au port et sur la cale, le travail terminé, ils allaient au Olde Rock prendre un verre, toujours assis à la même table, sous un tableau qui représentait la mort d'un amiral anglais nommé Nelson.

Ainsi, pendant cette période de sa vie – pour la première fois elle était consciente d'être presque heureuse –, Teresa apprit toutes les ficelles du métier. La petite Mexicaine qui, il y avait un peu plus d'un an, s'était lancée dans une course folle à travers Culiacán, était maintenant une femme aguerrie aux traversées nocturnes et aux bonds sur les lames, experte en questions maritimes, en mécanique navale, en vents et en courants. Elle connaissait la destination et l'activité des bateaux par leur immatriculation, leur couleur et la position de leurs feux. Elle avait étudié les cartes nautiques espagnoles et anglaises du Détroit en les confrontant à ses propres observations, et elle savait désormais de mémoire les sondes, les contours des côtes, les amers qui ensuite, de nuit, feraient la différence entre le succès et l'échec. Elle avait chargé des cigarettes dans les docks de Gibraltar pour les débarquer un mille plus loin, à l'Atunara, et du haschisch sur la côte marocaine pour le décharger dans des criques et sur des plages entre Tarifa et Estepona. Elle avait vérifié, clef anglaise et tournevis en main, des circuits de refroidissement et des cylindres, changé des électrodes, vidangé l'huile, démonté des bougies, et appris des choses dont elle n'avait pas imaginé jusque-là qu'elles puissent être utiles ; par exemple, que la consommation horaire d'un moteur trafiqué, comme celle d'un banal moteur à deux temps, se calcule en multipliant la puissance maximale par 0,4 : règle très utile quand on brûle des flots de carburant en pleine mer, où il n'y a pas de stations-service. De même, elle s'était habituée à diriger Santiago en lui donnant des tapes dans le dos lorsqu'il fallait fuir en catastrophe à des vitesses dangereuses, afin qu'il puisse piloter sans être distrait par la proximité des vedettes turbo ou de l'hélicoptère ; voire à tenir elle-même le volant d'un chris-craft à plus de trente nœuds, à pousser les gaz ou à les réduire par mer agitée pour que la coque souffre le moins possible, à relever l'arbre du moteur hors-bord par forte houle ou à le régler en position intermédiaire pour planer, à se camoufler près de la côte en profitant des nuits sans lune, à se coller à une barque de pêche ou à un gros bateau afin de dissimuler son propre reflet radar. Et encore, les tactiques d'esquive : utiliser la maniabilité du Phantom pour éviter l'abordage des vedettes plus puissantes mais moins manœuvrantes, chercher l'arrière du poursuivant, lui filer sous l'étrave ou couper son sillage en profitant des avantages de l'essence sur le diesel de l'adversaire, plus lent à réagir. Elle était ainsi passée de la peur à l'euphorie, de la victoire à la défaite, et avait réappris ce qu'elle savait déjà : que parfois on perd, d'autres fois on gagne, et d'autres encore on cesse de gagner. Elle avait jeté des paquets à la mer, éblouie en pleine nuit par le projecteur des poursuivants, ou elle les avait transbordés sur des bateaux de pêche ou livrés à des ombres noires venues de plages désertes, qui s'avançaient dans la rumeur du ressac, de l'eau jusqu'à la taille. Une fois, même – la seule jusque-là, au cours d'une opération effectuée avec des gens peu fiables –, elle l'avait fait pendant que Santiago montait la garde à l'arrière, un Uzi caché sous son ciré ; pas comme une précaution en prévision de l'arrivée de douaniers ou de gardes civils – c'eût été aller contre les règles du jeu –, mais pour se prémunir contre ceux-là mêmes à qui ils livraient la marchandise : des Français qui avaient une mauvaise réputation et des méthodes pires encore. Au matin de cette nuit-là, la cargaison déchargée et le cap mis sur le Rocher, Teresa avait lancé, avec un immense soulagement, l'Uzi à la mer.

Pour l'heure, elle était loin d'éprouver le même soulagement, bien que le chris-craft soit vide et qu'ils soient en train de retourner à Gibraltar. Il était quatre heures quarante du matin, et deux heures seulement s'étaient écoulées depuis qu'ils avaient embarqué les trois cents kilos de résine de cannabis sur la côte marocaine : un temps suffisant pour franchir les neuf milles séparant Al Marsa de Cala Arenas et débarquer la cargaison sur l'autre rive sans problème. Mais, comme dit le proverbe espagnol, *hasta que pasa el rabo, todo es toro* : tant qu'on n'en a pas vu passer la queue, le taureau reste dangereux. Et pour le confirmer, un peu avant Punta Carnero, alors qu'ils venaient juste d'entrer dans le secteur rouge du phare et qu'ils voyaient déjà le môle illuminé du Rocher de l'autre côté de la baie d'Algésiras, Santiago lâcha un juron en regardant en l'air. Un instant plus tard, Teresa entendit un bourdonnement qui couvrait celui du moteur, s'approchait par le côté puis se fixait à l'arrière, quelques secondes avant qu'un projecteur, tout proche, n'encadre soudain le chris-craft en les éblouissant. L'oiseau, disait maintenant Santiago, mâchoires serrées. Ce putain d'oiseau. Les pales de l'hélicoptère brassaient l'air au-dessus du Phantom en soulevant tout autour de l'eau et de l'écume ; Santiago manœuvra le levier de l'arbre, écrasa l'accélérateur, l'aiguille passa de 2500 à 4000 tours et le bateau bondit, plana, le plat de la coque retombant violemment par intervalles sur la mer. Rien à faire. Le projecteur les suivait, passant d'un bord à l'autre puis à l'arrière, éclairant d'une nappe blanche le tourbillon que soulevaient 250 chevaux poussés à fond. Sans tenir compte des chocs et des embruns, Teresa fit ce qu'elle avait à faire, oublier la menace de l'hélicoptère – elle estima qu'il volait à environ quatre mètres au-dessus de la mer et, comme eux, à une vitesse de près de quarante nœuds – et s'occuper de l'autre menace qui était certainement plus proche et plus dangereuse, car ils filaient trop près de la terre : la HJ de la Surveillance douanière qui, guidée par son radar et le projecteur de l'hélicoptère, devait en ce moment naviguer vers eux à toute allure pour leur couper la route ou forcer le chris-craft à se diriger vers la côte. Vers les rochers des hauts-fonds de La Cabrita, qui étaient quelque part devant et un peu à bâbord.

Elle appliqua son visage à la gaine de caoutchouc du Furuno, en se meurtrissant le front et le nez à cause des chocs du chris-craft, et régla la visée à un demi-mille. Sainte Vierge ! Si Dieu ne nous protège pas dans ce merdier, on est cuits, pensa-t-elle. Le balayage de l'antenne lui semblait incroyablement long, une éternité au cours de laquelle elle retint sa respiration. Doux Jésus, tire-nous encore une fois de là. Elle évoquait même saint Malverde et la sombre nuit de son malheur. Ils avaient livré leur cargaison, ils ne transportaient rien de suspect, ils n'iraient donc pas en prison ; mais, même si les douaniers vous souhaitaient bon anniversaire dans les gargotes de Campamento, c'était une sale engeance. A des heures pareilles et sur de tels trajets, ils pouvaient invoquer n'importe quel prétexte pour saisir le bateau, ou l'aborder comme par inadvertance et l'envoyer par le fond. La lumière aveuglante du projecteur envahissait l'écran et rendait sa vision difficile. Elle sentit que Santiago poussait encore le régime du moteur, malgré la mer que soulevait le vent de ponant, et qu'ils fonçaient à la limite de sa puissance. Le Galicien n'était pas homme à se laisser intimider ni à filer doux devant la loi. Le chris-craft fit un bond plus prolongé que les précédents – pourvu que le moteur ne se grippe pas, pensa-t-elle, en imaginant l'hélice tournant dans le vide – et lorsque la coque retomba sur la surface de la mer, Teresa, cramponnée du mieux qu'elle pouvait pour garder la figure enfouie dans la gaine de caoutchouc du radar, vit enfin sur l'écran, parmi les innombrables échos de la houle, une autre tache noire : un signal allongé et sinistre qui se rapprochait rapidement par tribord, à moins de cinq cents mètres.

– A cinq heures ! cria-t-elle, en secouant l'épaule droite de Santiago. Trois encablures !

Elle avait appliqué sa bouche contre son oreille pour se faire entendre par-dessus le rugissement du moteur. Santiago lança un coup d'œil inutile dans la direction indiquée, plissant les paupières sous l'éclat du projecteur de l'hélicoptère qui restait toujours collé à eux, puis arracha d'un coup le caoutchouc du radar pour voir lui-même l'écran. La ligne noire sinueuse de la côte se dessinait, inquiétante, à chaque balayage de l'antenne, quelque trois cents mètres par le travers de bâbord. Teresa regarda à l'avant. Le phare de Punta Carnero continuait d'émettre ses éclats rouges. En gardant ce cap, ils passeraient dans le secteur des éclats blancs, et à ce moment-là il leur serait définitivement impossible d'éviter le haut-fond de La Cabrita. Santiago dut penser la même chose car, au même instant, il réduisit la vitesse et fit tourner la barre à droite, accéléra de nouveau et manœuvra à plusieurs reprises en zigzags identiques, vers la haute mer, en regardant alternativement l'écran du radar et le projecteur de l'hélicoptère qui, prenant de l'avance, les perdait de vue pendant quelques secondes à chaque changement de cap pour revenir ensuite se coller à eux et les reprendre dans son faisceau. Qu'il s'agisse de l'homme à la chemise bleue ou d'un autre, se dit Teresa admirative, le type qui était là-haut n'avait pas froid aux yeux. Pourquoi dire non si c'est oui ? Et il connaissait son métier. Voler de nuit avec un hélicoptère au ras des flots n'était pas à la portée du premier venu. Le pilote devait être aussi bon que le Güero en son temps. Ou meilleur. Elle aurait bien aimé lui expédier un feu de Bengale, s'ils avaient eu des fusées à bord. Pour le voir tomber en flammes dans l'eau. Plouf !

Maintenant le signal de la HJ sur le radar se rapprochait inexorablement. Sur une mer plate, lancé au maximum de sa puissance, le chris-craft était inaccessible, mais, dans la houle, il souffrait trop et l'avantage était du côté des poursuivants. Teresa regarda derrière elle et par le travers de tribord en se faisant une visière de sa main pour ne pas être aveuglée par la lumière, s'attendant à la voir surgir d'un moment à l'autre. Cramponnée du mieux qu'elle pouvait, baissant la tête chaque fois qu'un paquet d'embruns sautait par-dessus l'avant, elle encaissait dans ses reins douloureux chaque choc de la coque sur la houle. Elle observait de temps en temps le profil obstiné de Santiago, son visage tendu ruisselant d'eau salée, ses yeux éblouis tentant de scruter la nuit. Les mains crispées sur la barre du Phantom, la dirigeant par petites secousses habiles, tirant le meilleur parti des cinq cents tours supplémentaires du moteur trafiqué, du degré d'inclinaison de l'arbre du moteur, et du fond plat qui, lors de certains sauts, semblait s'envoler comme si l'hélice ne touchait l'eau que par brefs instants, ou, au contraire, cognait en produisant un craquement d'une telle force qu'on avait l'impression que la coque allait partir en mille morceaux.

– La voilà !

C'était bien elle : une ombre fantomatique, tantôt grise, tantôt bleue et blanche, qui pénétrait dans le champ lumineux projeté par l'hélicoptère, en soulevant des gerbes d'eau, sa coque se rapprochant dangereusement. Elle entrait et sortait de la lumière comme un mur énorme ou un cétacé monstrueux qui filait sur la mer, et c'était maintenant le projecteur de la vedette, couronné d'un éclat bleu intermittent, qui les illuminait, tel un œil chargé de haine. Rendue sourde par le rugissement des moteurs, toujours agrippée, trempée par les embruns, sans oser frotter ses yeux brûlants de sel par peur de se voir projetée en avant, Teresa vit que Santiago ouvrait la bouche pour crier quelque chose d'inaudible, puis qu'il manœuvrait de la main droite le levier de l'arbre du moteur, levait le pied de l'accélérateur pour réduire brusquement les gaz tout en mettant la barre à tribord, et appuyait de nouveau, l'avant pointé vers le phare de Punta Carnero. Ce coup de cisaille lui fit esquiver le projecteur de l'hélicoptère et la proximité de la HJ ; mais le soulagement de Teresa fut de très courte durée, juste le temps de se rendre compte qu'ils filaient droit sur la terre, presque à la limite de la jonction des secteurs rouge et blanc du phare, vers les quatre cents mètres de rochers et de récifs de La Cabrita. Saloperie de saloperie, murmura-t-elle. Le projecteur de la vedette les éclairait maintenant par l'arrière, aidé par l'hélicoptère qui volait de nouveau à côté d'eux. Et c'est alors que Teresa, qui, les mains crispées sur les poignées, essayait de calculer leurs chances, vit le phare devant et très haut, trop près, passer du rouge au blanc. Pas besoin du radar pour savoir qu'ils étaient à moins de cent mètres des rochers et que le fond diminuait rapidement. La saloperie finale. Ou il ralentit, ou on s'écrase, se dit-elle. Et à cette vitesse de dingue, je ne peux même pas me jeter à la mer. En regardant derrière elle, elle vit le faisceau du projecteur de la HJ s'élargir peu à peu, de plus en plus éloigné, à mesure que son équipage prenait ses dispositions pour éviter les hauts-fonds. Santiago maintint encore un peu le cap, jeta un coup d'œil par-dessus son épaule en direction de la HJ, regarda la sonde puis devant lui, vers la clarté lointaine de Gibraltar qui dessinait La Cabrita en ombre chinoise. J'espère qu'il ne va pas faire ça, pensa, épouvantée, Teresa. J'espère qu'il n'a pas l'intention de s'engager dans le goulet entre les récifs : il l'a déjà fait une fois, mais c'était de jour et nous n'allions pas à cette vitesse-là. A ce moment, Santiago réduisit de nouveau les gaz, mit la barre à tribord et, passant sous le ventre de l'hélicoptère dont le pilote dut prendre brusquement de la hauteur pour éviter l'antenne du radar du Phantom, fila non par le goulet mais par la pointe extérieure des récifs, si près de la masse noire de La Cabrita que Teresa put sentir l'odeur des algues et entendre l'écho du moteur se répercuter contre les parois à pic. Et soudain, la bouche encore ouverte et les yeux exorbités, elle se retrouva de l'autre côté de Punta Carnero : la mer beaucoup plus calme, et la HJ de nouveau à deux encablures, du fait de l'arc qu'elle avait dû décrire pour se frayer un passage. L'hélicoptère était revenu se coller à leur arrière, mais il n'était déjà plus qu'une compagnie désagréable, sans conséquences, tandis que Santiago faisait monter le régime à 6 300 tours et que le Phantom traversait la baie d'Algésiras à cinquante-cinq nœuds en planant sur la mer plate vers l'entrée du port de Gibraltar. Dieu du ciel ! Quatre milles en cinq minutes, avec une légère manœuvre pour éviter un pétrolier mouillé sur leur route. Et quand la HJ abandonna la poursuite et que l'hélicoptère commença de prendre de la distance en s'élevant, Teresa se releva à demi dans le chris-craft et, encore éclairée par le projecteur, elle fit au pilote un bras d'honneur éloquent. Adieu, salaud ! Je t'ai eu jusqu'au trognon, et au plaisir de te revoir, charognard. Dans la gargote de Kuki.

6. Je joue ma vie, je joue ma chance…

J'ai obtenu l'adresse d'Óscar Lobato en téléphonant au *Diario de Cádiz*. Teresa Mendoza, ai-je dit. J'écris un livre. Nous nous sommes fixé rendez-vous pour déjeuner le lendemain à la Venta del Chato, une vieille auberge au bord de la plage de Cortadura. Je venais juste de ranger ma voiture devant la porte, face à la mer, avec la ville au loin, blanche sous le soleil au bout de sa péninsule de sable, quand Lobato est descendu d'un cabriolet Ford rempli de vieux journaux, un macaron de presse collé au pare-brise. Avant de venir à ma rencontre, il s'est arrêté pour parler avec le gardien du parking et lui a donné une tape dans le dos que l'autre a accueillie comme un pourboire. Lobato était sympathique, sa conversation agréable, bourrée d'anecdotes et d'informations. Un quart d'heure plus tard, nous étions intimes et j'avais enrichi mes connaissances sur l'auberge – une authentique auberge de contrebandiers, deux siècles d'histoire –, sur la composition de la sauce qui accompagnait le gibier, sur le nom et la fonction de chacun des outils centenaires qui décoraient les murs du restaurant, et sur le *garum* cher aux Romains qui en assaisonnaient le poisson à l'époque ou cette cité s'appelait Gadès et où les touristes voyageaient en trirème. Dès le second plat, je savais que nous étions près de l'Observatoire de marine de San Fernando, par où passe le méridien de Cadix et que, en 1812, les troupes de Napoléon qui assiégeaient la ville – elles n'avaient pas réussi à atteindre la Porte de Terre, a précisé Lobato – avaient eu ici l'un de leurs campements.

– As-tu vu le film *Lola la Piconera* ?

Nous nous tutoyions déjà depuis un moment. Je lui ai dit que non, je ne l'avais pas vu ; et donc il me l'a raconté d'un bout à l'autre. Avec Juanita Reina, Virgilio Teixeira et Manuel Luna. Réalisé par Luis Lucia en 1951. Selon la légende, fausse naturellement, la Piconera avait été fusillée par les Français exactement ici. Une héroïne nationale, etc. Et la chanson : *Vive la joie, pleurons sa mort, Lola, Lolita la Piconera*. Il m'a observé pendant que je faisais mine de suivre tout cela avec le plus grand intérêt, a cligné de l'œil, bu une gorgée de son verre d'Yllera – nous venions de déboucher la seconde bouteille – et, sans aucune transition, s'est mis à parler de Teresa Mendoza. De bonne grâce.

– Cette Mexicaine. Ce Galicien. Ce haschisch qui sortait de partout, et tout le monde jouant aux quatre coins… Un temps épique, soupira-t-il en ajoutant en mon honneur une petite goutte de nostalgie. Ils étaient dangereux, bien sûr. Des gens durs. Mais ce n'était pas la violence des truands d'aujourd'hui.

Il a précisé qu'il était toujours reporter. – « Un petit reporter de merde, passe-moi l'expression, et pourtant j'en suis fier ! » A vrai dire, il ne savait rien faire d'autre. Il aimait son métier, même s'il était toujours payé des clopinettes, sans une seule augmentation depuis dix ans. Après tout, sa femme apportait un second salaire au foyer. Et il n'avait pas d'enfants pour lui dire « papa, on a faim ».

– Et ça, a-t-il conclu, ça te donne plus de liberté, d'égalité et de fraternité.

Il a fait une pause pour répondre au salut d'hommes politiques locaux en costume sombre qui venaient d'occuper la table voisine – un conseiller municipal adjoint à la culture et un autre à l'urbanisme, a-t-il chuchoté ; ni l'un ni l'autre n'ont leur bac –, puis il est revenu à Teresa Mendoza et au Galicien. Il les rencontrait de temps en temps sur La Línea ou à Algésiras, elle avec sa figure d'Indienne presque jolie, ses cheveux de jais et ses grands yeux d'une noirceur vengeresse. Elle n'était pas extraordinaire, plutôt quelconque, mais quand elle se donnait la peine de s'arranger, on la remarquait. Des jolis seins, ça oui. Pas très gros, mais comme ça. – Lobato joignait les mains et pointait les pouces, comme des cornes de taureau. – Un peu vulgaire dans sa manière de s'habiller, le style des amies des hommes du haschisch et des cigarettes, mais avec moins d'ostentation : pantalons très moulants, tee-shirts, talons hauts et tout ça. Dans la norme, mais rien de plus. Elle ne se mêlait pas beaucoup aux autres filles. Il y avait en elle une certaine forme de distinction, sans qu'on puisse définir exactement d'où ça venait. Peut-être de sa manière de parler, parce qu'elle était très douce, avec son joli accent. Avec ces archaïsmes qu'emploient les Mexicains. Parfois, quand elle se coiffait avec un chignon, une raie au milieu et les cheveux bien tirés en arrière, cette distinction se remarquait davantage. Comme Sara Montiel dans *Veracruz*. Un peu plus de vingt ans, probablement. Lobato avait observé qu'elle ne portait jamais d'or, toujours de l'argent. Boucles d'oreilles, bracelets. Tout en argent et très mince. Il lui arrivait de porter sept anneaux ensemble sur un poignet : il avait entendu dire que cela s'appelait un semainier. Cling, cling ! Il s'en souvenait à cause du tintement.

– Dans le milieu, peu à peu, elle s'est fait respecter. D'abord parce que le Galicien avait bonne réputation. Et ensuite parce qu'elle était la seule femme à sortir en mer avec son homme. Au début les gens prenaient ça à la rigolade : pour qui se prend-elle, celle-là, et tout ça. Même les douaniers et les pandores se marraient. Mais quand le bruit a couru qu'elle avait autant de couilles qu'un homme, les choses ont changé.

Je lui ai demandé pourquoi Santiago Fisterra avait bonne réputation, et Lobato a joint le pouce et l'index en cercle, dans un geste d'approbation. Il était régulier, a-t-il répondu. Pas bavard et toujours sérieux. Très galicien dans le bon sens du terme. Je veux dire qu'il n'était pas un de ces salauds endurcis et dangereux, ni un de ces fumistes irresponsables qui abondent dans le bizness du haschisch. Discret, jamais de bagarres. Honnête. Il faisait son travail comme on va au bureau. Les autres, les *Llanitos*, ils pouvaient vous dire demain à trois heures du matin et, à l'heure dite, être en train de tirer un coup avec leur gonzesse ou de boire dans un bar, en vous laissant servir de support aux toiles d'araignées et regarder l'horloge tourner. Alors que si le Galicien vous disait : je sors demain, inutile d'ajouter un mot. Il sortait, un point c'est tout, même par des creux de quatre mètres. Un homme de parole. Un professionnel. Ce qui n'était pas toujours un avantage, car il faisait de l'ombre à beaucoup. Son ambition était de ramasser suffisamment de pèze pour se consacrer à autre chose. Et c'était peut-être ça qui les réunissait, Teresa et lui. Bien sûr, ils avaient l'air d'être amoureux. La main dans la main, les baisers, enfin tu vois. Le train-train normal, quoi. Mais il y avait quand même chez elle quelque chose qu'on ne pouvait jamais totalement appréhender. Je ne sais pas si je m'explique bien. Quelque chose qui vous obligeait à vous demander si elle était sincère. Attention, je ne parle pas d'hypocrisie, ni de rien de tout ça. Je mettrais ma main au feu qu'elle était une fille réglo… Je parle d'autre chose. Je dirais que Santiago l'aimait plus qu'elle ne l'aimait, elle. *Capisci ?…* Parce que Teresa se tenait toujours un peu en dehors. Elle souriait, elle était discrète, respectueuse de son homme, mais je suis sûr qu'au lit, ils devaient se déchaîner. Sauf que ça, tu sais… Parfois, si on l'observait attentivement – et là, mon vieux, c'est justement mon métier –, il y avait quelque chose dans sa façon de nous regarder tous, Santiago compris, qui faisait penser qu'elle n'y croyait pas vraiment. Comme si elle avait quelque part un casse-croûte enveloppé dans du papier d'argent, un sac de voyage avec quelques affaires de rechange et un billet de train. On la voyait rire, boire sa tequila – elle adorait la tequila, naturellement –, embrasser son homme, et puis soudain on surprenait dans ses yeux une expression étrange. Comme si elle était en train de se dire : ça ne peut pas durer.

Ça ne peut pas durer, se dit-elle. Ils avaient fait l'amour toute l'après-midi, comme si celle-ci ne devait jamais finir ; et maintenant ils passaient sous la voûte médiévale du rempart de Tarifa. Conquise sur les Maures sous le règne de Sanche IV le Brave, le 21 septembre 1292, lut Teresa sur un carreau de faïence bleu fixé au-dessus. Un rendez-vous de travail, avait annoncé Santiago. Une demi-heure en voiture. On pourra en profiter pour boire un verre, faire un tour. Et ensuite aller manger des côtelettes de porc chez Juan Luis. Et ils étaient là, dans le crépuscule que grisaillait le vent d'est en semant sur la mer des moutons d'écume blanche, devant la plage des Lances vers la côte atlantique ; la Méditerranée de l'autre côté, et l'Afrique s'abritant d'ombre épaisse et de brume, que la nuit envahissait par l'est, sans hâte. C'est sans hâte aussi qu'ils marchaient en se tenant par la taille dans les rues étroites et pavées de la petite ville où le vent ne cessait presque jamais de souffler, dans toutes les directions et trois cent soixante-cinq jours par an. Ce soir-là, il était particulièrement fort, et avant de pénétrer dans la ville, ils avaient contemplé un moment la mer qui se jetait sur les brise-lames du parking au pied des remparts, près de la Caleta, où les embruns pulvérisés aspergeaient le pare-brise de la Cherokee. Et bien à l'abri, en écoutant la musique de la radio, la tête posée sur l'épaule de Santiago, Teresa avait vu passer un grand trois-mâts comme dans les vieux films, qui se dirigeait très lentement vers l'Atlantique en plongeant sa proue sous la poussée des rafales les plus fortes, estompé par le voile gris du vent et de l'écume, tel un vaisseau fantôme surgi d'une autre époque et qui n'aurait jamais cessé de naviguer depuis des années et des siècles. Puis ils avaient quitté la voiture et, par les rues plus protégées, ils avaient gagné le centre de la ville en s'arrêtant devant les vitrines. La saison des vacances était passée ; mais la terrasse sous la marquise et l'intérieur du Café Central n'en étaient pas moins pleins d'hommes et de femmes bronzés, à l'aspect athlétique et d'allure étrangère. Beaucoup de cheveux décolorés, beaucoup d'anneaux à l'oreille, beaucoup de tee-shirts imagés. Des véliplanchistes, avait précisé Santiago la première fois qu'ils étaient venus là. Tous les goûts sont dans la nature et il faut de tout pour faire un monde.

– Peut-être qu'un jour ta langue fourchera, et tu me diras que tu m'aimes.

En entendant ces mots, elle se tourna pour le regarder. Il avait dit cela calmement. Il n'était pas fâché. Il ne s'agissait même pas d'un reproche.

– Mais je t'aime, couillon.

– Bien sûr.

Il se moquait toujours d'elle à ce sujet. A sa manière, doucement, en l'observant, en l'incitant à parler par de petites provocations. On dirait que ça te coûte de le dire, ajoutait-il. Tu es si indifférente. Ça me tue, d'être traité comme ça. Et alors Teresa le serrait dans ses bras et l'embrassait sur les yeux, elle lui disait je t'aime, je t'aime, je t'aime, encore et encore. Foutu Galicien, triple couillon. Et lui riait comme si ça lui était égal, comme s'il s'agissait d'un simple prétexte de conversation, un motif de plaisanterie, et que le reproche, c'était elle qui aurait dû le lui adresser. Laisse, laisse, laisse tomber. Et finalement ils arrêtaient de se moquer, ils restaient face à face et Teresa sentait son impuissance devant tout ce qui n'était pas possible, pendant que les yeux de l'homme la regardaient fixement, résignés comme s'ils pleuraient un peu en dedans, silencieusement, à l'instar d'un gamin qui court derrière des camarades plus grands qui ont décidé de ne pas s'occuper de lui. Un chagrin sec, muet, qui attendrissait Teresa ; alors elle se disait que peut-être, et même sûrement, elle aimait pour de bon cet homme. Chaque fois que cela arrivait, elle réprimait l'envie de tendre la main et de caresser le visage de Santiago, d'une manière difficile à comprendre, à expliquer et à sentir, comme si elle lui devait quelque chose et qu'elle ne pourrait jamais le lui payer.

– A quoi penses-tu ?
– A rien.

Ah ! songeait-elle, si ça pouvait ne jamais finir ! Si cette existence intermédiaire entre la vie et la mort, suspendue au-dessus d'un étrange abîme, pouvait se prolonger jusqu'au jour où les paroles que je prononcerai seront de nouveau vraies ! Si sa peau, ses mains, ses yeux, sa bouche parvenaient à effacer mes souvenirs, si je pouvais naître de nouveau ou mourir d'un coup, pour dire comme s'ils étaient tout neufs les mots anciens qui résonnent en moi comme une trahison ou un mensonge ! Si j'avais – s'il avait, si nous avions – assez de temps devant nous pour cela !

Ils ne parlaient jamais du Güero Dávila. Santiago n'était pas de ceux à qui l'on peut parler d'autres hommes, ni elle de celles qui le font. Parfois, quand il restait immobile contre elle à respirer dans le noir, Teresa pouvait presque entendre les questions. Cela arrivait encore, mais il y avait longtemps que de telles questions n'étaient plus qu'une routine, une vague rumeur de silences. Au début, dans ces premiers jours où les hommes, y compris ceux qui ne font que passer, prétendent imposer d'obscurs – d'inexorables – droits qui vont plus loin que la seule possession physique, Santiago avait formulé quelques-unes de ces questions à voix haute. A sa manière, naturellement. Peu explicites, jamais précises. Il rôdait autour comme un coyote qui est attiré par le feu mais ne se décide pas à entrer. Il avait entendu des choses. Des amis d'amis qui avaient des amis. Mais peine perdue. J'ai eu un homme, avait-elle résumé une fois, fatiguée de le voir toujours tourner autour du même sujet quand les questions sans réponse laissaient des silences insupportables. J'ai eu un homme, beau, courageux et stupide. Un foutu couillon comme toi – comme vous tous –, mais celui-là m'avait prise quand je n'étais encore qu'une gamine sans expérience, et à la fin il m'a mise dans la merde jusqu'au cou, j'ai dû par sa faute me sauver et courir, courir si fort et si loin que, tu vois, ça m'a menée jusqu'à l'endroit où tu m'as trouvée. Mais c'est inutile de te faire tout ce mauvais sang pour savoir si j'ai eu un homme ou non, parce que celui-là est mort, et plutôt deux fois qu'une. On l'a flingué, il est mort et voilà : mort comme nous mourrons tous, mais lui un peu avant. Ce que cet homme a été dans ma vie est mon affaire, pas la tienne. Et, après qu'elle eut dit tout cela, une nuit qu'ils étaient enlacés, emmêlés, cramponnés furieusement l'un à l'autre et que Teresa avait l'esprit délicieusement vide, sans mémoire et sans futur, juste le présent dense, épais, d'une intensité brûlante à laquelle elle s'abandonnait sans remords, elle ouvrit les yeux et vit que Santiago s'était arrêté et la regardait de tout près dans la pénombre, elle vit aussi qu'il remuait les lèvres et, quand enfin elle revint là où ils étaient et qu'elle prêta attention à ce qu'il disait, elle pensa d'abord : Galicien débile, stupide comme tous les autres, nul, nul, nul, avec tes questions au moment le plus mal choisi : lui et moi, est-ce qu'il était meilleur que moi, est-ce que tu m'aimes, est-ce que tu l'aimais ? Comme si tout pouvait se résumer à ça, comme si dans la vie c'était tout noir ou tout blanc, tout bon ou tout mauvais, comme s'il fallait toujours qu'il y en ait un qui soit meilleur ou pire que l'autre. Elle sentit soudain une sécheresse dans sa bouche, dans son cœur et entre ses cuisses, une colère intérieure, non parce qu'il avait recommencé avec ses questions et mal choisi le moment pour les poser, mais parce qu'il était primaire et lourd en cherchant la confirmation de choses qui n'avaient rien à voir avec elle, en en remuant d'autres qui n'avaient rien à voir avec lui ; et parce que ce n'était même pas de la jalousie, c'était l'orgueil habituel, la virilité absurde du mâle qui prend la femelle dans la horde et lui dénie toute autre vie que celle qu'il lui cloue dans le ventre. Pour cela, elle voulut le blesser, lui faire mal, elle l'écarta avec violence en crachant que oui, c'était vrai, oui, qu'est-ce qu'il croyait cet idiot de Galicien ? Que la vie commençait avec lui et son zob dont il était si fier ? Je suis avec toi parce que je n'ai pas de meilleur endroit où aller, ou parce que j'ai appris que je ne sais pas vivre seule, sans un homme qui ressemble à l'autre, et je n'ai rien à foutre de savoir pourquoi il m'a choisie ou pourquoi je l'ai choisi. Et se redressant, nue, sans être encore libérée de son étreinte, elle lui donna une gifle puissante, un coup qui envoya valdinguer la tête de Santiago. Elle voulut le frapper de nouveau, mais ce fut lui qui le fit, agenouillé au-dessus d'elle, en lui rendant la gifle avec une violence tranquille et sèche, sans colère, peut-être seulement surpris ; puis il resta à la regarder dans la position où il était, à genoux, sans bouger, pendant qu'elle pleurait et pleurait des larmes qui ne sortaient pas de ses yeux mais de sa poitrine et de sa gorge, visage levé, impavide, l'insultant dents serrées, sale con de Galicien, ordure, fils de pute, salopard d'enfant de ta putain de mère, salaud, salaud, salaud. Après quoi il se laissa choir contre elle et demeura là un moment sans rien dire et sans la toucher, honteux et confus, tandis qu'elle gardait toujours la face levée, immobile, et se calmait peu à peu, à mesure qu'elle sentait les larmes sécher sur sa figure. Et ce fut tout, et ce fut la seule fois. Plus jamais ils ne levèrent la main l'un sur l'autre. Plus jamais, non plus, il n'y eut de questions.

– Quatre cents kilos, dit Cañabota à voix basse... De l'*aceite* de première qualité, sept fois plus pur que le shit courant. Le nec plus ultra.

Il tenait un gin tonic dans une main et une cigarette anglaise à filtre doré dans l'autre, et il alternait gorgées et brèves bouffées. Il était bas sur pattes et ventru, il avait le crâne rasé et transpirait tout le temps, à tel point que ses chemises étaient toujours mouillées aux aisselles et au cou où luisait l'inévitable chaîne en or. Peut-être, décida Teresa, était-ce son travail qui le faisait transpirer. Car Cañabota – elle ignorait si c'était son vrai nom ou un pseudonyme – était ce que, dans le langage du métier, on appelait l'homme de confiance : un agent local, liaison ou intermédiaire entre les trafiquants de l'un et de l'autre bord. Un expert en logistique clandestine, chargé d'organiser la sortie du haschisch du Maroc et d'en assurer la réception. Cela incluait les contrats avec des transporteurs comme Santiago, et aussi la complicité de certaines autorités locales. Le sergent de la Garde civile – un quinquagénaire maigre, en civil – qui les accompagnait ce soir-là était l'une des nombreuses touches qu'il fallait actionner pour bien jouer la musique. Teresa le connaissait déjà, elle savait qu'il était en poste à Estepona. Il y avait un cinquième quidam dans le groupe : un avocat de Gibraltar nommé Eddie Álvarez, petit, le cheveu rare et frisé, avec d'épaisses lunettes et des mains nerveuses. Il avait un cabinet discret tout près du port de la colonie britannique où étaient domiciliées dix ou quinze sociétés écrans. Il se chargeait de contrôler l'argent que Santiago recevait à Gibraltar après chaque voyage.

– Cette fois, il sera nécessaire d'emmener des notaires, ajouta Cañabota.

– Non. – Santiago hochait la tête avec beaucoup de calme. – Trop de monde à bord. Mon bateau est un Phantom, pas un ferry.

Les notaires étaient les témoins que les trafiquants mettaient dans les chris-crafts pour certifier que tout était conforme aux accords passés : un pour les fournisseurs, qui était ordinairement marocain, un pour les acheteurs. Cette modification du programme ne parut pas être du goût de Cañabota. Il désigna Teresa :

– Elle pourrait rester à terre.

Sans cesser de fixer les yeux de l'homme de confiance, Santiago hocha de nouveau la tête.

– Je ne vois pas pourquoi. C'est elle, l'équipage.

Cañabota et le garde civil se tournèrent vers Eddie Álvarez d'un air réprobateur, comme s'ils le rendaient responsable de cette attitude négative. Mais l'avocat haussa les épaules. C'est inutile, exprimait ce geste. Je connais l'histoire, et d'ailleurs je ne suis ici qu'en spectateur. Arrangez-vous entre vous.

Teresa passa le doigt sur la buée de son verre. Elle n'avait jamais souhaité assister à ces rencontres, mais Santiago insistait chaque fois. Tu prends les mêmes risques que moi, disait-il. Tu as le droit de tout savoir. Ne parle pas si tu n'en as pas envie, mais c'est dans ton intérêt de te tenir au courant. Et si ta présence les gêne, qu'ils aillent se faire voir. Tous. Après tout, leurs femmes à eux restent à se branler dans leurs jolies villas, elles ne vont pas au charbon quatre ou cinq nuits par mois.

– Pour le paiement, c'est comme d'habitude ? s'enquit Eddie Álvarez, revenant à ce qui justifiait sa présence.

Le paiement se ferait le lendemain de la livraison, confirma Cañabota. Un tiers directement sur un compte de la BBV à Gibraltar – les banques espagnoles de la colonie ne dépendaient pas de Madrid mais des succursales de Londres, ce qui permettait d'exquises opacités fiscales –, deux tiers de la main à la main. Au noir, naturellement. Il faudrait quand même quelques factures bidon pour la banque. La paperasse habituelle.

– Réglez tout ça avec elle, dit Santiago, en regardant Teresa.

Cañabota et le garde civil échangèrent un regard gêné. On est en plein délire, disait ce silence. Mettre une gonzesse là-dedans. Les derniers temps, c'était Teresa qui s'occupait de plus en plus de l'aspect comptable du business. Contrôle des frais, colonnes de chiffres, appels téléphoniques en code, visites périodiques à Eddie Álvarez. Et aussi une société domiciliée au cabinet de l'avocat, le compte en banque à Gibraltar et l'argent justifiable placé en investissements sans risques : quelque chose qui ne pose pas trop de problèmes, parce que Santiago n'avait pas non plus l'habitude de se compliquer l'existence avec les banques. C'était là ce que l'avocat de Gibraltar appelait une infrastructure minimale. Un portefeuille de père de famille, précisait-il quand il portait cravate et se faisait technique. Jusque-là, et malgré sa nature méfiante, Santiago avait dépendu presque aveuglément d'Eddie Álvarez qui prenait une commission même sur les simples dépôts à court terme quand il plaçait l'argent légal. Teresa avait changé ça, en suggérant que tout soit employé en placements plus rentables et sûrs, et même que l'avocat associe Santiago à un bar de Main Street pour blanchir une partie de ses rentrées. Elle ne savait rien des banques ni des finances, mais son expérience de changeuse dans la rue Juárez à Culiacán lui avait laissé quelques idées claires. C'est ainsi que, peu à peu, elle s'était attelée à la tâche, avait mis de l'ordre dans les papiers, appris ce qu'on pouvait faire avec l'argent autrement qu'en l'immobilisant dans une cachette ou sur un compte courant. Sceptique au début, Santiago avait dû se rendre à l'évidence : elle avait la tête faite pour les chiffres et était capable d'envisager des possibilités dont lui-même n'aurait jamais eu idée. Surtout, elle était dotée d'un extraordinaire bon sens. Contrairement à lui – l'enfant du pêcheur galicien était de ceux qui gardaient leur argent dans un sac en plastique au fond d'une armoire –, Teresa voyait toujours comment on pouvait faire pour que deux plus deux fassent cinq. Si bien que, devant les réticences premières d'Eddie Álvarez, Santiago avait mis les choses au point : elle aurait voix au chapitre dans toutes les questions d'argent. C'est remplacer un câble par un poil du cul, avait diagnostiqué l'avocat quand il avait pu lui faire part de son sentiment en tête à tête. En tout cas, j'espère que tu ne vas pas la faire aussi copropriétaire de tout ton fric, en fondant l'Aztécogalicienne de Transports S.A. ou une autre « farces et attrapes » du même genre. J'ai vu des choses plus étonnantes encore. Parce que les femmes, on sait où ça mène. Et les saintes-nitouches dans son genre encore plus. Tu commences par les baiser et puis elles te font signer des papiers, et puis tu mets tout à leur nom, et à la fin elles se tirent en te laissant sans un sou. Ça, avait répondu Santiago, c'est mon affaire. Regarde-moi bien : mon-af-fai-re. Et si ça te plaît pas, je vous encule, toi et ta putain de mère. Il l'avait dit en fixant l'avocat avec une telle expression que celui-ci avait failli laisser tomber ses lunettes dans son verre, avait avalé en silence son scotch où flottaient des glaçons – ils se trouvaient, cette fois-là, à la terrasse de l'hôtel Rock, avec toute la baie d'Algésiras au-dessous – et n'avait plus jamais émis la moindre réserve sur la question. Laisse-toi donc plumer, crétin. Ou te faire planter des cornes par cette garce. Voilà ce que devait penser Eddie Álvarez, mais il ne l'avait pas dit.

Pour l'heure, Cañabota et le sergent de la Garde civile observaient Teresa d'un air grognon, et il était évident que les mêmes pensées les occupaient. Les bonnes femmes sont faites pour rester à la maison et regarder la télé, disait leur silence. Qu'est-ce que celle-là fout ici ? Elle leva les yeux, mal à l'aise. Tissus Trujillo, lut-elle sur l'enseigne en faïence du bâtiment d'en face. Nouveautés. Ça ne lui plaisait pas du tout d'être dévisagée de la sorte. Mais elle se dit ensuite que cette manière de la regarder était aussi une façon de mépriser Santiago, et elle tourna la tête, avec une pointe de colère, pour soutenir leur regard sans sourciller. Qu'ils aillent se faire voir.

– Après tout, intervint l'avocat, qui ne perdait pas un détail, elle est déjà dans le coup.

– Les notaires sont indispensables, dit Cañabota, qui regardait encore Teresa. Et, des deux côtés, on veut des garanties.

– La garantie, c'est moi, rétorqua Santiago. Ils me connaissent parfaitement.

– Cette cargaison est importante.

– Pour moi elles le sont toutes, du moment que je suis payé. Et je n'ai pas l'habitude qu'on me dise comment je dois travailler.

– Les normes sont les normes.

– Me faites pas chier avec les normes. Le marché est libre, et moi j'ai mes propres normes.

Eddie Álvarez hochait la tête, découragé. Inutile de discuter, semblait-il dire, quand il y a des nichons dans l'affaire. Vous perdez votre temps.

– Les *Llanitos* ne font pas tant d'histoires, insista Cañabota : Parrondi, Victorio... Ils embarquent des notaires et tout le reste.

Santiago but une gorgée de bière en regardant fixement Cañabota. Ce type est depuis dix ans dans le bizness, lui avait fait remarquer un jour Teresa, et il n'a jamais fait de taule. Je trouve ça louche.

– Vous ne faites pas autant confiance aux *Llanitos* qu'à moi.

– C'est toi qui le dis.

– Alors faites affaire avec eux et ne venez plus me casser les couilles.

Le garde civil observait toujours Teresa, un sourire désagréable aux lèvres. Il était mal rasé, et des poils blancs pointaient sur son menton et sous son nez. Il semblait emprunté dans ses vêtements, comme le sont les gens qui sont habitués à porter l'uniforme et ont l'air d'être déguisés quand ils sont en civil. Toi je te connais bien, pensa Teresa. Je t'ai vu cent fois au Sinaloa, à Melilla, partout. Tu es toujours le même. Présentez-moi vos papiers, etc. Et dites-moi seulement comment on va arranger ça. Le cynisme du métier. Ta seule excuse est que tu n'arrives pas à boucler tes fins de mois avec ton salaire et tes notes de frais. Cargaisons de drogue saisies dont tu ne déclares que la moitié, amendes que tu touches mais que tu ne fais jamais figurer dans tes rapports, consommations à l'œil, filles, copains. Et ces enquêtes officielles qui n'aboutissent jamais à rien, tout le monde couvrant tout le monde, vivre et laisser vivre, parce que chacun, du plus petit au plus grand, garde la clef d'un placard aux secrets ou un mort sous le plancher. C'est la même chose ici et là-bas, sauf que là-bas les Espagnols n'y sont pour rien, vu qu'ils sont partis du Mexique depuis deux siècles, et bien partis. Moins visible ici, évidemment. L'Europe et tout ça. Teresa regarda de l'autre côté de la rue. Enfin, moins visible, pas toujours. Parce que ce n'était pas la solde d'un sergent de la Garde civile, d'un douanier ou d'un flic espagnol qui pouvait permettre à cet enfoiré de se payer une Mercedes de l'année comme celle qu'il avait garée sans se donner la peine de la dissimuler devant la porte du Café Central. Et il allait sûrement travailler avec cette bagnole dans sa caserne de merde, personne ne s'en étonnait, et tous, chefs compris, faisaient semblant de ne rien voir. Oui. Vivre et laisser vivre.

La discussion se poursuivait à voix basse, pendant que

le garçon allait et venait en apportant d'autres bières et d'autres gin-tonic. Malgré la fermeté de Santiago sur la question des notaires, Cañabota ne s'avouait pas vaincu. Et si tu te fais prendre et que tu balances la cargaison ? insistait-il. Comment tu te justifieras, sans témoins ? Tant de kilos par-dessus bord, et toi qui te ramènes la gueule enfarinée. En plus, cette fois, ce sont des Italiens, et tu connais leur sale caractère : moi qui traite avec eux, je sais de quoi je parle. *Mafiosi cabroni*. En fin de compte, un notaire est une garantie pour eux et pour toi. Pour tout le monde. Alors, pour une fois, ne te braque pas et laisse la dame à terre. Ne m'emmerde pas, ne te braque pas, et ne te fous pas toi-même dans la merde.

– Si je me fais prendre et que je jette les colis, répondait Santiago, tout le monde saura que c'est parce que j'ai été forcé de les jeter... Ma parole suffit. Celui qui m'engage le sait.

– Quelle tête de mule ! Je ne te convaincrai pas ?

– Non.

Cañabota regarda Eddie Álvarez et porta la main à son crâne passé au papier de verre en se déclarant vaincu. Puis il alluma une autre cigarette à bout doré. Pour moi, il doit en être, pensa Teresa. Une vraie tante. La chemise de l'homme de confiance était trempée et un filet de sueur lui coulait le long du nez, jusqu'à la lèvre supérieure. Teresa continuait de se taire, les yeux rivés sur sa main gauche posée sur la table. Ongles longs vernis de rouge, sept anneaux d'argent mexicain, un briquet très mince en argent, cadeau de Santiago pour son anniversaire. Elle souhaitait de toute son âme que la discussion s'achève. Sortir de là, embrasser son homme, lui lécher la bouche, planter ses ongles rouges dans ses reins. Oublier un moment tout ça. Tous ces gens.

– Un jour, tu auras une mauvaise surprise, affirma le garde civil.

C'étaient les premiers mots qu'il prononçait, et il s'était adressé directement à Santiago. Il le regardait avec une fixité délibérée, comme s'il voulait graver ses traits dans sa mémoire. Un regard qui promettait d'autres discussions en privé, dans l'intimité d'un cachot, là où personne ne se formaliserait d'entendre des cris.

– Dans ce cas, tâche qu'elle ne vienne pas de toi.

Ils s'observèrent encore un peu, sans parler ; et maintenant, c'était le visage de Santiago qui exprimait des choses. Par exemple que s'il existait des cachots où l'on pouvait battre un homme à mort, il y avait aussi des ruelles obscures et des parkings où un garde civil corrompu pouvait se faire planter un couteau dans l'aine, vlan ! juste là où bat l'artère fémorale. Et qu'alors cinq litres de sang se vident en un clin d'œil. Ou que celui que tu pousses en montant un escalier, tu peux très bien te retrouver nez à nez avec lui en redescendant. Surtout s'agissant d'un Galicien, parce que tu auras beau faire, impossible de savoir s'il monte ou s'il descend.

– Eh bien, d'accord. – Cañabota frappait légèrement ses paumes l'une contre l'autre, conciliateur. – Comme tu dis, ce sont tes putains de normes. On va pas se tirer dessus... On est tous dans la même galère, non ?

– Tous, approuva Eddie Álvarez qui nettoyait ses lunettes avec un mouchoir en papier.

Cañabota se pencha un peu vers Santiago. Avec ou sans notaires, les affaires étaient les affaires. Le bizness.

– Quatre cents kilos d'*aceite* en vingt babies* de vingt, précisa-t-il en traçant du doigt des chiffres et des dessins imaginaires sur la table. A livrer mardi dans la nuit, quand il n'y aura pas de lune... Le lieu, tu le connais : Punta Castor, sur la petite plage qui est près du rond-point, juste là où finit l'échangeur d'Estepona et où commence la route de Malaga. Ils t'attendent à une heure précise.

Santiago réfléchit un moment. Il regardait la table comme si Cañabota y avait réellement dessiné l'itinéraire.

– Il y a quelque chose que je ne comprends pas : si je dois descendre jusqu'à Al Marsa ou au cap Cires pour charger, comment pourrai-je ensuite livrer si tôt ?... Du

* Paquets de drogue.

Maroc à Estepona il y a quarante milles en ligne droite. La nuit ne sera pas complètement tombée quand je ferai le chargement et le chemin de retour est long.

– C'est sans problème. – Cañabota regardait les autres pour les inciter à confirmer ses dires. – Nous mettrons un singe au sommet du Rocher, avec des jumelles et un talkie-walkie pour surveiller les HJ et l'oiseau. Il y a là-haut un lieutenant british qui nous mange dans la main et qui, en plus, se tape une mignonne à nous dans un bar à putes de La Línea… Quant aux babies, c'est du billard : cette fois ils te les passeront d'un bateau de pêche, cinq milles à l'est du phare de Ceuta, juste là où on ne voit plus son feu. Le bateau s'appelle le *Julio Verdú* et il est de Barbate. Canal 44 de la bande marine : tu diras Mario deux fois, et ils te guideront. A onze heures, tu te mets à couple et tu charges, ensuite cap au nord en te rapprochant de la côte, et tu livres à une heure. A deux heures, les babies seront dans leur plumard et toi bien au chaud dans le tien.

– Facile, dit Eddie Álvarez.

– Oui. – Cañabota regardait Santiago, et la sueur coulait de plus belle le long de son nez. – Facile.

Elle se réveilla avant l'aube et Santiago n'était pas là. Elle attendit un moment dans les draps froissés. Septembre s'achevait, mais la température restait celle des nuits d'été qu'ils laissaient derrière eux. Une chaleur pareille à celle de Culiacán, diluée au petit matin par la brise légère qui entrait par les fenêtres ouvertes : le vent de terre qui venait par le lit du fleuve et glissait vers la mer pendant les dernières heures de la nuit. Elle se leva, nue – elle dormait toujours nue avec Santiago, comme jadis avec le Güero Dávila –, alla à la fenêtre et sentit la caresse de la brise. La baie était un demi-cercle noir ponctué de lumières : les bateaux mouillés devant Gibraltar, Algésiras d'un côté, le Rocher de l'autre, et plus près, au bout de la plage où se trouvait leur maison, la jetée et les tours de la raffinerie se reflétant dans l'eau immobile du rivage. Tout n'était que calme et beauté, et l'aurore était encore loin ; aussi prit-elle le paquet de Bisonte sur la table de nuit pour allumer une cigarette et s'accouder à l'appui de la fenêtre. Elle resta ainsi un moment sans rien faire d'autre que fumer et contempler la baie tandis que la brise de terre lui rafraîchissait la peau et la mémoire. Le temps écoulé depuis Melilla. Les fêtes de Dris Larbi. Le sourire du colonel Abdelkader Chaïb quand elle lui exposait les choses. Un ami voudrait faire une affaire, etc. Vous voyez ce que je veux dire. Et vous, vous êtes comprise dans l'affaire, avait demandé – ou affirmé – aimablement le Marocain, la première fois. Je traite toujours personnellement mes affaires, avait-elle répondu, et le sourire de l'autre s'était accentué. Un homme intelligent, le colonel. Bien élevé, correct. Il ne s'était rien passé, ou presque rien, qui aille au-delà des marges et des limites fixées par Teresa. Mais ça n'avait rien à voir. Santiago ne lui avait pas demandé de le faire, et il ne le lui avait pas non plus défendu. Il était, comme tous les hommes, prévisible dans ses intentions, dans ses maladresses, dans ses rêves. Il disait aussi qu'il l'emmènerait avec lui en Galice. Quand tout serait fini, ils iraient ensemble à O Grove. Il n'y fait pas aussi froid que tu le crois, et les gens sont discrets. Comme toi. Comme moi. Tu verras, on aura une maison avec vue sur la mer, un toit où chantera la pluie et sifflera le vent, une goélette amarrée sur la rive. Avec ton nom sur la poupe. Et nos enfants joueront avec des chris-crafts miniatures téléguidés, entre les parcs à moules.

Elle avait fini sa cigarette et Santiago n'était toujours pas de retour. Il n'était pas non plus dans la salle de bains, de sorte qu'elle ramassa les draps – ses saloperies de règles lui étaient venues dans la nuit –, passa un tee-shirt et traversa le salon dans le noir pour aller vers la porte coulissante qui donnait sur la plage. Elle vit de la lumière et s'arrêta avant de sortir, pour regarder ce que c'était. Bon Dieu ! Santiago était assis sous le porche, en short, torse nu, et il travaillait à une de ses maquettes de bateau. La lampe posée sur la table éclairait les mains habiles qui assemblaient les pièces en bois avant de les coller. Il construisait un vieux voilier que Teresa trouvait merveilleux, la coque formée de listons de plusieurs couleurs ennoblies par le verni, tous bien incurvés – il les trempait pour leur donner ensuite leur forme à l'aide d'un fer à souder – avec leurs rivets en cuivre, le pont exactement semblable aux vrais, la roue de la barre qu'il avait fabriquée en miniature, rayon par rayon, et qui se trouvait maintenant tout près de la poupe, juste à côté d'un petit roof avec sa porte et tout le reste. Chaque fois que Santiago voyait la photo, le dessin d'un bateau ancien dans une revue, il les découpait soigneusement et les rangeait dans un épais classeur, pour en tirer ensuite les idées de ses modèles réduits en s'attachant aux moindres détails. Du salon, sans révéler sa présence, elle continua de l'observer un moment : son profil dans le clair-obscur, penché sur les pièces, sa manière de prendre celles-ci pour les examiner de près, à la recherche d'imperfections, avant de les encoller minutieusement et de les mettre à leur place. Un vrai travail d'artiste. Il semblait impossible que ces mains que Teresa connaissait bien, si dures, si rudes, avec des ongles toujours endeuillés de cambouis, possèdent une telle dextérité. Travailler de ses mains, l'avait-elle entendu dire un jour, fait l'homme meilleur. Ça te rend des choses que tu as perdues ou que tu es sur le point de perdre. Santiago n'était pas très causant, il ne faisait pas beaucoup de phrases, et sa culture était à peine plus étendue que celle de Teresa. Mais il avait pour lui le bon sens : et comme, le plus souvent, il se taisait, il regardait, et il disposait de temps pour tourner et retourner certaines idées dans sa tête.

Elle éprouva une tendresse profonde en l'observant dans le noir. Il était à la fois pareil à un enfant dont le jouet occupe toute l'attention, et à un homme adulte et fidèle à une certaine sorte de rêves. Il y avait dans ces maquettes quelque chose que Teresa ne parvenait pas à comprendre tout à fait, mais dont elle devinait qu'elles devaient résider dans les profondeurs, dans les clefs cachées des silences et du mode de vie de l'homme dont elle était la compagne. Parfois, elle voyait Santiago rester immobile, sans desserrer les dents, en train de contempler un de ces modèles auxquels il consacrait des semaines, voire des mois de travail, et qui étaient partout – huit dans la maison, neuf avec celui qu'il était en train de construire –, dans le salon, le couloir, la chambre à coucher. En train de les étudier avec un regard étrange. Il donnait l'impression d'y avoir tant travaillé qu'on aurait pu croire qu'il avait navigué à leur bord en des temps imaginaires et sur des mers lointaines avec combien de marins, combien de capitaines, et qu'il retrouvait maintenant, dans leurs petites coques peintes et vernies, sous leurs voiles et leurs gréements, les échos de tempêtes, d'abordages, d'îles désertes, de longues traversées qu'il avait faites dans sa tête à mesure que ces bateaux miniatures prenaient forme. Tous les êtres humains rêvent, conclut Teresa. Mais pas de la même façon. Certains partent risquer leur peau en mer sur un Phantom ou dans le ciel sur un Cessna. D'autres fabriquent des modèles réduits en manière de consolation. D'autres encore se bornent à rêver. Et quelques-uns fabriquent des modèles réduits, risquent leur vie et rêvent. Les trois à la fois.

Au moment de passer sous le porche, elle entendit chanter les coqs dans les cours des maisons de Palmones et, soudain, elle eut froid. Depuis Melilla, le chant des coqs était associé dans sa mémoire aux mots « lever du jour » et « solitude ». Une frange de clarté se détachait à l'est, dessinant la silhouette des tours et des cheminées de la raffinerie, et, de ce côté, le paysage passait du noir au gris, transmettant la même couleur à l'eau du rivage. Il fera bientôt jour, se dit-elle. Et le gris de mes petits matins sales s'éclairera d'abord de tons dorés et roses, puis le soleil et le bleu commenceront à se répandre sur la plage et la baie, et je serai encore une fois sauvée jusqu'à l'heure de la prochaine aube. Elle remuait ces pensées, quand elle vit Santiago lever la tête vers le ciel qui s'éclaircissait, comme un chien de chasse qui hume l'air, et rester ainsi absorbé, tout travail arrêté, un bon moment. Après quoi il se leva, étira ses bras ankylosés, éteignit la lampe et ôta son short, tendit encore une fois les muscles des épaules et des bras comme s'il voulait embrasser d'un coup toute la baie, et alla au rivage pour entrer dans l'eau à peine effleurée par la brise ; une eau si calme que les arcs concentriques qu'il produisait en y entrant se propageaient très loin sur la surface obscure. Il se laissa tomber en avant et barbota sans hâte jusqu'à l'endroit où il n'avait plus pied, avant de se retourner et de voir Teresa, qui avait passé le porche, enlever son tee-shirt et entrer dans la mer parce qu'elle y aurait moins froid que là-bas, seule dans la maison et sur le sable que l'aube revêtait de gris. Ils se rejoignirent avec de l'eau jusqu'à la poitrine, et la peau hérissée de Teresa se réchauffa au contact de l'homme ; et quand elle sentit son membre durci contre son ventre, elle ouvrit les jambes pour l'emprisonner tout en embrassant sa bouche et sa langue au goût de sel, elle prit ses hanches en tenaille, presque en apesanteur, pendant qu'il la pénétrait, jusqu'au fond, et se vidait lentement et longuement, sans hâte, le temps que Teresa caresse ses cheveux mouillés, tandis que la baie s'éclairait autour d'eux, que les maisons blanches du rivage se teintaient d'or dans la lumière naissante, et que des mouettes criardes décrivaient des cercles au-dessus du bord de mer. Alors elle pensa que la vie était parfois si belle qu'elle ne ressemblait pas à la vie.

C'est Óscar Lobato qui m'a présenté le pilote de l'hélicoptère. Nous nous sommes retrouvés tous les trois sur la terrasse de l'hôtel Guadacorte, tout près de l'endroit où avaient vécu Teresa Mendoza et Santiago Fisterra. On fêtait des premières communions dans les salons, et la pelouse était envahie par des enfants qui chahutaient en se poursuivant sous les chênes-lièges et les pins. Javier Collado, dit le journaliste. Pilote de l'hélicoptère des Douanes.

Un chasseur-né. De Cáceres. Inutile de lui offrir une cigarette ou de l'alcool, il ne boit que des jus de fruits et il ne fume pas. Il fait ce métier depuis quinze ans et connaît le Détroit comme sa poche. Sérieux, mais bon garçon. Et quand il est là-haut, froid comme un glaçon.

– Il fait des choses avec son moulinet que je n'ai jamais vu personne faire de toute ma putain de vie.

L'homme riait en l'écoutant. Ne faites pas attention, rectifiait-il. Il exagère. Puis il commanda un granité de citron. Il était brun, avenant, la quarantaine, mince mais large d'épaules, l'air introverti. Il exagère un peu, a-t-il répété. Il semblait gêné des éloges de Lobato. Au début, quand j'avais fait une démarche officielle auprès de la direction des Douanes à Madrid pour le rencontrer, il avait refusé de me voir. Je ne parle pas de mon travail, avait-il répondu. Mais le vieux reporter était de ses amis – je me suis demandé qui diable n'était pas l'ami de Lobato, dans la province de Cadix –, et il m'avait proposé de servir d'intermédiaire. Je t'arrangerai ça sans problème, avait-il dit. Et vrai, nous étions là. Quant au pilote, j'avais pris des informations détaillées, et je savais que Javier Collado était une légende dans son milieu. Il était de ceux qui entraient dans un bar de contrebandiers, et tout de suite ceux-ci se poussaient du coude en disant : merde alors, regarde qui est là, avec un mélange de haine et de respect. Le mode d'opérer des trafiquants changeait ces derniers temps, mais lui continuait de sortir six nuits par semaine pour chasser le haschisch de là-haut. Un *professionnel* – le mot m'a fait penser que, parfois, tout dépend du côté de la barrière, ou de la loi, où le hasard place un homme. Onze mille heures de vol sur le Détroit, a précisé Lobato. A poursuivre les méchants.

– Y compris, bien sûr, ta Teresa et son Galicien. *In illo tempore*.

Et nous avons donc parlé de ça. Ou, pour être plus exact, de la nuit où l'*Argos*, le BO-105 de la Surveillance douanière, volait à son altitude de recherche au-dessus d'une mer raisonnablement calme, en ratissant le Détroit avec son radar. Vitesse, cent dix nœuds. Pilote, copilote, observateur. La routine. Ils avaient décollé d'Algésiras une heure plus tôt, et après avoir patrouillé devant le secteur de la côte marocaine désigné dans le jargon des douaniers sous le nom de « la cambuse » – les plages situées entre Ceuta et le cap Cires –, ils volaient maintenant tous feux éteints en direction du nord-est, longeant de loin la côte espagnole. Il y avait des navires de guerre, a expliqué Collado : des manœuvres navales de l'OTAN à l'ouest du Détroit. C'est pourquoi la patrouille de cette nuit-là s'était concentrée sur la partie est, en quête d'un objectif à signaler à la vedette qui naviguait, également tous feux éteints, mille cinq cents pieds au-dessous. Une nuit de chasse comme les autres.

– Nous étions à cinq milles au sud de Marbella quand le radar nous a donné deux échos venant d'en dessous, sans lumières, a précisé Collado. L'un immobile et l'autre se dirigeant vers la terre... Nous avons aussitôt communiqué la position à la HJ et commencé à descendre vers celui qui se déplaçait.

– Où allait-il ? ai-je demandé.

– Vers Punta Castor, près d'Estepona. – Collado a tourné son regard vers l'est, au-delà des arbres qui cachaient Gibraltar, comme si, de là où nous étions, il pouvait voir l'endroit. – Un bon endroit pour décharger, parce que la route de Malaga est tout près. Il n'y a pas de rochers et on peut mettre l'avant du bateau sur le sable... Avec des gens qui attendent à terre, la livraison ne prend pas plus de trois minutes.

– Et il y avait deux échos sur le radar ?

– Oui. L'autre était immobile plus loin, séparé de huit encablures... A peu près mille cinq cents mètres. Comme s'il attendait. Mais celui qui se déplaçait était presque arrivé à la plage, c'est pourquoi nous avons décidé de nous occuper d'abord de lui. Le viseur thermique nous donnait une trace lumineuse large à chaque vol plané. – En voyant mon expression perplexe, Collado a posé une paume sur la table, en la levant et en la baissant sans bouger le poignet pour imiter les bonds d'un chris-craft. – Une trace lumineuse large indique que l'embarcation est chargée. Celles qui naviguent à vide en laissent une plus mince, parce que seul l'arbre du moteur reste immergé… Bref, nous sommes allés sur elle.

J'ai vu qu'il découvrait ses dents dans un rictus, à la manière d'un prédateur qui montre ses crocs en pensant à une proie. Ce type, ai-je constaté, s'anime au souvenir de sa chasse. Il se transforme. Laisse-moi faire, avait dit Lobato : c'est un brave garçon ; inspire-lui confiance, et il se livrera. Punta Castor, a poursuivi Collado, était un lieu habituel de débarquement. A l'époque, les contrebandiers n'avaient pas encore de GPS pour faire le point, et ils naviguaient en se fiant à leur connaissance de la mer. L'endroit était facile à atteindre parce qu'on quittait Ceuta en suivant le cap soixante ou quatre-vingt-dix, et que, dès qu'on perdait de vue l'éclat du phare, il suffisait de prendre la direction nord-nord-ouest, en se guidant d'après les lumières de La Línea qui restait par le travers. Devant, on voyait tout de suite les lumières d'Estepona et de Marbella, mais il était impossible de les confondre parce que le phare d'Estepona était visible avant. En marchant vite, en une heure on était à la plage.

– L'idéal est de les coincer en flagrant délit, en même temps que les complices qui attendent à terre… Je veux dire, au moment précis où ils sont sur la plage. Avant, ils balancent les paquets, après ils filent à toute vitesse.

– Une vitesse à te faire chier dans ton froc, a insisté Lobato, qui avait eu l'occasion d'être passager dans plusieurs de ces poursuites.

– Exactement. Et c'est aussi dangereux pour eux que pour nous. – Maintenant, Collado souriait un peu, ce qui accentuait son expression de chasseur, comme si cette précision pimentait encore la chose. – C'était comme ça à l'époque, et ça n'a pas changé.

Il jouit, ai-je décidé. Ce salaud jouit avec son travail. C'est pour ça qu'il a derrière lui ces quinze ans de chasse à courre nocturne et ces onze mille heures dont parlait

Lobato. La différence entre chasseurs et gibier n'était pas si grande. Personne n'embarque dans un Phantom uniquement pour l'argent. Personne ne se lance à sa poursuite uniquement par sens du devoir.

Cette nuit-là, a poursuivi Collado, l'hélicoptère des Douanes était descendu lentement, en direction de l'écho le plus proche de la côte. La HJ – Chema Beceiro, le patron, était un marin efficace – s'approchait à la vitesse de cinquante nœuds et apparaîtrait d'ici cinq minutes. Il était donc descendu à cinq cents pieds. Il s'apprêtait à manœuvrer sur la plage en faisant sauter, si nécessaire, le pilote et l'observateur, quand tout d'un coup des lumières s'étaient allumées en bas. Il y avait des véhicules qui éclairaient le sable, et le Phantom apparut un instant tout près, noir comme une ombre, avant de faire une embardée sur bâbord et de filer à toute vitesse dans un nuage d'écume blanche. Alors Collado avait fait tomber l'hélicoptère juste derrière lui, allumé le projecteur et commencé la poursuite à un mètre de l'eau.

– Tu as apporté la photo ? s'est enquis Lobato.

– Quelle photo ? ai-je demandé.

Lobato n'a pas répondu ; il regardait Collado d'un air ironique. Le pilote faisait tourner son verre de jus de citron, comme s'il n'arrivait pas à se décider tout à fait.

– Après tout, a insisté Lobato, ça remonte à dix ans.

Collado a hésité encore un instant. Puis il a posé une enveloppe brune sur la table.

– Parfois, au cours des poursuites, a-t-il expliqué en indiquant l'enveloppe, nous photographions les gens des chris-crafts afin de les identifier... Pas pour la police ni pour la presse, mais pour nos archives. Et ce n'est pas toujours facile, avec le projecteur qui oscille, la houle, et tout ça. Ça ne marche pas à tous les coups.

– Mais ça a marché pour cette photo-là, a dit Lobato en riant. Montre-la donc.

Collado a sorti la photo de l'enveloppe et, en la voyant, ma bouche est devenue sèche. 18 × 24, noir et blanc, et pas d'une qualité parfaite : pellicule ultra-sensible, gros grain, léger défaut de mise au point. Mais la scène restait quand même assez nette, surtout pour une photographie prise en volant à cinquante nœuds et à un mètre au-dessus de l'eau, dans la gerbe d'écume que soulevait le chris-craft lancé à toute puissance : un patin de l'hélicoptère au premier plan, l'obscurité autour, des minuscules points blancs multipliés par l'éclat du flash de l'appareil. Et, dans tout cela, on pouvait voir la partie centrale du Phantom par son travers de bâbord, et sur elle l'image d'un homme brun, le visage trempé, qui scrutait le noir devant lui, penché sur le volant du gouvernail. Derrière lui, agenouillée au fond du chris-craft, les mains sur ses épaules comme si elle était en train de lui indiquer les mouvements de l'hélicoptère, se tenait une jeune femme, couverte d'un ciré sombre et luisant sur lequel l'eau ruisselait, les cheveux tirés en arrière mouillés par les embruns, les yeux très ouverts reflétant la lumière, la bouche serrée et ferme. L'objectif l'avait attrapée à demi tournée pour regarder de côté et légèrement vers le haut en direction de l'hélicoptère, le visage blanchi par la proximité du flash, l'expression crispée par la surprise de son éclair. Teresa Mendoza à vingt-quatre ans.

Tout était allé de mal en pis, et cela depuis le début. D'abord le brouillard, à peine le phare de Ceuta laissé derrière eux. Puis le retard du bateau de pêche qu'ils avaient attendu en haute mer, dans l'obscurité brumeuse qui les privait de repères, avec l'écran du Furuno saturé d'échos de cargos et de ferries, certains dangereusement proches. Santiago était inquiet, et bien que Teresa ne puisse distinguer de lui qu'une tache noire, elle le remarquait à sa manière de se déplacer constamment sur le Phantom, de vérifier si tout était bien en ordre. La brume les masquait suffisamment pour qu'elle se risque à allumer une cigarette, et elle le fit en s'accroupissant sous le tableau de bord, en cachant la flamme puis en protégeant la braise dans le creux de sa main. Et elle eut le temps d'en fumer trois de plus. Enfin, le

Julio Verdú, une ombre allongée où s'agitaient des silhouettes fantomatiques, se matérialisa dans l'obscurité au moment où la brise de ponant effilochait la brume. Mais le chargement ne fut pas non plus satisfaisant : à mesure qu'on lui passait les vingt paquets enveloppés de plastique et que Teresa les arrimait sur les côtés du chris-craft, Santiago manifesta son étonnement croissant de les voir plus gros que prévu. Ils ont bien le poids convenu, mais pas la taille, fit-il remarquer. Et ça signifie que ce n'est pas du premier choix : c'est du chocolat courant, de mauvaise qualité, au lieu du haschisch pur, plus concentré et plus cher. Or, à Tarifa, Cañabota avait parlé de haschisch pur.

Ensuite, jusqu'à la côte, rien d'anormal. Ils étaient en retard et le Détroit était lisse comme une assiettée de soupe, si bien que Santiago remonta le levier de l'arbre du moteur et lança le Phantom à toute vitesse vers le nord. Teresa le sentait mal à l'aise, il forçait le moteur avec des mouvements brusques et pressés, comme si, cette nuit-là, il souhaitait particulièrement en terminer au plus vite. Non, rien, répondit-il, évasif, quand elle lui demanda si quelque chose n'allait pas. Rien, absolument rien. Il n'était certes pas bavard, mais Teresa sentit bien que son silence était plus inquiet que les autres fois. Les lumières de La Línea se profilaient à l'ouest, par le travers de bâbord, quand apparurent sur l'avant les lumières jumelles d'Estepona et de Marbella, le feu du phare de la première bien clair à gauche : un éclat suivi de deux autres, toutes les quinze secondes. Teresa colla son visage à la gaine de caoutchouc du radar pour voir si elle pouvait calculer la distance de la terre, et elle sursauta en découvrant sur l'écran un écho immobile, à un mille à l'est. Elle observa avec les jumelles dans cette direction ; et, en ne voyant pas de feu vert ou rouge, elle eut peur qu'il ne s'agisse d'une HJ espagnole à l'affût dans le noir. Mais l'écho disparut au deuxième ou troisième balayage de l'écran, et elle se sentit plus tranquille. Peut-être la crête d'une vague, conclut-elle. Ou peut-être un autre chris-craft qui attendait le moment de s'approcher de la côte.

Quinze minutes plus tard, sur la plage, c'était la catastrophe. Des projecteurs de tous côtés, les aveuglant, et des hurlements : Halte ! Garde civile ! halte ! halte ! et des gyrophares bleus scintillant au carrefour de la route, et les hommes qui déchargeaient, de l'eau jusqu'à la ceinture, immobiles avec leurs paquets levés ou les laissant tomber pour courir inutilement en soulevant des gerbes d'eau. Santiago, bien éclairé à contre-jour, se penchant sans prononcer un mot, pas une plainte, pas un juron, rien, absolument rien, résigné et professionnel, pour faire reculer le Phantom et, ensuite, la coque raclant encore le sable de la plage, tout le volant à bâbord et la pédale écrasée à fond, rrrrrrr ! filant le long du rivage par à peine trente centimètres d'eau, le bateau d'abord cabré comme s'il allait se projeter vers le ciel puis faisant de brefs bonds pour planer à fond sur l'eau calme, zzzzzz ! zzzzzz !, s'éloignant en diagonale de la plage et des projecteurs à la recherche de l'obscurité protectrice de la mer, de la clarté lointaine de Gibraltar, vingt milles au sud-ouest, pendant que Teresa attrapait par leurs poignées, l'un après l'autre, les quatre paquets de vingt kilos qui étaient restés à bord, les soulevait pour les jeter à la mer, le rugissement du moteur couvrant chaque bruit de plongeon pendant qu'ils sombraient dans le sillage.

C'est alors que l'oiseau fondit sur eux. Elle entendit le vrombissement de ses pales en haut et derrière, leva les yeux, et dut les fermer et écarter son visage parce que, juste à ce moment, un éclair l'éblouit, et l'extrémité d'un patin éclairé par cette lumière se balança tout près de sa tête et l'obligea à s'accroupir en s'appuyant des mains sur les épaules de Santiago ; elle sentit sous les vêtements de celui-ci les muscles tendus, crispés comme lui-même l'était sur le volant, et elle vit sa figure qu'éclairait par rafales le projecteur d'en haut, toute l'écume qui jaillissait en gerbes et inondait son visage et ses cheveux, plus beau que jamais ; même quand ils faisaient l'amour et qu'elle le regardait de tout près, quand elle l'avait dévoré tout entier après l'avoir léché, mordu, lui avoir arraché la peau, il n'était pas aussi beau qu'en cet instant, si obstinément sûr de lui, attentif au volant, à la mer, à la carburation du Phantom, faisant ce qu'il savait faire le mieux au monde, luttant à sa façon contre la vie, contre le destin et contre cette lumière meurtrière qui les poursuivait comme l'œil d'un géant malfaisant. Les hommes se divisent en deux groupes, pensa-t-elle soudain. Ceux qui acceptent la vie comme elle vient et disent tant pis, c'est comme ça, et qui, quand s'allument les projecteurs, lèvent les bras sur la plage, et les autres. Ceux qui font que parfois, au milieu d'une mer obscure, une femme les regarde comme elle le regardait en ce moment.

Et les femmes ? se demanda-t-elle. Les femmes se divisent... mais elle ne termina pas, car elle cessa de penser quand le patin de ce salaud d'oiseau, à moins d'un mètre de leurs têtes, revint se balancer, toujours plus près. Teresa tapa sur l'épaule gauche de Santiago et celui-ci se borna à faire un signe de la tête, concentré sur la marche du bateau. Il savait que, si près que s'approche l'hélicoptère, il n'arriverait jamais à les cogner, sauf accident. Son pilote était trop habile pour permettre que ça arrive ; car, dans ce cas, poursuivants et poursuivis couleraient ensemble. Il s'agissait d'une manœuvre de harcèlement, pour les déconcerter et leur faire changer de direction, commettre des erreurs ou accélérer jusqu'à ce que le moteur, poussé au-delà de ses limites, explose. C'était déjà arrivé. Santiago savait – et Teresa aussi, même si ce patin tout proche la terrifiait – que l'hélicoptère ne pouvait pas faire grand-chose de plus, que le but de sa manœuvre était de les obliger à coller à la côte, pour que la ligne droite que le chris-craft suivait jusqu'à Punta Europa et Gibraltar se transforme en une longue courbe qui prolongerait la chasse et finirait par briser les nerfs de l'équipage qui irait s'échouer sur une plage ou permettrait à la HJ d'arriver à temps pour l'aborder.

La HJ ! Santiago fit un geste vers le radar, et Teresa se déplaça à genoux dans le cockpit, assourdie par les chocs du fond contre l'eau, pour coller son visage à la gaine de caoutchouc du Furuno. Cramponnée d'une main au bord et de l'autre au siège de Santiago, avec la vibration trépidante que le moteur transmettait à la coque qui rendait ses mains gourdes, elle observa la ligne sombre que chaque balayage dessinait à tribord, et l'étendue claire de l'autre côté. Sur un demi-mille, tout était limpide ; mais en doublant la portée sur l'écran, elle trouva la tache noire attendue, à huit encablures, en train de se déplacer à toute allure dans l'intention de leur couper la route. Elle colla sa bouche à l'oreille de Santiago et le vit de nouveau hocher la tête, les yeux rivés sur sa route et sans dire un mot. L'oiseau descendit encore un peu, le patin touchant presque le flanc de tribord, puis reprit de la hauteur sans parvenir à faire dévier Santiago d'un seul degré de son cap : il était toujours plié en deux sur le volant, concentré sur l'obscurité devant lui, tandis que les lumières de la côte défilaient à tribord du chris-craft lancé à quarante-cinq nœuds pour gagner peu à peu le large : d'abord Estepona, sa longue avenue illuminée et le phare au bout, puis Manilva et le port de La Duquesa. Et c'est alors, en vérifiant pour la deuxième fois le radar, que Teresa vit l'écho noir de la HJ beaucoup plus près, beaucoup plus rapide qu'elle ne l'avait pensé, et sur le point de les rejoindre par la gauche ; et en regardant dans cette direction, elle distingua dans la brume du sillage, malgré la lumière blanche éblouissante du projecteur de l'hélicoptère, le scintillement bleu de son signal lumineux de plus en plus proche. Cela les mettait devant l'alternative habituelle : ou bien s'échouer sur la plage, ou bien défier le sort, tandis que le flanc menaçant qui se dessinait dans la nuit se rapprochait pour faire des embardées, cogner de côté, essayer de briser leur coque, d'arrêter le moteur, de les faire tomber à la mer. Le radar étant désormais inutile, Teresa se déplaça sur les genoux – elle sentait les violents coups de boutoir se répercuter dans ses reins – pour se mettre derrière Santiago, les mains sur ses épaules, et le prévenir des mouvements de l'hélicoptère et de la vedette, droite et gauche, près et loin ; et quand elle secoua trois fois son épaule gauche parce que cette putain de HJ était déjà un mur sinistre qui se balançait au-dessus d'eux, Santiago leva le pied de la pédale pour réduire d'un coup de quatre cents tours le régime du moteur, baissa, de la main droite, le power trim, mit tout le volant à bâbord, et le Phantom, fonçant dans le nuage soulevé par ses propres remous, décrivit un virage serré à mort qui coupa le sillage de la vedette douanière, manœuvre qui la laissa un peu en arrière.

Teresa eut envie de rire. Bon Dieu ! Dans ces chasses qui faisaient battre le cœur à cent vingt coups à la minute, tous allaient à la limite extrême du danger, conscients que l'avantage sur l'adversaire résidait dans la mince marge que laissait cette limite. L'hélicoptère volait bas, menaçait avec son patin, indiquait la position à la HJ ; mais, la plupart du temps, il se contentait de son projecteur, car il ne pouvait établir de contact réel. De son côté, la HJ passait et repassait devant le chris-craft pour le faire tanguer dans son sillage jusqu'à ce que, l'hélice tournant dans le vide, le moteur se grippe ; ou elle le harcelait, prête à cogner, le patron sachant très bien qu'il ne pouvait le faire que sur les flancs, car aborder l'avant signifiait tuer sur-le-champ les occupants du Phantom dans un pays où il fallait expliquer ce genre de choses aux juges. Santiago aussi savait tout cela, en bon Galicien qui n'était pas né de la dernière pluie, et il prenait le maximum de risques : virer à cent quatre-vingts degrés, chercher à se placer dans le sillage de la HJ jusqu'à ce que celle-ci s'arrête ou fasse machine arrière, couper sa route pour la faire ralentir. Y compris ralentir brusquement devant la vedette avec le plus grand sang-froid en se fiant aux réflexes de l'autre pour qu'il s'arrête et ne leur passe pas dessus, et cinq secondes plus tard accélérer en gagnant une distance précieuse, avec Gibraltar de plus en plus proche. Tout sur le fil du rasoir. Une erreur de calcul suffisait pour que cet équilibre précaire entre chasseurs et chassés aille au diable.

– Ils nous ont eus ! cria soudain Santiago.

Déconcertée, Teresa regarda aux alentours. Maintenant,

la HJ était de nouveau sur leur gauche, du côté du large, en les serrant inexorablement contre la côte, le Phantom filant à cinquante nœuds par moins de cinq mètres de fond et l'oiseau collé au-dessus d'eux, le faisceau blanc du projecteur ne les lâchant plus. La situation ne semblait pas pire que quelques minutes plus tôt et elle le dit à Santiago, la bouche encore une fois tout contre son oreille. On s'en sort pas si mal, cria-t-elle. Mais Santiago hochait la tête comme s'il ne l'entendait pas, concentré sur le pilotage du chris-craft ou sur ce qu'il pensait. Cette cargaison, l'entendit-elle dire. Puis, avant de se taire tout à fait, il ajouta quelque chose dont Teresa ne put entendre qu'un mot : leurre. Il doit dire qu'ils nous ont tendu un piège, pensa-t-elle. Là-dessus la HJ se colla sur leur flanc, et le sillage des deux embarcations bord à bord devint un volcan d'écume pulvérisée qui les inonda, les aveugla, tandis que Santiago se trouvait obligé de céder peu à peu, de laisser aller le Phantom de plus en plus vers la plage, de sorte qu'ils étaient déjà pris entre la ligne où les vagues se brisaient et le rivage lui-même, avec la HJ un peu plus au large à bâbord, l'hélicoptère en haut et les lumières de la terre passant à toute allure à quelques mètres de l'autre bord. Dans quelques dizaines de centimètres d'eau.

Merde, pensa Teresa, soudain affolée, il n'y a pas de fond ! Santiago collait le plus qu'il le pouvait à la rive pour maintenir à distance l'autre bateau dont le patron, cependant, profitait de chaque occasion propice pour revenir contre leur flanc. Même ainsi, calcula-t-elle, les probabilités que la HJ touche le fond ou qu'elle se paye un rocher qui bousillerait les aubes de sa saloperie de turbine étaient bien moindres que celles qu'avait le Phantom de toucher le sable avec l'arbre du moteur en retombant d'un vol plané, puis de planter son étrave, en les expédiant illico au royaume des morts jusqu'à la résurrection de la chair. Doux Jésus ! Teresa serra les dents et se cramponna aux épaules de Santiago quand la vedette s'approcha de nouveau dans les gerbes d'écume, en les précédant un peu, en les aveuglant encore une fois avec le mur d'eau qu'elle soulevait et en faisant une légère embardée vers tribord pour les pousser davantage vers la plage. Ce patron était décidément un champion, pensa-t-elle. De ceux qui prennent leur job au sérieux. Parce que aucune loi n'en exigeait autant. Ou alors c'était quand les choses tournaient à la rivalité personnelle entre machos qui prennent prétexte de n'importe quelle foutaise pour s'affronter comme des connards de coqs. Tout proche comme il l'était, le flanc de la HJ semblait à Teresa si noir et si énorme que l'excitation de la course céda la place à la peur. Elle n'avait jamais foncé de cette manière dans les déferlantes, si près de la rive et sur si peu de fond ; par moments, le projecteur de l'hélicoptère éclairait les ondulations, les rochers et les algues. A peine de quoi laisser tourner l'hélice, estima-t-elle. On va labourer le sable. Brusquement, elle se sentit ridiculement vulnérable, trempée par les embruns, aveuglée par le projecteur, secouée par les coups de boutoir. Ne pousse pas le bouchon trop loin avec eux, pensa-t-elle. Ils veulent faire une partie de bras de fer, c'est tout. Le perdant est celui qui se dégonfle le premier. C'est à qui des deux tiendra le coup le plus longtemps, et moi je suis au milieu. C'est quand même tristement con de mourir pour ça.

C'est alors qu'elle se souvint du rocher de León. C'était un écueil pas très haut qui montait la garde à quelques mètres de la plage, à mi-chemin entre La Duquesa et Sotogrande. On l'appelait ainsi parce qu'un douanier dénommé León avait déchiré sur lui la coque de la vedette dont il était le patron, crrraac ! en pleine poursuite d'un chris-craft, et avait dû s'échouer sur la plage avec une voie d'eau. Et ce rocher, venait de se rappeler Teresa, se trouvait juste sur la route qu'ils suivaient en ce moment. Cette pensée produisit en elle une décharge de panique. Oubliant la proximité des poursuivants, elle regarda à droite, vers les lumières de la terre qui défilaient le long du Phantom, à la recherche de repères pour se situer. Il doit être salement près, décida-t-elle.

– Le rocher… ! cria-t-elle à Santiago, en se penchant au-dessus de son épaule. Nous sommes près du rocher !

A la lumière du projecteur, elle le vit hocher affirmativement la tête, toujours attentif au volant et à la route, lançant de temps à autre un coup d'œil à la vedette et au rivage pour calculer la distance et la profondeur de l'eau sur laquelle ils planaient. A ce moment, la HJ s'écarta un peu, l'hélicoptère se rapprocha, et en regardant en haut, la main en visière, Teresa entrevit une silhouette noire avec un casque blanc qui descendait jusqu'au patin que le pilote essayait de mettre juste à l'aplomb du moteur du Phantom. Elle resta hypnotisée par cette image insolite : l'homme suspendu entre ciel et mer qui se cramponnait d'une main à la porte de l'hélicoptère et de l'autre empoignait un objet qu'elle ne tarda pas à identifier : un pistolet. Il ne va quand même pas nous tirer dessus, pensa-t-elle, interloquée. Ils ne peuvent pas faire ça. Nous sommes en Europe, bon Dieu, et ils n'ont pas le droit de nous traiter ainsi, en nous tirant comme des lapins. Le chris-craft fit un bond plus long, elle tomba à la renverse et, en se relevant, au moment où elle allait crier à Santiago : ils vont nous flinguer, idiot, ralentis, freine, arrête-toi avant qu'ils nous descendent, elle vit que l'homme au casque blanc braquait son pistolet sur le capot du moteur et vidait son chargeur, une balle après l'autre, éclairs orange dans la lumière éblouissante du projecteur, au milieu des milliers de particules d'eau pulvérisée, avec le bruit des coups de feu, pan ! pan ! pan ! pan ! presque étouffé par le rugissement du moteur du chris-craft, celui des pales de l'oiseau, le grondement de la mer, et le fracas de la coque retombant après chaque bond sur l'eau sans profondeur du rivage. Et soudain l'homme au casque blanc disparut dans l'hélicoptère, celui-ci prit un peu de hauteur sans cesser de les éclairer, la HJ se rapprocha de nouveau dangereusement tandis que Teresa regardait, stupéfaite, les trous noirs dans le capot du moteur qui continuait de tourner comme si de rien n'était, à plein régime, sans même une trace de fumée, de la même manière que Santiago, impavide, continuait de maintenir le cap du chris-craft, sans s'être retourné une seule fois pour voir ce qui se passait ni demander à Teresa si elle était indemne, sans rien faire d'autre que continuer cette course qu'il semblait prêt à poursuivre jusqu'à la fin du monde, ou de sa vie, ou de leurs vies.

Le rocher : elle s'en souvint de nouveau. Le rocher de León devait être ici même, à quelques mètres de l'étrave. Elle se dressa derrière Santiago pour scruter les ténèbres, tenter de percer le voile d'écume illuminé par le faisceau blanc du projecteur et de distinguer le rocher dans l'obscurité du rivage qui serpentait devant eux. Pourvu qu'il le voie à temps, pensa-t-elle. Pourvu qu'il lui reste une marge suffisante pour manœuvrer et l'esquiver, et pourvu que la HJ nous le permette. Elle en était là de ses vœux quand elle vit l'écueil devant, noir et menaçant ; et sans avoir besoin de regarder à gauche, elle constata que la vedette douanière s'écartait vers le large pour l'éviter, tandis que Santiago, le visage ruisselant et les yeux plissés sous la lumière aveuglante qui ne les quittait pas un instant, empoignait le levier du power trim et tournait d'un coup le volant du Phantom, dans une rafale d'embruns qui les enveloppa de son nuage lumineux et blanc, esquivant le danger avant d'accélérer de nouveau et de reprendre sa route, cinquante nœuds, eau lisse, encore une fois sur la ligne où les vagues commençaient à lécher le sable en ne laissant que très peu de fond. A ce moment, Teresa regarda derrière et vit que le rocher n'était pas ce putain de rocher ; qu'il s'agissait d'un bateau au mouillage qui, dans l'obscurité, lui ressemblait, et que le rocher de León était toujours devant eux, comme s'il les attendait. Alors elle ouvrit la bouche pour crier à Santiago que ce n'était pas le rocher qu'ils venaient de passer, attention, il est là, droit devant nous, quand elle vit que l'hélicoptère éteignait son projecteur en remontant brusquement et que la HJ se séparait d'eux par une violente embardée vers le large. Elle se vit aussi elle-même, comme de l'extérieur, très calme et très seule sur le chris-craft, comme s'ils étaient tous sur le point de l'abandonner en un lieu mouillé et obscur. Elle ressentit une peur intense, familière, parce qu'elle venait de reconnaître La Situation. Et le monde vola en éclats.

7. Ils m'ont marqué du Sept…

En même temps, Dantès se senti lancé, en effet, dans un vide énorme, traversant les airs comme un oiseau blessé, tombant, tombant toujours avec une épouvante qui lui glaçait le cœur… Teresa Mendoza lut ces lignes et resta pensive un instant, le livre ouvert sur ses genoux, en regardant la cour de la prison. C'était encore l'hiver, et le rectangle de lumière qui se déplaçait dans le sens inverse du soleil réchauffait ses os à demi ressoudés sous le plâtre du bras gauche et l'épais chandail de laine que lui avait prêté Patricia O'Farrell. Elle était bien, ici, dans les dernières heures de la matinée, avant que ne retentisse la sonnerie annonçant le repas. Autour d'elle, une demi-centaine de femmes bavardaient, assises comme elle au soleil, fumaient allongées sur le dos en en profitant pour bronzer un peu, ou se promenaient par petits groupes d'un bout à l'autre de la cour, avec cette façon caractéristique qu'ont les recluses forcées de se déplacer dans les limites de l'enceinte : deux cent trente pas dans une direction, puis demi-tour après être arrivées au mur surmonté d'une guérite et de fils de fer qui les séparait du quartier des hommes, deux cent vingt-huit, deux cent vingt-neuf, deux cent trente exactement vers le panier de basket-ball, de nouveau deux cent trente pour revenir au mur, et ainsi de suite huit ou dix fois par jour. Après deux mois passés à El Puerto de Santa María, Teresa s'était familiarisée avec ces promenades quotidiennes et avait fini, elle aussi, sans presque s'en rendre compte, par adopter cette façon de marcher, ce léger balancement, élastique et rapide, propre aux vieilles détenues, aussi pressé et aussi direct que si elles se dirigeaient réellement quelque part. C'était Patricia O'Farrell qui le lui avait fait remarquer quelques semaines plus tôt. Tu devrais te voir, avait-elle dit, tu as déjà l'allure d'un animal en cage. Teresa était convaincue que Patricia, qui était en ce moment allongée près d'elle, les mains sous la nuque, les cheveux dorés, très courts, brillant au soleil, ne marcherait jamais ainsi, dût-elle avoir encore vingt ans à tirer dans cette prison. Avec son sang où se mêlaient l'Irlande et Jerez, pensait-elle, elle avait trop de classe, trop d'élégance, trop d'intelligence.

– File-moi une clope.

Elle était paresseuse et capricieuse à ses heures. Elle fumait des cigarettes blondes à bout filtre ; mais si elle n'en avait pas, elle prenait une Bisonte sans filtre de son amie, souvent dépiautée pour y glisser quelques brins de haschisch et recollée. Clopes, sans. Joints ou pétards, avec. En argot du Sinaloa, *tabiros* et *carrujos*. Teresa en choisit une dans le porte-cigarettes qui était par terre et où la moitié était normale et l'autre trafiquée, l'alluma et, se penchant sur le visage de Patricia, la lui mit entre les lèvres. Elle la vit sourire avant de dire merci et d'aspirer la fumée sans ôter les mains de sa nuque, la cigarette pendant de sa bouche, les yeux fermés sous le soleil qui faisait reluire ses cheveux et aussi le léger duvet doré de ses joues, près des fines rides qui bordaient ses yeux. Trente-quatre ans, avait-elle dit sans attendre les questions, le premier jour dans la cellule – le *chabolo*, la cabane, dans l'argot carcéral que Teresa maîtrisait déjà – qu'elles partageaient. Trente-quatre sur la carte d'identité et neuf sur sa condamnation, dont elle avait déjà purgé deux. En comptant avec la rédemption par le travail jour après jour, une bonne conduite, un tiers de remise de peine et tout le bordel, j'en ai encore un ou deux à tirer. Alors Teresa avait commencé à lui dire qui elle était, je m'appelle Unetelle et j'ai fait telle chose, mais l'autre l'avait interrompue, je sais qui tu es, ma belle, ici on sait très vite tout sur tout le monde ; pour certaines, même, avant qu'elles arrivent. Il faut que je t'explique. Nous avons trois catégories de base : les violentes, les mijaurées et les paumées. Comme nationalités, à part les Espagnoles, nous avons des Arabes, des Roumaines, des Portugaises, des Nigériennes avec le sida en prime – celles-là, ne t'en approche pas – qui sont devenues de vrais déchets, les pauvres, un groupe de Colombiennes qui restent entre elles, quelques Françaises et deux Ukrainiennes qui faisaient les putes et ont buté leur mac parce qu'il ne leur rendait pas leur passeport. Quant aux gitanes, ne t'y frotte pas : les jeunes avec leur pantalon moulant, leur tignasse en désordre et leurs tatouages, contrôlent les amphètes, le shit et le reste, et ce sont les plus dures ; les adultes, les Rosario à gros nichons, chignon et jupe longue qui se tapent sans renâcler les condamnations de leurs hommes – eux, ils doivent rester dehors pour nourrir la famille et ils viennent les chercher avec la Mercedes le jour où elles sortent –, celles-là sont pacifiques ; mais elles se protègent les unes les autres. A part les gitanes qui se tiennent entre elles, toutes les autres n'ont, par nature, aucune solidarité, et celles qui se rassemblent en groupes le font par intérêt ou pour survivre, les faibles cherchant la protection des fortes. Si tu veux un conseil, lie-toi le moins possible. Cherche-toi une bonne planque : la lingerie, les cuisines, l'économat qui, en plus, peuvent te valoir des réductions de peine ; et n'oublie pas de chausser des savates dans les douches et d'éviter de mettre ta cramouille en contact avec les lavabos communs de la cour, tu pourrais choper un tas de saloperies. Ne dis jamais de mal de Camarón, ni de Joaquín Sabina, ni de Los Chunguitos, ni de Miguel Bosé, ne demande pas qu'on change de chaîne pendant les séries de la télé, n'accepte pas de drogue sans t'assurer avant de ce qu'on te demandera en échange. Toi, vu ton affaire, si tu ne crées pas de problème et si tu fais tout bien comme il faut, tu dois t'en tirer avec un an à te ronger les sangs, comme toutes, en pensant à ta famille, ou à la manière de refaire ta vie, ou à ta vengeance en sortant, ou à comment tu t'enverras en l'air : à chacune son caractère.

Au pire un an et demi, avec la paperasse et les rapports de l'Administration pénitentiaire, des psychologues et de tous ces enfants de salauds qui ouvrent ou non les portes selon leur humeur, leur digestion et les cuites qu'ils se tapent. Donc prends tout calmement, garde ta frimousse de petite fille bien élevée, dis à tout le monde oui monsieur, oui madame, à moi ne me casse pas les couilles, et on s'en tirera bien, Mexicaine. J'espère que ça ne te gêne pas qu'on t'appelle Mexicaine. Ici tout le monde a un surnom : il y en a à qui ça plaît, d'autres non. Moi je suis le Lieutenant O'Farrell. Et ça me plaît. Peut-être qu'un jour je te permettrai de m'appeler Pati.

– Pati.

– Quoi ?

– Le livre est super.

– Je te l'avais bien dit.

Elle continuait à garder les yeux fermés, la cigarette fumante à la bouche, et le soleil accentuait les petites taches, semblables à des grains de son, qu'elle avait sur le nez. Elle avait été attirante et, d'une certaine manière, elle l'était encore. Ou peut-être plus agréable que vraiment attirante, avec ses cheveux blonds, son mètre soixante-dix-huit, ses yeux vifs qui semblaient rire tout le temps intérieurement quand ils vous regardaient. Une mère qui avait été Miss Espagne en 1950 et des poussières, mariée avec le O'Farrell des vins et des chevaux de Jerez dont on voyait parfois des photos dans les magazines : un vieux tout ridé et élégant sur fond de barriques et de têtes de taureaux, dans une maison pleine de tapis, de tableaux et de meubles couverts de céramiques et de livres. Il y avait d'autres enfants, mais Patricia était la brebis noire. Une affaire de drogue sur la Costa del Sol, avec mafia russe et trucidés. Son ami qui portait trois ou quatre noms avait été descendu d'une rafale, et elle s'en était tirée de justesse avec deux balles qui l'avaient expédiée pour un mois et demi en réanimation. Teresa avait vu les cicatrices dans les douches et quand Patricia se déshabillait dans leur cellule : deux étoiles marquant la peau dans le dos, près de l'omoplate gauche. La trace de la sortie d'une des deux balles était plus grosse, devant, sous la clavicule. La seconde s'était écrasée contre l'os et avait été extraite sur le billard. Des balles blindées, tel avait été le commentaire de Patricia la première fois que Teresa l'avait contemplée. Si ç'avaient été des dum-dum, je ne te dis pas le désastre. Après quoi elle avait clos l'affaire d'une grimace muette et amusée. Les jours de pluie, cette seconde blessure la faisait souffrir, tout comme Teresa souffrait de la fracture récente de son bras plâtré.

– Qu'est-ce que tu penses d'Edmond Dantès ?

– Edmond Dantès c'est moi, répondit Teresa presque sérieusement, et elle vit les rides autour des yeux de Patricia s'accentuer, sa cigarette trembler sous son sourire. Et moi, dit-elle à son tour. Et toutes celles-là, ajouta-t-elle en désignant la cour sans ouvrir les yeux. Nous sommes toutes des vierges innocentes et nous rêvons à un trésor qui nous attend quand nous sortirons d'ici.

– L'abbé Faria est mort, annonça Teresa en regardant les pages ouvertes du livre. Pauvre vieux.

– Tu vois. Parfois, il faut qu'il y en ait qui crèvent pour que d'autres vivent.

Des détenues passèrent près d'elles, faisant leurs deux cent trente pas en direction du mur. C'étaient des femmes dures, la demi-douzaine du groupe de Trini Sánchez, également connue sous le nom de Makoki III : brune et petite, masculine, agressive, tatouée, un pur spécimen de l'article 10, une habituée du mitard, quatorze ans pour échange de coups de couteau avec son amie de cœur à cause d'un demi-gramme de horse. Celles-là, ce sont des gouines, avait prévenu Patricia la première fois qu'elles les avaient croisées dans le couloir du quartier, quand Trini avait dit quelque chose qui avait fait rire les autres et que Teresa n'avait pas compris car elles parlaient entre elles en code. Mais ne t'inquiète pas, Mexicaine. Elles ne te boufferont la minette que si tu te laisses faire. Teresa ne s'était pas laissé faire et, après quelques avances tactiques dans les douches, dans les toilettes et dans la cour, y compris une tentative de séduction à base de sourires, de cigarettes et de lait condensé à une table du réfectoire, chacune était retournée à sa chacune. Maintenant, Makoki III se contentait de regarder Teresa de loin, sans lui compliquer la vie. En fin de compte, sa camarade de cellule était le Lieutenant O'Farrell. Et avec ça, disait-on, elle était suffisamment servie.

– Salut, Lieutenant.

– Salut, les salopes.

Patricia n'avait même pas ouvert les yeux. Elle avait toujours les mains croisées derrière la nuque. Les autres rirent bruyamment en lâchant quelques joyeuses obscénités et poursuivirent leur route. Teresa les regarda s'éloigner, puis observa sa camarade. Elle avait mis quelque temps à comprendre que Patricia O'Farrell jouissait de privilèges parmi les prisonnières : elle avait plus d'argent que ne l'autorisait le règlement sur le pécule disponible, elle recevait des paquets de l'extérieur et, en prison, cela permettait de bien disposer les autres en sa faveur. Même les matonnes la traitaient avec plus d'égards que les autres. Mais, en plus, il émanait d'elle une autorité qui n'avait rien à voir avec ça. D'une part elle était une fille cultivée, ce qui introduisait une différence importante en un lieu où très peu de détenues étaient allées plus loin que l'école primaire. Elle s'exprimait bien, elle lisait des livres, elle connaissait des gens d'un certain niveau, et il n'était pas rare que les détenues fassent appel à son aide pour rédiger des demandes de permission, des recours en grâce et autres documents officiels relevant d'un avocat qu'elles n'avaient pas – les avocats commis d'office disparaissaient dès lors que le procès se terminait par une condamnation ferme, certains même avant – et qu'elles étaient incapables de se payer. Elle se procurait aussi de la drogue, depuis des pilules ou des cachets de toutes les couleurs jusqu'à de la coke et du shit, et elle ne manquait jamais de papier à rouler ou de papier d'argent pour que les copines puissent se faire un joint ou un rail. En outre, elle n'était pas du genre à se laisser marcher sur les pieds.

On racontait que, lors de son arrivée à El Puerto, une vétérane avait essayé de la provoquer : O'Farrell avait encaissé sans piper mot et, le lendemain matin, alors qu'elles étaient nues dans les douches, elle avait calmé radicalement cette garce en faisant mine de lui planter dans la gorge un clou arraché au support d'une lance à incendie. Plus jamais, tu m'entends, chérie ? Plus jamais. Telles avaient été ses paroles, et elle la fixait de tout près, avec l'eau de la douche qui leur tombait dessus tandis que les autres détenues formaient un cercle comme pour regarder la télé, même si, après, elles avaient juré sur l'âme de leurs plus récents défunts n'avoir rien vu. Et la provocatrice, une caïde qui avait la réputation d'être une violente et qu'on appelait la Valencienne, avait été tout à fait d'accord.

Le Lieutenant O'Farrell. Teresa vit qu'elle avait ouvert les yeux et la regardait, et elle détourna lentement la tête pour que l'autre ne pénètre pas ses pensées. Souvent, les plus jeunes et les plus vulnérables achetaient la protection d'une caïde respectée et dangereuse – c'était la même chose – en échange de faveurs, y compris celles qui découlaient naturellement de l'enfermement sans hommes. Patricia n'avait jamais rien exigé de semblable ; mais Teresa la surprenait parfois en train de l'observer fixement, l'air un peu songeur, comme si, derrière ce regard, elle couvait des arrière-pensées. Elle s'était sentie contemplée ainsi lors de son arrivée à El Puerto : bruits de serrures, de barres et de portes, clang ! clang !, échos de pas, voix impersonnelles des matonnes, et cette odeur de femmes recluses, de linge sale entassé, de matelas mal aérés, de nourriture rance, de sueur et d'eau de Javel, pendant qu'elle se déshabillait, les premiers soirs, ou qu'elle s'asseyait sur la cuvette hygiénique, révoltée au début par cette absence d'intimité et bientôt habituée, pantalon et culotte sur les chevilles, tandis que Patricia, allongée sur son châlit, la regardait sans rien dire, le livre qu'elle était en train de lire – elle en possédait une pleine étagère – posé à l'envers sur son ventre. Patricia l'avait étudiée ainsi constamment, des pieds à la tête, durant des jours, des semaines, et elle continuait à le faire de temps en temps, comme elle la regardait en ce moment, après le passage des filles de Trini Sánchez, alias Makoki III.

Elle revint au livre. Edmond Dantès venait d'être jeté du haut des rochers, dans un sac, les pieds lestés d'un boulet de canon, par ceux qui croyaient avoir affaire au cadavre du vieil abbé. *La mer est le cimetière du château d'If*, lut-elle avidement. J'espère qu'il va s'en sortir, se dit-elle en passant vite à la page suivante et au chapitre suivant. *Dantès, étourdi, presque suffoqué, eut cependant la présence d'esprit de retenir son haleine...* Bon Dieu ! Pourvu qu'il puisse remonter à la surface et revenir à Marseille pour récupérer son bateau et se venger des trois salopards de merde, ces enfants de putain qui se disaient ses amis et qui l'ont vendu d'une manière aussi dégueulasse. Teresa n'avait jamais imaginé qu'un livre puisse captiver l'attention du lecteur au point qu'il ne souhaite plus qu'une chose : retrouver un moment de tranquillité pour le reprendre là où il l'a laissé, avec une petite marque pour ne pas perdre la page. Patricia lui avait donné celui-là après lui en avoir beaucoup parlé, tandis que Teresa s'émerveillait de la voir rester si longtemps absorbée par les pages de ses livres ; de se mettre tout cela dans la tête et de le préférer aux séries de la télévision – elle, elle aimait passionnément les séries mexicaines, qui lui apportaient l'accent de son pays –, aux films et aux concours que les autres détenues se battaient pour voir dans la salle de la télé. Les livres sont des portes qui t'emmènent à l'air libre, disait Patricia. Avec eux tu apprends, tu fais ton éducation, tu rêves, tu imagines, tu vis d'autres vies et tu multiplies la tienne par mille. Trouve-moi quelque chose qui t'en donne davantage pour si peu, Mexicaine. Et ils servent aussi à écarter beaucoup de choses pénibles : rêves, solitude, un tas de merdes comme ça. Parfois je me demande comment vous faites pour tenir le coup, vous qui ne lisez pas. Mais elle n'avait jamais dit : tu devrais en lire un, ou regarde donc celui-ci ou celui-là ; elle avait attendu que Teresa se décide toute seule, après l'avoir surprise à plusieurs reprises en train de jeter un regard curieux sur les vingt ou trente livres qu'elle renouvelait régulièrement, exemplaires de la bibliothèque de la prison ou envoyés de l'extérieur par un membre de sa famille, un ami, ou encore rapportés, contre finances, par des camarades bénéficiant d'une autorisation de sortie. Enfin, un jour, Teresa avait dit : j'aimerais en lire un, parce que je n'ai jamais fait ça. Elle avait dans les mains celui qui s'intitulait *Tendre est la nuit*, ou quelque chose de semblable, titre qui lui semblait follement romantique, et puis l'illustration de la couverture était jolie, une fille élégante et mince avec un chapeau, très distinguée, style années vingt. Mais Patricia avait hoché la tête, le lui avait repris et dit : attends, chaque chose en son temps, avant tu dois en lire un autre qui te plaira davantage. De sorte que, le lendemain, elles étaient allées ensemble à la bibliothèque de la prison et avaient demandé à Marcela Conejo*, la responsable – Conejo était son surnom : c'était de l'eau de Javel de cette marque qu'elle avait mise dans la bouteille de vin destinée à sa belle-mère –, le livre que lisait maintenant Teresa. Il parle d'un prisonnier comme nous, avait expliqué Patricia en la voyant inquiète d'avoir à lire quelque chose d'aussi épais. Et puis regarde : Collection *Sepan Cuántos*, Éditions Porrúa, Mexico. Il vient de là-bas, comme toi. Vous êtes faits l'un pour l'autre.

Une petite rixe avait éclaté à l'extrémité de la cour. Des Arabes et des jeunes gitanes se crêpaient le chignon et s'insultaient à qui mieux mieux. De là, on pouvait voir une fenêtre grillagée du quartier des hommes, où les détenus mâles avaient l'habitude d'échanger, par signes et par cris, des messages avec leurs amies ou compagnes. Plus d'une idylle carcérale se tissait dans ce coin – un prisonnier qui faisait des travaux de plomberie avait réussi à engrosser une détenue pendant les trois minutes que les gardiens avaient mises à les découvrir – et l'endroit était

* Le Lapin.

fréquenté par les femmes qui avaient des intérêts masculins de l'autre côté du mur et des fils de fer. Pour l'heure, trois ou quatre détenues se disputaient et en venaient aux mains, très agressives, par jalousie ou pour conquérir la meilleure place de cet observatoire improvisé, pendant que le garde civil, de son poste, se penchait au-dessus du mur pour voir ce qui se passait. Teresa avait remarqué qu'en prison les femmes avaient plus de cran que bien des hommes. Elles se maquillaient, elles s'arrangeaient avec les codétenues qui étaient coiffeuses, elles aimaient arborer leurs bijoux, surtout celles qui allaient à la messe le dimanche – Teresa, sans même réfléchir, avait cessé de le faire après la mort de Santiago Fisterra – et celles qui avaient une affectation aux cuisines ou dans des zones où il était possible d'avoir un contact avec des hommes. Cela occasionnait aussi des jalousies, des bagarres et des règlements de comptes. Elle avait vu des femmes infliger des raclées incroyables à d'autres pour une discussion, une cigarette, une bouchée d'omelette – les œufs n'étaient pas compris dans le menu, et elles pouvaient se donner des coups de couteau pour un œuf –, un mot de travers ou une question malvenue, avec des coups de poing et de pied qui n'étaient pas de la frime et faisaient saigner les victimes du nez et des oreilles. Les vols de drogue et de nourriture étaient aussi des motifs de bagarres : boîtes de conserve, coke ou cachets disparaissant à l'heure du petit déjeuner, quand les cellules restaient ouvertes. Ou des manquements aux codes non écrits qui régissaient la vie de la prison. Un mois plus tôt, une moucharde qui nettoyait le poste des gardiennes et en profitait pour donner quelques informations sur ses camarades, avait reçu une correction magistrale dans les chiottes de la cour, juste au moment où elle relevait sa jupe pour faire pipi : quatre détenues s'en étaient chargées, les autres masquant la porte, toutes, ensuite, sourdes, aveugles et muettes, et la salope à l'hôpital de la prison, la mâchoire raccommodée avec du fil de fer et plusieurs côtes cassées.

La rixe continuait à l'extrémité de la cour. Derrière la

grille, dans le quartier des hommes, les spectateurs excitaient les adversaires ; et la gardienne-chef, avec deux autres matonnes, traversait la cour à toute allure pour ramener le calme. Teresa revint à Edmond Dantès dont elle était tombée follement amoureuse. Et, pendant qu'elle tournait les pages – le fugitif venait d'être sauvé des eaux par des pêcheurs –, elle sentait rivés sur elle les yeux de Patricia O'Farrell, qui la regardait de la même manière que cette autre femme qu'elle avait tant de fois surprise en train de la guetter dans l'ombre et dans les miroirs.

Elle fut réveillée par la pluie à la fenêtre et ouvrit les yeux, effrayée, dans l'aube grise, parce qu'elle croyait être de nouveau en mer, devant le rocher de León, dans une sphère noire, en train de couler dans les profondeurs tout comme Edmond Dantès sous le linceul de l'abbé Faria. Après le rocher, le choc et la nuit, les jours qui avaient suivi son réveil à l'hôpital, un bras plâtré jusqu'à l'épaule, le corps couvert de contusions et d'écorchures, elle avait reconstitué peu à peu – par les commentaires des médecins et des infirmières, la visite de deux policiers et d'une assistante sociale, le flash d'un appareil photo, les doigts tachés après la prise d'empreintes digitales – les détails de ce qui s'était passé. Cependant, chaque fois que quelqu'un prononçait le nom de Santiago Fisterra, elle faisait d'un coup le vide dans son esprit. Tout ce temps, les sédatifs et son propre état d'esprit l'avaient maintenue dans un demi-sommeil qui rejetait toute réflexion. Pas un instant, au cours de ces quatre ou cinq jours, elle n'avait voulu penser à Santiago ; et quand le souvenir en remontait en elle, elle l'éloignait en replongeant dans cette torpeur qui était largement volontaire. Pas encore, se murmurait-elle. Pas encore, cela vaut mieux. Jusqu'au matin où, en ouvrant les yeux, elle avait vu, assis à côté d'elle, Óscar Lobato, le journaliste du *Diario de Cádiz* qui avait été l'ami de Santiago. Et, près de la porte, debout contre le mur, un autre homme dont le visage lui était vaguement familier. Alors seulement, tandis que celui-ci écoutait sans dire mot – au début, elle l'avait pris pour un policier –, elle avait accepté d'entendre de la bouche de Lobato ce que, de toute manière, elle savait ou avait déjà deviné : que cette nuit-là, le Phantom s'était écrasé à cinquante nœuds contre le rocher en se déchiquetant, et que Santiago était mort sur-le-champ, pendant que Teresa était projetée au milieu des fragments du chris-craft, en se brisant le bras au contact de la surface de l'eau et en coulant à cinq mètres de profondeur.

Elle avait voulu savoir comment elle avait été sauvée. Et sa voix avait un ton étrange, comme si ce n'était plus la sienne. Lobato souriait d'une manière qui adoucissait beaucoup ses traits durs, les marques de son visage et l'expression vide de ses yeux qu'il tournait vers l'homme qui, debout dos au mur, muet, regardait Teresa avec curiosité et presque timidité, comme s'il n'osait pas s'approcher.

– C'est lui qui t'a tirée de là.

Là-dessus, Lobato avait raconté ce qui était arrivé depuis qu'elle avait sombré dans l'inconscience. Après le choc, elle avait flotté un moment, éclairée par le projecteur que l'hélicoptère avait rallumé. Le pilote avait passé les commandes à son camarade pour se jeter à la mer, trois mètres plus bas, et, une fois dans l'eau, il avait ôté son casque et son gilet gonflable pour plonger jusqu'au fond où elle était en train de se noyer. Il l'avait ramenée à la surface, dans l'écume soulevée par les pales du rotor, et de là à la plage, tandis que la HJ cherchait ce qui restait de Santiago Fisterra – les plus gros débris du Phantom n'atteignaient pas cinquante centimètres – et que les phares de l'ambulance s'approchaient par la route. Et pendant que Lobato rapportait tout cela, Teresa regardait le visage de l'homme adossé au mur, qui ne prononçait toujours pas un mot, ne faisait même pas un signe d'acquiescement, comme si ce que racontait le journaliste était arrivé à un autre. Et, enfin, elle avait reconnu l'un des douaniers qu'elle avait aperçus dans la gargote de Kuki, la nuit où les contrebandiers *llanitos* fêtaient un anniversaire. Il a voulu m'accompagner pour voir ta figure, avait expliqué Lobato. Et elle aussi regardait la figure de l'autre, le pilote de l'hélicoptère des Douanes qui avait tué Santiago et l'avait sauvée. En pensant : il faut que je me souvienne de cet homme plus tard, quand je saurai décider si, en le rencontrant de nouveau, je dois le tuer à mon tour, si je peux, ou bien dire : faisons la paix, salaud, hausser les épaules, et adieu. Elle s'était enquise de Santiago, de l'endroit où reposait son corps ; et l'homme qui était contre le mur avait détourné les yeux, Lobato avait dit, la bouche tordue par la tristesse, que le cercueil était en route pour O Grove, son village galicien. Un garçon courageux, avait-il ajouté, avec une tête de circonstance ; et Teresa avait pensé qu'il était peut-être sincère, qu'il avait eu des relations amicales avec lui et qu'il l'appréciait vraiment. C'est alors qu'elle avait commencé à pleurer doucement et en silence, parce que maintenant, oui, elle pensait à Santiago mort, elle voyait son visage immobile, les yeux fermés, comme quand il dormait contre son épaule. Et elle s'était demandé : que vais-je faire maintenant de ce foutu bateau à voile qui est sur la table de la maison de Palmones et que personne ne terminera jamais ? Et elle avait su qu'elle était seule pour la deuxième fois, et, d'une certaine manière, pour toujours.

– C'est O'Farrell qui a vraiment changé sa vie, a répété María Tejada.

Elle avait passé les dernières quarante ou cinquante minutes à tout me raconter. Cela fait, elle était allée dans la cuisine, était revenue avec deux verres d'une infusion et en avait bu un pendant que je relisais mes notes et digérais son récit. L'ancienne assistante sociale de la prison d'El Puerto de Santa María était une femme vigoureuse, énergique, aux longs cheveux gris sans teinture, le regard plein de bonté et la bouche ferme. Elle portait des lunettes rondes à monture métallique et des bagues en or à plusieurs doigts : j'en ai compté au moins dix. J'ai estimé aussi qu'elle devait avoir dans les soixante-dix ans. Elle en avait passé trente-cinq à travailler pour l'Administration pénitentiaire des provinces de Cadix et de Malaga. Il ne m'avait pas été facile de la trouver, car elle avait pris sa retraite depuis peu ; mais Óscar avait fini par savoir où elle vivait. Je me les rappelle bien toutes les deux, avait-elle dit quand je lui avais expliqué au téléphone ce que je cherchais. Venez à Grenade et nous en parlerons. Elle m'avait reçu en chandail et chaussons sur la terrasse de son appartement, dans la partie basse de l'Albaicín, avec toute la ville et la plaine du Darro d'un côté et, de l'autre, l'Alhambra qui se dessinait entre les arbres, dorée et ocre sous le soleil matinal. Une maison avec beaucoup de lumière et des chats partout : sur le canapé, dans le couloir, sur la terrasse. Au moins une demi-douzaine vivants – ça sentait fort, malgré les fenêtres ouvertes – et une vingtaine en tableaux, figurines de porcelaine, statuettes en bois. Il y en avait même qui étaient brodés sur des tapis et des coussins, et, parmi le linge qui séchait sur la terrasse, était pendue une serviette où était dessiné Félix le Chat. Pendant que je révisais mes notes et buvais mon infusion, un tout petit chat tigré m'observait du haut de la commode, comme s'il me connaissait depuis longtemps, et un autre, gros et gris, s'approchait sur le tapis avec des manières de chasseur, comme si mes lacets de soulier étaient une proie légitime. Le reste était réparti dans la maison dans diverses poses et attitudes. Je hais ces bestioles trop silencieuses et trop intelligentes à mon goût – rien ne vaut la solide fidélité d'un chien stupide ; mais j'ai fait contre mauvaise fortune bon cœur. Le travail est le travail.

– O'Farrell lui avait fait découvrir en elle-même des choses dont elle n'imaginait même pas qu'elles pouvaient exister, disait mon hôtesse. Et elle a même commencé à faire un peu son éducation… A sa manière.

Sur la table était posée une pile de cahiers où, pendant des années, elle avait noté les incidents de son travail. Je les ai consultés avant votre venue, m'a-t-elle dit. Pour me rafraîchir la mémoire. Puis elle m'a montré des pages couvertes d'une écriture ronde et appliquée : fiches individuelles, dates, visites, entretiens. Certains paragraphes étaient soulignés. C'était pour le suivi, a-t-elle expliqué. Ma tâche était d'évaluer leur degré d'intégration, de les aider à trouver quelque chose à leur sortie. Là-bas, il y en a qui passent leurs journées à se tourner les pouces et d'autres qui préfèrent être actives. Je leur en facilitais les moyens. Teresa Mendoza Chávez et Patricia O'Farrell Meca. Classées FISP : Fichier des internées à suivre particulièrement. A l'époque, ces deux-là ont beaucoup fait parler d'elles.

– Elles ont été amantes ?

Elle a fermé les cahiers et m'a adressé un long regard inquisiteur. Elle voulait sans doute savoir si ma question correspondait à une curiosité malsaine ou à un intérêt professionnel.

– Je ne sais pas, a-t-elle répondu enfin. C'était le bruit qui courait parmi les filles, bien sûr. Mais vous savez, ce genre de bruits... O'Farrell était bisexuelle. Au moins par nécessité, vous comprenez... Et, c'est vrai, elle avait eu des relations avec quelques détenues avant l'arrivée de Mendoza ; mais pour elles deux, je ne peux rien vous dire avec certitude.

Après avoir mordillé mes lacets de soulier, le gros chat gris se frottait contre mon pantalon en le couvrant de poils. Stoïque, j'ai mordu le bout de mon stylo.

– Combien de temps ont-elles passé ensemble ?

– Un an comme camarades de cellule, puis elles sont sorties à quelques mois d'intervalle... J'ai eu l'occasion de connaître les deux : Mendoza était renfermée et presque timide, très observatrice, très prudente, avec cet accent mexicain qui la faisait paraître si douce et si correcte... Qui aurait pu prévoir la suite, hein ?... O'Farrell était tout l'opposé : amorale, sans inhibitions, prenant toujours une attitude mi-supérieure mi-frivole. Venant du beau monde. Une aristocrate fantaisiste qui aurait condescendu à frayer avec le peuple. Elle savait utiliser l'argent, ce qui, en prison, était un énorme atout. Un comportement irréprochable. Pas une sanction en trois ans et demi, vous vous rendez compte, et pourtant elle se procurait et consommait des stupéfiants… Oui, je vous dis, elle était trop maligne pour se créer des problèmes. Elle semblait considérer son séjour en prison comme des vacances inévitables, et elle attendait que ça passe sans se faire de mauvais sang.

Le chat qui se frottait contre mon pantalon enfonça ses griffes dans une chaussette, et je l'ai écarté d'un discret coup de pied qui m'a valu un bref silence réprobateur de la part de mon interlocutrice. De toute manière, a-t-elle poursuivi après cette interruption embarrassante, en faisant monter le chat sur ses genoux – viens là, Anubis, mon mignon –, O'Farrell était une vraie femme, une adulte, avec sa personnalité ; et la nouvelle venue a été très influencée par elle : une bonne famille, de l'argent, un nom, une culture… Grâce à sa compagne de cellule, Mendoza a découvert l'utilité de l'instruction. Ça, c'est le côté positif de l'influence ; elle lui a inspiré le désir de se dépasser, de changer. Mendoza a lu, elle a étudié. Elle a découvert qu'il ne faut pas dépendre d'un homme. Elle avait des facilités pour les mathématiques et le calcul, et elle a eu l'occasion de les développer dans les programmes d'éducation pour détenues qui permettaient alors de réduire la peine d'un jour par journée d'étude. En un an seulement, elle a réussi l'examen du cours de mathématiques élémentaires, celui de langue et d'orthographe, et elle a beaucoup amélioré son anglais. Elle est devenue une lectrice vorace, et, à la fin, on la trouvait plongée aussi bien dans un roman d'Agatha Christie que dans un livre de voyages ou de vulgarisation scientifique. Et c'est O'Farrell qui lui en a donné le courage. L'avocat de Mendoza était un Gibraltarien qui l'avait laissée tomber peu après son incarcération et, apparemment, il avait gardé tout l'argent, dont je ne sais s'il y en avait beaucoup. A El Puerto de Santa María, Teresa Mendoza n'avait aucun correspondant extérieur – certaines détenues se faisaient faire de faux certificats de concubinage pour pouvoir recevoir la visite de leurs hommes – et personne n'est venu la voir. Elle était complètement seule. C'est donc O'Farrell qui a fait tous les recours pour elle et tous les papiers dans le but d'obtenir la libération conditionnelle et le permis de sortir. S'agissant de quelqu'un d'autre, tout cela aurait probablement facilité sa réinsertion. En recouvrant la liberté, Mendoza a pu trouver un travail décent : elle apprenait vite, elle avait de l'instinct, une tête claire et un QI élevé – l'assistante sociale a consulté ses cahiers – qui dépassait les 130. Malheureusement, son amie O'Farrell était trop dépravée. Certains goûts, certaines amitiés. Enfin, vous voyez. – Elle me regardait comme si elle me soupçonnait de ne rien voir du tout. – Certains vices. Entre femmes, a-t-elle poursuivi, il peut s'instaurer un type d'influence, de liens qui sont plus forts qu'entre hommes. Et puis il y avait ce qu'on a raconté : l'histoire de la cocaïne disparue et tout le reste. Évidemment, en prison – le dénommé Anubis ronronnait pendant que sa maîtresse passait la main sur son échine –, des histoires comme ça, il en court des centaines. C'est pourquoi personne n'a cru que c'était vrai. Absolument personne, a-t-elle insisté après un silence songeur, sans cesser de caresser le chat. Même aujourd'hui, après neuf ans et malgré tout ce qui avait été publié à ce sujet, l'assistante sociale restait convaincue que cette histoire de cocaïne n'était qu'une légende.

– Mais je vois bien comment les choses se sont passées. D'abord c'est O'Farrell qui a changé la Mexicaine ; et ensuite, d'après ce qu'on dit, c'est celle-ci qui s'est complètement emparée de la vie de l'autre. Non ?... Il ne faut jamais faire confiance aux saintes-nitouches.

Quant à moi, je vois toujours le jeune soldat au teint pâle et à l'œil noir ; et quand l'ange de la mort descendra vers moi, je suis sûre que je reconnaîtrai Sélim.

Le jour de ses vingt-cinq ans – on lui avait enlevé le dernier plâtre de son bras une semaine plus tôt –, Teresa mit une marque à la page 579 de ce livre qui la fascinait ; jamais jusque-là elle n'avait imaginé qu'on puisse se projeter avec une telle intensité dans ce qu'on lisait, en arriver à ce stade où lecteur et personnage ne font plus qu'un. Pati O'Farrell avait raison : plus que le cinéma ou la télévision, les romans permettaient de vivre des choses pour lesquelles une seule vie n'aurait pas suffi. Telle était l'étrange magie qui la tenait ligotée à ce volume dont les pages commençaient à tomber de vétusté et que Pati avait fait réparer, ce qui valut cinq jours d'attente impatiente de la part de Teresa, arrêtée dans sa lecture au chapitre XXXVII – *Les catacombes de Saint-Sébastien* –, parce que, avait dit Pati, il ne s'agit pas seulement de lire des livres, Mexicaine, il y a aussi le plaisir physique et le réconfort intérieur de les tenir dans ses mains. Et donc, pour rendre ce plaisir et ce réconfort plus intenses, Pati était allée avec le livre à l'atelier de reliure pour les détenues, et elle avait demandé qu'on découse les cahiers de papier pour les recoudre après soigneusement, et ensuite le relier en carton, bien encollé avec les gardes intérieures en papier de couleur et une jolie couverture grise au dos de cuir brun où l'on pouvait lire en lettres dorées : *Alexandre Dumas*, et dessous : *Le Comte de Monte-Cristo*. Et tout en bas, en caractères plus petits également dorés, T. M. C., initiales du prénom et du nom de Teresa.

– C'est mon cadeau d'anniversaire.

Voilà ce que lui dit Patricia O'Farrell en le lui rendant à l'heure du petit déjeuner, après le premier appel de la journée. Le livre était dans un joli paquet, et Teresa, quand elle l'eut de nouveau dans les mains, lourd et doux avec sa reliure neuve et ses lettres dorées, éprouva le plaisir particulier dont sa compagne lui avait parlé. Pati la regardait, les coudes sur la table, le bol de chicorée dans une main et la cigarette allumée dans l'autre, en épiant sa joie. Elle répéta : joyeux anniversaire, et les autres camarades lui adressèrent aussi leurs vœux, l'année prochaine en liberté, dit l'une, et un bel étalon dans ton lit pour te chanter matines quand tu te réveilleras, voilà ce que je te souhaite. Ensuite, le soir venu, après le cinquième appel, au lieu de descendre au réfectoire pour le dîner – le répugnant flétan pané et les fruits blets de l'ordinaire –, Pati, qui s'était arrangée avec les matonnes, donna une petite fête privée dans leur cellule ; on passa des cassettes de tubes de Vicente Fernández, Chavela Vargas et Paquita la del Barrio, rien que la crème des chanteurs du pays natal, puis, après avoir poussé la porte à demi, Pati sortit une bouteille de tequila qu'elle s'était procurée Dieu sait comment, une authentique Don Julio qu'une matonne avait fait entrer en douce moyennant cinq fois son prix, et elles l'avaient éclusée discrètement, tout au plaisir de cet acte criminel, en compagnie de quelques collègues qui s'étaient jointes à l'orgie, assises sur les châlits, sur la chaise et même sur la cuvette hygiénique comme Carmela, une grande gitane plus âgée qu'elles, de son état voleuse à l'étalage, qui faisait le ménage pour Pati et lui lavait ses draps – ainsi que le linge de Teresa tant qu'elle avait eu le bras dans le plâtre – en échange de quoi le Lieutenant O'Farrell lui versait tous les mois un peu d'argent pour arrondir son pécule. Leur tenaient également compagnie Conejo, la bibliothécaire empoisonneuse, Charito qui était là parce qu'elle avait l'habitude de faire les poches des badauds à la feria du Rocío, à celle d'Avril et bien d'autres, et Pepa Trueno, alias Patte-Noire, qui avait expédié son mari avec un couteau à couper le jambon du bar qu'ils tenaient tous les deux sur la Nationale 4, et qui proclamait fièrement que cette façon radicale de divorcer lui avait coûté vingt ans et un jour mais pas un sou. Teresa passa son semainier d'argent à son poignet droit pour étrenner son bras retrouvé, et les anneaux tintaient joyeusement chaque fois qu'elle buvait. La java dura jusqu'à l'appel de onze heures. On joua aux petits chevaux, qui est le jeu des prisons par excellence, il y avait des boîtes de conserve, et aussi des cachets pour se réchauffer la cramouille – expression imagée de Carmela, avec des éclats de rire d'une reine d'Égypte qui se serait faite femme de ménage –

et des joints suffisamment épais vite devenus fumée, des blagues, des rires, tandis que Teresa pensait : foutue Espagne, foutue Europe, avec leurs règlements et leurs histoires, et leur façon de nous regarder de haut, nous les Mexicains corrompus, impossible ici d'obtenir de la bière, et voyez-moi ça : cachets, shit, une bouteille de temps en temps, suffit d'avoir de quoi payer la matonne qu'il faut pour se priver de rien.

Et Pati O'Farrell avait de quoi. Elle présidait la fête en l'honneur de Teresa un peu à l'écart, en ne la quittant pas des yeux à travers la fumée, un sourire sur les lèvres et dans les yeux, l'air malicieux, distante comme si elle n'avait rien à voir avec elle, pareille à une maman qui mènerait sa fille à un anniversaire avec hamburgers, petits copains et clowns, pendant que Vicente Fernández chantait des histoires de femmes et de trahisons, que la voix rauque de Chavela parlait d'alcool et de coups de feu dans la boue des cantines, et que Paquita la del Barrio clamait que comme un chien/sans un reproche/jour et nuit toujours/je me traîne à tes pieds. Teresa sentait l'assaillir la nostalgie de cette musique et des accents de sa terre natale auxquels manquaient seulement, pour que ce soit complet, un orchestre de rue du Sinaloa et quelques bières Pacífico, engourdie par le haschisch qui brasillait entre ses doigts : passe-moi ton joint une minute, ma fille, juste pour qu'on soit à égalité, j'en ai fumé des pires, vu que, question aller au Maroc, j'en connais un bout. A tes vingt-cinq piges, ma belle, disait Carmela la gitane. Et quand, sur la cassette, Paquita se mit à chanter l'air de trois fois je l'ai trompé et que vint le refrain : la première par défi, la deuxième par caprice, la troisième par plaisir, toutes, ivres, le reprirent en chœur – trois fois je t'ai trompé, salaud, ajoutait d'une voix perçante Pepa Trueno, sans doute en l'honneur de son défunt mari. Elles poursuivirent ainsi jusqu'à ce qu'une matonne de mauvaise humeur vienne leur dire que la fête était terminée ; mais la fête n'en continua pas moins pour toutes les deux, derrière les grilles et les portes bouclées, la lampe posée par terre à côté du lavabo, les images dans l'ombre découpées sur des revues – acteurs de cinéma, chanteurs, paysages, une carte touristique du Mexique – décorant le mur peint en vert et la lucarne voilée de rideaux cousus par Charito la voleuse à la tire qui était adroite de ses mains : Pati sortit une seconde bouteille de tequila et un petit sac de sous son châlit et dit : ça c'est pour nous deux, Mexicaine, c'est pas tout de distribuer, faut se garder la meilleure part. Et avec Vicente Fernández qui chantait, superbe, pour la énième fois *Femmes divines*, et Chavela complètement soûle qui prévenait ne me menace pas, ne me menace pas, elles se passèrent et repassèrent la bouteille et se firent des rails de coke sur la jaquette d'un livre qui s'appelait *Le Guépard* ; après quoi Teresa, le nez enfariné par le dernier rail sniffé : c'est génial, merci pour cet anniversaire, mon Lieutenant, jamais de toute ma vie, etc. Pati protesta en disant que c'était peu de chose et, comme si elle avait l'esprit ailleurs, elle ajouta : et maintenant si ça ne te gêne pas, Mexicaine, je vais me masturber un peu, elle s'allongea sur le dos en quittant ses savates et sa jupe, une jupe large et noire qui lui allait très bien, gardant seulement son tee-shirt. Teresa resta un peu interloquée, la bouteille de Don Julio à la main, sans savoir que faire ni où regarder, jusqu'au moment où l'autre dit tu pourrais m'aider un peu, petite fille, ces choses-là marchent mieux quand on est deux. Alors Teresa hocha doucement la tête. Allons ! Tu sais bien que ce n'est pas mon genre, murmura-t-elle. Pati n'insista pas ; mais, au bout d'un petit moment, Teresa se leva lentement, sans lâcher la bouteille, et alla s'asseoir au bord du châlit de sa camarade, qui avait les cuisses ouvertes et une main au milieu, qu'elle remuait lentement et doucement, et qui faisait cela sans cesser de la regarder dans les yeux, dans la pénombre verdâtre de la cellule. Teresa lui passa la bouteille, Pati but en la tenant de sa main libre et lui rendit la tequila sans cesser de la regarder. Teresa sourit et dit encore une fois : merci pour l'anniversaire, Pati, et pour le livre, et pour la fête. Et Pati gardait toujours les yeux rivés sur elle, pendant qu'elle faisait aller ses doigts agiles entre ses cuisses nues. Alors Teresa se pencha sur son amie, répéta « merci » tout bas et l'embrassa légèrement sur les lèvres, juste cela et rien d'autre, à peine quelques secondes. Et elle sentit que Pati retenait sa respiration sous sa bouche : elle eut plusieurs soubresauts, poussa un gémissement, les yeux soudain très ouverts, puis resta immobile, sans cesser de la fixer.

Sa voix la réveilla avant l'aube.

– Il est mort, Mexicaine.

Elles n'avaient presque pas parlé de lui. D'eux. Teresa n'était pas de celles qui font trop de confidences. Juste quelques allusions, çà et là, à l'occasion. En réalité, elle évitait de parler de Santiago, ou du Güero Dávila. Et même de penser longtemps à l'un ou à l'autre. Elle n'avait pas de photos – les quelques-unes qu'elle possédait d'elle avec le Galicien étaient restées Dieu sait où –, sauf celle où elle figurait à côté du Güero, déchirée en deux : la femme du narco, qui semblait être partie très loin depuis des siècles. Parfois les deux hommes se fondaient en un seul dans son esprit, et cela ne lui plaisait pas. C'était comme leur être infidèle à tous deux en même temps.

– Ne pense pas à ça, répondit-elle.

Elles étaient dans le noir et, au-dehors, le petit matin gris tardait à apparaître. Il faudrait attendre encore deux ou trois heures pour qu'elles entendent les clefs de la matonne de service cogner contre les portes en réveillant les détenues pour le premier appel, et pour qu'elles fassent leur toilette avant de laver leur linge, culottes, tee-shirts et chaussettes, et le mettre à sécher sur les manches à balai fixés au mur en guise de perches. Teresa entendit sa camarade s'agiter sur son châlit. Elle changea elle aussi de position plusieurs fois, pour essayer de se rendormir. Très loin, derrière la porte en fer et dans le long couloir du quartier, résonna une voix de femme. Je t'aime, Manolo, criait-elle. Je te dis que je t'aime. Une autre répondit, plus proche, par une obscénité. Moi aussi je l'aime, intervint, gouailleuse, une troisième voix. Puis on entendit le pas d'une gardienne, et de nouveau le silence. Teresa était allongée sur le dos, en chemise, les yeux ouverts dans l'obscurité, attendant la peur qui allait venir, inexorable, ponctuelle au rendez-vous, dès que la première lueur de l'aube se faufilerait à travers la lucarne de la cellule et les rideaux cousus par Charito la voleuse à la tire.

– Il y a quelque chose que je voudrais te raconter, dit Pati.

Puis elle se tut comme si c'était tout, ou comme si elle n'était pas vraiment sûre de devoir le raconter. Ou peut-être attendait-elle un commentaire quelconque de la part de Teresa. Mais celle-ci ne dit rien : ni oui, raconte-moi, ni non. Elle restait immobile à regarder la nuit.

– J'ai un trésor caché, dehors, ajouta enfin Pati.

Teresa s'entendit rire avant même de penser qu'elle riait.

– Merde alors ! s'exclama-t-elle. Comme l'abbé Faria.

– C'est ça. – Maintenant Pati aussi riait. – Mais moi je n'ai pas l'intention de mourir ici… A vrai dire, je n'ai pas l'intention de mourir du tout.

– Quel genre de trésor ? voulut savoir Teresa.

– Quelque chose qui a disparu, que tout le monde a cherché et que personne n'a trouvé, parce que ceux qui l'ont caché sont morts… C'est comme dans les films, hein ?

– Je ne crois pas que ce soit comme dans les films. C'est comme dans la vie.

Elles restèrent de nouveau silencieuses un moment. Je ne suis pas sûre, pensait Teresa. Je ne suis pas du tout convaincue de vouloir tes confidences, Lieutenant. Peut-être parce que tu m'es supérieure par tes connaissances, par ton intelligence et par l'âge, supérieure en tout, et parce que je vois bien ta manière de me regarder ; ou peut-être parce que ça ne me rassure pas de te sentir jouir quand je t'embrasse. Il y a des choses qu'il vaut mieux ignorer quand on est fatigué. Et cette nuit, je suis très fatiguée, probablement parce que j'ai trop bu, trop fumé, trop sniffé, et que maintenant je ne dors pas. Cette année aussi, je suis très fatiguée. Et cette vie aussi. Pour le moment, le mot demain n'existe pas. Mon avocat n'est venu me voir qu'une fois. Depuis, je n'ai reçu de lui qu'une lettre, où il me dit qu'il a investi le fric dans des tableaux d'artistes, que ceux-ci se sont beaucoup dévalués et qu'il ne reste même pas de quoi me payer un cercueil si je crève. Mais à vrai dire je m'en balance. La seule chose qui soit bien, ici, c'est qu'il n'y a pas plus que ce qu'il y a, et ça évite de penser à ce qu'on a laissé dehors. Ou à ce qui vous attend dehors.

– Ces trésors sont dangereux, dit-elle.

– Bien sûr qu'ils le sont. – Pati parlait comme si elle pesait chaque mot, lentement, à voix très basse. – Moi-même, j'ai payé très cher… Ils m'ont flinguée, tu le sais. Pan ! Pan ! Et je suis ici.

– Et dangereuse, cette saloperie de trésor l'est donc aussi, Lieutenant Pati O'Faria ?

Elles rirent de nouveau toutes les deux dans le noir. Puis il y eut un éclair à la tête du châlit de Pati, qui venait d'allumer une cigarette.

– J'irai quand même le chercher, dit-elle, quand je sortirai d'ici.

– Mais tu n'as pas besoin de ça. Tu as du fric.

– Pas assez. Ce que je dépense ici n'est pas à moi, c'est à ma famille… – Elle avait prononcé le mot *famille* sur un ton ironique. – Et le trésor dont je parle est de l'argent pour de vrai. Beaucoup. Du genre qui en produit encore plus, et plus, beaucoup plus, comme dans le boléro.

– Tu sais vraiment où il est ?

– Bien sûr.

– Et il a un propriétaire ?… Je veux dire un autre propriétaire à part toi ?

La braise de la cigarette brilla un instant. Silence.

– Ça, c'est une bonne question, dit Pati.

– Tu parles. C'est *la* question.

Elles se turent encore une fois. Bien sûr, tu en sais beaucoup plus que moi, pensait Teresa. Toi, tu as l'éducation et la classe, un avocat qui vient te voir de temps en temps et un compte en banque, même si c'est le fric de ta famille. Mais sur ce dont tu me parles là, je sais quelque chose et il est même possible que, pour une fois, j'en sache plus long que toi. Tu as beau avoir deux cicatrices comme des étoiles, un amant au cimetière et un trésor qui t'attend à la sortie, tu as toujours tout vu d'en haut. Moi, pendant ce temps, je regardais tout d'en bas. C'est pourquoi je connais des choses que tu n'as jamais vues. Elles te sont restées étrangères, avec tes jolis cheveux blonds, ta peau si blanche et tes manières distinguées, genre Colonie Chapultepec. Moi, quand j'étais gosse, j'ai vu la boue sur mes pieds nus, à Las Siete Gotas où les ivrognes frappaient à la porte de ma mère au petit matin et où je l'entendais leur ouvrir. J'ai vu aussi le sourire du Gato Fierros. Et le rocher de León. J'ai jeté des trésors à la mer, à cinquante nœuds, avec la HJ collée au cul. Alors ne la ramène pas.

– C'est une question à laquelle il est difficile de répondre, finit par expliquer Pati. Il y a des gens qui l'ont cherché, évidemment. Ils croyaient avoir certains droits... Mais ça fait longtemps. Aujourd'hui, personne ne sait que je suis au courant.

– Et pourquoi me racontes-tu tout ça ?

A deux reprises la braise de la cigarette se fit plus vive, avant que vienne la réponse.

– Je ne sais pas. Ou peut-être si, je sais.

– Je ne t'imaginais pas si bavarde. Je pourrais moucharder, je pourrais raconter l'histoire partout.

– Non. Ça fait longtemps qu'on est ensemble, et je t'observe. Ce n'est pas ton genre.

Un autre silence. Cette fois, plus long que les précédents.

– Tu es discrète et loyale.

– Non. Je suis autre chose.

Teresa vit s'éteindre la braise de la cigarette. Elle éprouvait de la curiosité, mais aussi l'envie que cette conversation se termine. Qu'elle s'arrête et laisse tomber, pensa-t-elle. Je ne veux pas que, demain, elle regrette d'avoir dit des choses qu'elle ne devait pas dire. Des choses qui sont trop loin de moi, là où je ne peux la suivre. En revanche, si elle se rendort, nous pourrons toujours rester muettes sur ce sujet, en imputant la faute à la coke, au fandango et à la tequila.

– Il est possible qu'un jour je te propose de récupérer ce trésor, conclut soudain Pati. Toi et moi, ensemble.

Teresa retint son souffle. Dommage, se dit-elle. Nous ne pourrons plus, désormais, considérer cette conversation comme nulle et non avenue. Ce qu'on dit engage beaucoup plus que ce qu'on fait ou qu'on tait. La pire invention de l'être humain est la parole. Regardez plutôt les chiens : s'ils sont si fidèles, c'est parce qu'ils ne parlent pas.

– Et pourquoi moi ?

Elle ne pouvait pas se taire. Elle ne pouvait pas dire oui ou non. Il fallait une réponse, et cette question était la seule réponse possible. Elle entendit Pati se retourner sur son châlit pour se mettre face au mur avant de répondre.

– Je te le dirai quand le moment sera venu. S'il vient.

8. Des paquets d'un kilo…

– Il y a des gens à qui la chance vient à force de malheurs, a conclu Eddie Álvarez. Et c'est ce qui s'est passé pour Teresa Mendoza.

Les verres de ses lunettes rapetissaient ses yeux circonspects. Il m'avait fallu du temps et un certain nombre d'intermédiaires pour le tenir enfin assis devant moi ; mais il était là, ôtant et remettant à chaque instant ses mains dans les poches de sa veste, après m'avoir dit bonjour du bout des doigts. Nous bavardions à la terrasse de l'hôtel Rock de Gibraltar, avec le soleil qui filtrait à travers le lierre, les palmiers et les fougères du jardin suspendu au flanc du Rocher. Au-dessous, de l'autre côté de la balustrade blanche, la baie d'Algésiras, lumineuse, se dessinait dans la brume bleue de l'après-midi : les ferries blancs à la pointe de leurs sillages rectilignes, la côte de l'Afrique s'esquissant au-delà du Détroit, les bateaux au mouillage, l'étrave pointée vers l'ouest.

– Mais je crois avoir compris qu'au début vous l'y avez aidée, ai-je fait observer. Je veux dire, pour ce qui est des malheurs.

L'avocat cligna deux fois des yeux, fit tourner son verre sur la table et me regarda de nouveau.

– Ne parlez pas de ce que vous ne connaissez pas. – Il y avait du reproche dans sa voix. – Je faisais mon travail. C'est mon gagne-pain. Et à cette époque, elle n'était personne. Impossible d'imaginer…

Il ébauchait quelques grimaces qui semblaient ne s'adresser qu'à lui-même, sans conviction, comme si quelqu'un venait de lui raconter une mauvaise blague, de celles qu'on met du temps à comprendre.

– C'était impossible, répéta-t-il.

– Vous vous êtes peut-être trompé.

– Nous avons été nombreux à nous tromper – ce pluriel semblait le consoler. Et encore, dans cette chaîne d'erreurs, j'étais le moins important.

Il passa une main dans ses cheveux frisés, rares, qu'il laissait pousser trop long et lui donnaient un air minable. Puis il fit de nouveau tourner le large verre sur la table : liqueur de whisky, un aspect chocolaté qui n'avait rien d'appétissant.

– Dans cette vie, tout se paye, dit-il après avoir réfléchi un moment. La différence c'est que certains payent avant, d'autres pendant, et d'autres après... Dans le cas de la Mexicaine, elle avait payé avant... Elle n'avait plus rien à perdre et tout à gagner. Et c'est ce qu'elle a fait.

– On dit que vous l'avez laissée tomber, quand elle était en prison. Sans un centime.

Il semblait véritablement offusqué. Même si, chez un individu possédant ses antécédents – je m'étais renseigné –, cela ne signifiait absolument rien.

– Je ne sais pas ce qu'on vous a raconté, mais c'est inexact. Je peux être aussi réaliste qu'un autre, vous comprenez ?... Dans mon métier, c'est normal. Mais il ne s'agit pas de ça. Je ne l'ai pas laissée tomber.

Cela établi, il exposa une série de justifications plus ou moins crédibles. Teresa Mendoza et Santiago Fisterra lui avaient en effet confié une certaine somme d'argent. Rien d'extraordinaire : certains fonds qu'il était chargé de blanchir discrètement. Le problème était qu'il avait presque tout investi en tableaux : paysages, marines et autres. Deux ou trois portraits de bonne facture. Oui. Le hasard avait voulu qu'il l'ait fait juste après la mort du Galicien. Et les peintres n'étaient pas très connus. En réalité, personne ne les connaissait ; c'est pour ça qu'il les avait achetés. La plus-value, vous comprenez. Mais la crise était venue. Il lui avait fallu vendre jusqu'à la dernière toile, ainsi qu'une petite participation dans un bar de Main Street et quelques autres broutilles. Du total, il avait déduit ses honoraires – il y avait des arriérés, et des affaires pas réglées – et il avait consacré l'argent restant à la défense de Teresa. Cela avait coûté très cher, évidemment. Un vrai trou sans fond. Au bout du compte, elle n'était restée qu'un an en prison.

– On dit, ai-je insisté, que c'est grâce à Patricia O'Farrell : que ce sont les avocats de celle-ci qui ont fait les démarches.

J'ai vu qu'il amorçait le geste de porter une main à son cœur, de nouveau offensé. Il y a renoncé à mi-chemin.

– On dit n'importe quoi. C'est vrai qu'à un certain moment... euh... – il me regardait comme si j'étais un témoin de Jéhovah qui venait de sonner à sa porte – j'ai dû faire face à d'autres obligations. L'affaire de la Mexicaine était au point mort.

– Vous voulez dire que l'argent était épuisé.

– Le peu qu'il y avait eu, oui. Il était épuisé.

– Et alors vous avez cessé de vous occuper d'elle.

– Écoutez... – Il me montrait les paumes de ses mains en les levant un peu, comme si ce geste pouvait être la preuve de sa bonne foi. – C'est mon gagne-pain. Je ne pouvais pas gaspiller mon temps. Les avocats d'office ne sont pas là pour rien. Et puis je vous répète qu'il était impossible de savoir...

– Je comprends. Et, plus tard, elle ne vous a pas demandé des comptes ?

Il s'est réfugié dans la contemplation de son verre posé sur la glace transparente de la table. Cette question semblait réveiller en lui des souvenirs désagréables. Finalement, il a haussé les épaules en manière de réponse et est resté à me regarder.

– Mais après, ai-je insisté, vous avez de nouveau travaillé pour elle.

Il a mis ses mains dans les poches de sa veste, les en a ressorties. Une gorgée au verre, puis de nouveau ce va-et-vient. Peut-être bien, a-t-il admis. Pour une brève période et il y a longtemps. Ensuite, j'ai refusé de continuer. Je suis clean.

Mes informations étaient différentes, mais je ne l'ai pas dit. Au sortir de la prison, m'avait-on rapporté, la Mexicaine l'avait attrapé par les couilles et ne l'avait lâché qu'après en avoir tiré tout ce qu'elle pouvait en tirer d'utile : du moins était-ce ainsi que s'était exprimé le commissaire en chef de Torremolinos. La Mendoza lui a fait chier ses plumes, à cet enfant de putain. Jusqu'à la dernière. Et l'expression allait à Eddie Álvarez comme un gant. On l'imaginait facilement en train de chier des plumes, et le reste. Dis-lui, m'avait recommandé Cabrera pendant que nous mangions dans le port de plaisance de Benalmádena, dis-lui bien que tu viens de ma part. Cette ordure me doit beaucoup, et il ne pourra pas refuser. L'affaire du conteneur de Londres et l'Anglais du hold-up de Heathrow, par exemple. Dis-lui seulement ça, et il te bouffera dans la main. Après, à toi de jouer.

– Dans ce cas, elle n'était pas rancunière, ai-je conclu.

Eddie Álvarez m'a dévisagé avec une prudence professionnelle.

– Pourquoi dites-vous ça ?

– Punta Castor…

J'ai compris qu'il essayait de voir jusqu'à quel point j'étais au courant de ce qui s'était passé. Je n'ai pas voulu le décevoir.

– Le fameux piège, ai-je dit.

Le mot a paru lui faire l'effet d'un laxatif.

– Ne me faites pas marcher… – Il s'agitait, inquiet, sur le siège de bambou et d'osier en le faisant grincer. – Où allez-vous chercher cette histoire de piège ?… Le mot est excessif.

– C'est pour ça que je suis ici. Pour que vous m'expliquiez.

– Bah ! aujourd'hui, ça n'a plus d'importance, a-t-il répondu en saisissant son verre. Pour Punta Castor, Teresa savait que je n'avais rien à voir avec ce qu'avaient tramé Cañabota et ce sergent de la Garde civile. Elle n'a ménagé ni son temps ni sa peine pour tout vérifier. Et quand mon tour est venu... Eh bien, j'ai démontré que j'étais là par hasard. La preuve que je l'ai convaincue, c'est que je suis toujours vivant.

Il est resté songeur, faisant tinter les glaçons dans son verre. Il a bu.

– Malgré l'argent des tableaux, malgré Punta Castor et tout le reste, a-t-il insisté – et l'on eût dit qu'il était le premier surpris –, je suis toujours vivant.

Il a bu de nouveau. Deux fois. Apparemment, le souvenir lui donnait soif. En réalité, a-t-il dit, personne ne visait expressément Santiago Fisterra. Personne. Cañabota et ses employeurs avaient seulement besoin d'un leurre ; il s'agissait de détourner l'attention pendant que la vraie cargaison était déchargée dans un autre endroit. Une pratique courante. C'était tombé sur le Galicien comme ça aurait pu tomber sur un autre. Question de malchance. Il n'était pas de ceux qui parlaient s'ils se faisaient prendre. De plus il venait d'ailleurs, il restait à l'écart, il n'avait pas d'amis ni de sympathies dans la zone... Et surtout ce garde civil ne pouvait pas le blairer. C'est pour ça qu'ils se sont servis de lui.

– Et d'elle.

Il a fait encore une fois grincer son siège en regardant l'escalier de la terrasse, comme si Teresa Mendoza allait soudain y apparaître. Un silence. Encore une gorgée. Puis il a ajusté ses lunettes et dit : hélas ! Il s'est tu de nouveau. Nouvel emprunt au verre. Hélas ! personne ne pouvait imaginer que la Mexicaine deviendrait ce qu'elle était devenue.

– Mais j'insiste : je n'ai rien à voir là-dedans. La preuve, c'est que... Merde. Je vous l'ai déjà dit.

– ... que vous êtes toujours vivant.

– Oui. – Il me regardait d'un air de défi. – Ça prouve ma bonne foi.

– Et eux ? Cañabota et le sergent Velasco... Que sont-ils devenus ?

L'air de défi ne dura pas plus de quelques secondes.

Álvarez battit en retraite. Tu le sais aussi bien que moi, disaient ses yeux, pleins de méfiance. C'était dans tous les journaux. Mais si tu crois que c'est moi qui vais te l'expliquer, tu peux courir.

– Là-dessus, je ne sais rien.

Il fit le geste de se fermer les lèvres avec un zip, tout en adoptant une expression mauvaise et satisfaite : l'expression de l'homme qui a su rester en position verticale plus longtemps que d'autres qu'il a connus. J'ai commandé un café pour moi et une autre liqueur chocolatée pour lui. La rumeur de la ville et du port nous arrivait amortie par la distance. Une voiture est passée sur la route, sous la terrasse, dans un grand bruit de pot d'échappement, en direction du Rocher. Il m'a semblé voir une femme blonde au volant et, près d'elle, un homme vêtu d'une vareuse de marin.

– De toute manière, a poursuivi Eddie Álvarez après avoir réfléchi un peu, tout cela s'est passé après, lorsque les choses ont changé et qu'elle a eu la possibilité de présenter la facture… Et, voyez-vous, je suis sûr qu'en sortant d'El Puerto de Santa María, elle n'avait qu'une idée en tête : disparaître du monde. Je crois qu'elle n'a jamais été une ambitieuse ni une rêveuse… Je parierais même qu'elle n'avait pas d'idées de vengeance. Elle voulait seulement continuer à vivre, et rien de plus. Mais il arrive qu'après vous avoir joué tant de sales tours, la chance finit par vous sourire.

Un groupe de Gibraltariens s'est installé à la table voisine. Eddie Álvarez les connaissait et est allé les saluer. Cela m'a donné l'occasion de l'étudier de loin : sa façon obséquieuse de sourire, de donner la main, d'écouter comme quelqu'un qui attend d'avoir assez d'éléments pour savoir quoi répondre ou comment se comporter. Cela confirmait ce que je pensais : un survivant. Le genre de salopard qui se débrouille toujours pour survivre. C'était la description que m'en avait donnée un autre Eddie, nommé, lui, Campello, également de Gibraltar ; un vieil ami à moi, éditeur de l'hebdomadaire local *Vox*. Ce frèrelà n'a pas assez de couilles pour être un traître, avait dit Campello quand je l'avais questionné sur les relations entre l'avocat et Teresa Mendoza. Le coup de Punta Castor, c'était Cañabota et le garde civil. Álvarez s'est borné à rester avec l'argent du Galicien. Mais cette femme se foutait bien de l'argent. La preuve, c'est que, ensuite, elle a récupéré ce type et l'a fait de nouveau travailler pour elle.

– Et vous savez... – Eddie Álvarez était de retour à notre table. – On dirait que la Mexicaine n'a pas changé : la vengeance ne l'intéresse pas. Ce qui l'intéresse, ce serait plutôt... Comment dire ? Peut-être une simple question pratique, vous comprenez... Dans son monde, on n'aime pas le désordre.

Là-dessus, il m'a raconté une curieuse histoire. Lorsqu'elle avait été envoyée à El Puerto, a-t-il dit, je me suis rendu dans la maison qu'elle habitait avec le Galicien à Palmones, pour tout liquider et la fermer. Et vous savez quoi ? Elle était partie en mer comme tant d'autres fois, en ignorant que ce serait la dernière. Et pourtant tout était rangé dans des tiroirs, chaque chose à sa place. Même dans les armoires, tout était dans un ordre impeccable.

– Bien plus que le calcul impitoyable, l'ambition ou le désir de la vengeance – Eddie Álvarez hochait la tête en me regardant comme si les tiroirs et les armoires expliquaient tout –, je crois que ce qui a toujours guidé Teresa Mendoza, c'est le sens de la symétrie.

Elle finit de balayer la passerelle en bois, se versa un verre, moitié tequila moitié jus d'orange, et alla s'asseoir au bout, pieds nus à demi enterrés dans le sable tiède. Le soleil était encore bas, et ses rayons obliques dessinaient sur la plage les ombres de chaque empreinte de pas en la faisant ressembler à un paysage lunaire. Entre la paillote et le bord de la mer tout était propre et en ordre, dans l'attente des baigneurs qui arriveraient au milieu de la matinée : sous chaque parasol deux chaises longues, soigneusement alignées par Teresa, avec leurs matelas à rayures bleues et blanches bien secoués avant d'être ajustés à leur place. Tout était calme, la mer tranquille, l'eau du rivage silencieuse, et l'éclat du soleil levant se réverbérait, orange et métallique, entre les silhouettes à contre-jour des rares promeneurs : retraités faisant leur petit tour matinal, un couple de jeunes gens avec un chien, un homme solitaire qui regardait la mer près d'une canne à pêche plantée dans le sable. Et au bout de la plage et de toute cette lumière, Marbella derrière les pins, les palmiers et les magnolias, avec les toits de ses villas et ses tours de béton et de verre, s'étalant dans la brume dorée, vers l'est.

Elle savoura une cigarette, dépiautée et recollée, comme d'habitude, avec un peu de haschisch. Tony, qui tenait la paillote, n'aimait pas qu'elle fume autre chose que du tabac en sa présence ; mais à cette heure-ci Tony n'était pas là, les baigneurs n'occupaient pas encore la plage – c'étaient les premiers jours de la saison – et elle pouvait donc fumer tranquillement. Et cette tequila coupée de jus d'orange, ou l'inverse, était du tonnerre. Teresa arrivait à huit heures – café noir sans sucre, pain à l'huile d'olive, un Donut – pour disposer les chaises longues, faire le ménage dans la paillote, placer les chaises et les tables, et elle avait devant elle une journée de travail identique à la précédente et à la suivante : verres sales derrière le comptoir et citrons givrés, sodas, cafés frappés, Cuba libre, eaux minérales au bar et aux tables, la tête près d'éclater et le tee-shirt trempé de sueur sous le toit de palme que traversaient les rayons du soleil : une humidité suffocante qui lui rappelait celle d'Altata, mais avec plus de monde et plus d'odeurs de crème solaire. Il fallait, en outre, affronter la grossièreté des clients : dites donc, je vous ai dit sans glace, hé ! là, je vous ai demandé avec de la glace et un zeste, ne me dites pas que vous n'avez pas de Fanta, je vous avais dit de l'eau plate et vous m'apportez de la gazeuse. Merde. Ces estivants français ou américains, avec leurs bermudas à fleurs et leur peau grasse couleur homard bouilli, leurs lunettes de soleil, leurs enfants braillards et leurs chairs débordant des maillots, tee-shirts et paréos, étaient pires, plus égoïstes et sans-gêne que les clients des boîtes à putes de Dris Larbi. Teresa passait douze heures par jour parmi eux, toujours à aller et venir, sans pouvoir s'asseoir dix minutes, son ancienne fracture au bras souffrant du poids du plateau de consommations, les cheveux divisés en deux nattes et un foulard ceignant son front pour que les gouttes de sueur ne lui dégoulinent pas dans les yeux. Le regard soupçonneux de Tony toujours rivé sur sa nuque.

Mais elle n'avait finalement pas à se plaindre. Il y avait ce moment de la matinée, quand elle avait fini de préparer la paillote et les chaises longues, où elle pouvait rester tranquillement face à la plage et à la mer et attendre, dans la paix. Ou quand, la nuit venue, elle marchait le long du rivage pour regagner sa modeste pension dans la partie ancienne de Marbella, tout comme jadis – des siècles plus tôt – elle le faisait à Melilla, après la fermeture du Djamila. Ce à quoi elle avait eu le plus de mal à s'habituer, au sortir d'El Puerto de Santa María, c'étaient l'agitation de la vie du dehors, les bruits, la circulation, les gens agglutinés sur les plages, la musique assourdissante des bars et des discothèques, la foule qui grouillait sur la côte de Torremolinos à Sotogrande. Au bout d'un an de routine et d'ordre strict, Teresa avait acquis des réflexes qui, aujourd'hui encore, après trois mois de liberté, la faisaient se sentir plus mal à l'aise ici que derrière les barreaux. En prison, on racontait des histoires de détenus condamnés à de longues peines qui, quand ils sortaient, tentaient de retourner dans ce qui était devenu pour eux le seul foyer possible. Teresa n'y avait jamais cru jusqu'au jour où, assise à cette même place, elle avait éprouvé soudain la nostalgie de l'ordre, de la routine et du silence qui régnaient derrière les barreaux. Seuls les déshérités peuvent prendre la prison pour un foyer, avait dit une fois Pati. Ceux qui sont privés de rêves. L'abbé Faria – Teresa avait terminé *Le Comte de Monte-Cristo* et bien d'autres livres, et elle continuait d'acheter des romans qui s'entassaient dans sa chambre de la pension – n'était pas de ceux qui considèrent la prison comme un foyer. Au contraire : le vieux prisonnier voulait sortir pour retrouver la vie qu'on lui avait volée. Comme Edmond Dantès, mais trop tard. Après avoir beaucoup pensé à lui, Teresa était arrivée à la conclusion que le trésor de ces deux-là n'était qu'un prétexte pour rester vivants, rêver de leur fuite, se sentir libres malgré les verrous et les murs du château d'If. Dans le cas du Lieutenant O'Farrell, l'histoire de la coke disparue était aussi, dans son genre, une manière de rester libre. C'était probablement pour cela que Teresa n'y avait jamais tout à fait cru. Quant à la prison comme lieu de refuge pour les déshérités, c'était peut-être vrai. Cela pouvait expliquer cette nostalgie de sa détention qu'elle éprouvait parfois, trop liée au remords ; comme ces péchés dont l'idée vous venait, disaient les prêtres, quand on retournait trop de choses dans sa tête. Et pourtant, à El Puerto de Santa María, tout semblait facile, parce que les mots « liberté » et « demain » étaient seulement des abstractions qui attendaient au bout du calendrier. Aujourd'hui, en revanche, elle vivait enfin dans les pages de ces dates lointaines qui, des mois plus tôt, n'étaient que des chiffres sur le mur et qui, soudain, étaient devenues des jours de vingt-quatre heures et des petits matins gris qui continuaient de la trouver éveillée.

Et maintenant ? s'était-elle demandé hors des murs de la prison en voyant la rue s'ouvrir devant elle. La réponse avait été facilitée par Pati O'Farrell, qui l'avait recommandée à des amis patrons de paillotes sur les plages de Marbella. Ils ne te poseront pas de questions et ne t'exploiteront pas trop, avait-elle dit. Ils ne coucheront pas non plus avec toi, si tu ne te laisses pas faire. Ce travail rendait possible la liberté conditionnelle de Teresa – elle avait encore un an à purger pour être en règle avec la justice – avec, pour seule obligation, d'avoir un domicile fixe et de se présenter une fois par semaine au commissariat local. Cela lui donnait aussi de quoi payer la chambre de la pension de la rue San Lázaro, les livres, la nourriture, de quoi s'habiller, les cigarettes et les tablettes de shit marocain – s'offrir quelques rails de coke était pour le moment hors de ses moyens – pour égayer les Bisonte qu'elle fumait dans les moments de répit, parfois un verre à la main, dans la solitude de sa chambre ou de la plage, comme en ce moment.

Une mouette descendit en planant, vint frôler le bord de l'eau, à la recherche d'une proie, et repartit vers le large, le bec vide. Va te faire voir, pensa Teresa en tirant une bouffée et en la voyant s'éloigner. Saloperie de putain ailée. Autrefois, elle avait aimé les mouettes ; elle les trouvait romantiques, jusqu'au moment où elle avait commencé à les voir tourner autour du Phantom dans le Détroit, et surtout un jour, au début, quand ils avaient eu une panne en essayant le moteur : Santiago avait travaillé longtemps à le réparer, elle s'était allongée pour se reposer, et il lui avait conseillé de se couvrir le visage car, avait-il dit, elles étaient capables de lui donner des coups de bec si elle s'endormait. Le souvenir revint avec des images bien précises : l'eau calme, les mouettes posées sur la mer autour du chris-craft ou tournoyant au-dessus, Santiago à l'arrière, le capot noir du moteur dans le cockpit et lui enduit de cambouis jusqu'aux coudes, le torse nu avec le tatouage du Christ sur un bras et, sur l'autre épaule, ces initiales dont elle n'avait jamais pu savoir qui elles désignaient.

Elle tira d'autres bouffées, en laissant le haschisch répandre l'indifférence dans ses veines vers le cœur et le cerveau. Elle essayait de ne pas trop penser à Santiago, de la même manière qu'elle essayait qu'un mal de tête – qui, récemment, l'assaillait souvent – ne s'installe pas complètement, et, quand elle en ressentait les premiers symptômes, elle prenait deux aspirines avant qu'il ne soit trop tard et que la douleur ne reste là pendant des heures, en l'enveloppant dans un nuage de malaise et d'irréalité qui la laissait épuisée. Plus généralement, elle voulait penser le moins possible : ni à Santiago, ni à personne, ni à rien ; elle avait découvert trop d'incertitudes et d'horreurs à l'affût dans chaque pensée, au-delà de celles qui concernaient le présent immédiat et les questions pratiques. Parfois, surtout quand elle était couchée et qu'elle ne parvenait pas à trouver le sommeil, elle ne pouvait éviter de se souvenir. Mais du moment que ce regard en arrière n'était pas accompagné de réflexions, il ne lui causait ni satisfaction ni douleur ; juste une sensation de dérive vers nulle part, la dérive d'un bateau qui laissait derrière lui les gens, les objets, les moments.

C'était pour cela qu'elle fumait du haschisch. Non tant pour le plaisir de jadis, qu'elle connaissait encore, que parce que la fumée dans ses poumons – c'est peut-être celui que j'ai apporté du Maroc en paquets de vingt kilos, pensait-elle parfois, amusée du paradoxe, quand elle raclait le fond de son porte-monnaie pour payer un humble joint – accentuait cet éloignement qui ne lui procurait pas davantage de consolation ni d'indifférence, mais une douce torpeur, car elle n'était plus toujours sûre que c'était bien elle qu'elle contemplait ou dont elle se souvenait ; comme s'il y avait plusieurs Teresa tapies dans sa mémoire, aucune n'ayant de rapport direct avec l'actuelle. Peut-être que la vie est ainsi faite, se disait-elle, déconcertée, et que le passage des ans, la vieillesse quand elle arrive ne sont rien d'autre que regarder en arrière et voir les personnes étrangères que nous avons été et dans lesquelles nous ne nous reconnaissons pas. Cette idée en tête, elle sortait parfois la photo déchirée, elle avec son gentil visage de femme-enfant, son jean et son blouson, et le bras du Güero Dávila sur ses épaules, ce bras amputé et rien d'autre, tandis que les traits de l'homme qui n'était plus sur la moitié de photo se mêlaient dans son souvenir à ceux de Santiago Fisterra, comme si les deux n'avaient été qu'un, dans un mouvement inverse de celui de la jeune femme aux grands yeux noirs, éclatée en tant de femmes différentes qu'il était impossible de la recomposer en une seule. Ainsi méditait Teresa de temps en temps, jusqu'au moment où elle se rendait compte que là, justement, résidait, ou pouvait résider, le piège. Alors elle appelait à l'aide le vide dans son esprit, la fumée qui parcourait lentement ses veines, et la tequila qui la calmait par son goût familier et par la torpeur qui l'envahissait à chaque excès. Et ces femmes qui lui ressemblaient, et celle, sans âge, qui les regardait toutes de l'extérieur, restaient en arrière, flottant comme des feuilles mortes sur l'eau.

C'était pour cela aussi qu'elle lisait tant, maintenant. Lire, elle l'avait appris en prison, et surtout des romans, lui permettait d'habiter sa tête d'une manière différente : comme si, dans cet effacement des frontières entre réalité et fiction, elle pouvait être la spectatrice de sa propre vie. Lire ne permettait pas seulement d'apprendre, cela aidait à penser différemment, ou mieux : parce que, dans ces pages, d'autres pensaient pour elle. C'était plus intense que le cinéma ou les téléfilms où l'on avait des histoires concrètes avec les voix et les visages d'actrices ou d'acteurs ; tandis que, dans les romans, on pouvait appliquer son propre point de vue à chaque situation, à chaque personnage. Y compris à la voix du narrateur : parfois narrateur connu ou anonyme, parfois soi-même. Parce que, page après page – elle l'avait découvert avec plaisir et surprise –, on réécrit soi-même l'histoire. En sortant d'El Puerto, Teresa avait continué à lire, guidée par des intuitions, des titres, des premières lignes, des illustrations de couverture. Et maintenant, outre son vieux *Monte-Cristo* relié en cuir, elle avait ses livres à elle qu'elle achetait petit à petit, éditions bon marché qu'elle trouvait dans la rue ou chez des bouquinistes, ou des livres de poche qu'elle acquérait après s'être longuement promenée entre les tourniquets de certains magasins. Elle avait lu ainsi des romans écrits par des hommes et des femmes du temps passé dont les portraits figuraient sur les rabats ou au dos des couvertures, et aussi des romans modernes qui parlaient d'amour, d'aventures, de voyages. Parmi tous ceux-ci, ses préférés étaient *Gabriela, girofle et cannelle*, écrit par un Brésilien nommé Jorge Amado, *Anna Karénine*, qui était la vie d'une aristocrate russe racontée par un autre Russe, et *Un conte de deux villes* qui la fit pleurer, à la fin, quand le courageux Anglais – il s'appelait Sidney

Carton – consolait la jeune fille terrorisée en lui prenant la main pour marcher à la guillotine. Elle lut aussi ce livre sur un médecin marié à une millionnaire que Pati lui avait conseillé, au début, de laisser pour plus tard ; et un autre, très étrange, difficile à comprendre, mais qui l'avait subjuguée, car elle avait reconnu, dès les premières lignes, la terre, le langage et l'âme des personnages qui défilaient dans ses pages. Le livre s'appelait *Pedro Páramo*, et même si Teresa n'arrivait pas à en démêler le mystère, elle y revenait sans cesse, l'ouvrant au hasard pour en relire des pages et des pages. La manière dont les mots y couraient la fascinait comme si elle entrait dans un lieu inconnu, ténébreux, magique, lié à quelque chose qu'elle-même possédait – cela, elle en était sûre – dans un lieu obscur de son sang et de sa mémoire : *Je suis venu à Comala parce qu'on m'avait dit que là vivait mon père, un certain Pedro Páramo...* Et ainsi, après toutes ses lectures à El Puerto de Santa María, Teresa continuait à accumuler des livres, l'un après l'autre, le jour de congé hebdomadaire, les nuits où le sommeil la fuyait. Même la peur familière de la lumière grise de l'aube, ces moments qui se faisaient insoutenables, pouvait être parfois tenue en respect en ouvrant le livre qui était sur la table de nuit. De la sorte, Teresa s'aperçut que ce qui n'était qu'un objet inerte d'encre et de papier prenait vie quand quelqu'un en tournait les pages et en parcourait les lignes, en y projetant son existence, ses passions, ses goûts, ses qualités et ses défauts. Et maintenant elle était certaine de ce qu'elle avait entrevu au début, quand elle commentait avec Pati O'Farrell les aventures de l'infortuné puis fortuné Edmond Dantès ; qu'il n'y a pas deux livres semblables, parce qu'il n'y a jamais eu deux lecteurs semblables. Et que chaque livre lu est, comme chaque être humain, un livre singulier, une histoire unique et un monde à part.

Tony arriva. Encore jeune, barbu, un anneau à l'oreille, la peau bronzée par de nombreux étés de Marbella. Un tee-shirt sur lequel s'étalait le taureau d'Osborne. Un professionnel de la côte, habitué à vivre des touristes, sans complexes. Sans sentiments apparents. Depuis qu'elle était là, Teresa ne l'avait jamais vu fâché ni de bonne humeur, s'enthousiasmer ou être déçu. Il gérait la paillote avec une efficacité froide, gagnait bien, était poli avec les clients et inflexible avec les casse-pieds et les hargneux. Il gardait sous le comptoir une batte de base-ball pour les cas d'urgence et servait gratuitement des cafés arrosés de cognac le matin et des gin tonics en dehors des heures de service aux policiers municipaux qui patrouillaient sur les plages. Quand Teresa était allée le trouver, en sortant d'El Puerto, Tony l'avait regardée puis dit que des amis d'une amie lui avaient demandé de lui donner du travail, et que c'était pour ça qu'il l'engageait. Pas de drogue ici, pas d'alcool devant les clients, pas de coucheries avec eux, et si tu mets la main dans la caisse, je te flanque à la porte ; et, dans ce dernier cas, avec en prime mon poing dans la figure. Les journées sont de douze heures, plus le temps que tu mettras à desservir après la fermeture, et tu commences le matin à huit heures. C'est à prendre ou à laisser. Teresa avait pris. Elle avait besoin d'un job légal pour justifier son statut de liberté conditionnelle, pour manger, pour dormir sous un toit. Tony et sa paillote n'étaient ni meilleurs ni pires qu'autre chose.

Elle termina son joint, la braise lui brûlant les doigts, et liquida d'une dernière gorgée le fond de tequila au jus d'orange. Les premiers baigneurs arrivaient avec leurs serviettes et leurs crèmes solaires. Le pêcheur à la ligne était toujours au bord de la mer et le soleil montait dans le ciel en réchauffant le sable. Un homme bien bâti faisait des exercices au-delà des transats, luisant de sueur comme un cheval après une longue course. Elle pouvait presque sentir l'odeur de sa peau. Elle le contempla un moment : le ventre plat, les muscles du dos tendus à chaque flexion et à chaque mouvement du torse. Il s'arrêtait de temps en temps pour reprendre son souffle, mains sur les hanches et tête baissée, le regard au sol comme s'il réfléchissait, et elle l'observait perdue dans ses propres pensées. Ventres plats, muscles dorsaux. Hommes à la peau tannée sentant la sueur, en rut sous le pantalon. Bah ! Si faciles à mener à sa guise, et pourtant si difficiles, bien qu'ils soient tellement prévisibles. Et ce qu'une fille pouvait devenir simple quand elle ne pensait qu'avec son entrecuisse, ou même quand elle pensait tout court et tellement que ça finissait de la même manière, prise au piège à force d'avoir voulu se croire intelligente. Depuis sa libération, Teresa avait eu une seule relation sexuelle : un jeune serveur de paillote à l'autre bout de la plage, un samedi soir où, au lieu de rentrer, elle était restée là, pour prendre quelques verres et fumer un peu, assise sur le sable en regardant les lumières des bateaux de pêche au loin et en se forçant à ne pas se souvenir. Le serveur était arrivé juste à ce moment-là, vif et sympathique ; il l'avait même fait rire, et ils avaient fini quelques heures plus tard dans sa voiture, sur un terrain vague près des arènes. Une rencontre improvisée à laquelle Teresa avait assisté avec plus de curiosité que de désir réel, concentrant son attention sur elle-même, sur ses propres réactions et ses sentiments. Le premier homme depuis un an et demi : pour ça, beaucoup de ses camarades de prison auraient renoncé à des mois de liberté. Mais elle avait mal choisi le moment et la compagnie, aussi inadéquate que son état d'esprit. La faute, avait-elle décidé ensuite, en revenait à ces lumières sur la mer noire. Le serveur, un garçon semblable à celui qui faisait ses exercices sur la plage près des chaises longues – et c'était pour ça que le souvenir lui en revenait maintenant –, s'était avéré égoïste et maladroit ; et la voiture, le préservatif qu'elle lui avait fait mettre après avoir perdu beaucoup de temps à trouver une pharmacie de garde n'avaient pas arrangé les choses. Une rencontre décevante ; incommode, ne serait-ce qu'à cause du mal qu'elle avait dû se donner pour ouvrir la fermeture éclair de son jean dans un espace aussi réduit. L'affaire terminée, l'autre avait visiblement eu envie d'aller se coucher, et Teresa s'était retrouvée insatisfaite et furieuse contre elle-même et plus encore contre la femme muette qui la regardait derrière le reflet de la braise de sa cigarette dans le pare-brise : un petit point lumineux semblable à ceux des pêcheurs qui travaillaient dans la nuit et dans sa mémoire. Elle avait donc renfilé son pantalon, elle était descendue de la voiture, tous deux s'étaient dit au revoir, à bientôt, et, en se séparant, ils ne s'étaient même pas demandé leur nom – et que celui pour qui cela pouvait avoir de l'importance aille se faire voir. Cette nuit-là, de retour à la pension, Teresa avait pris une longue douche brûlante, puis s'était soûlée toute nue sur le lit, à plat ventre, jusqu'à ce qu'elle vomisse longtemps, prise de nausées de bile, et finisse par s'endormir, une main entre les cuisses, les doigts dans le sexe. Elle entendait des bruits de Cessna et de moteur de chriscraft, et aussi la voix de Luis Miguel qui chantait sur la cassette, sur la table de nuit : s'ils nous le permettent/s'ils nous le permettent/nous nous aimerons toute la vie.

Elle s'était réveillée, cette même nuit, tremblante dans l'obscurité, parce qu'elle venait de comprendre enfin, dans son rêve, le sens du roman de Juan Rulfo que, jusque-là, elle n'avait pas réussi à saisir malgré tous ses efforts : *Je suis venu à Comala parce qu'on m'avait dit que là vivait mon père.* Bien sûr. Les personnages de cette histoire étaient tous morts, et ils ne le savaient pas.

– On te demande au téléphone, dit Tony.

Teresa laissa les verres sales dans l'évier, posa le plateau sur le comptoir et alla à l'autre bout du bar. Un jour dur agonisait, un jour de chaleur, d'hommes vulgaires assoiffés et de vieilles avec lunettes de soleil et tétasses à l'air – certaines n'avaient aucune pudeur –, réclamant à chaque instant de la bière et des sodas ; et elle avait la tête et les pieds brûlants à force de marcher entre les chaises longues comme sur un brasier, d'aller de table en table et de transpirer à flots dans ce micro-ondes de sable aveuglant. Certains baigneurs commençaient à partir, mais elle avait encore quelques heures de travail devant elle. Elle s'essuya les mains à son tablier et saisit le téléphone. Le répit momentané et l'ombre ne la soulagèrent pas vraiment. Personne ne l'avait appelée depuis sa sortie d'El Puerto, ni là ni ailleurs, et elle ne pouvait pas imaginer de raisons pour que quelqu'un le fasse maintenant. Tony devait penser la même chose, car il l'observait du coin de l'œil, tout en essuyant les verres qu'il alignait sur le bar. Cet appel, conclut Teresa, ne laissait rien présager de bon.

– Oui ? dit-elle, soupçonneuse.

Elle reconnut la voix dès la première parole, sans avoir besoin que l'autre dise : c'est moi. Jour et nuit, pendant un an, elle n'avait fait que l'entendre. Et donc elle sourit, et puis elle rit, d'un rire joyeux et éclatant. Salut, mon Lieutenant. Ça fait du bien de t'entendre, ma vieille. Où en es-tu de cette chienne de vie, etc. Elle riait, follement heureuse de retrouver à l'autre bout du fil le ton plein de certitude et d'aplomb de celle qui savait prendre les choses comme elles avaient toujours été. De celle qui se connaissait elle-même et qui connaissait les autres parce qu'elle savait les regarder, parce qu'elle l'avait appris des livres, de l'éducation et de la vie, y compris dans les silences autant ou plus que dans les paroles des gens. Et en même temps elle pensait dans un coin de sa tête : dis donc, n'exagère pas, ah ! si je pouvais parler comme ça de but en blanc, faire un numéro de téléphone après tout ce temps passé et dire avec un tel naturel comment vas-tu, Mexicaine, j'espère que tu as pensé à moi pendant que tu te tapais la moitié de Marbella, maintenant que personne ne veille plus sur toi. On va se voir, sinon prépare-toi à numéroter tes abattis. Alors Teresa avait demandé si elle était vraiment dehors, et Pati O'Farrell avait répondu, entre deux éclats de rire : bien sûr que je suis dehors, idiote, dehors depuis trois jours et je m'éclate, je m'éclate dans tous les sens, à l'endroit et à l'envers, en haut, en bas et par tous les côtés, je ne dors pas et on ne me laisse pas dormir, et je te jure que je ne m'en plains pas. Et dans tout ça, chaque fois que je reprends mon souffle ou ma conscience, je me mets à chercher ton numéro de téléphone, enfin je te trouve, il était temps, pour t'annoncer que ces salopes de matonnes de merde n'ont pas pu venir à bout du vieil abbé, qu'au château d'If ils peuvent aller se faire mettre, et que l'heure est venue qu'Edmond Dantès et l'ami abbé aient une conversation longue et civilisée en un lieu où le soleil pénètre autrement qu'à travers des grilles comme si nous étions des catchers dans ce base-ball des gringos auquel vous jouez dans ton foutu Mexique. Mon idée est donc que tu prennes un autobus, ou un taxi si tu as de l'argent, ou ce que tu voudras, pour venir à Jerez, parce que demain on donne une petite fête en mon honneur et que – vu qu'il n'y a pas de Cortés sans Moctezuma – je reconnais que sans toi les fêtes ne sont pas des vraies fêtes. Tu vois, mon cœur. C'est comme en prison. L'habitude.

C'était vraiment une fête. Une fête dans un domaine de Jerez, de ceux où une éternité s'écoule entre le portail de l'entrée et la maison qui est au fond, au bout d'un long chemin de terre et de gravier, avec voitures de luxe garées devant la porte, et des murs ocre et blancs de chaux, des fenêtres grillagées qui rappelèrent à Teresa – foutue parenté, pensa-t-elle – les vieilles haciendas mexicaines. La maison était du genre dont on voit les photos dans les magazines : meubles rustiques que la vieillesse ennoblissait, tableaux noircis aux murs, sols de carreaux rougeâtres et poutres au plafond. Et une centaine d'invités qui buvaient et bavardaient dans deux grands salons et sous la véranda couverte d'un treillis qui s'étendait derrière, cernée par un bar abrité, un énorme barbecue avec un four à rôtir, et une piscine. Le soleil déclinait, et la lumière ocre et pulvérulente donnait une consistance quasi matérielle à l'air brûlant, sur des horizons d'ondulations semées de ceps verdoyants.

– Ta maison me plaît, dit Teresa.

– J'aimerais bien que ce soit la mienne !

– Mais elle appartient à ta famille.

– Entre ma famille et moi, il y a une sacrée distance.

Elles étaient assises sous le treillis de la véranda dans des fauteuils en bois avec des coussins de lin, un verre à la main, et elles regardaient les gens s'agiter autour d'elles. Tout s'accorde, décida Teresa, les gens, le lieu, les voitures à la porte. Au début, elle s'était fait du souci pour son jean, ses chaussures à talons et son chemisier simple, particulièrement quand, à son arrivée, certains l'avaient regardée avec étonnement ; mais Pati O'Farrell – ensemble de coton mauve, jolies sandales de cuir repoussé, cheveux blonds aussi courts que d'habitude – l'avait rassurée. Ici, chacun s'habille comme il veut, avait-elle dit. Et tu es très bien comme tu es. D'ailleurs, avec ces cheveux tirés en arrière et la raie au milieu, tu es ravissante. Très racée. Tu ne t'étais jamais coiffée ainsi en cabane.

– La cabane, on n'y fait pas de fêtes.

– On en a pourtant fait quelques-unes.

Elles rirent à ce souvenir. Elle constata qu'il y avait de la tequila, et des alcools de toutes sortes, et des soubrettes en uniforme qui circulaient dans l'assistance avec des plateaux de canapés. La classe. Deux guitaristes flamencos jouaient au milieu d'un groupe d'invités. La musique, joyeuse et mélancolique à la fois, comme par rafales, allait bien au lieu et au paysage. Parfois ils se mettaient à battre des paumes, des jeunes femmes esquissaient des pas de danse, sévillanes ou flamencos, un peu pour rire, et bavardaient avec leurs compagnons ; Teresa enviait la désinvolture qui leur permettait d'aller et venir, de saluer, converser, fumer avec la même distinction que Pati, un bras replié contre les côtes, la main soutenant un coude et l'avant-bras à la verticale, la cigarette entre l'index et le médium. Peut-être, conclut-elle, que ce n'est pas la plus haute société ; mais c'est fascinant de les regarder, si différents des gens qu'elle avait connus avec le Güero Dávila à Culiacán, à des milliers de kilomètres et d'années de son passé le plus proche et de ce qu'elle n'était pas et ne serait jamais. Même Pati lui semblait être un lien irréel entre ces mondes différents. Et Teresa, comme si elle regardait de l'extérieur une brillante devanture, ne perdait pas un détail des chaussures de ces femmes, de leur maquillage, de leur coiffure, de leurs bijoux, de leurs parfums, de leur manière de tenir un verre ou d'allumer une cigarette, de rejeter la tête en arrière pour rire, la main posée sur le bras de l'homme avec qui elles parlaient. C'est comme ça qu'il faut faire, décida-t-elle, et j'aimerais bien apprendre. C'est comme ça qu'on se comporte, qu'on rit ou qu'on se tait ; comme elle l'avait imaginé dans les romans et non comme on fait semblant au cinéma ou à la télévision. Et c'était merveilleux de pouvoir regarder en étant quantité si négligeable que nul ne se souciait d'elle ; observer avec attention pour se rendre compte que la majorité des invités mâles avaient passé la quarantaine, vêtus de façon informelle, chemises ouvertes sans cravate, vestes sombres, bonnes chaussures et montres de prix, peaux bronzées et pas vraiment par le travail aux champs. Quant à elles, elles se divisaient en deux types très définis : des filles bien faites avec de longues jambes, certaines habillées de façon un peu ostentatoire, bijoux vrais ou faux ; et d'autres mieux vêtues, plus sobres, avec moins de clinquant et moins de maquillage, sur qui la chirurgie plastique et l'argent – l'une étant la conséquence de l'autre – paraissaient naturels. Les sœurs de Pati, qui étaient présentes à la fête, appartenaient au second groupe : le nez rectifié, la peau tirée par des opérations, des cheveux blonds avec des mèches, un accent andalou marqué mais distingué, des mains qui n'avaient jamais fait la vaisselle, des robes de grands couturiers. L'aînée avait dans les cinquante ans, l'autre dans les quarante. Elles ressemblaient à Pati par le front, l'ovale du visage, une certaine façon de pincer les lèvres en parlant ou en souriant. Elles avaient inspecté Teresa de haut en bas avec la même manière d'arquer les sourcils, deux accents circonflexes qui vous jugeaient et vous rejetaient en quelques secondes, avant de revenir à leurs occupations mondaines et à leurs invités. Une paire de truies, avait commenté Pati quand elles avaient tourné le dos, juste au moment où Teresa pensait : qu'est-ce que je peux avoir l'air nulle, avec mon allure de contrebandière, j'aurais peut-être dû m'habiller autrement, mettre les anneaux d'argent et une jupe au lieu du jean, des chaussures à talons et de ce vieux chemisier qu'elles ont regardé comme si c'était un oripeau. L'aînée, expliqua Pati, est mariée à un idiot, ce chauve ventru qui rigole, là-bas, et l'autre fait marcher mon père comme elle veut. D'ailleurs, elles le font marcher toutes les deux.

– Ton père est là ?

– Grand Dieu ! bien sûr que non. – Pati fronçait le nez avec élégance, le verre de whisky on the rocks à la main, sans eau et à demi rempli. – Le vieux con vit retranché dans son appartement de Jerez... La campagne lui donne des allergies. – Elle rit méchamment. – Le pollen et tout ça.

– Pourquoi m'as-tu invitée ?

Sans la regarder, Pati finit de porter le verre à ses lèvres.

– J'ai pensé, dit-elle, la bouche humide, que ça te plairait de boire un verre.

– Il y a des bars, pour boire des verres. Et ici, ce n'est pas mon milieu.

Pati posa le verre sur la table et alluma une cigarette. La précédente se consumait encore sur la table.

– Ce n'est pas non plus le mien. Ou en tout cas pas vraiment. – Elle promena un regard méprisant sur les alentours. – Mes sœurs sont totalement stupides : organiser une réception, c'est leur manière de concevoir la réinsertion sociale. Au lieu de me cacher, elles m'exhibent, tu comprends ? Comme ça, elles montrent qu'elles n'ont pas honte de la brebis égarée... Ce soir, elles iront dormir le con froid et la conscience tranquille, comme il se doit.

– Tu es peut-être injuste avec elles. Peut-être qu'elles se réjouissent vraiment.

– Injuste ?... Ici ? – Elle se mordit les lèvres avec un sourire méchant. – Tu te rends compte que personne ne m'a encore demandé comment s'était passée la prison ?... Sujet tabou. Rien que bonjour ma belle, tu as une mine superbe. Comme si j'étais partie en vacances dans les Caraïbes.

Son ton est plus léger qu'à El Puerto, pensa Teresa. Plus frivole et plus loquace. Elle dit les mêmes choses et de la même manière, mais il y a quelque chose de différent, comme si, ici, elle se voyait obligée de me donner des explications qui, dans notre vie antérieure, étaient inutiles. Elle avait observé Pati depuis le premier moment, quand elle s'était écartée d'un groupe d'amis pour la recevoir puis l'avait laissée seule à plusieurs reprises pour circuler parmi les invités. Teresa avait mis du temps à bien la reconnaître. A lui attribuer vraiment les sourires qu'elle lui voyait faire de loin, les gestes de complicité avec des gens qui, à elle, lui étaient étrangers, les cigarettes qu'elle acceptait en penchant la tête pour se faire donner du feu tout en jetant de temps à autre un regard à Teresa qui continuait à ne pas se sentir à sa place, sans s'approcher de personne parce qu'elle ne savait pas quoi dire, et sans que personne s'approche d'elle pour lui adresser la parole. Finalement Pati était revenue, et elles étaient allées s'asseoir dans les fauteuils de la véranda ; alors seulement, elle avait commencé à la reconnaître, petit à petit. Et c'était vrai que, maintenant, elle expliquait trop les choses, en les justifiant comme si elle n'était pas sûre que Teresa les comprenne, ou – pensa-t-elle soudain – les approuve. Une telle éventualité lui donna à réfléchir. Il est possible, osa-t-elle avancer après avoir beaucoup agité la question dans sa tête, que les légendes personnelles qui se forgent derrière les barreaux n'aient aucune valeur au-dehors, et que, une fois en liberté, il faille replacer le personnage dans son nouveau cadre. Voir comment il est à la lumière du jour. Si on suit cette idée, pensa-t-elle, il se peut bien qu'ici le Lieutenant O'Farrell ne soit personne, ou qu'elle ne soit pas ce qu'elle veut ou ce qu'elle croit être. Et il se peut aussi qu'elle ait peur de constater que je m'en aperçois. Quant à moi, j'ai l'avantage de n'avoir jamais su qui j'étais quand je me trouvais dedans, et c'est probablement pour ça que je ne m'inquiète pas de savoir qui je suis maintenant que je me trouve dehors. Je n'ai rien à expliquer à personne. Je n'ai pas besoin de convaincre. Je n'ai rien à démontrer.

– Tu ne m'as toujours pas dit ce que je fais ici, lança-t-elle.

Pati haussa les épaules. Le soleil était plus bas sur l'horizon et répandait dans l'air des flammes pourpres. Ses cheveux courts et blonds semblaient gagnés par cet embrasement.

– Chaque chose en son temps. – Elle plissait les yeux en regardant au loin. – Contente-toi d'être bien, et tu me diras ce que tu en penses.

C'était peut-être un truc très simple, pensait Teresa. L'autorité, par exemple. Un lieutenant sans troupes à commander, un général à la retraite dont nul ne connaît le glorieux passé. Elle m'a peut-être fait venir parce qu'elle a besoin de moi, décida-t-elle. Parce que je la respecte et que je connais cette dernière année et demie de sa vie, et ceux-là non. Pour eux, elle est seulement une brave fille dévoyée ; une brebis noire que l'on tolère et que l'on accepte parce qu'elle est de la même caste, et il y a des nichées et des familles qui ne renient jamais les leurs en public, même si elles les détestent et les méprisent. Ce serait donc pour ça qu'elle a besoin de ma compagnie. Comme témoin. Quelqu'un qui sait et qui voit, même s'il reste muet. Au fond, la vie est d'une extrême simplicité : elle se divise en gens avec qui on est obligé de parler en vidant un verre, et en gens avec qui on peut boire des heures durant en silence, comme faisait le Güero Dávila dans la cantine de Culiacán. Des gens qui savent ou qui devinent suffisamment pour que les paroles soient inutiles, et qui sont avec vous sans l'être tout à fait. Juste là, rien de plus. Et peut-être que c'est le cas, bien que je ne sache pas où ça nous mène. A quelle nouvelle variante du mot solitude.

– A ta santé, Lieutenant.

– A la tienne, Mexicaine.

Elles choquèrent leurs verres. Teresa regarda autour

d'elle en savourant le goût de la tequila. Dans l'un des groupes qui bavardaient près de la piscine, elle vit un homme assez jeune, si grand qu'il dépassait tous ses voisins. Il était mince, les cheveux très noirs, coiffés en arrière avec du gel, longs et frisés sur la nuque. Il portait un costume sombre, une chemise blanche sans cravate, des chaussures noires bien cirées. Avec sa mâchoire prononcée et son grand nez en lame de couteau, il avait le profil d'un aigle maigre. Voilà un type qui a de la classe, pensa-t-elle. Tel qu'on pouvait s'imaginer les Espagnols de jadis, aristocrates, hidalgos et le reste – après tout, Cortés devait bien avoir quelque chose de particulier pour faire perdre comme ça la tête à la Malinche –, et qui n'avaient sûrement jamais existé.

– Il y en a qui ont l'air sympathiques, dit-elle.

Pati se tourna pour suivre la direction de son regard.

– Tu parles, grogna-t-elle. Pour moi, ils ressemblent tous à un tas d'ordures.

– Ce sont tes amis.

– Je n'ai pas d'amis, ma vieille.

La voix s'était légèrement durcie, comme dans l'ancien temps. Maintenant elle se rapprochait davantage de celle que Teresa lui avait connue à El Puerto.

– Merde alors ! protesta Teresa, mi-sérieuse mi-blagueuse. Et moi qui croyais que nous étions amies.

Pati la regarda sans rien dire et but une gorgée. Ses yeux semblaient rire en dedans, avec des douzaines de petites rides à l'extérieur. Mais elle cessa de boire, posa le verre sur la table et remit sa cigarette entre ses lèvres, toujours muette.

– De toute manière, ajouta Teresa au bout d'un moment, la musique est jolie et la maison charmante. Ça méritait le voyage.

Elle observait distraitement l'homme au profil d'aigle, et Pati suivit de nouveau la direction de son regard.

– Ah oui ?... J'espère que tu ne vas pas te contenter de si peu. Parce que tout ça est ridicule en comparaison de ce qu'on pourrait avoir.

Des centaines de grillons chantaient dans l'obscurité. Une lune superbe se levait, éclairant les vignes, mettant de l'argent sur chaque feuille, et le sentier filait et ondulait devant leurs pas. Au loin brillaient les lumières du domaine. Cela faisait un moment que tout était calme et silencieux dans l'immense demeure. Les derniers invités avaient dit bonne nuit, les sœurs et le beau-frère de Pati étaient retournés à Jerez après une conversation conventionnelle sous la véranda, tout le monde mal à l'aise et désireux d'en finir au plus vite, et sans que – le Lieutenant avait eu raison jusqu'à la fin – nul ne mentionne, même en passant, les trois années à El Puerto de Santa María. Teresa, que Pati avait invitée à rester dormir, se demandait quels démons cette nuit pouvait bien cacher dans la tête de son ancienne camarade de cellule.

Elles avaient toutes les deux beaucoup bu, mais pas encore assez. Et, finalement, elles avaient marché au-delà de la véranda sur le sentier qui zigzaguait vers la campagne du domaine. Avant de sortir, pendant que des servantes silencieuses enlevaient les restes de la fête, Pati s'était éclipsée un moment pour revenir, ô surprise, avec un gramme de poudre blanche qui leur avait éclairci – et bien éclairci – les idées, vite convertie en rails sur la plaque en verre de la table. Un vrai paradis que Teresa avait su apprécier comme il le méritait, snif ! snif !, car c'était la première fois qu'elle se faisait un rail de caroline depuis qu'elle avait été libérée d'El Puerto. Putain que c'est bon, ma belle, soupirait-elle. Première qualité. Ensuite, réveillées et aussi vives que si le jour venait juste de se lever, elles s'étaient dirigées vers la campagne obscure du domaine, sans se presser. Sans but précis. Je veux que tu sois parfaitement lucide pour entendre ce que j'ai à te dire, précisa une Pati qu'elle reconnaissait maintenant sans hésitation. Plus lucide que moi, tu meurs, dit Teresa. Elle se disposa à écouter. Elle avait vidé un autre verre de tequila qu'elle ne tenait plus à la main car elle l'avait laissé tomber quelque part en chemin. Et tout ça, pensait-elle sans savoir exactement pourquoi, n'était pas loin de lui donner le sentiment qu'elle renaissait. Tout d'un coup bien dans sa peau. Sans réfléchir, sans se souvenir. Rien que la nuit immense qu'on eût dite éternelle, et la voix familière qui prononçait des mots sur le ton de la confidence, comme si quelqu'un pouvait les espionner, tapi au sein de cette lumière étrange qui argentait les vastes vignobles. Et elle entendait aussi le chant des grillons, le bruit des pas de sa compagne et le froissement de ses propres pieds nus – elle avait laissé ses souliers à talons sous la véranda – sur la terre du sentier.

– Et voilà l'histoire, conclut Pati.

Mais je n'ai pas envie, en ce moment, de penser à ton histoire, se dit Teresa. Je ne veux pas y penser, ni rien considérer, ni rien analyser cette nuit, tant que durera cette obscurité et qu'il y aura des étoiles là-haut, tant que l'effet de la tequila et de la *Doña Blanca* me fera planer ainsi pour la première fois depuis si longtemps. Je ne sais d'ailleurs pas pourquoi tu as attendu jusqu'aujourd'hui pour me confier tout ça, ni ce que tu cherches. Je t'ai écoutée comme on écoute un conte. Et je préfère ça, parce que prendre tes paroles d'une autre façon m'obligerait à admettre l'existence du mot « demain » et du mot « futur » ; et cette nuit, pendant que nous marchons sur ce sentier au milieu de ces vignes qui sont à toi ou à ta famille ou à n'importe qui, je m'en fous, mais qui doivent valoir un paquet de fric, je ne demande rien de spécial à la vie. Alors disons que tu m'as raconté une jolie histoire, ou plutôt que tu as fini par me lâcher ce que tu me laissais plus ou moins entendre quand nous partagions notre cellule. Après, j'irai dormir, et demain, quand il y aura de la lumière, sera un autre jour.

Pourtant, admit-elle, oui, c'était une belle histoire. L'amant criblé de balles, la demi-tonne de cocaïne que personne n'avait jamais retrouvée. Maintenant, après la fête, Teresa pouvait imaginer l'amant, un garçon comme ceux qu'elle venait de voir, veste sombre et chemise sans cravate, très élégant, vraiment de la classe, style deuxième ou troisième génération de la Colonie Chapultepec mais en mieux, dorloté depuis l'enfance comme ces petits mignons de Culiacán qui allaient au collège au volant de leur 4 × 4 Suzuki, escortés par des gardes du corps. Un garçon encanaillé et insolent, un bon gramme dans le nez, qui se tapait d'autres filles et laissait Pati se taper d'autres garçons ou d'autres filles, et qui avait joué avec le feu jusqu'à ce qu'il se brûle les mains en se mettant dans un milieu où les erreurs, les frivolités, les manières de petit coq gâté se payaient de sa peau. Ils l'avaient tué en même temps que deux copains, avait raconté Pati ; et Teresa savait mieux que personne de quel cauchemar parlait son amie. Ils l'avaient tué parce qu'il les avait joués et n'avait pas tenu parole ; et il n'avait pas eu de chance, car le lendemain même les hommes de la Brigade des Stups lui auraient mis la main dessus, vu qu'ils suivaient à la trace l'autre demi-tonne de coke et ne le lâchaient pas d'une semelle en surveillant tout ce qu'il touchait, même son verre à dents. C'était la mafia russe qui l'avait liquidé, des gens plutôt coriaces, un certain Oleg qui n'était pas d'accord avec ses explications concernant la perte hautement suspecte de la moitié de la cargaison arrivée dans un conteneur au port de Malaga. Non, ces communistes recyclés en gangsters n'étaient pas des enfants de chœur : ils avaient épuisé toutes leurs réserves de patience, après quoi un copain du garçon était mort chez lui en regardant la télé, l'autre sur l'autoroute Cadix-Séville, et le garçon lui-même en sortant d'un restaurant chinois de Fuengirola, pan ! pan ! pan !, au moment où elle et lui allaient monter dans la voiture, trois balles logées dans la tête de l'amant et deux balles perdues qui l'avaient atteinte, sans qu'ils l'aient visée particulièrement car tout le monde croyait, y compris les copains défunts, qu'elle était en dehors du coup. En dehors du coup, oui, mais une merde quand même, voilà ce qu'elle était. D'abord parce qu'elle s'était trouvée dans la ligne de tir en entrant dans la voiture ; et ensuite parce que l'amant était de ces types qui ne peuvent pas tenir leur langue sur l'oreiller, avant et après la chose, ou quand ils ont leur dose de poudre dans le nez. De fil en aiguille, il avait fini par raconter à Pati que le stock de coke, cette moitié de la cargaison que tout le monde croyait perdue et revendue au marché noir, était toujours empaqueté, intact, dans une grotte de la côte près du cap Trafalgar, en attendant que quelqu'un vienne s'en occuper. Et après la disparition de l'amant et des autres, la seule personne à connaître l'endroit était Pati. De sorte que, quand les Stups l'avaient interrogée à sa sortie de l'hôpital sur la fameuse demi-tonne, elle avait fait l'ahurie. What ? Je ne sais pas de quoi vous parlez, avait-elle dit en les regardant dans les yeux, bien en face. Et après interrogatoires sur interrogatoires, ils l'avaient crue.

– Qu'est-ce que tu en penses, Mexicaine ?

– Je ne pense rien.

Elle s'était arrêtée et Pati la regardait. Ses épaules et le contour de sa tête se dessinaient à contre-lune, et ses cheveux courts semblaient blancs.

– Fais un effort.

– Je ne veux pas faire d'effort. Pas cette nuit.

Une brève lueur. Une allumette et une cigarette éclairant le menton et les yeux du Lieutenant O'Farrell. Je la retrouve, pensa Teresa. La Pati que j'ai connue.

– Tu ne veux vraiment pas savoir pourquoi je t'ai raconté tout ça ?

– Je sais pourquoi tu l'as fait. Tu veux récupérer ce stock de coke. Et tu veux que je t'aide.

La braise brilla deux fois silencieusement. Elles avaient repris leur marche.

– Tu as fait des choses comme celle-là, insista Pati sans s'émouvoir. Des trucs incroyables. Tu connais les lieux. Tu sais comment y aller et en revenir.

– Et toi ?

– Moi, j'ai les contacts. Je sais ce qu'il faut faire après.

Teresa refusait toujours de réfléchir. C'est important, se disait-elle. Elle craignait, si elle y pensait trop, de voir de nouveau devant elle la mer obscure, le phare brillant au loin. Ou peut-être avait-elle peur de se retrouver devant le rocher noir sur lequel Santiago s'était tué et qui lui avait coûté, à elle, un an et demi de vie et de liberté. C'était pour cela qu'elle avait besoin que le jour se lève, pour l'analyser à la lumière grise de l'aube, quand elle aurait peur. Cette nuit était trompeuse, tout lui paraissait trop facile.

– C'est dangereux d'aller là-bas. – Elle fut surprise elle-même de dire cela. – Et puis si les propriétaires l'apprennent...

– Il n'y a plus de propriétaires. Tout ça est très loin, maintenant. Personne ne se souvient.

– Ces choses-là, il y a toujours quelqu'un pour s'en souvenir.

– Bah ! – Pati fit quelques pas en silence. – On trouvera bien quelqu'un avec qui négocier.

Des trucs incroyables, avait-elle dit avant. C'était la première fois que Teresa entendait de la bouche de son amie quelque chose qui s'apparentait à du respect, ou à un éloge, la concernant. Des trucs incroyables. Elle l'avait dit comme ça, d'égale à égale. Son amitié était faite de sous-entendus où ce genre de commentaires avait rarement sa place. Elle ne se moque pas de moi, estima-t-elle. Je la crois sincère. Elle serait capable de me manipuler, mais ce n'est pas le cas. Elle me connaît et je la connais. Toutes les deux, nous savons que l'autre sait.

– Et qu'est-ce que j'y gagne ?

– La moitié. Sauf si tu préfères continuer ta vie de paria dans ta paillote.

Elle revécut d'un coup douloureusement la chaleur, la chemise trempée, le regard soupçonneux de Tony de l'autre côté du bar, sa propre fatigue animale. Les appels des baigneurs, l'odeur des corps enduits d'huiles et de crèmes. Tout cela était à quatre heures d'autobus de cette promenade sous les étoiles. Elle fut interrompue dans ses réflexions par un bruit dans des branches proches. Un froissement d'ailes qui la fit sursauter. C'est un hibou, dit

Pati. Il y a beaucoup de hiboux dans les parages. Ils chassent de nuit.

– Le stock n'y est probablement plus, dit Teresa.

Et pourtant, pensait-elle. Et pourtant.

9. Les femmes aussi le peuvent…

Il avait plu toute la matinée, des averses denses qui criblaient dru les vagues, avec des rafales plus violentes qui effaçaient par intervalles la silhouette grise du cap Trafalgar, pendant qu'elles fumaient dans la Land Rover stationnée sur la plage, le canot pneumatique et le moteur hors-bord sur la remorque, en écoutant de la musique et en regardant les gouttes glisser sur le pare-brise et les heures passer sur l'horloge du tableau de bord : Patricia O'Farrell sur le siège du conducteur, Teresa à côté, avec des sandwiches, des bouteilles d'eau, une thermos de café, des paquets de cigarettes, des carnets de croquis et une carte marine de la zone, la plus détaillée que Teresa ait pu trouver. Maintenant le ciel restait couvert – dernières traces d'un printemps qui résistait à l'été – et les nuages bas continuaient de courir vers l'est ; mais la mer, surface houleuse et plombée, était plus calme et ne se brisait plus en franges blanches que le long de la côte.

– On va pouvoir y aller, dit Teresa.

Elles sortirent en étirant leurs muscles ankylosés pour marcher sur le sable mouillé, puis ouvrirent le coffre de la Land Rover et en retirèrent les combinaisons de plongée. Un léger crachin persistait, et, en se déshabillant, Teresa sentit sa peau se hérisser. Un froid de canard, pensa-t-elle. Elle enfila le pantalon serré en néoprène sur son maillot, puis remonta la fermeture éclair du haut sans recouvrir du capuchon ses cheveux rassemblés en queue-de-cheval par un élastique. Deux femmes en train de faire de la pêche sous-marine par ce temps, se dit-elle. Tu parles. Si un idiot quelconque vient fourrer son nez dans le secteur, j'espère qu'il voudra bien gober ça.

– Tu es prête ?

Elle vit que son amie faisait signe que oui sans perdre de vue l'immensité grise qui ondulait devant elles. Pati n'était pas habituée à ce genre de situations, mais elle prenait tout avec suffisamment de sérénité : pas de bavardage superflu, pas d'énervement. Elle semblait seulement préoccupée, sans que Teresa sache si c'était à cause du matériel – de quoi inquiéter n'importe qui – ou de la nouveauté de l'aventure sur cette mer à l'aspect peu engageant. Cela se remarquait aux nombreuses cigarettes qu'elle avait fumées pendant l'attente, l'une après l'autre – elle en avait une aux lèvres, humides de pluie, qui lui faisait plisser les yeux pendant qu'elle glissait ses jambes dans le pantalon de plongée –, et au rail de caroline qu'elle avait sniffé juste avant de quitter son siège, rituel précis, un billet neuf roulé et deux doses sur l'étui en plastique des papiers de la voiture. Mais, cette fois, Teresa n'avait pas voulu l'accompagner. C'était d'un autre genre de lucidité qu'elle avait besoin, pensa-t-elle en finissant de s'équiper et en révisant mentalement la carte marine qu'elle tenait imprimée dans sa tête à force de l'avoir tant étudiée : la ligne de la côte, la courbure vers le sud, en direction de Barbate, le rivage escarpé et rocheux au bout de la plage dégagée. Et là, non indiquées sur la carte mais repérées avec précision par Pati, les deux grandes grottes et la petite cachée au milieu, inaccessible par la terre et presque invisible de la mer : les grottes de Los Marrajos.

– Allons-y, dit-elle. Il nous reste quatre heures avant la nuit.

Elles mirent les sacs et les harpons dans le canot pneumatique pour sauvegarder les apparences et, après avoir défait les sangles de la remorque, elles traînèrent celui-ci jusqu'au bord de l'eau. C'était un Zodiac en caoutchouc gris de neuf pieds de long. Le moteur, un Mercury de 15 chevaux, avait le réservoir plein et il était bien réglé, révisé la veille par Teresa comme dans le temps. Elles le fixèrent au tableau arrière en serrant bien les vis papillons. Tout était en ordre, l'arbre de l'hélice relevé. Puis, se mettant de chaque côté, elles tirèrent le canot par les poignées et le mirent à la mer.

Plongée dans l'eau froide jusqu'à la ceinture, pendant qu'elle poussait le canot au-delà des premières vagues, Teresa s'efforçait de ne pas penser. Elle voulait que ses souvenirs soient une expérience utile et non le poids d'un passé dont elle n'avait besoin que pour retenir les connaissances techniques indispensables. Le reste – images, sentiments, absences – était quelque chose qu'elle ne pouvait se permettre maintenant. Un luxe excessif. Qui pouvait être mortel.

Pati l'aida à monter à bord, en pataugeant pour se hisser sur le flanc en caoutchouc. La mer repoussait le canot vers la plage. Teresa fit partir le moteur au premier essai, en tirant d'un coup sec et bref sur le cordon de démarrage. Le ronflement des 15 chevaux lui réjouit le cœur. M'y revoilà, pensa-t-elle. Encore une fois, pour le meilleur et pour le pire. Elle dit à sa coéquipière de se placer à l'avant pour équilibrer la charge, et elle s'installa près du moteur pour conduire le canot, d'abord vers le large, puis dans la direction des rochers noirs, à l'extrémité de la plage éclairée par la lumière grise. Le Zodiac se comportait bien. Elle barra comme le lui avait appris Santiago, en évitant les lames, présentant le flanc à la mer pour glisser ensuite de l'autre côté dans les creux de la houle. Heureuse. Bon Dieu, c'était vrai que la mer qui savait si bien se montrer garce et vicieuse pouvait aussi être belle. Elle s'emplit avec délices de l'air humide et de tout ce qu'il charriait avec lui, l'écume salée, les soirs pourpres, les étoiles, les chasses nocturnes, les feux à l'horizon, le profil impassible de Santiago se découpant en ombre chinoise sous le projecteur de l'hélicoptère, l'œil bleu scintillant de la HJ, les chocs sur l'eau noire qui se répercutaient dans ses reins. Oh ! non. Comme tout cela était triste, et comme tout cela était beau en même temps. Maintenant une pluie fine tombait et les embruns arrivaient par rafales. Elle observa Pati, moulée dans la combinaison de néoprène bleue, les cheveux courts sous le capuchon lui donnant un aspect masculin : elle regardait la mer et les rochers noirs sans rien cacher de son appréhension. Si tu savais, ma fille, pensa Teresa. Si tu avais vu dans ces parages tout ce que j'ai vu. Mais la blonde tenait le coup. En ce moment, elle était peut-être prise de doutes, n'importe qui l'aurait été – récupérer la marchandise était la partie la plus facile du travail – en imaginant les conséquences, si quelque chose tournait mal. Elles en avaient parlé cent fois, de ces conséquences, et aussi de l'éventualité que la demi-tonne ne soit plus là. Mais si le Lieutenant O'Farrell avait ses obsessions, elle avait aussi du cran. Probablement – c'était son côté le moins rassurant – trop de cran et trop d'obsessions. Et cela, médita Teresa, n'allait pas toujours de pair avec le sang-froid que réclament de telles opérations. Sur la plage, pendant qu'elles attendaient dans la Land Rover, elle avait fait une découverte : Pati était une amie, mais elle n'était pas une solution. Il y avait, dans toute cette histoire et quelle que soit la manière dont elle se terminerait, une longue partie que Teresa devrait parcourir seule. Et peu à peu, sans qu'elle ait pu même comprendre comment, la dépendance de tout et de tous qu'elle avait éprouvée jusqu'alors, ou plutôt sa croyance tenace en cette dépendance – qui était commode à supporter car, au-delà, elle ne voyait que le vide –, était en train de se transformer en une certitude, faite en même temps de solitude, de maturité et de soulagement. D'abord quand elle était encore en prison, dans les derniers mois, et c'était peut-être à cause des livres lus, des heures passées éveillée en attendant l'aube, des réflexions que la paix de cette période avait introduites dans son esprit. Ensuite quand elle était sortie, qu'elle avait retrouvé le monde et la vie ; et le temps qu'elle avait passé dans ce qui s'était révélé n'être qu'une nouvelle attente n'avait fait que confirmer ce changement. Mais elle n'en avait pas été consciente avant cette nuit où elle avait retrouvé Pati O'Farrell. Pendant qu'elles marchaient dans l'obscurité de la campagne du domaine de Jerez, elle avait vu comme dans un éclair que Pati n'était peut-être pas la plus forte des deux, même si c'était elle qui parlait d'avenir ; pas plus que ne l'avaient été, des siècles plus tôt et dans d'autres vies, le Güero Dávila et Santiago Fisterra. Il se pouvait bien, conclut-elle, que l'ambition, les projets, les rêves, et même le courage – et jusqu'à la foi en Dieu, décida-t-elle avec un frisson –, au lieu de donner des forces, vous les ôtent. Parce que l'espoir, y compris le simple désir de survivre, vous rendait vulnérable, paralysée par la possibilité de la souffrance et de la défaite. C'était peut-être là que résidait la différence entre certains êtres humains et d'autres ; si oui, c'était son cas. Peut-être Edmond Dantès s'était-il trompé, et la seule solution était-elle de ne pas avoir confiance, et de ne rien espérer.

La grotte était cachée derrière des rochers déchiquetés de la falaise. Elles avaient opéré une reconnaissance par la terre quatre jours plus tôt : à dix mètres au-dessus, en se penchant du bord, Teresa avait étudié et noté chaque accident du terrain en profitant de ce que le ciel était dégagé, la mer limpide et calme, pour considérer le fond et la manière de s'approcher par la mer sans qu'une arête effilée coupe le caoutchouc du canot. Et maintenant elles étaient là, balancées par la houle, tandis que Teresa, en donnant de légers coups d'accélérateur et en manœuvrant en zigzag, essayait de se maintenir à distance des rochers pour chercher le passage le plus sûr. Elle finit par comprendre que le Zodiac ne pourrait pénétrer dans la grotte qu'à marée haute, de sorte qu'elle se dirigea vers la grande cavité qui était sur la gauche. Là, sous la voûte, à un endroit où le ressac ne la poussait pas contre la paroi à pic, elle dit à Pati de jeter le grappin articulé attaché à l'extrémité d'un filin de dix mètres. Puis elles se mirent toutes les deux à l'eau en se laissant glisser sur les flancs du canot, et nagèrent avec un autre filin vers les rochers qui se découvraient entre chaque vague. Elles portaient sur le dos des sacs imperméables, des couteaux, des cordes et deux lampes torches étanches, et elles flottaient sans difficulté grâce à leurs combinaisons de plongée. Teresa amarra le filin à un rocher, dit à Pati de faire attention aux piquants d'oursins, et, de cette manière, elles avancèrent lentement vers le rivage à pic, de l'eau jusqu'à la ceinture, pour passer de la grande grotte à la petite. Parfois, une vague les obligeait à se cramponner pour ne pas perdre pied, et elles se blessaient alors les mains sur les arêtes ou sentaient le néoprène frotter aux coudes et aux genoux. C'était Teresa qui, après avoir vu la situation d'en haut, avait insisté pour emporter cet équipement. Il nous évitera d'avoir froid, avait-elle insisté, et sans lui les rochers et la houle nous transformeraient en chair à saucisse.

– C'est ici, indiqua Pati. Exactement comme Jimmy me le disait… La voûte, les trois grands rochers et le petit. Tu vois ?… Il faut juste nager un peu, et après on aura pied.

Sa voix résonnait dans la cavité. Cela sentait fortement les algues en putréfaction, la roche mouillée que la houle couvrait et découvrait continuellement. Elles laissèrent la lumière du jour derrière elles et s'enfoncèrent dans la pénombre. A l'intérieur, l'eau était plus calme. Le fond était encore bien visible quand elles cessèrent d'avoir pied et nagèrent un moment. Presque au bout, elles trouvèrent un peu de sable, des galets et des paquets d'algues mortes. Derrière, c'était l'obscurité.

– J'ai foutrement besoin d'une cigarette, murmura Pati.

Elles sortirent de l'eau et cherchèrent les cigarettes dans les sacs imperméables. Puis elles fumèrent en se regardant. L'arc de clarté de l'entrée se reflétait sur l'eau intermédiaire dans la pénombre grise. Trempées, cheveux mouillés, visage marqué par la fatigue. Et maintenant, qu'est-ce qu'on fait ? semblaient-elles se demander en silence.

– J'espère qu'elle est toujours là, murmura Pati.

Elles restèrent un moment sans bouger, pour finir leurs cigarettes. Si la demi-tonne de cocaïne se trouvait réellement à quelques pas, rien dans leur vie ne serait plus pareil quand elles auraient franchi cette distance. Elles le savaient toutes les deux.

– Tu sais, il est encore temps, ma belle.

– Encore temps de quoi ?

Teresa sourit en exprimant sa pensée par une plaisanterie.

– Eh bien, je ne sais pas. Peut-être de ne pas aller voir.

Pati sourit à son tour. L'esprit ailleurs, déjà à quelques pas plus loin.

– Ne dis pas de conneries.

Teresa regarda le sac qui était à ses pieds et se pencha pour fouiller à l'intérieur. Sa queue-de-cheval s'était défaite et les mèches de cheveux gouttaient dedans. Elle sortit sa torche.

– Tu sais quoi ? dit-elle en vérifiant que la lampe s'allumait.

– Non. Dis-moi.

– Je crois qu'il y a des rêves qui tuent... – Elle promenait le faisceau lumineux autour d'elle, sur les parois de roche noire dont pendaient des petites stalactites. – Plus sûrement que les hommes, les maladies et le temps.

– Et alors ?

– Alors, rien. Je réfléchissais, c'est tout. Rien qu'une idée qui vient de me passer par la tête.

L'autre ne la regarda pas. C'était tout juste si elle lui prêtait attention. Elle avait, elle aussi, empoigné sa torche et s'était tournée vers les rochers du fond, absorbée dans ses propres réflexions.

– Mais qu'est-ce que tu racontes ?

Une question distraite, qui n'attendait pas de réponse. Teresa ne répliqua rien. Elle se contenta d'observer longuement son amie, parce que sa voix, même en tenant compte de l'effet d'écho sous la voûte, avait un ton étrange. J'espère que tu ne vas pas m'assassiner par-derrière dans la caverne au trésor comme les pirates des livres, pensa-t-elle, en ne riant qu'à demi. Malgré le caractère absurde de cette idée, elle se surprit à contempler le manche rassurant du couteau de plongée qui dépassait du sac ouvert. Puis elle se reprit. Ça suffit, arrête de déconner, ma vieille. Elle continua de s'adresser des reproches pendant qu'elles ramassaient leur matériel, chargeaient les sacs sur leur dos et avançaient précautionneusement en s'éclairant avec les torches entre les pierres et les touffes d'algues. Le sol montait en pente douce. Deux faisceaux de lumière firent apparaître un coude. Derrière, il y avait un amoncellement de pierres et d'algues sèches : des paquets très épais entassés devant une cavité de la paroi.

– Ça devrait être là, dit Pati.

Ça alors ! pensa Teresa, en se rendant soudain compte que la voix du Lieutenant O'Farrell tremblait.

– La vérité, a dit Nino Juárez, c'est qu'elles avaient des couilles.

Rien chez l'ancien commissaire, chef du DOCS – groupe de répression de la Délinquance organisée de la Costa del Sol –, ne trahissait le policier. Ou l'ex-policier. Il était petit et presque chétif, avec une barbiche blonde ; il portait un costume gris certainement très cher, une cravate et un mouchoir en soie assorti dans la pochette de sa veste, et une Patek Philippe à son poignet gauche, pointant sous la manche de sa chemise à rayures roses et blanches fermée par des boutons de manchettes dont le look ne passait pas inaperçu. Il semblait sortir des pages d'un magazine de mode masculine, même si, en réalité, il arrivait de son bureau de la Gran Vía de Madrid. Saturnino G. Juárez, disait la carte de visite que j'avais dans mon portefeuille. Directeur du service de la sécurité intérieure. Et dans un coin, le logo d'une chaîne de boutiques de mode, de celles qui font cent millions de chiffre d'affaires par an. Ainsi va la vie, ai-je pensé. Après le scandale qui, des années auparavant, quand il était connu comme Nino Juárez, ou commissaire Juárez, lui avait coûté sa carrière, ainsi se présentait l'homme : parfaitement rétabli, impeccable, triomphant. Avec ce G majuscule entre son prénom et son nom qui lui donnait une touche de respectabilité, et l'allure d'un homme bourré de fric, plus influent qu'avant et plus chef que jamais. Le genre d'individus qu'on ne rencontre pas dans les queues de l'Agence pour l'emploi ; ils en savent trop long sur les gens, et parfois davantage même que les gens en savent sur eux-mêmes. Les articles qui étaient parus dans la presse, le rapport du ministère de l'Intérieur, la décision de la Direction générale de la police le licenciant du service, les cinq mois passés dans la prison d'Alcalá-Meco, c'était une affaire classée. C'est comme ça, ai-je pensé, quand on a la chance de pouvoir compter sur ses amis. D'avoir de vieux camarades qui vous renvoient l'ascenseur, et aussi de l'argent ou de bonnes relations qui se laissent acheter. Il n'est pas de défense plus sûre contre le chômage que de posséder la liste des cadavres que chacun garde dans son placard. Surtout quand on est celui qui a aidé à les y mettre.

– Par où commençons-nous ? a-t-il demandé, tout en picorant le jambon dans son assiette.

– Par le début.

– Dans ce cas, on n'aura pas fini au café.

Nous étions à la Casa Lucio, dans la Cava Baja, et il faut bien dire que, outre mon invitation à déjeuner – œufs aux pommes de terre, chateaubriand, Viña Pedrosa 1996, c'était moi qui payais la note –, j'avais en quelque sorte aussi acheté sa présence en ce lieu. Je l'avais fait à ma façon, en ayant recours aux vieilles tactiques. Après un second refus de me parler de Teresa Mendoza, et avant qu'il ne donne l'ordre à sa secrétaire de ne plus lui passer mes appels, je lui avais mis sans détour le marché en main. Avec ou sans vous, avais-je dit, je raconterai quand même l'histoire. Vous avez donc le choix : ou figurer de toute manière dedans et sous toutes les coutures, y compris avec votre photo de première communion, ou vous épargner des sueurs froides en acceptant de collaborer. Et qu'est-ce que ça va me rapporter ? avait-il dit. Pas un centime, avais-je répondu. Mais ce sera avec plaisir que je vous paierai un déjeuner et tout ce qui va avec.

Vous y gagnerez un ami, ou presque, ça peut toujours servir. On ne sait jamais. Maintenant, dites-moi comment vous voyez les choses. Il se révéla suffisamment intelligent pour les voir tout de suite, et nous avons conclu un marché : rien de compromettant dans sa bouche, le moins possible de faits et de détails le concernant personnellement. Voilà comment nous étions là. Il est toujours facile de s'entendre avec un cynique. C'est plus difficile avec les autres ; mais ceux-là sont moins nombreux.

– L'histoire de la demi-tonne est vraie, a confirmé Juárez. De la coke de bonne qualité, très peu coupée. Acheminée par la mafia russe qui, à cette époque, commençait à s'installer sur la Costa del Sol et à organiser ses premiers contacts avec les narcos d'Amérique du Sud. C'était leur première opération importante, et son échec a bloqué la connexion colombienne avec la Russie pendant un certain temps… Tous donnaient la demi-tonne pour perdue, et les Latinos se moquaient des Ruskofs qui avaient liquidé l'ami d'O'Farrell et ses deux associés sans les avoir fait parler avant… On raconte que Pablo Escobar a dit, en apprenant les détails : je ne monte plus d'opérations avec des amateurs. Et là-dessus, d'un coup, la Mexicaine et l'autre ont sorti les cinq cents kilos de leur manche.

– Comment ont-elles récupéré la cocaïne ?

– Ça, je ne sais pas. Personne ne l'a vraiment su. Ce qui est sûr, c'est qu'elle est apparue sur le marché russe, ou plutôt qu'elle a commencé à apparaître. Et que c'est Oleg Yasikov qui l'y a mise.

J'avais ce nom dans mes notes : Oleg Yasikov, né à Solntsevo, un quartier plutôt mafieux de Moscou. Service militaire dans ce qui était encore l'armée soviétique, en Afghanistan. Discothèques, hôtels et restaurants sur la Costa del Sol. Et Nino Juárez m'a complété le tableau. Yasikov avait débarqué sur le littoral de Malaga à la fin des années quatre-vingt : la trentaine fringante, polyglotte, descendu d'un avion d'Aeroflot avec trente-cinq millions de dollars à dépenser. Il avait commencé en achetant une discothèque à Marbella, qu'il avait baptisée la Jadranka, très vite en vogue, et un an plus tard il était déjà à la tête d'une solide infrastructure de blanchiment d'argent, fondée sur l'hôtellerie et l'immobilier, terrains proches de la côte et appartements. Une seconde ligne d'affaires, créée à partir de la discothèque, consistait en investissements massifs dans l'industrie nocturne de Marbella, bars, restaurants et bordels de luxe à base de Slaves importées directement de l'Europe de l'Est. Tout cela parfaitement en règle, ou presque : blanchiment discret, sans faire de vagues. Mais le DOCS avait confirmé ses liens avec la Babouchka : une puissante organisation de Solntsevo composée d'anciens policiers et de vétérans de l'Afghanistan, spécialisée dans l'extorsion, le trafic de voitures volées, la contrebande et la traite des blanches, très intéressée, également, par une extension de ses activités au trafic de la drogue. Le groupe avait une filière vers l'Europe du Nord : une route maritime qui reliait Buenaventura à Saint-Pétersbourg, via Göteborg en Suède et Kotka en Finlande. Et Yasikov avait été chargé, entre autres choses, d'explorer une seconde route dans la Méditerranée occidentale : une liaison indépendante des mafias françaises et italiennes que les Russes avaient utilisées jusque-là comme intermédiaires. Voilà pour le contexte. Les premiers contacts avec les narcos colombiens – le cartel de Medellín – avaient consisté en de simples échanges de cocaïne contre des armes, plutôt un troc : des lots de kalachnikovs et de lance-grenades RPG venant des dépôts militaires russes. Mais ça ne suffisait pas. Tout ce marché de la drogue perdu donnait des insomnies à Yasikov et à ses associés moscovites. Et puis, alors qu'ils n'avaient plus aucun espoir, voilà que ces cinq cents kilos leur étaient tombés du ciel.

– On m'a dit que la Mexicaine et l'autre sont allées négocier avec Yasikov, a expliqué Juárez. En personne, avec un petit sac d'échantillon... Il paraît que le Russe a d'abord pris ça à la rigolade, et qu'ensuite il s'est carrément fâché. Alors O'Farrell lui a rafraîchi la mémoire, en disant qu'elle avait assez payé avec les balles qu'elle avait reçues quand ils avaient mis le compteur de son ami à zéro. Qu'elles jouaient franc-jeu et réclamaient une compensation.

– Pourquoi n'ont-elles pas distribué elles-mêmes la drogue au détail ?

– Trop difficile pour des débutantes. Et ça aurait encore moins plu à Yasikov.

– C'était si facile d'identifier la provenance ?

– Bien sûr. – Avec des mouvements expérimentés du couteau et de la fourchette, l'ex-policier taillait gaillardement des morceaux de chateaubriand sur son assiette en terre cuite. – Tout le monde savait que le garçon était l'amant d'O'Farrell.

– Parlez-moi de lui.

L'ami d'O'Farrell, m'a raconté Juárez avec un sourire méprisant, tout en coupant, mastiquant, et coupant de nouveau, s'appelait Jaime Arenas : Jimmy pour les intimes. Sévillan de bonne famille. Une vraie merde, sauf votre respect. Très bien introduit à Marbella, et avec des affaires familiales en Amérique du Sud. Il était ambitieux, et puis il se croyait très malin. Quand il avait eu cette cocaïne en sa possession, l'idée lui était venue de jouer au plus fin avec le tovaritch. Il n'aurait jamais osé avec Pablo Escobar, mais les Russes n'avaient pas encore la réputation qu'ils ont acquise depuis. Ils semblaient stupides, ou presque. De sorte qu'il avait caché la coke pour négocier une augmentation de sa commission, bien que Yasikov ait déjà réglé la partie colombienne rubis sur l'ongle, et cette fois avec plus d'argent que d'armes. Jimmy avait fait tellement traîner les choses en longueur que le tovaritch avait perdu patience. Au point de l'expédier *ad patres*, et deux de ses copains en prime.

Juárez émit un claquement de langue critique.

– Les Ruskofs n'ont pas été très fins. Et ils n'ont pas changé.

– Comment s'étaient-ils rencontrés ?

Mon interlocuteur a levé sa fourchette et l'a pointée vers moi, comme s'il approuvait ma question. A cette époque, a-t-il expliqué, les gangsters russes avaient un grave problème. Comme aujourd'hui, mais pire. C'est qu'ils passaient aussi inaperçus qu'un ténor chantant *La Traviata* en pleine rue. On les repérait de loin : grands, rudes, blonds, avec leurs grosses pognes, leurs voitures et les putes couvertes de bijoux qu'ils traînent toujours avec eux. Pour ne rien arranger, ils étaient brouillés avec les langues. Dès qu'ils mettaient le pied à Miami ou dans n'importe quel aéroport américain, la DEA et toutes les polices leur collaient au train comme des ventouses. Aussi avaient-ils besoin d'intermédiaires. Au début, Jimmy Arenas avait été efficace ; il avait commencé en leur procurant de l'alcool distillé de contrebande pour l'Europe du Nord. Il avait aussi de bons contacts sud-américains et dealait dans les discothèques à la mode de Marbella, Fuengirola et Torremolinos. Mais les Russes voulaient avoir leurs propres réseaux : import-export. La Babouchka, les amis de Yasikov à Moscou, se ravitaillait déjà en drogue par petites quantités via les lignes d'Aeroflot de Montevideo, Lima et Bahia, moins surveillées que celles de Rio ou de La Havane. A l'aéroport de Tcheremetievo arrivaient alors des quantités qui ne dépassaient pas une livre, par des courriers individuels ; mais ce canal était trop étroit. Le mur de Berlin venait de tomber, l'Union soviétique se démantelait, et la coke était à la mode dans la nouvelle Russie, celle de l'argent facile et des superbénéfices déments qui montrait déjà le bout de l'oreille.

– Et on peut dire qu'ils ne se sont pas trompés dans leurs prévisions..., a conclu Juárez. Pour vous donner une idée de la demande, un gramme vendu dans une discothèque de Saint-Pétersbourg ou de Moscou vaut aujourd'hui trente ou quarante pour cent plus cher qu'aux États-Unis.

L'ex-policier a mastiqué sa dernière bouchée de viande en l'arrosant d'une longue gorgée de vin. Imaginez, a-t-il poursuivi, le camarade Yasikov en train de se creuser la cervelle à la recherche d'un moyen d'élargir la brèche au maximum. Et là-dessus apparaît une demi-tonne qui n'exige pas de monter toute une opération depuis la Colombie, vu qu'elle est là, à portée de main, bien au chaud et sans risques.

– Quant à la Mexicaine et à O'Farrell, je vous l'ai dit, elles ne pouvaient pas s'en tirer toutes seules… Elles n'avaient pas les moyens de distribuer cinq cents kilos, et au premier gramme mis en circulation tout le monde leur serait tombé dessus : Ruskofs, Garde civile, moi-même et mes hommes… Elles ont été assez intelligentes pour s'en rendre compte. N'importe quel idiot aurait commencé à trafiquer à gauche et à droite : et avant que les gardes civils ou mes hommes aient eu le temps de lui mettre la main au collet, il se serait retrouvé dans le coffre d'une voiture. Raide.

– Et comment savaient-elles que ça ne se passerait pas ainsi ?… Que le Russe honorerait sa part du contrat ?

Elles ne pouvaient pas le savoir, m'a expliqué l'ex-policier. Elles ont seulement décidé de tenter le coup. Et Yasikov avait été séduit. Surtout par Teresa Mendoza qui avait su profiter de l'entretien pour lui faire miroiter d'autres perspectives. Étais-je au courant du Galicien qui avait été son amant ?… Oui ?… Eh bien, c'était ça. La Mexicaine avait de l'expérience. Et puis elle avait aussi d'autres arguments.

– Des couilles – Juárez entourait de ses mains la circonférence de l'assiette – grosses comme ça. Comprenez-moi bien. De même qu'il y a des bonnes femmes qui ont une calculatrice entre les cuisses, clic ! clic !, et qui savent s'en servir, elle, elle avait une calculatrice ici – il se frappait le front avec l'index. Dans la tête. Quand il s'agit de femmes, on croit parfois entendre le chant des sirènes et c'est un loup qui sort de l'eau.

Saturnino G. Juárez devait assurément le savoir mieux que personne. Je me suis souvenu en silence de son compte bancaire à Gibraltar, révélé par la presse pendant son procès. A l'époque, Juárez avait un peu plus de cheveux et ne portait que la moustache : c'était visible sur ma photo favorite, celle où il posait entre deux collègues en uniforme devant un tribunal de Madrid. Et maintenant il était là, au prix modique de cinq mois de prison et de son expulsion du Corps national de police : en train de commander un cognac et un havane pour la digestion. Preuves insuffisantes, mauvaise instruction, avocats efficaces. Je me suis demandé combien de gens lui devaient des faveurs, y compris Teresa Mendoza.

– Bref, a conclu Juárez, Yasikov a honoré son contrat. Et puis il était sur la Costa del Sol pour investir, et la Mexicaine lui a paru un investissement intéressant. De sorte qu'il s'est comporté en gentleman… Et ç'a été le début d'une belle amitié.

Oleg Yasikov regardait le paquet sur la table : de la poudre blanche dans un double emballage hermétique de plastique transparent fermé par une bande adhésive large et épaisse, le scellé intact. Mille grammes exactement, empaquetés sous vide, tels qu'ils avaient été conditionnés dans les laboratoires clandestins de la jungle amazonienne du Yari.

– Je dois admettre, dit-il, que vous avez un sacré culot. Ça oui.

Il parle bien espagnol, pensa Teresa. Lentement, avec beaucoup de pauses, comme s'il plaçait précautionneusement chaque mot derrière le précédent. L'accent était très léger, et il ne ressemblait en rien à celui des malandrins russes, terroristes et trafiquants qu'on voyait sur les écrans en train de bafouiller en roulant les *r* : *moi touerrai énémi amérrricain*. Il n'avait pas non plus l'allure d'un mafieux, ni d'un gangster : le teint clair, de grands yeux également clairs et enfantins, avec un curieux mélange de bleu et de jaune dans les iris, et les cheveux couleur paille coupés très court, à la façon militaire. Il portait un pantalon de coton kaki et une chemise bleu marine dont les manchettes étaient relevées sur des avant-bras forts, couverts de poils blonds, avec une Rolex de plongée au poignet gauche. Les mains posées de chaque côté du paquet, sans le toucher, étaient grandes comme le reste du corps, avec une grosse alliance en or. Il semblait sain, solide et propre. Pati O'Farrell avait dit qu'il était aussi, et surtout, dangereux.

– Voyons si je comprends bien. Vous me proposez de me restituer une marchandise qui m'appartient. Vous me demandez de la payer à nouveau. Comment dit-on en espagnol ?… – Il réfléchit un instant, en cherchant le mot, presque amusé. – Extorsion ?… Abus de confiance ?…

– Pourquoi employer tout de suite les grands mots ? répondit Pati.

Teresa et elle en avaient discuté durant des heures, dans tous les sens, depuis qu'elles avaient quitté les grottes de Los Marrajos jusqu'à l'heure qui avait précédé le rendez-vous. En pesant interminablement le pour et le contre : Teresa n'était pas convaincue que les arguments s'avéreraient aussi efficaces que le soutenait sa compagne ; mais il était trop tard pour revenir en arrière. Pati – maquillage discret pour l'occasion, robe claire, désinvolte, genre dame sûre d'elle – recommença ses explications, bien qu'il fût évident que Yasikov avait compris dès la première fois, à peine le kilo empaqueté posé sur la table ; après avoir, avec des excuses formulées sur un ton neutre, ordonné aux deux gardes du corps de les fouiller pour voir si elles ne portaient pas de microphones cachés. La technologie, avait-il dit en haussant les épaules. Une fois les gorilles sortis et la porte refermée derrière eux, il leur avait demandé si elles désiraient boire quelque chose – elles avaient décliné l'offre, bien que Teresa se sente la gorge sèche – et il s'était assis derrière la table, prêt à les écouter. Tout était parfaitement net et bien rangé : pas un papier visible, ni un dossier. Juste des murs de la même couleur crème que la moquette, avec des tableaux qui semblaient coûteux ou qui devaient l'être, une grande icône russe avec beaucoup d'argent, un fax dans un coin, un téléphone à plusieurs lignes et un autre, portable, sur la table. Un cendrier. Un énorme DuPont en or massif. Tous les fauteuils étaient en cuir blanc. Par les larges fenêtres du bureau, au dernier étage d'un luxueux immeuble du quartier de Santa Margarita, on apercevait la courbe de la côte et la ligne d'écume de la plage jusqu'aux jetées, les mâts des yachts amarrés et les maisons blanches de Puerto Banús.

– Mais dites-moi... – Yasikov interrompit brusquement Pati. – Comment avez-vous fait ?... Aller jusqu'à la planque. Rapporter ça sans attirer l'attention. Oui. Vous avez pris des risques. Je crois. Et vous en courez toujours.

– C'est sans importance, dit Pati.

Le gangster sourit. Allons, disait ce sourire, raconte donc la vérité. Laisse-toi aller. Un sourire qui vous pousse à vous confier, pensait Teresa en le regardant. Ou à vous méfier de votre confiance.

– Mais si, c'est important, insista Yasikov. J'ai cherché cette marchandise. Oui. Je ne l'ai pas trouvée. J'ai commis une erreur. Avec Jimmy. Je ne savais pas que vous saviez... Les choses seraient différentes, n'est-ce pas ? Comme le temps passe. J'espère que vous vous êtes remise. De l'incident.

– Je m'en suis très bien remise, merci.

– Je dois vous être reconnaissant pour une chose. Mes avocats m'ont dit que vous n'avez pas prononcé mon nom au cours de l'enquête. Jamais.

Pati eut une moue sarcastique. Dans l'échancrure de sa robe, la cicatrice de la balle était visible sur la peau bronzée. Des balles blindées, avait-elle dit. C'est pour ça que je suis vivante.

– J'étais à l'hôpital, dit-elle. Trouée comme une passoire.

– Mais après... – Le regard du Russe était presque innocent. – Je veux dire pendant les interrogatoires et le procès.

– Vous voyez que j'avais mes raisons.

Yasikov réfléchit auxdites raisons.

– Oui. Je comprends, conclut-il. Mais votre silence m'a épargné des ennuis. La police a cru que vous n'étiez pas dans le coup. Vous avez été patiente. Oui. Presque quatre ans... Il fallait que vous soyez motivée, hein ? Au-dedans.

Pati prit une autre cigarette, sans que le Russe, qui avait le DuPont en or massif devant lui, fasse mine de l'allumer tandis qu'elle fouillait dans son sac pour trouver son briquet. Et arrête de trembler, pensa Teresa, en regardant ses mains. Réprime le tremblement de tes doigts avant que ce salaud s'en aperçoive, que notre bluff commence à s'effondrer et que tout foute le camp.

– Les sacs sont toujours cachés au même endroit. Nous n'en avons sorti qu'un.

Teresa se souvint de la discussion dans la grotte. Toutes deux en train de compter les paquets à la lueur des lampes, mi-euphoriques mi-apeurées. Un pour l'instant, le temps de réfléchir, et le reste ne bouge pas, avait insisté Teresa. Tout prendre maintenant, ça serait du suicide ; alors pas question de me rendre complice d'une connerie. Je sais qu'ils ont failli t'avoir, je sais tout le bordel qui a suivi ; mais moi, je ne suis pas venue ici pour faire du tourisme, ma fille. Ne m'oblige pas à te raconter dans les détails l'histoire que je ne t'ai jamais dite. Une histoire qui ne ressemble pas à la tienne, parce qu'avec toi même les balles devraient être parfumées au Chanel n° 7. Alors ne déconne pas. Dans ce genre d'affaires, quand on est pressé, le mieux est encore d'aller lentement.

– Avez-vous pensé que je pourrais vous faire suivre ?... Oui ?

Pati avait posé la main qui tenait la cigarette contre sa poitrine.

– Évidemment, nous y avons pensé. – Elle aspira une bouffée et remit la main où elle était. – Mais vous ne pouvez pas. Pas jusqu'à cet endroit.

– Allons donc. Mystérieuses. Vous êtes des femmes mystérieuses.

– Nous nous en rendrions compte et nous disparaîtrions pour chercher un autre acheteur. Cinq cents kilos, c'est beaucoup.

Yasikov ne répondit rien, mais son silence indiquait qu'en effet, cinq cents kilos c'était trop, sous tous les aspects. Il continuait de regarder Pati et, de temps en temps, il lançait un bref coup d'œil en direction de Teresa qui était assise dans l'autre fauteuil, sans parler, sans fumer, sans bouger : elle écoutait et observait, retenant sa respiration oppressée, les mains sur les jambes de son jean pour éponger la sueur. Polo bleu clair à manches courtes, chaussures de sport au cas où elle aurait à se mettre à courir, juste les anneaux d'argent mexicains au poignet droit. Contrastant fortement avec la mise élégante de Pati. Elles étaient là parce que Teresa avait imposé cette solution. Au début, sa partenaire voulait vendre la drogue par petites quantités ; mais elle avait pu la convaincre que, tôt ou tard, les propriétaires s'en rendraient compte. Mieux vaut aller droit au but, avait-elle conseillé. Une seule transaction solide, même si l'on y perd un peu. D'accord, avait dit Pati. Mais ça sera moi qui parlerai, parce que je connais les manières de cet enfoiré de bolchevik. Et elles étaient là. Et Teresa se persuadait de plus en plus qu'elles avaient commis une erreur. C'était elle qui connaissait ce genre d'hommes depuis son enfance. On pouvait changer la langue, l'aspect physique et les habitudes, mais le fond était toujours le même. Tout ça ne les mènerait nulle part. Ou plutôt, elle savait trop bien où ça les mènerait. Pati n'était qu'une enfant gâtée, la petite amie d'un voyou à la gomme qui ne s'était pas embarqué dans cette histoire par nécessité mais par connerie. Et qui s'était fait régler son compte, comme bien d'autres. Toute la vie de Pati s'était écoulée dans une réalité apparente qui n'avait rien à voir avec le réel ; et le temps passé en prison n'avait fait que l'aveugler davantage. Dans ce bureau, elle n'était pas le Lieutenant O'Farrell, ni personne : le pouvoir, c'étaient les yeux bleus striés de jaune qui les observaient. Et Pati faisait fausse route. Elles s'étaient gravement trompées en venant là. C'était une erreur de procéder de cette manière. De rafraîchir la mémoire d'Oleg Yasikov au bout de tout ce temps.

– C'est justement le problème, disait Pati. Cinq cents kilos, c'est trop. C'est pour ça que nous sommes venues vous voir en premier.

– Qui en a eu l'idée ? – Yasikov ne semblait pas flatté. – De me donner la première option. Oui.

Pati regarda Teresa.

– C'est elle. Elle sait mieux réfléchir. – Elle esquissa un sourire nerveux entre deux bouffées de cigarette. – Elle est meilleure que moi pour calculer les risques et les probabilités…

Teresa sentait que les yeux du Russe l'étudiaient avec beaucoup d'attention. Il est en train de se demander ce qui nous lie, décida-t-elle. La prison, l'amitié, les affaires. Si j'aime les hommes ou si c'est elle mon homme.

– Je ne sais pas encore ce qu'elle fait, dit Yasikov en s'adressant à Pati sans quitter Teresa des yeux. Là-dedans. Votre amie.

– C'est mon associée.

– Ah ! C'est bien d'avoir des associés. – Yasikov avait reporté son attention sur Pati. – Et ce serait bien aussi de parler un peu. Oui. Des risques et des probabilités. Vous pourriez ne pas avoir le temps de disparaître pour chercher un autre acheteur… – Il fit la pause qui convenait. – Pas le temps de disparaître volontairement. Je crois.

Teresa remarqua que les mains de Pati se remettaient à trembler. Bon Dieu, pensa-t-elle, si je pouvais me lever tout de suite et dire, ça suffit, monsieur Oleg, on en reste là. Vous avez gagné. Gardez vos munitions et oubliez toute cette saloperie.

– Nous devrions peut-être…, commença-t-elle.

Yasikov la regarda, avec une sorte de surprise. Mais déjà Pati insistait : vous n'y gagneriez rien. Voilà ce qu'elle disait. Rien, sauf la mort de deux femmes. En revanche, vous perdriez beaucoup. Et il fallait reconnaître, décida Teresa, qu'à part le tremblement des mains qui se transmettait aux spirales de la fumée de la cigarette, le Lieutenant faisait front avec beaucoup de courage. En dépit de tout, malgré l'erreur d'être là et le reste, Pati ne se dégonflait pas facilement. Mais elles étaient toutes les deux au bout du rouleau. Elle fut sur le point de le dire à haute voix. Nous sommes au bout du rouleau, Lieutenant. Arrête et partons.

– La vie met du temps à s'éteindre, philosopha le Russe, mais la suite montra à Teresa qu'il ne philosophait pas dans le vide. Je crois que dans la période intermédiaire, on finit par raconter beaucoup de choses... Ça ne me plaît pas de payer deux fois. Non. Je peux avoir ça gratis. Oui. Le récupérer.

Il regardait le paquet de cocaïne posé sur la table, entre ses grosses mains immobiles. Pati écrasa maladroitement sa cigarette dans le cendrier qui était à quelques centimètres de ces mains. C'est tout ce que tu as réussi à faire, pensa Teresa désolée. A finir dans ce putain de cendrier. Alors, sans l'avoir prévu, elle entendit de nouveau le son de sa propre voix :

– Il se peut que vous le récupériez gratis. Mais on ne sait jamais. C'est un risque, ça peut comporter des ennuis... Vous vous priveriez d'un bénéfice assuré.

– Votre nom ?

– Teresa Mendoza.

– Colombienne ?

– Mexicaine.

Elle fut sur le point d'ajouter de Culiacán, Sinaloa, ce qui, dans ces circonstances, pensait-elle, était comme un aval plus que suffisant ; mais elle ne le fit pas. Ne jamais en dire trop. Yasikov continuait à l'observer fixement.

– Me priver ? A vous de m'en convaincre.

De me convaincre de l'utilité de vous laisser en vie, disait le sous-titre. Pati s'était renfoncée dans son fauteuil, comme un coq épuisé reculant dans l'arène. Tu as raison, Mexicaine. Moi j'ai les flancs qui saignent, à toi de jouer. Sors-nous d'ici. Teresa avait la langue collée au palais. Un verre d'eau. Elle aurait donné n'importe quoi pour un verre d'eau.

– Avec le kilo à douze mille dollars, exposa-t-elle, la demi-tonne doit valoir, à l'origine, environ six millions de dollars... Exact ?

– Exact. – Le regard de Yasikov était inexpressif. Prudent.

– Je ne sais pas combien vous prennent les intermédiaires, mais aux États-Unis, le kilo vaudrait vingt mille.

– Trente mille pour nous. Cette année. Ici. – Pas un muscle du visage de Yasikov ne bougeait. – Plus cher que chez vos voisins. Oui. Les Yankees.

Teresa fit un rapide calcul. Elle digérait l'information. A sa grande surprise, ses mains à elle ne tremblaient pas. Pas en ce moment. Dans ce cas, reprit-elle, au prix actuel, une demi-tonne mise sur le marché européen représentait quinze millions de dollars. D'après ce que lui avait dit Pati, c'était beaucoup plus que ce que Yasikov et ses associés avaient payé quatre ans plus tôt pour la cargaison d'origine. C'est-à-dire, corrigez-moi si je me trompe, cinq millions au comptant et un de plus pour le… enfin… Comment préférez-vous appeler ce monsieur ?

– Le matériel technique, répondit Yasikov, amusé. Et de seconde main.

Arrondissons à six millions au total, conclut Teresa. Matériel technique inclus. Mais ce qui comptait, poursuivit-elle, c'était que la demi-tonne d'aujourd'hui, celle qu'elles proposaient, allait lui coûter seulement six millions de plus. En en versant trois à la livraison du premier tiers, trois autres en règlement du deuxième tiers, le reste de la marchandise étant livré après confirmation du second règlement. En réalité, elles se bornaient à lui vendre le tout au prix coûtant.

Elle vit que le Russe réfléchissait. Ça ne marche pas, pensa-t-elle. Tu ne piges pas, crétin. Tu ne vois pas le bénéfice, et pour toi nous restons toujours deux minables affamées.

Yasikov faisait lentement non de la tête.

– Vous voulez nous faire payer deux fois. Cette demi-tonne. Six et six.

Teresa se pencha en avant, en posant ses coudes sur la table. Et moi, pourquoi je ne tremble pas ? se demanda-t-elle. Pourquoi mes sept anneaux ne tintent-ils pas comme un serpent à sonnette, alors que je suis au bord de me lever et de prendre mes jambes à mon cou ?

– Et pourtant – elle était également surprise par la sérénité de sa voix –, il vous resterait une marge de trois millions de dollars sur une marchandise que vous considériez perdue et dont je suis sûre que vous l'aviez passée par pertes et profits... Mais en plus, ces cinq cents kilos de cocaïne valent, si nous faisons les comptes, soixante-cinq millions de dollars une fois coupés et prêts pour la distribution au détail dans votre pays, ou dans celui que vous voudrez... En déduisant les frais anciens et nouveaux, il vous restera, à vous et aux vôtres, cinquante-trois millions de dollars de bénéfice. Cinquante, en prévoyant une marge de trois pour le transport, les retards et les divers incidents de parcours. Et vous aurez alimenté votre marché pour un bout de temps.

Elle se tut, guettant le regard de Yasikov, les muscles du dos tendus et le ventre noué par la peur jusqu'à en être douloureux. Mais elle avait été capable de faire son exposé sur le ton le plus sec et le plus net possible, comme si, au lieu de jouer sa vie et celle de Pati, elle était en train de proposer une banale opération commerciale sans conséquences. Le gangster étudiait Teresa, et celle-ci sentait aussi rivés sur elle les yeux de Pati ; mais pour rien au monde elle n'aurait rendu ce second regard. Ne me regarde pas, implorait-elle mentalement son amie. Pas même un sourcillement, sinon on est foutues. La possibilité que ce crétin continue à vouloir récupérer ses six millions est toujours là. Parce qu'il sait, comme je le sais, qu'on parle toujours. Quand ils ont décidé de te faire parler, tu finis toujours par le faire. Et ceux-là, je suis sûre qu'ils savent s'y prendre.

– Je crains..., commença Yasikov.

On y est, se dit Teresa. Il suffisait de voir la tête que faisait le Russe pour comprendre que c'était sans espoir. En un éclair, elle eut parfaitement conscience de la situation. Nous nous sommes comportées comme des petites filles sans expérience : Pati est une irresponsable, et j'en suis une autre. La peur lui tordait les tripes. Ce connard ne changera pas d'avis.

– Il y a encore quelque chose, improvisa-t-elle. Le haschisch.

– Quoi, le haschisch ?

– Je connais ce job. Et vous, vous n'avez pas de haschisch.

Yasikov paraissait un peu déconcerté.

– Bien sûr que si. Nous en avons.

Teresa hocha la tête, niant avec aplomb. Faites que Pati n'ouvre pas la bouche et ne fasse pas tout foirer, pria- t-elle. En elle, la voie se dessinait avec une étrange clarté. Une porte s'était soudain ouverte, et cette femme silencieuse, l'autre qui parfois lui ressemblait, l'observait depuis le seuil.

– Il y a un an et demi, répliqua-t-elle, vous vous en procuriez des petites quantités ici et là, et je doute que ce soit différent aujourd'hui. Je suis sûre que vous êtes toujours entre les mains de pourvoyeurs marocains, de transporteurs de Gibraltar et d'intermédiaires espagnols… Comme tout le monde.

Le gangster leva la main gauche, celle qui portait l'alliance, pour se la passer sur la figure. J'ai trente secondes pour le convaincre, pensa Teresa, avant de me lever, de sortir et de courir, pour qu'ils nous attrapent dans un jour ou deux. Et ça serait trop con. Ce n'était pas la peine d'échapper à ceux du Sinaloa et d'aller si loin, pour finir par me faire buter par un crétin de Russe.

– Nous voulons vous proposer quelque chose, précisa-t-elle. Une affaire. De ces six millions fractionnés en deux règlements, vous retiendriez le second en qualité d'associés, à charge pour vous de financer les moyens nécessaires.

Un long silence. Le Russe ne la quittait pas des yeux. Et je suis un masque indien, pensait-elle. Je suis un masque impassible en train de jouer au poker comme Martin Estrada Contreras, un joueur professionnel, les gens le respectaient parce qu'il était loyal, et cetera, ou c'est du moins ce que dit le corrido, et ce connard n'obtiendra pas de moi un seul battement de paupières, parce que je me suis blindée. Alors qu'il me regarde tant qu'il voudra. C'est comme s'il reluquait mes nichons.

– Quels moyens ?

Je te tiens, se dit Teresa. Je t'aurai.

– Ça, je ne peux pas vous le dire maintenant. Ou si, je peux. Des bateaux. Des moteurs hors-bord. Des points de débarquement. Le paiement des premiers contacts et intermédiaires.

Yasikov continuait de se passer la main sur la figure.

– Vous y connaissez quelque chose ?

– Ne vous moquez pas de moi. Je suis en train de jouer ma vie et celle de mon amie... Vous me croyez en position de vous chanter des rancheras ?

Et c'est ainsi, a conclu Saturnino G. Juárez, que Teresa Mendoza et Patricia O'Farrell s'étaient associées avec la mafia russe de la Costa del Sol. La proposition formulée par la Mexicaine lors de cette première rencontre avait fait pencher la balance. Car, en effet, à part cette demi-tonne de cocaïne, la Babouchka de Solntsevo avait besoin du haschisch marocain pour ne pas dépendre exclusivement des trafiquants turcs et libanais. Jusqu'alors, elle s'était vue forcée de recourir aux mafias traditionnelles du Détroit, mal organisées, coûteuses et peu fiables. L'idée d'une filière directe était donc séduisante. La demi-tonne avait changé de mains, contre trois millions de dollars déposés dans une banque de Gibraltar et trois autres destinés à financer une infrastructure dont la façade légale avait reçu le nom de Transer Naga Ltd, avec siège social sur le Rocher et une discrète succursale écran à Marbella. De là, Yasikov et ses gens avaient reçu, selon l'accord auquel celui-ci était parvenu avec les deux femmes, cinquante pour cent des bénéfices de la première année, et vingt-cinq pour cent de ceux de la deuxième ; de sorte que, la troisième année, la dette avait été considérée comme apurée. Transer Naga était une entreprise de services : des transports clandestins, dont la responsabilité commençait au moment du chargement de la drogue sur la côte marocaine et s'achevait quand quelqu'un la prenait en livraison sur une plage espagnole ou en haute mer. Avec le temps, par des écoutes téléphoniques et d'autres enquêtes, on avait pu établir que c'était Teresa Mendoza qui avait imposé la règle de ne pas participer à la propriété de la drogue. En se fondant sur son expérience passée, elle considérait que tout était plus net si le transporteur n'était pas impliqué dans la transaction : cela garantissait la discrétion, et aussi l'absence de noms et de preuves établissant un lien entre producteurs, exportateurs, intermédiaires, destinataires et propriétaires. La méthode était simple : un client exposait ses besoins, et Transer Naga l'assistait pour trouver la forme de transport la plus efficace, en apportant son professionnalisme et les moyens adéquats. Du point A au point C, et nous constituons le point B. Avec le temps, a précisé Saturnino G. Juárez pendant que je payais l'addition du restaurant, il ne leur avait plus manqué qu'une annonce dans les pages jaunes. Voilà la stratégie que Mendoza avait imposée, elle l'a toujours suivie, sans céder à la tentation d'accepter une partie du règlement en drogue, comme d'autres transporteurs avaient coutume de le faire. Même quand Transer Naga a fait du détroit de Gibraltar la grande porte d'entrée de la cocaïne pour l'Europe du Sud, et que la poudre colombienne a commencé à pénétrer par tonnes entières.

10. Je suis dans le coin d'une cantine…

Cela faisait presque une heure qu'elles tripotaient des vêtements. Elles en étaient à leur troisième boutique de la matinée. De l'autre côté de la vitrine, le soleil inondait de lumière la rue Larios : tables aux terrasses, voitures, passants en vêtements légers. Malaga l'hiver. Aujourd'hui, avait dit Pati, on part en expédition. J'en ai marre de te filer mes fringues, de te voir habillée comme une femme de ménage ; alors enlève la crasse de tes ongles, arrange-toi un peu, et on y va. A la chasse. Histoire de donner un coup de lustre à ton niveau social. Tu as confiance, ou pas ? Et elles étaient là. Elles avaient pris un premier petit déjeuner avant de quitter Marbella, et un second à la terrasse du Café Central en regardant passer les gens. Maintenant elles s'occupaient à dépenser de l'argent. Trop, au jugement de Teresa. Les prix étaient effrayants. Et alors ? répondait Pati. Tu as de quoi et j'ai de quoi. Et puis tu peux considérer ça comme un investissement. Avec une rentabilité calculée, ce qui te va très bien. Tu rempliras ton bas de laine un autre jour, avec tes bateaux, ta logistique et tout le parc maritime que tu es en train d'organiser, Mexicaine. Dans la vie, il n'y a pas que des moteurs hors-bord, des hélices à pas variable et autres bidules du même genre. Il est temps que tu te mettes au niveau de la vie que tu mènes. Ou que tu vas mener.

– Comment tu trouves ça ?… – Pati se déplaçait avec désinvolture dans le magasin, en extrayant des vêtements des cintres et en laissant celui qu'elle écartait aux mains d'une employée qui les suivait, empressée. – L'ensemble veste et pantalon ne se démode jamais. Et ça impressionne les hommes, surtout sur toi, sur moi, dans notre milieu… – Elle plaquait le vêtement sur le corps de Teresa pour voir l'effet qu'il faisait. Les jeans te vont très bien, tu n'as pas besoin de les abandonner. Mais combine-les avec des vestes sombres. Les bleu marine sont parfaites.

Teresa avait d'autres soucis en tête, plus complexes que la couleur d'une veste à porter sur un jean. Trop de gens et trop d'intérêts. Des heures de réflexion devant un cahier rempli de chiffres, de noms, de lieux. De longues conversations avec des inconnus qu'elle écoutait avec attention et prudence, en essayant de deviner, bien décidée à apprendre de chaque chose et de chaque personne. Beaucoup de choses dépendaient désormais d'elle, et elle se demandait si elle était vraiment préparée pour assumer des responsabilités qui, avant, ne lui venaient même pas à l'esprit. Pati savait tout cela, mais elle s'en moquait, ou du moins elle semblait s'en moquer. Il y a un temps pour tout, disait-elle. Aujourd'hui, on s'occupe de fringues. Aujourd'hui, on se repose. Aujourd'hui, on va se promener. Et puis, mener la barque, c'est surtout ton problème. Tu es la gérante, et moi je regarde.

– Tu vois ?… Avec les jeans, ce qui te va le mieux, ce sont les chaussures plates, type mocassins, et ces sacs : Ubrique, Valverde del Camino. Les sacs de l'artisanat andalou te vont bien. Pour les jours ordinaires.

Il y avait trois sacs de ce genre dans les paquets qui remplissaient le coffre de la voiture garée dans le parking souterrain de la place de la Marine. Plus question d'attendre, insistait Pati. Pas un jour de plus, pour remplir l'armoire de ce dont tu as besoin. Et tu vas m'écouter. Je commande et tu obéis, d'accord ?… D'ailleurs, s'habiller est moins une question de mode que de bon sens. Fais-toi à cette idée : peu mais bien est meilleur que beaucoup et moche. Tout l'art consiste à se constituer un fond d'armoire. Et ensuite, à partir de là, à le développer. Tu me suis ?

Il arrivait rarement au Lieutenant O'Farrell d'être aussi volubile. Teresa la suivait, en effet, intéressée par cette nouvelle façon de voir les vêtements et de se voir soi-même dedans. Jusque-là, s'habiller de telle ou telle manière correspondait à deux objectifs clairs : plaire aux hommes – à ses hommes – ou se sentir à l'aise. L'habillement comme outil de travail, ainsi que l'avait dit Pati en lui arrachant un éclat de rire, c'était une nouveauté. Se vêtir n'était pas seulement commodité ou séduction. Pas même élégance, ou statut social, mais subtilités dans le statut social. Tu continues à me suivre ?... Le vêtement peut être état d'esprit, caractère, pouvoir. On s'habille comme on est ou comme on veut être, et c'est là qu'est toute la différence. Ça s'apprend, bien sûr. Comme les manières, comme manger et faire la conversation. Ça s'apprend quand on est, comme toi, intelligente, et qu'on sait regarder. Et tu sais regarder, Mexicaine. Je n'ai jamais vu personne regarder comme toi. Une vraie Indienne. On dirait que tu lis dans les gens comme dans des livres. Les livres, tu les connais, et il est temps, maintenant, que tu connaisses le reste. Pourquoi ? Parce que tu es mon associée et mon amie. Parce qu'on va passer beaucoup de temps ensemble, je l'espère, et faire de grandes choses. Et parce que le moment est venu que nous changions de conversation.

– Et quand je dis t'habiller vraiment – elles sortaient de la cabine d'essayage où Teresa s'était contemplée dans le miroir avec un sweater en cachemire à col roulé –, je ne veux pas dire t'habiller ennuyeux. Le problème, c'est que pour porter certaines choses, il faut savoir bouger. Et être présente. Tout n'est pas indiqué. Ça, par exemple. Versace ne te va pas. Avec des fringues de Versace, tu aurais l'air d'une pute.

– Mais toi, tu en mets bien, parfois.

Pati rit. Elle tenait une Marlboro entre ses doigts, malgré le panneau « défense de fumer » et les regards réprobateurs de la vendeuse. Une main dans la poche de la veste en tricot, sur la jupe gris sombre. La cigarette dans l'autre. Je l'éteins tout de suite, ma chérie, avait-elle dit avant d'allumer la première. Elle en était à la troisième.

– J'ai été dressée autrement, Mexicaine. Je sais quand je dois ressembler à une pute et quand je ne dois pas. Toi, rappelle-toi que les gens avec qui nous traitons sont impressionnés par les femmes qui ont de la classe. Les dames.

– Ne te fiche pas de moi. Je ne suis pas une dame.

– Qu'est-ce que tu en sais ? Être, paraître, arriver à être, ou n'être jamais rien, tout cela tient à des nuances très subtiles. Regarde, jette un coup d'œil… Une dame, je te dis. Yves Saint Laurent, des trucs de chez Chanel ou Armani pour les moments sérieux ; les plus fous, comme ceux-là, de chez Galiano, laisse-les à d'autres… Ou pour plus tard.

Teresa regardait autour d'elle. Cela ne la gênait pas de montrer son ignorance, ni que la vendeuse entende la conversation. C'était Pati qui parlait à voix basse.

– Je ne sais pas toujours ce qui convient… Combiner est difficile.

– Alors tiens-t'en à une règle infaillible : moitié-moitié. Si, de la taille jusqu'en bas, tu es provocante ou sexy, de la taille jusqu'en haut, tu dois être discrète. Et vice versa.

Elles sortirent en portant les sacs et remontèrent la rue Larios. Pati la faisait s'arrêter devant chaque vitrine.

– Pour le travail et le sport, poursuivit-elle, l'idéal est de mettre des vêtements de transition ; et si tu tiens à une marque, trouves-en une où il y a un peu de tout… – Elle indiquait un ensemble avec une veste sombre et légère, à col rond, que Teresa trouva très jolie. – Comme Calvin Klein, par exemple. Aussi bien pour un pull ou un blouson que pour une robe du soir.

Elles entrèrent dans le magasin. C'était une boutique très élégante, et les vendeuses portaient toutes les mêmes jupes courtes et les mêmes bas noirs. Grandes et jolies, très maquillées, genre mannequins ou hôtesses de l'air. Très aimables. On ne m'aurait jamais donné de travail ici, conclut-elle. Bon Dieu ! Saloperie de fric.

– L'idéal, dit Pati, est d'aller dans une boutique comme celle-là, bonne qualité et plusieurs marques. La fréquenter et créer la confiance. La relation avec les vendeuses est importante : elles te connaissent, elles savent ce qui te plaît et ce qui te va. Elles te disent : il y a ça, qui vient d'arriver. Elles te chouchoutent.

Il y avait d'autres rayons à l'étage : du cuir italien et espagnol. Des ceintures. Des sacs. Des chaussures merveilleuses, au look parfait. C'était bien mieux, pensa Teresa, que le Sercha's de Culiacán, où les épouses et les maîtresses des narcos se précipitaient deux fois par an, à la fin de chaque récolte dans la sierra, en jacassant comme des pies, avec leurs bijoux, leurs cheveux teints et leurs liasses de dollars. Elle-même y faisait ses achats, au temps du Güero Dávila, ce qui la mettait maintenant mal à l'aise. Peut-être parce qu'elle n'était pas sûre qu'il s'agisse de la même Teresa : elle était désormais si loin, et c'était une autre qui se tenait devant ces miroirs de boutiques de luxe, d'un autre temps et d'un autre monde. Oui, vraiment, si loin. Et les chaussures sont fondamentales, énonça Pati sur ces entrefaites. Plus que les sacs. Souviens-toi que tu as beau être bien habillée, des chaussures moches te renvoient à la misère. Pour les hommes passe encore, y compris ces cochonneries sans chaussettes mises à la mode par Julio Iglesias. Dans notre cas, c'est beaucoup plus dramatique. Pis : irréparable.

Elles se promenèrent ensuite de parfums en maquillages, humant et essayant tout sur la peau de Teresa, avant d'aller manger des grosses crevettes et des coquillages au Tintero, sur la plage d'El Palo. Les femmes latinos, soutenait Pati, ont une attirance particulière pour les parfums forts. Aussi, essaye de les adoucir. Et pour le maquillage, idem. Quand on est jeune, le maquillage vous vieillit ; et quand on est vieille, il vous vieillit beaucoup plus... Tu as de grands et jolis yeux noirs, et quand tu te coiffes avec la raie au milieu, les cheveux tirés en arrière, à la mexicaine, tu es parfaite.

Elle disait cela en la regardant bien en face, sans détourner les yeux une seconde, pendant que les serveurs passaient entre les tables exposées au soleil en portant des œufs de poisson *a la plancha*, des assiettes de sardines, des *chopitos**, des pommes de terre à l'aïoli. Il n'y avait dans sa voix ni supériorité ni mépris. C'était comme le jour de son arrivée à El Puerto de Santa María, quand elle l'avait mise au courant des coutumes locales. Ça, et puis ça. Mais maintenant Teresa décelait quelque chose de différent : une touche d'ironie au coin de la bouche, dans les plis qui se formaient autour des paupières quand elle les fermait à demi pour sourire. Tu connais la question que je suis en train de me poser, pensait Teresa. Tu peux presque l'entendre. Pourquoi moi, puisque, maintenant que nous sommes dehors, je ne te donne pas ce que tu cherchais ? J'écoute, je suis là, mais c'est tout. Je me suis laissé posséder avec cette histoire de fric, Lieutenant O'Farrell. Ce n'était pas ça que tu voulais. Pour moi, c'est simple : je suis loyale parce que je te dois beaucoup et parce que je dois l'être. Parce que ce sont les règles du jeu étrange que nous jouons toutes les deux. Oui, c'est simple. Mais toi, tu n'es pas de la même espèce. Tu peux mentir, trahir et oublier si c'est nécessaire. La question est : pourquoi ne le fais-tu pas avec moi ? Ou pourquoi pas encore.

– Le vêtement, poursuivit Pati, sans changer d'expression, doit s'adapter à chaque moment de la journée. Il est toujours choquant, quand on est en train de déjeuner, de voir arriver quelqu'un avec un châle, ou, au dîner, avec une minijupe. Ça dénote seulement une absence de discernement, ou un manque d'éducation : ça veut dire que la personne ne sait pas ce qu'il convient de porter et se met sur le dos ce qui lui semble le plus élégant ou le plus cher. Ça dénonce la parvenue.

Et elle est intelligente, se dit Teresa. Elle l'est bien plus que moi, et je dois m'interroger : pourquoi en est-elle là, elle ? Elle a tout eu. Elle a même eu un rêve. Mais ça, c'était quand elle était derrière les barreaux : c'est ce qui la maintenait vivante. Il serait bon de savoir ce qui la maintient vivante, aujourd'hui. A part boire comme un trou, à part ces petites amies qu'elle s'envoie de temps en

* Petites seiches.

temps, à part sniffer tout ce qu'elle peut et me raconter tout ce que nous allons faire quand nous serons multimillionnaires. Je me le demande. Et je ferais mieux de ne pas trop continuer à me le demander.

– Je suis une parvenue, dit-elle.

Elle avait dit cela presque comme une interrogation. Elle n'avait jamais employé ce mot, elle ne l'avait jamais entendu ni lu dans les livres ; mais elle en devinait le sens. Son amie éclata de rire.

– Bah ! Bien sûr que tu en es une. D'une certaine manière, oui. Mais il n'est pas nécessaire que tout le monde le sache. Et tu ne le seras bientôt plus.

Il y avait quelque chose d'obscur dans son expression, décida Teresa. Qui semblait à la fois la faire souffrir et l'amuser. Peut-être, pensa-t-elle soudain, que ce qu'elle dit concerne, pour elle, quelque chose qui a trait ni plus ni moins à la vie.

– De toute manière, ajouta Pati, si tu te trompes, la dernière règle est de tout porter avec la plus grande dignité possible. En fin de compte, nous faisons toutes des erreurs un jour ou l'autre… – Elle continuait de la regarder. – Je parle des vêtements.

Il y eut d'autres Teresa qui affleurèrent, à cette époque : des femmes inconnues qui avaient toujours été là, sans qu'elle le sache, et des nouvelles qui se manifestaient dans les miroirs, dans les aubes grises, dans les silences, et qu'elle découvrait avec intérêt et parfois avec surprise. L'avocat de Gibraltar, Eddie Álvarez, celui qui avait géré l'argent de Santiago Fisterra et s'était si mal occupé ensuite de la défense de Teresa, eut l'occasion d'affronter une de ces femmes. Eddie n'était pas un foudre de guerre. Ses rapports avec les aspects pénibles du business étaient tout à fait périphériques : il préférait ne pas voir et ne pas savoir certaines choses. L'ignorance – il l'avait dit lors de notre conversation à l'hôtel Rock – est mère de beaucoup de sagesse et d'une bonne santé. C'est pourquoi il laissa tomber par terre tous les papiers qu'il portait sous le bras quand, en allumant la lumière dans l'escalier de sa maison, il vit Teresa Mendoza assise sur les marches.

– Bon Dieu de merde ! dit-il.

Puis il resta muet un moment, adossé au mur, les papiers à ses pieds, sans montrer la moindre velléité de les ramasser ni de faire quoi que ce soit d'autre que de retrouver un rythme cardiaque normal ; pendant que Teresa, toujours assise, l'informait lentement et en détail du motif de sa visite. Elle le fit avec son doux accent mexicain et cet air de fille timide à qui tout semblait arriver par hasard. Pas de reproches, ni de questions sur l'investissement en tableaux ou l'argent volatilisé. Pas une seule mention de l'année passée en prison, ni de la manière dont le Gibraltarien s'était lavé les mains de sa défense. La nuit, tout paraît plus sérieux, se borna-t-elle à dire au début. Je suppose que ça impressionne. C'est pour ça que je suis ici, Eddie. Pour t'impressionner. De temps en temps, la minuterie s'éteignait ; de l'escalier, Teresa levait une main vers le bouton, et le visage de l'avocat réapparaissait, jaune, les yeux affolés derrière les lunettes que la peau humide, grasse, faisait glisser sur l'arête de son nez. Je veux t'impressionner, répéta-t-elle, sûre que l'avocat l'était déjà depuis une semaine, parce que les journaux avaient publié que le sergent Iván Velasco avait reçu six coups de couteau dans le parking d'une discothèque, à quatre heures du matin, au moment où il se dirigeait, manifestement ivre, vers sa Mercedes neuve. Un drogué, ou un individu quelconque qui rôdait au milieu des voitures. Un vol banal, comme bien d'autres. Montre, portefeuille et le reste. Mais ce qui peinait vraiment Eddie Álvarez était que le décès du sergent Velasco était intervenu exactement trois jours après celui d'une autre de ses connaissances, l'homme de confiance Antonio Martínez Romero, alias Antonio Cañabota, ou Cañabota tout court, qu'on avait retrouvé tout nu, excepté les chaussettes, allongé sur le ventre et les mains attachées dans le dos, étranglé dans une pension de Torremolinos : œuvre, semblait-il, d'un jeune prostitué qui l'avait abordé dans la rue une heure avant le décès. Ce qui, en y réfléchissant, avait de quoi, certes, impressionner toute personne ayant assez de mémoire – et Eddie Álvarez en avait beaucoup – pour se souvenir du rôle joué par les deux hommes dans l'affaire de Punta Castor.

– Je te jure, Teresa, que je n'ai rien à voir avec ça.

– Avec quoi ?

– Tu le sais bien. Absolument rien.

Teresa pencha un peu la tête – elle était toujours assise dans l'escalier – en considérant la question. Elle le savait très bien, en effet. C'était pour cela qu'elle était là, au lieu de faire en sorte que l'ami d'un ami envoie un autre ami, comme dans le cas du garde civil et de l'homme de confiance. Depuis longtemps Oleg Yasikov et elle se rendaient mutuellement de petits services, un coup pour toi, un coup pour moi, et le Russe avait des gens spécialisés dans ce genre d'activités pittoresques. Drogués et tapineurs inclus.

– J'ai besoin de toi, Eddie.

Les lunettes glissèrent de nouveau.

– De moi ?

– Papiers, banques, sociétés, enfin tout ça.

Et Teresa lui expliqua. Tout en le faisant – très facile, Eddie, juste quelques sociétés et quelques comptes bancaires, et toi pour servir d'écran –, elle pensa que la vie prenait de drôles de détours et que Santiago lui-même aurait bien ri de tout cela. Et elle réfléchissait pendant qu'elle parlait, comme si elle avait été capable de se dédoubler en deux femmes, l'une, pratique, en train d'expliquer à Eddie Álvarez le motif de sa visite – et aussi la raison pour laquelle il était toujours vivant –, et l'autre qui voyait tout avec une singulière absence de passion, du dehors et de loin, avec ce regard étrange qu'elle surprenait fixé sur elle-même, et qui n'éprouvait ni rancœur ni désir de vengeance. La même que celle qui s'était chargée de présenter la note à Velasco et à Cañabota, non pour régler les comptes, mais – comme aurait dit et comme devait le dire réellement plus tard Eddie Álvarez – par sens de la symétrie. Les choses devaient être ce qu'elles étaient, les comptes devaient être à jour et les armoires en ordre. Et Pati O'Farrell se trompait : on n'impressionne pas toujours les hommes avec des vêtements d'Yves Saint Laurent.

Tu devras tuer, avait dit Oleg Yasikov. Tôt ou tard. C'était un jour où ils marchaient sur la plage de Marbella, sous la promenade du front de mer, devant un restaurant qui lui appartenait et portait le nom de Tsarévitch – au fond, Yasikov était un nostalgique –, près de la paillote où Teresa avait travaillé à sa sortie de prison. Pas tout de suite, bien sûr, avait dit le Russe. Ni de tes propres mains. Niet de niet. Sauf si tu es très passionnée ou très stupide. Toi, tu resteras en dehors, en te bornant à regarder. Mais tu auras à le faire si tu vas à l'essence des choses. Si tu es conséquente, si tu as de la chance, et si tu dures. Des décisions. Petit à petit. Tu entreras sur un terrain obscur. Oui. Et Yasikov disait tout cela en gardant la tête baissée et les mains dans les poches, contemplant le sable sur ses chaussures de luxe – Pati l'aurait approuvé, supposa Teresa. Et à côté de son mètre quatre-vingt-dix et des larges épaules qui se dessinaient sous la chemise de soie moins sobre que les chaussures, Teresa semblait plus petite et plus fragile qu'elle ne l'était, robe courte sur les jambes brunes et pieds nus, le vent lui rabattant les cheveux sur la figure, attentive aux paroles de l'autre. Prendre tes décisions, disait Yasikov avec ses pauses et sa façon de placer précautionneusement chaque mot derrière le précédent. Justes. Ou erronées. Le travail impliquera tôt ou tard de supprimer la vie. Si tu sais t'y prendre, de faire en sorte que d'autres la suppriment pour toi. Dans ce job, Tesa – il l'appelait toujours Tesa, incapable de prononcer son nom entier –, il n'est pas possible d'être bien avec tout le monde. Non. Les amis sont bons jusqu'au moment où ils deviennent mauvais. Alors il faut agir vite. Mais il existe un problème. Découvrir l'instant exact. Celui où ils cessent d'être des amis.

– Il y a quelque chose de nécessaire. Oui. Dans ce travail – et Yasikov désignait ses yeux avec son majeur et son index. Regarder un homme et savoir tout de suite deux choses. La première, pour combien il va se vendre. La seconde, quand tu devras le tuer.

Au début de cette année-là, Eddie Álvarez s'avéra trop étriqué pour elles. Transer Naga et ses sociétés écrans – domiciliées au bureau que l'avocat possédait sur Line Wall Road – allaient trop bien, et leurs besoins débordaient l'infrastructure créée par le Gibraltarien. Quatre Phantom basés à Marina Sheppard et deux sous la couverture de bateaux de plaisance à Estepona, la maintenance du matériel, les salaires des pilotes et des collaborateurs – ce dernier poste incluait la rémunération d'une demi-douzaine de policiers et de gardes civils –, ce n'était pas trop compliqué ; mais la clientèle augmentait, l'argent affluait, les paiements internationaux étaient fréquents, et Teresa comprit qu'il était nécessaire d'appliquer des mécanismes d'investissement et de blanchiment plus sophistiqués. Elles avaient besoin d'un spécialiste capable d'utiliser tous les détours légaux pour obtenir le maximum de bénéfices et le moins de risques possible. J'ai l'homme, dit Pati. Tu le connais.

Elle le connaissait de vue. La première réunion formelle eut lieu dans un discret appartement de Sotogrande. Y participèrent Teresa, Pati, Eddie Álvarez, ainsi que Teo Aljarafe : trente-cinq ans, espagnol, expert en droit de la fiscalité et en montages financiers. Quand, trois jours plus tôt, Pati le lui avait présenté au bar de l'hôtel Coral Beach, elle s'en était souvenue tout de suite. Elle l'avait remarqué pendant la réception des O'Farrell dans la propriété de Jerez : mince, grand, brun. Des cheveux noirs abondants, rejetés en arrière et un peu longs sur la nuque, encadraient un visage osseux et un grand nez aquilin. Une allure très classique, avait décidé Teresa. Comme on imaginait toujours les Espagnols avant de les connaître : sveltes et élégants, avec cet air d'hidalgos qu'ils n'avaient presque jamais dans la réalité. Et qu'ils n'étaient pas. Maintenant, tous les quatre conversaient autour d'une table en séquoia portant une cafetière en porcelaine ancienne et des tasses assorties, avec un chariot chargé de boissons près de la fenêtre qui donnait sur la terrasse, offrant une superbe vue panoramique sur le port de plaisance, la mer et une bonne partie de la côte, jusqu'aux plages lointaines de La Línea et au môle gris de Gibraltar. Il s'agissait d'un petit appartement sans téléphone ni voisins, auquel on accédait par un ascenseur partant du garage, acquis par Pati au nom de Transer Naga – elle l'avait acheté à sa propre famille – et consacré aux réunions : bon éclairage, un tableau moderne et cher au mur, un panneau pour écrire et dessiner avec des marqueurs effaçables rouges, noirs et bleus. Deux fois par semaine, et en tout cas à chaque veille de réunion, un technicien de la sécurité électronique recommandé par Oleg Yasikov inspectait les lieux en quête d'écoutes clandestines.

– La partie technique est résolue, disait Teo. Justifier les rentrées d'argent et le niveau de vie : bars, discothèques, restaurants, laveries. C'est ce que fait Yasikov, ce que font beaucoup de gens et ce que nous ferons nous-mêmes. Personne ne contrôle le nombre de verres et de paellas qu'on sert. L'heure est donc venue d'ouvrir une ligne de développement sérieuse qui aille plus loin. Investissements et sociétés filiales ou indépendantes qui justifient jusqu'à l'essence de la voiture. Beaucoup de factures. Beaucoup de papiers. Le fisc de Gibraltar nous laissera tranquilles si nous payons les impôts adéquats et si tout est en règle sur le territoire espagnol, sauf s'il y a des affaires judiciaires en cours.

– Le vieux principe, dit Pati : vivre en paix avec ses voisins.

Elle fumait cigarette sur cigarette, élégante, discrète, penchant sa tête blonde aux cheveux coupés court, en regardant les autres avec le détachement apparent de quelqu'un qui n'est que de passage. Elle semblait voir cela comme une aventure amusante. Une de plus.

– Exact, confirma Teo. Et si j'ai carte blanche, je me charge de dessiner la structure et de vous la présenter finie, en y intégrant ce que vous avez déjà. Entre Malaga et Gibraltar, les endroits et les occasions ne manquent pas. Et le reste est facile : une fois le montage terminé, avec tous les biens dans diverses sociétés, nous créerons une autre société holding pour la répartition des dividendes, ce qui vous permettra de rester insolvables. Facile.

Sa veste était accrochée au dossier de sa chaise, le nœud de sa cravate était ajusté et impeccable, et les poignets de sa chemise blanche étaient déboutonnés et retroussés sur ses avant-bras. Il parlait lentement, d'une voix grave qui plaisait à Teresa. Compétent et intelligent, avait résumé Pati : une bonne famille de Jerez, un mariage avec une femme riche, deux fillettes. Il voyage beaucoup à Londres, New York, Panama et autres lieux du même genre. Conseiller fiscal d'entreprises de haut niveau. Mon ex, feu l'imbécile, avait quelques affaires avec lui. Mais Teo a toujours été beaucoup plus malin. Il conseille, se fait payer et se tient en retrait, sur un discret troisième plan. Un mercenaire de luxe, si tu veux. Et jamais rien d'illégal, à ma connaissance. Je me le suis aussi envoyé une fois, quand nous étions jeunes. Pas vraiment une affaire au lit. Un rapide. Mais à l'époque, moi non plus je n'étais pas vraiment une affaire.

– Quant aux autres questions sérieuses, c'est plus complexe, poursuivait Teo. Je parle de l'argent, le vrai, celui qui ne passera jamais par le sol espagnol. Et je vous conseillerais d'oublier Gibraltar. C'est une mare aux grenouilles. Tout le monde à ses comptes ici.

– Mais ça marche, dit Eddie Álvarez.

Il semblait gêné. Méfiant, peut-être, pensa Teresa qui observait les deux hommes avec attention. Eddie avait fait du bon travail avec Transer Naga, mais ses capacités étaient limitées. Tous trois le savaient. Le Gibraltarien considérait l'homme de Jerez comme un concurrent dangereux. Et il avait raison.

– Ça marche pour le moment. – Teo regardait Eddie

avec une sollicitude excessive : celle qu'on accorde à un handicapé dont on pousse la chaise roulante vers l'escalier le plus proche. – Je ne discute pas le travail qui a été fait. Mais ici, vous avez l'habitude de bavarder au pub du coin et un secret cesse vite d'en être un… Et puis, un habitant de Gibraltar sur trois peut être acheté. Et cela dans les deux sens : le nôtre et celui de la police… Ça peut aller quand il s'agit de fourguer quelques kilos ou des cigarettes ; mais nous parlons d'affaires d'envergure. Et, sur ce terrain, Gibraltar ne peut donner que ce qu'il a.

Eddie remonta les lunettes qui glissaient sur l'arête de son nez.

– Je ne suis pas d'accord, protesta-t-il.

– Ça m'est égal. – Le ton de l'homme de Jerez s'était durci. – Je ne suis pas ici pour discuter de bêtises.

– Je suis…, commença Eddie.

Il avait posé ses deux mains sur la table, en s'adressant d'abord à Teresa, puis à Pati pour réclamer leur médiation.

– Tu es un gagne-petit, l'interrompit Teo.

Il dit cela avec douceur, le visage inexpressif. Dépassionné. Un docteur disant à son patient que sa radiographie a des taches.

– Je n'admets pas…

– Tais-toi, Eddie, dit Teresa.

Le Gibraltarien resta la bouche ouverte au milieu de sa phrase. Un chien battu qui regarde autour de lui, déconcerté. La cravate mal nouée et la veste froissée accentuaient son aspect minable. Il faut que je fasse attention de ce côté-là, se dit Teresa en l'observant, pendant que Pati éclatait de rire. Un chien battu peut devenir dangereux. Elle le nota sur l'agenda qu'elle avait dans un coin de sa tête. Eddie Álvarez. Affaire à suivre. Il y avait toujours moyen de s'assurer de la loyauté de quelqu'un malgré les déceptions. Il y avait toujours moyen, quel que soit l'individu.

– Continue, Teo.

Et l'autre continua. Ce qu'il fallait, dit-il, c'était installer des sociétés et opérer les transactions par des banques étrangères en dehors du contrôle de la Communauté européenne : îles de la Manche, Asie ou Caraïbes. Le problème était que, beaucoup de fonds venant d'activités suspectes ou délictueuses, il importait d'écarter les soupçons des autorités par une série de couvertures légales, sur lesquelles personne ne poserait de questions.

– En fait, conclut-il, la procédure est simple : la remise de la marchandise et le transfert des fonds doivent être exécutés simultanément. On le prouve au moyen d'un ordre que nous appelons Swift : le document bancaire irrévocable qu'expédie la banque émettrice.

Eddie Álvarez, qui poursuivait son idée, revint à la charge :

– J'ai fait ce que vous m'avez demandé de faire.

– Bien sûr, Eddie, dit Teo. – Et j'aime son sourire, découvrit Teresa. Un sourire équilibré et pratique : une fois l'opposition écartée, il ne s'acharne pas sur le vaincu. – Personne ne te reproche quoi que ce soit. Mais le moment vient de te reposer un peu. Sans négliger tes engagements.

Il regardait Eddie, et non Teresa ou Pati : cette dernière restait comme en marge, avec l'air de s'amuser énormément. Tes engagements, Eddie. Il y avait un deuxième sens. Un avertissement. Et ce type s'y connaît, pensa Teresa. Il s'y connaît en chiens battus, parce qu'il en a sûrement déjà battu plus d'un. Tout ça en douceur, sans s'énerver. Le Gibraltarien paraissait comprendre le message, car il se replia sur lui-même, presque physiquement. Sans le regarder, Teresa devina le coup d'œil inquiet qu'il lui jetait. Complètement liquéfié. Comme dans l'entrée de sa maison, avec tous ses papiers éparpillés par terre.

– Qu'est-ce que tu préconises ? demanda Teresa à Teo.

Teo fit un geste qui embrassait la table, comme si tout était dessus, bien visible, entre les tasses de café ou dans le cahier relié en cuir noir ouvert devant lui, un stylo en or posé sur les pages blanches. Ses mains, observa Teresa, étaient brunes et soignées, les ongles ras, avec des poils noirs qui apparaissaient sous les manchettes deux fois retournées. Elle se demandait à quel âge il avait couché avec Pati. Dix-huit, vingt ans ? Deux fillettes, avait dit son amie. Une femme riche et deux fillettes. Il devait sûrement continuer à coucher avec d'autres.

– La Suisse est trop sérieuse, dit Teo. Elle exige beaucoup de garanties et de vérifications. Les îles de la Manche sont bien, et on y trouve des filiales de banques espagnoles qui dépendent de Londres et permettent l'opacité fiscale ; mais elles sont trop près, elles sont très évidentes, et si un jour la Communauté européenne fait pression sur Londres et si la Grande-Bretagne décide de serrer la vis, Gibraltar et la Manche seront vulnérables.

Malgré tout, Eddie ne se donnait pas pour vaincu. Peut-être se sentait-il atteint dans sa fibre patriotique.

– Ça, c'est ce que tu dis, protesta-t-il.

Et il poursuivit en marmonnant des choses incompréhensibles.

Cette fois, Teresa ne dit rien. Elle guetta la réaction de Teo. Il se caressait le menton d'un air songeur. Il resta ainsi un moment, les yeux baissés, puis les riva finalement sur le Gibraltarien.

– Ne me casse pas les pieds, Eddie. D'accord ? – Il avait saisi le stylo et, après avoir enlevé le capuchon, il traçait une ligne d'encre bleue sur la page blanche du cahier ; une seule ligne droite et horizontale, aussi parfaite que s'il avait suivi une règle. – On parle affaires, pas de trafics avec des cartouches de Winston… – Il observa Pati, puis Teresa, la plume en suspens au-dessus du papier, et traça, à l'extrémité de la ligne, un angle en forme de flèche qui visait le cœur d'Eddie. – Faut-il vraiment qu'il assiste à cette conversation ?

Pati regarda Teresa, en haussant exagérément les sourcils. Teresa regardait Teo. Personne ne regardait le Gibraltarien.

– Non, dit Teresa. Pas vraiment.

– Ah ! Très bien. Parce qu'il y a quelques détails techniques à commenter.

Teresa se tourna vers Eddie. Celui-ci ôtait ses lunettes

pour nettoyer la monture avec un mouchoir en papier, comme si, au cours des dernières minutes, elles n'avaient cessé de glisser. Il s'essuya aussi l'arête du nez. La myopie accentuait son désarroi. Il ressemblait à un canard souillé de pétrole sur le bord d'un étang.

– Descends au Ke et bois une bière, Eddie. On se retrouvera tout à l'heure.

Le Gibraltarien hésita un peu, puis remit ses lunettes tout en se levant maladroitement. La triste imitation d'un homme humilié. Il était évident qu'il cherchait quelque chose à dire avant de partir et qu'il ne trouvait rien. Il ouvrit la bouche et la referma. Finalement, il sortit en silence : le canard laissant des traces noires, chh ! chof ! et près de vomir avant d'être arrivé à la rue. Teo traçait une seconde ligne bleue sur son cahier, sous la première, et aussi droite qu'elle. Cette fois, il dessina un cercle à chaque extrémité.

– J'irais, dit-il, à Hong Kong, aux Philippines, à Singapour, dans les Caraïbes ou à Panama. Plusieurs de mes clients travaillent avec Grand Cayman et ils sont satisfaits ; six cent quatre-vingts banques sur une île minuscule, à deux heures d'avion de Miami. Pas de guichets, argent virtuel, aucun impôt, confidentialité sacrée. Elles ne sont obligées d'informer que quand il y a des preuves d'un lien direct avec une activité criminelle notoire… Mais comme elles ne demandent aucune formalité légale permettant d'identifier le client, établir ces liens est impossible.

Maintenant il regardait les deux femmes, et trois fois sur quatre il s'adressait à Teresa. J'aimerais bien savoir, s'interrogea celle-ci, ce que le Lieutenant lui a raconté sur mon compte. Où se situe chacun de nous. Elle se demanda aussi si elle était habillée comme il le fallait : ample sweater à rayures verticales, jean, sandales. Pendant un instant, elle envia l'ensemble mauve et gris de Valentino que Pati portait aussi naturellement qu'une seconde peau. Si élégante, la garce.

L'homme de Jerez continua d'exposer son plan : plusieurs sociétés non résidentes situées à l'étranger, couvertes par des cabinets d'avocats avec les comptes bancaires adéquats, pour commencer. Et, afin de ne pas mettre tous les œufs dans le même panier, le transfert de certains numéraires, dûment blanchis après avoir parcouru des scircuits sûrs, sur des dépôts fiduciaires et des comptes sérieux au Luxembourg, au Liechtenstein et en Suisse. Des comptes dormants, précisa-t-il, comme fonds de sécurité à long terme, ou avec de l'argent investi dans des sociétés de gestion de patrimoines, transactions mobilières ou immobilières, titres, et autres placements de ce genre. De l'argent impeccable, au cas où, un jour, il faudrait dynamiter l'infrastructure caribéenne, ou si tout le reste sautait.

– Est-ce clair ?

– Cela me semble approprié, répondit Teresa.

– Oui. L'avantage est qu'il y a en ce moment beaucoup de mouvements de banques espagnoles avec les Cayman, et que nous pouvons nous camoufler dedans pour les premières entrées de fonds. J'ai un bon contact à Georgetown : Mansue Johnson & Sons. Conseillers de banques, spécialistes de la fiscalité, et avocats. Ils vous font des paquets complets sur mesure.

– Est-ce que ce n'est pas se compliquer beaucoup la vie ? demanda Pati.

Elle enchaînait toujours cigarette sur cigarette, en accumulant les mégots dans sa tasse à café.

Teo avait reposé le stylo sur le cahier. Il haussa les épaules.

– Ça dépend de vos plans pour l'avenir. Ce que vous a fait Eddie est valable pour l'état actuel de vos affaires : valet, dame et roi. Mais si les choses vont en se développant, vous feriez bien de préparer une structure qui pourra absorber par la suite n'importe quel élargissement, sans avoir à travailler dans l'urgence et l'improvisation.

– Ça mettra combien de temps, pour mettre tout au point ? voulut savoir Teresa.

Le sourire de Teo restait toujours le même : contenu, un peu vague, très différent d'autres sourires d'hommes qu'elle gardait en mémoire. Et il continuait de lui plaire ; ou peut-être était-ce que, maintenant, elle aimait ce genre de sourire parce qu'ils ne signifiaient rien. Simples, nets, automatiques. Plus un signe de bonne éducation qu'autre chose, comme l'éclat d'une table vernie ou de la carrosserie d'une voiture neuve. Il n'y avait rien de compromettant derrière ; ni sympathie, ni rêves, ni faiblesse, ni complaisance, ni obsessions. Il ne prétendait pas tromper, convaincre ou séduire. Il n'était là que parce qu'il était lié au personnage, depuis sa naissance et pendant toute son éducation, comme ses manières courtoises et son nœud de cravate bien fait. L'homme de Jerez souriait de la même façon qu'il traçait ces lignes bien droites sur les pages blanches du cahier. Et pour Teresa, c'était rassurant. Désormais, elle avait lu, elle savait se souvenir, et elle savait regarder. Le sourire de cet homme était de ceux qui mettent tout à sa juste place. Je ne sais pas s'il se passera quelque chose avec lui, se dit-elle. En réalité, je ne sais pas si je coucherai encore avec quelqu'un ; mais si je le fais, ce sera avec des hommes qui sourient comme lui.

– Cela dépend de quand vous me donnerez l'argent pour commencer. Un mois, ou plus. C'est fonction de votre décision de voyager pour la mise en place ou de faire venir les gens appropriés, ici ou sur un terrain neutre. Avec une heure de signatures, tous les papiers seront en règle… Il faut savoir aussi qui se charge de l'ensemble.

Il attendit une réponse. Il l'avait dit sur un ton détaché, léger. Un détail sans grande importance. Mais il attendait, et il les regardait.

– Toutes les deux, dit Teresa. Nous sommes inséparables dans cette affaire.

Teo mit quelques secondes à réagir.

– Je comprends. Mais nous avons besoin d'une seule signature. Quelqu'un qui émette les fax ou donne les coups de téléphone opportuns. Il y a, bien sûr, des choses que je peux faire. Que je devrai faire, si vous me donnez des pouvoirs partiels. Mais l'une de vous doit prendre les décisions rapides.

Le rire cynique du Lieutenant O'Farrell retentit. Un rire d'ancien combattant qui se torche avec le drapeau.

– Ça, c'est son job. – Elle désignait Teresa du bout de sa cigarette. – Les affaires, ça demande qu'on se lève tôt, et moi j'aime rester au lit.

Miss American Express. Teresa se demandait pourquoi Pati décidait de jouer à ça, et depuis quand. Vers quoi elle la poussait et pour quelle raison. Teo se carrait dans son fauteuil. Maintenant il répartissait ses regards à cinquante-cinquante. Impassible.

– Il est de mon devoir de te prévenir que tu laisses ainsi tout entre ses mains.

– Naturellement.

– Bien. – L'homme de Jerez étudia Teresa. – Dans ce cas, le problème est réglé.

Il ne souriait plus, son expression montrait qu'il réfléchissait. Il se pose les mêmes questions que moi à propos de Pati, se dit Teresa. Sur notre relation. Il calcule le pour et le contre. Jusqu'à quel point ça peut donner des bénéfices. Ou des problèmes. Jusqu'à quel point elle peut en créer.

Alors, elle eut l'intuition de beaucoup de choses à venir.

Au sortir de la réunion, Pati les regarda longuement : pendant qu'ils descendaient tous les trois dans l'ascenseur, puis quand ils échangèrent leurs dernières impressions en se promenant sur les quais du port de plaisance après avoir laissé Eddie Álvarez plein de rancœur à la porte du bar Ke, comme quelqu'un qui vient de recevoir une pierre et en craint une autre, le fantôme de Punta Castor et peut-être le souvenir du sergent Velasco et de Cañabota lui serrant la gorge. Pati avait un air songeur, les yeux mi-clos formant des petites rides, avec une lueur d'intérêt ou d'amusement, ou les deux à la fois – intérêt amusé ou amusement intéressé –, qui dansait dans un coin de cette tête étrange. C'était comme si le Lieutenant O'Farrell souriait sans le faire, en se moquant un peu de Teresa et aussi d'elle-même, de tous et de tout. Quoi qu'il en soit, c'est ainsi qu'elle les regarda au sortir de la réunion dans l'appartement de Sotogrande, comme si elle venait de semer de la marijuana dans la sierra et qu'elle attendait le moment de la récolte, et elle continua de le faire durant la conversation avec Teo face au port, et encore durant des semaines et des mois, quand Teresa et Teo Aljarafe commencèrent à se rapprocher l'un de l'autre. Et de temps en temps Teresa se sentait à bout de patience, elle décidait de prendre le taureau par les cornes en lui disant ça suffit, Pati, qu'est-ce qui se passe, déballe une fois pour toutes ce que tu as sur le cœur. Mais alors le sourire de Pati devenait tout différent, un sourire ouvert, comme si tout cela n'avait aucune importance. Elle disait ha ! ha !, allumait une cigarette, buvait un verre, sniffait un petit rail de caroline ou se mettait à parler de n'importe quoi avec cette frivolité parfaite qui – Teresa l'avait deviné avec le temps et l'habitude – n'était pas tout à fait frivole ni tout à fait sincère ; ou bien, parfois, elle redevenait pour un moment la Pati du début : le Lieutenant O'Farrell, distinguée, cruelle, mordante, la camarade de toujours, avec ses zones d'obscurité affleurant derrière cette façade. Plus tard, concernant Teo Aljarafe, Teresa en vint à se demander jusqu'à quel point son amie avait prévu, ou deviné, ou favorisé – en se sacrifiant comme un joueur de tarot qui accepte les cartes qu'il a lui-même retournées – beaucoup des choses qui se passèrent entre eux deux, et qui, d'une certaine manière, se passèrent aussi entre eux trois.

Teresa voyait fréquemment Oleg Yasikov. Elle sympathisait avec ce grand Russe flegmatique qui considérait le travail, l'argent, la vie et la mort avec une tranquille fatalité slave assez voisine du caractère de certains Mexicains du Nord. Ils prenaient un café ou faisaient une promenade ensemble après une réunion de travail, ou ils allaient déjeuner à la Casa Santiago, sur le front de mer de Marbella – le Russe aimait les queues de langoustines et le vin blanc –, les gardes du corps marchant sur le trottoir d'en face, le long de la plage. Il n'était pas loquace ; mais, quand ils étaient seuls et qu'ils bavardaient, Teresa lui entendait dire, sans leur donner d'importance, des choses auxquelles, ensuite, elle repensait longuement. Il ne cherchait jamais à convaincre personne, ni à opposer un argument à un autre. Je n'ai pas l'habitude de discuter, expliquait-il. On me dit : ça vaut moins, et moi je dis très bien. Après, je fais ce que je crois approprié. Cet homme, comprit soudain Teresa, avait un point de vue, une façon précise de voir le monde et les êtres qui le peuplent : il ne prétendait pas qu'elle était raisonnable ni généreuse. Seulement utile. Il y conformait son comportement et sa cruauté objective. Il y a des animaux, disait-il, qui restent au fond de la mer dans une coquille. D'autres s'exposent nus et jouent leur vie. Certains parviennent jusqu'au rivage. Ils se mettent debout. Ils marchent. Toute la question est de savoir jusqu'où on peut aller avant que le temps dont on dispose ne soit écoulé. Oui. Ce qu'on dure et ce qu'on arrive à obtenir pendant qu'on dure. C'est pour cela que tout ce qui aide à survivre est indispensable. Le reste est superflu. Sans intérêt, Tesa. Dans mon job, comme dans le tien, il faut s'ajuster aux limites exactes de ces mots. Indispensable. Superflu. Tu comprends ?... Et le second mot inclut la vie des autres. Ou, parfois, l'exclut.

Après tout, Yasikov n'était pas si hermétique que cela. Aucun homme ne l'était. Teresa avait appris que ce sont justement les silences, habilement administrés, qui font que les autres parlent. Et ainsi, peu à peu, elle s'était rapprochée du gangster russe. Un grand-père de Yasikov avait été cadet du tsar à l'époque de la révolution bolchevique ; et, au cours des années difficiles qui avaient suivi, la famille avait conservé la mémoire du jeune officier. Comme beaucoup d'hommes de sa classe, Oleg Yasikov admirait le courage – c'était, devait-il finir par confesser, ce qui lui avait rendu Teresa sympathique ; et, une nuit de vodka et de conversation à la terrasse du bar Salduba de Puerto Banús, elle décela dans la voix du Russe des vibrations sentimentales, presque nostalgiques, quand il évoqua en quelques mots le cadet, puis lieutenant du régiment de cavalerie Nikolaïev, qui avait eu le temps de faire un fils avant de disparaître en Mongolie ou en Sibérie, fusillé en 1922, en même temps que le baron von Ungern. C'est aujourd'hui l'anniversaire du tsar Nicolas, dit brusquement Yasikov, la bouteille de Smirnoff aux deux tiers vide, en tournant la tête comme si le spectre du jeune officier de l'armée blanche allait apparaître au bout du front de mer, entre les Rolls Royce, les Jaguar et les grands yachts. Puis il leva son verre de vodka, regarda au travers d'un air pensif, le maintint ainsi jusqu'à ce que Teresa y choque le sien, et tous deux burent en se regardant dans les yeux. Et même si Yasikov souriait en se moquant de lui-même, elle, qui ne savait pratiquement rien du tsar de Russie et encore moins d'ancêtres officiers de la cavalerie russe fusillés en Mandchourie, comprit que, malgré l'expression du Russe, celui-ci exécutait un rituel intime sérieux dans lequel elle intervenait de façon plus ou moins privilégiée ; et que ce geste de choquer son verre était réfléchi, car elle le rapprochait du cœur de cet homme dangereux et nécessaire. Yasikov emplit de nouveau les verres. L'anniversaire du tsar, répéta-t-il. Et depuis presque un siècle, y compris quand cette date et ce mot étaient proscrits dans l'Union des républiques socialistes soviétiques, paradis du prolétariat, ma grand-mère, mes parents et ensuite moi-même, nous l'avons commémoré chez nous en levant un verre de vodka. Oui. A sa mémoire et à celle du cadet Yasikov, du régiment de cavalerie Nikolaïev. Je le fais encore. Oui. Comme tu vois. Envers et contre tout. Sans desserrer les dents. Y compris l'année des onze mois que j'ai passés à pourrir au service militaire. En Afghanistan. Après quoi il reversa de la vodka, jusqu'à ce que la bouteille soit vide, et Teresa pensa que chaque être humain a son histoire secrète ; et qu'il suffisait d'être suffisamment patiente et taciturne pour finir par la connaître. Que c'était très instructif. Et surtout utile.

Les Italiens, avait dit Yasikov. Teresa en discuta le lendemain avec Pati O'Farrell. Il dit que les Italiens veulent une rencontre. Ils ont besoin d'un transport fiable pour leur cocaïne, et il croit que nous pouvons les aider avec notre infrastructure. Ils sont contents pour le haschisch et veulent augmenter la mise. Les vieux *amos do fume*, les caïds galiciens de la drogue, sont loin, ils ont d'autres filières et puis ils sont très surveillés par la police. Ils ont donc sondé Oleg pour savoir si nous accepterions de nous en occuper. En leur ouvrant une route sérieuse vers le sud, qui couvrirait la Méditerranée.

– Et quel est le problème ?

– Il n'y aura pas moyen de revenir en arrière. Si nous prenons un engagement, c'est pour longtemps. Ça exige davantage d'investissements. Ça nous complique la vie. Avec plus de risques.

Elles étaient à Jerez, au café Carmela, attablées sous le vieux porche en forme de tunnel, devant des tortillas aux crevettes et une bouteille de Tío Pepe. C'était un samedi matin, et le soleil inondait de lumière les gens qui se promenaient sur la place de l'Arenal : couples âgés habillés pour l'apéritif, familles avec des enfants, groupes à la porte des tavernes, autour de tonneaux de vin noirs posés à même le pavé en guise de tables. Elles avaient visité des caves de xérès à vendre, les établissements Fernández de Soto : une grande demeure aux murs peints en blanc et ocre, avec des cours spacieuses à arcades et fenêtres grillagées, des caves immenses, pleines de tonneaux de chêne noir portant les noms des différents vins écrits à la craie. C'était une affaire en faillite, appartenant à une famille que Pati définissait comme remontant aux Croisades, ruinée par les dépenses, les chevaux de pure race andalouse et une génération totalement incompétente en affaires : deux fils qui ne pensaient qu'à faire la noce, dont les noms apparaissaient de temps en temps dans la presse du cœur – l'un d'eux avait aussi figuré dans les pages des faits divers, pour corruption de mineurs – et que Pati connaissait depuis l'enfance. Ce placement leur avait été recommandé par Teo Aljarafe. Nous conserverons les terres blanches des environs de Sanlúcar et la partie noble du bâtiment de Jerez, et nous construirons des appartements dans l'autre moitié. Plus nous posséderons de commerces respectables, mieux nous nous porterons. Surtout quand il s'agit de caves avec un nom et une appellation prestigieux. Pati avait beaucoup ri. Le nom et l'appellation de ma famille ne m'ont pas rendue respectable pour autant, avait-elle dit. Mais l'idée lui semblait bonne. C'est pourquoi elles s'étaient rendues toutes les deux à Jerez, Teresa habillée en dame pour l'occasion, veste et jupe grises sur des chaussures noires à talons, deux simples anneaux d'argent comme boucles d'oreilles. Porte le moins possible de bijoux, lui avait conseillé Pati, et seulement des vrais. Pas de fantaisie, même de luxe. Ne dépense de l'argent que pour les boucles d'oreilles et les montres. Une montre discrète, parfois, ou ce semainier que tu mets de temps en temps. Une chaîne en or au cou, mais fine. Mieux vaut une chaînette ou un cordon qu'un collier ; mais si tu en mets un, qu'il soit de valeur : corail, ambre, perles... Authentiques, naturellement. C'est comme les tableaux chez toi. Une bonne lithographie ou une jolie gravure ancienne sont préférables à un mauvais tableau. Et pendant que Pati et elle visitaient le bâtiment des caves, accompagnées d'un administrateur obséquieux, pomponné à onze heures du matin comme s'il venait d'arriver de la Semaine sainte de Séville, les plafonds hauts, les colonnes stylisées, la pénombre et le silence avaient rappelé à Teresa les églises mexicaines édifiées par les conquistadores. C'était étrange, pensait-elle, cette impression que lui produisaient certains lieux anciens de l'Espagne, de retrouver quelque chose qui était déjà en elle. Comme si l'architecture, les coutumes, l'ambiance justifiaient beaucoup de choses qu'elle avait cru n'appartenir qu'à sa terre. J'ai été ici, se disait-elle soudain en tournant un coin, dans une rue, ou devant le portique d'une demeure ou d'une église. Bon Dieu ! Il y a quelque chose en moi qui est passé par là et qui explique une partie de ce que je suis.

Pati attaquait la dernière tortilla aux crevettes, dans le contre-jour du porche qui dorait ses cheveux, en baissant la voix pour parler. Teresa alluma une Bisonte.

– Si, avec les Italiens, nous nous limitons au transport, rien ne sera changé, dit Pati. C'est celui qui se fait prendre qui paye. Et celui-là ne sait rien. La chaîne s'arrête à lui : ni propriétaires ni noms. Je ne vois aucun risque là-dedans.

– Ce n'est pas à ce genre de risques que je pense, répliqua-t-elle.

Yasikov avait été très précis. Je ne veux pas te prendre en traître, Tesa, l'avait-il prévenue, sur la terrasse de Puerto Banús. La Camorra, la Mafia et la N'Drangheta sont des gens durs. Il y a beaucoup à gagner avec eux si tout va bien. Mais si quelque chose ne marche pas, il y a beaucoup à perdre. Et en face, tu auras les Colombiens. Oui. Eux non plus ne sont pas des bonnes sœurs. Non. Le côté positif est que les Italiens travaillent avec ceux de Cali, moins violents que les décérébrés de Medellín, Pablo Escobar et toute cette bande de psychopathes. Si tu entres là-dedans, ça sera pour toujours. On ne peut pas descendre d'un train en marche. Non. Les trains sont bons si, dedans, il y a des clients. Mauvais, si ce sont des ennemis. Tu n'as jamais vu *Bons Baisers de Russie* ?… Le malfrat que doit affronter James Bond dans le train était un Russe. Et ne prends pas ça pour un avertissement. Non. C'est un conseil. Oui. Les amis sont des amis jusqu'au moment où… Teresa l'avait interrompu : … où ils cessent de l'être. Et elle souriait. Soudain sérieux, Yasikov l'avait observée fixement. Tu es une fille très intelligente, Tesa, avait-il dit après un temps de silence. Tu apprends vite, de tout et de tous. Tu survivras.

– Et Yasikov ? demanda Pati. Il n'entre pas dans le jeu ?

– Il est malin et prudent. – Teresa regardait passer les gens sous l'arc qui donnait sur l'Arenal. – Comme nous disons dans le Sinaloa, il se réserve : il veut entrer, mais il ne veut pas être celui qui fera le premier pas. Si nous sommes dedans, il en profitera. A partir du moment où nous assurons le transport, il peut garantir des livraisons fiables à ses gens, et, de plus, bien contrôlées. Mais d'abord, il veut tester le système. Les Italiens lui donnent une occasion de le faire sans prendre de risques. Si tout fonctionne, il ira de l'avant. Sinon, il continuera comme maintenant. Il ne veut pas compromettre sa position ici.

– Ça vaut la peine ?

– C'est selon. Si nous réussissons, c'est un énorme paquet de fric.

Pati avait les jambes croisées : jupe Chanel, chaussures à talons beiges. Elle agitait un pied comme si elle suivait le rythme d'une musique que Teresa ne pouvait entendre.

– Eh bien, c'est toi la gérante. – Elle pencha la tête de côté, et toutes ses petites rides se dessinèrent autour des yeux. – C'est pour ça que c'est agréable de travailler avec toi.

– Je t'ai dit qu'il y a des risques. Ils peuvent nous trouer la peau. A toutes les deux.

Le rire de Pati retentit si fort que la serveuse qui était à la porte du café se retourna pour les regarder.

– Ils me l'ont déjà trouée une fois. Alors c'est toi qui décides. Tu es mon amie.

Elle continuait de la regarder de la même manière. Teresa ne dit rien. Elle porta son verre de vin à ses lèvres. Avec le goût du tabac dans la bouche, elle trouva le vin amer.

– Tu en as parlé à Teo ? demanda Pati.

– Pas encore. Mais il vient à Jerez cette après-midi. Il faudra le mettre au courant, bien sûr.

Pati ouvrit son sac pour payer. Elle en sortit une épaisse liasse de billets, très peu discrète, et plusieurs tombèrent par terre. Elle se pencha pour les ramasser.

– Bien sûr, dit-elle.

Il y avait quelque chose de sa conversation avec Yasikov à Puerto Banús que Teresa n'avait pas rapporté à son amie. Et qui l'obligeait à jeter à la dérobée des regards prudents aux alentours. Qui la rendait lucide et attentive, en compliquant ses réflexions dans les aubes grises qui continuaient de la garder éveillée. Des rumeurs, avait dit le Russe. Oui. Des choses. Quelqu'un m'a raconté qu'au Mexique on s'intéresse à toi. Pour une raison que j'ignore – il la scrutait en disant cela –, tu as éveillé l'attention de tes compatriotes. Ou leurs souvenirs. Ils veulent savoir si tu es la Teresa Mendoza qui a quitté Culiacán il y a quatre ou cinq ans… Est-ce que c'est toi ?

Continue, lui avait demandé Teresa. Et Yasikov avait haussé les épaules. Je n'en sais guère plus, avait-il dit. Juste qu'ils s'intéressent à toi. Un ami d'un ami. Oui. Ils l'ont chargé d'enquêter sur tes activités, de vérifier s'il est vrai que tu montes dans le métier. Si, en plus du haschisch, tu pourrais te mettre dans la coke. Il semble que, dans ton pays, il y en a qui s'inquiètent de ce que les Colombiens puissent s'installer ici, maintenant que tes compatriotes les empêchent de passer aux États-Unis. Oui. Et trouver une Mexicaine dans le circuit, comme par hasard, ne doit pas beaucoup leur plaire. Non. Surtout s'ils la connaissent déjà. D'avant. Donc, fais gaffe, Tesa. Dans ce job, avoir un passé n'est ni bon ni mauvais tant qu'on n'attire pas l'attention. Et toi, tes affaires vont trop bien pour que tu ne l'attires pas. Ton passé, ce passé dont tu ne me parles jamais, n'est pas mon affaire. Niet. Mais si tu laisses les comptes sans les solder, tu prends le risque qu'un autre se charge de les solder à ta place.

Bien longtemps auparavant, au Sinaloa, le Güero Dávila l'avait emmenée voler. C'était la première fois. Après avoir garé la Bronco en illuminant de ses phares le bâtiment au toit jaune de l'aéroport et salué les soldats qui montaient la garde près de la piste couverte de petits avions, ils avaient décollé juste avant l'aube, pour voir émerger le soleil de derrière les montagnes. Teresa se rappelait le Güero à côté d'elle dans le cockpit du Cessna, les rayons se reflétant dans les verres de ses lunettes de soleil vertes, ses mains posées sur les commandes, le ronronnement du moteur, l'image de saint Malverde collée au tableau de bord – *Mon Dieu, bénissé mon chemin et permetté mon retour*. Et la Sierra Madre couleur de nacre, avec des éclats dorés sur l'eau des rivières et des lagunes, les champs avec leurs taches vertes de marijuana, la plaine fertile et la mer au loin. Ce matin-là, vu d'en haut, le monde était apparu à Teresa, les yeux écarquillés par la surprise, propre et beau.

Elle y pensait maintenant, dans l'obscurité d'une chambre de l'hôtel Jerez, la lumière du jardin et de la piscine passant par les interstices des rideaux de la fenêtre. Teo Aljarafe était parti, et la voix de José Alfredo sortait d'une minichaîne stéréo posée près du téléviseur et du magnétoscope. Je suis dans le coin d'une cantine, chantait-elle. J'écoute une chanson que j'ai demandée. Le Güero lui avait raconté que José Alfredo était mort soûl, en composant ses dernières chansons dans des cantines où il faisait écrire les notes et les paroles par des amis car il en était devenu incapable. *Tu recuerdo y yo*, « ton souvenir et moi », s'intitulait celle-là. Et elle avait bien l'air d'être l'une des dernières.

Il s'était passé ce qui devait se passer. Teo était arrivé dans l'après-midi pour signer les papiers concernant les caves Fernández de Soto. Après, ils avaient pris un verre pour fêter ça. Un, puis plusieurs. Ils s'étaient promenés tous les trois, Teresa, Pati et lui, dans le vieux quartier de la ville, antiques demeures et églises, rues pleines de tavernes et de bars. Et, au comptoir de l'un de ceux-ci, quand Teo s'était penché pour allumer la cigarette qu'elle venait de porter à ses lèvres, Teresa avait senti le regard de l'homme. Ça fait combien de temps ? s'était-elle demandé soudain. Combien de temps sans ? Elle aimait son profil d'aigle espagnol, ses mains brunes et sûres, ce sourire dépourvu d'intentions et d'engagements. Pati souriait, elle aussi, mais d'une façon différente, comme de loin. Résignée. Fataliste. Et juste au moment où Teresa approchait son visage des mains de l'homme qui protégeait la flamme au creux de ses doigts, elle entendit Pati dire : il faut que je parte, salut, je viens de me rappeler une affaire urgente. A plus tard. Teresa s'était retournée pour dire non, attends, je vais avec toi, ne me laisse pas ici ; mais déjà Pati s'éloignait sans regarder derrière elle, le sac à l'épaule, de sorte que Teresa ne put que la voir partir, tout en continuant de sentir le regard de Teo posé sur elle. A cet instant, elle se demanda si Pati et lui s'étaient concertés. Ce qu'ils avaient pu se dire. Ce qu'ils se diraient ensuite. Et non ! pensa- t-elle dans un éclair. Pas question. Il ne faut pas tout mélanger. Il y a des luxes que je ne peux pas me permettre. Moi aussi je m'en vais. Mais quelque chose, au creux de son ventre, la forçait à rester : une impulsion puissante, faite de fatigue, de solitude, d'attente, d'abandon. Elle voulait se reposer. Sentir la peau d'un homme, des doigts sur son corps, une bouche contre la sienne. Perdre l'initiative pendant un moment et se laisser aller entre les mains d'un homme qui agirait pour elle. Qui penserait à sa place. Alors elle se souvint de la photo déchirée qu'elle gardait toujours dans son sac, glissée dans son portefeuille. La fille aux grands yeux avec un bras masculin sur les épaules, étrangère à tout, contemplant le monde comme s'il lui apparaissait de la cabine d'un Cessna par un petit matin nacré. Elle finit par revenir, lentement, délibérément. Et, ce faisant, elle pensait : salauds d'hommes. Toujours là, toujours prêts, et qui se posent rarement ce genre de questions. Elle avait l'absolue certitude que, tôt ou tard, l'un des deux, ou peut-être tous les deux devraient payer pour ce qui allait se passer.

Maintenant elle était là, seule. Écoutant José Alfredo. Tout s'était passé de façon prévisible et tranquille, sans paroles excessives ni gestes inutiles. Aussi aseptisé que le sourire d'un Teo expérimenté, habile et attentif. Satisfaisant en bien des sens. Et soudain, presque à la fin des diverses fins auxquelles il l'avait conduite, l'esprit apaisé de Teresa s'était retrouvé en train de la regarder – de se regarder – comme d'autres fois, nue, rassasiée, les cheveux en désordre sur la figure, sereine après l'agitation, le désir et le plaisir, sachant que la possession par d'autres, le don d'elle-même à d'autres, l'avait menée au rocher de León. Et elle se vit penser à Pati, à son émotion quand elle l'avait embrassée sur la bouche dans la cellule de la prison, à sa manière de les regarder pendant que Teo allumait sa cigarette au comptoir du bar. Et elle se dit que, peut-être, c'était bien cela que voulait Pati. La pousser vers elle-même. Vers l'image dans les miroirs qui avait ce regard lucide et ne se trompait jamais.

Après le départ de Teo, elle était allée sous la douche, sous l'eau brûlante dont la vapeur brouillait le miroir de la salle de bains, et elle s'était frotté la peau avec du savon, lentement, minutieusement, avant de s'habiller, de sortir et de se promener seule. Elle avait marché au hasard jusqu'au moment où, dans une rue étroite aux fenêtres grillagées, elle avait eu la surprise d'entendre une chanson mexicaine. Que ma vie s'achève devant un verre de vin. Elle s'était dit, non, ce n'est pas possible. Ça ne peut pas m'arriver maintenant, ici. Elle avait levé la tête et lu l'enseigne au-dessus de la porte : El Mariachi. Cantine mexicaine. Alors elle avait ri presque à voix haute, parce qu'elle avait compris que la vie, le destin tissent des jeux subtils qui parfois se révèlent évidents. Bon Dieu ! elle avait poussé la porte et était entrée dans une authentique cantine avec des bouteilles de tequila derrière le comptoir et un garçon jeune et rondouillard qui servait des bières Corona et Pacífico aux clients, et mettait sur le lecteur stéréo des CD de José Alfredo. Elle avait commandé une Pacífico, rien que pour toucher son étiquette jaune, et porté la bouteille à ses lèvres, une seule gorgée, histoire d'en savourer le goût qui lui rappelait tant de souvenirs, puis elle avait demandé une Herradura Reposado, servie dans un authentique *caballito* long et étroit. Maintenant José Alfredo disait pourquoi es-tu venue chercher ma pitié, puisque tu sais que dans cette vie je mets la dernière parole à ma dernière chanson. A cet instant, Teresa avait éprouvé un bonheur intense, si fort qu'elle en avait été bouleversée. Et elle avait commandé une deuxième tequila, puis encore une autre, au garçon qui avait reconnu son accent et lui souriait amicalement. Quand j'étais dans les cantines, disait une nouvelle chanson, je ne ressentais nulle douleur. Elle avait tiré une poignée de billets de son sac et dit au garçon de lui donner une bouteille de tequila non ouverte, et aussi qu'elle voulait lui acheter les disques qu'elle entendait. Je ne peux pas les vendre, avait objecté le jeune homme, surpris. Alors elle avait sorti davantage d'argent, encore et encore, et l'avait posé sur le comptoir sous les yeux stupéfaits du garçon qui avait fini par lui donner, avec la bouteille, les deux doubles CD de José Alfredo. Ils avaient pour titre *Les 100 Classiques*, quatre disques pour cent chansons. Je peux acheter tout ce que je veux, avait-elle pensé absurdement – ou pas si absurdement que ça, après tout – en sortant de la cantine avec son butin, sans se soucier que les gens la voient avec une bouteille à la main. Elle avait marché jusqu'à la station de taxis – elle sentait le sol bouger bizarrement sous ses pieds – et regagné sa chambre d'hôtel.

Et elle était là, la bouteille à demi vidée, accompagnant de la voix les paroles de la chanson. J'écoute une chanson que j'ai demandée. On va me servir tout de suite ma tequila. Et mes pensées vont vers toi. Les lumières du jardin et de la piscine laissaient la chambre dans l'ombre, striant les draps en désordre, les mains de Teresa qui portaient à ses lèvres des cigarettes mêlées de haschisch, leurs allées et venues entre le verre et la bouteille posés sur la table de nuit. Qui ne connaît dans cette vie la trahison qui rôde et laisse à l'amour un goût d'amertume ? Qui ne vient à la cantine en exigeant sa tequila, en exigeant sa chanson ? Et je me demande ce que je suis aujourd'hui, se disait-elle, tout en remuant les lèvres en silence. Qu'est-ce qui t'arrive, ma fille ? Je me demande comment les autres me voient, et j'espère bien qu'ils me voient de très, très loin. Qu'est-ce qui l'avait prise ? Le besoin d'un homme. Allons donc ! Tomber amoureuse ? Certainement pas. Libre, c'était le mot qui convenait, même s'il était grandiloquent, excessif. Elle n'allait même plus à la messe. Elle leva les yeux vers le plafond obscur et ne vit rien. Voilà qu'on m'apporte déjà le coup de l'étrier, disait au même moment José Alfredo. Et elle se le disait aussi. Et je demande seulement qu'on me joue une dernière fois *Celle Qui Est Partie*.

Elle se sentit de nouveau bouleversée. Sur les draps, près d'elle, gisait la photo déchirée. Être libre la faisait frissonner de froid.

11. Je ne sais pas tuer, mais j'apprendrai…

Les logements de la caserne de la Garde civile de Galapagar sont situés à l'extérieur du bourg, près de l'Escorial : des petites maisons serrées les unes contre les autres pour les familles des gardes et un bâtiment plus grand pour le commandement, avec, en toile de fond, un paysage gris de montagnes enneigées. Juste derrière des maisons préfabriquées, de bon aspect, qui abritent – paradoxes de la vie – une communauté de gitans avec laquelle les gardes et leurs familles entretiennent des relations de bon voisinage qui démentent les vieux clichés à la Lorca, les personnages du *Romancero gitan* qui portent des tricornes en cuir verni et vont toujours par deux. Après m'être présenté à la porte, j'ai laissé ma voiture sur le parking surveillé ; j'ai ensuite été conduit par une grande garde blonde – tout était vert dans son uniforme, jusqu'au ruban qui serrait sa queue-de-cheval sous le tricorne – au bureau du capitaine Víctor Castro : une petite pièce avec sur la table un ordinateur et au mur le drapeau espagnol près duquel étaient accrochés, en manière de trophée ou de décoration, un vieux Mauser Coruña 1945 et un fusil d'assaut Kalachnikov AKM.

– Je ne peux vous offrir qu'un café atroce, m'a-t-il annoncé.

J'ai accepté le café qu'il a rapporté lui-même de la machine du couloir en remuant le breuvage avec une spatule en plastique. Effectivement, il était infâme. Quant au capitaine Castro, il se révéla l'un de ces hommes avec lesquels on peut sympathiser dès le premier coup d'œil :

sérieux, efficace, impeccable dans son battle-dress vert, cheveux gris taillés en brosse, moustache à l'Alatriste qui commençait également à grisonner, regard franc et direct comme la poignée de main dont il m'avait gratifié en m'accueillant. Il avait une tête d'honnête homme ; et c'était peut-être, entre autres, ce qui avait motivé la décision de ses supérieurs de l'affecter pendant cinq ans au commandement du groupe Delta Quatre, sur la Costa del Sol. D'après mes informations, l'honnêteté du capitaine Castro avait fini, à la longue, par s'avérer gênante, même pour ses propres chefs. Ce qui expliquait peut-être aussi pourquoi je devais lui rendre visite dans un bourg perdu de la Sierra de Madrid, où le commandement de trente gardes correspondait à un grade inférieur au sien. Et pourquoi, encore, j'avais eu tant de mal – en usant d'influences, de vieux amis – à obtenir de la Direction générale de la Garde civile l'autorisation de le rencontrer. Comme il devait me le préciser lui-même plus tard avec un sourire stoïque, alors qu'il me raccompagnait poliment à ma voiture, c'est comme dans l'histoire de Pinocchio : les grillons dans son genre font rarement carrière.

Pour l'heure, nous parlions de cette carrière, lui assis derrière la table de son petit bureau, avec cinq décorations multicolores cousues sur le côté gauche de son uniforme, et moi avec mon café. Ou pour être plus précis, nous parlions de l'époque où il s'était occupé pour la première fois de Teresa Mendoza, à l'occasion d'une enquête sur l'assassinat d'un garde de la caserne de Manilva, le sergent Iván Velasco, qu'il décrivait – le capitaine était très prudent dans le choix de ses mots – comme un élément d'une probité douteuse ; alors que tous ceux que j'avais interrogés auparavant à propos du personnage – et parmi eux l'ex-policier Nino Juárez – l'avaient défini comme un parfait enfant de putain.

– Velasco avait été abattu de façon suspecte, a-t-il expliqué. C'est pourquoi nous avons cherché à approfondir un peu. Certaines coïncidences avec des épisodes de la contrebande, entre autres l'affaire de Punta Castor et la mort de Santiago Fisterra, nous ont fait établir un lien avec la sortie de prison de Teresa Mendoza. Même si l'on n'a rien pu prouver, cela m'a conduit jusqu'à elle et, avec le temps, j'ai fini par me spécialiser dans la Mexicaine : filatures, enregistrements vidéo, écoutes téléphoniques sur commissions rogatoires... Enfin, vous connaissez. – Il me regardait comme s'il était acquis que je connaissais. – Mon travail n'était pas de poursuivre le trafic de drogue mais d'enquêter sur l'environnement : les gens que la Mexicaine achetait et corrompait. Et, avec le temps, ils étaient devenus nombreux. Cela incluait des banquiers, des juges et des hommes politiques. Et aussi des hommes dans ma propre sphère : gardes civils et policiers.

Le mot « policier » m'a fait acquiescer, intéressé. Surveiller celui qui est chargé de surveiller.

– Quelles étaient les relations de Teresa Mendoza avec le commissaire Nino Juárez ? ai-je demandé.

Il a hésité un moment, comme s'il calculait le poids, ou l'opportunité, de chaque mot qu'il allait prononcer. Puis il a fait un geste ambigu.

– Presque tout ce que je pourrais vous dire a été publié à l'époque dans les journaux... La Mexicaine a réussi à s'infiltrer jusque dans le DOCS. Juárez a fini par travailler pour elle, comme bien d'autres.

J'ai posé le gobelet en plastique sur la table, et je me suis penché un peu en avant.

– Elle n'a jamais cherché à vous acheter ?

Le capitaine Castro a gardé un silence gêné. Il fixait le gobelet, inexpressif. Un instant, j'ai eu peur que l'entrevue ne s'achève là. Heureux de vous avoir rencontré, cher monsieur. Adieu et à la prochaine.

– Je comprends les choses, vous savez ? a-t-il dit enfin. Je veux dire que je comprends, même si je ne le justifie pas, que quelqu'un qui touche une maigre solde se laisse tenter si on lui dit : écoute, demain, quand tu seras à tel ou tel endroit, au lieu de regarder par ici, regarde par là. Et, en échange, il tend la main et reçoit une liasse de billets. C'est humain. Chacun agit selon sa conscience. Nous souhaitons tous vivre mieux que nous ne vivons… La question, c'est que certains connaissent les limites, et d'autres non.

Il s'est tu de nouveau et a levé les yeux. Je suis porté à douter de l'innocence des gens, mais je n'ai pas douté de ce regard. Même si, au fond, on ne peut jamais savoir tout à fait. De toute manière, on m'avait parlé auparavant du capitaine Víctor Castro, numéro trois de sa promotion, sept ans au Pays basque à Intxaurrondo, un an d'affectation volontaire en Bosnie, médaille du mérite de la police avec palme rouge.

– Bien sûr qu'ils ont essayé de m'acheter, dit-il. Ce n'était pas la première fois, et ça n'a pas été la dernière… – Il se permettait maintenant un sourire léger, presque tolérant. – Même dans ce bourg, on essaye de temps en temps, sur une autre échelle. Un jambon à Noël de la part d'un entrepreneur de travaux publics, une invitation d'un conseiller municipal… Je suis convaincu que chacun a un prix. Peut-être le mien était-il trop élevé. Je ne sais pas. Ce qui est sûr, c'est qu'ils ne m'ont pas acheté.

– C'est pour ça que vous êtes ici ?

Il m'a regardé, impassible.

– C'est un bon poste. Tranquille. Je ne me plains pas.

– Est-ce que ce qu'on raconte est vrai : que Teresa Mendoza a réussi à avoir des contacts dans la Direction générale de la Garde civile ?

– Vous devriez poser la question à la Direction générale elle-même.

– Et est-il exact que vous avez travaillé avec le juge Martínez Pardo à une enquête qui a été bloquée par le ministère de la Justice ?

– Même réponse : posez la question au ministère de la Justice.

J'ai acquiescé, en acceptant ses règles. Pour une obscure raison, cet abominable café dans un gobelet en plastique accentuait ma sympathie pour lui. Je me suis souvenu de l'ex-commissaire Nino Juárez à la table de la Casa Lucio, en train de savourer son Viña Pedrosa 1996. Comment mon interlocuteur avait-il dit un moment plus tôt ? Ah oui. Chacun agit selon sa conscience.

– Parlez-moi de la Mexicaine.

Et, en disant cela, j'ai sorti de ma poche une copie de la photographie prise depuis l'hélicoptère des Douanes, et je l'ai posée sur la table : Teresa Mendoza éclairée en pleine nuit dans un nuage d'eau pulvérisée que la lumière faisait scintiller autour d'elle, le visage et les cheveux trempés, les mains sur les épaules du pilote du chris-craft. Filant à cinquante nœuds vers le rocher de León et vers son destin. Je connais cette photo, a dit le capitaine Castro. Mais il est resté un moment à la regarder, songeur, avant de la repousser vers moi.

– Elle a été très intelligente et est allée très vite, a-t-il ajouté après un silence. Son ascension dans ce monde si dangereux a été une surprise pour tous. Elle a pris des risques, et elle a eu de la chance... De la femme qui accompagnait son homme sur le chris-craft à celle que j'ai connue, il y a un long chemin. Je suppose que vous avez lu les articles dans la presse. Les photos dans *¡Hola !* et le reste. Elle s'est beaucoup dégrossie, elle a acquis des manières et une culture. Elle est devenue puissante. Une légende, dit-on. La Reine du Sud. C'est ainsi que les journalistes l'ont surnommée... Pour nous, elle a toujours été la Mexicaine.

– Elle a tué ?

– Évidemment. Elle a tué, ou on l'a fait pour elle. Dans ce métier, tuer fait partie du travail. Mais elle était maligne, vous savez. Personne n'a jamais rien pu prouver. Ni une mort ni un trafic. Zéro. Même le fisc s'y est essayé, histoire de voir s'il pouvait lui donner un coup de dents. Mais non, rien... Je la soupçonne d'avoir acheté ceux qui étaient chargés de l'enquête.

J'ai cru détecter une nuance d'amertume dans ses paroles. Je l'ai observé, curieux, mais il s'est rejeté en arrière sur sa chaise. Ne poursuivons pas dans cette voie, disait son attitude. C'est sortir de la question et de mes compétences.

– Comment est-elle montée si vite et si haut ?

– Je vous l'ai dit, elle était intelligente, et elle a eu de la chance. Elle est arrivée juste au moment où les mafias colombiennes cherchaient des filières de remplacement en Europe. Mais, en plus, elle a été une novatrice... Si, aujourd'hui, les Marocains sont les maîtres du trafic sur les deux rives du Détroit, c'est grâce à elle. Elle a commencé en s'appuyant davantage sur ces gens-là que sur les trafiquants gibraltariens ou espagnols et a transformé une activité désordonnée, quasi artisanale, en une entreprise efficace. Elle a même fait changer ses employés d'aspect. Elle les obligeait à s'habiller correctement. Finies les chaînes en or et la vulgarité : des costumes simples, des voitures discrètes, des appartements au lieu de villas luxueuses, des taxis pour se rendre aux rendez-vous de travail... Et c'est ainsi que, outre le haschisch, elle a organisé les filières de la cocaïne vers la Méditerranée orientale, en écartant les autres mafias et les Galiciens qui prétendaient s'y établir. A notre connaissance, elle n'a jamais eu de marchandise à elle. Mais presque tout le monde dépendait d'elle.

La clef de tout, a poursuivi le capitaine Castro, était son expérience technique dans l'usage des chris-crafts : la Mexicaine s'en était servie pour les opérations à grande échelle. Les embarcations traditionnelles étaient les Phantom à coque rigide dont l'autonomie était limitée et qui étaient vite sujets à avaries par grosse mer ; elle avait été la première à comprendre qu'une coque semi-rigide supportait mieux le mauvais temps parce qu'elle souffrait moins. C'était ainsi qu'elle avait organisé la flottille de Zodiac, qu'on appelait des « pneus » dans l'argot du Détroit ; des canots pneumatiques qui, au cours des années, finirent par atteindre une longueur de quinze mètres, parfois avec trois moteurs, le troisième non pour filer plus vite – la vitesse limite tournait toujours autour de cinquante nœuds –, mais pour maintenir la puissance. La taille plus grande permettait, en outre, d'emporter des réserves de carburant. Plus large autonomie et davantage d'espace à bord pour la cargaison. Elle avait donc pu travailler par tous les temps, sur des points éloignés du Détroit ; l'embouchure du Guadalquivir, Huelva et les côtes désertes d'Almería. Parfois elle allait jusqu'à Murcie et Alicante, en recourant à des bateaux de pêche ou à des yachts privés qui servaient de nourrices et permettaient de s'approvisionner en haute mer. Elle avait monté des opérations avec des navires qui venaient directement d'Amérique du Sud et utilisé la filière marocaine, l'entrée de la cocaïne par Agadir et Casablanca, pour organiser des transports aériens entre des pistes cachées dans les montagnes du Rif et des petits aérodromes espagnols qui ne figuraient même pas sur les cartes. Elle avait mis également à la mode ce qu'on a appelé les « bombardements » : des paquets de vingt-cinq kilos de haschisch ou de coke emmaillotés dans de la fibre de verre et pourvus de flotteurs, qu'on lançait à la mer et qui étaient récupérés par des vedettes ou des bateaux de pêche. Personne en Espagne, a expliqué le capitaine Castro, n'avait jamais fait ça auparavant. Les pilotes de Teresa Mendoza, recrutés parmi ceux qui volaient sur des petits avions d'épandage agricole, pouvaient atterrir et décoller sur des chemins de terre et des pistes de deux cents mètres. Ils volaient bas, avec la lune, se faufilaient entre les montagnes et rasaient la mer, en profitant de ce que les radars marocains étaient inexistants et que le système espagnol de détection aérienne avait, et a toujours – le capitaine Castro décrivait un immense cercle avec les mains –, des trous gros comme ça. Sans exclure que quelqu'un, la patte dûment graissée, ferme les yeux quand un écho suspect apparaissait sur les écrans.

– Nous avons eu la confirmation de tout cela plus tard, quand un Cessna Skymaster s'est écrasé près de Tabernas, dans le secteur d'Almería, avec un chargement de deux cents kilos de cocaïne. Le pilote, un Polonais, est mort sur le coup. Nous savions que la Mexicaine était derrière ; mais nul n'a jamais pu prouver cette connexion. Ni aucune autre.

Elle s'arrêta devant la devanture de la librairie Alameda. Ces derniers temps, elle achetait beaucoup de livres. Elle en avait de plus en plus chez elle, alignés sur des étagères ou posés n'importe comment sur les meubles. Elle lisait jusque très tard dans la nuit, ou assise durant le jour aux terrasses face à la mer. Certains étaient sur le Mexique. Elle avait trouvé dans cette librairie de Malaga plusieurs auteurs de son pays : des romans policiers de Paco Ignacio Taibo II, un livre de nouvelles de Ricardo Garibay, une *Histoire de la Conquête de la Nouvelle-Espagne* par un dénommé Bernal Díaz del Castillo qui avait suivi Cortés et la Malinche, et un volume des œuvres complètes d'Octavio Paz – elle n'avait jamais entendu parler auparavant de ce señor Paz, mais il avait l'air d'être très important là-bas – qui s'intitulait *Le Pèlerin dans sa patrie*. Elle l'avait lu très lentement, avec difficulté, en sautant beaucoup de pages qu'elle ne comprenait pas. Mais des choses lui en restèrent dans la tête : un fond d'idées nouvelles qui la fit réfléchir sur sa terre – ce peuple orgueilleux, violent, toujours loin de Dieu et si près de ces salauds de gringos – et sur elle-même. C'étaient des livres qui obligeaient à penser à des choses auxquelles elle n'avait jamais pensé jusque-là. Elle lisait aussi les journaux et tâchait de voir les informations à la télévision. Et les séries qui passaient dans l'après-midi, même si, désormais, elle consacrait davantage de temps à la lecture. Ce qui faisait la supériorité des livres, elle avait découvert ça à El Puerto de Santa María, c'était que l'on pouvait s'approprier des vies, des histoires et des réflexions qu'ils contenaient, et que l'on n'était jamais la même quand on les refermait que quand on les avait ouverts pour la première fois. Des gens très intelligents avaient écrit certaines de ces pages ; et si on était capable de les lire avec humilité, patience et envie d'apprendre, ils ne vous décevaient jamais. Même ce qu'on ne comprenait pas restait ancré dans un coin caché de votre tête : dans l'attente que l'avenir lui donne un sens en le transformant en choses belles et utiles. C'était ainsi que *Le Comte de Monte-Cristo* et *Pedro Páramo* qui, pour des raisons différentes, demeuraient ses préférés – elle les avait lus et relus tant de fois qu'elle en avait perdu le compte –, étaient devenus des itinéraires familiers qu'elle parvenait à dominer presque totalement. Le livre de Juan Rulfo avait constitué, dès le début, un défi, et elle était maintenant satisfaite d'en relire des pages et de comprendre : *Je voulus revenir sur mes pas car je pensais que, ce faisant, je pourrais retrouver la chaleur que je venais de laisser ; mais bientôt je me rendis compte que le froid venait de moi-même, de mon propre sang...* Elle avait découvert, fascinée, avec un frisson de plaisir et de peur, que tous les livres du monde parlaient d'elle.

Et donc elle regardait la vitrine, en quête d'une couverture qui retiendrait son attention. Devant les livres inconnus, elle se laissait guider par les couvertures et les titres. Celui d'une femme nommée Nina Berberova, elle l'avait lu à cause de l'illustration de la couverture qui représentait une jeune fille en train de jouer du piano ; et l'histoire lui avait tellement plu qu'elle avait tâché de se procurer d'autres titres du même auteur. Comme il s'agissait d'une Russe, elle avait fait cadeau du livre – il s'appelait *L'Accompagnatrice* – à Oleg Yasikov, qui ne lisait rien à part la presse sportive ou ce qui pouvait avoir un lien avec l'époque du tsar. Un sacré animal, cette pianiste, tel avait été le commentaire du gangster quelques jours plus tard.

La matinée était triste, un peu froide pour Malaga. Il avait plu, et une brume légère flottait entre la ville et le port, teintant de gris les arbres de l'Alameda. Teresa contemplait un roman de l'étalage qui avait pour titre *Le Maître et Marguerite*. La couverture n'était pas très attirante, mais le nom de l'auteur avait une consonance russe, et cela la fit sourire en pensant à Yasikov et à la tête qu'il ferait lorsqu'elle lui apporterait le livre. Elle allait entrer pour l'acheter quand elle aperçut son reflet dans la glace publicitaire qui était à côté de la vitrine : cheveux rassemblés dans un catogan, boucles d'oreilles en argent, aucun maquillage, un élégant trois-quarts en cuir noir sur un jean et des bottes en cuir marron. Derrière elle, la circulation en direction du pont de Tétouan était clairsemée et peu de gens passaient sur le trottoir. Soudain elle se sentit glacée, comme si son sang s'arrêtait de couler et son cœur de battre. Une sensation qui précédait tout raisonnement et toute interprétation. Mais elle était sans équivoque : une vieille connaissance. La Situation. Elle avait vu quelque chose, pensa-t-elle d'un coup, sans se retourner, immobile devant la glace qui lui permettait de voir derrière elle. Quelque chose qui n'avait pas sa place dans le paysage et qu'elle ne parvenait pas à identifier. Elle se souvint des paroles du Güero Dávila : un jour, quelqu'un peut arriver et te dire bonjour. Quelqu'un que tu as peut-être déjà rencontré. Elle scruta attentivement le champ visuel que lui renvoyait le miroir, et c'est alors qu'elle se rendit compte de la présence de deux hommes qui traversaient la rue en venant de l'allée centrale de l'Alameda, sans hâte, esquivant les voitures. Tous deux lui rappelaient vaguement quelque chose, mais, cela, elle ne s'en rendit compte que quelques secondes plus tard. Avant, son attention fut attirée par un détail : malgré le froid, ils portaient leur veste pliée sur le bras droit. Et elle fut prise d'une terreur aveugle, irrationnelle, très ancienne, qu'elle avait cru ne plus jamais ressentir de toute sa vie. C'est seulement une fois entrée dans la librairie, au moment où elle allait demander à l'employé s'il y avait une porte de derrière, qu'elle comprit qu'elle avait reconnu le Gato Fierros et Potemkin Gálvez.

Et elle se remit à courir. En réalité, elle n'avait jamais cessé de courir depuis que le téléphone avait sonné, à Culiacán. Une fuite en avant, sans but, qui la menait à des gens et des lieux imprévus. A peine franchie la porte du fond, les muscles tétanisés dans l'attente d'une rafale de balles, elle courut dans la rue Panaderos sans se soucier d'attirer l'attention, passa près du marché – encore un souvenir de la première fuite – et, une fois là, continua de marcher à pas pressés jusqu'à la rue Nueva. Son pouls tournait à six mille huit cents tours à la minute, comme si elle avait en elle un cœur trafiqué. Tacatacatac. Tacatacatac. De temps en temps, elle se retournait, espérant que les deux tueurs étaient toujours en train de l'attendre devant la librairie. Elle faillit glisser sur le sol mouillé et ralentit l'allure. En recouvrant son calme et en se raisonnant. Tu vas te casser la figure, se dit-elle. Alors détends-toi. Ne déconne pas et réfléchis. Pas à ce que font ici ces deux salopards, mais à la façon de t'en débarrasser. De te protéger. Les pourquoi viendront plus tard, tu auras le temps, si tu es encore vivante.

Impossible de faire appel à la police ni de regagner la Cherokee à sièges en cuir – le goût ancestral des natifs du Sinaloa pour les véhicules tout-terrain – qui était garée dans le souterrain de la place de la Marine. Réfléchis, se répéta-t-elle. Elle inspecta les alentours, désemparée. Elle était sur la place de la Constitution, à quelques pas de l'hôtel Larios. Parfois, quand elles faisaient des courses, Pati et elle allaient prendre l'apéritif au bar du premier étage, un endroit agréable d'où l'on pouvait voir – et dans le cas présent surveiller – une bonne partie de la rue. L'hôtel, bien sûr ! Vite. En passant le seuil et en montant l'escalier, elle sortit son téléphone de son sac. Bip, bip, bip. C'était un problème que seul Oleg Yasikov pouvait résoudre.

Cette nuit-là, il lui fut difficile de trouver le sommeil. Elle sortait de sa somnolence en sursautant et, à plusieurs reprises, elle entendit, affolée, une voix qui gémissait dans le noir, pour découvrir ensuite que c'était la sienne. Les images du passé et du présent se mêlaient dans sa tête : le sourire du Gato Fierros, la sensation de brûlure entre ses cuisses, les détonations d'un Colt Double Eagle, la cavalcade à moitié nue dans les buissons qui lui griffaient les jambes. Comme si c'était hier, comme si c'était aujourd'hui même. Trois fois, au moins, elle entendit les coups que l'un des gardes du corps de Yasikov frappait à la porte de sa chambre. Vous vous sentez bien, madame ? Vous avez besoin de quelque chose ? A l'aube, elle s'habilla et alla dans la salle de séjour. Un des hommes dormait sur le canapé et l'autre leva les yeux d'une revue avant de se mettre debout, lentement. Un café, madame ? Un verre ? Teresa fit non de la tête et alla s'asseoir à la fenêtre qui donnait sur le port d'Estepona. Yasikov lui avait procuré cet appartement. Restes-y autant que tu voudras, avait-il dit. Et évite d'aller chez toi jusqu'à ce que tout soit réglé. Les deux gardes du corps étaient d'âge moyen, baraqués et placides. L'un avait l'accent russe et l'autre aucun accent décelable, vu qu'il n'ouvrait jamais la bouche. Tous deux sans identité. Yasikov les appelait ses vigiles. Militaires. Des hommes taciturnes qui se déplaçaient lentement et regardaient de tous côtés avec des yeux professionnels. Ils ne l'avaient pas quittée depuis qu'ils étaient arrivés discrètement au bar de l'hôtel, l'un d'eux portant à l'épaule un sac de sport, et l'avaient accompagnée – celui qui parlait lui avait demandé à voix basse et poliment de bien vouloir leur détailler le physique des tueurs – à une Mercedes aux vitres teintées qui attendait à la porte. Maintenant le sac de sport était ouvert sur la table et, à l'intérieur, le métal bleuâtre d'un pistolet-mitrailleur Skorpion luisait doucement.

Elle vit Yasikov le lendemain. Nous allons tâcher de résoudre le problème, dit le Russe. Entre-temps, essaye de ne pas trop te balader. Et maintenant, il serait utile que tu m'expliques ce qui se passe. Oui. Que tu me racontes ce que tu as laissé derrière toi. Je veux t'aider, mais pas me faire des ennemis gratis, ni être mêlé à des histoires de gens qui pourraient être en relation avec moi pour d'autres affaires. Ça, niet de niet. S'il s'agit de Mexicains, je m'en fiche, parce que je n'ai rien à perdre de ce côté. Non. Mais avec les Colombiens, j'ai besoin de rester en bons termes. Oui. Il s'agit de Mexicains, confirma Teresa. De Culiacán. Sinaloa. Mon putain de pays. Alors ça m'est égal, fut la réponse de Yasikov. Je peux t'aider. Et donc Teresa alluma une cigarette, puis une autre et encore une autre, et durant un long moment elle mit son interlocuteur au courant de cette étape de sa vie qu'elle avait crue, un temps, close pour toujours : *Batman* Güemes, don Epifanio Vargas, les mésaventures du Güero Dávila, sa mort, la fuite de Culiacán, Melilla, Algésiras. Ça correspond aux rumeurs que j'avais entendues, conclut le Russe quand elle eut terminé. A part toi, nous n'avons jamais vu de Mexicains dans les parages. Non. L'extension de tes affaires a dû rafraîchir la mémoire à quelqu'un.

Ils décidèrent que Teresa continuerait à mener une vie normale – je ne peux pas rester enfermée, dit-elle, je l'ai été suffisamment dans El Puerto –, mais en prenant des précautions et avec les deux vigiles de Yasikov qui ne la quitteraient pas d'une semelle. Tu devrais aussi porter une arme, suggéra le Russe. Elle refusa. Je suis nette et je veux le rester. Un port d'armes illégal suffirait à me faire renvoyer en prison. Et, après avoir réfléchi un moment, il fut d'accord. Prends bien soin de toi, conclut-il. Moi, je m'occupe du reste.

Teresa se conforma à son conseil. Toute la semaine qui suivit, elle vécut avec les gardes collés à ses talons, en évitant de se faire trop voir. Elle se maintint constamment loin de chez elle – un appartement de luxe à Puerto Banús qu'elle songeait, à cette époque, à remplacer par une villa en bord de mer, à Guadalmina Baja – et c'est Pati qui fit la navette avec le linge, les livres et tout le nécessaire. Des gardes du corps comme dans les films, disait-elle. On se croirait dans *L.A. Confidential*. Elle passait beaucoup de temps avec elle, à bavarder ou à regarder la télévision, la table de la salle de séjour blanche de poudre, sous le regard inexpressif des deux gorilles de Yasikov. Au bout d'une semaine, Pati leur dit Joyeux Noël – on était à la mi-mars – et posa sur la table, à côté du sac contenant le Skorpion, deux épaisses liasses de billets. Un détail, dit-elle. Pour vos menus frais. Pour le soin que vous prenez de mon amie. Nous sommes déjà payés, dit celui qui parlait avec un accent, après avoir regardé l'argent et regardé son camarade. Teresa pensa que Yasikov devait très bien payer ses hommes, ou qu'ils avaient beaucoup de respect pour le Russe. Les deux, peut-être. Elle ne sut jamais leurs noms. Pati les appelait toujours Pixie et Dixie.

Nous avons localisé les deux paquets, l'informa Yasikov. Un collègue qui me doit des services vient d'appeler. Je te tiendrai au courant. Il le lui dit au téléphone à la veille d'une rencontre avec les Italiens, sans avoir l'air d'y accorder de l'importance. Teresa était avec son staff, en train de planifier l'achat de huit bateaux pneumatiques de neuf mètres, stockés dans un hangar industriel d'Estepona dans l'attente de leur mise en service. En raccrochant, elle alluma une cigarette pour se ménager un répit, en se demandant comment son ami russe allait résoudre le problème. Pati la regardait. Il y a des fois, décida Teresa irritée, où on dirait qu'elle lit dans mes pensées. Outre Pati – Teo Aljarafe voyageait dans les Caraïbes et Eddie Álvarez, relégué à des tâches administratives, s'occupait des dossiers bancaires à Gibraltar –, étaient présents deux nouveaux conseillers de Transer Naga : Farid Lataquia et le Dr Ramos. Lataquia était un maronite libanais, propriétaire d'une entreprise d'importation, en fait société écran pour sa véritable activité qui était de fournir des moyens logistiques. Petit, sympathique, nerveux, avec une calvitie naissante et une moustache fournie, il s'était fait un joli magot dans le trafic d'armes pendant la guerre du Liban – il était marié avec une Gemayel – et vivait maintenant à Marbella. Si on lui en donnait les moyens, il se faisait fort de procurer n'importe quoi. Grâce à lui, Transer Naga disposait d'une voie sûre pour la cocaïne : vieux bateaux de pêche de Huelva, yachts privés ou cargos poubelles de petit tonnage qui, avant de charger du sel à Torrevieja, recevaient en haute mer la drogue qui entrait au Maroc par l'Atlantique, et, en cas de besoin, servaient de nourrices aux chris-crafts qui opéraient sur la côte est de l'Andalousie. Quant au Dr Ramos, qui avait été médecin de la Marine marchande, il était le tacticien de l'organisation : il planifiait les opérations, les points d'embarquement et de livraison, les manœuvres de diversion, le camouflage. La cinquantaine grisonnante, grand et très maigre, d'aspect négligé, il portait toujours des vieux gilets en tricot, des chemises de flanelle et des pantalons fripés. Il fumait des pipes au fourneau calciné qu'il bourrait avec parcimonie – il avait l'air d'être l'homme le plus tranquille du monde – d'un tabac anglais extrait de boîtes en fer-blanc qui déformaient ses poches pleines de clefs, pièces de monnaie, briquets, cure-pipes et autres objets les plus insoupçonnés. Un jour, en sortant un mouchoir – ceux dont il se servait portaient ses initiales brodées, comme autrefois –, il avait laissé tomber par terre une petite lampe de poche accrochée à un porte-clefs publicitaire des yoghourts Danone. En marchant, il faisait un bruit de ferraille.

– Une seule identité, disait le Dr Ramos. Un seul livret de bord et une seule immatriculation pour tous les Zodiac. Le même pour tous. Puisque nous les mettrons à l'eau un par un, cela ne pose pas le moindre problème... Avant chaque voyage, une fois le « pneu » chargé, nous enlevons la plaque, et il devient anonyme. Pour plus de sécurité, nous pouvons l'abandonner ensuite, ou laisser quelqu'un d'autre le reprendre. Moyennant finances, naturellement. Histoire d'amortir un peu les frais.

– Un seul matricule, n'est-ce pas très risqué ?

– Ils prendront la mer l'un après l'autre. Quand A sera en opération, nous transférerons le matricule à B. Ainsi, comme ils seront tous pareils, nous en aurons toujours un à l'amarre, parfaitement en règle. Officiellement, il n'aura jamais quitté son poste.

– Et la surveillance du port ?

Le Dr Ramos esquissa un sourire, avec une sincère modestie. Les contacts appropriés étaient également sa spécialité : gardes portuaires, mécaniciens, matelots. Il se promenait, après avoir garé sa vieille 2 CV n'importe où, en bavardant avec les uns et les autres, la pipe entre les dents, l'air innocent et respectable. Il possédait un petit canot à moteur à Cabopino, avec lequel il allait à la pêche. Il connaissait chaque point de la côte et tout le monde entre Malaga et l'embouchure du Guadalquivir.

– C'est sous contrôle. Personne ne viendra nous gêner. Ce serait une autre affaire s'ils venaient enquêter d'ailleurs, mais je ne peux pas couvrir ce flanc-là. La sécurité extérieure dépasse mes compétences.

C'était exact. Teresa s'en chargeait, grâce aux relations de Teo Aljarafe et à certains contacts de Pati. Un tiers des rentrées de Transer Naga était affecté aux relations publiques des deux côtés du Détroit : cela incluait des hommes politiques, du personnel de l'Administration, des agents de la sécurité de l'État. Tout l'art consistait à savoir négocier, suivant les cas, avec des informations ou de l'argent. Teresa n'oubliait pas la leçon de Punta Castor, et elle avait laissé intercepter plusieurs livraisons importantes – elle appelait cela des investissements à fonds perdus – pour se ménager les bonnes grâces du chef du DOCS, le commissaire Nino Juárez, vieille connaissance de Teo Aljarafe. Les commandements de la Garde civile, eux aussi, bénéficiaient d'informations contrôlées qui leur permettaient de se prévaloir de succès et de grossir les statistiques. Une fois toi, une fois moi, et ainsi de suite. Toujours à charge de revanche. Avec certains gradés subalternes ou des gardes et des policiers, les subtilités étaient inutiles : un intermédiaire de confiance mettait sur la table une liasse de billets, et l'affaire était réglée. Tous ne se laissaient pas acheter ; mais, même là, la solidarité corporative fonctionnait. Il était rare que quelqu'un dénonce un camarade, sauf dans des cas réellement scandaleux. De plus, les frontières du travail contre la délinquance et la drogue n'étaient pas toujours précises : beaucoup de gens travaillaient pour les deux camps à la fois, les indicateurs étaient rémunérés avec de la drogue, et l'argent était la seule règle à laquelle se référer. Avec certains hommes politiques locaux, il n'était pas non plus nécessaire de faire preuve de beaucoup de tact. Teresa, Pati et Teo avaient déjeuné plusieurs fois avec Tomás Pestaña, le maire de Marbella, pour discuter de la requalification de terrains susceptibles d'être constructibles. Teresa avait appris très vite – même si ce n'était que maintenant qu'elle pouvait constater les avantages d'être au sommet de la pyramide – que plus l'on dispense des faveurs, plus on est respecté par la société. Et finalement, il n'est pas jusqu'au buraliste du coin qui ne profite de vos trafics. Sur la Costa del Sol comme partout, se présenter avec des fonds importants à investir ouvre beaucoup de portes. Ensuite, tout est une question d'habileté et de patience. Il s'agit de compromettre petit à petit les gens, sans les effrayer, jusqu'à ce que leur bien-être dépende de vous. En douceur. De même pour les tribunaux : on commence avec des fleurs et des bonbons aux secrétaires et on finit par un juge. Ou plusieurs. Teresa avait réussi à en faire émarger trois, dont un président pour qui Teo Aljarafe venait d'acquérir un appartement à Miami.

Elle se tourna vers Lataquia :

– Où en est-on avec les moteurs ?

Le Libanais eut un vieux geste méditerranéen : il leva la main, doigts joints, et la fit tournoyer en l'air.

– Ça n'a pas été facile. Il nous manque six unités. Je m'en occupe.

– Et les autres pièces ?

– Les pistons Wiseco sont arrivés il y a trois jours, sans problème. Et aussi les cages de roulement pour les bielles... Quant aux moteurs, je peux les compléter avec d'autres marques.

– Je t'ai demandé, dit lentement Teresa en appuyant sur chaque mot, des Yamaha de 225 chevaux, et des carburateurs de 250... Voilà ce que je t'ai demandé.

Elle observa le Libanais, inquiet, qui regardait le Dr Ramos pour quémander son soutien, mais le visage de celui-ci restait impavide. Il suçotait sa pipe, enveloppé de fumée. Teresa sourit intérieurement. Que chacun s'occupe de ses oignons.

– Je sais. – Lataquia regardait toujours le Dr Ramos, d'un air de reproche. – Mais trouver seize moteurs d'un coup, ce n'est pas facile. Même le concessionnaire local ne peut pas me les garantir dans un délai si bref.

– Il est indispensable qu'ils soient tous identiques, renchérit l'autre. Sinon, adieu notre couverture.

Et en plus il collabore avec elle, disaient les yeux du Libanais. *Ibn charmuta*. Enfant de putain. Tu dois croire que, nous autres Phéniciens, nous sommes capables de faire des miracles.

– C'est dommage, se borna-t-il à soupirer. Toute cette dépense pour un seul voyage.

– Le voilà qui pleure sur la dépense, ricana Pati qui allumait une cigarette. Monsieur Dix pour Cent... – Elle expulsa la fumée très loin en fronçant beaucoup les lèvres. – Le gouffre sans fond.

Elle eut un petit rire, semblant extérieure à la discussion, comme d'habitude. Toute réjouie. Lataquia faisait une tête d'incompris.

– Je ferai ce que je peux.

– J'en suis persuadée, dit Teresa.

Ne doute jamais en public, avait dit Yasikov. Entoure-toi de conseillers, écoute-les avec attention, attends pour te prononcer si nécessaire ; mais ensuite, n'hésite jamais devant les subalternes, ne laisse pas discuter tes décisions quand tu les prends. En théorie, un chef ne se trompe jamais. Non. Ce que tu dis a été médité avant. Surtout quand le respect est en cause. Si tu le peux, fais-toi aimer. C'est aussi une garantie de fidélité. Mais, dans tous les cas, quitte à choisir, être respecté passe avant être aimé.

– J'en suis persuadée, répéta-t-elle.

Encore qu'au respect je préfère la crainte, pensait-elle. Mais elle ne s'impose pas d'un coup, il faut l'inspirer graduellement. N'importe qui peut faire peur aux autres ; c'est à la portée du premier sauvage venu. Ce qui est difficile, c'est d'y arriver peu à peu.

Lataquia réfléchissait en se grattant la moustache.

– Si tu m'y autorises, conclut-il enfin, je peux aller voir

ailleurs. Je connais du monde à Marseille et à Gênes... Évidemment ça nous retardera un peu. Et puis il y a les autorisations d'importation et tout ça.

– Démerde-toi. Je veux ces moteurs. – Elle fit une pause, regarda la table. Ah ! autre chose. Il faut penser à un grand bateau. – Elle releva les yeux. – Pas trop grand. Avec toute la couverture légale en règle.

– Combien veux-tu mettre ?

– Sept cent mille dollars. Avec une marge de cinquante mille supplémentaire s'il le faut.

Pati n'était pas au courant. Elle l'observait de loin, en fumant, sans rien dire. Teresa évita de la regarder. Après tout, pensa-t-elle, tu dis toujours que c'est moi qui dirige l'affaire. Que ça te plaît comme ça.

– Pour traverser l'Atlantique ? s'enquit Lataquia qui avait compris la nuance des cinquante mille supplémentaires.

– Non. Seulement pour évoluer dans les parages.

– Il y a quelque chose d'important qui se prépare ?

Le Dr Ramos se permit un regard réprobateur. Tu poses trop de questions, disait son silence flegmatique. Fais comme moi. Ou comme Mlle O'Farrell qui est assise là avec une telle discrétion qu'on la croirait en visite.

– C'est possible, répondit Teresa. Combien de temps te faut-il ?

Pour sa part, elle savait de combien de temps elle disposait. Peu. Les Colombiens étaient à la veille d'un saut quantitatif. Une seule cargaison, d'un coup, qui approvisionnerait pour un bon moment les Italiens et les Russes. Yasikov l'avait sondée à ce sujet et Teresa avait promis d'étudier la question.

Lataquia se gratta de nouveau la moustache. Je ne sais pas, dit-il. Un voyage pour jeter un coup d'œil, les formalités, le paiement. Trois semaines au minimum.

– Moins.

– Deux semaines.

– Une.

– Je peux essayer, soupira Lataquia. Mais ça sera plus cher.

Teresa éclata de rire. Au fond, les finasseries de ce type l'amusaient. Avec lui, un mot sur trois était l'argent.

– Fais pas chier, Libanais. Pas un dollar de plus. Et maintenant, remue-toi un peu les fesses.

La rencontre avec les Italiens eut lieu le lendemain après-midi dans l'appartement de Sotogrande. Sécurité maximale. Outre les Italiens – deux hommes de la N'Dragheta calabraise arrivés le matin même à l'aéroport de Malaga –, n'y assistèrent que Teresa et Yasikov. L'Italie était devenue la principale consommatrice européenne de cocaïne, et l'idée était d'assurer un minimum de quatre livraisons de sept cents kilos par an. Des deux Italiens, un seul parlait, un individu d'âge mûr avec des rouflaquettes grises et une veste de daim, l'allure d'un homme d'affaires sportif et dans le vent. L'autre restait muet en se contentant de se pencher de temps en temps pour glisser quelques mots à l'oreille de son collègue. L'homme donna des explications détaillées dans un espagnol relativement convenable. C'était le moment rêvé pour établir cette filière : Pablo Escobar était coincé à Medellín, les frères Rodríguez Orejuela voyaient leur capacité d'opérer directement aux États-Unis très diminuée, et les clans colombiens avaient besoin de compenser en Europe les pertes que leur causait leur remplacement en Amérique du Nord par les mafias mexicaines. Eux, c'est-à-dire la N'Dragheta mais aussi la Mafia de Sicile et la Camorra napolitaine – tous entretenant de bonnes relations et tous hommes d'honneur, ajouta-t-il avec le plus grand sérieux après que son compagnon lui eut chuchoté quelque chose à l'oreille. Ils avaient besoin d'un approvisionnement régulier en chlorhydrate de cocaïne d'une pureté de quatre-vingt-quinze pour cent – ils pourraient le vendre à soixante mille dollars le kilo, soit trois fois plus cher qu'à Miami ou à San Francisco –, et aussi de pâte de cocaïne-base pour les raffineries clandestines locales. A cet instant, l'autre – maigre, barbe bien taillée, habillé de noir, l'air vieillot – lui ayant de nouveau murmuré quelques mots à l'oreille, il leva un doigt sévère, exactement comme Robert De Niro dans les films de gangsters.

– Nous respectons toujours nos engagements avec ceux qui respectent les leurs, précisa-t-il.

Et Teresa, qui ne perdait pas un détail, pensa que la réalité imitait la fiction, dans un monde où les gangsters vont au cinéma et regardent la télévision comme tout un chacun. Une affaire sur grande échelle et stable, disait maintenant l'Italien, avec des perspectives d'avenir, dès lors que les premières opérations se seront révélées satisfaisantes pour tous. Puis il expliqua quelque chose dont Teresa était déjà au courant par Yasikov : ses contacts en Colombie tenaient prêt le premier envoi y compris un bateau, le *Derly*, préparé à La Guaira, au Venezuela, pour embarquer les sept cents paquets de drogue camouflés dans des bidons de dix kilos d'huile de graissage, le tout dans un conteneur. Pour le reste des opérations, ils n'avaient rien, dit-il en haussant les épaules, après quoi il resta à regarder Teresa et le Russe comme si c'était de leur faute.

A la grande surprise des Italiens et même de Yasikov, Teresa avait élaboré une réponse concrète. Elle avait passé la nuit et la matinée à travailler avec son staff, afin de pouvoir mettre sur la table un plan d'opérations qui commençait à La Guaira et se terminait dans le port de Gioia Tauro, en Calabre. Elle l'exposa dans tous les détails : dates, délais, garanties, compensations en cas de perte de la première cargaison. Peut-être avait-elle découvert à cette occasion d'autres éléments nécessaires pour assurer la sécurité de l'opération ; mais, à ce stade, elle avait compris au premier coup d'œil que la question était avant tout d'impressionner la clientèle. L'aval de Yasikov et de la Babouchka ne la couvrait que jusqu'à un certain point. Aussi, tandis qu'elle parlait, en remplissant les lacunes de son plan à mesure qu'elles se présentaient, elle réussit à donner à l'ensemble l'apparence d'une affaire très calculée, sans points faibles. Elle – ou plutôt une petite société marocaine appelée Oudjda Imexport, filiale écran de Transer Naga ayant son siège à Nador – prendrait en charge la marchandise dans le port de Casablanca, en la transbordant sur un vieux dragueur de mines anglais portant le pavillon de Malte, le *Howard Morhaim*, dont, ce matin même – Farid Lataquia avait agi très rapidement –, elle s'était assuré la disponibilité. Ensuite, profitant de ce voyage, le navire poursuivrait jusqu'à Constantza, en Roumanie, pour y livrer une autre cargaison déjà entreposée au Maroc, destinée à l'organisation de Yasikov. La coordination entre les deux livraisons abaisserait le coût du transport, tout en renforçant la sécurité. Moins de voyages, moins de risques. Russes et Italiens partageant les frais. Belle coopération internationale. Et cetera. La seule difficulté était qu'elle n'acceptait pas de paiement en drogue. Elle s'occupait seulement du transport. Et exigeait tout en dollars.

Les Italiens étaient enchantés de Teresa et enchantés de l'affaire. Ils venaient pour prospecter les possibilités et ils se retrouvaient avec une opération clef en main. Quand l'heure vint de traiter des aspects économiques, coûts et pourcentages, l'homme à la veste en daim prit son téléphone mobile, s'excusa et parla pendant vingt minutes dans l'autre pièce, pendant que Teresa, Yasikov et l'Italien barbu à l'air vieillot se regardaient sans dire un mot, autour de la table couverte de feuilles qu'elle avait remplies de chiffres, de diagrammes et de données diverses. A la fin, l'autre réapparut sur le seuil. Il souriait, et il invita son compagnon à le rejoindre. Alors Yasikov alluma la cigarette que Teresa portait à ses lèvres.

– Ils sont à toi, dit-il. Oui.

Teresa ramassa les papiers en silence. De temps en temps, elle regardait Yasikov : autant le Russe arborait un sourire encourageant, autant elle restait sérieuse. Il n'y a jamais rien de fait, pensait-elle, tant que ce n'est pas fait. Quand les Italiens revinrent, l'homme à la veste en daim avait une expression amusée et celui qui avait un air vieillot semblait plus détendu et moins solennel. *Cazzo*, dit le premier. Presque surpris. Nous n'avions jamais traité avec une femme. Puis il ajouta que ses supérieurs donnaient le feu vert. Transer Naga avait obtenu la concession exclusive des mafias italiennes pour le trafic maritime de cocaïne vers la Méditerranée orientale.

Tous les quatre fêtèrent ça le soir même, d'abord en dînant à la Casa Santiago, puis à la Jadranka, où Pati O'Farrell vint les rejoindre. Teresa apprit plus tard que les gens du DOCS, les policiers du commissaire Nino Juárez, les avaient photographiés depuis une Mercury banalisée au cours d'une tournée de surveillance de routine ; mais ces photos n'eurent pas de conséquences : les hommes de la N'Drangheta ne furent jamais identifiés. D'ailleurs, quelques mois plus tard, quand le nom de Nino Juárez vint rejoindre la liste des gratifications distribuées par Teresa Mendoza, ce dossier, entre bien d'autres choses, fut définitivement égaré.

A la Jadranka, Pati fut charmante avec les Italiens. Elle parlait leur langue et était capable de raconter des histoires grivoises avec un accent impeccable que les deux hommes, admiratifs, qualifièrent de toscan. Elle ne posa pas de questions et personne ne fit allusion aux discussions de la réunion. Deux amis, une amie. Pati savait très bien ce qu'ils étaient, mais elle se montra admirablement indifférente. Elle aurait suffisamment le temps de connaître les détails. Il y eut beaucoup de rires et beaucoup de verres qui contribuèrent à favoriser le bon climat de l'affaire. S'étaient ajoutées deux belles Ukrainiennes, grandes et blondes, récemment arrivées de Moscou où elles avaient joué dans des films porno et posé pour des revues avant d'être recrutées par le réseau de prostitution de luxe contrôlé par l'organisation de Yasikov ; et aussi quelques rails de coke que les deux mafiosi, qui se révélèrent plus extravertis qu'ils ne l'avaient paru au premier contact, s'envoyèrent allègrement dans le bureau du Russe sur un plateau d'argent. Pati ne se fit pas non plus prier. Ils ont un sacré tarin, nos amis, dit-elle en frottant son propre nez enfariné. Ces *coliflori mafiosi* te la sniffent à un mètre de distance. Elle avait trop bu ; mais ses yeux complices, fixés sur Teresa, rassurèrent celle-ci. Ne t'inquiète pas, Mexicaine. Je chauffe seulement un peu ces oiseaux avant que les deux grosses putes bolcheviques ne les soulagent de leurs fluides et de leur fric. Demain, tu me raconteras.

Quand tout fut bien en route, Teresa se disposa à partir. Une dure journée. Elle n'aimait pas veiller tard, et ses gardes du corps russes l'attendaient, l'un adossé au bar, l'autre dans le parking. La musique martelait la cadence, bam ! bam !, et les projecteurs de la piste l'éclairaient par rafales, quand elle serra les mains des hommes de la N'Drangheta. Un vrai plaisir, dit-elle. *Ci vediamo*, dirent-ils, chacun cramponné à sa blonde. Elle boutonna sa veste Valentino en cuir noir pour suivre le gorille du bar. En cherchant des yeux Yasikov, elle le vit qui arrivait avec ses hommes. Il s'était excusé cinq minutes plus tôt, réclamé par un appel téléphonique.

– Quelque chose ne va pas ? s'enquit-elle en remarquant l'expression de son visage.

– Niet, dit-il. Tout va bien. Et j'ai pensé qu'avant de rentrer chez toi tu accepterais peut-être de m'accompagner. Une petite promenade, ajouta-t-il. Pas loin d'ici. Son sérieux était inhabituel, et Teresa sentit s'allumer en elle les signaux d'alarme.

– Que se passe-t-il, Oleg ?

– Une surprise.

Elle vit que Pati, en pleine conversation avec les Italiens et les deux Ukrainiennes, lui jetait un coup d'œil interrogateur et faisait mine de se lever ; mais Yasikov haussa un sourcil et Teresa fit non de la tête. Ils sortirent tous deux, suivis par le garde du corps. Les voitures attendaient devant la porte, le second gorille de Teresa au volant de la sienne, un chauffeur dans la Mercedes blindée de Yasikov avec un garde du corps à l'arrière. Une troisième voiture attendait un peu plus loin, avec deux hommes à l'intérieur : l'escorte permanente du Russe, de solides garçons de Solntsevo, des dobermans bâtis en armoire à glace. Toutes les voitures avaient leur moteur en marche.

– Allons dans la mienne, dit le Russe, sans répondre à la question silencieuse de Teresa.

Je me demande bien, pensait-elle, quel genre de coup fourré est en train de me préparer ce salaud de Ruskof. Ils roulèrent ainsi en discret convoi pendant un quart d'heure, en faisant des détours pour s'assurer que personne ne les suivait. Puis ils prirent l'autoroute vers un lotissement de Nueva Andalucía. Là, la Mercedes entra directement dans le garage d'un pavillon avec un petit jardin et de hauts murs, encore en construction. Yasikov, le visage impassible, tint la portière de la voiture pour faire descendre Teresa. Elle le suivit dans un escalier, et ils débouchèrent dans un vestibule vide, avec des carreaux de céramique empilés contre le mur, où un gros homme en survêtement de sport qui feuilletait une revue, assis par terre, à la lumière d'une lampe à gaz butane, se leva en les voyant entrer. Yasikov lui adressa quelques mots en russe, et il répondit plusieurs fois affirmativement. Ils descendirent dans la cave, étayée par des poutrelles métalliques et des planches. Cela sentait le ciment frais et l'humidité. On distinguait dans la pénombre des outils de maçonnerie, des bidons remplis d'eau sale, des sacs de ciment. L'homme en survêtement activa la flamme d'une seconde lampe qui pendait d'une poutre. Alors Teresa vit le Gato Fierros et Potemkin Gálvez. Ils étaient nus, poignets et chevilles attachés avec du fil de fer à des chaises de camping blanches. Et ils avaient tout l'air d'avoir connu de meilleures nuits que celle-là.

– Je ne sais rien d'autre, gémit le Gato Fierros.

Ils ne les avaient pas beaucoup torturés, constata Teresa : juste un peu préparés, presque la routine, en les passant à tabac, puis, dans l'attente d'instructions plus précises, en les laissant mariner pendant deux heures, histoire de faire marcher leur imagination et de mûrir en pensant moins à ce qu'ils enduraient qu'à ce qu'ils allaient endurer. Les estafilades de couteau sur le torse et les bras étaient superficielles et ne saignaient déjà presque plus. Le Gato avait une croûte de sang séché sous les narines ; sa lèvre supérieure, éclatée, enflée, donnait une coloration rosâtre à la bave qui lui coulait des commissures de la bouche. Ils avaient cogné un peu plus fort sur le ventre et les cuisses, avec une barre en fer : testicules enflammés et taches noirâtres récentes sur la chair tuméfiée. Il répandait une odeur âcre, celle de l'urine, de la sueur et de la peur qui lui tordait les tripes et lui enlevait toute défense. Pendant que l'homme en survêtement lui posait question sur question dans un espagnol sommaire, avec un fort accent, en intercalant des gifles sonores qui tombaient alternativement sur chaque côté du visage du Mexicain, Teresa observait, fascinée, l'énorme cicatrice horizontale qui déformait sa joue gauche : la marque d'une balle calibre 45 qu'elle avait tirée à bout portant quelques années plus tôt, à Culiacán, le jour où le Gato Fierros avait décidé que c'était dommage de la tuer avant de s'amuser un peu, de toute manière elle va mourir, avait-il dit alors, et ça serait du gâchis de ne pas en profiter, et ensuite le coup de poing furieux et impuissant de Potemkin Gálvez défonçant la porte d'une armoire : le Güero Dávila était des nôtres, Gato, souviens-toi, et elle était sa femme, tuons-la, mais respectons-la. Le canon noir du Python s'approchant de sa tête, presque charitable, écarte-toi sinon tu vas être éclaboussé, mon frère, et finissons. Allez. Le souvenir revenait par vagues, chaque fois plus intense, au point de devenir physique, et Teresa sentit son ventre la brûler aussi fort que sa mémoire : sa douleur et son dégoût, l'haleine du Gato Fierros contre son visage, la hâte du tueur s'enfonçant dans ses entrailles, la résignation devant l'inévitable, le contact du pistolet dans le sac posé par terre, la détonation. Les détonations. Le saut par la fenêtre, avec les branches qui lui lacéraient la chair nue. La fuite. Elle découvrit que, maintenant, elle n'éprouvait plus de haine. Juste une intense satisfaction froide. Une sensation de pouvoir glacé, très paisible et très calme.

– Je jure que je ne sais rien... – Les gifles continuaient de résonner dans la cave. – Je le jure sur la vie de ma mère.

Parce qu'il avait une mère, ce salopard. Le Gato Fierros avait une petite maman comme tout le monde, là-bas, à Culiacán, et sans doute lui envoyait-il de l'argent pour adoucir sa vieillesse quand il en touchait à chaque mort, chaque viol, chaque correction donnée. Il savait encore plein de choses, naturellement. Même s'ils arrivaient à le faire parler à force de coups de poing et de couteau, il en garderait encore pour lui ; mais Teresa était sûre qu'il avait tout raconté sur son voyage en Espagne et ses intentions : le nom de la Mexicaine, cette femme qui opérait dans le monde des narcos sur la côte d'Andalousie, était parvenu jusqu'au vieux pays de Culiacán. Il fallait la liquider. Vieux comptes, inquiétude pour l'avenir, pour la concurrence ou pour allez savoir quoi. Besoin de ne pas laisser d'affaires sans conclusion. *Batman* Güemes était au centre de la toile d'araignée, évidemment. Ils étaient ses porte-flingues, avec un contrat à honorer. Et, ligoté sur son absurde chaise blanche, le Gato Fierros, moins fier que dans le petit appartement de Culiacán, déliait sa langue pour s'épargner un peu de douleur. Ce bravache sanglant qui faisait si bien le coq au Sinaloa avec son pétard à la ceinture et qui violait les filles avant de les descendre. Tout était logique et naturel, point final.

– Puisque je vous dis que je ne sais rien, continuait de gémir le Gato.

Potemkin Gálvez semblait plus coriace. Il serrait les lèvres, obstiné : difficile de lui extorquer quelques mots. Et même impossible. Tandis que le Gato Fierros semblait avoir été passé aux gaz défoliants, lui faisait non de la tête à chaque question, alors que son corps était en aussi mauvais état que celui de son compère, avec de nouvelles taches qui venaient s'ajouter à celles que, de naissance, il portait sur la peau, et des entailles sur la poitrine et les cuisses, insolitement vulnérable dans sa grosse nudité velue attachée à la chaise par les fils de fer qui s'enfonçaient dans sa chair, mains et pieds enflés et violacés. Son sexe saignait, ainsi que sa bouche et son nez, des gouttes rouges coulant de son épaisse moustache noire pour former de minces filets qui couraient sur son torse et son ventre. Non, vraiment. Il était clair que cet homme-là n'était pas du genre à se mettre à table, et Teresa pensa que, même à l'heure dernière, les hommes, les gens, pouvaient avoir un comportement différent, qu'ils n'étaient pas tous de la même classe. Et que si, au point où on en était, ça ne changeait pas grand-chose, ça changeait quand même quelque chose. Peut-être était-il moins imaginatif que le Gato, se dit-elle en l'observant. L'avantage des hommes qui n'ont pas beaucoup d'imagination était qu'ils pouvaient plus facilement bloquer leur esprit sous la torture. Les autres, ceux qui pensaient, se décomposaient avant. Ils faisaient eux-mêmes, tout seuls, la moitié du chemin : à quoi bon, ça n'en vaut pas la peine, et ils dégoisaient tout ce qu'on voulait. La peur est toujours plus intense quand on est capable d'imaginer ce qui vous attend.

Yasikov observait, un peu à l'écart, adossé au mur, sans ouvrir la bouche. C'est ton job, disait son silence. Tes décisions. Il se demandait probablement aussi comment il était possible que Teresa supporte ce spectacle sans que sa main, qui tenait les cigarettes qu'elle fumait l'une après l'autre, tremble, sans un cillement de paupières, sans une expression d'horreur. Étudiant les tueurs torturés avec une curiosité sèche, attentive, dont elle avait l'impression qu'elle ne venait pas d'elle, mais de l'autre femme qui rôdait tout près, en la regardant comme le faisait Yasikov dans l'ombre de la cave. Il y avait, décida- t-elle, des mystères intéressants dans tout cela. Des leçons sur la vie et la douleur, le destin et la mort. Et, comme les livres qu'elle lisait, toutes ces leçons parlaient aussi d'elle-même.

Le gorille en survêtement essuya le sang de ses mains sur les jambes de son pantalon et se tourna vers Teresa, discipliné et interrogateur. Son couteau était par terre, aux pieds du Gato Fierros. Pourquoi prolonger, conclut-elle.

Tout est très clair, et le reste, je le connais. Il regarda ensuite Yasikov, qui haussa presque imperceptiblement les épaules tout en lançant un coup d'œil significatif vers les sacs de ciment entassés dans un coin. Cette cave d'une maison en construction n'avait pas été choisie par hasard. Tout était prévu.

Je vais le faire, décida-t-elle soudain. Elle se sentait une étrange envie de rire intérieurement. Rire d'elle-même. Un rire sinistre. Amer. En fait, du moins en ce qui concernait le Gato Fierros, il s'agissait seulement de terminer ce qu'elle avait commencé en pressant la détente du Colt Double Eagle, il y avait si longtemps de cela. La vie te réserve des surprises, disait la chanson. Surprises de la vie. Allons. Parfois elles t'apprennent des choses sur toi-même. Des choses qui étaient là, et tu ne le savais pas. Dans l'ombre, l'autre Teresa Mendoza continuait de l'observer attentivement. Après tout, pensa-t-elle, celle qui a envie de rire intérieurement, c'est peut-être elle.

– Je vais le faire, s'entendit-elle répéter, cette fois à haute voix.

C'était sa responsabilité. Ses comptes personnels et sa vie. Elle ne pouvait s'en remettre à personne. L'homme en survêtement l'observait avec curiosité, comme si son espagnol n'était pas assez bon pour comprendre ce qu'il entendait ; il se tourna vers son chef, puis la regarda de nouveau.

– Non, dit doucement Yasikov.

Enfin, il avait parlé et il avait bougé. Il décolla son dos du mur et s'approcha. Ce n'était pas elle qu'il observait, mais les deux tueurs. La tête du Gato Fierros pendait sur sa poitrine ; Potemkin Gálvez les regardait comme s'il ne les voyait pas, les yeux fixés sur le mur, à travers eux. Fixés sur le néant.

– C'est ma guerre, dit Teresa.

– Non, répéta Yasikov.

Il l'avait prise par le bras avec précaution en l'invitant à sortir. Maintenant ils se faisaient face, en s'observant.

– Moi, je me fous bien de qui ça sera..., dit soudain Potemkin Gálvez. Flinguez-moi et qu'on en finisse.

Teresa se tourna vers le pistolero. C'était la première fois qu'elle l'entendait desserrer les lèvres. Sa voix était rauque, assourdie. Il continuait de regarder Teresa comme si elle était invisible, les yeux dans le vide. Son gros corps nu, immobilisé sur la chaise, luisait de sueur et de sang. Teresa marcha lentement vers lui et s'arrêta tout près. Il répandait une odeur âcre, de chair souillée, maltraitée, torturée.

– Allons, Pinto, lui dit-elle. Ne sois pas pressé… Tu vas mourir tout de suite.

L'autre fit un léger signe d'assentiment avec la tête, en regardant toujours le lieu où elle se trouvait auparavant. Et Teresa entendit de nouveau le bruit des éclats de bois de la porte de l'armoire à Culiacán, elle vit le canon du Python s'approchant de sa tête, et elle entendit de nouveau la voix qui disait : le Güero était des nôtres, Gato, souviens-toi, et elle était sa femme. Écarte-toi, sinon tu vas être éclaboussé. Et peut-être, pensa-t-elle brusquement, oui peut-être qu'il le fallait vraiment. En finir vite, comme il l'avait souhaité pour elle. C'étaient les règles. Elle indiqua la tête pendante du Gato Fierros.

– Tu n'as pas fait ce qu'il a fait.

Il ne s'agissait pas d'une question, ni même d'une réflexion. Seulement de l'énoncé d'un fait. Le pistolero resta impassible, comme s'il n'avait pas entendu. Un nouveau filet de sang lui coulait du nez, suspendu dans les poils souillés de sa moustache. Elle l'étudia encore quelques instants, puis se dirigea vers la porte, songeuse. Yasikov l'attendait sur le seuil.

– Épargnez le Pinto, dit Teresa.

On ne peut pas toujours faire le ménage en grand, pensait-elle. Parce qu'il existe des dettes. Des codes étranges que chacun est seul à comprendre. Des choses qui ne concernent que soi.

12. Et si je t'achète ?...

Sous la lumière qui entrait par les grandes verrières du toit, les flotteurs du bateau pneumatique Valiant ressemblaient à deux torpilles grises. Teresa Mendoza était assise à même le sol, entourée d'outils, et ses mains maculées de cambouis ajustaient les nouvelles hélices sur l'arbre des deux moteurs trafiqués de 250 chevaux. Elle portait un vieux jean et un tee-shirt sale, et ses cheveux étaient divisés en deux tresses qui pendaient de chaque côté de son visage taché de gouttes de sueur. Pepe Horcajuelo, son mécanicien de confiance, se tenait près d'elle en observant l'opération. De temps en temps, sans que Teresa le lui demande, il lui tendait un outil. Pepe était un personnage de petite taille, presque nain, qui avait été jadis un espoir du motocyclisme. Une flaque d'huile dans un virage et un an et demi pour se remettre sur pied l'avaient éloigné des circuits en l'obligeant à troquer la combinaison en cuir pour celle de mécano. Le Dr Ramos l'avait découvert le jour où sa vieille 2 CV avait fondu un joint de culasse et où il avait dû chercher dans Fuengirola un garage ouvert le dimanche. L'ancien coureur avait une bonne main pour les moteurs, y compris les moteurs de bateaux, dont il était capable de tirer cinq cents tours minute supplémentaires. Il était de ces individus taciturnes et efficaces qui aiment leur métier, travaillent beaucoup et ne posent jamais de questions. Et – point fondamental – il était discret. Le seul signe extérieur de l'argent qu'il avait gagné au cours des quatorze derniers mois était une Honda 1 200 centimètres cubes garée pour l'heure devant le dépôt que Marina

Samir, une petite société à capital marocain ayant son siège à Gibraltar – une autre filiale écran de Transer Naga –, possédait près du port de plaisance de Sotogrande. Il économisait soigneusement le reste. Pour ses vieux jours. Parce qu'on ne sait jamais, disait-il, dans quel virage vous attend la flaque d'huile suivante.

– Maintenant, ajuste bien, dit Teresa.

Elle prit la cigarette qui fumait sur le chevalet soutenant les moteurs et tira quelques bouffées, en la tachant de cambouis. Pepe n'aimait pas qu'elle fume quand elle travaillait là ; il ne voyait pas non plus d'un bon œil d'autres que lui toucher aux moteurs dont l'entretien lui était confié. Mais elle était le chef, et les moteurs, les bateaux et le hangar étaient à elle. Et donc ni Pepe ni personne n'avait d'objections à élever. De plus, Teresa aimait s'occuper de choses comme celles-là, travailler à la mécanique, aller sur la cale d'échouage et parmi les installations du port. De temps à autre, elle sortait essayer les moteurs ou un bateau ; et une fois, en pilotant un de ces canots semi-rigides de neuf mètres de long – c'était elle qui avait eu l'idée d'utiliser les quilles en fibre de verre comme dépôts de carburant –, elle avait navigué toute une nuit à pleine puissance pour étudier son comportement par forte houle. Mais en réalité, ce n'étaient que des prétextes. Cela lui permettait de se souvenir et de maintenir le lien avec une partie d'elle-même qui ne se résignait pas à disparaître. Peut-être cela avait-il aussi à voir avec une certaine innocence perdue ; un état d'esprit dont, aujourd'hui, en regardant en arrière, elle finissait par croire qu'il avait été proche du bonheur. J'ai peut-être été heureuse, à cette époque, se disait-elle. Oui, heureuse pour de bon, même si je ne m'en rendais pas compte.

– Passe-moi une clef de cinq. Ajuste ici... Oui, comme ça.

Elle observa le résultat, satisfaite. Les hélices en acier qu'elle venait d'installer – une lévogyre et une dextrogyre, pour compenser la dérive produite par la rotation – avaient un diamètre inférieur et un pas hélicoïdal supérieur à celles d'origine, en aluminium ; et cela devait permettre au couple de moteurs fixés à l'arrière d'un semi-rigide de développer quelques nœuds supplémentaires sur mer plane. Teresa reposa la cigarette sur le chevalet et introduisit les clavettes et les goupilles que Pepe lui tendait, en les fixant bien. Puis elle tira une dernière bouffée de sa cigarette, l'éteignit soigneusement dans la demi-boîte de Castrol qui lui servait de cendrier et se releva en frottant ses reins endoloris.

– Tu me diras comment ils se comportent.

– Je vous le dirai.

Teresa s'essuya les mains avec un chiffon et sortit, en plissant les yeux sous l'éclat du soleil andalou. Elle resta ainsi quelques instants, à profiter du site et du paysage : l'énorme grue bleue de la cale, les mâts des bateaux, le léger clapotis des petites vagues sur la rampe en béton, l'odeur de mer, de rouille et de peinture fraîche qui venait des coques hors de l'eau, le tintement des drisses sous la brise qui arrivait du levant par-dessus la jetée. Elle dit bonjour aux ouvriers de la cale – elle connaissait le nom de chacun – et, en contournant les hangars et les voiliers en cale sèche, elle se dirigea vers la partie arrière, où Pote Gálvez l'attendait debout près de la Cherokee garée sous les palmiers, avec, en toile de fond, la plage de sable gris qui s'incurvait vers Punta Chullera et l'est. Beaucoup de temps – presque un an – s'était écoulé depuis la nuit dans la cave du pavillon en construction de Nueva Andalucía, et aussi depuis ce qui s'était passé quelques jours plus tard, quand le pistolero, encore couvert de marques et d'ecchymoses, s'était présenté devant Teresa Mendoza, escorté par deux hommes de Yasikov. J'ai quelque chose à dire à la dame, avait-il expliqué. Quelque chose d'urgent. Et ça ne peut pas attendre. Teresa l'avait reçu, très sérieuse et très froide, sur la terrasse d'une suite de l'hôtel Puente Romano qui donnait sur la mer, les gorilles surveillant l'entretien à travers les grandes baies vitrées fermées du salon. Dis-moi, Pinto. Tu veux peut-être un verre ? Pote Gálvez avait répondu non, merci bien, puis était resté un moment à contempler la mer, les yeux perdus dans le lointain, en se grattant la tête comme un ours maladroit, dans son costume sombre froissé, la veste croisée qui lui allait très mal parce qu'elle accentuait sa corpulence, les bottes du Sinaloa en peau d'iguane qui mettaient une note discordante dans cet habillement citadin – Teresa s'était sentie pour cette paire de bottes une étrange sympathie – et le col de la chemise fermé pour l'occasion par une cravate trop large et trop voyante. Teresa l'observait avec beaucoup d'attention, comme elle avait appris à observer tout le monde au cours des dernières années : hommes et femmes. Maudits êtres humains raisonnants. Soupesant ce qu'ils disaient et surtout ce qu'ils taisaient, ou ce qu'ils tardaient à dire, comme le Mexicain en ce moment. Dis-moi, avait-elle répété ; et l'homme s'était tourné vers elle, toujours en silence, et avait fini par la regarder en face, en cessant de se gratter la tête, pour prononcer à voix basse, après avoir lancé un coup d'œil rapide aux hommes du salon : eh bien ! je suis venu vous dire merci, madame. Vous remercier pour m'avoir laissé en vie malgré ce que j'ai fait, ou ce que j'étais sur le point de faire. Je n'ai pas besoin de tes explications, avait-elle répliqué avec dureté. Et le tueur avait détourné de nouveau les yeux, non, bien sûr que non, et il l'avait dit deux fois avec cette manière de parler qui évoquait tant de souvenirs pour Teresa, parce qu'elle s'infiltrait dans les brèches de son cœur. Je voulais juste ça. Vous remercier, et vous dire que Potemkin Gálvez paye toujours ses dettes. Et comment comptes-tu me payer ? avait-elle demandé. Eh bien ! il faut que vous sachiez que je l'ai déjà fait en partie. J'ai parlé aux gens qui m'ont envoyé ici. Au téléphone. Je leur ai dit la vérité nue. Qu'on nous avait tendu un piège et que le Gato Fierros avait reçu son compte, que je n'avais rien pu faire parce qu'on nous avait salement alpagués. De quels gens parles-tu ? avait interrogé Teresa, qui connaissait déjà la réponse. Eh bien ! des gens, quoi, c'est tout, avait dit l'homme en se redressant, un peu piqué, ses yeux fiers devenant soudain durs. Bon Dieu ! madame… Vous savez que ce n'est pas mon genre de bavarder. Disons seulement des gens. Du monde de par là-bas. Et ensuite, en redevenant humble et en observant plusieurs pauses, il avait expliqué que ces gens, quels qu'ils soient, avaient très mal pris qu'il respire toujours tandis que son copain le Gato avait été massacré de cette façon, et qu'ils lui avaient exposé très clairement qu'il avait le choix entre trois solutions : ou il liquidait la fille, ou il prenait le premier avion et revenait à Culiacán pour assumer les conséquences de son échec, ou il s'enterrait dans un trou où ils ne le retrouveraient pas.

– Et qu'as-tu décidé, Pinto ?

– Eh bien, pas question ! Figurez-vous qu'aucune des trois choses ne me va. Par chance, je n'ai pas fondé de famille. Et donc, de ce côté, je suis tranquille.

– Et alors ?

– Alors voilà : je suis ici.

– Et qu'est-ce que tu veux que je fasse de toi ?

– Eh bien ! à vous de voir. A mon sens, ce n'est pas à moi de décider.

Teresa étudiait le pistolero. Tu as raison, avait-elle admis au bout d'un instant. Elle avait le sourire à fleur de lèvres mais elle ne le montra pas. La logique de Pote Gálvez était compréhensible car élémentaire, et elle en connaissait bien les codes. D'une certaine manière, elle avait été et elle était encore sa propre logique : celle du monde brutal d'où ils venaient tous les deux. Le Güero Dávila, pensa-t-elle soudain, aurait beaucoup ri de tout ça. Du pur Sinaloa. Bon Dieu ! Les plaisanteries de la vie.

– Tu me demandes un emploi ?

– Ça se peut qu'un jour ils en envoient d'autres – le pistolero haussait les épaules avec une simplicité fataliste –, et alors je pourrai vous payer ce que je vous dois.

Et voilà comment Pote Gálvez était maintenant en train de l'attendre près de la voiture, comme tous les jours depuis cette matinée sur la terrasse de l'hôtel Puente Romano : chauffeur, garde du corps, homme à tout faire. Il avait été facile de lui obtenir un permis de séjour et même

– ça avait coûté un peu plus cher – un port d'armes par le biais de certaine société de sécurité amie. Cela lui permettait d'avoir à la ceinture, en toute régularité, un Colt Python identique à celui qu'il avait jadis approché de la tête de Teresa, dans une autre existence et sur d'autres terres. Mais les gens du Sinaloa n'avaient pas créé de problèmes : au cours des dernières semaines, via Yasikov, Transer Naga avait servi d'intermédiaire, pour l'amour de l'art, dans une opération que le cartel du Sinaloa menait en association, fifty-fifty, avec les mafias russes qui commençaient à s'introduire à Los Angeles et à San Francisco. Ce qui avait apaisé les tensions, ou endormi les vieux fantômes. Et Teresa avait reçu le message sans équivoque que tout était oublié : on n'était pas amis mais chacun restait à sa place, le compteur était remis à zéro et finies les embrouilles. *Batman* Güemes en personne l'avait signifié clairement par des intermédiaires sûrs ; et même si, dans ce business, toute garantie restait relative, c'était suffisant pour assainir l'atmosphère. Il n'y avait plus eu de tueurs, bien que Pote Gálvez, méfiant par nature et par métier, n'ait jamais baissé la garde. Car il fallait aussi tenir compte du fait qu'à mesure que Teresa développait ses affaires, les relations devenaient plus complexes et les ennemis augmentaient proportionnellement à sa puissance.

– A la maison, Pinto.

– Oui, patronne.

La maison était une luxueuse villa, avec un immense jardin et une piscine, qui était enfin achevée à Guadalmina Baja, face à la mer. Teresa s'installa sur le siège avant, tandis que Pote Gálvez prenait le volant. Travailler aux moteurs l'avait libérée pendant quelques heures des préoccupations qu'elle avait en tête. C'était le point culminant d'une bonne étape : quatre cargaisons de la N'Drangheta livrées sans accroc, et les Italiens demandaient davantage. Les gens de Solntsevo, eux aussi, demandaient davantage. Les nouveaux bateaux pneumatiques assuraient efficacement le transport de haschisch depuis la côte de Murcie jusqu'à la frontière portugaise, avec un pourcentage raisonnable – ce genre de pertes étant également prévues – d'arraisonnements par la Garde civile et la Surveillance douanière. Les contacts marocains et colombiens fonctionnaient à la perfection, et l'infrastructure financière mise en place par Teo Aljarafe absorbait et canalisait d'énormes quantités d'argent dont seuls les deux cinquièmes étaient réinvestis dans l'appareil logistique. Mais plus Teresa étendait ses activités, plus les frictions avec d'autres organisations se livrant au même business s'amplifiaient. Impossible de s'agrandir sans occuper un espace que d'autres considéraient comme leur chasse gardée. Et c'est là qu'apparaissaient les Galiciens et les Français.

Aucun problème avec les Français. Ou alors peu nombreux et brefs. Sur la Costa del Sol opéraient quelques fournisseurs de haschisch de la mafia marseillaise, groupés autour de deux caïds : un Franco-Algérien qui s'appelait Michel Salem, et un Marseillais connu sous le nom de Néné Garou. Le premier était un homme corpulent, sexagénaire, cheveux gris et manières affables, avec lequel Teresa avait eu quelques contacts peu satisfaisants. A la différence de Salem, un homme discret spécialisé dans le trafic du haschisch sur des bateaux de plaisance, qui vivait en famille dans une luxueuse maison de Fuengirola avec deux filles divorcées et quatre petits-enfants, Néné Garou était un voyou français classique : un gangster arrogant, hâbleur et violent, abonné aux blousons de cuir, aux voitures chères et aux femmes plutôt voyantes. Garou faisait dans le haschisch en plus de la prostitution, du trafic d'armes légères et du deal d'héroïne. Toutes les tentatives pour négocier des accords raisonnables avaient échoué et, au cours d'une rencontre informelle avec Teresa et Teo Aljarafe dans un cabinet particulier d'un restaurant de Mijas, Garou perdit son sang-froid au point de proférer à voix haute des menaces trop grossières et trop sérieuses pour être prises à la légère. Le clash se produisit lorsque le Français proposa à Teresa de transporter un quart de tonne d'héroïne colombienne black tar et qu'elle dit non : que pour elle, le haschisch était une drogue plus ou moins populaire et la coke un luxe pour les abrutis qui pouvaient se la payer ; mais que l'héroïne était du poison pour les pauvres, et qu'elle ne marchait pas dans ce genre de saloperies. Saloperies, c'est le mot qu'elle employa, et l'homme le prit mal. Ce n'est pas une garce mexicaine qui me marchera sur les couilles, tel fut exactement son dernier commentaire, que l'accent marseillais rendait encore plus désagréable. Teresa, sans qu'un muscle de son visage bouge, éteignit très lentement sa cigarette dans le cendrier avant de demander l'addition et de quitter les lieux. Qu'allons-nous faire ? l'interrogea Teo, inquiet, quand ils se retrouvèrent dans la rue. Cet individu est dangereux et il est fou à lier. Mais Teresa ne dit rien pendant trois jours : pas un mot, pas une observation. Rien. Intérieurement, sereine et silencieuse, elle planifiait les mouvements, pesait le pour et le contre comme s'il s'agissait d'une partie d'échecs compliquée. Elle avait découvert que ces aubes grises qui la trouvaient les yeux ouverts favorisaient des réflexions intéressantes, parfois très différentes de celles que lui apportait la lumière du jour. Et trois aubes plus tard, ayant pris sa décision, elle alla voir Oleg Yasikov. Je viens te demander conseil, dit-elle, bien que tous deux sachent que ce n'était pas vrai. Et quand elle eut exposé l'affaire en quelques mots, Yasikov resta un moment à la regarder avant de hausser les épaules. Tu as beaucoup grandi, Tesa, dit-il. Et quand on grandit beaucoup, ces inconvénients sont inclus dans le prix. Oui. Je ne peux pas me mêler de ça. Non. Je ne peux pas non plus te conseiller, parce que c'est ta guerre et non la mienne. Et peut-être qu'un jour – la vie est riche en plaisanteries – nous nous retrouverons face à face pour le même genre d'histoires. Oui. Qui sait ? Rappelle-toi seulement que, dans ce job, un problème qui n'est pas résolu est comme un cancer. Tôt ou tard, il tue.

Teresa décida d'appliquer les méthodes du Sinaloa. Je vais leur en faire baver à mort, se dit-elle. Puisque, en fin de compte, certains procédés qui avaient cours là-bas s'avéraient efficaces, il n'y avait aucune raison qu'il n'en soit pas de même ici, où le fait qu'on n'y soit pas habitué jouait en sa faveur. Rien n'impressionne plus que ce qui est disproportionné, surtout quand l'autre ne s'y attend pas. Sans doute le Güero Dávila, qui était un fan de l'équipe des Tomateros de Culiacán et devait beaucoup rire dans la cantine de l'enfer où il avait maintenant sa table, aurait-il trouvé justifiée l'analogie avec le pire des tours de cochon qu'on puisse jouer au base-ball à son adversaire. Cette fois, elle eut recours aux Marocains, et un vieil ami, le colonel Abdelkader Chaïb, lui procura les gens qu'il fallait : ex-policiers et ex-militaires parlant espagnol, nantis d'un passeport en règle et d'un visa de tourisme, qui faisaient l'aller-retour sur le ferry Tanger-Algésiras. Des durs : des truands qui ne recevraient que les informations et les consignes strictement nécessaires, et qu'il serait impossible, en cas de capture par les autorités espagnoles, de relier à qui que ce soit. C'est ainsi que Néné Garou fut intercepté à la sortie d'une discothèque de Benalmádena à quatre heures du matin. Deux hommes jeunes, au type nord-africain – selon ce qu'il dit à la police, plus tard, lorsqu'il eut récupéré l'usage de la parole –, s'approchèrent de lui comme pour lui faire les poches et, après l'avoir soulagé de son portefeuille et de sa montre, lui cassèrent la colonne vertébrale avec une batte de base-ball. Crac ! Ils le laissèrent transformé en hochet, ou telle fut du moins l'expression qu'utilisa le porte-parole de l'hôpital dans son rapport – ses supérieurs lui reprochèrent ensuite d'avoir été aussi explicite – pour décrire l'affaire aux journalistes. Et, le matin même où la nouvelle parut dans les pages des faits divers du journal *Sur* de Malaga, Michel Salem reçut un appel téléphonique dans sa maison de Fuengirola. Après avoir dit bonjour et s'être présenté comme un ami, une voix masculine exprima dans un espagnol parfait ses condoléances pour l'accident de Garou dont il supposait que M. Salem était au courant. Puis, sans doute d'un téléphone mobile, il décrivit en détail comment, en ce moment même, les petits-enfants du Franco-Algérien, trois filles et un garçon, entre cinq et douze ans, étaient en train de jouer dans la cour du collège suisse de Las Chapas, innocentes créatures, après avoir fêté la veille dans un McDonald's avec leurs copains l'anniversaire de l'aînée : une mignonne fillette prénommée Désirée, dont l'itinéraire habituel pour aller au collège et en revenir, comme celui de son frère et de ses sœurs, fut détaillé minutieusement à Salem. Et, pour bien enfoncer le clou, celui-ci reçut le soir même, par porteur, un paquet de photos prises au téléobjectif où l'on voyait ses petits-enfants à différents moments de la dernière semaine, McDonald's et collège suisse inclus.

J'ai rencontré Cucho Malaspina – pantalon de cuir noir, veste anglaise en tweed, sac marocain à l'épaule –, alors que je partais pour un dernier voyage au Mexique, deux semaines avant mon entrevue avec Teresa Mendoza. Nous nous sommes retrouvés par hasard dans la salle d'attente de l'aéroport de Malaga, entre deux vols dont le départ avait été retardé. Salut, comment ça va, mon mignon ? m'a-t-il lancé. Ça boume ? Je me suis servi un café et lui un jus d'orange qu'il a aspiré avec une paille pendant que nous échangions les compliments d'usage. Je lis ce que tu écris, je te vois à la télé, etc. Puis nous nous sommes assis dans un coin tranquille. Je travaille sur la Reine du Sud, ai-je dit, et il a eu un rire ironique. C'était lui qui l'avait baptisée ainsi. La couverture de *¡Hola!* quatre ans plus tôt. Six pages en couleurs avec l'histoire de sa vie, ou du moins la partie qu'il avait pu en découvrir, en se concentrant surtout sur son pouvoir, son luxe et son mystère. Presque toutes les photos prises au téléobjectif. Un article du genre : cette femme dangereuse contrôle une masse de gens. Mexicaine multimillionnaire et discrète, passé obscur, présent trouble. Belle et énigmatique, telle était la légende de l'unique image prise de près : Teresa avec des lunettes noires, austère et élégante, descendant de voiture entourée de gardes du corps, à Malaga, pour déposer devant une commission judiciaire sur le narcotrafic, où absolument rien ne put être prouvé contre elle. A cette époque, son blindage juridique et fiscal était parfait, et la reine du trafic de la drogue dans le Détroit, la tsarine de la drogue – c'est ainsi que la décrivit *El País* –, avait acheté tant d'appuis politiques et policiers qu'elle était pratiquement invulnérable : au point que le ministère de l'Intérieur laissa filtrer son dossier dans la presse, dans une tentative de diffuser, sous la forme de rumeurs et d'informations journalistiques, ce qu'il ne pouvait pas prouver officiellement. Mais le coup lui était revenu en pleine figure. Cet article transforma Teresa en légende : une femme dans un monde d'hommes implacables. A partir de là, toute photo que l'on pouvait obtenir d'elle, chacune de ses rares apparitions en public devinrent un scoop ; et les paparazzi – les plaintes de photographes agressés par des gorilles de Teresa pleuvaient, et Transer Naga devait payer une nuée d'avocats pour s'occuper de ces affaires – la suivirent à la trace avec autant d'intérêt que pour les princesses de Monaco et les stars de cinéma.

– Comme ça, tu écris un livre sur cette donzelle.

– Je le termine. Ou presque.

– Sacré personnage, non ? – Cucho Malaspina me regardait, vif et malicieux, en se caressant la moustache. – Je la connais bien.

Cucho était un vieil ami, du temps où j'étais reporter et où il commençait à se faire un nom dans le papier glacé, les ragots mondains et les émissions de variétés en prime time. Nous entretenions des rapports fondés sur une estime et une complicité mutuelles. Aujourd'hui, il était devenu une vedette ; capable de défaire, d'un commentaire, d'un titre de magazine ou d'une légende de photo, des couples célèbres. Intelligent, ingénieux et méchant. Le gourou de la chronique mondaine et du glamour des célébrités : du poison dans un verre de Martini. Il n'était pas vrai qu'il connaissait bien Teresa Mendoza ; mais il avait évolué dans son entourage – la Costa del Sol était une mine d'or pour les journalistes de la presse du cœur –, et il avait pu l'approcher deux ou trois fois, bien que toujours écarté avec une fermeté qui, en certaine occasion, s'était traduite par un œil au beurre noir, suivi d'une plainte auprès du parquet de San Pedro de Alcántara, après qu'un garde du corps – dont la description allait comme un gant à Pote Gálvez – lui eut donné une leçon très personnelle de savoir-vivre alors qu'il tentait de l'aborder à la sortie d'un restaurant de Puerto Banús. Bonsoir, madame, je ne voudrais pas vous importuner, mais pourriez-vous me dire… Aïe ! Apparemment, il l'importunait. Et il n'y avait pas eu de réponse ni rien, à part ce gorille moustachu qui lui avait fermé l'œil d'une façon très professionnelle. Vlan ! Vlan ! Des étoiles de toutes les couleurs, le journaliste assis par terre et le bruit du moteur qui démarre. Adieu, la Reine du Sud.

– Une vraie vérole, je te dis. Une bonne femme qui, en quelques années, crée un petit empire clandestin. Une aventurière avec tous les ingrédients : mystère, trafic de drogue, fric… Gardant toujours la distance, protégée par ses porte-flingues et sa légende. La police s'y cassant systématiquement les dents, et elle achetant tout le monde. La Koplowitz de la drogue… Tu te souviens des sœurs Koplowitz, les femmes d'affaires millionnaires célèbres dans toute l'Espagne ? Eh bien, c'est la même chose, mais en pire. Quand son gorille, un gros avec la tête de l'Indio Fernández, m'a filé un gnon, je t'avoue que j'ai été ravi. J'en ai vécu plusieurs mois. Ensuite, lorsque mon avocat a demandé des dommages et intérêts incroyables, que je n'avais jamais imaginé obtenir, ils ont raqué rubis sur l'ongle. C'est comme je te dis. Je te jure. Un vrai pactole. Sans avoir besoin d'aller devant le juge.

– Est-il exact qu'elle s'entendait bien avec le maire ?

Le sourire perfide s'est accentué sous la moustache.

– Avec Tomás Pestaña ? Tu parles… – Il pompa un peu avec sa paille tout en agitant une main, admiratif. –

Teresa, c'était une manne de dollars pour Marbella : œuvres sociales, dons, investissements. Ils se sont rencontrés à l'occasion de l'achat d'un terrain à Guadalmina Baja pour y construire une villa : jardin, piscine, fontaines, vue sur la mer. Elle l'a aussi remplie de livres, parce que, par-dessus le marché, cette fille a des prétentions intellectuelles, tu sais ? Enfin, c'est ce qu'on dit. Le maire et elle dînaient souvent ensemble ou se voyaient chez des amis communs. Soirées privées, banquiers, entrepreneurs de travaux publics, hommes politiques, enfin des gens comme ça...

– Ils ont fait des affaires ?

– Naturellement. Pestaña l'a beaucoup protégée sur le plan local et elle a toujours su respecter les formes. Chaque fois qu'il y avait une enquête, agents et juges ne tardaient jamais à se désintéresser de l'affaire ou à se déclarer incompétents. De la sorte, le maire pouvait la fréquenter sans que nul ne s'en scandalise. Petit à petit, elle a infiltré les municipalités, les tribunaux... Même Fernando Bouvier, le gouverneur de Malaga, lui mangeait dans la main. A la fin, ils gagnaient tous tellement d'argent que personne ne pouvait se passer d'elle. C'était sa protection et sa force.

Sa force, a-t-il répété. Puis il a lissé les plis de son pantalon de cuir, avant d'allumer un petit cigare hollandais et de croiser les jambes. La Reine, a-t-il ajouté en expulsant la fumée, n'aimait pas les grandes réceptions. Durant toutes ces années, elle a assisté à deux ou trois, au plus. Elle arrivait tard et partait tôt. Elle vivait enfermée dans sa villa, et on a pu parfois la photographier de loin, quand elle se promenait sur la plage. Elle aimait aussi la mer. On disait qu'il lui arrivait d'accompagner ses contrebandiers, comme au temps où elle avait à peine un toit pour s'abriter ; mais ça fait peut-être partie de la légende. Ce qui est sûr, c'est que ça lui plaisait. Elle avait acheté un grand yacht, le *Sinaloa*, et passait beaucoup de temps à bord, en compagnie de ses seuls gardes du corps et de l'équipage. Elle ne voyageait pas beaucoup. On l'a vue deux ou trois fois ici. Ports méditerranéens, Corse, Baléares, îles grecques. C'est tout.

– Un jour, j'ai cru que nous la tenions… Un paparazzo a réussi à s'aboucher avec un des maçons qui travaillaient dans le jardin et il a fait quelques bobines : elle sur la terrasse, à une fenêtre, des choses comme ça. Le magazine qui avait acheté les photos m'a appelé pour que j'écrive le texte. Mais rien. Quelqu'un a payé une fortune pour bloquer le reportage, et les photos ont disparu. Comme par magie. On dit que les négociations ont été menées par Teo Aljarafe en personne. L'avocat play-boy. Et qu'il a payé les photos dix fois leur valeur.

– Je m'en souviens. Le photographe a eu des problèmes.

Cucho s'est penché pour faire tomber la cendre dans le cendrier. Il s'est arrêté un instant à mi-chemin. Le sourire méchant s'est transformé en rire sourd, chargé de sous-entendus.

– Des problèmes ? Oh ! tu sais, mon mignon… Avec Teresa Mendoza, le mot est un euphémisme. Le garçon était un professionnel. Pas né de la veille, une vraie merde d'élite, expert dans l'art de renifler dans les braguettes et les vies d'autrui… Les magazines et les agences ne disent jamais le nom des auteurs des reportages, mais quelqu'un a dû moucharder. Quinze jours plus tard après que les photos se sont volatilisées, l'appartement de ce garçon à Torremolinos a été cambriolé, pendant que, comme par hasard, il y dormait. Étonnant, non ?… Les voleurs lui ont donné quatre coups de couteau, apparemment sans intention de le tuer, après lui avoir cassé, imagine-toi, tous les doigts… Le bruit s'est répandu. Personne n'est revenu rôder autour de la villa de Guadalmina, évidemment. Ni s'approcher de moins de vingt mètres de cette garce.

– Des amours ? ai-je demandé en changeant de sujet.

Il a fait, de la tête, un non catégorique. Voilà qui entrait pleinement dans sa spécialité.

– Des amours ? Zéro ! En tout cas, à ma connaissance. Et tu sais que je m'y connais. On a bien parlé d'une relation avec l'avocat attitré : Teo Aljarafe. Beau gosse, de la classe. Et aussi une authentique canaille. Ils faisaient des voyages ensemble, par exemple. On l'a même vue avec lui en Italie. Mais ce n'était pas sérieux. Peut-être qu'elle se le tapait, tu comprends. Mais ce n'était pas sérieux. Fie-toi à mon flair. Je pencherais plutôt pour Patricia O'Farrell.

O'Farrell, a poursuivi Cucho après être allé chercher un autre jus d'orange et avoir salué au retour quelques connaissances, était de la cocaïne d'une tout autre classe. Amies et associées, bien qu'elles se ressemblent aussi peu que le jour et la nuit. Mais elles avaient été en taule ensemble. Tu vois le tableau, hein ? La promiscuité permanente et tout ça. O'Farrell était vraiment perverse. Et maligne, avec ça. Une foutue gouine. Pas née de la dernière pluie, avec tous les vices du monde, y compris celui-là – Cucho a fait un geste significatif en se touchant le nez –, et frivole comme pas une. Difficile, dans ces conditions, d'expliquer comment ces deux-là, Sapho et le capitaine Morgan, pouvaient être ensemble. Même en sachant que c'était la Mexicaine, bien sûr, qui tenait les rênes. Impossible en effet d'imaginer la brebis noire des O'Farrell montant seule tout ce bizness.

– C'était une lesbienne convaincue et militante. Cocaïnomane jusqu'à la moelle. Ça a donné lieu à beaucoup de commérages... On dit qu'elle a fait l'éducation de son amie, qui était analphabète, ou presque. Vrai ou non, à l'époque où je l'ai connue, celle-ci s'habillait déjà et se comportait avec classe. Elle savait choisir ses vêtements, toujours discrets : tons sombres, couleurs simples... Tu vas rire, mais, une année, nous l'avons même fait figurer dans la liste des vingt femmes les plus élégantes. Moitié pour rigoler, moitié sérieusement. Je te jure. Et, rends-toi compte, elle a été élue au dixième rang, ou à peu près. Elle était plutôt jolie, d'accord, mais surtout elle savait se mettre en valeur... – Il est resté un moment songeur, avec un sourire distrait, puis il a haussé les épaules. – Il est clair qu'il y avait quelque chose entre ces deux-là : amitié, complicité intime, enfin quelque chose. Et ça explique peut-être pourquoi la Reine du Sud a eu peu d'hommes dans sa vie.

Ding, dong, a sonné le haut-parleur dans la salle. Iberia annonce le départ de son vol à destination de Barcelone. Cucho a regardé sa montre et s'est levé, en passant la lanière de son sac en cuir à son épaule. Je me suis levé, moi aussi, et nous nous sommes serré la main. Content de t'avoir rencontré, etc. Et merci. J'espère lire ce livre, s'ils ne t'ont pas coupé les couilles avant. Je crois qu'on appelle ça émasculation. En partant, il m'a fait un clin d'œil.

– Après, il y a le mystère, hein ?... Ce qui s'est passé finalement avec O'Farrell et avec l'avocat. – Il riait, en marchant. – Ce qui s'est passé avec tous.

L'automne était doux, nuits tièdes et affaires florissantes. Teresa but une gorgée du cocktail au champagne qu'elle tenait à la main et regarda autour d'elle. Elle aussi était observée, directement ou à la dérobée, avec des commentaires à voix basse, des murmures, des sourires, les uns pleins d'adulation, les autres chargés d'inquiétude. Rien à faire. Ces derniers temps, les médias s'occupaient trop d'elle pour qu'elle puisse passer inaperçue. En traçant les coordonnées d'un plan mental, elle se voyait au centre géographique d'une trame complexe d'argent et de pouvoir pleine de possibilités, et aussi de contrastes. De dangers. Elle avala une autre gorgée. Musique douce, cinquante personnes choisies, onze heures du soir, la demi-lune horizontale et jaune sur la mer noire, dans la baie de Marbella de l'autre côté du paysage immense semé de millions de lumières, le salon ouvert sur le jardin à flanc de montagne, tout près de la route de la Ronda. Les accès contrôlés par des vigiles et des policiers municipaux. Tomás Pestaña, l'hôte, allait et venait en bavardant d'un groupe à l'autre, veste blanche et large ceinture rouge, l'énorme havane entre les bagues de la main gauche, les sourcils, épais comme une fourrure d'ours, constamment arqués de plaisir émerveillé. Il ressemblait à un truand de films d'espionnage des années soixante. Un méchant sympathique. Merci d'être venues, très chères. Plein d'attentions, en veux-tu, en voilà. Vous connaissez Untel ?... Et Untel ?... Tomás Pestaña était ainsi. Dans son milieu naturel. Il aimait faire étalage de tout et de tous, y compris de Teresa, comme si elle était une preuve de plus de sa réussite. Un trophée dangereux et précieux. Quand quelqu'un l'interrogeait à ce sujet, il arborait un sourire entendu et hochait la tête, l'air d'insinuer : si je vous disais ! Tout ce qui donne du glamour et de l'argent me sert, avait-il dit un jour. Une chose entraîne l'autre. Et, en plus d'ajouter une touche de mystère à la société locale, Teresa était une corne d'abondance, source inépuisable d'investissements en argent frais. La dernière opération destinée à se gagner le cœur du maire – soigneusement recommandée par Teo Aljarafe – comprenait la liquidation d'une dette municipale qui menaçait la mairie d'une saisie scandaleuse de propriétés, lourde de conséquences politiques. Et puis Pestaña, beau parleur, ambitieux, malin – le maire élu avec le plus de suffrages depuis le temps de Jesús Gil –, adorait, en certaines occasions, se vanter de ses relations, ne serait-ce que devant un groupe choisi d'amis ou d'associés, de même que les collectionneurs d'art exhibent leurs galeries privées dont certains chefs-d'œuvre, acquis par des moyens illicites, ne peuvent être montrés en public.

– Imagine une descente de police ici, dit Pati O'Farrell. Elle avait une cigarette aux lèvres et riait, sa troisième coupe à la main. Les flics n'ont décidément pas de couilles. Ces morceaux-là les étrangleraient.

– Il y a quand même un policier. Nino Juárez.

– Oui. Je l'ai vu, cet enfoiré.

Teresa but encore une gorgée, tout en achevant de faire le compte. Trois financiers. Quatre entrepreneurs de travaux publics de haut niveau. Deux acteurs anglo-saxons installés dans la région pour échapper aux impôts dans leur pays. Un producteur de cinéma avec qui Teo Aljarafe venait d'établir une fructueuse association, car il faisait faillite tous les ans et était expert dans l'art de faire transiter de l'argent à travers des sociétés en déficit et des films que personne ne voyait jamais. Un propriétaire de six terrains de golf. Deux gouverneurs. Un millionnaire saoudien en pleine décadence. Un membre de la famille royale marocaine en pleine ascension. L'actionnaire principal d'une importante chaîne hôtelière. Un top model célèbre. Un chanteur arrivé de Miami en avion privé. Un ex-ministre des Finances et son épouse, divorcée d'un acteur de théâtre fameux. Trois putains de superluxe, belles et connues pour leurs romances sur papier glacé... Teresa conversa un moment avec le gouverneur de Malaga et sa femme – celle-ci la regarda tout le temps, envieuse et fascinée, sans ouvrir la bouche, pendant que Teresa et le gouverneur se mettaient d'accord sur le financement d'un auditorium culturel et de trois centres pour l'accueil des toxicomanes. Puis elle bavarda avec deux des entrepreneurs et eut un aparté, bref mais utile, avec le membre de la famille royale : ils avaient des amis communs des deux côtés du Détroit, et il lui donna sa carte de visite. Il faut que vous veniez à Marrakech. J'ai beaucoup entendu parler de vous. Teresa acquiesçait sans se compromettre, en souriant. Bon Dieu ! pensait-elle, en imaginant ce que cet individu avait entendu dire d'elle. Et qui l'avait dit. Puis elle échangea quelques mots avec le propriétaire des terrains de golf, qu'elle connaissait un peu. J'ai une proposition intéressante à vous faire, dit l'homme. Je vous appellerai. Le chanteur de Miami riait dans un petit groupe voisin, en renversant la tête en arrière pour bien montrer sa gorge délestée récemment de son double menton dans une clinique. Quand j'étais toute jeune, j'étais folle de lui, avait dit Pati en s'esclaffant. Et tu vois, maintenant. *Sic transit...* – Ses yeux aux pupilles très dilatées étincelaient. – Tu veux qu'on nous le présente ?... Teresa faisait non de la tête, la coupe aux lèvres. Ne m'emmerde pas, Lieutenant. Et fais attention, tu en es à ta troisième. C'est toi qui m'emmerdes, avait dit Pati sans perdre sa bonne humeur. Tu n'as aucun humour et tu passes toute ta putain d'existence à travailler.

Teresa promena de nouveau un regard distrait autour d'elle. En réalité, ce n'était pas exactement une fête, bien que l'objet de la réunion soit de célébrer l'anniversaire du maire de Marbella. C'était une pure liturgie mondaine, liée aux affaires. Il faut que tu y ailles, avait insisté Teo Aljarafe qui, pour l'heure, discutait avec le groupe des financiers et de leurs épouses, correct, attentif, un verre à la main, sa grande silhouette légèrement courbée, son profil aquilin tourné poliment vers les femmes. Ne serait-ce qu'un quart d'heure, avait-il insisté. Pestaña est très primaire pour certains détails, et avec lui ce genre d'attentions marche toujours. Et puis il ne s'agit pas seulement du maire. En une demi-douzaine de bonsoirs, tu peux régler d'un coup un tas d'affaires. Tu débroussailles la voie et tu facilites les choses. Tu nous les facilites.

– Je reviens tout de suite, dit Pati.

Elle avait posé sa coupe vide sur une table et s'éloignait en direction du bar : talons hauts, dos nu jusqu'à la ceinture, contrastant avec l'ensemble noir que portait Teresa, juste rehaussé de pendants d'oreilles – des petites perles simples – et du semainier d'argent. Sur son chemin, Pati frôla délibérément le dos d'une jeune fille qui bavardait dans un groupe, et celle-ci se retourna à demi pour la regarder. Un vrai sucre d'orge, avait dit Pati un peu plus tôt en la couvant des yeux et en hochant la tête aux cheveux toujours très courts. Et Teresa, habituée au ton provocateur de son amie – souvent, Pati dépassait exprès les limites en sa présence –, avait haussé les épaules. Trop jeune pour toi, Lieutenant, avait-elle dit. Trop jeune ou pas, avait répondu Pati, à El Puerto, elle aurait eu beau se débattre, elle ne m'aurait pas échappé. D'ailleurs, avait-elle ajouté après l'avoir contemplée un instant d'un air songeur, je me suis trompée d'Edmond Dantès. Elle souriait beaucoup trop en disant cela. Et maintenant, Teresa la regardait s'éloigner, préoccupée : Pati commençait à tituber légèrement, même si elle pouvait encore supporter quelques verres de plus avant sa première visite aux toilettes pour se mettre de la caroline dans le nez. Mais ce n'était pas un problème de verres ou de coke. Fichue Pati. Les choses allaient de pire en pire, et pas seulement ce soir. Quant à Teresa, cela suffisait, et elle pouvait penser à quitter les lieux.

– Bonsoir.

Elle avait repéré Nino Juárez depuis qu'il tournait autour d'elle en l'étudiant. Petit, avec sa barbiche blonde. Costume cher, impossible à payer avec sa solde officielle. Ils se croisaient parfois de loin. C'était Teo Aljarafe qui réglait cette question.

– Je suis Nino Juárez.

– Je sais qui vous êtes.

A l'autre bout du salon, Teo, qui surveillait tout, adressa à Teresa un regard d'avertissement. Il a beau être des nôtres et payé à l'avance pour ce qu'il vaut, disaient ses yeux, cet individu est un terrain miné. Et, de plus, il y a des gens qui observent.

– Je ne savais pas que vous fréquentiez ces réunions, dit le policier.

– Moi non plus, je ne savais pas que vous les fréquentiez.

Ce n'était pas exact. Teresa savait que le commissaire, chef du DOCS, aimait la *dolce vita* de Marbella, rencontrer des célébrités, passer à la télévision pour annoncer la réalisation de tel ou tel brillant service rendu à la société. Et aussi qu'il aimait l'argent. Tomás Pestaña et lui étaient de grands amis et se soutenaient mutuellement.

– Ça fait partie de mon travail... – Juárez fit une pause et sourit. – Comme vous.

Il ne me plaît pas, décida Teresa. Il y a des gens que je peux acheter si c'est nécessaire. Certains me plaisent, d'autres non. Celui-là non. Mais peut-être que ce sont les policiers qui se vendent, qui ne me plaisent pas. Ou ceux qui se vendent tout court, policiers ou pas. Acheter ne signifie pas devenir intimes.

– Il y a un problème, déclara l'homme.

Le ton était presque confidentiel. Il regardait autour d'eux, comme elle.

– Les problèmes, répondit Teresa, ne sont pas de mon ressort. J'ai quelqu'un qui s'en occupe.

– C'est que celui-là n'est pas facile à résoudre. Et je préfère m'adresser directement à vous.

Ce qu'il fit, sur le même ton et en peu de mots. Il s'agissait d'une nouvelle enquête, sur l'initiative d'un juge de l'Audience nationale extrêmement jaloux de son travail : un certain Martínez Pardo. Cette fois, le juge avait décidé de tenir le DOCS à l'écart et de s'appuyer sur la Garde civile. Juárez, marginalisé, ne pouvait intervenir. Il voulait seulement que ce soit clair avant que les choses ne suivent leur cours.

– Qui cela, dans la Garde civile ?

– Il y a un groupe assez bon. Delta Quatre. Dirigé par un capitaine qui s'appelle Víctor Castro.

– J'ai entendu parler de lui.

– Ça fait donc déjà un certain temps qu'ils préparent leur affaire en secret. Le juge est venu plusieurs fois. Apparemment, ils suivent la piste du dernier contingent de canots semi-rigides qui évoluent dans les parages. Ils veulent en contrôler plusieurs et remonter la filière jusqu'au sommet.

– C'est grave ?

– Ça dépendra de ce qu'ils trouveront. Vous savez mieux que moi ce qui peut être découvert.

– Et le DOCS ?... Que pense-t-il faire ?

– Rien. Regarder. Je vous l'ai dit, mes hommes sont tenus à l'écart. Je ne peux que vous mettre en garde.

Pati était de retour, une coupe à la main. Elle avait recouvré son équilibre, et Teresa sut qu'elle était passée par les toilettes pour sniffer un peu. Ça alors ! dit-elle en les rejoignant. Voyez donc qui est là. La loi et l'ordre. Et quelle superbe Rolex vous portez ce soir, supercommissaire ! Toute neuve ? Juárez se renfrogna et regarda Teresa quelques secondes. Maintenant vous êtes au courant, disait son expression. Et votre amie ne vous sera d'aucune aide si les pépins commencent à pleuvoir.

– Excusez-moi. Bonsoir.

Juárez se perdit parmi les invités. Patricia riait tout bas, en le regardant s'en aller.

– Qu'est-ce qu'il te racontait, cette ordure ?… Il n'arrive pas à boucler ses fins de mois ?

– C'est imprudent de provoquer les gens comme ça. – Teresa baissait la voix, mal à l'aise. Elle ne voulait pas se mettre en colère, et encore moins en ce lieu. – Surtout les policiers.

– Est-ce qu'on ne le paye pas ? Alors qu'il aille se faire foutre.

Elle portait le verre à ses lèvres, presque avec violence. Teresa ne pouvait pas savoir si la rancœur de ses paroles s'adressait au policier ou à elle.

– Écoute, Lieutenant, tu dépasses la mesure. Tu bois trop. Et pour le reste aussi.

– Et alors ?… C'est une fête, et ce soir j'ai envie de m'envoyer en l'air.

– N'exagère pas. Ce n'est pas de ça qu'il s'agit.

– Ça va, nounou.

Teresa ne répondit pas. Elle regarda son amie dans les yeux, très fixement, et celle-ci les détourna.

– Après tout, grogna Pati au bout d'un moment, ce que reçoit cette larve, j'en paye cinquante pour cent.

Teresa continuait de se taire. Elle réfléchissait. Elle sentit, de loin, le regard interrogateur de Teo Aljarafe peser sur elle. Ça ne finirait donc jamais ? A peine une fissure colmatée, il s'en présentait une autre. Et toutes ne se réparaient pas avec du bon sens et de l'argent.

– Comment va la reine de Marbella ?

Tomás Pestaña venait de faire son apparition à leurs côtés ; sympathique, démagogue, vulgaire. Avec cette veste blanche qui lui donnait l'allure d'un serveur grassouillet. Teresa et lui se voyaient souvent : une société d'intérêts mutuels. Le maire aimait vivre dangereusement, du moment qu'il y avait de l'argent et de l'influence en jeu ; il avait fondé un parti politique local, il naviguait dans les eaux troubles des affaires immobilières, et la légende qui commençait à se tisser autour de la Mexicaine augmentait sa sensation de pouvoir et sa vanité. Et aussi ses comptes courants. Pestaña avait commencé à bâtir sa fortune comme homme de confiance d'un important entrepreneur andalou, en achetant un terrain pour lui-même grâce aux relations de son patron et à l'argent de celui-ci. Après quoi, quand le tiers de la Costa del Sol avait été à lui, il était allé voir ledit patron pour lui annoncer qu'il le quittait. Pour de bon ? Pour de bon. Écoute, je le regrette beaucoup. Comment pourrais-je te remercier de tes services ? C'est déjà fait, avait été la réponse de Pestaña. J'ai tout mis à mon nom. Plus tard, une fois sorti de l'hôpital où il avait été soigné pour son infarctus, l'ex-patron de Pestaña l'avait cherché pendant des mois, un pistolet dans la poche.

– Des gens intéressants, n'est-ce pas ?

Pestaña, à qui rien n'échappait, l'avait vue en conversation avec Nino Juárez. Mais il ne fit pas de commentaires. Ils échangèrent des compliments : tout est parfait, monsieur le maire, et toutes mes félicitations. Une magnifique soirée. Teresa s'enquit de l'heure, et le maire la lui donna. Nous déjeunons ensemble mardi, naturellement, dit-elle. A l'endroit habituel. Maintenant, nous devons partir. Les meilleures choses ont une fin.

– Tu devras t'en aller seule, ma chérie, protesta Pati. Moi, je suis merveilleusement bien ici.

Avec les Galiciens, les affaires s'avérèrent plus compliquées qu'avec les Français. Cela réclamait du doigté, car les mafias du nord-ouest de l'Espagne avaient leurs propres contacts en Colombie et travaillaient parfois avec les mêmes gens que Teresa. Et puis c'étaient de vrais durs, ils possédaient une longue expérience et ils étaient sur leur terrain, depuis que les anciens *amos do fume*, les chefs des réseaux de contrebande de cigarettes, s'étaient recyclés dans le trafic de la drogue, les caïds de la fumée devenant des *amos da fariña**. Les Rías galiciennes étaient leur fief ; mais ils étendaient leur territoire plus au sud, vers le nord de l'Afrique et l'embouchure de la Méditerranée. Tant que Transer Naga ne s'était occupée que de transporter le haschisch sur le littoral andalou, les relations, bien que froides, étaient restées placées sous le signe d'un apparent vivre et laisser vivre. Mais la cocaïne, c'était une autre affaire. Et dans les derniers temps, l'organisation de Teresa était devenue un concurrent sérieux. La question fut posée lors d'une rencontre en terrain neutre, une ferme de la région de Cáceres, près d'Arroyo de la Luz, entre la sierra de Santo Domingo et la Nationale 521, au milieu d'épais chênes-lièges et de pâturages pour le bétail : une bâtisse blanche située au bout d'un chemin où les voitures soulevaient des nuages de poussière en arrivant et où un intrus pouvait être facilement repéré. La rencontre débuta dans le milieu de la matinée ; côté Transer Naga, Teresa et Teo Aljarafe arrivèrent avec Pote Gálvez au volant de la Cherokee, suivis d'une Passat de couleur sombre avec, à bord, deux hommes de toute confiance, des jeunes Marocains qui avaient fait leurs preuves sur les bateaux pneumatiques avant d'être recrutés pour des tâches de sécurité. Teresa était vêtue de noir, un tailleur-pantalon de bonne marque bien coupé, cheveux rassemblés sur la nuque, catogan, raie au milieu. Les Galiciens étaient déjà là : ils étaient trois, et un nombre égal de gardes du corps à la porte, près des deux BMW 732 qui les avaient amenés au rendez-vous. Tout le monde alla droit au but, les porte-flingues s'observant mutuellement dehors, les intéressés à l'intérieur, autour d'une grande table en bois rustique placée au centre d'une pièce avec des poutres au plafond et des trophées de cerfs et de sangliers aux murs. Ils avaient à leur disposition des sandwiches, des boissons et du café, des paquets de cigarettes et des blocs pour prendre des notes : une réunion d'affaires, qui commença mal quand Siso Pernas, du clan des Corbeira, le fils de l'*amo do fume*

* En galicien, « les patrons de la farine » : de la cocaïne.

de la Ría de Arosa, don Xaquin Pernas, prit la parole pour exposer la situation en s'adressant tout le temps à Teo Aljarafe, comme si l'avocat était l'interlocuteur valable, Teresa n'étant présente qu'à titre décoratif. La question, dit Siso Pernas, était que les gens de Transer Naga se mêlaient de trop de choses. Rien à objecter en ce qui concernait l'expansion en Méditerranée, le haschisch et ce qui allait avec. Ni sur le fait qu'ils touchent à la coke d'une manière raisonnable : il y avait de l'espace pour tout le monde. Mais chacun à sa place, en respectant les territoires et l'ancienneté qui, en Espagne – il continuait de regarder constamment Teo Aljarafe, comme si c'était lui le Mexicain –, était toujours un grade. Et par territoires, Siso Pernas et son père, don Xaquin, entendaient les opérations atlantiques, les grosses cargaisons transportées par bateau depuis les ports américains. Ils avaient toujours été les opérateurs des Colombiens, depuis que don Xaquin, les frères Corbeira et les hommes de la vieille école, sous la pression des nouvelles générations, s'étaient reconvertis en passant des cigarettes au haschisch et à la coke. Ils avaient donc une proposition à faire : pas d'objections à ce que Transer Naga s'occupe de la farine qui entrait par Casablanca et Agadir, tant que sa destination était la Méditerranée orientale et qu'elle ne restait pas en Espagne. Car les transports directs pour la Péninsule et l'Europe, la route de l'Atlantique et ses ramifications, étaient un fief galicien.

– C'est bien ce que nous faisons, précisa Teo Aljarafe. Sauf en ce qui concerne le transport.

– Je le sais. – Siso Pernas se servit à la cafetière qui était devant lui, après avoir fait un geste en direction de Teo, qui eut un bref hochement de tête négatif ; le geste du Galicien n'incluait pas Teresa. – Mais nos gens craignent que vous tentiez d'élargir vos affaires. Il y a des choses qui ne sont pas claires. Des bateaux qui vont et viennent... Nous ne pouvons pas contrôler ça, et, de plus, nous nous exposons à devoir endosser des opérations qui ne sont pas les nôtres. – Il regarda ses deux acolytes comme s'ils savaient bien ce qu'il disait. – A avoir constamment sur le dos la Surveillance douanière et la Garde civile.

– La mer est libre, dit Teresa.

C'était la première fois qu'elle parlait, après les salutations du début. Siso Pernas regardait Teo comme si ces mots avaient été prononcés par lui. Aussi sympathique qu'une lame de rasoir. Ses acolytes observaient Teresa par en dessous. Curieux, apparemment amusés de la situation.

– Pas pour ça, dit le Galicien. Cela fait très longtemps que nous nous occupons de la farine. Nous avons de l'expérience. Nous avons engagé d'énormes investissements. – Il continuait de s'adresser à Teo. – Et vous nous gênez. Nous pourrions avoir à payer vos erreurs.

Teo observa brièvement Teresa. Les mains brunes et fines de l'avocat faisaient osciller son stylo comme une interrogation. Elle resta impassible. Fais ton travail, disait son silence. Chaque chose en son temps.

– Et qu'en pensent les Colombiens ? demanda Teo.

– Ils ne se mouillent pas. – Siso Pernas eut un sourire mauvais. Ces salauds de Ponce Pilate, disait son expression. – Ils pensent que c'est notre problème et que c'est à nous de le régler, ici.

– Quelle est l'alternative ?

Le Galicien avala sans se hâter une gorgée de café et se carra sur sa chaise, l'air satisfait. Un joli blondinet, apprécia Teresa. Bien bâti, frôlant la trentaine. Moustache courte et blazer bleu sur une chemise blanche sans cravate. Un narco junior de la deuxième ou de la troisième génération, ayant sans doute fait des études. Plus pressé que ses aînés, qui gardaient leur or dans une chaussette et portaient toujours la même veste démodée. Moins de réflexion. Moins de règles et plus d'envie de gagner du fric pour s'acheter du luxe et des femmes. Plus d'arrogance, aussi. Nous allons vous préciser ça, exprimait, sans paroles, Siso Pernas. Il regarda l'acolyte qui était assis à sa gauche, un individu épais aux yeux pâles. Travail terminé. Il laissait les détails aux subalternes.

– Du Détroit vers l'intérieur, dit le gros homme en

posant ses coudes sur la table, vous avez une liberté absolue. Nous vous livrerons la marchandise au Maroc, si vous préférez l'avoir là-bas, mais en nous réservant la responsabilité du transport depuis les ports américains... Nous sommes disposés à vous accorder des conditions particulières, pourcentages et garanties. Y compris à vous laisser travailler comme associés, mais en gardant pour nous le contrôle des opérations.

– Plus tout est simple, intervint Siso Pernas, presque en retrait, moins il y a de risques.

Teo échangea un autre regard avec Teresa. Et sinon ? disait-elle avec les yeux. Et sinon ? répéta l'avocat à voix haute. Que se passe-t-il, si nous n'acceptons pas ces conditions ? Le gros homme ne répondit pas, et Siso Pernas se borna à contempler sa tasse à café d'un air songeur, comme s'il n'avait jamais envisagé cette éventualité.

– Eh bien, je ne sais pas, dit-il enfin. Nous aurons peut-être des problèmes.

– Qui aura des problèmes ? voulut savoir Teo.

Il se penchait légèrement, calme, sobre, le stylo entre ses doigts comme s'il se disposait à prendre des notes. Ferme dans son rôle, même si Teresa savait qu'il avait surtout envie de se lever et de quitter la pièce. Le genre de problèmes que suggérait le Galicien n'était pas la spécialité de Teo. Par moments, il tournait légèrement la tête vers Teresa, sans la regarder. Je ne peux pas aller plus loin, semblait-il lui dire. Mon domaine, ce sont seulement les négociations pacifiques, les conseils fiscaux, les montages financiers ; pas les doubles sens et les menaces qui flottent dans l'air. Si on change de ton, je ne peux plus poursuivre.

– Vous... Nous... – Siso Pernas adressait un regard soupçonneux au stylo de Teo. – Personne n'a intérêt à une absence d'accord.

Les derniers mots sonnèrent comme un éclat de verre brisé. Cling ! Nous y voilà, se dit Teresa : c'est à qui tirera le premier. La guerre commence ici. C'est maintenant que la dure du Sinaloa, celle qui sait jouer sa peau, doit entrer en scène. Et j'espère qu'elle est là, attendant que je l'appelle. J'ai besoin d'elle de toute urgence.

– Bon Dieu... Et vous allez nous casser à coups de batte de base-ball ?... Comme le Français dont on a parlé l'autre jour dans les journaux ?

Elle regardait Siso Pernas avec une surprise qui semblait authentique, même si elle ne trompait personne, ni ne prétendait le faire. L'homme se tourna vers elle comme si elle venait tout juste de se matérialiser dans l'air, tandis que le gros homme aux yeux pâles contemplait ses ongles et que le troisième, un individu maigre aux mains de paysan ou de pêcheur, se curait le nez. Teresa attendit que Siso Pernas dise quelque chose ; mais le Galicien restait muet, la regardant avec une expression à la fois irritée et déconcertée. Quant à Teo, sa gêne virait à l'inquiétude manifeste. Fais attention, semblait-il dire. Fais très attention.

– C'est peut-être, poursuivit Teresa lentement, parce que je suis étrangère et que je ne connais pas vos coutumes... M. Aljarafe a toute ma confiance, certes ; mais quand je fais des affaires, j'aime qu'on s'adresse à moi. C'est moi qui décide... Vous saisissez la situation ?

Siso Pernas continuait de l'observer en silence, les mains posées des deux côtés de sa tasse de café. L'atmosphère était proche du point de congélation. Foutus lascars, pensa Teresa. S'ils me sifflent leur corrido, j'y mettrai les paroles. Et question Galiciens, j'en connais un bout.

– Eh bien, maintenant, poursuivit-elle, je vais vous dire comment, moi, je vois les choses.

J'espère que je ne vais pas droit dans le mur, pensa- t-elle. Et elle exposa comment, elle, elle voyait les choses. Elle le fit très clairement, en séparant bien chaque phrase, avec les pauses adéquates pour que chacun perçoive les nuances. J'ai le plus grand respect pour ce que vous faites en Galice, commença-t-elle. Vous êtes des gens solides, et de bonne race. Mais ça ne m'empêche pas de savoir aussi que vous êtes fichés, sous étroite surveillance policière et objets de procédures judiciaires. La police a des indicateurs infiltrés partout, et de temps en temps l'un des vôtres se laisse prendre la main dans le sac. C'est bien dommage. Or ce qui caractérise mes affaires, c'est le souci de la sécurité maximale, avec une façon de travailler qui interdit, jusqu'aux limites du raisonnable, toutes les fuites. J'emploie peu de gens, et la plupart ne se connaissent pas entre eux. Ça évite les indiscrétions. J'ai mis du temps à créer cette structure, et je ne suis disposée ni à la laisser se rouiller ni à la mettre en danger avec des opérations que je ne peux pas contrôler. Vous me demandez de me mettre entre vos mains en échange d'un pourcentage ou de je ne sais quoi. Ce qui reviendrait à rester les bras croisés en vous laissant le monopole. Je ne vois pas ce que je peux tirer de ça, ni en quoi ça me convient. A moins que vous ne me menaciez. Mais je ne crois pas, n'est-ce pas... ? Je ne crois pas que vous me menacez.

– De quoi nous vous menacerions ? demanda Siso Pernas.

Cet accent... Teresa écarta le fantôme qui rôdait. Elle avait besoin de garder la tête claire, le ton juste. Le rocher de León était loin, et elle ne voulait pas s'écraser contre un autre.

– Eh bien, figurez-vous que j'imagine deux façons, répondit-elle : laisser filtrer des informations qui peuvent me nuire, ou tenter quelque chose directement. Dans les deux cas, sachez que je peux être plus coriace encore que les autres. A cette différence près : je n'ai personne qui puisse me rendre vulnérable. Je suis de passage, et demain je peux mourir ou disparaître, ou partir sans faire de bagages. Je ne me suis pas fait construire de tombeau au cimetière, toute Mexicaine que je sois. Vous, en revanche, vous avez des biens. Des *pazos*, c'est comme ça, je crois, qu'on appelle les belles maisons de Galice. Des voitures de luxe, des amis... De la famille. Vous pouvez faire venir des truands colombiens pour le sale boulot. Moi aussi. Vous pouvez, pour pousser les choses à l'extrême, déchaîner une guerre. Moi aussi, en toute modestie, parce que je déborde de fric et qu'avec ça on paye n'importe quoi.

Mais une guerre attirerait l'attention des autorités… J'ai remarqué que le ministère de l'Intérieur n'apprécie pas les règlements de comptes entre narcos, surtout quand on y trouve mêlés des noms et prénoms, des biens à confisquer, des gens à envoyer en taule, des procédures judiciaires en cours… On vous voit beaucoup dans les journaux.

– Vous aussi, riposta Siso Pernas grimaçant de colère.

Teresa le regarda froidement trois secondes, avec beaucoup de calme.

– Pas tous les jours, et pas dans les mêmes pages. On n'a jamais rien prouvé contre moi.

Le Galicien émit un ricanement bref, grossier.

– Eh bien, vous me donnerez le mode d'emploi.

– C'est peut-être simplement parce que je suis un peu moins stupide.

J'ai dit ce que j'avais à dire, pensa-t-elle en manière de conclusion. Clairement et sans prendre de gants. Et maintenant, voyons ce que vont faire ces abrutis. Teo enlevait et remettait le capuchon de son stylo. Toi aussi, tu passes un mauvais quart d'heure, observa Teresa. Je te paye pour ça. La différence, c'est que chez toi, ça se remarque, et chez moi non.

– La situation peut changer, objecta Siso Pernas. Je parle de vous.

Diversion sans surprise. Teresa l'avait prévue. Elle prit une Bisonte dans le paquet qui était devant elle, près du verre d'eau et d'une serviette en cuir contenant des documents. Elle la glissa entre ses lèvres sans l'allumer, feignant de réfléchir. Elle avait la bouche sèche, mais elle décida de ne pas toucher au verre d'eau. La question n'est pas : comment je me sens, se dit-elle. La question est : comment ils me voient.

– Bien sûr, concéda-t-elle. Et je suis persuadée qu'elle changera. Mais moi, je reste ce que je suis. Avec mes gens, mais seule. Mes affaires sont volontairement limitées. Tout le monde sait que je ne m'occupe jamais de marchandises à moi. Seulement de transport. Ça diminue mes pertes potentielles. Et mes ambitions. Vous, en revanche, vous avez beaucoup de portes et de fenêtres par lesquelles on peut entrer. Celui qui décidera de frapper aura le choix. Des gens que vous aimez, des intérêts importants à préserver... De quoi vous foutre en l'air définitivement.

Elle regardait l'homme dans les yeux, la cigarette aux lèvres. Elle resta ainsi quelques instants, en comptant intérieurement les secondes, jusqu'à ce que Siso Pernas, absorbé dans ses réflexions et presque à contrecœur, fouille dans sa poche, en sorte un briquet en or et, en se penchant par-dessus la table, lui donne du feu. Te voilà à point, blondinet. Tu te dégonfles déjà. Elle le remercia d'un mouvement de tête.

– Et vous, non ? demanda finalement le Galicien en rangeant son briquet.

– Vous pouvez toujours essayer. – Teresa expulsait la fumée en parlant, les yeux un peu plissés. – Vous seriez surpris de découvrir combien on est fort quand on n'a rien à perdre, excepté soi-même. Vous avez une famille, par exemple. Une femme ravissante, m'a-t-on dit... Un enfant.

Finissons-en, décida-t-elle. Il ne faut pas aviver la peur d'un coup, parce qu'elle peut se transformer alors en panique ou en réactions irréfléchies et rendre fous ceux qui ne voient plus de solution. Elle les rend imprévisibles et très dangereux. Tout l'art consiste à la leur communiquer peu à peu : il faut qu'elle dure, qu'elle les travaille, qu'elle mûrisse et finisse par se convertir en respect. La frontière est subtile, et il faut la chercher en douceur jusqu'à ce qu'on la trouve.

– Au Sinaloa, nous avons une formule : *Je tuerai toute votre famille, après quoi je déterrerai vos grands-parents, et je leur tirerai dessus avant de les remettre en terre...*

Tout en parlant, sans regarder personne, elle ouvrit la serviette posée devant elle et en sortit une coupure de presse : une photo d'une équipe de football de la Ría de Arosa, que Siso Pernas, passionné pour ce sport, subventionnait généreusement. Il en était le président, et sur la photo – Teresa l'avait mise sur la table, entre eux deux –

il posait avant un match, avec sa femme, son fils, un joli garçon de dix ou douze ans, portant le maillot de l'équipe.
– Alors ne m'emmerdez pas… – Maintenant, oui, elle regardait le Galicien droit dans les yeux. – Ou, comme vous dites en Espagne, faites-moi le plaisir de ne pas me marcher sur les couilles.

Bruits d'eau derrière les rideaux de la douche. Vapeur. Il aimait se doucher avec de l'eau brûlante.
– Ils peuvent nous tuer, dit Teo.
Teresa était adossée à l'encadrement de la porte ouverte. Nue. Elle sentait l'humidité tiède sur sa peau.
– Non, répondit-elle. Non. Ils essayeront d'abord des moyens moins violents, histoire de nous sonder. Puis ils chercheront un accord.
– Ces moyens que tu appelles moins violents, ils les ont déjà employés… Le coup des bateaux pneumatiques que t'a raconté Juárez, il vient d'eux : c'est par eux que le juge Martínez Pardo a été renseigné. Ils ont lâché la Garde civile sur nous.
– Je sais. C'est pour ça que j'ai mis le paquet. J'ai voulu qu'ils sachent que nous savions.
– Le clan des Corbeira…
– Laisse tomber, Teo. – Teresa hochait la tête. – Je contrôle ce que je fais.
– C'est vrai. Tu contrôles toujours ce que tu fais. Ou tu simules merveilleusement.

De ces trois phrases, pensa Teresa, la troisième était de trop. Mais j'imagine que tu as des droits ici. Ou que tu crois en avoir. La vapeur embuait le grand miroir de la salle de bains, dans lequel elle n'était qu'une tache grise. Près du lavabo, des flacons de shampoing, des gels corporels, un peigne, du savon dans son étui. Le Parador Nacional de Cáceres. De l'autre côté du lit aux draps en désordre, la fenêtre encadrait un incroyable paysage médiéval : vieilles pierres qui se découpaient dans la nuit, colonnes et portiques dorés par la lumière des projecteurs dissimulés. Bon Dieu ! pensa-t-elle. Comme au cinéma gringo, mais pour de vrai. La vieille Espagne.

– Passe-moi une serviette, s'il te plaît, demanda Teo.

C'était l'homme le plus propre qu'on puisse imaginer. Il se douchait toujours avant et après, comme pour donner une valeur hygiénique à l'acte sexuel. Minutieux, net, du genre qui semble ne jamais transpirer et n'a pas un seul microbe sur la peau. Les hommes dont Teresa gardait le souvenir, nus, étaient presque tous propres, ou du moins ils en avaient l'aspect ; mais aucun à ce point. Teo n'avait pratiquement pas d'odeur à lui : sa peau était douce, tout juste un parfum masculin indéfinissable, celui du savon et de la lotion dont il se servait pour se raser, aussi discret que tout ce qui avait à voir avec lui. Après l'amour, il sentait toujours son odeur à elle, celle de sa chair épuisée, de sa salive, la senteur forte et dense de son sexe mouillé, comme si c'était Teresa qui avait fini par posséder la peau de l'homme. Par la coloniser. Elle lui donna la serviette en observant le grand corps mince, ruisselant sous la douche qu'il venait de fermer. La toison noire sur la poitrine, les jambes et le sexe. L'alliance à la main gauche. Cet anneau ne gênait pas Teresa et ne le gênait pas non plus. Notre relation est professionnelle, avait-elle dit la seule fois, au début, où il avait essayé de se justifier, ou de la justifier, avec un commentaire léger et inutile. Et Teo était assez intelligent pour comprendre.

– Tu étais sérieuse, en parlant du fils de Siso Pernas ?

Teresa ne répondit pas. Elle s'était approchée du miroir embué pour essuyer un peu la vapeur avec la main. Et elle contemplait son image, si imprécise qu'elle pouvait être celle d'une autre, les cheveux en désordre, les grands yeux noirs qui l'observaient comme d'habitude.

– Personne ne le croirait en te voyant ainsi, dit-il.

Il était près d'elle et la regardait dans l'espace du miroir libéré de la buée. Il s'essuyait le torse et le dos avec la serviette. Teresa hocha lentement la tête en signe de dénégation. N'exagère pas, signifiait son geste. Il lui donna un baiser distrait sur les cheveux et continua de se sécher en allant dans la chambre, tandis qu'elle restait où elle était, les mains sur le lavabo, face au miroir humide. J'espère que je n'aurai jamais à te prouver le contraire, pensa-t-elle intérieurement, à l'adresse de l'homme qui s'agitait dans la chambre. J'espère que non.

– Patricia m'inquiète, dit-il soudain.

Teresa alla à la porte et resta sur le seuil à le regarder. Il avait sorti de sa valise une chemise impeccablement repassée – ce salaud ne froissait jamais ses affaires – et la déboutonnait pour l'enfiler. Une table réservée les attendait dans une demi-heure à Torre de Sande. Un restaurant superbe, avait-il dit. Dans le vieux quartier. Teo connaissait tous les restaurants superbes, tous les bars à la mode, toutes les boutiques élégantes. Des lieux faits sur mesure pour lui, à l'instar de la chemise qu'il allait mettre. Tout comme Pati O'Farrell, il semblait être né dedans ; deux enfants gâtés, à qui le monde devait toujours tout, même si ça lui réussissait mieux qu'à elle. Si délicats, pensa- t-elle, si loin de Las Siete Gotas où sa mère – qui ne l'avait jamais embrassée – faisait la vaisselle dans une cuvette et couchait avec des voisins soûls. Si loin de l'école où les gamins crasseux soulevaient sa jupe près du mur de la cour. Fais-nous une branlette, mignonne. A chacun de nous. Fais-moi jouir, et mes copains aussi, ou on te défonce la cramouille. Si loin des toits en planches et en zinc, de la boue sous ses pieds nus et de la misère noire.

– Quel est le problème, avec Pati ?

– Tu le sais très bien. Et ça empire de jour en jour.

Et c'était vrai. Boire et sniffer à en crever étaient une mauvaise combinaison, mais il y avait encore autre chose. Comme si le Lieutenant se défaisait peu à peu, en silence. Comme si le mot juste était « résignation », bien que Teresa ne parvienne pas à établir à quoi elle se résignait. Parfois, Pati ressemblait à ces naufragés qui cessent de nager sans raison apparente. Glou, glou. Peut-être simplement parce qu'ils n'y croient plus, ou qu'ils sont fatigués.

– Elle a le droit de faire ce qui lui plaît, dit-elle.

– La question n'est pas là. La question est de savoir si ce qu'elle fait te convient à toi, ou non.

Du Teo tout craché. Ce qui l'inquiétait, ce n'était pas O'Farrell, mais les conséquences de son comportement. En particulier sur Teresa. Si ça te convient ou non. A toi, le chef. L'indifférence, la répugnance avec lesquelles Pati exerçait le peu de responsabilités qu'on lui laissait encore dans Transer Naga étaient le point obscur du problème. Au cours des réunions de travail – elle y venait de moins en moins, en déléguant ses pouvoirs à Teresa –, elle restait comme absente ou plaisantait carrément : elle semblait désormais tout considérer comme un jeu. Elle dépensait beaucoup d'argent, se désintéressait du reste, tenait des propos frivoles sur des affaires sérieuses dans lesquelles des intérêts importants et quelques vies étaient en cause. Elle faisait penser à un navire à la dérive. Teresa n'arrivait pas à établir si c'était elle qui avait relevé son amie de ses obligations, ou si cette distanciation venait de Pati elle-même, de la confusion croissante qui semblait sortir des replis de son esprit et des détours de sa vie. C'est toi qui commandes, disait-elle souvent. Et moi j'applaudis, je bois, je sniffe et je regarde. Même si les deux raisons étaient peut-être mêlées, Pati se bornait à suivre le rythme des jours ; l'ordre naturel, inévitable, vers lequel tout, depuis le début, les avait menées. Je me suis peut-être trompée d'Edmond Dantès, avait-elle affirmé chez Tomás Pestaña. Ce n'était pas la bonne histoire, et ce n'était pas toi. Je n'ai pas su te deviner. Ou, comme elle l'avait dit dans une autre occasion – le nez enfariné et les yeux troubles –, c'est peut-être simplement que, tôt ou tard, l'abbé Faria sort toujours de scène.

Conflictuelle, et comme agonisant sans mourir. Et en s'en fichant. C'étaient les mots qui convenaient, et le premier de tous s'avérait le plus inapproprié dans ce genre d'affaires, si sensibles à n'importe quel scandale. Le dernier épisode était récent : une mineure dévoyée, vulgaire, mauvaise compagnie et sentiments pires encore, avait exploité ouvertement Pati jusqu'à ce qu'une sordide affaire d'excès, de drogue, d'hémorragie et d'hôpital à cinq heures du matin la mène au seuil de faire parler d'elle dans les pages des faits divers ; ce qui se serait sûrement produit si l'on n'avait pas mobilisé tous les moyens disponibles : argent, relations, chantage. Remué la terre entière, enfin, pour étouffer l'affaire. C'est la vie, avait dit Pati, quand Teresa avait eu avec elle une âpre discussion. Pour toi, tout est simple, Mexicaine. Toi, tu as tout, et, par-dessus le marché, tu as quelqu'un qui s'occupe de ton con. Alors vis ta vie et laisse-moi vivre la mienne. Parce que moi, je ne te demande pas de comptes et je ne me mêle pas de ce qui ne me regarde pas. Je suis ton amie. J'ai payé et je paye ton amitié. J'ai rempli ma part du contrat. Et toi qui achètes tout si facilement, laisse-moi au moins m'acheter moi-même. Écoute-moi bien : tu dis toujours qu'on partage tout par moitié, pas seulement dans les questions de business ou de fric. Je suis d'accord. C'est ma libre, volontaire et putain de moitié.

Elle inquiétait même Oleg Yasikov. Attention, Tesa. Tu ne joues pas seulement de l'argent, mais ta liberté et ta vie. Bien sûr, c'est à toi de décider. Oui. En tout cas, ça vaudrait la peine de te poser des questions. Par exemple, quelle est la part qui te revient. De quoi tu es responsable. De quoi tu ne l'es pas. Jusqu'à quel point c'est toi qui es à l'origine de tout ça et qui as continué le jeu. Il y a des responsabilités passives qui sont aussi graves que les autres. Il y a des silences dont nous ne pouvons nous excuser, car nous les avons entendus très clairement. Oui. A partir d'un certain moment, dans la vie, chacun est responsable de ce qu'il fait. Et de ce qu'il ne fait pas.

Que se serait-il passé, si… ? se disait parfois Teresa. Si je… La clef était peut-être là : il lui semblait impossible de regarder les choses en étant de l'autre côté de cette barrière de plus en plus visible et inévitable. Le trouble, le remords qu'elle ressentait, qui l'envahissaient par vagues imprécises sans qu'elle sache qu'en faire, la mettaient en colère. Et pourquoi aurait-elle dû les ressentir ? se disait-elle. Ça n'a jamais pu être, et ça n'a jamais été. Personne n'a trompé personne ; et si, de la part de Pati, il y avait eu dans le passé un espoir, ou un but, le temps avait tout emporté. C'était peut-être ça, le problème. Que tout se soit consumé ou soit sur le point de l'être, et que le Lieutenant O'Farrell n'ait même plus le mobile de la curiosité. Teo Aljarafe pouvait avoir été la dernière tentative de Pati avec Teresa. Ou sa revanche. A partir de là, tout s'avérait à la fois prévisible et obscur. Et cela, chacune devait l'affronter seule.

13. Sur deux ou trois cents mètres, je fais décoller les avions…

– Le voilà, dit le Dr Ramos.

Avoir l'oreille fine à ce point, c'était presque maladif, décida Teresa. Pour sa part, elle ne percevait rien, sauf la rumeur des vagues qui venaient mourir sur la plage. La nuit était calme et la Méditerranée une tache noire face à l'anse d'Agua Amarga, sur la côte d'Almería, la lune éclairant le sable du rivage comme si c'était de la neige, et le feu du phare de Punta Polacra – trois éclats toutes les douze ou quinze secondes, enregistra son vieil instinct professionnel – brillant par intervalles au pied de la sierra de Gata, à six milles au sud-ouest.

– Je n'entends que la mer, répondit-elle.

– Écoutez.

Elle concentra son attention dans l'obscurité, tendant l'oreille. Ils se tenaient debout près de la Cherokee, avec une thermos de café, des gobelets en plastique et des sandwiches, protégés du froid par des blousons et des chandails. La silhouette sombre de Pote Gálvez se promenait à quelques mètres de là, surveillant la piste de terre et la rampe sèche qui donnaient accès à la plage.

– Maintenant, je l'entends, dit-elle.

C'était seulement un lointain ronronnement, que l'on pouvait à peine distinguer du bruit de l'eau sur le rivage ; mais il gagnait petit à petit en intensité, comme s'il venait de la mer et non du ciel. On eût dit un chris-craft s'approchant à toute vitesse.

– Les braves garçons, dit le Dr Ramos.

Il y avait un peu de fierté dans sa voix, comme s'il parlait d'un fils ou d'un élève studieux, mais son ton était aussi tranquille que d'habitude. Cet homme, pensa Teresa, n'était jamais nerveux. Elle, en revanche, avait du mal à réprimer son inquiétude et à faire en sorte que sa voix garde la sérénité que les autres attendaient d'elle. S'ils savaient, se dit-elle. S'ils savaient. Et plus encore cette putain de nuit, avec ce qu'ils risquaient. Trois mois de préparation pour que tout se joue finalement en moins de deux heures, dont les trois quarts étaient maintenant écoulés. Le bruit des moteurs se faisait de plus en plus fort et de plus en plus proche. Le docteur approcha sa montre de ses yeux avant d'éclairer brièvement le cadran avec son briquet.

– Ponctualité prussienne, ajouta-t-il. L'endroit juste à l'heure exacte.

Le son était toujours plus près, toujours plus bas. Teresa scruta avidement l'obscurité, et il lui sembla le voir au large : un petit point noir qui grossissait, juste à la limite de l'eau sombre et du masque blafard de la lune.

– Bon Dieu ! dit-elle.

C'était presque beau, pensa-t-elle. Elle avait les connaissances, les souvenirs, les expériences qui lui permettaient d'imaginer la mer vue du cockpit, les lumières amorties sur le tableau de bord, la ligne de la terre se profilant devant, les deux hommes aux commandes, VOR-DME d'Almería sur la fréquence 114,1 pour calculer le temps et la distance sur la mer d'Alborán, point-trait-trait-trait-point-trait-point, puis la côte en vue à la clarté de la lune, en cherchant à se repérer sur l'éclat du phare à gauche, les lumières de Carboneras à droite, la tache neutre de l'anse au centre. Ah ! si j'étais là-haut, se dit-elle. Naviguant à vue comme eux... Ça au moins, ça s'appelait avoir des couilles. A ce moment, le point noir grossit d'un coup, toujours au ras des flots, tandis que le bruit des moteurs augmentait pour devenir assourdissant, rrrrrr !, comme s'il allait leur tomber dessus, et Teresa parvint à distinguer des ailes juste à la hauteur de l'endroit d'où elle et le docteur observaient. Et finalement elle vit la silhouette entière de l'avion qui volait effectivement très bas, à cinq mètres environ au-dessus de la mer, les deux hélices tournant comme des disques d'argent qui se découpaient sur la clarté de la lune. A plein régime. Un instant plus tard, l'avion les survola dans un vrombissement qui souleva au passage un nuage de sable et d'algues sèches, puis gagna de l'altitude vers l'intérieur des terres en inclinant l'aile de bâbord pour se perdre dans la nuit, entre les sierras de Gata et de Cabrera.

– Une tonne et demie, dit le docteur.

– Elle n'est pas encore au sol, répondit Teresa.

– Elle y sera dans un quart d'heure.

Il n'y avait plus de raisons de rester dans le noir, et le docteur fouilla dans les poches de son pantalon, alluma sa pipe, puis la cigarette que Teresa venait de porter à ses lèvres. Pote Gálvez arrivait avec un gobelet de café dans chaque main. Une ombre massive, attentive à leurs désirs. Le sable blanc amortissait les pas.

– Comment ça se présente, patronne ?

– Tout va bien, Pinto. Merci.

Elle avala le liquide amer, sans sucre et arrosé de cognac, en savourant la cigarette où il y avait un peu de haschisch. J'espère que tout continuera aussi bien, pensa-t-elle. Le portable qui était dans la poche de son blouson sonnerait quand la marchandise serait dans les quatre camionnettes qui attendaient près de la piste rudimentaire : un minuscule aérodrome abandonné depuis la guerre civile, au milieu du désert d'Almería, près de Tabernas, le village le plus proche étant à quinze kilomètres. C'était la dernière étape d'une opération complexe qui concernait une cargaison de mille cinq cents kilos de chlorhydrate de cocaïne du cartel de Medellín à livrer aux mafias italiennes. Une nouvelle épine dans le pied du clan Corbeira, qui continuait de prétendre à l'exclusivité des mouvements de la *Doña Blanca* sur le territoire espagnol. S'ils l'apprenaient, les Galiciens en auraient un coup de sang. Mais, en Colombie, on avait demandé à Teresa d'étudier la possibilité de prendre en charge, d'un seul coup, une grosse quantité qui serait embarquée dans des conteneurs au port de Valence d'où elle repartirait pour Gênes ; et elle se bornait à résoudre le problème. La drogue, scellée sous vide en paquets de dix kilos dans des bidons de graisse pour automobiles, avait traversé l'Atlantique après avoir été transbordée devant l'Équateur, à la hauteur des îles Galapagos, sur un vieux cargo battant pavillon panaméen, le *Susana*. Le débarquement s'était effectué dans le port marocain de Casablanca ; et de là, sous la protection de la Gendarmerie royale – le colonel Abdelkader Chaïb continuait d'entretenir d'excellentes relations avec Teresa –, elle avait été transportée par camions vers le Rif, dans l'un des entrepôts utilisés par les associés de Transer Naga pour préparer les cargaisons de haschisch.

– Les Marocains se sont comportés en gentlemen, commenta le Dr Ramos, les mains dans les poches.

Tous deux se dirigeaient vers la voiture, au volant de laquelle Pote Gálvez les attendait. Les phares allumés éclairaient l'étendue de sable et de rochers, les mouettes réveillées qui voletaient, surprises par la lumière.

– Oui. Mais le mérite vous en revient, docteur.

– Pas l'idée.

– C'est vous qui l'avez rendue possible.

Le Dr Ramos suçota sa pipe sans rien dire. Formuler une plainte ou exprimer sa satisfaction d'un compliment n'était pas dans la manière du tacticien de Transer Naga ; mais quand même, Teresa devinait qu'il était content. Car si l'idée d'un gros avion – le pont aérien, disaient-ils entre eux – était de Teresa, le tracé de la route et les détails logistiques avaient été l'affaire du docteur. L'innovation consistait à appliquer les vols à basse altitude et l'atterrissage sur des pistes secrètes à une opération de plus grande envergure, plus rentable. Car, ces derniers temps, des problèmes avaient surgi. Deux expéditions galiciennes, financées par le clan Corbeira, avaient été interceptées par la Surveillance douanière, l'une dans les Caraïbes et l'autre devant le Portugal ; et une troisième opération, entièrement réalisée par les Italiens – un navire marchand turc avec une demi-tonne à bord allant de Buenaventura à Gênes, via Cadix –, s'était achevée sur un échec complet : cargaison saisie par la Garde civile et huit hommes en prison. C'était un moment difficile ; et après avoir beaucoup réfléchi, Teresa s'était décidée à se risquer en revenant aux méthodes qui, des années plus tôt, au Mexique, avaient valu à Amado Carrillo le surnom de « Seigneur du Ciel ». Allons, avait-elle conclu, pourquoi inventer, quand on a des maîtres ? Elle avait donc mis Farid Lataquia et le Dr Ramos au travail. Naturellement, le Libanais avait protesté. Pas assez de temps, pas assez d'argent, pas assez de marge de manœuvre. C'est toujours aux mêmes qu'on demande de faire des miracles. Etc. Pendant ce temps, le docteur s'enfermait avec ses cartes, ses plans et ses diagrammes, en fumant pipe sur pipe, sans prononcer d'autres mots que ceux qui étaient indispensables et en calculant itinéraires, combustibles, lieux. Trous dans le radar pour arriver à la mer entre Melilla et Alhucemas, distance à parcourir au ras de l'eau en suivant une ligne est-nord-nord-ouest, zones sans surveillance pour doubler la côte espagnole, repères à terre pour se guider à vue et sans instruments, consommation à régimes maximum et minimum, secteurs où un avion de taille moyenne ne pouvait être détecté en volant au-dessus de la mer. Il sonda même quelques contrôleurs aériens qui devaient être de garde pendant les nuits et sur les lieux concernés, en s'assurant que nul ne réagirait si un écho suspect venait à se refléter sur les écrans radars. Il avait également survolé le désert d'Almería à la recherche d'un emplacement adéquat pour l'atterrissage et s'était rendu dans les montagnes du Rif, afin de vérifier sur le terrain les conditions des aérodromes locaux. L'avion avait été trouvé par Lataquia en Afrique ; un vieil Aviocar C-212 destiné au transport de passagers entre Malabo et Bata, provenant de l'aide espagnole à la Guinée équatoriale, construit en 1978 et qui volait encore. Un bimoteur capable de transporter deux tonnes. Il pouvait atterrir à soixante nœuds sur deux cent cinquante mètres de piste s'il inversait ses hélices et sortait ses volets à quarante degrés. L'achat avait été réalisé sans problème à travers un contact de l'ambassade de Guinée équatoriale à Madrid – une fois déduite la commission de l'attaché commercial, la surfacturation servit à couvrir l'achat de deux moteurs nautiques pour semi-rigides –, et l'Aviocar avait été envoyé à Bangui où les deux turbopropulseurs Garret TPE avaient été révisés et mis au point par des mécaniciens français. Puis il était allé se poser sur une piste de quatre cents mètres dans les montagnes du Rif pour charger la cocaïne. Trouver l'équipage n'avait pas présenté de difficultés : cent mille dollars pour le pilote – Jan Karasek, polonais, ancien pulvérisateur agricole, vétéran des vols de nuit transportant le haschisch pour Transer Naga à bord d'un Skymaster lui appartenant – et soixante-cinq mille pour le copilote : Fernando de la Cueva, un ex-militaire espagnol qui avait volé sur des Aviocar quand il était dans l'armée de l'air, avant de passer à l'aviation civile et de se retrouver au chômage dans le cadre du plan social d'Iberia. Et maintenant – les phares de la Cherokee éclairaient les premières maisons de Carboneras quand Teresa consulta la pendule du tableau de bord –, les deux hommes, après s'être guidés sur les lumières de l'autoroute Almería-Murcie et l'avoir traversée dans les environs de Níjar, amenaient l'avion, en continuant de voler en rase-mottes et en évitant la ligne de pylônes à haute tension que le Dr Ramos avait soigneusement dessinée sur leurs cartes aériennes, autour de la sierra d'Alhamilla, puis, en virant lentement à l'ouest, ils allaient sortir les aérofreins pour atterrir sur l'aérodrome clandestin éclairé par la lune, une voiture à chaque bout des trois cent cinquante mètres de piste : deux brefs appels de phares pour signaler le commencement et la fin. Ils transportaient dans leur soute une cargaison évaluée à quarante-cinq millions de dollars, dont Transer Naga percevait, en qualité de transporteur, une somme équivalant à dix pour cent.

Ils s'arrêtèrent pour manger un morceau dans un restaurant pour routiers avant de s'engager dans la Nationale 340 : camionneurs attablés au fond, jambons et saucissons accrochés au plafond, tonneaux de vin, photos de toreros, tourniquets garnis de vidéos porno, de cassettes et de CD de Los Chunguitos, d'El Fary, de La Niña de los Peines. Ils se firent servir au comptoir jambon, *caña de lomo* et thon frais avec des poivrons et des tomates. Le Dr Ramos commanda un cognac et Pote Gálvez, qui conduisait, un double café. Teresa cherchait ses cigarettes dans les poches de son blouson, quand une Nissan verte et blanche de la Garde civile s'arrêta devant la porte ; ses occupants entrèrent dans le restaurant. Nerveux, Pote Gálvez écarta les mains du comptoir en se tournant à demi, avec une méfiance professionnelle, vers les nouveaux venus et en se déplaçant légèrement pour couvrir le corps de sa patronne. Du calme, Pinto, dit-elle avec les yeux. Ce n'est pas encore aujourd'hui qu'ils nous baiseront. C'est une patrouille locale. La routine. Il s'agissait de deux jeunes agents, uniformes vert olive et pistolets dans des gaines noires au côté. Ils dirent poliment bonsoir, posèrent leurs casquettes sur un tabouret et s'accoudèrent au bout du comptoir. Ils semblaient détendus, et l'un d'eux leur jeta distraitement un bref coup d'œil, tout en mettant du sucre dans son café et en le remuant avec sa cuillère. L'expression du Dr Ramos pétillait de malice en échangeant un regard avec Teresa. Si ces poulets savaient, exprimait-il silencieusement, tout en bourrant avec parcimonie le fourneau de sa pipe. S'ils savaient qui est là. Puis, quand les gardes se préparèrent à partir, il insista auprès du serveur pour payer leurs cafés. L'un d'eux protesta aimablement et l'autre leur adressa un sourire. Merci. Bonne continuation, dit le docteur tandis qu'ils sortaient. Merci, répétèrent-ils.

– De braves garçons, résuma le docteur, une fois la porte refermée.

Il avait dit la même chose des pilotes au moment où les

moteurs de l'Aviocar grondaient au-dessus de la plage, se souvint Teresa. Et c'était, entre autres, ce qu'elle appréciait chez ce personnage. Sa mansuétude immuable. N'importe qui, vu sous l'angle adéquat, pouvait être un brave garçon. Ou une brave fille. Le monde était un endroit difficile, aux règles compliquées, où chacun jouait le rôle que lui assignait son destin. Et il n'était pas toujours possible de choisir. Tous les gens que je connais, avait exposé une fois le docteur, ont des raisons pour faire ce qu'ils font. Si l'on accepte cela chez ses semblables, concluait-il, il n'est pas difficile d'être bien avec les autres. Le truc consiste à toujours chercher le côté positif. Et fumer la pipe aide beaucoup. Ça vous donne le temps de la réflexion. Ça permet d'occuper tranquillement ses mains, de se regarder et de regarder les autres.

Le docteur commanda un second cognac, et Teresa – le restaurant n'avait pas de tequila – un marc galicien qui vous faisait cracher des flammes par les narines. La présence des gardes civils lui remit en mémoire une récente conversation et de vieilles préoccupations. Trois semaines plus tôt, elle avait eu une visite au siège officiel de Transer Naga qui, maintenant, occupait tout un édifice de cinq étages sur l'avenue de la Mer, près du parc de Marbella. Une visite impromptue, qu'elle avait d'abord refusé de recevoir, jusqu'au moment où Eva, sa secrétaire – Pote Gálvez était planté devant la porte du bureau, collé au tapis comme un doberman –, lui avait montré un mandat judiciaire qui enjoignait à Teresa Mendoza Chávez, domiciliée à telle adresse, d'accepter un entretien ou de se tenir à disposition pour répondre aux questions qui pourraient lui être ultérieurement posées. Enquête préalable, disait le papier – sans préciser à quoi elle était préalable. Ils sont deux, avait ajouté la secrétaire. Un homme et une femme. De la Garde civile. Et donc, après avoir réfléchi un peu, Teresa avait fait prévenir Teo Aljarafe, calmé Pote Gálvez d'un geste et dit à la secrétaire de les faire entrer dans la salle de réunion. Ils ne s'étaient pas serré la main. Après des salutations de circonstance, tous trois avaient pris place autour de la grande table ronde débarrassée de tous ses papiers et dossiers. L'homme était mince, sérieux, bien bâti, avec des cheveux prématurément gris taillés en brosse et une superbe moustache. Il avait une voix grave et agréable, avait décidé Teresa ; aussi bien élevée que l'étaient ses manières. Il était en civil, veste de velours très usée et pantalon de sport, mais tout son aspect trahissait le militaire. Je m'appelle Castro, avait-il dit, sans préciser son prénom, son grade ni ses fonctions ; mais, un moment plus tard, comme s'il avait réfléchi il avait ajouté : capitaine. Capitaine Castro. Et voici le sergent Moncada. Le sergent Moncada était rousse, vêtue d'une jupe et d'un jersey, boucles d'oreilles en or, petits yeux intelligents – et, tandis qu'il faisait les présentations, elle avait sorti un magnétophone du sac en toile qu'elle tenait sur ses genoux et l'avait posé sur la table. J'espère, avait-elle dit, que vous n'y voyez pas d'inconvénient. Puis elle s'était mouchée dans un mouchoir en papier – elle semblait souffrir d'un rhume ou d'une allergie – qu'elle avait roulé en boule dans le cendrier. Pas du tout, avait répondu Teresa. Mais dans ce cas, vous devrez attendre l'arrivée de mon avocat. Et même chose si vous prenez des notes. De sorte que, après un regard à son chef, le sergent Moncada avait froncé les sourcils, remis le magnétophone dans son sac et pris derechef un autre mouchoir. Le capitaine Castro avait expliqué en quelques mots ce qui les amenait. Au cours d'une enquête récente, certains rapports faisaient mention de sociétés liées à Transer Naga.

– Vous avez des preuves de cela, bien entendu.

– Hélas non. Je regrette de dire que nous n'en avons pas.

– Dans ce cas, je ne comprends pas votre visite.

– La routine.

– Ah ?

– Simple coopération avec la justice.

– Ah !

Là-dessus, le capitaine Castro avait expliqué qu'une enquête de la Garde civile – à propos de canots pneumatiques soupçonnés d'être destinés au trafic de drogue – avait échoué du fait d'une fuite et de l'intervention inopinée de la Police nationale. Des agents du commissariat d'Estepona étaient intervenus avant l'heure en entrant dans un hangar du polygone industriel où, au lieu du matériel dont la Garde civile suivait la piste, ils n'avaient trouvé que deux canots hors d'usage, sans obtenir aucune preuve ni faire d'arrestations.

– J'en suis vraiment désolée, avait dit Teresa. Mais je ne comprends pas ce que je viens faire dans cette histoire.

– Pour le moment, rien. La police a tout fait avorter. Notre enquête a été entièrement fichue par terre parce que quelqu'un a manipulé les hommes d'Estepona en leur communiquant des fausses informations. Aucun juge ne peut poursuivre sur la base de ce que nous avons.

– Et alors… Vous êtes venus pour me dire ça ?

Le ton avait suscité un échange de regards entre l'homme et la femme.

– En quelque sorte, avait affirmé le capitaine Castro. Nous croyons que votre témoignage nous serait utile. Nous travaillons en ce moment sur une demi-douzaine d'affaires qui tournent autour du même milieu.

Le sergent Moncada s'était penchée en avant. Ni rouge à lèvres ni maquillage. Ses petits yeux paraissaient fatigués. Le rhume. L'allergie. Une nuit de travail, avait présumé Teresa. Des jours sans se laver les cheveux. Les boucles d'oreilles en or semblaient incongrues.

– Le capitaine veut parler de *votre* milieu.

Teresa avait décidé d'ignorer l'hostilité du *votre*. Elle regardait le jersey froissé de la femme.

– Je ne sais pas de quoi vous parlez. – Elle s'était tournée vers l'homme. – Toutes mes relations sont de notoriété publique.

– Il ne s'agit pas de ce genre de relations, avait dit le capitaine Castro. Vous avez entendu parler de Chemical STM ?

– Jamais.

– Et de Konstantin Garofi Ltd ?

– Oui. J'y ai des actions. Un paquet minoritaire, rien de plus.

– C'est étrange. D'après nos rapports, la société d'import-export Konstantin Garofi, qui a son siège à Gibraltar, vous appartient intégralement.

J'aurais peut-être dû attendre Teo, pensait Teresa. De toute manière, il n'était plus temps de faire marche arrière. Elle avait haussé un sourcil.

– J'espère que vous avez des preuves pour affirmer cela.

Le capitaine Castro toucha sa moustache. Il hochait lentement la tête, dubitatif, comme s'il calculait vraiment jusqu'à quel point il possédait ou non ses preuves. Eh bien, non, avait-il admis enfin. Malheureusement nous ne les avons pas, bien qu'en l'occurrence cela n'ait guère d'importance. Car nous avons reçu un rapport. Une demande de coopération de la DEA américaine et du gouvernement colombien, concernant une cargaison de quinze tonnes de permanganate de potassium interceptée dans le port caraïbe de Carthagène.

– Je croyais que le commerce du permanganate de potassium était libre.

Elle s'était carrée sur sa chaise et regardait le garde civil avec une surprise qui semblait authentique. En Europe, oui, avait répondu celui-ci. Mais pas en Colombie, où il était utilisé comme précurseur de la cocaïne. Et aux États-Unis son achat et sa vente étaient contrôlés à partir de certaines quantités, car il figurait sur la liste de douze précurseurs et trente-trois substances chimiques dont le commerce était surveillé par les lois fédérales. Le permanganate de potassium, comme elle le savait peut-être – ou probablement, ou certainement –, était un de ces douze produits essentiels pour l'élaboration de la pâte-base et du chlorhydrate de cocaïne. Combinées à d'autres substances chimiques, dix tonnes permettaient de raffiner quatre-vingts tonnes de drogue. Ce qui, pour reprendre l'expression populaire, n'était pas de la roupie de sansonnet. Ayant exposé cela, le garde civil était resté à regarder Teresa, le visage inexpressif, comme s'il avait tout dit.

Elle avait compté mentalement jusqu'à trois. Bon Dieu ! Elle commençait à avoir mal à la tête, mais elle ne pouvait se permettre de sortir une aspirine devant ces deux-là. Elle avait haussé les épaules.

– Vraiment ?... Et alors ?

– Et alors la cargaison est arrivée par mer d'Algésiras, achetée par Konstantin Garofi à la société belge Chemical STM.

– Je suis étonnée que cette société de Gibraltar exporte directement en Colombie.

– Vous avez raison d'être étonnée. – S'il y avait de l'ironie dans le commentaire, elle ne se remarquait pas. – En réalité, elle a acheté le produit en Belgique et l'a fait livrer à Algésiras, où elle l'a fait endosser par une autre société domiciliée dans l'île de Jersey, qui l'a acheminé dans un conteneur, d'abord sur Puerto Cabello, au Venezuela, et ensuite à Carthagène... En chemin, le produit a été transvasé dans des bidons étiquetés dioxyde de magnésium. Pour le camoufler.

Ce n'était pas, Teresa le savait, un coup des Galiciens. Cette fois, ils n'étaient pas à l'origine de la fuite. Elle était sûre que le problème se situait en Colombie même. Problèmes locaux, avec la DEA derrière. Rien qui puisse l'affecter, même de loin.

– A quel stade du chemin ?

– En haute mer. A Algésiras, il avait été embarqué sous son appellation véritable.

Vous n'en savez pas plus, mon mignon. Regarde plutôt mes mains sur la table, vois comme elles sortent une cigarette bien légale d'un paquet bien légal pour l'allumer avec le calme des justes. Blanches et innocentes. Tu peux toujours raconter ce que tu veux. Ça glisse sur moi.

– Dans ce cas, vous devriez demander à cette société dont le siège est à Jersey...

Le sergent avait eu un geste d'impatience, mais sans rien dire. Le capitaine Castro avait penché un peu la tête, comme s'il voulait exprimer sa reconnaissance pour ce bon conseil.

– Elle a été dissoute après l'opération. Ce n'était qu'une plaque dans une rue de Saint-Hélier.

– Ça alors ! Et tout cela a été prouvé ?

– Plutôt deux fois qu'une.

– Alors les gens de Konstantin Garofi ont été surpris dans leur bonne foi.

Le sergent avait ouvert à demi la bouche pour dire quelque chose, mais, cette fois, elle s'était ravisée. Elle avait regardé un instant son chef, puis avait tiré un carnet de son sac. Si tu sors aussi un crayon, avait pensé Teresa, je vous jette à la rue. Immédiatement. Et d'ailleurs, je devrais le faire même si tu ne le sors pas.

– De toute manière, avait-elle poursuivi, et si j'ai bien compris, vous parlez du transport d'un produit chimique légal, dans l'espace douanier de Schengen. Je ne vois pas ce que ça a d'étonnant. Les documents étaient certainement en règle, avec des certificats de destination et le reste. Je ne connais pas beaucoup de détails sur Konstantin Garofi, mais, d'après mes informations, ils observent scrupuleusement la loi... Et je n'aurais pas quelques actions chez eux, si ce n'était pas le cas.

– Calmez-vous, avait dit le capitaine Castro, aimablement.

– Ai-je l'air de ne pas être calme ?

L'homme l'avait regardée sans répondre tout de suite.

– En ce qui vous concerne, ainsi que Konstantin Garofi, avait-il dit enfin, tout semble légal.

– Malheureusement, avait ajouté le sergent.

Elle mouillait un doigt avec sa langue pour feuilleter les pages de son carnet. Et ne frime pas, petite conne, avait pensé Teresa : tu t'imagines que je vais croire que tu as marqué là-dedans le nombre de kilos de mon dernier transport ?

– Autre chose ?

– Il y a toujours autre chose, avait répondu le capitaine.

Eh bien, passons au second acte, mon salaud, avait pensé Teresa en écrasant sa cigarette dans le cendrier. Avec une violence retenue mais volontaire, d'un seul coup. Juste ce qu'il fallait d'irritation et pas un gramme de plus, malgré le mal de tête qui la gênait de plus en plus. Au Sinaloa, ces deux-là seraient déjà achetés ou morts. Elle éprouvait du mépris pour la manière dont ils s'étaient présentés chez elle, en la prenant pour ce qu'elle n'était pas. Tellement primaires. Mais elle savait aussi que le mépris mène à l'arrogance, et que, dès lors, on commet des erreurs. L'excès de confiance fait plus de ravage qu'une rafale de balles.

– Dans ce cas, mettons les choses au clair. Si vous avez des faits concrets me concernant, cette discussion se poursuivra en présence de mes avocats. Sinon, je vous serais reconnaissante de ne pas m'importuner davantage avec ces histoires.

Le sergent Moncada en avait oublié son carnet. Elle touchait la table comme pour éprouver la qualité du bois. Elle paraissait de mauvaise humeur.

– Nous pourrions aussi poursuivre la conversation dans un local officiel…

Ah ! t'y voilà enfin, avait pensé Teresa. Tu es allée tout droit là où je t'attendais.

– Eh bien, je crains que non, sergent, avait-elle répondu avec beaucoup de calme. Parce que, sauf si vous aviez quelque chose contre moi que vous n'avez pas, je ne resterais dans ces locaux que le temps qu'il faudrait à mon conseil juridique pour vous en faire passer l'envie… En exigeant, naturellement, des réparations morales et économiques.

– Inutile de le prendre ainsi, était intervenu le capitaine Castro. Personne ne vous accuse de quoi que ce soit.

– Ça, j'en suis tout à fait sûre. Personne ne m'accuse.

– Et en tout cas pas le sergent Velasco.

Voilà le coup tordu qui arrive, pensait-elle. Et elle avait sorti le masque aztèque.

– Pardon ?… Le sergent comment ?

L'homme la regardait avec une froide curiosité. Tu es vraiment mignon, avait-elle décidé. Avec tes manières correctes. Avec tes cheveux gris et cette jolie moustache d'officier et de caballero. La fille, en revanche, devrait se laver les cheveux plus souvent.

– Iván Velasco, avait prononcé lentement le capitaine. Garde civil. Mort.

Le sergent Moncada s'était penchée de nouveau en avant. Agressive.

– Un porc. Vous vous y connaissez en porcs, madame ?

Elle avait dit cela avec une véhémence mal contenue. C'est peut-être son caractère, avait pensé Teresa. C'est peut-être dû à cette sale couleur roussâtre de ses cheveux. Ou alors elle doit travailler trop, être malheureuse en ménage, ou que sais-je encore. Elle est mal baisée. Et ça n'est probablement pas facile d'être une femme, dans son métier. Ou encore ils ont décidé de se répartir les rôles : au garde civil de faire le gentil, à la garde civile de faire la méchante. Face à la garce que je suis à leurs yeux, c'est à elle que revient le rôle de la méchante. Logique. Mais ce n'est pas comme ça qu'ils m'auront.

– Qu'est-ce que ça a à voir avec le permanganate de potassium ?

– Je vous en prie. – Ces mots étaient dits sur un ton qui était tout sauf sympathique ; le sergent se curait les dents avec l'ongle d'un petit doigt. – Ne vous payez pas notre tête.

– Velasco avait de mauvaises fréquentations, avait expliqué avec simplicité le capitaine Castro. Et il a été tué il y a longtemps, juste après votre sortie de prison. Vous vous souvenez ?... Santiago Fisterra, Gibraltar et tout ça. Quand vous n'auriez jamais imaginé que vous deviendriez ce que vous êtes.

Dans l'expression de Teresa, il n'y avait absolument rien qui trahisse quelque mauvais souvenir. Elle réfléchissait : en fait, vous n'avez rien. Vous êtes seulement venu secouer le prunier.

– Eh bien, non, voyez-vous. Ce Velasco ne me dit rien.

– Il ne vous dit rien ! s'était exclamée la femme.

Elle l'avait presque craché. Elle s'était tournée vers son chef comme pour lui demander : et vous, qu'en pensez-vous, mon capitaine ? Mais Castro regardait par la fenêtre, l'air de penser à autre chose.

– C'est vrai que nous ne pouvons pas faire le lien, avait poursuivi le sergent Moncada. Et puis, beaucoup d'eau a coulé sous les ponts, n'est-ce pas ? – Elle avait humecté de nouveau son doigt et consulté le carnet, mais il était clair qu'elle ne lisait rien. – Et Cañabota, celui qui a été tué à Fuengirola, son nom ne vous rappelle rien non plus ?… Et celui d'Oleg Yasikov vous est inconnu ?… Vous n'avez jamais entendu parler de haschisch ni de cocaïne, ni de Colombiens, ni de Galiciens ?… – Elle s'était interrompue, la mine sombre, pour donner à Teresa la possibilité d'intercaler un commentaire quelconque ; mais celle-ci était restée bouche close. – Bien sûr. Vous, ce sont les sociétés immobilières, la Bourse, les caves de xérès, la politique locale, les paradis fiscaux, les œuvres de charité et les dîners avec le gouverneur de Malaga.

– Et le cinéma, avait ajouté le capitaine, soucieux d'objectivité.

Il était toujours tourné vers la fenêtre, comme s'il avait la tête ailleurs. Presque mélancolique.

Le sergent avait levé une main.

– C'est vrai. J'oubliais que vous produisez aussi des films… – Le ton devenait de plus en plus grossier ; vulgaire par moments, comme si elle l'avait réprimé jusque-là ou y recourait maintenant délibérément. – Vous devez vous sentir très à l'abri, entre vos affaires où vous brassez des millions et votre vie de luxe, avec les journalistes qui font de vous une star.

On m'a provoquée d'autres fois, et mieux qu'elle, se disait Teresa. Ou cette gonzesse est trop naïve malgré son mauvais caractère, ou vraiment elle n'a rien à quoi s'accrocher.

– Ah ! ces journalistes…, avait-elle répondu très calmement. Ils se retrouvent avec des plaintes devant les tribunaux dont ils ne se dépêtreront jamais… Quant à vous, vous croyez vraiment que je veux jouer aux gendarmes et aux voleurs ?

C'était au tour du capitaine. Il s'était tourné lentement vers elle et la regardait de nouveau.

– Madame... Ma camarade et moi nous avons un travail à faire. Cela implique diverses enquêtes en cours. – Il jetait un coup d'œil, sans trop de confiance, vers le carnet du sergent Moncada. – Cette visite n'a pas d'autre objet que de vous le dire.

– C'est trop aimable. Me prévenir ainsi.

– Vous comprenez ? Nous voulions parler un peu. Mieux vous connaître.

– Y compris, l'avait coupé le sergent, vous rendre un peu nerveuse.

Son chef avait hoché la tête.

– Cette dame n'est pas de celles que l'on peut rendre nerveuses. Elle ne serait jamais arrivée là où elle est... – Il souriait un peu. – J'espère que notre prochaine conversation aura lieu en des circonstances plus favorables. Pour moi.

Teresa avait regardé le cendrier, avec son unique mégot éteint entre les boules de mouchoirs en papier. Pour qui la prenaient-ils, ces deux-là ? Elle avait suivi un long et difficile chemin ; trop long et trop difficile pour se faire avoir par des procédés primaires de commissariat sorti de téléfilms. Ils n'étaient que deux intrus qui se curaient les dents, froissaient des mouchoirs en papier et prétendaient fouiller dans les tiroirs. La rendre nerveuse, disait cette salope de sergent. Soudain, elle s'était sentie irritée. Elle avait des choses plus utiles à faire que de gaspiller son temps. Avaler une aspirine, par exemple. Dès qu'ils auraient quitté les lieux, elle chargerait Teo de porter plainte pour pressions sur un témoin. Et ensuite, elle donnerait quelques coups de téléphone.

– Faites-moi le plaisir de vous en aller.

Elle s'était levée. Je constate, avait-elle pensé, que le sergent sait rire. Mais je n'aime pas sa façon de le faire. Le chef s'était levé en même temps que Teresa, mais la femme restait assise, légèrement sur le bord de sa chaise, les doigts serrant le contour de la table. Avec ce rire sec et trouble.

– Comme ça, simplement ?… Auparavant, vous n'allez pas essayer de nous menacer, de nous acheter, comme ces fumiers du DOCS ?… Nous en serions pourtant très heureux. Une tentative de corruption en bonne et due forme.

Teresa avait ouvert la porte. Pote Gálvez était toujours là, aux aguets, comme s'il n'avait pas décollé ses pieds du tapis. Et il ne l'avait sûrement pas fait. Il tenait ses mains légèrement séparées du corps. Il attendait. Elle le rassura d'un regard.

– Vous êtes en plein délire, avait dit Teresa. Je ne fais pas ce genre de choses.

Le sergent avait fini par se lever, presque à contrecœur. Elle s'était de nouveau mouchée, et elle tenait le mouchoir en papier froissé dans une main et le carnet dans l'autre. Elle regardait autour d'elle, les tableaux chers aux murs, la vue par la fenêtre sur la ville et la mer. Elle ne dissimulait pas sa rancœur. En se dirigeant vers la porte derrière son chef, elle s'était arrêtée devant Teresa, tout près, et avait rangé le carnet dans sa poche.

– Naturellement. Vous avez quelqu'un qui le fait pour vous, non ? – Elle approcha encore son visage, et les petits yeux rougis semblaient sur le point d'exploser de colère. – Allons, un peu de courage. Pour une fois, osez donc le faire vous-même. Vous savez ce que gagne un garde civil ?… Je suis sûre que vous le savez. Et aussi ces gens qui meurent et pourrissent à cause de toute cette merde dont vous faites le trafic… Pourquoi n'essayez-vous pas de nous acheter, le capitaine et moi ?… J'aimerais beaucoup entendre votre offre, et vous faire sortir sans ménagement de ce bureau, menottes aux poignets. – Elle jeta le mouchoir en papier roulé en boule par terre et cracha une insulte : *¡Hija de la gran puta!*

Il existait une logique, après tout. Teresa se faisait cette réflexion tandis qu'elle traversait le lit presque à sec de la rivière qui se répandait en petites lagunes peu profondes à proximité de la mer. Une vision des choses quasi extérieure, étrangère, voire mathématique, qui lui glaçait le cœur. Un système tranquille, une manière de situer les faits, et surtout les circonstances qui étaient au début et à la fin de ces faits, en mettant chaque chiffre d'un côté ou de l'autre des signes qui leur donnaient ordre et sens. Tout cela permettait d'exclure, en principe, la faute et le remords. Cette photo déchirée en deux, la fille aux yeux confiants qui était si loin d'elle, là-bas au Sinaloa, était son billet d'indulgences. Puisqu'il s'agissait de logique, elle ne pouvait rien faire d'autre que d'aller là où cette logique la conduisait. Mais le paradoxe était là : que se passe-t-il quand on n'espère rien et quand chaque défaite apparente vous propulse plus haut, tandis que l'on attend, éveillée au petit jour, le moment où la vie va rectifier son erreur et frapper pour de bon, et pour toujours ? La Véritable Situation. Un jour, on commence à croire que, peut-être, ce moment n'arrivera jamais, et le lendemain on se rend compte que le piège est précisément celui-là : croire qu'il n'arrivera jamais. C'est ainsi que l'on meurt par avance, pendant des heures, des jours, des années. On meurt longtemps, sereinement, sans cris ni sang. Plus on réfléchit et plus on vit, plus on meurt.

Elle s'arrêta aux galets de la plage et regarda au loin. Elle portait un chandail gris et des chaussures de sport, et le vent lui rabattait les cheveux sur la figure. De l'autre côté de l'embouchure du Guadalmina, s'étendait une langue de sable léchée par la mer ; et au fond, dans la brume bleutée de l'horizon, les formes blanches de Puerto Banús et de Marbella. Les terrains de golf étaient à gauche, leurs pelouses allaient presque jusqu'à la mer, entourant le bâtiment ocre de l'hôtel et les paillotes de la plage fermées pour l'hiver. Teresa aimait Guadalmina Baja à cette époque de l'année, les plages désertes et les quelques rares joueurs de golf évoluant dans le lointain. Les villas luxueuses étaient silencieuses et closes derrière leurs hauts murs protégés par des bougainvillées. L'une d'elles, la plus proche sur la pointe de terre qui entrait dans la mer, lui appartenait. *Las Siete Gotas* : c'était le nom écrit sur la jolie plaque de faïence bleue près de la porte principale, allusion ironique à Culiacán que seuls elle et Pote Gálvez pouvaient déchiffrer. Depuis la plage, on ne pouvait en voir que le mur extérieur, les arbres et les buissons qui le dépassaient en dissimulant les caméras vidéo de sécurité, et aussi le toit et les quatre cheminées : six cents mètres carrés édifiés sur une parcelle de cinq mille, la forme d'une vieille hacienda d'allure mexicaine, blanche avec des encadrements ocre, une terrasse à l'étage supérieur, une véranda grande ouverte sur le jardin, la fontaine d'azulejos et la piscine.

On apercevait un bateau – des pêcheurs en train de relever leurs filets près de la terre – et Teresa les observa un moment avec intérêt. Elle restait attachée à la mer ; chaque matin, en se levant, elle allait tout de suite jeter un coup d'œil sur l'immensité bleue, grise, violette au gré de la lumière et des jours. Elle calculait encore instinctivement les marées, la force de la houle, les vents favorables ou défavorables, même quand elle n'avait personne au large. Cette côte, gravée dans sa mémoire avec la précision d'une carte nautique, continuait d'être un monde familier auquel elle devait ses malheurs et sa fortune, et aussi des images qu'elle évitait d'évoquer avec trop de précision par peur d'en altérer le souvenir. La petite maison sur la plage de Palmones. Les nuits dans le Détroit, planant de choc en choc contre la houle. L'adrénaline de la poursuite et de la victoire. Le corps dur et chaud de Santiago Fisterra. Au moins, je l'ai eu, pensait-elle. Je l'ai perdu, mais je l'ai eu. Se rappeler, quand elle était seule avec un joint de haschisch et une tequila, était un luxe intime et très calculé, durant les nuits sans lune où le bruissement du ressac sur la plage lui parvenait à travers le jardin et où les souvenirs affluaient. Parfois elle entendait passer l'hélicoptère de la Surveillance douanière au-dessus de la plage, tous feux éteints, et elle pensait que, peut-être, l'homme qu'elle avait vu adossé à la porte de la chambre de l'hôpital était aux commandes ; celui qui les poursuivait en volant derrière les remous du vieux Phantom, et qui, à la fin, s'était jeté à l'eau pour lui sauver la vie près du rocher de León. Une fois, excédés par les harcèlements des douaniers, deux hommes de Teresa, un Marocain et un Gibraltarien qui opéraient sur les canots « pneus », avaient proposé de donner une leçon au pilote de l'oiseau. A ce salopard. Un guet-apens à terre pour lui faire sa fête. Quand elle avait eu connaissance de cette suggestion, Teresa avait convoqué le Dr Ramos et lui avait ordonné de transmettre le message à tout un chacun, sans en changer une virgule : ce type fait son travail comme nous, avait-elle dit. Ce sont les règles, et si un jour il se rétame au cours d'une poursuite, ou s'il se fait amocher sur une plage, ce sera son affaire. Parfois on gagne, parfois on perd. Mais quiconque touchera à un seul de ses cheveux en dehors du service, je l'écorcherai vif. Est-ce clair ? Et ce fut clair.

Quant à la mer, Teresa gardait son lien personnel avec elle. Et pas seulement depuis le rivage. Le *Sinaloa*, un Fratelli Benetti de trente-huit mètres de long et sept mètres de large, battant pavillon de Jersey, était amarré dans la zone exclusive de Puerto Banús, blanc et impressionnant avec ses trois ponts et son aspect de yacht classique, les intérieurs meublés en teck et en iroko, les salles de bains en marbre, quatre cabines pour les invités et un salon de trente mètres carrés dominé par une huile grandiose de Montague Dawson – *Combat des navires* Spartiate *et* Antilla *à Trafalgar* – que Teo Aljarafe avait acquise pour elle dans une vente de Claymore. Transer Naga avait utilisé des moyens nautiques de toutes sortes, mais Teresa ne se servit jamais du *Sinaloa* pour des activités illégales. Un territoire neutre, un monde à elle, d'accès restreint, qu'elle ne souhaitait pas mêler au reste de sa vie. Un capitaine, deux matelots et un mécanicien tenaient le yacht prêt à prendre la mer à tout moment, et elle y embarquait fréquemment, certaines fois pour de brèves sorties de quelques jours, et d'autres pour des croisières de deux à trois semaines. Livres, musique, un téléviseur avec magnétoscope. Elle n'emmenait jamais d'invités, à l'exception de Pati O'Farrell, qui l'accompagna en quelques occasions. Le seul qui l'escortait toujours en supportant stoïquement le mal de mer était Pote Gálvez. Teresa aimait cingler longtemps dans la solitude, passer des jours sans que sonne le téléphone et sans avoir besoin d'ouvrir la bouche. S'asseoir la nuit dans le poste de pilotage à côté du capitaine – un marin marchand peu causant, engagé par le Dr Ramos, que Teresa appréciait justement pour son caractère taciturne –, débrancher le pilote automatique et barrer elle-même par gros temps, ou passer des jours ensoleillés et paisibles sur un transatlantique, sur la plage arrière, un livre dans les mains ou regardant la mer. Elle aimait aussi s'occuper personnellement de l'entretien des deux moteurs turbodiesels MTU de 1 800 chevaux qui permettaient au *Sinaloa* de naviguer à trente nœuds en laissant un sillage rectiligne, large et puissant. Elle avait l'habitude de descendre à la salle des machines, les cheveux rassemblés en deux tresses et un foulard autour du front, et elle y passait des heures, que ce soit au port ou en haute mer. Elle connaissait chaque pièce des moteurs. Et un jour qu'ils avaient eu une avarie par forte bourrasque d'est, au vent d'Alborán, elle avait travaillé durant quatre heures en bas, couverte de graisse et d'huile, en se battant avec les tubulures et les cloisons pendant que le capitaine tentait d'éviter que le yacht se mette en travers ou dérive trop sous le vent, jusqu'à ce que le mécanicien et elle viennent à bout du problème. A bord du *Sinaloa*, elle avait fait quelques longues croisières, la mer Égée et la Turquie, le sud de la France, les îles Éoliennes par les bouches de Bonifacio ; et il lui arrivait souvent de mettre le cap sur les Baléares. Elle aimait fréquenter les criques tranquilles du nord d'Ibiza et de Majorque, presque désertes en hiver, et jeter l'ancre devant la langue de sable qui s'étendait entre Formentera et les Freus. Là, devant la plage des Trocados, Pote Gálvez avait eu récemment un accrochage avec des paparazzi. Deux photographes habituels de Marbella avaient identifié le yacht et s'étaient approchés sur un scooter des mers pour surprendre Teresa, jusqu'au moment où le Mexicain leur avait donné la chasse avec le canot pneumatique du bord. Il en était résulté quelques côtes cassées et une nouvelle indemnisation à coups de millions. Même ainsi, la photo avait été publiée à la une de *Lecturas*. La Reine du Sud se repose à Formentera.

Elle revint lentement. Chaque matin, y compris par les rares jours de pluie et de vent, elle se promenait seule sur la plage jusqu'à Linda Vista. Sur la petite élévation près de la rivière, elle distinguait la silhouette solitaire de Pote Gálvez qui la surveillait de loin. Elle lui avait interdit de l'escorter dans ces promenades, et le Mexicain restait derrière, la regardant aller et venir, sentinelle immobile à distance. Fidèle comme un bouledogue qui attendait, inquiet, le retour de sa maîtresse. Teresa sourit intérieurement. Entre le Pinto et elle, il s'était établi avec le temps une complicité muette, faite de passé et de présent. Le dur accent du Sinaloa du garde du corps, sa manière de s'habiller, de se comporter, de déplacer ses quatre-vingt-dix et quelques kilos trompeurs, les éternelles bottes en peau d'iguane et son visage indianisé par la grosse moustache noire – malgré son long séjour en Espagne, Pote Gálvez semblait toujours sortir tout droit d'une cantine de Culiacán – signifiaient pour Teresa davantage que ce qu'elle était disposée à admettre. L'ex-pistolero de *Batman* Güemes était, en réalité, sa dernière attache avec cette terre. Nostalgies communes qu'il n'était pas utile de préciser. Souvenirs bons et mauvais. Liens pittoresques qui affleuraient au détour d'une phrase, d'un geste, d'un regard. Teresa prêtait à son gorille des cassettes et des CD de musique mexicaine : José Alfredo, Chavela, Vicente, Los Tucanes, Los Tigres, et même un précieux enregistrement de Lupita D'Alessio – je serai ton amant ou tout ce que tu voudras/je serai ce que tu me demanderas. Ainsi, toutes les fois qu'elle passait sous la fenêtre de la chambre occupée par Pote Gálvez à l'extrémité de la maison, elle entendait ces chansons. Et, lorsqu'elle était dans le salon en train de lire ou d'écouter de la musique, il arrivait à l'homme du Sinaloa de s'arrêter un moment dans le couloir ou à la porte, en restant respectueusement à distance, pour tendre l'oreille, avec ce regard impassible, très fixe, qui lui tenait lieu de sourire. Ils ne parlaient jamais de Culiacán, ni des événements qui avaient fait se croiser leurs chemins. Pas davantage du Gato Fierros, intégré depuis longtemps aux fondations d'une villa de Nueva Andalucía. Une fois seulement ils avaient échangé quelques mots sur tout cela, un soir de Noël où Teresa avait donné quartier libre à son personnel – une femme de chambre, une cuisinière, un jardinier, deux gardes du corps marocains de confiance qui se relevaient à la porte et dans le jardin –, et où elle s'était mise elle-même à la cuisine pour préparer du *chilorio*, du crabe farci gratiné et des tortillas de maïs, puis avait dit au Mexicain : je t'invite à dîner narco, Pinto, parce que ce soir c'est spécial, dépêche-toi, ça va refroidir. Ils s'étaient installés dans la salle à manger à la lumière des bougies portées par deux chandeliers en argent, chacun à un bout de la table, avec de la tequila, de la bière et du vin rouge, sans parler, en écoutant la musique de Teresa et celle, du pur Culiacán, que l'on envoyait parfois de là-bas à Pote Gálvez : Pedro y Inés et leur putain de camionnette grise, El Borrego, El Centenario en la Ram, le corrido de Gerardo, Le petit Cessna, Vingt femmes en noir… Vous savez que je suis du Sinaloa – et ici, ils le fredonnèrent tout bas – pourquoi vous mettez-vous avec moi. Et pendant que, pour terminer, José Alfredo chantait le corrido du Cheval Blanc – la chanson préférée du garde du corps qui penchait un peu la tête et marquait la cadence en l'écoutant –, elle avait dit : nous sommes si loin, Pinto. Et il avait répondu : ça c'est bien vrai, patronne, mais mieux vaut trop loin que trop près. Puis il avait contemplé son assiette d'un air songeur, pour finalement relever les yeux.

– Vous n'avez jamais pensé à rentrer, madame ?

Teresa l'avait fixé avec une telle intensité que le porte-flingue s'était agité sur sa chaise, mal à l'aise, et avait détourné les yeux. Il ouvrait la bouche, peut-être pour formuler une excuse, quand elle avait souri un peu, distante, en prenant son verre de vin.

– Tu sais bien que nous ne pouvons pas rentrer.

Pote Gálvez se grattait la tempe.

– Eh bien ! moi non, bien sûr. Mais vous, vous avez des moyens. Vous avez des points de chute et vous avez du pèze... Si vous le vouliez, ça pourrait très bien s'arranger.

– Et qu'est-ce que tu ferais si je rentrais ?

Le pistolero avait de nouveau regardé son assiette, en fronçant les sourcils, comme s'il ne s'était jamais posé la question auparavant. Eh bien ! je ne sais pas, patronne, avait-il dit au bout d'un moment. Le Sinaloa est salement loin et, pour moi, l'idée d'y retourner est encore plus loin. Mais je vous assure que vous...

– Oublie ça. – Teresa hochait la tête dans la fumée de sa cigarette. – Je ne veux pas passer le reste de ma vie retranchée dans la Colonie Chapultepec à regarder tout le temps derrière moi.

– Non, bien sûr. Mais quand même, c'est triste. Ce n'est pas un mauvais pays.

– Tu parles !

– C'est le gouvernement, patronne. S'il n'y avait pas le gouvernement, ni les politiciens, ni les gringos au-dessus du Rio Bravo, on vivrait drôlement bien, là-bas... On n'aurait pas besoin de cette saloperie de marijuana ni de tout ça, non ?... On serait très heureux avec juste des tomates.

Il y avait aussi les livres. Teresa continuait de lire, beaucoup et de plus en plus. A mesure que le temps passait, la certitude s'affirmait en elle que le monde et la vie étaient plus faciles à comprendre à travers un livre. Elle en avait maintenant des quantités, sur des étagères en chêne où ils s'alignaient, rangés par formats et par collections, remplissant les rayons de la bibliothèque orientée au sud et donnant sur le jardin, avec un bon éclairage et des fauteuils de cuir très confortables, dans lesquels elle s'asseyait pour lire la nuit ou les jours de grands froids. Quand le soleil brillait, elle sortait dans le jardin et s'installait dans une chaise longue au bord de la piscine – il y avait là un barbecue où, le dimanche, Pote Gálvez faisait griller longuement de la viande ; elle y restait des heures, plongée dans les pages qu'elle tournait avec avidité. Elle lisait toujours deux ou trois livres en même temps : un d'histoire – celle du Mexique à l'arrivée des Espagnols, Cortés et tout le grand remue-ménage, était fascinante –, un roman sentimental ou policier, et un autre plus compliqué, de ceux qu'il faut beaucoup de temps pour terminer et qu'elle ne parvenait pas toujours à comprendre complètement, mais qui lui laissaient, une fois refermés, le sentiment que quelque chose de différent s'était noué en elle. Elle lisait ainsi, dans le désordre, en mêlant tout. Elle s'ennuya un peu à la lecture d'un roman que tout le monde lui recommandait : *Cent Ans de solitude* – elle préférait *Pedro Páramo* – et prit le même plaisir aux romans policiers d'Agatha Christie et de Conan Doyle qu'à d'autres plus durs à digérer, par exemple *Crime et Châtiment*, *Le Rouge et le Noir*, *Les Buddenbrook* ; ce dernier était l'histoire d'une enfant gâtée et de sa famille dans l'Allemagne du siècle passé ou presque. Elle lut également un vieux livre sur la guerre de Troie et les voyages du guerrier Énée où elle trouva une phrase qui l'impressionna beaucoup : *L'unique salut des vaincus est de n'attendre aucun salut.*

Les livres. Chaque fois qu'elle se retrouvait devant les rayons remplis et qu'elle touchait le dos relié du *Comte de Monte-Cristo*, Teresa pensait à Pati O'Farrell. Elle l'avait justement eue au téléphone la veille au soir. Elles se parlaient ainsi presque quotidiennement, même s'il leur arrivait de passer plusieurs jours sans se voir. Comment ça va, Lieutenant, salut, Mexicaine. A cette époque, Pati renonçait déjà à toute activité liée directement aux affaires. Elle se bornait à toucher l'argent et à le dépenser : drogue, alcool, filles, voyages, fringues. Elle allait à Paris, à Miami ou à Milan et menait un train d'enfer, toujours fidèle à sa ligne, sans se soucier du reste. Pourquoi pas, disait-elle, puisque tu pilotes comme Dieu en personne. Elle continuait de se mettre dans des histoires, des petits conflits qu'il était facile de régler grâce à leurs relations, avec de l'argent et en recourant à l'entregent de Teo. Le hic était que son nez et sa santé partaient en morceaux. Plus d'un gramme par jour, tachycardie, problèmes dentaires. Cernes sous les yeux. Elle entendait des bruits bizarres, dormait mal, mettait de la musique et l'arrêtait un instant plus tard, entrait dans sa baignoire ou dans la piscine pour en ressortir aussitôt, prise d'une crise d'anxiété. Et aussi elle s'affichait avec trop d'ostentation, elle était imprudente. Elle se répandait partout. Elle parlait trop, avec n'importe qui. Et quand Teresa le lui reprochait, en mesurant soigneusement ses mots, Pati regimbait, elle devenait provocatrice : ma santé, mon con, ma vie et ma part du business sont à moi, disait-elle, et je ne me mêle pas de tes histoires avec Teo ni de ta manière de gérer ces putains de finances. Tout était perdu depuis longtemps ; et Teresa, elle, vivait un conflit dont même les sages conseils d'Oleg Yasikov – elle continuait de voir le Russe de temps à autre – ne suffisaient pas à éclairer l'issue. Tout ça finira mal, avait dit l'homme de Solntsevo. Oui. Et tout ce que je souhaite, Tesa, c'est que tu n'en sois pas trop éclaboussée. Quand ça arrivera. Et que ce ne soit pas toi qui aies à prendre les décisions.

– M. Aljarafe a appelé, patronne. Il dit que l'affaire est dans le sac.

– Merci, Pinto.

Elle traversa le jardin, suivie de loin par le pistolero. L'affaire en question, c'était le dernier paiement effectué par les Italiens, sur un compte à Grand Cayman via le Liechtenstein et avec quinze pour cent blanchis dans une banque de Zurich. Encore une bonne nouvelle. Le pont aérien continuait de fonctionner avec régularité, les bombardements de paquets de drogue avec balises GPS depuis des avions à basse altitude – innovation technique du Dr Ramos – donnaient un excellent résultat, et une nouvelle route ouverte avec les Colombiens à travers Haïti, la République dominicaine et la Jamaïque offrait une rentabilité étonnante. La demande de cocaïne-base pour des laboratoires clandestins en Europe allait grandissante, et Transer Naga venait d'obtenir, grâce à Teo, une bonne filière pour laver des dollars à travers la loterie de Porto Rico. Teresa se demanda jusqu'à quand durerait tant de chance. Avec Teo, la relation professionnelle était parfaite ; l'autre, la privée – elle ne se serait jamais laissée aller à la qualifier de sentimentale –, suivait un cours raisonnable. Elle ne le recevait pas dans sa villa de Guadalmina ; ils se retrouvaient dans des hôtels, presque toujours durant des voyages de travail, ou dans une vieille maison qu'il avait fait restaurer, Calle Ancha, à Marbella. Ni l'un ni l'autre ne mettaient en jeu plus que le nécessaire. Teo était aimable, bien élevé, efficace dans l'intimité. Ils avaient également fait quelques voyages en Espagne, ainsi qu'en France et en Italie – Teresa avait trouvé Paris ennuyeux, Rome décevante et Venise fascinante –, mais tous deux avaient conscience que leur relation se situait sur un terrain limité. Pourtant la présence de l'homme comportait des moments parfois intenses, ou particuliers, qui, pour Teresa, se transformaient en une sorte d'album mental, comme des photos capables de la réconcilier avec certaines choses et certains aspects de sa vie. Le plaisir raffiné et l'attention qu'il lui prodiguait. La lumière sur les pierres du Colisée tandis que le soir descendait sur les pins romains. Un très vieux château au bord d'un fleuve immense aux rives verdoyantes appelé Loire, avec un petit restaurant où, pour la première fois, elle avait goûté à du foie gras et à un vin qui portait l'étiquette Château-Margaux. Et ce matin où, allant à la fenêtre, elle avait vu la lagune de Venise comme une lame d'argent terni qui rougissait peu à peu tandis que les gondoles, couvertes de neige, se balançaient le long du quai blanc, devant l'hôtel. Bon Dieu ! Ensuite Teo était venu derrière elle, nu comme elle, il l'avait prise dans ses bras et ils avaient regardé le paysage ensemble. Pour vivre ainsi, lui avait-il chuchoté dans l'oreille, ça vaut la peine de ne pas mourir. Et Teresa avait ri. Elle riait souvent avec Teo, à cause de sa manière amusante de voir l'existence, ses plaisanteries de bon goût, son humour élégant. Il était cultivé, il avait voyagé et lu – il lui recommandait ou lui achetait des livres que, presque toujours, elle aimait beaucoup –, il savait parler aux serveurs, aux concierges des hôtels de luxe, aux hommes politiques, aux banquiers. Tout chez lui avait de la classe : ses manières, ses mains dont les gestes étaient toujours séduisants, son profil brun et mince d'aigle espagnol. Et il baisait du tonnerre, parce que cet homme subtil gardait la tête froide. Mais il y avait quand même des moments où il pouvait être maladroit et inopportun comme un autre. Parfois, il parlait de sa femme et de ses enfants, de problèmes conjugaux, de solitude et de choses de ce genre ; elle cessait immédiatement de prêter attention à ce qu'il disait. C'était vraiment étrange, cette manie qu'avaient certains hommes d'établir, de clarifier, de définir, de se justifier, de faire des comptes que personne ne leur demandait. Aucune femme n'avait besoin de telles stupidités. Pour le reste, Teo était intelligent. Aucun des deux ne se risqua jamais à dire à l'autre je t'aime, ou quoi que ce soit de pareil. Chez Teresa c'était tout simplement de l'impossibilité, et chez Teo de la prudence méticuleuse. Ils savaient à quoi s'en tenir. Et comme on disait au Sinaloa : *puercos, pero no trompudos* – on peut faire des cochonneries sans se conduire en idiots.

14. Et il y aura trop de chapeaux…

Il était clair que la chance allait et venait. Après une bonne saison, cette année-là commença mal et cela empira au printemps. Les revers de fortune se combinaient à d'autres problèmes. Un Skymaster 337 transportant deux cents kilos de cocaïne alla s'écraser près de Tabernas au cours d'un vol de nuit, et Karasek, le pilote polonais, fut tué dans l'accident. Cela alerta les autorités espagnoles qui intensifièrent la surveillance aérienne. Peu après, des règlements de comptes internes entre les trafiquants marocains, l'armée et la Gendarmerie royale compliquèrent les relations avec les gens du Rif. Plusieurs « pneus » furent appréhendés dans des circonstances peu claires de part et d'autre du Détroit, et Teresa dut se rendre au Maroc pour normaliser la situation. Le colonel Chaïb avait perdu son influence après la mort du roi Hassan II, et établir un réseau sûr avec les nouveaux hommes forts du haschisch prit un certain temps et beaucoup d'argent. En Espagne, la pression judiciaire, stimulée par la presse et l'opinion publique, se fit plus forte : plusieurs *amos da fariña*, ces caïds légendaires de la drogue, tombèrent en Galice, et même le puissant clan des Corbeira eut des problèmes. Au début du printemps, une opération de Transer Naga s'acheva sur un désastre inattendu ; en haute mer, à mi-chemin entre les Açores et le cap San Vicente, le cargo *Aurelio Carmona* fut arraisonné par la Surveillance douanière, alors qu'il transportait dans ses cales des bobines de lin industriel dans des conteneurs métalliques dont l'intérieur était doublé de plaques de plomb et d'aluminium pour que ni les rayons X ni les rayons laser ne détectent les cinq tonnes de cocaïne qui y étaient cachées. C'est impossible, tel fut le commentaire de Teresa en apprenant la nouvelle. Premièrement, qu'ils aient eu cette information. Deuxièmement, parce que ça fait des semaines que nous suivons les mouvements de ce putain de *Petrel* – la vedette d'interception des Douanes – et que celui-ci n'a pas bougé de sa base. Nous avons et nous payons un homme pour ça à l'intérieur. Et le Dr Ramos, qui fumait aussi calmement que si, au lieu de cinq tonnes, il avait perdu une boîte de tabac pour sa pipe, répondit : c'est pour ça que le *Petrel* n'est pas sorti, chef. Ils l'ont laissé bien tranquille au port, pour nous mettre en confiance, et ils sont sortis en secret avec leurs équipements d'abordage et leurs Zodiac sur un remorqueur prêté par la Marine marchande. Ces garçons savent que nous avons quelqu'un d'infiltré dans la Surveillance douanière et ils nous rendent la monnaie de notre pièce.

Cette affaire de l'*Aurelio Carmona* inquiétait Teresa. Non tant à cause de la saisie de la cargaison – les pertes s'alignaient en colonnes face aux gains, et elles étaient incluses dans les prévisions –, que parce que, à l'évidence, quelqu'un avait vendu la mèche et que les Douanes bénéficiaient d'informations de première main. Ce coup-ci, ils nous ont bien eus, décida-t-elle. Trois sources se présentèrent à son esprit : les Galiciens, les Colombiens, et son propre groupe. Même sans affrontements spectaculaires, la rivalité avec le clan Corbeira existait toujours : de discrets crocs-en-jambe, et une sorte de tu ne perds rien pour attendre, je ne ferai rien d'irrémédiable mais tu me retrouveras au premier faux pas. Le problème pouvait venir d'eux, à partir de leurs fournisseurs communs. S'il s'agissait des Colombiens, la chose n'avait guère de solution ; on pouvait seulement leur donner tous les éléments pour les laisser agir en conséquence, en éliminant les responsables dans leurs rangs. Restait, comme troisième possibilité, que l'information vienne de Transer Naga. Dans cette perspective, il était nécessaire d'adopter de nouvelles précautions : limiter l'accès aux informations importantes et tendre des pièges en se servant de repères dûment marqués pour suivre leur piste et voir où ils aboutissaient. Mais cela prenait du temps. C'était remonter jusqu'à l'oiseau en partant de son caca.

– As-tu pensé à Patricia ? demanda Teo.
– Tu exagères. Ne sois pas salaud !

Ils étaient à La Almoraima, à un pas d'Algésiras : un ancien couvent au milieu d'épais chênes-lièges qui avait été transformé en petit hôtel avec un restaurant spécialisé dans le gibier. Ils y allaient parfois pour quelques jours, occupant une des chambres sobres et rustiques qui ouvraient sur le vieux cloître. Ils avaient dîné d'un gigot de cerf et de poires au vin ; maintenant, ils fumaient en buvant du cognac et de la tequila. La nuit était agréable pour la saison ; par la fenêtre arrivaient le chant des grillons et le gargouillement de la vieille fontaine.

– Je ne dis pas qu'elle passe des informations à quelqu'un. Je dis seulement qu'elle est devenue bavarde. Et elle fréquente des gens que nous ne contrôlons pas.

Teresa regarda dehors, la clarté de la lune filtrant à travers les feuilles de la vigne, les murs blanchis à la chaux et les vieilles arcades de pierre : encore un endroit qui lui rappelait le Mexique. De là à révéler des choses comme le bateau, répondit-elle, il y a beaucoup de chemin. Et puis, à qui les aurait-elle racontées ? Teo l'étudia un peu sans rien dire. Pas besoin de personne en particulier, répliqua-t-il au bout d'un moment. Tu as bien vu comment elle se comporte ces derniers temps ; elle se perd en divagations et en fantaisies dénuées de sens, en étranges paranoïas et en caprices. Et elle bavarde comme une pie. Il suffit d'une indiscrétion par-ci, d'une allusion par-là, pour que quelqu'un en tire des conclusions. Nous passons par de sales turbulences, nous avons les juges sur le dos et les gens qui les excitent. Même Tomás Pestaña se tient à distance, ces derniers temps, à toutes fins utiles. Celui-là voit venir les ennuis de loin, comme les rhumatismes qui annoncent la pluie. Nous pouvons encore le manœuvrer ; mais s'il y a des scandales et trop de pressions, si les choses se compliquent, il finira par nous tourner le dos.

– Il ne bougera pas. Nous en savons beaucoup sur lui.

– Savoir ne suffit pas toujours. – Teo prit une expression mondaine. – Dans le meilleur des cas, ça peut le neutraliser ; mais pas l'obliger à continuer… Il a ses propres problèmes. Trop de policiers et de juges peuvent lui faire peur. Et ce n'est pas possible d'acheter tous les policiers et tous les juges. – Il la regarda fixement. – Même pour nous.

– Tu n'es pas en train d'insinuer que je devrais coincer Pati et la cuisiner jusqu'à ce qu'elle nous dégoise tout ce qu'elle dit et tout ce qu'elle ne dit pas.

– Non. Je me borne à te conseiller de la laisser à l'écart. Elle a ce qu'elle veut, et nous commettons une grave erreur en continuant de la tenir au courant de tout.

– Ce n'est pas vrai.

– Disons de presque tout. Elle entre et elle sort comme un meunier dans son moulin. – Teo se toucha le nez d'un air significatif. – Elle perd son contrôle. Ça n'est pas d'hier. Et toi aussi, tu le perds… Je veux dire, ton contrôle sur elle.

Quel ton, se dit Teresa. Je n'aime pas ce ton. Mon contrôle ne regarde que moi.

– Elle est toujours mon associée, rétorqua-t-elle, irritée. Ta patronne.

Une moue amusée se dessina sur la bouche de l'avocat qui la regarda avec l'air de se demander si elle parlait sérieusement, mais il ne dit rien. Curieuse relation que la vôtre, avait-il observé un jour. Cette étrange relation fondée sur une amitié qui a cessé d'exister. Si tu avais des dettes, tu les as largement payées. Quant à elle…

– En fait, elle est toujours amoureuse de toi, dit enfin Teo après ce silence, en faisant tourner délicatement le cognac dans son énorme verre. Voilà le problème.

Il laissait filer les mots à voix basse, presque un par un. Ne te mêle pas de ça, pensait Teresa. Surtout pas toi.

– C'est drôle de t'entendre dire ça, répondit-elle. Elle nous a présentés. C'est elle qui t'a amené.

Teo pinça les lèvres. Il détourna les yeux puis la regarda de nouveau. Il semblait réfléchir, comme s'il hésitait entre deux fidélités, ou plutôt comme s'il soupesait l'une d'elles. Une lointaine fidélité, évanouie. Caduque.

– Nous nous connaissons bien, précisa-t-il finalement. Ou nous nous connaissions. C'est pour ça que je sais ce que je dis. Dès le début, elle savait ce qui se passerait entre toi et moi... J'ignore ce qu'il y a eu à El Puerto de Santa María, et ça m'est égal. Je ne te l'ai jamais demandé. Mais elle, elle n'oublie pas.

– Et pourtant, insista Teresa, Pati nous a mis en relation, toi et moi.

Teo retint sa respiration comme s'il était sur le point de pousser un soupir, mais il ne le fit pas. Il regardait l'alliance à sa main gauche posée sur la table.

– Il est possible qu'elle te connaisse mieux que tu ne le crois, dit-il. Elle a peut-être pensé que tu avais besoin de quelqu'un, dans les différents sens du terme. Et qu'avec moi, il n'y avait pas de risques.

– Pas de risques de quoi ?

– Que tu tombes amoureuse. De te compliquer la vie. – Le sourire de l'avocat ôtait de l'importance à ses paroles. – Elle m'a peut-être vu comme un substitut, pas comme un adversaire. Et, sous un certain angle, elle avait raison. Tu ne m'as jamais laissé aller plus loin.

– Cette conversation commence à me déplaire.

Comme s'il venait d'entendre Teresa, Pote Gálvez apparut à la porte. Il tenait à la main un téléphone mobile et était plus sombre qu'à l'ordinaire. Qu'est-ce qui se passe, Pinto ? Le garde du corps semblait indécis, passant d'un pied sur l'autre, sans franchir le seuil. Respectueux. Il était vraiment désolé de les interrompre, dit-il enfin. Mais il avait l'impression que c'était important. Madame Patricia, semblait-il, avait des problèmes.

C'était plus qu'un problème, constata Teresa dans la salle des urgences de l'hôpital de Marbella. La scène était celle des nuits de samedi à dimanche : ambulances dehors, brancards, appels, des gens dans les couloirs, tout un va-et-vient de médecins et d'infirmières. Ils trouvèrent Pati dans le bureau d'un chef de service complaisant : veste sur les épaules, pantalon souillé de terre, une cigarette à demi consumée dans le cendrier et une autre entre les doigts, une contusion au front et des taches de sang sur les mains et sur le chemisier. Du sang qui n'était pas le sien. Il y avait aussi deux policiers en uniforme dans le couloir, une fille morte sur un brancard, et une voiture, la Jaguar décapotable neuve de Pati, déchiquetée contre un arbre dans un virage de la route de la Ronda, avec des bouteilles vides sur le plancher et dix grammes de cocaïne dispersés sur les sièges.

– Une fête..., expliqua Pati. Nous revenions d'une putain de fête.

Elle avait la langue embarrassée et une expression hébétée, comme si elle ne parvenait pas à comprendre ce qui lui arrivait. Teresa connaissait la morte, une jeune gitane qui, ces derniers temps, accompagnait toujours Pati : tout juste dix-huit ans, mais vicieuse comme si elle en avait plus de cinquante, irresponsable et sans la moindre pudeur. Elle avait été tuée sur le coup : sa tête avait donné contre le pare-brise, juste au moment où elle avait la jupe relevée jusqu'aux aines et où Pati lui caressait l'entrecuisse à cent quatre-vingts à l'heure. Un problème en plus et un problème en moins, murmura Teo froidement, en échangeant un regard de soulagement avec Teresa, devant le corps de la défunte recouvert d'un drap taché de rouge sur un côté, à hauteur de la tête – la moitié de la cervelle, racontait quelqu'un, était restée sur le capot, mélangée au verre brisé. – Mais regarde-la du bon côté. C'est bien elle ?... En fin de compte nous voilà débarrassés de cette petite garce. De ses saloperies et de ses chantages. C'était une compagnie dangereuse, vu les circonstances. Quant à Pati, puisqu'il était justement question de la mettre à l'écart, Teo se demandait s'il n'aurait pas mieux valu que…

– Ferme-la, dit Teresa. Ou je te jure que c'est ta mort.

Teresa fut stupéfaite de ce qu'elle venait de dire. Les mots lui étaient venus naturellement, elle ne les avait pas pensés avant, elle les avait crachés tels quels : à voix basse, sans avoir réfléchi ni rien calculé.

– Je voulais seulement…, commença Teo.

Son sourire semblait s'être figé d'un coup, et il observait Teresa comme s'il la voyait pour la première fois. Puis il inspecta les alentours d'un air déconcerté, en craignant que quelqu'un ait entendu. Il était pâle.

– Je voulais seulement plaisanter, dit-il.

Il semblait moins séduisant, ainsi : humilié. Ou apeuré. Et Teresa ne répondit pas. Il n'existait plus pour elle. Elle était concentrée sur elle-même. Fouillant en elle, à la recherche de la femme qui avait parlé à sa place.

Par chance, confirmèrent les policiers à Teo, ce n'était pas Pati qui était au volant quand la voiture avait dérapé dans le virage, et cela excluait l'accusation d'homicide involontaire. Pour la cocaïne et le reste, ça pouvait s'arranger avec un peu d'argent, beaucoup de tact, quelques interventions à bon escient et un juge adéquat, à partir du moment où la presse ne s'en mêlerait pas trop. Détail vital. Parce que ces choses-là, dit l'avocat – il jetait de temps en temps un regard en dessous à Teresa, l'air songeur –, commencent avec une brève perdue parmi d'autres faits divers et se terminent par des titres à la une. Donc, prudence. Plus tard, une fois les formalités réglées, Teo resta pour donner des coups de téléphone et s'occuper des policiers – une chance encore, c'étaient des agents municipaux qui dépendaient du maire, Pestaña, et non des gardes civils de la police de la route –, pendant que Pote Gálvez amenait la Cherokee devant la porte. Ils sortirent Pati très discrètement, avant que quelqu'un n'ait bavardé et qu'un journaliste n'ait flairé ce qu'il ne devait pas. Et dans la voiture, Pati, appuyée contre Teresa, la vitre baissée pour que la fraîcheur de la nuit lui fasse reprendre ses esprits, se réveilla un peu. Je suis désolée, répétait-elle à voix basse, les phares des voitures qui venaient en sens contraire éclairant son visage par intervalles. Je suis désolée pour elle, dit-elle d'une voix éteinte, pâteuse, embrouillée. Je suis désolée pour cette fille. Et je suis aussi désolée pour toi, Mexicaine, ajouta-t-elle après un silence. Je me fous complètement que tu sois désolée, répondit Teresa, furieuse, en regardant les lumières du trafic par-dessus l'épaule de Pote Gálvez. Sois surtout désolée pour ta vie de merde.

Pati changea de position, posa sa tête contre la vitre de la portière et ne dit rien. Teresa s'agita, mal à l'aise. Bon Dieu ! Pour la deuxième fois en une heure, elle avait dit des choses qu'elle n'avait pas l'intention de dire. Et puis ce n'était pas sûr qu'elle soit vraiment fâchée : au fond, elle était, ou elle croyait être, responsable de tout. Aussi, au bout d'un moment, elle prit la main de son amie, une main aussi froide que le corps qu'ils avaient laissé là-bas, sous le drap taché de sang. Comment te sens-tu ? demanda-t-elle à voix basse. Je suis là, c'est tout, dit Pati sans s'écarter de la vitre. Elle ne s'appuya de nouveau contre Teresa que pour descendre de la 4×4. Ils l'eurent à peine couchée, sans la déshabiller, qu'elle tomba dans un demi-sommeil inquiet, plein de soubresauts et de gémissements. Teresa resta avec elle un long moment, assise dans un fauteuil à côté du lit ; le temps de trois cigarettes et d'un grand verre de tequila. En réfléchissant. Elle était presque dans le noir, les rideaux de la fenêtre ouverts sur le ciel étoilé et les lueurs lointaines qui bougeaient sur la mer, au-delà de la pénombre du jardin et de la plage. Finalement, elle se leva, dans le but de gagner sa chambre ; mais, arrivée à la porte, elle se ravisa et revint. Elle alla s'allonger près de son amie sur le bord du lit, très doucement, afin de ne pas la réveiller, et demeura ainsi très longtemps. Elle entendait sa respiration tourmentée. Et elle continuait à réfléchir.

– Tu es réveillée, Mexicaine ?

– Oui.

Après ce chuchotement, Pati s'était rapprochée un peu. Elles se frôlaient.

– Je suis désolée.

– Ne te fais plus de souci. Dors.

Un autre silence. Cela faisait une éternité, se souvint-elle, qu'elles n'avaient pas été ainsi. Presque depuis El Puerto de Santa María. Non, pas « presque ». Elle resta immobile, les yeux ouverts, en écoutant la respiration irrégulière de son amie. Maintenant, celle-ci ne dormait plus.

– Tu as une cigarette ? demanda Pati, au bout d'un moment.

– Seulement les miennes.

– Va pour les tiennes.

Teresa se leva, alla jusqu'à son sac qui était posé sur la commode et sortit deux Bisonte au haschisch. Lorsqu'elle les alluma, la flamme du briquet éclaira le visage de Pati, l'hématome violacé sur son front. Les lèvres boursouflées et desséchées. Les yeux, alourdis par la fatigue, regardaient fixement Teresa.

– J'ai cru que nous pourrions y arriver, Mexicaine.

Teresa revint s'étendre sur le dos au bord du lit. Elle attrapa le cendrier sur la table de nuit et le posa sur son ventre. Tout cela lentement, en prenant son temps.

– Nous l'avons fait, dit-elle enfin. Nous sommes allées très loin.

– Je ne parlais pas de ça.

– Alors je ne sais pas de quoi tu parles.

Pati s'agita à côté d'elle, en changeant de position. Elle s'est tournée vers moi, pensa Teresa. Elle m'observe dans l'obscurité. Ou elle me voit dans son souvenir.

– J'ai imaginé que je pourrais le supporter, dit Pati. Toi et moi ensemble, de cette manière-là. J'ai cru que ça marcherait.

Comme tout était étrange. Teresa réfléchissait. Le Lieutenant O'Farrell. Et elle-même. Étrange et lointain, avec combien de cadavres laissés en chemin. Des gens que nous tuons sans le vouloir, tandis que nous restons vivants.

– Personne n'a trompé personne… – Tout en parlant, entre deux mots, elle porta la cigarette à ses lèvres et vit la braise luire entre ses doigts… – Je suis là où j'ai toujours été. – Elle expulsa la fumée après l'avoir retenue. – Je n'ai jamais voulu…

– Tu crois vraiment ça ?… Que tu n'as pas changé ?

Teresa eut un mouvement de tête irrité.

– Si tu veux parler de Teo…, commença-t-elle.

– Ô mon Dieu… – Le rire de Pati était méprisant. Teresa l'entendait s'agiter près d'elle comme si ce rire ébranlait tout son corps. – Au diable Teo !

Il y eut un autre silence, plus long. Puis Pati se remit à parler à voix basse.

– Il couche avec d'autres… Tu le savais ?

Teresa haussa les épaules intérieurement et extérieurement, consciente que son amie ne pouvait s'en rendre compte. Je ne le savais pas, conclut-elle pour elle-même. Je le soupçonnais peut-être, mais ce n'est pas la question. Ça ne l'a jamais été.

– Je n'ai jamais rien espéré…, poursuivait Pati, d'une voix pensive. Juste toi et moi. Comme avant.

Teresa eut envie d'être cruelle. A cause de Teo.

– Les temps heureux d'El Puerto de Santa María, hein ?…, dit-elle, avec mauvaise foi. Toi et ton rêve. Le trésor de l'abbé Faria.

Jamais auparavant elle n'avait ironisé à ce sujet. Jamais de la sorte. Pati resta muette.

– Tu faisais partie du rêve, Mexicaine, dit-elle enfin.

Cela sonnait à la fois comme une justification et un reproche. Mais je refuse d'entrer dans ce jeu, se dit Teresa. Ce n'est pas le mien, ça ne l'a jamais été. Alors qu'elle aille au diable.

– Je m'en fiche, dit-elle. Je n'ai pas demandé à y être. C'est toi qui l'as décidé, pas moi.

– C'est vrai. Mais parfois la vie se rattrape et vous accorde ce qu'on désirait.

Ce n'est pas non plus mon cas, pensa Teresa. Je ne désirais rien. Et c'est le plus grand paradoxe de ma chienne de vie. Elle éteignit sa cigarette et, se tournant vers la table de nuit, y posa le cendrier.

– Je n'ai jamais pu choisir, dit-elle à voix haute. Jamais. Les choses me sont venues dessus et j'ai fait front. C'est tout.

– Et avec moi ?

C'était la vraie question. En réalité, réfléchissait Teresa, tout se réduisait à ça.

– Je ne sais pas... Il est arrivé un moment où tu es restée en arrière, à la dérive.

– Et toi, il y a eu un moment où tu es devenue une salope.

Suivit une pause très longue. Elles étaient immobiles. Si j'entendais le bruit d'une grille, pensa Teresa, ou les pas d'une matonne dans le couloir, je croirais être à El Puerto. Vieux rituel nocturne de l'amitié. Edmond Dantès et l'abbé Faria faisant des plans de liberté et d'avenir.

– J'ai cru que tu avais tout ce que tu voulais..., dit-elle. Je me suis occupée de tes intérêts, je t'ai fait gagner beaucoup d'agent... J'ai couru tous les risques et j'ai fait le travail. Ça n'est pas suffisant ?

Pati tarda un moment à répondre.

– J'étais ton amie.

– Tu es mon amie, corrigea Teresa.

– J'étais. Tu ne t'es pas arrêtée pour regarder derrière toi. Et il y a des choses que tu n'as jamais...

– Bon Dieu ! le grand air de l'épouse éplorée parce que le mari travaille trop et ne pense pas à elle autant qu'il le devrait... C'est ça ?

– Je n'ai jamais prétendu...

Teresa sentait sa colère grandir. Parce que ce ne pouvait être que ça, se dit-elle. Pati avait tort, et elle, elle était furieuse. Cette garce de Lieutenant, ou ce qu'elle était devenue maintenant, allait finir par lui coller sur le dos jusqu'à la morte de cette nuit. Même pour ça, c'était à elle de signer les chèques. De payer l'addition.

– Tu exagères, Pati. Ne m'emmerde pas avec tes téléfilms débiles.

– C'est vrai. J'oubliais que je suis avec la Reine du Sud.

Elle avait eu un rire étouffé et saccadé en disant cela. Du coup, cela rendit ses paroles plus mordantes et n'améliora pas les choses. Teresa se releva sur un coude. Une sourde colère battait à ses tempes. Elle avait mal à la tête.

– Qu'est-ce que je te dois ?... Dis-le-moi une bonne fois en face. Dis-le-moi et je te paierai.

Pati était une ombre immobile, dessinée par la clarté de la lune qui apparaissait à un angle de la fenêtre.

– Il ne s'agit pas de ça.

– Non ?... – Teresa se rapprocha d'elle. Elle pouvait sentir son haleine. – Je sais de quoi il s'agit. C'est pour ça que tu me regardes comme une étrangère, parce que tu crois que tu m'as trop donné en échange de peu. La personne à qui l'abbé Faria a confié son secret n'était pas la bonne... C'est ça ?

Les yeux de Pati brillaient dans l'obscurité. Un double éclat léger, reflet de la clarté du dehors.

– Je ne t'ai jamais rien reproché, dit-elle très bas.

La lune dans ses yeux les rendait vulnérables. Ou peut-être que ce n'est pas la lune, pensa Teresa. Peut-être que nous avons fait toutes les deux fausse route depuis le début. Le Lieutenant O'Farrell et sa légende. Soudain, elle sentit monter une envie de rire en pensant : comme j'étais jeune, et comme j'étais stupide. Puis vint une vague de tendresse qui la secoua jusqu'à la pointe des doigts et lui fit entrouvrir la bouche de surprise. La rancœur vint ensuite, comme un secours, une solution, une consolation prodiguée par l'autre Teresa, toujours à l'affût dans les miroirs et dans l'ombre. Elle l'accueillit avec soulagement. Elle avait besoin de quelque chose qui efface ces trois secondes étranges ; qui les étouffe sous une cruauté définitive comme un coup de hache. Elle eut la tentation absurde de se tourner violemment vers Pati, de se mettre à califourchon sur elle, de la bousculer, voire de la frapper, de lui arracher ses vêtements en disant : eh bien, je vais te payer, tu prends tout, et tout de suite, comme ça nous serons enfin en paix. Mais elle savait que ce n'était pas ça. Que rien ne se payait ainsi, et qu'elles étaient déjà trop loin l'une de l'autre, sur des chemins qui ne se recroiseraient plus jamais. Et dans cette double lueur qu'elle avait devant elle, elle lut que Pati le comprenait aussi bien qu'elle.

– Moi non plus, je ne sais pas où je vais, dit-elle.

Sur ce, elle se rapprocha encore de celle qui avait été son amie et l'enlaça en silence. Elle sentait qu'au fond d'elle-même quelque chose s'était irrémédiablement détruit. Avec une tristesse infinie. Comme si la fille de la photo déchirée, la fille aux grands yeux sombres, était revenue pleurer dans ses entrailles.

– Eh bien, tu ferais mieux de le savoir, Mexicaine... Car, là où tu vas, tu finiras bien par y arriver.

Elles demeurèrent dans les bras l'une de l'autre, immobiles, le reste de la nuit.

Patricia O'Farrell s'ôta la vie trois jours plus tard, dans sa maison de Marbella. Un domestique la trouva dans la salle de bains, nue, enfoncée dans l'eau froide jusqu'au menton. Sur la table de nuit et par terre il y avait diverses boîtes de somnifères et une bouteille de whisky. Elle avait brûlé tous ses papiers, ses photos et ses documents personnels dans la cheminée, mais elle n'avait laissé aucun mot d'adieu. Ni pour Teresa ni pour personne. Elle était partie comme quelqu'un qui sort discrètement d'une pièce en refermant la porte avec précaution pour ne pas faire de bruit.

Teresa n'alla pas à l'enterrement. Elle ne vit même pas le cadavre. Le soir même du jour où Teo lui annonça la nouvelle au téléphone, elle monta à bord du *Sinaloa*, avec l'équipage et Pote Gálvez pour unique compagnie, et passa deux jours en haute mer, sur une chaise longue de la plage arrière, à regarder le sillage du bateau sans desserrer les lèvres. Pendant tout ce temps, elle n'ouvrit même pas un livre. Elle contemplait la mer, elle fumait. Par moments, elle buvait de la tequila. Régulièrement, les pas du garde du corps qui la surveillait à distance résonnaient sur le pont : il ne s'approchait d'elle qu'aux heures des repas, sans rien dire, appuyé au bastingage dans l'attente que sa patronne fasse non de la tête, après quoi il disparaissait de nouveau ; ou pour lui apporter une vareuse quand les nuages cachaient le soleil ou que celui-ci descendait sur l'horizon et que le froid redoublait. L'équipage se tint encore plus à l'écart. L'homme du Sinaloa avait sans doute donné des instructions, et chacun faisait en sorte de l'éviter. Le capitaine ne parla avec Teresa que deux fois : la première, au moment où elle était montée à bord et avait ordonné : naviguez jusqu'à ce que je vous dise ça suffit, et je me fiche de la direction ; et la seconde, quand, deux jours plus tard, elle revint sur le pont et dit : on rentre. Au cours de ces quarante-huit heures, Teresa ne pensa pas cinq minutes de suite à Pati O'Farrell, ni à aucune autre chose. Chaque fois que l'image de son amie se présentait à elle, une ondulation de la mer, une mouette qui planait au loin, le reflet de la lumière sur la houle, le ronronnement du moteur sous le pont, le vent qui rabattait ses cheveux sur son visage occupaient tout l'espace utile de son esprit. Le grand avantage de la mer était que l'on pouvait passer des heures à la regarder, sans penser. Et même sans se rappeler, ou en faisant que les souvenirs se perdent dans le sillage aussi facilement qu'ils se présentaient, passant à travers vous sans laisser de traces, comme les feux des bateaux dans la nuit. Teresa l'avait appris auprès de Santiago Fisterra : cela n'arrivait qu'en mer, parce que celle-ci était cruelle et égoïste comme les êtres humains, et de plus elle ignorait, dans sa terrible simplicité, le sens de mots compliqués comme pitié, blessures ou remords. C'était peut-être pour cela qu'elle agissait pratiquement comme un analgésique. On pouvait se reconnaître en elle, ou se justifier, pendant que le vent, la lumière, le balancement, le bruissement de l'eau contre la coque du bateau réalisaient le miracle de mettre à distance toute pitié, toute blessure et tout remords, en les calmant jusqu'à ce qu'ils ne fassent plus souffrir.

A la fin, le temps changea, le baromètre baissa de cinq millibars en trois heures, et un fort vent d'est se mit à souffler. Le capitaine observait Teresa, toujours assise à l'arrière, puis Pote Gálvez. Ce fut ce dernier qui alla la voir et dit : le temps se gâte, madame. Peut-être voulez-vous donner un ordre ? Teresa le regarda sans rien répondre, et le garde du corps revint vers le capitaine en haussant les épaules. Cette nuit-là, avec un vent d'est de force six à sept, le *Sinaloa* navigua en roulant, machines à mi-régime, en travers de la mer et du vent, les embruns balayant dans l'obscurité l'avant et le poste de commandement. Teresa était dans la cabine, le pilote automatique débranché, et gouvernait, éclairée par la lueur rougeâtre de l'habitacle, une main sur la barre et l'autre sur les commandes des moteurs, pendant que le capitaine, le matelot de quart et Pote Gálvez, assommé par la Biodramine, la suivaient des yeux depuis la cabine arrière, cramponnés aux sièges et à la table, le café s'échappant des pots chaque fois que le *Sinaloa* faisait une embardée. A trois reprises, Teresa sortit pour aller au bord sous le vent, fouettée par les rafales, afin de vomir dans la mer ; et elle revint à la barre sans prononcer un mot, les cheveux emmêlés et trempés, des cernes d'insomnie sous les yeux, pour allumer une autre cigarette. Jamais auparavant elle n'avait eu le mal de mer. Le temps se calma au lever du jour, avec moins de vent et une lumière grise qui écrasait une mer lourde comme du plomb. Alors, enfin, elle donna l'ordre de rentrer au port.

Oleg Yasikov arriva à l'heure du petit déjeuner. En jean, veste sombre ouverte sur un polo, chaussures de sport. Blond et athlétique, comme toujours, bien que sa taille se soit un peu épaissie ces derniers temps. Elle l'accueillit sous la véranda donnant sur le jardin, la piscine et la pelouse qui s'étendait sous les saules jusqu'au mur jouxtant la plage. Cela faisait presque deux mois qu'ils ne s'étaient vus ; depuis un déjeuner au cours duquel Teresa l'avait prévenu de la fermeture imminente de l'European Union : une banque russe d'Antigua que Yasikov utilisait pour ses transferts de fonds vers l'Amérique. Ce qui avait épargné à l'homme de Solntsevo quelques problèmes et beaucoup d'argent.

– Ça faisait longtemps, Tesa. Oui.

Cette fois, c'était lui qui avait demandé le rendez-vous. Un appel téléphonique, la veille dans l'après-midi. Je n'ai pas besoin de consolation, avait-elle répondu. Il ne s'agit pas de ça, avait répliqué le Russe. Niet. Juste un peu de bizness et un peu d'amitié. Tu comprends. Oui. Comme d'habitude.

– Tu veux un verre, Oleg ?

Le Russe, qui étalait du beurre sur un toast, regardait le verre de tequila que Teresa avait posé à côté de la tasse de café et du cendrier contenant quatre mégots. Elle était en chandail, installée dans un fauteuil en osier, les pieds nus sur les dalles ocre. Bien sûr que non. Pas à cette heure-ci, grand Dieu. Je ne suis qu'un gangster de la défunte Union soviétique. Pas une Mexicaine à l'estomac blindé. Oui. A l'amiante. Non. Je suis loin d'être aussi macho que toi.

Ils rirent. Je vois que tu peux rire, dit Yasikov, surpris. Et pourquoi je ne rirais pas ? répondit Teresa en soutenant le regard clair du Russe. De toute manière, souviens-toi que nous parlerons de tout sauf de Pati.

– Je ne suis pas venu pour ça. – Yasikov se servait du café en mastiquant son toast d'un air soucieux. – J'ai des choses à te raconter. Plusieurs.

– Déjeune d'abord.

Le jour était lumineux et l'eau de la piscine semblait le

refléter en bleu turquoise. Ils étaient bien, sous la véranda baignée par le soleil levant, entre les haies, les bougainvillées et les massifs de fleurs, à écouter le chant des oiseaux. Ils liquidèrent donc sans hâte les toasts, le café et la tequila de Teresa tout en causant d'affaires sans importance, ravivant leur vieille relation comme chaque fois qu'ils étaient face à face : gestes complices, codes partagés. Ils se connaissaient très bien. Ils savaient quels mots il fallait prononcer et quels autres non.

– Commençons par le principal, dit plus tard Yasikov. Il y a une commande. Une énorme. Oui. Pour mes gens.

– Cela signifie priorité absolue.

– J'aime ce mot. Priorité.

– Tu ne vas quand même pas me demander de passer de l'héroïne ?

Le Russe fit non de la tête.

– Du haschisch. Mes chefs se sont associés avec les Roumains. Ils ont l'intention d'approvisionner plusieurs marchés là-bas. Oui. D'un seul coup. Démontrer aux Libanais qu'ils ont des fournisseurs de rechange. Ils ont besoin de vingt tonnes. Du Maroc. Qualité supérieure.

Teresa fronça les sourcils. Vingt mille kilos, dit-elle, c'était beaucoup. D'abord il fallait les réunir, et le moment était mal choisi. Avec les changements politiques au Maroc, on ne savait pas encore clairement à qui on pouvait se confier et à qui on ne pouvait pas. Elle gardait même un stock de coke à Agadir depuis un mois et demi, sans oser y toucher avant d'y voir plus clair. Yasikov écoutait attentivement, et, finalement, il fit un geste d'assentiment. Je comprends. Oui. C'est toi qui décides, précisa-t-il. Mais tu me rendrais un grand service. Les miens ont besoin de ces savonnettes d'ici un mois. Et j'ai obtenu des prix. Je t'assure. Des très bons prix.

– Les prix, ce n'est pas le problème. Avec toi, je ne me fais pas de souci.

L'homme de Solntsevo sourit et dit merci. Puis ils entrèrent dans la maison. Le bureau de Teresa était de l'autre côté du salon décoré de tapis orientaux, avec des fauteuils en cuir. Pote Gálvez apparut dans le couloir, regarda Yasikov sans dire un mot et s'éclipsa.

– Comment ça va, avec ton rottweiler ? demanda le Russe.

– Il ne m'a pas encore tuée.

Le rire de Yasikov ébranla le salon.

– Qui l'aurait dit ? s'exclama-t-il. La première fois que je l'ai vu…

Ils allèrent dans le bureau. Toutes les semaines, la maison était inspectée par un spécialiste en contre-espionnage électronique du Dr Ramos. Même ainsi, il n'y avait rien de compromettant : une table de travail, un ordinateur personnel dont le disque dur était vierge comme une patène, des grands rayons portant des cartes de navigation, des plans, des annuaires, et la dernière édition de l'*Ocean Passages for the World*. C'est peut-être faisable, dit Teresa. Vingt tonnes. Cinq cents paquets de quarante kilos. Des camions pour le transport des montagnes du Rif à la côte, un grand bateau, un embarquement massif dans les eaux marocaines, en coordonnant bien les lieux et les heures exactes. Elle calcula rapidement : deux mille cinq cents milles entre Alborán et Constantza, sur la mer Noire, à travers les eaux territoriales de seize pays, y compris le passage dans la mer Égée, les Dardanelles et le Bosphore. Cela demanderait une logistique et une tactique d'une précision absolument parfaite. Beaucoup d'argent en frais préalables. Des jours et des nuits de travail pour Farid Lataquia et le Dr Ramos.

– A condition, conclut-elle, que tu me garantisses un débarquement sans problème dans le port roumain.

Yasikov acquiesça. Tu peux y compter, dit-il. Il étudiait la carte Imray M20, celle de la Méditerranée orientale, déployée sur la table. Il semblait distrait. Il serait peut-être bon, dit-il au bout d'un moment, que tu fasses très attention aux personnes avec qui tu vas préparer cette opération. Oui. Il le dit sans détacher son regard de la carte, sur un ton pensif, et il tarda encore un peu à relever les yeux. Oui, répéta-t-il. Teresa captait le message. Elle avait compris dès les premiers mots. Le *il serait peut-être bon* était le signal que quelque chose n'allait pas, dans tout cela. Que tu fasses très attention. Aux personnes avec qui tu vas préparer. Cette opération.

– Allons, dit-elle. Raconte-moi.

Un écho suspect sur l'écran du radar. La vieille sensation familière de creux à l'estomac se manifesta soudain. Il y a un juge, dit Yasikov. Martínez Pardo, tu sais de qui je veux parler. De l'Audience nationale. Il est à l'affût depuis longtemps. De toi, de moi. D'autres. Mais il a ses préférences. Tu lui as tapé dans l'œil. Il travaille avec la police, avec la Garde civile, avec la Surveillance douanière. Oui. Et il met la pression. Trop.

– Dis ce que tu as à me dire, s'impatienta Teresa.

Yasikov l'observait, indécis. Puis il reporta son regard sur la fenêtre et revint enfin à elle. J'ai des gens qui me racontent des choses, dit-il. Je paie et ils m'informent. Et l'autre jour, à Madrid, quelqu'un a parlé de la dernière affaire que tu as eue. Oui. Le bateau qu'ils ont arraisonné. Arrivé à ce point, Yasikov s'arrêta, fit quelques pas dans le bureau, tambourina des doigts sur la carte nautique. Il agitait un peu la tête, comme pour insinuer : ce que je vais te sortir, prends-le avec des pincettes, Tesa. Je ne te certifie pas que c'est la vérité ou que c'est un mensonge.

Elle le devança :

– J'ai l'impression que c'est un coup des Galiciens.

– Non. D'après ce qu'on dit, la fuite n'est pas venue de chez eux... – Yasikov observa une très longue pause. – Elle est venue de Transer Naga.

Teresa allait ouvrir la bouche pour dire : impossible, j'ai tout passé au peigne fin. Mais elle ne le fit pas. Ce n'était pas le genre de Yasikov de colporter des on-dit. Brusquement, elle se retrouva en train de raccorder des fils, d'envisager des hypothèses, de se poser des questions et de trouver des réponses. De reconstituer des faits. Mais déjà le Russe abrégeait ses réflexions. Martínez Pardo, poursuivit-il, fait pression sur quelqu'un de ton entourage. En échange de l'impunité, d'argent, ou va savoir de quoi.

C'est peut-être la vérité, ou ça l'est seulement en partie. Je ne sais pas. Mais ma source est de première classe. Oui. Elle ne m'a jamais trompé jusqu'ici. Et si on tient compte que Patricia…

– C'est Teo, murmura-t-elle soudain.

Yasikov resta au milieu de sa phrase. Tu le savais, dit-il, stupéfait. Mais Teresa hocha la tête négativement. Elle était envahie par un froid étrange qui n'avait rien à voir avec ses pieds nus sur le tapis. Elle tourna le dos au Russe et regarda vers la porte, comme si Teo en personne allait entrer. Dis-moi comment diable…, questionnait Yasikov derrière elle. Si tu ne le savais pas, pourquoi le sais-tu maintenant ? Teresa restait muette. Je ne le savais pas, pensait-elle. Mais c'est vrai que maintenant, soudain, je le sais. Cette chienne de vie est comme ça, avec ses putains de plaisanteries. Bon Dieu ! Elle était concentrée, tâchant de mettre de l'ordre dans ses pensées, de définir efficacement les priorités. Et ce n'était pas facile.

– Je suis enceinte, dit-elle.

Ils sortirent pour se promener sur la plage, avec Pote Gálvez et un garde du corps de Yasikov qui les suivaient à distance. Des lames de fond se brisaient sur les galets et venaient mouiller les pieds de Teresa qui, toujours déchaussée, marchait au plus près de l'eau. Celle-ci était très froide mais cela lui faisait du bien. La tête plus claire. Ils se dirigèrent ainsi vers le sud-ouest, sur le sable sale qui s'étendait entre des rochers et des amas d'algues en direction de Sotogrande, Gibraltar et le Détroit. Ils échangeaient quelques mots, puis se taisaient, en réfléchissant à ce qu'ils se disaient ou à ce qu'ils n'arrivaient pas à dire. Et que vas-tu faire ? avait demandé Yasikov, quand il eut fini d'assimiler l'information. Avec l'un et avec l'autre. Avec le bébé et avec le père.

– Ce n'est pas encore un bébé, avait répondu Teresa. Ce n'est encore rien.

Yasikov hocha la tête comme s'il avait la confirmation

de ce qu'il pensait. De toute manière, dit-il, ça ne donne pas de solution pour l'autre. C'est seulement la moitié d'un problème. Teresa se tourna pour l'observer attentivement, en écartant les cheveux de son visage. Je n'ai pas dit que la première partie était résolue, précisa-t-elle. J'ai seulement dit que ce n'est encore rien. La décision qu'il soit ou qu'il ne soit pas, je ne l'ai pas encore prise.

Le Russe la regardait, lui aussi, attentivement, en cherchant sur ses traits des indications nouvelles, imprévues.

– Je crains de ne pas pouvoir, Tesa. Te conseiller. Niet. Ce n'est pas ma spécialité.

– Je ne te demande pas conseil. Je te demande seulement de te promener avec moi, comme d'habitude.

– Ça, oui, je peux. – Yasikov souriait enfin, ours blond et bonasse. – Oui. Je peux faire ça.

Une petite barque de pêche était échouée sur la plage. Teresa passait toujours près d'elle. Peinte en blanc et bleu, très vieille et abandonnée. De l'eau de pluie stagnait au fond, avec des débris de plastique et une bouteille de soda vide. A l'avant, un nom à peine lisible : *Esperanza*.

– Tu n'en as jamais assez, Oleg ?

– Parfois, répondit le Russe. Mais ce n'était pas facile. Non. Dire : je suis venu jusque-là, et maintenant laissez-moi me retirer. J'ai une femme, ajouta-t-il. Très belle. Miss Saint-Pétersbourg. Un enfant de quatre ans. Suffisamment d'argent pour vivre le reste de ma vie sans problème. Oui. Mais aussi des associés. Des responsabilités. Des engagements. Et tous ne comprendraient pas que je me retire. Non. On est méfiant par nature. Si tu pars, tu leur fais peur. Tu en sais trop sur trop de gens. Et eux en savent trop sur toi. Tu es un danger en liberté. Oui.

– A quoi te fait penser le mot *vulnérable* ? demanda Teresa.

Le Russe réfléchit un peu. Je ne le maîtrise pas très bien, finit-il par avouer. Mon espagnol. Mais je sais ce que tu veux dire. Un enfant te rend vulnérable.

– Je te jure, Tesa, que je n'ai jamais eu peur. De rien. Même pas en Afghanistan. Non. Ces fous fanatiques et leurs *Allah Aqbar !* qui vous glacent le sang. Eh bien, non. Je n'ai pas non plus eu peur quand j'ai débuté. Dans le bizness. Mais depuis que mon enfant est né, je sais. Ce que c'est que d'avoir peur. Oui. Quand quelque chose tourne mal, ce n'est plus possible. Non. De tout laisser en plan. De se mettre à courir.

Il s'était arrêté et regardait la mer, les nuages qui se déplaçaient lentement vers l'ouest. Il soupira, nostalgique.

– Il faudrait pouvoir se mettre à courir, dit-il. Quand c'est nécessaire. Tu le sais mieux que personne. Oui. Tu n'as pas fait autre chose, dans ta vie. Courir. Que tu en aies envie ou pas.

Il continuait de contempler les nuages. Il leva les bras à la hauteur des épaules, comme s'il voulait embrasser toute la Méditerranée, et les laissa retomber, impuissant. Puis il se tourna vers Teresa.

– Tu vas le garder ?

Elle le dévisagea sans répondre. Bruit de l'eau et écume froide entre les pieds. Yasikov l'observait fixement, d'en haut. Près du géant slave, Teresa semblait beaucoup plus petite.

– Parle-moi de ton enfance, Oleg.

Le Russe se frotta la nuque, surpris. Gêné. Je ne sais pas, répondit-il. Comme toutes les enfances en Union soviétique. Ni mauvaise ni bonne. Les pionniers, l'école. Oui. Karl Marx. Le Soyouz. L'abominable impérialisme américain. Tout ça. Trop de chou bouilli, je crois. Et de pommes de terre. Trop de pommes de terre.

– Moi j'ai su ce que c'était que crever de faim, dit Teresa. Je n'ai eu qu'une seule paire de chaussures, et ma mère ne me laissait les mettre que pour aller à l'école, tant que j'y suis allée.

Un sourire crispé se dessina sur ses lèvres. Ma mère, répéta-t-elle, songeuse. Elle sentait une vieille rancune la transpercer jusqu'au fond d'elle-même.

– Elle me battait beaucoup quand j'étais petite, poursuivit-elle. Elle était alcoolique et à moitié prostituée, depuis que mon père l'avait quittée… Elle me faisait apporter de la bière pour ses amis, elle me traînait par les cheveux, à coups de poing et de pied. Elle revenait au petit matin avec sa bande de corbeaux, en riant de façon obscène, ou ils venaient la chercher, la nuit, en cognant à la porte, soûls... J'ai cessé d'être vierge avant d'avoir perdu ma virginité, avec des gamins dont certains étaient moins âgés que moi...

Elle se tut brusquement, et resta ainsi un bon moment, les cheveux rabattus sur la figure. Elle sentait la rancune se diluer lentement dans son sang. Elle respira profondément pour qu'elle s'en aille complètement.

– Quant au père, dit Yasikov, je suppose qu'il s'agit de Teo.

Elle soutint son regard sans desserrer les dents. Impassible.

– Ça, c'est la seconde partie, soupira de nouveau le Russe. L'autre moitié du problème.

Il marcha sans se retourner pour vérifier si Teresa le suivait. Elle le laissa s'éloigner un peu, puis lui emboîta le pas.

– J'ai appris une chose à l'armée, Tesa, disait Yasikov, songeur. Territoire ennemi. Dangereux de laisser des poches derrière soi. Résistance. Foyers hostiles. Une consolidation du terrain exige l'élimination des points de conflit. Oui. C'est la formule, littérale. Réglementaire. Mon ami le sergent Skobeltsine la répétait. Tous les jours. Jusqu'à ce qu'il se fasse égorger dans la vallée du Panshir.

Il s'était encore une fois arrêté et, de nouveau, il la regardait. Je ne peux pas aller plus loin, disaient ses yeux clairs. La suite est ton affaire.

– Je reste seule, Oleg.

Elle se tenait calmement devant lui, et le mouvement des vagues minait le sable sous ses pieds à chaque reflux. Le Russe eut un sourire amical, un peu lointain. Triste.

– C'est étrange de t'entendre dire ça. Je croyais que tu avais toujours été seule.

15. J'ai des amis dans mon pays, et ils disent qu'ils m'aiment…

Le juge Martínez Pardo n'était pas un personnage sympathique. Je l'ai rencontré dans les derniers jours de mon enquête : vingt-deux minutes de conversation peu agréable dans son bureau de l'Audience nationale. Il avait accepté de me recevoir à contrecœur, et seulement après que je lui eus fait parvenir un épais dossier sur l'état de mes investigations. Son nom y figurait, naturellement. A côté de beaucoup d'autres éléments. Le choix habituel : ou y figurer commodément pour lui, ou être tenu à l'écart. Il avait décidé d'y figurer en donnant sa propre version des faits. Venez et nous en parlerons, m'avait-il finalement dit au téléphone. C'est ainsi que je me suis rendu à l'Audience, qu'il m'a tendu sèchement la main et que nous nous sommes assis pour discuter, de part et d'autre de sa table de travail officielle, avec le drapeau et le portrait du roi au mur. Martínez Pardo était un petit gros avec une barbe poivre et sel qui n'arrivait pas à cacher complètement une cicatrice traversant sa joue droite. Il était loin d'être un de ces juges-vedettes que l'on voit à la télévision et dans la presse. Gris, efficace, disait-on de lui. La cicatrice lui venait d'une vieille affaire : un contrat passé par des narcos galiciens avec des tueurs colombiens. C'était peut-être cela qui lui aigrissait le caractère.

Nous avons commencé par commenter la situation de Teresa Mendoza. Ce qui l'avait menée là où elle était, et le tour que sa vie devait prendre dans les prochaines semaines, si elle réussissait à rester vivante. Ça, je n'en sais rien, a dit Martínez Pardo. Mon travail ne concerne pas l'avenir des gens, sauf pour leur assurer trente ans de prison quand je le peux. Mon domaine, c'est le passé. Les faits et le passé. Les délits. Et des délits, Teresa Mendoza en a commis beaucoup.

– Alors, vous devez vous sentir frustré, ai-je fait remarquer. Tant de travail pour rien.

C'était ma manière de répondre à son peu de sympathie. Il m'a regardé par-dessus les lunettes de lecture qui chevauchaient le bout de son nez. Il n'avait pas l'air d'un homme heureux. Et encore moins d'un juge heureux.

– Je la tenais, a-t-il dit.

Puis il est resté silencieux, comme si ces trois mots étaient opportuns. Même les juges gris et efficaces ont leur amour-propre, tapi au fond de leur cœur, me suis-je dit. Leur vanité personnelle. Leurs frustrations. Tu la tenais mais tu ne la tiens plus. Elle t'a filé entre les doigts, direction le Sinaloa.

– Depuis combien de temps la suiviez-vous ?

– Quatre ans. Un long travail. Ce n'était pas facile d'accumuler les faits et les preuves de son implication. Son infrastructure était très bonne. Très intelligente. Une multiplication de mécanismes de sécurité, de compartiments cloisonnés. On en démontait un, et on ne pouvait pas aller plus loin. Impossible de prouver les connexions avec le sommet.

– Mais vous l'avez fait.

En partie seulement, a admis Martínez Pardo. Il lui aurait fallu plus de temps, plus de liberté dans son travail. Mais il ne les avait pas eus. Ces gens-là évoluaient dans certains milieux, y compris celui de la politique. C'est ce qui avait permis à Teresa Mendoza de voir venir de loin certains coups et de les parer. Ou d'en limiter les conséquences. Dans ce cas concret, a-t-il ajouté, il avançait bien. Ses hommes avançaient bien. Ils étaient sur le point de parvenir au couronnement d'un long et patient travail. Quatre ans, m'avait-il dit, à tisser la toile d'araignée. Et puis, brusquement, tout s'était effondré.

– Est-ce vrai que c'est le ministère de la Justice qui vous a convaincu ?

– Cette question est hors de propos. – Il s'était rejeté en arrière, en s'adossant à son fauteuil, et m'observait, mal à l'aise. – Je refuse de répondre.

– On dit que le ministre en personne s'est chargé de faire pression sur vous, en accord avec l'ambassade du Mexique.

Il a levé une main. Un geste désagréable. Une main autoritaire, de juge dans l'exercice de ses fonctions. Si vous continuez dans cette direction, m'a-t-il prévenu, je mettrai fin à la conversation. Personne n'a exercé de pressions sur moi. Jamais.

– Expliquez-moi, alors, pourquoi vous n'avez finalement rien fait contre Teresa Mendoza.

Il a considéré quelques instants ma question, peut-être pour déterminer si le verbe « expliquez-moi » pouvait être pris comme une insulte à magistrat. Finalement, il a décidé de m'acquitter. Au bénéfice du doute. Ou quelque chose comme ça.

– Je vous l'ai dit, a-t-il répliqué. Je n'ai pas eu le temps de réunir des éléments suffisants.

– Malgré Teo Aljarafe ?

Il m'a de nouveau toisé. Ni moi ni mes questions ne lui plaisions, et cela n'améliorait pas les choses.

– Tout ce qui se réfère à ce nom est confidentiel.

Je me suis permis un léger sourire. Allons, monsieur le juge. Au point où nous en sommes...

– Je suppose que tout ça n'a plus guère d'importance, ai-je dit.

– Pour moi, ça en a toujours.

J'ai médité sa réplique quelques instants. Je vous propose un accord, ai-je conclu. Je laisse à l'écart le ministère de la Justice et vous me parlez d'Aljarafe. C'est une transaction honnête. J'ai remplacé le léger sourire par une expression d'aimable sollicitude, pendant qu'il réfléchissait. Bien, a-t-il dit. Mais je garderai certains détails pour moi.

– Est-il exact que vous lui avez proposé l'impunité en échange d'informations ?

– Je ne répondrai pas à cette question.

Ça commence mal, me suis-je dit. J'ai acquiescé par un double hochement de tête, en prenant un air pensif, avant de revenir à la charge.

– On dit que vous l'avez acculé. Que vous avez réuni sur lui un dossier très lourd, et qu'ensuite vous le lui avez mis sous le nez. Et qu'il ne s'agissait pas du tout de trafic de drogue. Vous l'avez attrapé par le côté fiscal.

– C'est possible.

Son regard était impassible. Tu poses les questions et moi je confirme. Ne me demande pas trop de choses de plus.

– Transer Naga ?

– Non.

– Soyez gentil, monsieur le juge. Vous voyez bien que je n'ai pas de mauvaises intentions.

De nouveau, il a un peu réfléchi. En fin de compte, a-t-il dû conclure, je suis dans le bain. Ce point est déjà plus ou moins connu et résolu.

– J'admets, a-t-il dit, que les sociétés de Teresa Mendoza ont toujours été imperméables à nos efforts, bien que nous ayons acquis la certitude que plus de soixante-dix pour cent du trafic vers la Méditerranée passaient entre ses mains… Les points faibles de M. Aljarafe résidaient dans ses fonds propres. Investissements irréguliers, mouvements de capitaux. Comptes personnels à l'étranger. Son nom est apparu dans plusieurs transactions extérieures peu claires. Nous avions de la matière.

– On dit qu'il avait des propriétés à Miami.

– Oui. A notre connaissance, une maison de mille mètres carrés qu'il venait d'acheter à Coral Gables, avec cocotiers et débarcadère privé, et un luxueux appartement à Coco Plum : un lieu fréquenté par des avocats, des banquiers et des brokers de Wall Street. Tout cela, semble-t-il, dans le dos de Teresa Mendoza.

– Ses petites économies.

– On peut le dire comme ça.

– Et vous, vous l'avez attrapé par les couilles. Vous lui avez fait peur.

Il se carra de nouveau dans son fauteuil. Dura Lex sed Lex. Duralex.

– Cette remarque est déplacée. Je ne vous permets pas ce langage.

Je commence à être un peu fatigué, me suis-je dit. De ses simagrées.

– Dans ce cas, traduisez comme vous voulez.

– Il a décidé de collaborer avec la justice. C'est aussi simple que ça.

– En échange de… ?

– En échange de rien.

Je l'ai regardé. A d'autres. Va raconter ça à d'autres. Teo Aljarafe jouant sa tête pour l'amour de l'art.

– Et comment Teresa Mendoza a-t-elle réagi en découvrant que son conseiller fiscal travaillait pour l'ennemi ?

– Vous le savez aussi bien que moi.

– D'accord. Je sais ce que tout le monde sait. Et aussi qu'elle s'est servie de lui comme leurre dans l'opération du haschisch russe… Mais je ne parlais pas de ça.

L'apparition du haschisch russe n'a pas amélioré les choses. Inutile de jouer au plus fin avec moi, disait son visage.

– Eh bien, a-t-il suggéré, vous n'avez qu'à le demander à elle, si vous le pouvez.

– Peut-être que je le peux.

– Je doute que cette femme accepte des interviews. Et encore moins dans sa situation actuelle.

J'ai décidé de faire une ultime tentative.

– Comment voyez-vous cette situation ?

– Je suis en dehors, a-t-il répondu, en prenant le visage fermé d'un joueur de poker. Je ne vois rien et je n'ai rien à dire. Teresa Mendoza n'est plus mon affaire.

Après quoi il s'est tu, il a feuilleté distraitement quelques documents posés sur sa table, et j'ai pensé que l'entretien était terminé. Je me suis résigné en me disant que je connaissais de meilleures façons de perdre mon temps. Je me levai, fâché, prêt à lui dire adieu. Mais même un fonctionnaire de l'État discipliné comme le juge

Martínez Pardo ne pouvait se soustraire aux brûlures de certaines blessures. Ou au besoin de se justifier. C'est pourquoi, soudain, il a enfin donné son sens à l'interview :

– Elle a cessé de l'être après la visite de cet Américain, a-t-il ajouté d'un ton amer. Du type de la DEA.

Le Dr Ramos, qui avait un sens très particulier de l'humour, avait attribué le nom de code de *Tendre Enfance* à l'opération des vingt tonnes de haschisch pour la mer Noire. Cela faisait deux semaines que les quelques personnes qui étaient au courant planifiaient tout avec une minutie quasi militaire ; et ce matin-là, elles apprirent de la bouche de Farid Lataquia, après que celui-ci eut reposé avec un sourire satisfait le téléphone mobile dans lequel il avait parlé un moment en code, que le Libanais avait trouvé dans le port d'Alhucemas le bateau adéquat pour servir de nourrice : un vieux palangrier de trente mètres de long rebaptisé *Tarfaya*, propriété d'une compagnie de pêche hispano-marocaine. Au même moment, de son côté, le Dr Ramos coordonnait les mouvements du *Xoloitzcuintle* : un porte-conteneurs battant pavillon allemand, avec un équipage de Polonais et de Philippins, qui faisait régulièrement la route entre la côte américaine et la Méditerranée orientale, et naviguait pour l'heure entre Recife et Veracruz. *Tendre Enfance* avait un second front, ou une trame parallèle, où un troisième bateau jouait un rôle décisif : cette fois, un cargo polyvalent, qui devait relier Carthagène en Colombie au port grec du Pirée sans escales intermédiaires. Il s'appelait le *Luz Angelita* ; et bien qu'immatriculé dans le port colombien de Temuco, il naviguait sous pavillon cambodgien pour le compte d'une compagnie chypriote. Pendant que le *Tarfaya* et le *Xoloitzcuintle* seraient chargés de la partie délicate de l'opération, le rôle assigné au *Luz Angelita* et à ses armateurs était simple, rentable et sans risques : se borner à servir de leurre.

– Tout sera réglé, récapitula le Dr Ramos, en dix jours.

Il ôta sa pipe de sa bouche pour étouffer un bâillement.

Il était presque onze heures du matin, après une longue nuit de travail dans les bureaux de Sotogrande : une maison avec jardin dotée des moyens de sécurité les plus modernes et d'une surveillance électronique, qui remplaçait depuis deux ans l'ancien appartement du port de plaisance. Pote Gálvez montait la garde dans le vestibule, deux vigiles faisaient les cent pas dans le jardin et, dans la salle de réunion, il y avait un téléviseur, un PC portable avec imprimante, deux téléphones mobiles codés, un tableau à graphiques avec des marqueurs effaçables posés sur un chevalet, des tasses à café sales et des cendriers remplis de mégots sur la grande table centrale. Teresa venait d'ouvrir la fenêtre pour aérer. Avec elle se trouvaient, outre le Dr Ramos, Farid Lataquia et l'opérateur de télécommunications, un jeune ingénieur de Gibraltar de toute confiance nommé Alberto Rizocarpaso. C'était ce que le Dr Ramos appelait le cabinet de crise : le groupe fermé qui constituait l'état-major opérationnel de Transer Naga.

– Le *Tarfaya*, disait Lataquia, va attendre à Alhucemas, en nettoyant ses cales. Révision et plein de carburant. Inoffensif. Bien tranquille. Nous ne le ferons sortir que deux jours avant le rendez-vous.

– Ça me semble bien, dit Teresa. Je ne veux pas l'avoir en train de traîner dans les parages pendant une semaine et d'attirer l'attention.

– Soyez sans inquiétude. Je m'en occupe personnellement.

– L'équipage ?

– Tous des Marocains. Le patron Cherki. Des gens d'Ahmed Chakor, comme d'habitude.

– Ahmed Chakor n'est pas toujours sûr.

– Ça dépend de ce qu'on le paie. – Le Libanais souriait : tout est fonction de ce qu'on me paie, moi, disait ce sourire. – Cette fois, nous ne courons aucun risque.

Ce qui veut dire que cette fois aussi tu te mets dans la poche une commission supplémentaire, se dit Teresa. Bateau de pêche plus cargo plus gens de Chakor égale pactole. Elle vit que Lataquia accentuait son sourire en devinant ce qu'elle pensait. Au moins, ce salaud ne se cache pas, décida-t-elle. Il fait ça à découvert, avec le plus grand naturel. Et il sait toujours où est la limite. Puis elle se tourna vers le Dr Ramos. Et les « pneus » ? voulut-elle savoir. Combien d'unités pour le transbordement ? Le docteur avait déployé sur la table la carte 773 de l'amirauté britannique, avec toute la côte marocaine entre Ceuta et Melilla. Il indiqua un point du bout de sa pipe, trois milles au nord, entre le promontoire de Vélez de la Gomera et le banc de Xauen.

– Six canots disponibles, dit-il. Pour deux voyages de mille sept cents kilos, plus ou moins, chacun… Avec le bateau de pêche se déplaçant le long de cette ligne, comme ceci, tout peut être réglé en moins de trois heures. Cinq, si la mer est mauvaise. La marchandise est déjà prête à Bab Berret et Ketama. Les points d'embarquement seront Rocas Negras, Cala Traidores et l'embouchure du Mestaxa.

– Pourquoi une telle répartition ?… Ne vaudrait-il pas mieux tout en une seule fois ?

Le Dr Ramos la regarda, grave. Venant de quelqu'un d'autre, la question aurait été offensante pour le tacticien de Transer Naga ; mais avec Teresa, c'était normal. Elle avait l'habitude de tout superviser dans les moindres détails. C'était bon pour elle et bon pour les autres, car les responsabilités des succès et des échecs étaient toujours partagées, et il ne fallait pas se retrouver ensuite avec trop d'explications à donner. Minutieuse, jusqu'à te mettre les couilles en bouillie, commentait souvent Farid Lataquia dans son style méditerranéen imagé. Jamais devant elle, bien entendu. Mais Teresa le savait. En fait, elle savait tout sur tous. Soudain, elle pensa à Teo Aljarafe. Affaire en suspens, à résoudre également dans les prochains jours. Elle corrigea intérieurement : elle savait tout sur presque tous.

– Vingt mille kilos d'un coup sur une seule plage, ça fait beaucoup, expliquait le docteur, même si les *mehanis* nous sont acquis... C'est pourquoi nous présentons la chose aux Marocains comme s'il s'agissait de trois opérations distinctes. L'idée est d'embarquer la moitié de la marchandise au point un avec les six « pneus » à la fois, un quart au point deux avec seulement trois « pneus », et le dernier quart au point trois, avec les trois restants... Ainsi nous réduirons le risque et personne n'aura à revenir charger au même endroit.

– Et la météo ?

– A cette époque, elle ne peut pas être très mauvaise. Nous avons une marge de trois jours, le dernier presque sans lune : le premier croissant. Au pire, nous pouvons avoir de la brume, et cela peut compliquer les rendez-vous. Mais chaque « pneu » portera un GPS, et le bateau de pêche aussi.

– Les communications ?

– Les habituelles : mobiles clonés ou en code pour les « pneus » et le bateau de pêche. Internet pour le cargo... Talkies-walkies STU pour la manœuvre.

– Je veux Alberto sur mer, avec tous ses appareils.

Rizocarpaso, l'ingénieur de Gibraltar, acquiesça. Il était blond, avec un visage enfantin, presque imberbe. Introverti. Très efficace dans sa partie. Il portait presque toujours des chemises et des pantalons froissés, à force de passer des heures devant un récepteur radio ou le clavier d'un ordinateur. Teresa l'avait recruté parce qu'il était capable de camoufler les contacts et les opérations à travers Internet, en faisant tout passer sous la couverture factice de pays inaccessibles pour les polices d'Europe et d'Amérique du Nord : Cuba, Inde, Libye, Irak. En quelques minutes il pouvait ouvrir, utiliser et laisser dormir plusieurs adresses électroniques camouflées derrière des serveurs locaux de ces pays ou d'autres, en employant des numéros de cartes de crédit volées ou appartenant à des prête-noms. Il était également expert en stéganographie et en système de cryptage PGP.

– Sur quel bateau ? s'enquit le docteur.

– N'importe lequel. Un bateau de plaisance. Discret. Le

Fairline Squadron que nous avons à Banús peut faire l'affaire. – Teresa indiqua à l'ingénieur une vaste zone sur la carte marine, à l'ouest d'Alborán. – Tu coordonneras les communications depuis là-bas.

Le Gibraltarien esquissa un sourire stoïque. Lataquia et le docteur le regardaient d'un air moqueur ; tout le monde savait qu'il avait le mal de mer et qu'il rendait tripes et boyaux, mais Teresa avait certainement ses raisons.

– Où se fera la rencontre avec le *Xoloitzcuintle* ? voulut savoir Rizocarpaso. Il y a des zones où la couverture est mauvaise.

– Tu le sauras en temps voulu. Et s'il n'y a pas de couverture, nous utiliserons une radio en nous camouflant sur des canaux de pêcheurs. Des phrases convenues, pour les changements d'une fréquence à une autre, entre les cent vingt et les cent quarante mégahertz. Prépare une liste.

Un téléphone sonna. La secrétaire du bureau de Marbella avait reçu une communication de l'ambassade du Mexique à Madrid. Celle-ci priait Mme Mendoza de recevoir un haut fonctionnaire pour une affaire urgente. Qu'est-ce que ça veut dire, urgente ? voulut savoir Teresa. Ils ne l'ont pas dit, fut la réponse. Mais le fonctionnaire est déjà là. Age moyen, bien habillé. Très élégant. Sa carte de visite porte le nom de Héctor Tapia, secrétaire d'ambassade. Il est assis depuis quinze minutes dans l'entrée. Et un autre monsieur l'accompagne.

– Merci de nous recevoir, madame.

Elle connaissait Héctor Tapia. Elle avait eu avec lui un contact superficiel, des années plus tôt, à l'occasion de ses démarches auprès de l'ambassade du Mexique pour régler le dossier de sa double nationalité. Une brève entrevue dans un bureau de l'immeuble de la Carrera de San Jerónimo. Quelques mots vaguement cordiaux, la signature des papiers, le temps d'une cigarette, d'un café, d'une conversation conventionnelle. Elle se souvenait de lui comme d'un homme très bien élevé, discret. Bien qu'il fût au courant de tout son curriculum – ou peut-être à cause même de cela –, il l'avait reçue aimablement, en réduisant les formalités au minimum. En presque douze ans, c'était la seule relation directe que Teresa avait eue avec le monde officiel mexicain.

– Permettez-moi de vous présenter M. Guillermo Rangel. Citoyen des États-Unis.

Il avait l'air gêné dans la petite salle de réunion aux murs revêtus de noyer sombre, comme quelqu'un qui n'est pas certain d'être à sa place. Le gringo, pour sa part, paraissait à l'aise. Il regardait la fenêtre ouverte, les magnolias du jardin, la vieille horloge murale anglaise, la qualité du cuir des fauteuils, le coûteux dessin encadré de Diego Rivera – *Esquisse pour un portrait d'Emiliano Zapata* – accroché au mur.

– En fait, je suis d'origine mexicaine, comme vous, dit-il en contemplant encore le portrait moustachu de Zapata avec une expression satisfaite. Je suis né à Austin, Texas. Ma mère était une Chicana.

Son espagnol, constata Teresa avec plaisir, était parfait. Un vocabulaire *norteño*. Beaucoup d'années de pratique. Des cheveux châtains taillés en brosse, des épaules de lutteur. Un polo blanc sous la veste légère. Des yeux noirs, agiles et avisés.

– Ce monsieur, expliqua Héctor Tapia, possède certaines informations qu'il aimerait vous communiquer.

Teresa les invita à occuper deux des quatre fauteuils disposés autour d'un grand plateau arabe en cuivre martelé et s'assit dans un autre, en posant un paquet de Bisonte et son briquet sur la table. Elle avait pris le temps de s'arranger un peu : cheveux rassemblés en queue-de-cheval par une barrette en argent, chemisier de soie sombre, jean noir, mocassins, veste en chamois sur le bras du fauteuil.

– Je ne suis pas sûre que ces informations m'intéressent, dit-elle.

Les cheveux argentés du diplomate, sa cravate et son costume impeccablement coupé contrastaient avec l'apparence du gringo. Tapia avait ôté ses lunettes à monture d'acier et les étudiait en fronçant les sourcils, comme s'il n'était pas content de l'état des verres.

– Celles-là vous intéressent certainement. – Il remit ses lunettes et la regarda d'un air persuasif. – Monsieur Guillermo…

L'autre leva une main grande et plate.

– Willy. Vous pouvez m'appeler Willy. Tout le monde le fait.

– Bien. Donc Willy, ici présent, travaille pour le gouvernement américain.

– Pour la DEA, précisa l'autre, sans complexes.

Teresa était en train de tirer une cigarette du paquet. Elle ne suspendit pas son geste.

– Pardon ?… Pour qui avez-vous dit ?

Elle glissa la cigarette entre ses lèvres et chercha le briquet, mais Tapia se penchait déjà au-dessus de la table : un claquement, et la flamme avait jailli.

– La D-E-A…, répéta Willy Rangel, en détachant bien les lettres. La Drug Enforcement Administration. Vous connaissez. L'agence antidrogue de mon pays.

– Ça alors ! – Teresa expulsa la fumée en fixant son interlocuteur. – Il me semble que vous êtes bien loin de vos occupations habituelles. Je ne savais pas que votre organisme s'intéressait à Marbella.

– Vous vivez ici.

– Et qu'est-ce que j'ai à voir là-dedans ?

Ils la contemplèrent sans rien dire durant quelques secondes, puis échangèrent un regard. Teresa vit que Tapia haussait un sourcil, mondain. C'est ton affaire, mon vieux, semblait indiquer cette mimique. Moi, je ne suis là que pour t'accompagner.

– Comprenons-nous bien, madame, dit Willy Rangel. Ma présence ici ne concerne en rien votre manière actuelle de gagner votre vie. Ni non plus M. Héctor, qui a été assez aimable pour se joindre à moi. Ma visite est liée à des événements qui se sont passés il y a très longtemps…

– Il y a douze ans, précisa Héctor Tapia, comme s'il parlait de très loin… ou de l'extérieur.

– Et à d'autres qui sont sur le point de se produire. Dans votre pays.

– Dans mon pays, dites-vous ?

– Parfaitement.

Teresa regarda sa cigarette. Je ne la fumerai pas jusqu'au bout, disait ce regard. Tapia le comprit très bien, car il lança un coup d'œil inquiet à son compagnon. C'est mal parti, exprimait son silence. Rangel semblait du même avis. Il alla donc droit au but.

– Est-ce que le nom de César *Batman* Güemes vous dit quelque chose ?

Trois secondes de silence, deux regards fixés sur elle. Elle expulsa la fumée aussi longuement qu'elle le put.

– Eh bien, figurez-vous que non.

Les deux regards se croisèrent. Pour se reporter de nouveau sur elle.

– Pourtant, dit Rangel, vous l'avez connu, autrefois.

– Comme c'est étrange. Ainsi, je ne m'en souviendrais pas du tout ?... – Elle regarda l'horloge murale, cherchant une manière convenable de se lever et de régler la question. – Et maintenant, veuillez m'excuser...

Les deux hommes se regardèrent de nouveau. Puis celui de la DEA sourit. Un large sourire, sympathique. Presque bonasse. Dans son métier, pensa Teresa, quelqu'un qui sourit comme ça doit garder cet effet pour les grandes occasions.

– Accordez-nous encore cinq minutes, dit le gringo. Juste le temps de vous raconter une histoire.

– Je n'aime que les histoires qui se terminent bien.

– La fin de celle-là dépend de vous.

Et Guillermo Rangel, que tout le monde appelait Willy, raconta. La DEA, expliqua-t-il, n'était pas un corps d'opérations spéciales. Sa mission était de recueillir des faits de caractère policier, d'entretenir un réseau d'informateurs, de payer ceux-ci, de rédiger des rapports détaillés sur des activités liées à la production, au trafic et à la distribution de drogue, de mettre dessus des noms et prénoms, et de structurer un dossier de manière qu'il puisse être convaincant devant un tribunal. Pour cela, elle utilisait des agents. Comme lui-même. Des personnes qui s'introduisaient dans des organisations de narcotrafiquants et y travaillaient. Lui-même, Rangel, l'avait fait : infiltré d'abord dans des groupes chicanos de la baie de Californie, puis au Mexique, comme contrôleur des informateurs, pendant huit ans ; moins une période de quatorze mois au cours desquels il avait été affecté à Medellín, en Colombie, pour servir de liaison entre son agence et le Bloc de recherches de la police locale chargé de la capture et de l'exécution de Pablo Escobar. Et d'ailleurs c'était lui, Rangel, qui avait pris la célèbre photo du narco abattu, entouré des hommes qui l'avaient tué à Los Olivos. Aujourd'hui, elle était encadrée au mur de son bureau, à Washington DC.

– Je ne vois pas en quoi tout cela peut m'intéresser, dit Teresa.

Elle éteignait sa cigarette dans le cendrier, sans hâte, mais toujours décidée à mettre fin à cette conversation. Ce n'était pas la première fois que des policiers, des agents ou des trafiquants venaient avec des histoires. Elle n'avait pas envie de perdre son temps.

– Je vous raconte ça, dit simplement le gringo, pour que vous situiez mon travail.

– Je l'ai très bien situé. Et maintenant, si vous voulez bien…

Elle se leva. Héctor Tapia se leva aussi, par un réflexe automatique, en boutonnant sa veste. Déconcerté et inquiet, il regardait son compagnon. Mais Rangel restait assis.

– Le Güero Dávila était un agent de la DEA, dit-il, avec la même simplicité. Il travaillait pour moi, et c'est pour ça qu'il a été tué.

Teresa étudia les yeux intelligents du gringo, qui attendaient l'effet produit. Et voilà, tu as sorti ton coup de théâtre, pensa-t-elle. Mais tu ne m'auras pas comme ça, sauf si tu en as encore en réserve. Elle se sentait l'envie d'éclater de rire. Un rire réprimé pendant douze ans, depuis Culiacán, Sinaloa. La farce posthume de ce salaud de Güero. Mais elle se borna à hausser les épaules.

– Maintenant, dit-elle avec le plus grand sang-froid, racontez-moi quelque chose que je ne sais pas.

Surtout ne le regarde pas, avait dit le Güero Dávila. Surtout n'ouvre pas l'agenda, ma poupée. Porte-le à don Epifanio Vargas, et échange-le contre ta vie. Mais cette après-midi-là, à Culiacán, Teresa n'avait pu résister à la tentation. En dépit de ce que pensait le Güero, elle avait ses idées à elle, et ses propres sentiments. Elle était également curieuse de savoir dans quel enfer elle venait d'être précipitée. Aussi, quelques instants avant que le Gato Fierros et Pote Gálvez apparaissent dans l'appartement proche du marché Garmendia, avait-elle enfreint les règles en feuilletant les pages de ce carnet de cuir qui contenait les clefs de ce qui s'était passé et de ce qui allait se passer. Des noms, des adresses. Des contacts de part et d'autre de la frontière. Elle avait eu le temps de se faire une idée de la vérité avant que tout se précipite et qu'elle se retrouve en train de fuir, le Double Eagle à la main, seule et terrorisée, en sachant exactement à quoi elle essayait d'échapper. Don Epifanio Vargas lui-même devait très bien le résumer, sans le vouloir. Ton homme aimait trop les coups de dés. Les plaisanteries, le jeu. Les paris risqués dans lesquels il n'hésitait pas à l'inclure, elle aussi. Teresa savait tout cela en se rendant dans la chapelle de Malverde avec l'agenda qu'elle n'aurait jamais dû lire et qu'elle avait lu, en maudissant le Güero, sa manière de la mettre en danger pour soi-disant la sauver. Un raisonnement typique d'un salaud de joueur capable d'aller fourrer sa tête, et celle des autres, dans la gueule du coyote. S'ils me descendent, avait pensé l'enfant de putain, Teresa n'a aucune chance de salut. Innocente ou pas, ce sont les règles. Mais il restait une minuscule possibilité : démontrer qu'elle agissait réellement de bonne foi. Parce que Teresa, en connaissant son contenu, n'aurait jamais livré l'agenda à personne. Jamais, en étant au courant du jeu dangereux de l'homme qui avait rempli ces pages de notes mortelles. En le portant à don Epifanio, parrain de Teresa et du Güero lui-même, elle donnait la preuve de son ignorance. De son innocence. Sinon, elle n'aurait jamais osé. Et cette après-midi-là, assise sur le lit de l'appartement, en feuilletant les pages qui étaient à la fois son arrêt de mort et son unique planche de salut, Teresa avait maudit le Güero parce que, enfin, elle comprenait tout très bien. S'enfuir en courant était se condamner elle-même à ne pas aller loin. Elle devait livrer l'agenda, précisément pour démontrer qu'elle ignorait ce qu'il y avait dedans. Elle avait besoin de refouler la peur qui lui tordait les tripes et de garder la tête froide, de trouver la voix blanche avec juste ce qu'il fallait d'angoisse, qui exprimerait son appel sincère à l'homme en qui le Güero et elle avaient confiance. La femme du narco, le petit animal apeuré. Je ne sais rien. Comment pouvez-vous croire, don Epifanio, que j'aurais pu lire ça ? C'était pour cela qu'elle était vivante. Et pour cela aussi qu'en ce moment, dans le petit salon de son bureau de Marbella, l'agent de la DEA Willy Rangel et le secrétaire d'ambassade Héctor Tapia la regardaient, bouche bée, l'un assis et l'autre debout, les doigts encore posés sur les boutons de sa veste.

– Vous l'avez toujours su ? demanda le gringo, incrédule.

– Ça fait douze ans que je le sais.

Tapia se laissa retomber dans le fauteuil, en oubliant cette fois de se déboutonner.

– Grand Dieu ! s'exclama-t-il.

Douze ans, se dit Teresa. En survivant à un secret qui était de ceux qui tuent. Parce que, lors de cette dernière nuit à Culiacán, dans la chapelle de Malverde, dans l'atmosphère suffocante de la chaleur humide et de la fumée des cierges, elle avait joué, sans guère d'espoir, le jeu qu'avait préparé son homme et qu'elle avait gagné. Ni sa voix, ni ses nerfs, ni sa peur ne l'avaient trahie. Parce que don Epifanio était un homme bien. Parce qu'il avait de l'affection pour elle. Il avait de l'affection pour tous les deux, même s'il comprenait grâce à l'agenda – mais peut-être le savait-il déjà ? – que Raimundo Dávila Parra travaillait pour l'agence antidrogue du gouvernement américain et que c'était sûrement pour ça que *Batman* Güemes l'avait fait descendre. Et ainsi Teresa avait pu leur donner le change à tous, en risquant le pari fou sur le fil du rasoir, juste comme l'avait prévu le Güero. Elle avait imaginé la conversation de don Epifanio le lendemain. Elle ne savait rien. Absolument rien. Comment m'aurait-elle remis cette saloperie d'agenda si elle avait su quelque chose ? Bon Dieu ! Il n'y avait qu'une chance sur cent, mais ça avait suffi pour la sauver.

Maintenant, Willy Rangel observait Teresa avec beaucoup d'attention, et aussi un respect tout neuf. Dans ce cas, déclara-t-il, ayez l'obligeance de vous rasseoir pour écouter ce que je vais vous dire, madame. C'est désormais plus nécessaire que jamais. Teresa hésita un instant, mais elle savait que le gringo avait raison. Elle regarda d'un côté et de l'autre, puis consulta l'heure à l'horloge murale, en simulant l'impatience. Dix minutes, dit-elle. Pas une de plus. Puis elle se rassit et alluma une Bisonte. Tapia était encore si abasourdi, dans son fauteuil, que, cette fois, il tarda à lui offrir du feu ; et quand il tendit enfin la flamme de son briquet en murmurant une excuse, elle avait déjà allumé sa cigarette avec le sien.

Alors l'homme de la DEA raconta la véritable histoire du Güero Dávila.

Raimundo Dávila Parra était de San Antonio, Texas. Un Chicano. De nationalité américaine depuis l'âge de dix-neuf ans. Après avoir travaillé très jeune dans le trafic clandestin, en passant de la marijuana en petites quantités par la frontière, il avait été recruté par l'agence antidrogue après avoir été arrêté à San Diego avec cinq kilos de marijuana. Il avait les qualités requises, avec le goût du risque et des émotions fortes. Courageux, la tête froide malgré son apparence extravertie, après une période d'apprentissage qu'il avait passée officiellement dans une prison du

Nord – il y était resté effectivement un certain temps pour se constituer une couverture crédible –, le Güero avait été envoyé dans le Sinaloa avec pour mission d'infiltrer les filières du cartel de Juárez, où il avait de vieilles amitiés. Il aimait ce travail. Il aimait l'argent. Il aimait aussi voler et avait suivi des cours de pilotage à la DEA, et d'autres, toujours pour sa couverture, à Culiacán. Pendant plusieurs années, il s'était introduit dans les milieux de narcotrafiquants à travers la Norteña de Aviación, d'abord comme employé de confiance de don Epifanio Vargas, avec qui il avait mené les grandes opérations de transport aérien du Seigneur du Ciel, puis comme pilote de César *Batman* Güemes. Willy Rangel avait été son contrôleur. Ils ne communiquaient jamais par téléphone, sauf dans les cas d'urgence. Ils se donnaient rendez-vous une fois par mois dans des hôtels discrets de Mazatlán et de Los Mochis. Et toutes les informations précieuses que la DEA avait obtenues sur le cartel de Juárez pendant cette période, y compris sur les luttes féroces qu'avaient menées les narcos mexicains pour s'affranchir des mafias colombiennes, provenaient de la même source. Le Güero valait son poids en coke.

Finalement, il avait été tué. Le prétexte formel était exact : toujours prêt à courir des risques pour faire des extras, il profitait des voyages en avion pour transporter de la drogue pour son compte. Il aimait jouer sur plusieurs tableaux, et il avait mis son parent, Chino Parra, dans le coup. La DEA était plus ou moins au courant ; mais il s'agissait d'un agent précieux, et on lui laissait de la marge. En tout cas, à la fin, les narcos avaient apuré les comptes. Pendant un certain temps, Rangel n'avait pas su exactement si c'était à cause de ses trafics de drogue personnels ou si quelqu'un l'avait dénoncé. Il avait mis trois ans avant de connaître la vérité. Un Cubain arrêté à Miami et qui travaillait pour les gens du Sinaloa avait demandé à profiter de la réglementation sur les témoins protégés et rempli dix-huit heures de bandes magnétiques avec ses révélations. Sur l'une d'elles, il racontait que le Güero Dávila avait été assassiné parce que quelqu'un avait percé sa couverture. Une faille stupide : un fonctionnaire américain des Douanes d'El Paso avait eu accès par hasard à une information confidentielle, et il l'avait vendue aux narcos pour quatre-vingt mille dollars. Les autres avaient procédé à des recoupements et commencé à nourrir des soupçons et, de fil en aiguille, ils étaient tombés sur le Güero Dávila.

– L'histoire de la drogue dans le Cessna, conclut Rangel, fut un prétexte. Ils voulaient sa peau. Mais ce qui est étonnant, c'est que ceux qui ont été chargés de l'exécuter ne savaient pas qu'il était un agent à nous.

Il se tut. Teresa assimilait tout cela.

– Et comment peut-on en être sûr ?

Le gringo hocha la tête. Professionnel.

– Depuis l'assassinat de l'agent Camarena, les narcos savent que nous ne pardonnons jamais la mort d'un de nos hommes. Que nous nous acharnons jusqu'à ce que les responsables meurent ou aillent en prison. Œil pour œil. C'est une règle : et s'il y a quelque chose qu'ils comprennent, ce sont bien les codes et les règles.

Il parlait avec une froideur qui tranchait avec le reste de son exposé. Nous sommes des ennemis très méchants, signifiait son ton. Nous ne lâchons jamais le morceau. A coups de dollars et avec une ténacité sans faille.

– Mais ils ont tué le Güero sur-le-champ.

– Oui. – Rangel hochait de nouveau la tête. – C'est ce qui me fait dire que celui qui a donné directement l'ordre de monter le piège de l'Épine du Diable ignorait qu'il était un agent... Le nom vous dit peut-être quelque chose, bien que, tout à l'heure, vous ayez nié le connaître : César *Batman* Güemes.

– Je ne me souviens pas.

– Bien sûr. Mais qu'importe : je suis en mesure de vous assurer qu'il se bornait à exécuter un contrat. On lui a dit : ce blond nous double en travaillant pour son compte. Il faut lui donner une leçon. Il paraît que *Batman* Güemes s'est fait prié. Apparemment, il aimait bien le Güero Dávila... Mais, au Sinaloa, un contrat est un contrat.

– Et qui, selon vous, est à l'origine de ce contrat et a exigé la mort du Güero ?

Rangel se frotta le nez, regarda Tapia, puis revint à Teresa avec un sourire contraint. Il était assis au bord de son fauteuil, les mains posées sur les genoux. Il n'avait plus rien de bonasse. Maintenant, décida-t-elle, son attitude est celle du bouledogue hargneux qui n'oublie jamais rien.

– Un autre, dont vous ne vous souvenez certainement pas non plus… L'actuel député du Sinaloa et futur sénateur Epifanio Vargas Orozco.

Teresa s'adossa au mur et regarda les rares clients qui, à cette heure, buvaient dans l'Olde Rock. Souvent, elle réfléchissait mieux quand elle se trouvait parmi des inconnus, au lieu d'être toute seule en compagnie de l'autre femme qu'elle traînait avec elle. De retour à Guadalmina, elle avait dit brusquement à Pote Gálvez de la conduire à Gibraltar ; et après avoir passé l'enceinte grillagée, elle avait guidé le garde du corps dans les rues étroites jusqu'au moment où elle lui avait donné l'ordre de ranger la Cherokee devant la façade blanche du petit bar anglais où elle avait l'habitude d'aller jadis – dans une autre vie – avec Santiago Fisterra. Tout était resté pareil à l'intérieur : les métopes, les chopes aux poutres du plafond, les murs couverts de photos de bateaux, de gravures historiques et de souvenirs maritimes. Elle commanda au bar une Foster's, la bière que buvait toujours Santiago quand il venait là, et alla s'asseoir, sans y goûter, à leur table habituelle, près de la porte, sous le petit tableau représentant la mort de l'amiral anglais – elle savait maintenant qui était Nelson et comment il s'était fait écrabouiller par un boulet à Trafalgar. L'autre Teresa Mendoza rôdait, sans cesser de l'étudier de loin. Dans l'attente de conclusions. D'une réaction à tout ce qu'on venait de lui raconter, qui, peu à peu, complétait l'ensemble et éclairait enfin pour elle, et pour l'autre, tous les événements qui l'avaient conduite jusqu'à cette étape de sa vie. Et maintenant elle en savait même beaucoup plus que ce qu'elle avait cru savoir.

Ravie de vous avoir rencontrés, telle avait été sa réponse. Les mots exacts qu'elle avait prononcés quand l'homme de la DEA et l'homme de l'ambassade eurent fini de lui raconter ce qu'ils lui avaient raconté et étaient restés à l'observer dans l'attente d'une réaction. Vous êtes fous, ravie de vous avoir rencontrés et adieu. Elle les avait regardés partir, déçus. Peut-être attendaient-ils des commentaires, des promesses. La perspective d'autres rencontres. Mais son visage inexpressif, son attitude indifférente leur avaient laissé peu d'espoirs. Rien à faire. Elle nous envoie nous faire voir, avait dit Héctor Tapia à voix basse pendant qu'ils s'en allaient, mais pas suffisamment bas pour qu'elle ne l'entende pas. Malgré ses manières distinguées, le diplomate semblait abattu. Réfléchissez bien, avait été le commentaire de l'autre. En guise d'au revoir. Vraiment, avait-elle répondu tout en refermant la porte derrière eux, je ne vois pas à quoi je devrais réfléchir. Le Sinaloa est très loin. Désolée !

Mais elle restait assise là, dans le bar de Gibraltar, et elle réfléchissait. Elle se remémorait point par point tout ce qu'avait dit Willy Rangel, en l'ordonnant dans sa tête. L'histoire de don Epifanio Vargas. Celle du Güero Dávila. Sa propre histoire. C'était l'ancien patron du Güero, avait dit le gringo, don Epifanio en personne, qui avait découvert l'affaire de la DEA. Durant la période de ses débuts comme propriétaire de la Norteña de Aviación, Vargas louait ses avions à la Southern Air Transport, une société écran du gouvernement américain pour le transport d'armes et de cocaïne avec lequel la CIA finançait la guérilla des contras au Nicaragua ; et le Güero Dávila, qui était déjà un agent de la DEA, faisait partie des pilotes qui livraient du matériel de guerre sur l'aéroport de Los Llanos, au Costa Rica, et revenaient à Fort Lauderdale, en Floride, avec de la drogue du cartel de Medellín. Cet épisode terminé, Epifanio Vargas avait maintenu de bonnes relations de l'autre côté et c'est ainsi que, plus tard, il avait pu apprendre qu'un fonctionnaire des Douanes avait permis de repérer le Güero. Vargas avait payé l'indicateur et, pendant un certain temps, gardé l'information sans prendre de décision. Le mafieux de la sierra, l'ancien paysan patient de Santiago de los Caballeros, était de ceux qui ne se précipitaient jamais. Il était presque sorti du business direct, il s'était dirigé vers d'autres activités, celle des produits pharmaceutiques, dont il tirait les ficelles de loin, marchait bien, et les privatisations décidées ces derniers temps par l'État lui permettaient de blanchir d'importants capitaux. Il entretenait sa famille dans un immense ranch proche d'El Limón pour lequel il avait quitté la maison de la Colonie Chapultepec de Culiacán, et sa maîtresse, ex-modèle et présentatrice de la télévision connue, dans une luxueuse villa de Mazatlán. Il ne voyait pas la nécessité de se compliquer la vie par des décisions qui pourraient lui nuire sans autre bénéfice que la vengeance. Le Güero travaillait alors pour *Batman* Güemes, et ce n'était plus l'affaire d'Epifanio Vargas.

Et cependant, avait poursuivi Willy Rangel, les choses avaient changé. Vargas avait fait beaucoup d'argent avec le commerce de l'éphédrine : cinquante mille dollars le kilo aux États-Unis, au lieu de trente mille pour la cocaïne et de huit mille pour la marijuana. Il avait de bonnes relations qui lui ouvraient les portes de la politique ; c'était le moment de rentabiliser le demi-million mensuel qu'il avait investi pendant des années dans la corruption de fonctionnaires publics. Il voyait devant lui un avenir tranquille et confortable, loin des aléas de son ancienne activité. Après avoir établi des liens financiers, faits de corruption et de complicités, avec les principales familles de la ville et de l'État, il avait assez d'argent pour dire ça suffit, ou pour continuer à en gagner par des moyens conventionnels. C'est ainsi que, soudain, des gens supposés être liés à son passé étaient passés de vie à trépas ; policiers, juges, avocats. Dix-huit en trois mois. Comme une épidémie. Et dans ce panorama, la figure du Güero représentait également un obstacle : il savait trop de choses sur les temps héroïques de la Norteña de Aviación. L'agent de la DEA était planté dans son passé comme un coin dangereux qui pouvait dynamiter le futur.

Mais Vargas était intelligent, souligna Rangel. Très intelligent, avec ce caractère rusé des paysans qui l'avait mené là où il était. De sorte qu'il avait fait endosser le travail par un autre, sans lui révéler le pourquoi. *Batman* Güemes n'aurait jamais liquidé un agent de la DEA ; mais un pilote d'avion qui trafiquait pour son compte en trompant ses chefs, un peu par-ci, un peu par-là, c'était autre chose. Avec *Batman*, Vargas avait insisté : une punition exemplaire, etc. Pour lui et son cousin. Susceptible de décourager quiconque voudrait suivre leur exemple. Moi aussi, il m'a joué des tours, donc considère ça comme un service personnel. Et puis, c'est toi, aujourd'hui, son patron. La responsabilité t'en revient.

– Depuis quand savez-vous tout cela ? avait demandé Teresa.

– Pour une part, depuis longtemps. Presque en même temps que les événements. – L'homme de la DEA agitait les mains pour souligner l'évidence. – Pour le reste, ça fait à peu près deux ans, quand le témoin protégé nous a mis au courant des détails... Il a dit encore autre chose... – Il avait fait une pause en l'observant avec attention, comme s'il l'invitait à remplir elle-même les points de suspension. – Il a dit que, plus tard, quand vous avez commencé à prendre de l'importance de ce côté de l'Atlantique, Vargas s'est repenti de vous avoir laissée sortir vivante du Sinaloa. Il a rappelé à *Batman* Güemes qu'il avait encore des problèmes à régler là-bas, chez vous... Et que l'autre a envoyé deux pistoleros pour compléter le travail.

C'est ton histoire, exprimait le visage impénétrable de Teresa. Tu peux me raconter ce que tu veux.

– Vous m'en direz tant ! Et que s'est-il passé ?

– Ça, ce serait à vous de nous le dire. On n'a plus jamais entendu parler d'eux.

Héctor Tapia était intervenu d'une voix suave.

– Mon ami veut dire : de l'un d'eux. Car, apparemment, l'autre est toujours là. Retraité. Ou presque.

– Et pourquoi venez-vous me raconter tout ça aujourd'hui ?

Rangel avait regardé le diplomate. Maintenant, oui, c'est à toi de jouer, disait ce regard. Tapia avait ôté de nouveau ses lunettes, puis les avait remises. Après quoi, il avait contemplé ses ongles comme si des notes étaient écrites dessus.

– Ces derniers temps, avait-il dit, la carrière politique d'Epifanio Vargas est en pleine ascension. Irrésistible. Trop de gens lui doivent trop de choses. Beaucoup l'aiment ou le craignent, presque tous le respectent. Il a eu l'habileté de se dégager des activités directes du cartel de Juárez avant que celui-ci ne commence à avoir de graves démêlés avec la justice, alors que la répression était encore presque exclusivement concentrée sur les concurrents du Golfe… Dans sa carrière, il a mouillé tout autant des juges, des hommes d'affaires et des politiques que de hautes autorités de l'Église mexicaine, des policiers et des militaires. Le général Gutiérrez Rebollo, qui était sur le point d'être nommé procureur de la République pour toutes les affaires de drogue avant qu'on ne découvre ses liens avec le cartel de Juárez, ce qui lui a valu de finir au pénitencier d'Almoloya, était un de ses intimes… Et puis il y a le côté populaire : depuis qu'il a réussi à se faire élire député de l'État, Epifanio Vargas a fait beaucoup pour le Sinaloa, il a investi de l'argent, créé des emplois, aidé les gens…

– C'est plutôt en sa faveur, l'avait interrompu Teresa. Normalement, au Mexique, ceux qui volent le pays gardent tout pour eux… Le PRI a passé soixante-dix ans à le faire.

Il y a des nuances, avait répondu Tapia. Aujourd'hui, le PRI n'est plus au pouvoir. Le vent nouveau change beaucoup l'atmosphère. Il se peut qu'au bout du compte, rien ne change vraiment, mais l'intention est indéniable. Or c'est juste le moment où Epifanio est sur le point d'être désigné sénateur de la République…

– Et quelqu'un veut se le farcir, avait compris Teresa.

– Oui. On peut dire les choses comme ça. D'une part, un secteur politique très fort, lié au gouvernement, n'a pas envie de voir siéger au Sénat de la nation un narco du Sinaloa, même si celui-ci est officiellement retiré des affaires et déjà député en exercice... Et puis il y a de vieux comptes qu'il serait trop long de détailler.

Teresa imaginait ces vieux comptes. Tous ces enfants de putain, en guerre sourde pour le pouvoir et l'argent, les cartels de la drogue, plus les amis de ces cartels, plus les différentes familles politiques liées ou non à la drogue. Gouverne qui gouverne. Charmant Mexique : rien de neuf.

– Et pour notre part, avait ajouté Rangel, nous n'oublions pas qu'il a fait tuer un agent de la DEA.

– Exact. – Cette responsabilité partagée semblait soulager Tapia. – Car le gouvernement des États-Unis qui, comme vous le savez, madame, suit de très près la politique de notre pays, ne verrait pas non plus d'un bon œil un Epifanio Vargas sénateur... C'est pourquoi on essaye de créer une commission au niveau le plus élevé pour agir en deux temps : d'abord ouvrir une enquête sur le passé du député. Ensuite, si les preuves nécessaires sont réunies, le destituer et mettre fin à sa carrière politique, y compris en parvenant à le traduire devant les tribunaux.

– A ce stade, avait dit Rangel, nous n'excluons pas la possibilité de demander son extradition vers les États-Unis.

Et qu'est-ce que je viens faire dans ce merdier ? avait voulu savoir Teresa. Pourquoi êtes-vous venus jusqu'ici me raconter tout ça comme si nous étions tous les trois comme cul et chemise ? Alors Rangel et Tapia s'étaient de nouveau regardés, le diplomate s'était raclé la gorge et, tout en sortant une cigarette d'un étui en argent – et en en offrant une à Teresa qui avait fait non de la tête –, il avait dit que le gouvernement mexicain avait suivi avec attention la... hum !... carrière de Mme Mendoza au cours des dernières années. Qu'il n'avait rien contre elle, car ses activités se situaient, pour autant qu'on pouvait le savoir, en dehors du territoire national. – Une citoyenne exemplaire, avait ajouté Rangel pour sa part, sur un ton si sérieux que l'ironie perçait à peine sous ses paroles. – Et que, au vu de tout cela, les autorités compétentes étaient prêtes à conclure un pacte. Un accord satisfaisant pour tout le monde. La coopération en échange de l'immunité.

Teresa les observait. Soupçonneuse.

– Quel genre de coopération ?

Tapia avait allumé sa cigarette avec beaucoup de concentration. Il semblait réfléchir sur ce qu'il allait dire. Ou plutôt sur la manière de le dire. Finalement, il s'était lancé :

– Vous avez des comptes personnels à régler là-bas. Vous savez aussi beaucoup de choses sur l'époque du Güero Dávila et l'activité d'Epifanio Vargas. Vous avez été un témoin privilégié et cela a failli vous coûter la vie… On peut penser qu'un arrangement de cette sorte serait bénéfique pour vous. Vous possédez désormais plus de moyens qu'il n'en faut pour vous livrer à d'autres activités, en profitant de ce que vous avez et sans vous préoccuper de l'avenir.

– Que me dites-vous là ?

– Exactement ce que vous avez entendu.

– Bon Dieu !… Et à quoi devrais-je tant de générosité ?

– Vous n'acceptez jamais les paiements en drogue. Seulement en argent. Vous transportez, mais vous n'êtes ni propriétaire ni distributrice. La plus importante entreprise de transport d'Europe en ce moment, certes. Mais rien de plus… Cela nous laisse une marge de manœuvre raisonnable, face à l'opinion publique…

– L'opinion publique ?… Quelles imbécillités me serinez-vous là ?

Le diplomate avait tardé à répondre. Teresa pouvait entendre la respiration de Rangel ; l'homme de la DEA s'agitait sur son siège, inquiet, en croisant les doigts.

– On vous offre la possibilité de revenir au Mexique si vous le désirez, avait poursuivi Tapia, ou de vous installer discrètement là où vous voudrez… J'ajoute même que les autorités espagnoles ont été sondées à ce sujet : le ministère de la Justice s'engage à bloquer toutes les procédures et enquêtes en cours... Lesquelles, selon mes informations, se trouvent dans une phase avancée et peuvent déboucher, à moyen terme, sur des problèmes assez difficiles pour la... hum !... Reine du Sud. Comme on dit, on efface l'ardoise.

– Je ne savais pas que les gringos avaient l'oubli si facile.

– Ça dépend pour quoi.

Alors Teresa avait éclaté de rire. Vous êtes en train de me demander, avait-elle dit, encore incrédule, que je vous raconte tout ce que je suis supposée savoir sur Epifanio Vargas. Que je joue la moucharde. Avec l'expérience que j'ai. Et née au Sinaloa.

– Non seulement que vous nous le racontiez, était intervenu Rangel. Mais que vous alliez le raconter là-bas.

– Où ça, là-bas ?

– Devant la commission de justice du Parquet général de la République.

– Vous prétendez que j'aille déposer au Mexique ?

– Comme témoin protégé. Immunité absolue. Cela aurait lieu dans le District fédéral de Mexico, sous toutes les garanties personnelles et juridiques imaginables. Avec la reconnaissance de la nation, et celle du gouvernement des États-Unis.

Teresa s'était levée d'un coup. Sans même réfléchir. Pur réflexe. Cette fois, les deux hommes l'avaient imitée en même temps : Rangel déconcerté, Tapia gêné. Je te l'avais bien dit, exprimait le regard que ce dernier avait adressé à l'homme de la DEA. Teresa était allée à la porte et l'avait ouverte brusquement. Pote Gálvez était de l'autre côté, dans le couloir, les bras légèrement écartés, gros homme à l'air faussement paisible. Si vous voulez, disaient ses yeux, je les jette dehors.

– Vous êtes devenus fous, leur avait-elle presque craché.

Et maintenant elle était là, assise à son ancienne table du bar de Gibraltar, réfléchissant à tout cela. Avec une vie minuscule en train de poindre dans ses entrailles sans qu'elle sache encore ce qu'elle allait en faire. Avec l'écho de la conversation récente dans sa tête. Sentant défiler les sensations. Les dernières paroles et les vieux souvenirs. La douleur et la gratitude. L'image du Güero Dávila – immobile et muet dans la cantine de Culiacán, comme elle l'était ici en ce moment –, et le souvenir de l'autre homme assis près d'elle, en pleine nuit, dans la chapelle de saint Malverde. Ton Güero aimait trop faire le malin, Teresita. C'est bien vrai que tu n'as rien lu ? Dans ce cas, pars, et essaye de t'enterrer si profond qu'ils ne te retrouveront pas. Don Epifanio Vargas. Son parrain. L'homme qui pouvait la tuer, mais qui avait eu pitié et ne l'avait pas fait. Qui, ensuite, s'était ravisé, mais trop tard.

16. Elle portait sa charge de travers…

Teo Aljarafe revint deux jours plus tard avec un rapport satisfaisant. Paiements reçus ponctuellement à Grand Cayman, démarches pour acquérir une petite banque dont ils seraient les seuls propriétaires et une compagnie de navigation à Belize, bonne rentabilité des fonds blanchis et disponibles, toutes taxes payées, dans trois banques de Zurich et deux du Liechtenstein. Teresa écouta le rapport avec attention, lut les documents, signa plusieurs papiers après les avoir lus minutieusement, puis ils allèrent déjeuner à la Casa Santiago, sur le front de mer de Marbella, avec Pote Gálvez assis dehors, à une table de la terrasse. Fèves et jambon, langoustines sur le gril, meilleures que de la langouste. Un Señorío de Lazán, réserve 1996. Teo était volubile, sympathique. Beau. La veste sur le dossier de sa chaise et les manches de la chemise blanche relevées sur les avant-bras bronzés, les poignets fermes et légèrement velus, Patek Philippe, ongles manucurés, l'alliance luisant à la main gauche. Il tournait de temps en temps son profil impeccable d'aigle espagnol, le verre et la fourchette à mi-chemin, pour regarder vers la rue, attentif à qui entrait dans la salle. A deux reprises, il se leva pour saluer. Tomás Pestaña, qui déjeunait au fond avec un groupe d'investisseurs allemands, avait affecté de les ignorer à leur arrivée. Mais, au bout d'un moment, le serveur leur apporta une bouteille de vin. De la part de monsieur le maire, dit-il. Avec ses salutations.

Teresa regardait l'homme qu'elle avait devant elle, et elle réfléchissait. Elle ne lui apprendrait pas aujourd'hui, ni demain, ni un autre jour, ni probablement jamais, ce qu'elle portait dans son ventre. Et d'ailleurs, elle constatait une chose étrange : au début elle avait cru que, très vite, elle éprouverait des sensations, une conscience physique de la vie qui commençait à se développer dans son corps. Or elle ne sentait rien. Elle avait seulement la certitude du fait, et les réflexions qu'il suscitait en elle. Sa poitrine s'était peut-être un peu alourdie, et les maux de tête avaient disparu ; mais elle ne se sentait enceinte que quand elle y pensait vraiment, ou qu'elle relisait le diagnostic médical, ou qu'elle se référait aux deux dates en blanc sur le calendrier. Et pourtant, pensait-elle en cet instant tout en écoutant la conversation banale de Teo Aljarafe, c'est bien moi. Enceinte comme une vulgaire pétasse. De quelque chose ou de quelqu'un par hasard, et sans avoir décidé ce que je vais faire de ma chienne de vie, de celle de cette créature qui n'est rien encore mais qui sera, si je l'accepte. – Elle regarda attentivement Teo, comme à l'affût d'un signe décisif. – Ou ce que je vais faire de la vie de celui-là.

– Il y a quelque chose en route ? s'enquit Teo à voix basse, l'air distrait, entre deux gorgées du vin du maire.

– Rien pour le moment. La routine.

Au dessert, il proposa d'aller dans la maison de la Calle Ancha ou dans un quelconque bon hôtel de la Milla de Oro pour y passer le reste de l'après-midi et la nuit. Une bouteille, un assortiment de jambon espagnol, suggéra-t-il. Sans nous presser. Mais Teresa fit non de la tête. Je suis fatiguée, dit-elle, en laissant traîner la dernière syllabe. Je n'ai pas vraiment envie, aujourd'hui.

– On ne l'a pas fait depuis un mois, objecta Teo.

Il lui souriait, charmeur. Tranquille. Il lui caressa tendrement les doigts, tandis qu'elle contemplait sa propre main, immobile sur la table, comme si elle n'était pas réellement la sienne. C'est cette main, pensa-t-elle, qui a tiré à bout portant sur le Gato Fierros.

– Comment vont tes filles ?

Il la regarda, surpris. Teresa ne lui posait jamais de

questions sur sa famille. C'était une espèce de pacte tacite qu'elle respectait toujours scrupuleusement. Elles vont bien, dit-il après un moment. Très bien. Alors, tant mieux, répondit-elle. Je suis contente qu'elles aillent bien. Et leur maman aussi, je suppose. Toutes les trois.

Teo posa la petite cuillère du dessert sur l'assiette et se pencha au-dessus de la table pour l'observer attentivement. Qu'est-ce qui se passe ? dit-il. Explique-moi ce qui te prend, aujourd'hui. Elle regarda autour d'elle, les gens attablés, la circulation dans l'avenue éclairée par le soleil qui commençait à descendre sur la mer. Rien, répondit-elle, en baissant davantage la voix. Mais je t'ai menti, dit-elle ensuite. Il y a quelque chose en préparation. Quelque chose que je ne t'ai pas encore raconté.

– Pourquoi ?

– Parce que je ne te raconte pas toujours tout.

Il la regarda, préoccupé. Avec un air de franchise impeccable. Cinquante secondes, presque exactement, avant de détourner son regard vers la rue. Quand il reporta les yeux sur elle, il souriait un peu. Tout miel. Il lui toucha de nouveau la main et, cette fois encore, elle ne la retira pas.

– C'est important ?

Bon Dieu ! se dit Teresa. Voilà, c'est ça, cette saloperie de vie, et chacun aide à fabriquer son propre destin. Presque toujours, c'est de soi-même que vient le coup final. Pour le meilleur et pour le pire.

– Oui, répondit-elle. Il y a un bateau en route. Il s'appelle le *Luz Angelita*.

La nuit tombait. Les grillons chantaient dans le jardin comme s'ils étaient devenus fous. Lorsque les lumières s'allumèrent, Teresa donna l'ordre de les éteindre ; et maintenant elle était assise sur les marches de la véranda, adossée à un pilier, regardant les étoiles au-dessus de la masse noire des saules. Elle avait une bouteille de tequila pas encore débouchée entre les jambes, et de derrière, de la table basse placée juste à côté des chaises longues, venait une musique mexicaine en stéréo. De la musique du Sinaloa que Pote Gálvez lui avait prêtée l'après-midi même : dites donc, patronne, c'est le dernier disque des Broncos de Reynosa qu'on m'a envoyé de là-bas, vous m'en direz des nouvelles :

Venía rengueando la yegua,
traía la carga ladeada.
Iba sorteando unos pinos
*en la sierra de Chihuahua**.

Peu à peu, le pistolero enrichissait sa collection de corridos. Il aimait les plus durs et les plus violents ; rien de tel, disait-il, très sérieux, pour tordre le cou à la nostalgie. Car, y a rien à faire : on reste toujours d'où on est. Sa discothèque personnelle contenait tout ce qui appartenait au genre *norteño*, de Chalino – les paroles sont sensationnelles, patronne – à Exterminador, Los Invasores de Nuevo León, El As de la Sierra, El Moreño, Los Broncos, Los Huracanes et autres groupes fameux du Sinaloa et de plus au nord : ceux qui avaient transformé les pages de faits divers des journaux en matière musicale : chansons qui parlaient de trafics et de morts, de rafales de balles, de chargements de coke, d'avions Cessna et de camionnettes aménagées, de fédéraux, de *guachos*, de trafiquants et d'enterrements. De même qu'en d'autres temps il y avait eu les corridos de la révolution, les corridos de la drogue étaient maintenant les nouveaux poèmes épiques, la légende moderne d'un Mexique qui en était arrivé là et n'avait plus l'intention de changer, entre autres parce qu'une partie de l'économie nationale en dépendait. Un monde marginal et dur, armes, corruption et drogue, où l'unique loi qui n'était pas violée était celle de l'offre et de la demande.

* La jument venait en boitant,/elle portait sa charge de travers./Elle allait en évitant des pins/dans la sierra de Chihuahua.

Allí murió Juan el Grande,
pero defendió a su gente.
Hizo pasar a la yegua
*y también mató al teniente**.

La carga ladeada, « la charge de travers », s'appelait la chanson. Comme la mienne, pensait Teresa. Sur la jaquette du CD, Los Broncos de Reynosa se donnaient la main et l'un d'eux laissait entrevoir, sous sa veste, un énorme pistolet à sa ceinture. Parfois, elle observait Pote Gálvez pendant qu'il écoutait ces disques, et elle épiait l'expression du garde du corps. Ils continuaient à boire de temps en temps un verre ensemble. Allons, Pinto, prends une tequila. Ils restaient tous les deux là, sans parler, à écouter la musique, lui respectueux et gardant ses distances ; et Teresa le voyait claquer la langue et dodeliner de la tête, laissant monter, à sa manière, les émotions et les souvenirs, savourant tous les alcools forts de Culiacán, ceux du Don Quijote, ceux de La Ballena, qui flottaient dans sa mémoire, regrettant peut-être son compère le Gato Fierros qui, à cette heure, n'était plus qu'un paquet d'ossements noyés dans le ciment, bien loin de son existence actuelle, sans personne pour lui porter des fleurs au cimetière et sans personne pour chanter des corridos à sa garce de mémoire d'enfant de putain – le Gato dont Pote Gálvez et Teresa n'avaient jamais reparlé depuis : pas un seul mot.

A don Lamberto Quintero
lo seguía una camioneta.
Iban con rumbo al Salado,
*nomás a dar una vuelta***.

* C'est là qu'est mort Juan le Grand,/mais il a défendu ses hommes./Il a fait passer la jument/et il a aussi tué le lieutenant.

** Don Lamberto Quintero/était suivi par une camionnette./Ils allaient vers El Salado/juste pour y faire un tour.

La chaîne stéréo jouait maintenant le corrido de Lamberto Quintero, qui, avec celui du Cheval Blanc de José Alfredo, était l'un des préférés de Pote Gálvez. Teresa vit l'ombre du pistolero se dessiner à la porte de la véranda, jeter un coup d'œil et disparaître immédiatement. Elle savait qu'il était à l'intérieur, toujours à portée de voix, tendant l'oreille. Si vous étiez au pays, patronne, avait-il dit un jour comme en passant, on vous ferait des corridos à la pelle. Il n'avait pas dit : et peut-être qu'on y parlerait aussi de moi, mais Teresa savait qu'il le pensait. En réalité, décida-t-elle en ouvrant la bouteille de Herradura Reposado, tous ces salauds d'hommes n'aspirent qu'à ça. Comme le Güero Dávila. Comme Pote Gálvez lui-même. Comme, à sa manière, Santiago Fisterra. Figurer dans les paroles d'un corrido, vrai ou imaginaire : musique, vin, femmes, argent, vie et mort, même si c'était au prix de leur peau. Et on ne sait jamais, pensa-t-elle soudain, en regardant la porte où était apparu le pistolero. On ne sait jamais, Pinto. En fin de compte, les corridos, ce sont toujours les autres qui les écrivent.

Un compañero le dice :
nos sigue una camioneta.
Lamberto sonriendo dijo :
*¿ Pa' qué están las metralletas** ?

Elle but directement à la bouteille. Une longue gorgée qui descendit dans sa gorge avec la violence d'un coup de feu. La bouteille encore à la main, elle tendit un peu le bras en l'air, en l'offrant avec une grimace sarcastique à la femme qui la contemplait, tapie dans l'ombre du jardin. Sale garce, pourquoi n'es-tu pas restée à Culiacán ; parfois je ne sais pas si c'est toi qui es passée de ce côté, ou si c'est moi qui suis venue avec toi, ou si nous avons échangé nos rôles dans la farce, et alors c'est peut-être toi

* Un camarade lui dit : / Une camionnette nous suit. / Lamberto en souriant a dit : / A quoi servent les mitraillettes ?

qui es assise devant la porte de cette maison et moi qui suis à demi planquée et qui te regarde, toi et ce que tu portes dans ton ventre. Elle en avait parlé encore une fois – elle pressentait que c'était la dernière – avec Oleg Yasikov l'après-midi même, lorsque le Russe était venu lui rendre visite pour voir si l'affaire du haschisch était bien au point et que, tout ayant été dit, ils étaient sortis se promener jusqu'à la plage comme ils en avaient l'habitude. Yasikov la regardait par en dessous, en l'étudiant sous un éclairage nouveau, qui n'était ni meilleur ni pire, mais triste et froid. Je ne sais pas, avait-il dit, si, maintenant que tu m'as raconté certaines choses, je te vois différemment, ou si c'est toi, Tesa, qui, d'une certaine manière, as changé. Oui. Aujourd'hui, pendant que nous parlions, je te regardais. Surpris. Jamais tu ne m'avais donné tant de détails ni parlé sur ce ton. Niet. On aurait cru un bateau qui a largué les amarres. Excuse-moi si je ne m'exprime pas bien. Ce sont des choses compliquées à expliquer. Et même à penser.

Je l'aurai, avait-elle dit brusquement. Et elle l'avait dit sans y avoir réfléchi avant, la décision avait jailli à l'instant dans sa tête, liée à d'autres décisions qu'elle avait déjà prises et qu'elle était sur le point de prendre. Yasikov était resté planté où il était, le visage inexpressif, pendant un très long moment ; puis il avait hoché la tête, non pour approuver, car ce n'était pas son affaire, mais pour suggérer qu'elle était libre d'avoir ce qu'elle voulait avoir, et aussi qu'il la croyait très capable d'en assumer les conséquences. Ils avaient fait quelques pas, le Russe regardait la mer qui se teintait de gris dans la fin du jour, et enfin, sans se retourner, il avait dit : tu n'as jamais eu peur de rien, Tesa. Niet de niet. De rien. Depuis que nous nous connaissons, je ne t'ai jamais vue hésiter quand tu jouais ta liberté et ta vie. Oui. C'est pour ça que je t'admire.

– Et c'est pour ça, avait-il conclu, que tu es là où tu es. Aujourd'hui.

C'est alors qu'elle avait ri très fort, d'une manière étrange, qui avait forcé Yasikov à tourner la tête. Russe de mes deux, avait-elle dit. Tu n'en as pas la moindre idée. Je suis l'autre fille, celle que tu ne connais pas. Celle qui me regarde, ou celle que je regarde ; je ne suis plus sûre de rien, même de moi. L'unique certitude est que je suis lâche, sans rien de ce qu'il faut avoir. Rends-toi compte : j'ai tellement peur, je me sens si faible, si indécise, que je gaspille mon énergie et ma volonté, je les brûle jusqu'au dernier gramme, à me le cacher. Tu ne peux pas imaginer mes efforts. Parce que je n'ai jamais choisi, et les paroles, ce sont toujours d'autres qui les ont écrites pour moi. Toi. Pati. Eux. Tu parles d'une conne ! Je n'aime pas la vie en général, ni la mienne en particulier. Je n'aime même pas la vie parasite, minuscule, que je porte maintenant en moi. Je suis malade de quelque chose que j'ai renoncé à comprendre depuis longtemps, et je ne suis même pas honteuse, parce que je me le tais à moi-même. Ça fait douze ans que je vis ainsi. Tout ce temps, j'ai dissimulé et je me suis tue.

Après cela, ils étaient restés tous les deux silencieux, à regarder la mer finir de s'obscurcir. Finalement, Yasikov avait de nouveau hoché la tête, très lentement.

– As-tu pris une décision à propos de Teo ? avait-il demandé doucement.

– Ne t'inquiète pas pour lui.

– L'opération…

– Ne t'inquiète pas non plus pour l'opération. Tout est en ordre. Y compris Teo.

Elle but encore de la tequila. Les paroles du corrido de Lamberto Quintero restèrent derrière elle quand elle se leva et marcha, la bouteille à la main, dans le jardin, vers le rectangle obscur de la piscine. Il regardait passer les filles et ne prenait pas garde, disait la chanson. Quand des armes bien pointées lui ont ôté la vie. Elle avança sous les arbres ; les branches basses des saules lui frôlaient le visage. Les dernières strophes s'éteignirent dans son dos. Ô pont qui vas à Tierra Blanca, toi qui l'as vu passer. Rappelle-leur que jamais on ne pourra oublier Lamberto.

Elle arriva à la porte qui donnait sur la plage et, à ce moment, elle entendit derrière elle les pas de Pote Gálvez sur le gravier.

– Laisse-moi seule, dit-elle sans se retourner.

Les pas s'arrêtèrent. Elle poursuivit son chemin et enleva ses chaussures quand elle sentit le sable blanc sous ses pieds. Les étoiles formaient une voûte de points lumineux jusqu'à la ligne obscure de l'horizon, sur la mer qui bruissait en léchant la plage. Elle alla jusqu'au bord, laissant les vagues mouiller ses pieds dans leur va-et-vient. Il y avait sur l'eau deux feux séparés et immobiles : des bateaux qui pêchaient près de la côte. La clarté lointaine de l'hôtel Guadalmina l'éclaira un peu quand elle ôta son jean, sa culotte et son tee-shirt pour entrer très lentement dans l'eau qui lui hérissait la peau. Elle avait toujours la bouteille à la main et but de nouveau pour combattre le froid, une gorgée très longue : vapeur de l'alcool, qui monta dans son nez et lui coupa la respiration, eau sur ses hanches, vagues légères qui la faisaient osciller sur ses pieds plantés dans le sable du fond. Ensuite, sans s'aventurer à regarder l'autre femme qui était sur la plage, près du petit tas de vêtements, et l'observait, elle lança la bouteille dans la mer et se laissa couler dans l'eau froide qu'elle sentit se refermer, noire, au-dessus de sa tête. Elle nagea quelques mètres au ras du fond, puis émergea en secouant sa chevelure et l'eau qui ruisselait sur sa figure. Alors elle entra de plus en plus dans la surface sombre et glacée, en se propulsant par des mouvements fermes des bras et des jambes, plongeant la tête jusqu'à la hauteur des yeux et la relevant pour respirer, toujours plus avant à chaque fois, en s'éloignant de la plage jusqu'à ce qu'elle perde pied et que tout disparaisse d'un coup, sauf elle et la mer. Cette masse sombre comme la mort à laquelle elle avait envie de se livrer, pour se reposer enfin.

Elle revint. Surprise de le faire, pendant qu'elle tournait la tête en essayant de comprendre pourquoi elle n'avait pas continué à nager jusqu'au cœur de la nuit. Elle crut le deviner au moment où elle foulait de nouveau le fond sableux, mi-soulagée et mi-étourdie de sentir la terre ferme, et elle sortit de l'eau, le froid sur sa peau mouillée la faisant grelotter. L'autre femme était partie. Elle n'était plus près des vêtements en désordre sur la plage. Sans doute a-t-elle décidé de me précéder, pensa Teresa, pour m'attendre là où je vais.

La clarté verdâtre du radar éclairait par-dessous, dans l'ombre, la face du patron Cherki, les poils blancs qui parsemaient sa barbe mal rasée.

– Il est là, dit-il en désignant un point obscur sur l'écran.

La vibration de la machine du *Tarfaya* faisait trembler les cloisons de l'étroite timonerie. Teresa était adossée près de la porte, protégée du froid de la nuit par un épais chandail à col roulé, les mains dans les poches de sa vareuse imperméable. Celle de droite touchant le pistolet. Le patron se tourna pour la regarder.

– Dans vingt minutes, dit-il, si vous n'avez pas d'autres ordres à donner.

– C'est votre bateau, patron.

Cherki se gratta la tête sous son bonnet de laine et jeta un coup d'œil à l'écran lumineux du GPS. La présence de Teresa le mettait mal à l'aise, comme le reste de l'équipage. C'était inusité, avait-il d'abord protesté. Et dangereux. Mais personne ne lui avait jamais dit qu'il pouvait choisir. Après avoir vérifié la position, le Marocain fit passer la roue de la barre à tribord, surveillant l'aiguille du compas éclairé sur l'habitacle jusqu'à ce qu'elle s'établisse au point voulu, puis mit le pilote automatique. Sur l'écran du radar, l'écho était maintenant juste devant, à vingt-cinq degrés de la fleur de lys qui, sur le compas, indiquait le nord. Dix milles exactement. Les autres petits points obscurs, faibles traces de deux canots pneumatiques qui s'étaient éloignés après avoir transbordé leurs derniers paquets de haschisch sur le bateau de pêche, étaient hors de portée du radar depuis une demi-heure. Le banc de Xauen restait très en arrière.

– *Iallah Bismillah*, dit Cherki.

Allons-y, traduisit Teresa. Au nom de Dieu. Cela la fit sourire dans la pénombre. Mexicains, Marocains, Espagnols, presque tous avaient, quelque part, leur saint Malverde. Elle constata que Cherki se retournait de temps à autre pour l'observer avec une curiosité et un air de reproche mal dissimulés. C'était un Marocain de Tanger, pêcheur chevronné. Cette nuit, il gagnait ce que ses palangres ne lui rapportaient pas en cinq ans. Le balancement du *Tarfaya* dans la houle s'atténua un peu quand le patron poussa le levier pour augmenter la vitesse sur le nouveau cap, en intensifiant les trépidations de la machine. Teresa vit que le compteur montait à six nœuds. Elle regarda au-dehors. De l'autre côté des vitres incrustées de sel, la nuit défilait, noire comme de l'encre. Ils naviguaient maintenant tous feux allumés ; avec ou sans feux, ils étaient pareillement repérables par les radars, et un bateau éteint attirait les soupçons. Elle alluma une autre cigarette pour combattre les odeurs : le fuel qui pesait sur son estomac, la graisse, les palangres, le pont imprégné de poisson pourri. Elle sentait monter des nausées. J'espère que je ne vais pas avoir le mal de mer, pensa-t-elle. Juste maintenant. Avec tous ces abrutis qui me regardent.

Elle sortit dans la fraîcheur de la nuit qui rendait le pont humide. La brise qui fit voler ses cheveux la soulagea un peu. Il y avait des ombres blotties contre le plat-bord, entre les paquets de quarante kilos enveloppés dans du plastique avec des poignées pour faciliter leur transport : cinq Marocains bien payés, de confiance, qui, comme le patron Cherki, avaient déjà travaillé pour Transer Naga. A l'avant et à l'arrière, se profilant à demi sur les feux de navigation, Teresa distingua deux autres ombres : ses gardes du corps. Des Marocains de Ceuta, jeunes, silencieux et en pleine forme, d'une loyauté éprouvée, chacun portant un pistolet-mitrailleur Ingram 380 avec cinquante balles sous le blouson et deux grenades MK2 dans les poches. Des « harkis », les appelait le Dr Ramos, qui disposait d'une douzaine d'hommes pour des missions comme celle-là. Emmenez deux harkis, chef, avait-il dit. Ça me rassurera, pendant que vous serez à bord. Puisque vous vous obstinez à y aller cette fois, ce que je considère comme un risque inutile et une folie, et puisque, en plus, vous n'emmenez pas Pote Gálvez, permettez-moi au moins d'organiser un peu votre sécurité. Je sais que tout le monde est bien payé, et tout, et tout. Mais on ne sait jamais.

Elle alla à l'arrière et s'assura que le dernier « pneu », un Valiant de dix mètres de long doté de deux puissants moteurs, était toujours là, remorqué par un filin épais, avec encore à son bord trente paquets et son pilote, un autre Marocain, sous des couvertures. Puis elle fuma, accoudée au plat-bord mouillé, en regardant le sillage d'écume phosphorescente que soulevait l'étrave du bateau de pêche. Le poids qu'elle sentait sur son estomac s'alourdit comme un reproche. Mais ce n'était pas la question. Elle avait voulu venir, tout superviser personnellement, pour des motifs complexes qui avaient beaucoup à voir avec les idées qui l'assiégeaient ces derniers jours. Avec le cours inévitable de choses pour lesquelles il n'y avait plus de retour en arrière possible. Et, deux heures plus tôt, elle avait senti poindre la peur – cette vieille peur physique, familière et odieuse, enracinée dans sa mémoire et dans les muscles de son corps – au moment où, sur le *Tarfaya*, elle s'était rapprochée de la côte marocaine pour superviser l'opération du transbordement depuis les « pneus », ombres aplaties sur l'eau, silhouettes obscures, voix étouffées sans une lumière, sans un bruit inutile, sans autre contact radio que les chuintements anonymes des talkies-walkies sur des fréquences successives préétablies, un seul appel de téléphone mobile pour chaque embarcation afin de vérifier que tout allait bien à terre, pendant que le patron Cherki surveillait anxieusement le radar à l'affût d'un écho, de la patrouille marocaine, d'un imprévu, de l'hélicoptère, du projecteur qui les éblouirait et déchaînerait le désastre ou l'enfer. Quelque part dans la nuit, en haute mer, à bord du Fairline Squadron et luttant contre les nausées à coups de comprimés et de stoïcisme, Alberto Rizocarpaso était assis devant l'écran d'un PC portable connecté à Internet, avec autour de lui ses appareils radio, ses téléphones, ses câbles et ses batteries, supervisant tout comme un contrôleur aérien suit le mouvement des avions qui lui sont confiés. Plus au nord, à Sotogrande, le Dr Ramos devait être en train de fumer sa pipe, surveillant la radio et les téléphones mobiles dont personne n'avait rien dit jusque-là et qui ne seraient utilisés qu'une seule fois cette nuit. Dans un hôtel de Tenerife, à plusieurs centaines de milles sur l'Atlantique, Farid Lataquia jouait les dernières cartes du bluff risqué qui allait permettre, la chance aidant, de boucler l'opération *Tendre Enfance* selon les plans prévus.

C'est vrai, pensa Teresa. Le Dr Ramos avait raison. Je n'ai pas besoin d'être ici, et pourtant j'y suis, accoudée au bastingage de ce bateau de pêche puant, en train de risquer ma liberté et ma vie, de jouer à ce jeu étrange auquel, cette fois, je ne peux me soustraire. De dire adieu à tant et tant de choses que, demain, quand se lèvera le soleil qui brille en ce moment dans le ciel du Sinaloa, j'aurai laissées derrière moi pour toujours. Avec un Beretta bien graissé et le chargeur rempli de balles 9 mm parabellum qui alourdissent ma poche. Une arme que je n'ai pas portée sur moi depuis douze ans et qui, si quelque chose arrive, est destinée davantage à moi-même qu'aux autres. Ma garantie, au cas où ça tournerait mal, que je n'irai pas dans une putain de prison marocaine – ou espagnole. L'assurance qu'à n'importe quel moment je peux aller là où je veux aller.

Elle lança le mégot dans la mer. C'est comme passer le dernier contrôle, réfléchissait-elle. La dernière épreuve avant de me reposer. Ou l'avant-dernière.

– Le téléphone, madame.

Elle prit le portable que lui tendait le patron Cherki,

entra dans la timonerie et ferma la porte. C'était un SAZ88 spécial, codifié à l'usage de la police et des services secrets, dont Farid Lataquia s'était procuré six exemplaires en les payant une fortune sur le marché clandestin. Tandis qu'elle le portait à son oreille, elle regarda l'écho que le patron lui signalait sur l'écran du radar. A un mille, la tache noire du *Xoloitzcuintle* se manifestait à chaque balayage de l'antenne. Il y avait une lumière à l'horizon, qu'on entrevoyait dans la houle.

– C'est le phare d'Alborán ? demanda Teresa.

– Non. Alborán est à vingt-cinq milles et le phare n'est visible qu'à dix. Ce feu est celui du bateau.

Elle écouta le téléphone. Une voix masculine dit : « *Vert et rouge à cent quatre-vingt-dix.* » Teresa tourna la tête pour contrôler sur le GPS, regarda de nouveau l'écran, et répéta la phrase à voix haute pendant que le patron manœuvrait le champ de balayage du radar pour calculer la distance. « *Tout est OK pour mon vert* », dit alors la voix dans le téléphone ; et avant que Teresa n'ait le temps de répéter, la communication fut coupée.

– Ils nous voient, dit Teresa. Nous allons l'accoster par son tribord.

Ils étaient hors des eaux marocaines, mais cela n'éliminait pas le danger. Elle regarda le ciel à travers les vitres, craignant de voir apparaître l'ombre sinistre de l'hélicoptère des Douanes. Ce sera peut-être le même pilote, pensa-t-elle, qui volera cette nuit. Il s'en est écoulé du temps entre les deux fois. Entre ces deux instants de ma vie.

Elle fit le numéro mémorisé de Rizocarpaso. Dis-moi ce qui se passe là-haut, dit-elle en entendant le laconique « *Zéro zéro* » du Gibraltarien. « *Il est au nid, et rien de nouveau* », fut la réponse. Rizocarpaso était en contact téléphonique avec deux hommes placés sur un sommet du Rocher, munis de puissantes jumelles nocturnes, et avec un autre sur la route qui passait près de la base de l'hélicoptère à Algésiras. Chacun avec son portable. Sentinelles discrètes.

– L'oiseau est toujours au sol, commenta-t-elle à Cherki en coupant la communication.

– Dieu soit loué.

Elle avait dû se contenir pour ne pas poser de questions à Rizocarpaso sur le reste de l'opération. La phase parallèle. A cette heure, on devait déjà avoir des nouvelles, et ce « rien de nouveau » commençait à l'inquiéter. Ou, vu sous un autre angle, se dit-elle avec une moue d'amertume, à la rassurer. Elle regarda la pendule en cuivre vissée sur une cloison de la timonerie. De toute manière, ça ne servait à rien de se tourmenter davantage. Le Gibraltarien lui communiquerait la nouvelle dès qu'il l'aurait.

Maintenant, les feux du bateau étaient parfaitement visibles. Le *Tarfaya* éteindrait les siens quand il serait assez près, pour se camoufler sous l'écho radar de l'autre. Elle regarda l'écran. Un demi-mille.

– Vous pouvez préparer vos hommes, patron.

Cherki quitta la timonerie, et Teresa l'entendit donner des ordres. Quand elle passa la porte, les ombres n'étaient plus blotties près du plat-bord : elles se déplaçaient sur le pont en disposant des filins et des défenses, et en empilant des paquets sur bâbord. On avait remonté la remorque du Valiant, dont le moteur vrombissait pendant que son pilote se disposait à effectuer ses propres évolutions. Les harkis du Dr Ramos restaient immobiles, leurs Ingram et leurs grenades sous leurs vêtements, comme si de rien n'était. On distinguait maintenant très bien le *Xoloitzcuintle*, ses conteneurs empilés sur le pont et ses feux de navigation, le feu de mât blanc et celui de tribord vert, se reflétant sur les crêtes de la houle. Teresa le voyait pour la première fois, et elle approuva le choix de Farid Lataquia : des œuvres mortes peu élevées, que la cargaison rapprochait du niveau de l'eau. Voilà qui faciliterait la manœuvre.

Cherki revint à la timonerie, débrancha le pilote automatique pour barrer à la main, en rapprochant prudemment le bateau de pêche du porte-conteneurs, pour venir parallèlement à tribord de celui-ci. Teresa prit les jumelles pour étudier le cargo : il ralentissait, sans s'arrêter complètement. Elle vit des hommes se déplacer entre les conteneurs. En haut, sur l'aileron de tribord, deux autres observaient le *Tarfaya* : sans doute le capitaine et un officier.

– Vous pouvez éteindre, patron.

Ils étaient suffisamment près pour que leurs échos radar respectifs n'en fassent plus qu'un. Le bateau de pêche resta dans l'obscurité, éclairé seulement par les lumières de l'autre navire, qui avait légèrement modifié son cap pour les protéger de la houle. On ne voyait plus le feu de mât, et le feu vert brillait sur l'aileron comme une émeraude aveuglante. Ils étaient presque bord à bord, et, sur le flanc du bateau de pêche comme sur celui du porte-conteneurs, les hommes disposaient de grosses défenses. Le *Tarfaya* ajusta sa vitesse, en avançant lentement, à celle du *Xoloitzcuintle*. Environ trois nœuds, estima Teresa. Un moment plus tard, on entendit une détonation étouffée : le claquement du lance-amarre. Les hommes du bateau de pêche saisirent l'amarre qui était tombée près du chaumard et la frappèrent aux bittes du pont, sans la tendre trop. Le lance-amarre tira encore : une fois à l'avant, une fois à l'arrière. En manœuvrant la barre avec précaution, le patron Cherki se mit à couple du porte-conteneurs et laissa la machine en marche, mais sans embrayer. Les deux bateaux naviguaient maintenant à la même vitesse, le grand gouvernant le petit. Le Valiant, habilement manœuvré par son pilote, était également amarré au *Xoloitzcuintle*, à l'avant du bateau de pêche, et Teresa vit l'équipage du cargo commencer à hisser les paquets. Avec un peu de chance, pensa-t-elle en surveillant le radar et en touchant en même temps le bois de la barre, tout serait terminé dans une heure.

Vingt tonnes, direction la mer Noire, sans escales. Quand le « pneu » mit cap au nord-ouest en se guidant sur le GPS relié au radar Raytheon, les feux du *Xoloitzcuintle* se perdaient à l'horizon obscur, très au levant. Le *Tarfaya*, qui avait rallumé les siens, était un peu plus proche, son feu de mât se balançant dans la houle, et il naviguait sans hâte vers le sud-ouest. Teresa donna un ordre, et le pilote du canot pneumatique poussa le levier des gaz, augmentant la vitesse, la coque du semi-rigide cognant sur les crêtes, les deux harkis assis à l'avant pour assurer la stabilité, leurs capuchons de cirés sur la tête afin de se protéger des embruns.

Teresa fit de nouveau le numéro mémorisé et, en entendant le sec « *Zéro zéro* », elle dit seulement : les enfants sont couchés. Puis elle scruta l'obscurité, vers l'ouest, comme si elle espérait voir à des centaines de milles plus loin, et demanda s'il y avait du nouveau. « *Négatif* », fut la réponse. Elle coupa la communication et regarda le dos du pilote assis sur le banc central de pilotage du Valiant. Inquiète. La vibration des puissants moteurs, le fracas de l'eau, les chocs sur la houle, la nuit autour comme une sphère noire faisaient remonter des souvenirs, bons ou mauvais ; mais ce n'était pas le moment, conclut-elle. Il y avait trop de choses en jeu, trop de problèmes qui devaient être réglés. Et chaque mille que le canot parcourait à trente-cinq nœuds la rapprochait de leur solution inévitable. Elle se sentit l'envie de prolonger la course nocturne dépourvue de repères, avec des petites lumières très lointaines qui marquaient à peine la terre ou la présence d'autres bateaux dans le noir. La prolonger indéfiniment pour tout reporter, suspendue entre la mer et la nuit, lieu intermédiaire et sans responsabilités, simple attente, avec les moteurs rugissant derrière elle, le « pneu » dont les bords élastiques se tendaient à chaque bond de la coque, le vent dans la figure, les flocons d'écume, le dos noir de l'homme penché sur les commandes qui lui rappelait tant le dos d'un autre homme. D'autres hommes.

En somme, cette heure était aussi sombre qu'elle. Qu'elle-même, Teresa. Ou, du moins, c'était ainsi qu'elle ressentait cette nuit, et qu'elle se ressentait elle-même. Le ciel sans le mince croissant de lune qui n'avait duré qu'un moment, dépourvu d'étoiles, avec une brume qui s'étendait, inexorable, à partir de l'est et qui était en train d'engloutir le dernier reflet du feu de mât du *Xoloitzcuintle*.

Teresa scrutant attentivement son cœur sec, la tête calme qui ordonnait chacun des éléments à régler comme si c'étaient des dollars dans les liasses de billets qu'elle avait manipulées des siècles plus tôt dans la rue Juárez de Culiacán, jusqu'au jour où la Bronco noire s'était arrêtée à sa hauteur, où le Güero Dávila avait baissé la vitre et où elle, sans le savoir, avait entrepris la longue route qui menait jusqu'ici, près du détroit de Gibraltar, pour se retrouver prise dans la boucle d'un absurde paradoxe. Elle avait passé la rivière en pleine crue, avec sa charge de travers. Ou elle était sur le point de le faire.

– Le *Sinaloa*, madame !

Le cri la fit sursauter, en l'arrachant à ses pensées. Bon Dieu ! se dit-elle. Ce nom, Sinaloa, précisément cette nuit et maintenant. Le pilote indiquait les feux qui se rapprochaient rapidement de l'autre côté des paquets de mer et des silhouettes des gardes du corps recroquevillés à l'avant. Le yacht était éclairé, blanc et svelte, ses lumières se reflétant violemment sur la mer, et se dirigeait vers le nord-est. Innocent comme une colombe, pensa-t-elle pendant que le pilote faisait décrire au Valiant un large demi-cercle pour s'approcher du pont arrière, où un matelot se tenait prêt à le recevoir. Avant que les gardes du corps n'aient le temps de la rejoindre pour l'aider, Teresa observa le mouvement spasmodique de la houle, posa un pied sur le côté du « pneu » et sauta à bord en profitant du coup de tangage suivant. Sans un adieu aux hommes du canot ni un regard en arrière, elle marcha sur le pont, les jambes engourdies par le froid, tandis que le matelot libérait l'amarre et que le canot repartait en rugissant avec ses trois occupants, mission accomplie, vers sa base d'Estepona. Teresa descendit pour laver à l'eau douce son visage salé par les embruns, alluma une cigarette et se servit trois doigts de tequila dans un verre. Elle but d'un coup devant le miroir de la salle de bains, sans respirer. La violence de l'alcool lui arracha des larmes, et elle demeura là, la cigarette dans une main et le verre dans l'autre, à regarder ces gouttes glisser lentement sur sa figure. Son expression lui déplut ; ou peut-être n'était-ce pas son expression, mais celle de la femme qui la contemplait de l'autre côté du miroir : des cernes sous les yeux, les cheveux en désordre et raides de sel. Et ces larmes. Elles venaient de se retrouver, et elle semblait plus fatiguée et plus vieille. Brusquement, elle alla dans la cabine, ouvrit un placard où était son sac, en tira le portefeuille en cuir frappé de ses initiales et resta un moment à étudier la moitié de photo défraîchie qu'elle y gardait toujours, la main en l'air et la photo devant les yeux, en se comparant avec la fille jeune aux yeux très ouverts, le bras du Güero dans la manche du blouson de pilote, protecteur, sur ses épaules.

Le téléphone codé qu'elle portait dans la poche de son jean sonna. La voix de Rizocarpaso l'informa brièvement, sans fioritures ni explications inutiles. « *Le parrain des enfants a payé le baptême* », dit-il. Teresa demanda confirmation, et l'autre répondit qu'il n'y avait pas de doute possible : « *Toute la famille s'est rendue à la cérémonie. On vient de le confirmer à Cadix.* » Teresa coupa la communication et remit le portable dans sa poche. Elle sentait revenir les nausées. L'alcool ingéré se combinait mal avec le ronronnement du moteur et le balancement du bateau. Avec ce qu'elle venait d'entendre et avec ce qui allait se passer. Elle rangea soigneusement la photo dans le portefeuille, éteignit sa cigarette dans le cendrier, calcula que trois pas la séparaient des WC et, après avoir parcouru calmement cette distance, s'agenouilla pour vomir la tequila et le reste de ses larmes.

Quand elle sortit sur le pont, après s'être de nouveau lavé la figure, bien protégée par la vareuse imperméable et le chandail à col roulé, Pote Gálvez montait la garde, immobile, silhouette noire appuyée au bastingage.

– Où est-il ? demanda Teresa.

Le pistolero tarda à répondre. Comme s'il réfléchissait. Ou comme s'il lui laissait le temps de réfléchir.

– En bas, dit-il enfin. Dans la cabine numéro quatre.

Teresa descendit en se tenant à la rampe en teck. Dans le couloir, Pote Gálvez murmura : pardon, patronne, en la devançant pour ouvrir la porte fermée à clef. Il jeta un coup d'œil professionnel à l'intérieur, puis s'effaça pour la laisser passer. Teresa entra, suivie par le pistolero qui referma la porte derrière lui.

– La Surveillance douanière, dit Teresa, a arraisonné cette nuit le *Luz Angelita*.

Teo la regardait, inexpressif, comme s'il était loin et que cela ne le regardait absolument pas. Une barbe d'un jour lui bleuissait le menton. Il était allongé sur la couchette, vêtu d'un pantalon chinois froissé et d'un sweater noir, en chaussettes. Ses chaussures étaient par terre.

– Ils l'ont arraisonné à trois cents milles à l'ouest de Gibraltar, poursuivit Teresa. Il y a environ deux heures. En ce moment, ils le conduisent à Cadix... Ils le suivaient à la trace depuis Carthagène... Tu sais de quel bateau je parle, Teo ?

– Bien sûr.

Il a eu le temps, se dit-elle. Ici, dans la cabine. Le temps de méditer. Mais il ignore à quel jeu s'est jouée la sentence.

– Il y a quelque chose que tu ne sais pas, expliqua Teresa. Le *Luz Angelita* est vierge. Quand ils le dépèceront, tout ce qu'ils pourront y trouver d'illégal, ce sont quelques bouteilles de whisky non déclarées... Tu comprends ce que ça signifie ?

Teo resta immobile, la bouche entrouverte, en assimilant ce qu'elle venait de dire.

– Un leurre, dit-il finalement.

– Exactement. Et tu sais pourquoi je ne t'ai pas informé avant que ce bateau était un leurre ?... Parce que je voulais que, quand tu passerais l'information aux gens pour qui tu fais l'indic, ils croient tous la même chose que ce que tu as cru.

Il continuait à la regarder de la même manière, avec une extrême attention. Il adressa un regard fugace à Pote Gálvez et reporta aussitôt les yeux sur elle.

– Tu as fait une autre opération cette nuit.

Il reste toujours intelligent, et je m'en réjouis, pensa-t-elle. Je veux qu'il comprenne pourquoi. Sinon, ce serait peut-être plus facile. Mais je veux qu'il comprenne. Vous êtes atteint d'une maladie incurable. Bon Dieu ! Un homme a droit à ça. A ce qu'on ne lui mente pas sur sa fin. Tous mes hommes sont morts en sachant pourquoi ils mouraient.

– Oui. Une autre opération dont tu ne connaissais pas l'existence. Pendant que les coyotes des Douanes se frottaient les mains en abordant le *Luz Angelita* où ils pensaient trouver une tonne de coke qu'il n'a jamais embarquée, nos hommes faisaient du business ailleurs.

– Très bien planifié… Depuis quand étais-tu au courant ?

Il pourrait nier, pensa-t-elle soudain. Il pourrait tout nier, protester, s'indigner, dire que je suis devenue folle. Mais il a suffisamment réfléchi depuis que Pote Gálvez l'a enfermé ici. Il me connaît. Pourquoi perdre son temps, a-t-il dû se dire. Pourquoi ?

– Depuis longtemps. Ce juge de Madrid… J'espère que tu en as tiré des bénéfices. Même si je préférerais savoir que tu ne l'as pas fait pour de l'argent.

Teo esquissa un rictus et elle admira sa contenance. Ce type arrive presque à sourire. Envers et contre tout. Seules ses paupières battent trop vite. Je ne l'avais jamais vu battre des paupières comme ça.

– Je ne l'ai pas fait seulement pour l'argent.

– Des pressions ?

Encore une fois, il tenta de sourire. Mais ce fut juste une grimace sarcastique. Sans guère d'espoir.

– Imagine.

– Je comprends.

– Vraiment, tu comprends ?… – Teo analysait ce mot, les sourcils froncés, à la recherche de présages pour son avenir. – Oui, c'est possible. C'était toi, ou c'était moi.

Toi ou moi, répéta Teresa intérieurement. Mais il oublie les autres : le Dr Ramos, Farid Lataquia, Rizocarpaso… Tous ceux qui ont eu confiance en lui et en moi. Des gens dont nous sommes responsables. Des douzaines de personnes loyales. Et un Judas.

– Toi ou moi, dit-elle à voix haute.

– Exact.

Pote Gálvez semblait s'être fondu dans les ombres des cloisons, et tous deux se regardaient calmement dans les yeux. Une conversation comme tant d'autres. La nuit. Il manquait la musique, un verre. Une nuit pareille à d'autres.

– Pourquoi n'es-tu pas venu me le raconter ?… Nous aurions pu trouver une solution.

Teo fit non de la tête. Il s'était assis sur le bord de la couchette, les chaussettes touchant le sol.

– Parfois tout se complique, dit-il avec simplicité. On se prend au jeu, on s'entoure de choses qui deviennent indispensables. Ils m'ont offert une occasion de m'en sortir, en conservant ce que j'ai… On efface tout et on repart de zéro.

– Oui. Je crois que ça aussi, je peux le comprendre.

Encore une fois ce mot, comprendre, sembla agir sur l'esprit de Teo comme un signe d'espoir. Il la regardait avec beaucoup d'attention.

– Je peux te raconter ce que tu veux savoir, dit-il. Vous n'aurez pas besoin de…

– T'interroger.

– C'est ça.

– Personne ne va t'interroger, Teo.

Il l'observait toujours, aux aguets, soupesant ce qu'elle venait de dire. Les paupières tremblant de plus en plus. Un coup d'œil rapide à Pote Gálvez, puis de nouveau son regard sur elle.

– Très habile, le coup de cette nuit, dit-il finalement, d'un ton prudent. Se servir de moi pour faire fonctionner le leurre… Ça ne m'était même pas venu à l'esprit… C'était de la coke ?

Il tâte le terrain, se dit-elle. Il n'a pas encore renoncé à vivre.

– Du haschisch. Vingt tonnes.

Teo digéra l'information. De nouveau, la tentative de sourire qui n'arrivait pas à se fixer sur ses lèvres.

– Je suppose que ce n'est pas bon signe que tu me le dises, conclut-il.

– Non. C'est vrai : ça ne l'est pas.

Les paupières de Teo ne tremblaient plus. Il restait aux aguets, à la recherche d'autres signes qu'il était seul à connaître. Sombre. Et si tu ne lis pas sur mon visage, se dit-elle, ou dans ma manière de me taire comme je me tais, d'écouter ce que tu as encore à me dire, c'est que tout ce temps passé près de moi ne t'a servi à rien. Ni les nuits, ni les jours, ni les mots, ni les silences. Dis-moi alors où tu regardais, quand tu me tenais dans tes bras, salaud. Ou alors, c'est peut-être que tu as plus de cran que je ne croyais. Si c'est ça, je te jure que ça me rassure. Et me réjouit. Plus vous êtes de vrais hommes, toi et tous les autres, plus ça me rassure et plus ça me réjouit.

– Mes filles, murmura soudain Teo.

Il paraissait enfin comprendre, comme si, jusque-là, il avait cru à d'autres possibilités. J'ai deux filles, répéta-t-il d'un ton concentré, en regardant Teresa sans la regarder. La faible lumière de la lampe de la cabine lui creusait beaucoup les joues, deux taches noires qui se prolongeaient jusqu'aux mâchoires. Il n'avait plus l'air d'un aigle espagnol et arrogant. Teresa observa le visage impassible de Pote Gálvez. Quelque temps auparavant, elle avait lu une histoire de samouraïs : quand ils se faisaient hara-kiri, un compagnon les achevait pour qu'ils ne perdent pas la face. Les yeux légèrement plissés du pistolero, guettant les gestes de sa patronne, renforçaient cette association. C'est dommage, se dit Teresa. La face. Teo se comportait bien, et j'aurais aimé le voir rester comme ça jusqu'à la fin. Me souvenir de lui ainsi, quand je n'aurai plus autre chose dont me souvenir, si moi-même je continue de vivre.

– Mes filles, l'entendit-elle répéter.

Sa voix était éteinte et légèrement tremblante. Comme si, soudain, cette voix avait froid. Les yeux égarés dans un lieu inconnu. Yeux d'un homme qui était déjà loin, déjà mort. Chair morte. Elle l'avait connue tendue, dure. Elle avait joui avec elle. Maintenant, c'était de la chair morte.

– Ne m'emmerde pas, Teo.

– Mes filles.

Tout était si étrange, pensa Teresa, étonnée. Tes filles sont les sœurs de mon enfant, conclut-elle intérieurement, ou elles le seront peut-être, si je respire encore dans sept mois. Et vois plutôt comme je m'en soucie peu. Comme je me soucie peu de cet enfant qui est aussi le tien et de ce que tu partes sans en rien savoir, et plutôt crever que te le dire. Elle n'éprouvait ni pitié, ni tristesse, ni crainte. Seulement la suprême indifférence qu'elle ressentait envers ce qui alourdissait son ventre, le désir d'en finir avec cette scène de la même manière qu'on se débarrasse d'une formalité désagréable. En larguant les amarres, avait dit Oleg Yasikov. Et en ne laissant rien derrière. En fin de compte, se dit-elle, ce sont eux qui m'ont menée jusqu'ici. Jusqu'à cette façon de voir. Eux tous : le Güero, Santiago, don Epifanio Vargas, le Gato Fierros, Teo. Même le Lieutenant O'Farrell m'y a menée. Elle regarda Pote Gálvez, et le pistolero soutint son regard, les yeux toujours plissés, dans l'attente. C'est votre jeu, pensa Teresa. Celui auquel vous avez toujours joué, et moi je ne faisais que changer des dollars rue Juárez. Je n'ai jamais rien ambitionné. Je n'ai pas inventé vos saloperies de règles, mais j'ai bien dû finalement m'y conformer. Elle sentait monter sa colère, et elle sut que, pour faire ce qui lui restait à faire, elle ne devait pas être en colère. Aussi compta-t-elle intérieurement jusqu'à cinq, visage baissé, en se calmant. Puis elle fit un signe de tête affirmatif, lent, presque imperceptible. Alors Pote Gálvez tira son revolver de sa ceinture et chercha l'oreiller de la couchette. Teo répéta encore une fois : mes filles. Après quoi il poussa un long gémissement, qui pouvait être une protestation, un reproche ou un sanglot. Les trois, peut-être. Et, tandis qu'elle se dirigeait vers la porte, elle observa qu'il gardait les yeux fixés sur le même point, fasciné, sans voir autre chose que le gouffre d'ombres dans lequel on l'expédiait. Teresa sortit dans le couloir. J'aurais préféré, pensait-elle, qu'il ait mis ses chaussures. Ce n'était pas une façon de mourir, pour un homme, que de mourir en chaussettes. Elle entendit la détonation amortie au moment où elle posait les mains sur la rampe de l'escalier pour monter sur le pont.

Les pas du pistolero résonnèrent derrière elle. Sans se retourner, elle attendit qu'il vienne s'accouder près d'elle au plat-bord mouillé. Une ligne claire se dessinait à l'horizon et les lumières de la côte se rapprochaient de plus en plus, avec les éclats du phare d'Estepona juste au nord. Teresa remonta le capuchon de sa vareuse. Le froid devenait mordant.

– Je vais retourner là-bas, Pinto.

Elle ne dit pas où. Inutile. Le corps massif de Pote Gálvez se pencha un peu plus au-dessus du bastingage. Très songeur et muet. Teresa entendait sa respiration.

– C'est l'heure de régler quelques comptes en suspens.

Un autre silence. Là-haut, à la lumière du pont, se découpaient les silhouettes du capitaine et de l'homme de quart. Sourds, muets, aveugles. Étrangers à tout, sauf à leurs instruments. Ils gagnaient assez pour que rien de ce qui se passait à l'arrière puisse les concerner. Pote Gálvez restait penché, à regarder l'eau noire qui bruissait en dessous.

– Vous savez toujours ce que vous faites, patronne... Mais j'ai peur que ça puisse tourner mal.

– Avant, je veillerai à ce que tu ne manques de rien.

Le pistolero se passait une main dans les cheveux. Un geste de perplexité.

– Comment ça, patronne ? Vous m'insultez !

Le ton était vraiment malheureux. Obstiné. Ils restèrent tous deux à se regarder à la lumière intermittente du phare lointain.

– Ils peuvent nous descendre tous les deux, dit doucement Teresa. Vite fait, bien fait.

Pote replongea dans son silence. Un de ces silences, devina-t-elle, qui sont le bilan d'une vie. Elle se tourna pour le guetter du coin de l'œil et vit que le truand se passait de nouveau la main dans les cheveux, puis enfonçait un peu la tête dans les épaules. Il ressemble à un gros ours fidèle, pensa-t-elle. Très loyal. Avec cet air résigné, résolu à payer sans discuter. Selon les règles.

– Eh bien ! voyez-vous, patronne, cette histoire d'aller là-bas… Mourir dans un endroit ou un autre, quelle différence ?

Le pistolero regardait vers l'arrière, le sillage du *Sinaloa* dans lequel le corps de Teo Aljarafe avait coulé, lesté de cinquante kilos de gueuses de plomb.

– Et puis, ajouta-t-il, c'est bien, parfois, de pouvoir choisir, si on le peut.

17. J'ai laissé mon verre à demi plein…

Il pleuvait sur Culiacán, Sinaloa ; et la maison de la Colonie Chapultepec semblait prise dans une bulle de tristesse grise. C'était comme s'il avait existé une frontière définie entre les couleurs du jardin et les tons plombés du monde extérieur : sur les vitres de la fenêtre, les plus grosses gouttes de pluie crevaient en longs ruissellements qui faisaient onduler le paysage, mélangeant le vert de l'herbe et des massifs de lauriers d'Inde avec l'orange de la fleur du flamboyant, le blanc des sapotilliers, le lilas et le rouge des lapachos et des bougainvillées ; mais la couleur mourait sur les hauts murs qui entouraient le jardin. Au-delà, il n'y avait plus qu'un panorama diffus, triste, où l'on pouvait tout juste deviner, derrière la tranchée invisible du Tamazula, les deux tours et le grand dôme blanc de la cathédrale, et plus loin, à droite, les tours aux azulejos jaunes de l'église du Sanctuaire.

Teresa se tenait près de la fenêtre d'un petit salon de l'étage supérieur et contemplait le paysage, sans tenir compte des conseils du colonel Edgar Ledesma, commandant adjoint de la IXe Région militaire. Chaque fenêtre, avait-il dit en la fixant de ses yeux de guerrier froid et efficace, est une cible potentielle pour un sniper. Et vous, madame, vous n'êtes pas venue ici pour servir de cible. Le colonel Ledesma était un personnage agréable, correct, qui portait vigoureusement ses cinquante ans, avec son uniforme et ses cheveux tondus comme ceux d'un jeune soldat. Mais elle était fatiguée de la vision limitée du rez-de-chaussée, du grand salon avec des meubles qui mêlaient le style colonial au plexiglas et des tableaux atroces aux murs – la maison avait été confisquée par le gouvernement à un narco qui purgeait sa peine à Puente Grande –, des fenêtres et de la terrasse qui ne laissaient voir qu'un bout de jardin et la piscine vide. D'en haut, en s'aidant de sa mémoire pour la recomposer, elle pouvait deviner au loin la ville de Culiacán. Elle voyait aussi un des fédéraux qui étaient chargés de la garder à l'intérieur de l'enceinte : un homme avec un imperméable saucissonné sur le gilet pare-balles, portant casquette et tenant un fusil AR 15, qui fumait en se protégeant de la pluie, adossé au tronc d'un manguier. Plus loin, derrière la grille de l'entrée qui donnait sur la rue General Anaya, on distinguait un pick-up militaire et les silhouettes vertes de deux *guachos*, les militaires, qui montaient la garde en tenue de combat. Tel était l'accord conclu, l'avait informée le colonel Ledesma quatre jours plus tôt, quand le Learjet qui l'amenait par vol spécial de Miami – seule escale depuis Madrid, car la DEA déconseillait tout arrêt intermédiaire sur le territoire mexicain – avait atterri sur l'aéroport de Culiacán. La IXe Région militaire se chargeait de la sécurité générale, la police et les fédéraux de la sécurité rapprochée. Les policiers locaux étaient tenus à l'écart, car ils étaient considérés comme plus faciles à infiltrer, et l'on savait que certains se louaient comme hommes de main pour les sales besognes des narcos. Les fédéraux étaient également sensibles à une liasse de dollars ; mais le groupe d'élite désigné pour cette mission, amené du District fédéral de Mexico – l'intervention d'agents ayant des attaches dans le Sinaloa étant exclue –, avait fait ses preuves, disait-on, en matière d'intégrité et d'efficacité. Quant aux militaires, s'ils n'étaient pas incorruptibles, leur discipline et leur organisation les rendaient plus chers. Plus difficiles à acheter, et aussi plus respectés. Même quand ils procédaient à des confiscations dans la sierra, les paysans considéraient qu'ils faisaient leur travail sans chercher des arrangements. Concrètement, le colonel Ledesma avait la réputation d'être intègre et dur. Il faut dire que les narcos lui avaient tué son fils, un lieutenant. Ça y aidait beaucoup.

– Vous devriez vous écarter de là, patronne. A cause des courants d'air.

– Allons, Pinto. – Elle souriait au pistolero. – Ne fais pas chier.

Cela s'était passé comme dans une espèce de rêve étrange ; comme si elle assistait à une chaîne d'événements qui arrivaient à quelqu'un d'autre. Les deux dernières semaines défilaient dans son souvenir en une succession de chapitres intenses et parfaitement définis. La nuit de la dernière opération. Teo Aljarafe lisant son absence d'avenir dans les ombres de la cabine. Héctor Tapia et Willy Rangel la regardant, stupéfaits, dans une suite de l'hôtel Puente Romano, quand elle avait annoncé sa décision et ses exigences : Culiacán et non Mexico – il faut faire les choses bien, avait-elle dit, ou ne pas les faire. La signature des documents sous seing privé avec garanties de part et d'autre, en présence de l'ambassadeur des États-Unis à Madrid, d'un haut fonctionnaire espagnol de la Justice et d'un autre des Affaires étrangères. Et ensuite, ayant brûlé ses vaisseaux, le long voyage au-dessus de l'Atlantique, l'escale technique sur la piste de Miami avec le Learjet entouré de policiers, le visage impassible de Pote Gálvez chaque fois qu'ils échangeaient un regard. Ils vont tout le temps vouloir vous tuer, avait prévenu Willy Rangel. Vous, votre garde du corps, et tout ce qui respire autour de vous. Il faut donc prendre des précautions. Rangel l'avait accompagnée jusqu'à Miami, en mettant au point tout ce qui était nécessaire. En l'instruisant sur ce qu'on espérait d'elle et sur ce qu'elle pouvait espérer. L'avenir – s'il y avait un avenir – prévoyait des facilités, au cours des cinq prochaines années, pour s'établir où elle voudrait : Amérique ou Europe, nouvelle identité avec passeport américain, protection officielle ou liberté totale si elle le souhaitait. Et quand elle avait répondu que son avenir était son affaire à elle, merci, l'autre s'était frotté le nez et avait acquiescé comme s'il comprenait la situation.

Après tout, la DEA garantissait à Teresa Mendoza la possibilité de garder des fonds sûrs, entre cinquante et cent millions de dollars, déposés dans des banques suisses et des Caraïbes.

Elle continua de contempler la pluie à travers les vitres. Culiacán. La nuit de son arrivée, alors que le convoi militaire chargé de garder la piste s'arrêtait au pied de la passerelle, Teresa avait découvert à sa droite la vieille tour jaune de l'ancien aéroport, avec encore des douzaines de Cessna et de Piper stationnés devant, et à sa gauche les nouvelles installations en construction. La Suburban dans laquelle elle était montée en compagnie de Pote Gálvez était blindée, avec des vitres fumées. Pote et elle y étaient seuls avec le chauffeur, dont la radio de bord était branchée en permanence sur la fréquence de la police. Il y avait des éclairs de gyrophares bleus et rouges, des *guachos* avec des casques de combat, des fédéraux en civil et en gris sombre armés jusqu'aux dents à l'arrière des pick-up et devant les portières ouvertes de la Suburban, portant des casquettes de base-ball, des ponchos luisant de pluie ; des mitrailleuses en position de tir partout, des antennes de radio qui oscillaient dans les virages pris à toute vitesse dans le hurlement des sirènes. Bon Dieu ! Qui aurait jamais imaginé, disait le visage de Pote Gálvez, que nous reviendrions de cette manière. Ils avaient parcouru ainsi le boulevard Zapata, en tournant dans le Libramiento Norte à la hauteur de la station-service El Valle. Puis étaient venus la digue, avec les peupliers et les grands saules dégoulinant de pluie, les lumières de la ville, les coins familiers, le pont, le lit obscur du Tamazula, la Colonie Chapultepec. Teresa avait pensé qu'elle sentirait quelque chose dans son cœur en étant de nouveau là ; mais à vrai dire, découvrit-elle, il n'y avait pas de grande différence d'un endroit à un autre. Elle n'éprouvait ni émotion ni peur. Durant tout le trajet, elle et Pote Gálvez s'étaient observés de nombreuses fois. A la fin, Teresa avait demandé : Qu'est-ce que tu as dans la tête, Pinto ? Et le pistolero avait tardé un peu à répondre, regardant au-dehors, la moustache comme une grosse brosse lui barrant le visage et les gouttes d'eau de la fenêtre lui mouchetant la face quand ils passaient devant des réverbères. Eh bien ! voyez-vous, rien de particulier, patronne, avait-il fini par répondre. Sauf que ça me fait bizarre. Il l'avait dit sans intonations, et son visage d'Indien et de *Norteño* n'exprimait rien. Assis de manière très protocolaire à côté d'elle sur le cuir de la Suburban, les mains croisées sur le ventre. Et pour la première fois depuis la lointaine cave de Nueva Andalucía, il avait paru à Teresa sans défense. On ne lui laissait pas porter d'armes, bien qu'il fût prévu qu'il y en aurait à l'intérieur de la maison pour leur protection personnelle, outre les fédéraux du jardin et les *guachos* qui entouraient le périmètre de la finca, dans la rue. De temps à autre, le pistolero regardait par la vitre, en reconnaissant tel ou tel lieu d'un coup d'œil. Sans ouvrir la bouche. Aussi muet que quand, avant de quitter Marbella, elle l'avait fait asseoir en face d'elle pour lui expliquer ce vers quoi elle allait. Ils allaient. On n'y va pas pour trahir qui que ce soit, on y va juste pour présenter l'addition à un salaud d'enfant de putain. A lui seul et à personne d'autre. Pote avait réfléchi posément. Et dis-moi vraiment ce que tu en penses, avait-elle exigé. J'ai besoin de le savoir avant d'accepter que tu m'accompagnes dans mon retour là-bas. Eh bien ! voyez-vous, je ne pense rien, avait été la réponse. Et je le dis, ou plutôt je ne dis pas ce que je ne dis pas, avec tout le respect que je vous dois. Peut-être bien que j'ai mes sentiments, patronne. Pourquoi je dirais non si c'est oui ? Mais ce que j'ai ou ce que je n'ai pas, c'est mon affaire. Non, vraiment. Si ça vous semble bien de faire telle ou telle chose, je le fais et basta. Vous avez décidé d'y aller, et pour moi, pas question de rester en arrière. Je vous accompagne.

Elle s'éloigna de la fenêtre et alla à la table pour y prendre une cigarette. Le paquet de Faros était toujours à côté du Sig Sauer et des trois chargeurs garnis de balles 9 mm parabellum. Au début, Teresa n'était pas familiarisée avec ce pistolet, et Pote Gálvez avait passé une matinée à lui apprendre à s'en servir, à le démonter et le remonter les yeux fermés. S'ils viennent la nuit et si votre flingue s'enraye, patronne, il vaut mieux que vous puissiez vous débrouiller sans allumer. Maintenant, le pistolero s'approchait avec une allumette enflammée : il inclina légèrement la tête quand elle lui dit merci et alla ensuite se placer à l'endroit que venait d'occuper Teresa près de la fenêtre, pour jeter un coup d'œil à l'extérieur.

– Tout est en ordre, dit-elle, en expulsant la fumée.

Quel plaisir de fumer des Faros après tant d'années. Le pistolero haussa les épaules, comme pour signifier qu'à Culiacán le mot « ordre » était tout à fait relatif. Puis il alla dans le couloir et Teresa l'entendit parler avec un des fédéraux qui étaient dans la maison. Trois dedans, six dans le jardin, vingt *guachos* sur le périmètre extérieur, se relevant toutes les douze heures, tenant à l'œil les curieux, les journalistes et les tueurs qui, en ce moment, rôdaient certainement, dans l'attente d'une occasion favorable. Je me demande, calcula-t-elle intérieurement, combien le député et candidat sénateur du Sinaloa, don Epifanio Vargas, a offert pour me trouer la peau.

– Combien crois-tu qu'on vaut, Pinto ?

Il était réapparu à la porte, avec cette allure d'ours maladroit qu'il prenait quand il craignait de se faire trop remarquer. Calme en apparence, comme d'habitude. Mais elle remarquait que, derrière ses paupières mi-closes, les yeux sombres et soupçonneux n'arrêtaient pas de tout soupeser.

– Pour moi, on peut me descendre gratis, patronne… Mais vous, vous êtes devenue un gros bonnet. Personne ne s'y risquerait sans être sûr de toucher le jackpot.

– Est-ce que ça viendra de ceux qui nous gardent, ou de l'extérieur ?

Pote Gálvez souffla, en plissant sa moustache et son front.

– Je dirais plutôt de l'extérieur. On a beau dire que les flics et les narcos c'est du pareil au même, il y a quand même des exceptions, encore que… Vous me suivez ?

– Plus ou moins.

– Je sais ce que je dis. Et pour les *guachos*, je trouve que le colonel a l'air réglo… Un vrai chef… Du genre à ne pas se laisser marcher sur les pieds.

– On verra bien, non ?

– Eh bien ! vous savez, c'est ça qui serait génial, madame. Voir, une bonne fois, et nous barrer vite fait.

Teresa sourit en l'entendant. Elle comprenait le pistolero. L'attente était toujours pire que la bataille, même la plus dangereuse. De toute manière, elle avait pris des mesures supplémentaires. Préventives. Elle n'était pas une petite fille inexpérimentée, elle avait des moyens et connaissait ses classiques. Le voyage à Culiacán avait été précédé d'une campagne de presse aux niveaux adéquats, y compris la presse locale. Rien que Vargas, tel en était le leitmotiv. Pas question de délations, de dénonciations, de trahisons : une affaire personnelle sur le mode duel dans le ravin, et les autres assistant au spectacle. A l'abri. Pas un nom, pas un renseignement. Rien. Rien que don Epifanio, elle et le fantôme du Güero Dávila qui s'était fait descendre à l'Épine du Diable douze ans plus tôt. Non, il ne s'agissait pas de délation, mais d'une vengeance limitée et personnelle ; on pouvait très bien comprendre ça au Sinaloa où, si la première chose était mal vue, la seconde était la norme usuelle et la pourvoyeuse habituelle des cimetières. Tel avait été le pacte passé à l'hôtel Puente Romano, et le gouvernement mexicain avait été d'accord. Même les gringos l'avaient été, encore qu'à contrecœur. Un témoignage concret et un nom concret. Pas même César *Batman* Güemes, ou les autres truands qui, en d'autres temps, avaient été proches d'Epifanio Vargas, ne devaient se sentir menacés. On pouvait espérer que cette perspective rassurait un peu *Batman* et les autres. Elle augmentait aussi les chances de survie de Teresa et réduisait les fronts à couvrir. Après tout, dans la mare aux requins de l'argent et de la narcopolitique du Sinaloa, don Epifanio avait été ou était un allié, un parrain local ; mais aussi un concurrent, et, tôt ou tard, un ennemi. Ça en arrangerait beaucoup si quelqu'un le faisait sortir de scène à si bon compte.

Le téléphone sonna. Ce fut Pote Gálvez qui prit le combiné ; puis il resta à regarder Teresa comme si, à l'autre bout du fil, on avait prononcé le nom d'un spectre. Mais elle n'en fut absolument pas surprise. Cela faisait quatre jours qu'elle attendait cet appel. Et il était déjà tard.

– C'est irrégulier, madame. Je ne suis pas autorisé.

Le colonel Edgar Ledesma se tenait debout sur le tapis du salon, les mains croisées dans le dos, l'uniforme de campagne bien repassé, les bottes luisantes, humides de pluie. Ses cheveux taillés en brosse de vrai *guacho* lui allaient décidément très bien, pensa Teresa, même si quelques-uns étaient blancs. Tellement bien élevé et si net. Il lui rappelait un peu le capitaine de la Garde civile de Marbella, il y avait bien longtemps, dont elle avait oublié le nom.

– Nous sommes à vingt-quatre heures de votre déposition au siège du procureur général.

Teresa fumait, assise, les jambes croisées dans son pantalon de soie noire. Elle le regardait en levant les yeux. Confortablement installée. Soucieuse de mettre les choses au point.

– Laissez-moi vous dire, colonel, que je ne suis pas ici en qualité de prisonnière.

– Bien sûr que non.

– Si j'accepte votre protection, c'est parce que je veux l'accepter. Mais personne ne peut m'empêcher de me rendre où je le souhaite… Tel a été le pacte.

Ledesma fit reposer tout le poids de son corps sur une botte, puis sur l'autre. Maintenant il regardait M. Gaviria, du Parquet général de l'État, qui faisait la liaison avec les autorités civiles et était chargé de l'affaire. Gaviria était lui aussi debout, mais un peu à l'écart, avec Pote Gálvez derrière lui, adossé à l'encadrement de la porte, et l'aide de camp du colonel – un jeune lieutenant – regardant pardessus l'épaule du pistolero depuis le couloir.

– Expliquez à Mme Mendoza, le pria le colonel, que ce qu'elle demande est impossible.

Gaviria donna raison à Ledesma. C'était un individu mince, avenant, vêtu et rasé avec beaucoup de soin. Teresa lui adressa un regard fugace, qu'elle laissa glisser sur lui comme si elle ne le voyait pas.

– Je ne demande rien, colonel, dit-elle au *guacho*. Je me borne à vous faire savoir que j'ai l'intention de sortir cette après-midi pendant une heure et demie. Que j'ai un rendez-vous en ville… Vous pouvez prendre des dispositions de sécurité, ou ne pas le faire.

Ledesma hochait la tête en signe d'impuissance.

– Les lois fédérales m'interdisent de déplacer des troupes en ville. Avec les hommes que nous avons ici dehors, nous sommes déjà aux limites du règlement.

– Et pour leur part, les autorités civiles…, commença Gaviria.

Teresa écrasa sa cigarette dans le cendrier avec une telle force qu'elle se brûla les ongles.

– Inutile de me faire la leçon, monsieur. Même en y mettant les formes comme vous le faites. En ce qui concerne les autorités civiles, je remplirai mon devoir demain, à l'heure prévue.

– Il faut considérer que, selon les termes de la loi…

– Écoutez ! J'ai l'hôtel San Marcos bourré d'avocats qui me coûtent une montagne de fric. – Elle indiqua le téléphone. – Combien voulez-vous que j'en appelle ?

– Ça pourrait être un piège, plaida le colonel.

– Bon Dieu ! Quelle histoire !

Ledesma se passa la main sur la tête. Puis il fit quelques pas dans la pièce, suivi des yeux par un Gaviria angoissé.

– Je dois consulter mes supérieurs.

– Consultez qui vous voulez, dit Teresa. Mais qu'une chose soit claire : si vous ne me laissez pas aller à ce rendez-vous, je considère que je suis retenue ici, malgré les engagements du gouvernement. Et ça rend le traité caduc… De plus, je vous rappelle qu'au Mexique il n'y a pas de charges contre moi.

Le colonel l'observa fixement. Il se mordait la lèvre inférieure comme si un petit poil le gênait. Il fit mine d'aller vers la porte, mais s'arrêta à mi-chemin.

– Qu'est-ce que vous gagnez à prendre un tel risque ?

Il était évident qu'il désirait vraiment comprendre. Teresa décroisa les jambes, lissant avec les mains les plis de la soie noire. Ce que j'y gagne ou ce que j'y perds, répondit-elle, est mon affaire et ne vous regarde pas. Elle le dit ainsi et se tut, et, au même moment, elle entendit le *guacho* pousser un gros soupir. Un autre échange de regards entre lui et Gaviria.

– Je vais demander des instructions, dit le colonel.

– Moi aussi, renchérit le fonctionnaire.

– Très bien. Demandez ce que vous devez demander. Pendant ce temps, j'exige une voiture devant la porte à sept heures précises. Avec cet homme – elle indiqua Pote Gálvez – dedans et bien armé... Ce qu'il y a autour ou au-dessus, colonel, c'est votre affaire.

Elle l'avait dit en fixant tout le temps Ledesma. Et cette fois, estima-t-elle, je peux me permettre de sourire un peu. Ça les impressionne beaucoup qu'une femme sourie pendant qu'elle leur tord les couilles. Quel comportement, mon toutou. On dirait le cheval de Marlboro.

Zzzz, zzz. Zzzz, zzz. Les essuie-glaces rendaient un son monotone et la pluie tambourinait comme une grêle de balles sur le toit de la Suburban. Quand le fédéral qui conduisait tourna le volant à gauche et enfila l'avenue Insurgentes, Pote Gálvez, qui occupait le siège à côté du chauffeur, regarda de tous côtés et posa les deux mains sur la crosse de sa « corne de bouc », un fusil-mitrailleur AK 47 qu'il tenait sur ses genoux. Il portait aussi dans une poche de sa veste un talkie-walkie branché sur la même fréquence que la radio de la Suburban, et Teresa, sur la banquette arrière, écoutait les voix des agents et des *guachos* qui participaient à l'opération. Objectif Un et Objectif Deux, disaient-elles. L'Objectif Un, c'était elle. Et l'Objectif Deux, elle allait le rencontrer d'ici peu.

Zzzz, zzz. Zzzz, zzz. Il faisait jour, mais le ciel gris assombrissait les rues et certains commerces avaient leurs éclairages allumés. La pluie multipliait le scintillement des gyrophares du petit convoi. La Suburban et son escorte – deux Ram des fédéraux et trois pick-up portant des *guachos* derrière les mitrailleuses – soulevaient des trombes d'eau dans le torrent qui inondait les rues et coulait vers le Tamazula, faisant déborder caniveaux et égouts. Une frange noire se dessinait dans le ciel, au fond, sur laquelle se découpaient les immeubles les plus hauts de l'avenue, et une autre frange rouge en dessous semblait s'effondrer sous le poids de la noire.

– Un barrage, patronne, dit Pote Gálvez.

On entendit le cliquetis de la corne de bouc qu'il armait, et cela valut au pistolero un coup d'œil inquiet du chauffeur. Pendant qu'ils le dépassaient sans ralentir, Teresa vit qu'il s'agissait d'un barrage militaire, que les *guachos*, casques de combat, AR 15 et M 16 pointés, avaient fait s'arrêter deux voitures de la police et qu'ils surveillaient sans s'en dissimuler les agents qui étaient dedans. Il était évident que le colonel Ledesma avait bien jugé la situation. Et aussi qu'après avoir beaucoup cogité sur les lois interdisant le déplacement de troupes dans les villes, le commandant adjoint de la IXe Région avait trouvé le biais pour enfreindre les limites du règlement – après tout, l'état naturel d'un militaire était toujours proche de l'état de siège. Teresa vit d'autres *guachos* et d'autres fédéraux échelonnés sous les arbres qui séparaient les deux voies de l'avenue, et des agents qui détournaient la circulation vers des rues adjacentes. Et, tout près, entre la ligne du chemin de fer et le grand carré de béton du Centre administratif, la chapelle de Malverde semblait beaucoup plus petite que dans son souvenir, douze ans plus tôt.

Souvenirs. Soudain, elle comprit que, durant cet interminable voyage aller-retour, elle n'avait acquis que trois certitudes concernant la vie et les êtres humains : ils tuent, ils se souviennent et ils meurent. Parce que arrive le moment, se dit-elle, où l'on regarde devant soi et où l'on ne voit que ce qu'on a laissé derrière : des cadavres qui sont restés sur la route pendant qu'on marchait. Parmi eux erre le tien, et tu ne le sais pas. Jusqu'au moment où tu le vois enfin, et alors tu le sais.

Elle se chercha dans les ombres de la chapelle, dans la paix d'un banc placé à la droite de l'effigie du saint, dans la demi-obscurité rougeâtre des cierges qui brûlaient en émettant un faible chuintement, au milieu des fleurs et des offrandes accrochées au mur. Dehors, maintenant, la lumière déclinait très vite, et les éclats intermittents rouges et bleus d'une voiture de fédéraux éclairaient l'entrée de plus en plus intensément à mesure que s'obscurcissait le gris sale de l'après-midi. Arrêtée devant saint Malverde, observant sa chevelure noire qui semblait teinte comme une perruque, la veste blanche et le foulard autour du cou, les yeux de Chinois et la moustache de paysan mexicain, Teresa remua les lèvres pour prier, comme elle le faisait jadis – *Mon Dieu, bénissé mon chemin et permetté mon retour* –, mais elle ne parvint pas à trouver une prière. C'est peut-être un sacrilège, pensa-t-elle tout d'un coup. Je n'aurais peut-être pas dû fixer le rendez-vous ici. Le temps passé m'a peut-être rendue stupide et arrogante, et l'heure vient de le payer.

La dernière fois qu'elle était venue en ce lieu, il y avait une autre femme qui la regardait, tapie dans l'ombre. Maintenant elle la cherchait sans la trouver. A moins, décida-t-elle, que ce ne soit moi cette autre femme, ou que je ne la porte en moi, et que la fille qui fuyait avec un sac et un Double Eagle dans les mains ne se soit transformée en l'un de ces spectres qui errent dans mon dos, en me regardant avec des yeux accusateurs, ou tristes, ou indifférents. Peut-être que c'est ça, la vie, et qu'on respire, marche, s'agite seulement pour, un jour, regarder derrière soi et se voir là-bas. Pour se reconnaître dans les morts successives, les siennes et celles des autres, auxquelles vous condamne chacun de vos pas.

Elle mit les mains dans les poches de sa gabardine – un sweater dessous, un jean, des bottes pratiques à semelles de caoutchouc – et en tira un paquet de Faros. Elle était en train d'en allumer une à la flamme d'un cierge de saint Malverde, quand don Epifanio Vargas se découpa sur les éclairs rouges et bleus de la porte.

– Teresita ! Ça fait si longtemps.

Il était toujours le même, ou presque, constata-t-elle. Grand, corpulent. Il avait pendu son imperméable à un crochet près de la porte. Costume sombre, chemise ouverte sans cravate, bottes pointues. Avec ce visage qui rappelait les vieux films de Pedro Armendáriz. Sa moustache et ses tempes avaient blanchi, il avait quelques rides en plus, la taille avait peut-être épaissi. Mais il était le même.

– C'est à peine si je te reconnais.

Il fit quelques pas pour pénétrer dans la chapelle après avoir jeté des regards méfiants à droite et à gauche. Il observait fixement Teresa, en essayant de la faire coïncider avec l'autre femme qu'il gardait en mémoire.

– Vous, vous n'avez pas beaucoup changé, dit-elle. Vous avez pris un peu de poids, peut-être. Et des cheveux blancs.

Elle était assise sur le banc, près de l'effigie de Malverde, et ne s'était pas retournée en l'entendant entrer.

– Tu es armée ? demanda prudemment don Epifanio.

– Non.

– Tant mieux. Moi, ces enfants de putain m'ont fouillé avant que j'entre. Et je ne l'étais pas non plus.

Il soupira un peu, regarda Malverde éclairé par la lueur tremblante des cierges, puis reporta les yeux sur elle.

– Eh bien, tu vois. Je viens d'avoir soixante-quatre ans. Mais je ne me plains pas.

Il se rapprocha jusqu'à être tout près, en l'étudiant d'en haut avec attention. Elle restait à sa place, soutenant son regard.

– Je crois que les choses ont bien marché pour toi, Teresita.

– Elles n'ont pas été mauvaises pour vous non plus.

Don Epifanio hocha la tête dans un lent acquiescement. Songeur. Puis il s'assit à côté d'elle. Ils étaient exactement comme la dernière fois, sauf que, alors, elle tenait un Double Eagle dans ses mains.

– Douze ans, n'est-ce pas ? Toi et moi au même endroit, avec le fameux agenda du Güero…

Il s'interrompit, lui ménageant le temps de mêler ses souvenirs aux siens. Mais Teresa garda le silence. Au bout d'un moment, don Epifanio sortit un havane de la pochette de sa veste. Je n'aurais jamais imaginé, commença-t-il, tout en enlevant la bague. Mais il s'arrêta de nouveau, comme s'il venait d'arriver à la conclusion que ce qu'il n'aurait jamais imaginé n'avait pas d'importance. Je crois que nous t'avons tous sous-estimée, dit-il enfin. Ton homme, moi-même. Tous. Il avait prononcé « ton homme » un peu plus bas, et on eût dit qu'il tentait de le faire passer inaperçu parmi les autres.

– C'est peut-être pour ça que je suis restée vivante.

Don Epifanio soupesa cette réflexion, tandis qu'il portait la flamme de son briquet à son cigare.

– Ce n'est pas un état permanent, ni garanti, conclut-il en expulsant la première bouffée. On reste vivant jusqu'au moment où on cesse de l'être.

Ils fumèrent un peu tous deux, sans se regarder. Elle avait presque fini sa cigarette.

– Qu'est-ce que tu cherches, en te mêlant de ça ?

Elle aspira une dernière fois la braise entre ses doigts. Puis elle laissa tomber le mégot et l'écrasa soigneusement. Eh bien, voyez-vous, répliqua-t-elle, je suis juste venue apurer des vieux comptes. Des comptes ? répéta-t-il. Puis il tira de nouveau sur son cigare et émit une opinion : ces comptes-là, mieux vaut les laisser comme ils sont. Pas question, dit Teresa, quand ils vous empêchent de dormir.

– Tu n'y gagnes rien, argumenta don Epifanio.

– Ce que j'y gagne ne regarde que moi.

Pendant quelques instants, ils écoutèrent le chuintement des cierges de l'autel. Et aussi les rafales de pluie qui frappaient le toit de la chapelle. Dehors, les éclats bleus et rouges de la voiture des fédéraux scintillaient toujours.

– Pourquoi veux-tu me liquider ?... C'est faire le jeu de mes adversaires politiques.

Il avait trouvé le bon ton, admit-elle. Presque affectueux. C'était moins un reproche qu'une question désolée. Un parrain trahi. Une amitié blessée. Je ne l'ai jamais vu comme un mauvais homme, pensa-t-elle. Il a souvent été sincère, et peut-être qu'il continue de l'être.

– Je ne sais pas qui sont vos adversaires, répondit-elle, et ça m'est égal. Vous avez fait tuer le Güero. Et Chino. Et aussi Brenda et les gosses.

Puisqu'il était question d'affections, autant parler des siennes. Don Epifanio contempla la braise de son cigare en fronçant les sourcils.

– Je ne sais pas ce qu'on a pu te raconter. De toute manière, c'est le Sinaloa... Tu es d'ici et tu sais quelles sont les règles.

Les règles, dit lentement Teresa, prévoient aussi d'apurer les comptes. Elle marqua une pause et entendit la respiration de l'homme attentif à ses paroles. Et ensuite, ajouta- t-elle, vous avez voulu me faire tuer, à mon tour.

– Ça, c'est un mensonge. – Don Epifanio paraissait scandalisé. – Tu étais ici, avec moi. J'ai protégé ta vie... Je t'ai aidée à fuir.

– Je parle de plus tard. Quand vous vous êtes ravisé.

Dans notre monde, argumenta don Epifanio après avoir réfléchi un moment, les affaires sont compliquées. Après avoir dit cela, il l'étudia, comme quelqu'un qui attend qu'un calmant fasse son effet. Dans tous les cas, ajouta-t-il enfin, je comprendrais que tu veuilles me présenter ta note. Tu es du Sinaloa, et je respecte ça. Mais pactiser avec les gringos et avec ces chiffes molles du gouvernement qui veulent ma peau...

– Vous ne savez pas avec qui je pactise.

Elle dit cela d'une voix sombre et ferme qui laissa

l'autre songeur, le havane à la bouche et les yeux mi-clos sous l'effet de la fumée que les gyrophares, dehors, teintaient alternativement de rouge et de bleu.

– Dis-moi plutôt : la nuit où nous nous sommes rencontrés, tu avais lu l'agenda, n'est-ce pas ?... Tu savais tout sur le Güero Dávila... Et pourtant je ne m'en suis pas rendu compte. Tu m'as roulé.

– Je jouais ma vie.

– Et pourquoi déterrer ces vieilles histoires ?

– Parce que, jusqu'à maintenant, je ne savais pas que c'était vous qui aviez demandé ce service à *Batman* Güemes. Et parce que le Güero était mon homme.

– C'était un salaud de la DEA.

– Malgré tout, salaud et DEA ou pas, il était mon homme.

Elle l'entendit étouffer un juron de paysan pendant qu'il se levait. Sa corpulence semblait remplir la petite enceinte de la chapelle.

– Écoute – il regardait l'effigie de Malverde, comme s'il prenait le saint patron des narcos à témoin –, je me suis toujours bien comporté. J'étais votre parrain à tous les deux. J'appréciais le Güero et je t'appréciais. Il m'a trahi, et malgré ça j'ai protégé ta jolie frimousse... L'autre affaire a eu lieu beaucoup plus tard, quand ta vie et la mienne avaient pris des chemins différents... Maintenant, le temps a passé, je suis en dehors de tout ça. Je suis vieux, j'ai même des petits-enfants. Je me trouve bien dans la politique, et le Sénat me permettra de faire des choses nouvelles. Ça signifie aussi que le Sinaloa en profitera... Qu'est-ce que tu gagnes à me faire du tort ? D'aider ces gringos qui consomment la moitié de la drogue dans le monde et décident en même temps, selon que ça les arrange ou pas, quand le narco est bon et quand il est mauvais ? Ceux qui finançaient avec de la drogue les guérillas anticommunistes et qui sont venus nous la demander ensuite, à nous, les Mexicains, pour payer les armes de la contra au Nicaragua ?... Écoute, Teresita : les gens qui t'utilisent aujourd'hui m'ont fait gagner une montagne de dollars avec la Norteña de Aviación et m'ont aidé, en plus, à les laver à Panama... Dis-moi ce que t'offrent aujourd'hui ces salopards... L'immunité ?... De l'argent ?

– Il ne s'agit de rien de ce genre. C'est plus complexe. Plus difficile à expliquer.

Epifanio Vargas s'était tourné pour la regarder de nouveau. Il était debout près de l'autel, et les cierges vieillissaient beaucoup ses traits.

– Tu veux que je te raconte, insista-t-il, qui veut ma peau aux États-Unis ?... Qui est celui qui excite le plus la DEA contre moi ?... Un procureur fédéral de Houston nommé Clayton, très lié au parti démocrate... Et tu sais ce qu'il était avant d'être nommé procureur ?... Avocat des narcos mexicains et gringos, et ami intime d'Ortiz Calderón : le directeur du contrôle aérien de la police judiciaire mexicaine, qui vit aujourd'hui aux États-Unis comme témoin protégé après avoir empoché des millions de dollars... Et de ce côté-ci, ceux qui cherchent à me faire sauter sont les mêmes qui, avant, faisaient des affaires avec les gringos et avec moi : avocats, juges, politiciens qui veulent se servir de moi comme de bouc émissaire... Ce sont ceux-là que tu veux aider à me foutre en l'air ?

Teresa ne répondit pas. L'autre la regarda un moment, puis hocha la tête, impuissant.

– Je suis fatigué, Teresita. J'ai beaucoup travaillé et lutté dans ma vie.

C'était vrai et elle le savait. Le paysan de Santiago de los Caballeros avait porté des *huaraches** dans les champs de haricots. Personne ne lui avait fait de cadeau.

– Moi aussi, je suis fatiguée.

Il continuait de l'observer avec attention, cherchant une faille par où pénétrer pour comprendre ce qu'elle avait dans la tête.

– Donc, il n'y a pas d'arrangement possible, conclut-il.

– J'ai bien l'impression que non.

La braise du havane éclaira la face de don Epifanio.

* Sandales indiennes.

– Je suis venu te voir, dit-il – et maintenant le ton avait changé –, en t'offrant toutes les explications possibles… Peut-être que je te devais ça, peut-être pas. Mais je suis venu comme tu es venue il y a douze ans, quand tu avais besoin de moi.

– Je sais, et je vous en remercie. Vous n'avez jamais fait d'autre mal que celui que vous jugiez inévitable… Mais chacun suit son chemin.

Un silence très long. La pluie continuait de tomber sur le toit. Impassible, saint Malverde contemplait le vide avec ses yeux peints.

– Tout ce qui est là-dehors ne te garantit rien, dit enfin Vargas. Et tu le sais. En quatorze ou seize heures, il peut se passer beaucoup de choses…

– Ce n'est pas mon affaire, répondit Teresa. C'est à vous de jouer.

Don Epifanio hocha affirmativement la tête, tout en répétant : à moi de jouer, comme si elle avait parfaitement résumé la situation. Puis il leva les mains pour les laisser retomber, dans un geste désolé. J'aurais dû te tuer, cette nuit-là, se lamenta-t-il. Ici même. Il le dit sans passion dans la voix, très correct et objectif. Teresa, toujours sur le banc, le regardait sans bouger. Oui, vous auriez dû, dit-elle calmement. Mais vous ne l'avez pas fait, et maintenant je viens vous présenter la note. Et vous avez peut-être raison, il est possible que la note soit exagérée. Mais en réalité il s'agit du Güero, du Gato Fierros, d'autres hommes que vous n'avez même pas connus. Et finalement, c'est vous qui payez pour eux tous. Et moi aussi, je paye.

– Tu es folle.

– Non. – Teresa se leva dans le scintillement des gyrophares et la lumière rougeâtre des cierges. – Je suis morte, voilà la vérité. Votre Teresita Mendoza est morte il y a douze ans, et je suis venue l'enterrer.

Elle appuya son front contre la vitre à demi embuée de la fenêtre du deuxième étage, et l'humidité lui rafraîchit le visage. Les lampes du jardin faisaient luire les rafales de pluie en les transformant en milliers de gouttes lumineuses qui tombaient entre les branches des arbres ou brillaient suspendues à l'extrémité des feuilles. Teresa tenait une cigarette entre ses doigts, et la bouteille de Herradura Reposado était posée sur la table à côté d'un verre, du cendrier plein, du Sig Sauer avec les trois chargeurs de rechange. Sur la chaîne stéréo, José Alfredo chantait. Teresa ne savait pas si c'était un des disques que lui réservait toujours Pote Gálvez, la cassette des voitures et des hôtels, ou si cela faisait partie du mobilier de la maison :

La mitad de mi copa dejé servida,
*por seguirte los pasos no sé pa' qué**.

Cela faisait des heures qu'elle était ainsi. Tequila et musique. Souvenirs et présent dépourvu de futur. María la Bandida. Que ma vie s'achève. La nuit de mon malheur. Elle but la moitié de ce qui restait dans le verre qu'elle remplit de nouveau avant de retourner à la fenêtre, en tâchant de faire en sorte que la lumière de la pièce ne découpe pas trop sa silhouette. Elle trempa encore ses lèvres dans la tequila, tout en fredonnant les paroles de la chanson. Tu as emporté avec toi la moitié de ma chance. Puisse-t-elle te servir, je ne sais avec qui.

– Ils sont tous partis, patronne.

Elle se retourna lentement, en sentant soudain un grand froid l'envahir. Pote Gálvez était à la porte, en manches de chemise. Il ne se présentait jamais ainsi devant elle. Il portait un talkie-walkie dans une main, son revolver dans sa gaine de cuir à la ceinture, et il avait l'air très sérieux. Grave. La sueur collait sa chemise sur son torse épais.

– Comment, tous ?

Il la regarda, presque avec reproche. Pourquoi demander, puisque vous avez compris ? Tous signifie tous, moins

* J'ai laissé mon verre à demi plein/pour suivre tes pas sans savoir pourquoi.

vous et votre serviteur. Voilà ce que disait le pistolero sans le dire.

– Les fédéraux de garde, expliqua-t-il enfin. La maison est vide.

– Et où sont-ils allés ?

Il ne répondit pas. Il se bornait à hausser les épaules. Teresa lut le reste dans ses yeux. Pour détecter les coups fourrés, Pote n'avait pas besoin de radar.

– Éteins la lumière, dit-elle.

La pièce resta dans l'obscurité, éclairée seulement par la lumière du couloir et les lampes de l'extérieur. La chaîne stéréo fit clic ! et José Alfredo se tut. Teresa s'approcha de l'encadrement de la fenêtre et jeta un coup d'œil. Au loin, derrière la grande grille d'entrée, tout paraissait normal : on apercevait des soldats et des voitures sous les grands réverbères de la rue. Dans le jardin, pourtant, elle ne vit pas de mouvement. Les fédéraux qui patrouillaient habituellement n'étaient visibles nulle part.

– Quand a eu lieu la dernière relève, Pinto ?

– Il y a un quart d'heure. Un nouveau groupe est arrivé, et les autres sont partis.

– Combien ?

– Comme toujours : trois flics dans la maison et six dans le jardin.

– Et la radio ?

Pote poussa deux fois le bouton du talkie-walkie et le lui montra. Rien, madame. Personne ne dit rien. Mais si vous voulez, nous pouvons parler aux *guachos*. Teresa hocha la tête. Elle alla à la table, empoigna le Sig Sauer et mit les trois chargeurs de rechange dans les poches de son pantalon, un dans chaque poche de derrière et l'autre dans celle de devant, à droite. Ils étaient très lourds.

– Oublie-les. Ils sont trop loin. – Elle arma le pistolet, clic ! clac ! une balle dans le canon et quinze dans le chargeur, et le passa dans sa ceinture. – Et puis ils doivent être de mèche.

– Je vais jeter un coup d'œil, avec votre permission, dit le pistolero.

Il sortit de la pièce, le revolver dans une main et le talkie-walkie dans l'autre, pendant que Teresa s'approchait de nouveau de la fenêtre. Une fois là, elle observa prudemment le jardin. Tout paraissait normal. Un moment, elle crut voir deux formes noires dans les massifs de fleurs, sous les grands manguiers. C'était tout, et elle n'en était même pas sûre.

Elle tâta la crosse de son arme, résignée. Un kilo d'acier, de plomb et de poudre : ce n'était pas grand-chose pour ce qu'ils devaient être en train d'organiser en bas. Elle ôta le semainier de son poignet et glissa les sept anneaux d'argent dans la poche libre. Pas besoin de faire du bruit comme si elle portait une clochette. Sa tête fonctionnait de façon autonome depuis un bon moment : depuis que Pote Gálvez était venu lui annoncer la mauvaise nouvelle. Pourcentage des chances, pour, contre, bilans. Ce qui était possible et ce qui était probable. Elle calcula encore une fois la distance qui séparait la maison de la grille principale et des murs, et se remémora ce qu'elle avait enregistré au cours des derniers jours : endroits protégés et à découvert, itinéraires possibles, pièges à éviter. Elle y avait tant pensé que, occupée à tout réviser point par point, elle n'avait pas le temps d'avoir peur. Sauf si la peur, cette nuit, était cette sensation de lassitude physique : chair vulnérable et solitude infinie.

La Situation.

C'était bien de ça qu'il s'agissait : elle en eut soudain la confirmation. En réalité, elle ne venait pas à Culiacán pour témoigner contre don Epifanio Vargas, mais pour que Pote Gálvez dise : nous sommes seuls, patronne, et qu'elle se sente comme maintenant, le Sig Sauer glissé dans sa ceinture, prête à affronter l'épreuve. Prête à franchir la porte obscure qu'elle avait eue devant les yeux pendant douze ans et qui lui volait son sommeil dans les petits matins sales et gris. Et quand je reverrai la lumière du jour, pensa-t-elle, si je parviens à la revoir, tout sera différent. Tout. Ou pas.

Elle s'éloigna de la fenêtre, alla à la table et but une dernière gorgée de tequila. Un verre à demi plein, pensa-t-elle. Pour plus tard. Le sourire était encore sur ses lèvres quand Pote Gálvez se découpa dans la clarté de la porte. Il portait une « corne de bouc », et, à l'épaule, un sac de toile qui semblait lourd. Teresa mit instinctivement la main à son arme, mais l'arrêta à mi-chemin. Non, pas le Pinto, se dit-elle. Je préfère lui tourner le dos et qu'il me tue, plutôt que me méfier de lui et qu'il s'en aperçoive.

– Dépêchez-vous, patronne, dit le pistolero. Ils nous ont tendu un piège pire que celui du Coyote. Pédés de merde.

– Les fédéraux ou les *guachos* ?... Ou les deux à la fois ?

– Je dirais que ce sont les fédéraux, et que les militaires assistent au spectacle. Mais quelqu'un doit bien savoir. Je demande de l'aide par radio ?

Teresa rit. De l'aide à qui ? dit-elle. Ils ont dû tous aller se taper des *tacos de cabeza y vampiros** au café Durango. Pote Gálvez la contempla, se gratta la tempe avec le canon de son AK et finit par esquisser un sourire, mi-ahuri mi-féroce. C'est évident, patronne, dit-il, en comprenant enfin. On fera ce qu'on pourra. Il dit cela, et tous deux se regardèrent encore une fois dans la pénombre, comme ils ne s'étaient jamais regardés auparavant. Alors Teresa rit de nouveau, les yeux très ouverts, en respirant profondément, et Pote Gálvez hocha la tête de bas en haut comme quelqu'un qui a compris une bonne blague. Ça, c'est Culiacán, patronne, et vous avez raison de rigoler. J'aimerais bien que ces chiens puissent vous voir avant que nous les descendions vite fait, ou vice versa. Tu sais, dit-elle, j'ai peut-être ri simplement parce que j'avais peur de mourir. Ou peur de souffrir en mourant. Et l'autre acquiesça de nouveau et dit : mais on est tous comme ça, patronne, qu'est-ce que vous croyez ? Seulement, crever, c'est pas forcément pour tout de suite. Et pendant ce temps, qu'on meure ou pas, il peut encore en mourir d'autres.

* Des sandwiches à la viande, typiques du Sinaloa.

Écouter. Bruits, craquements, crépitement de la pluie sur les vitres et sur le toit. Éviter que les battements de ton cœur, la pulsation du sang dans les veines minuscules qui courent à l'intérieur de tes oreilles ne recouvrent tout. Calculer chaque pas, chaque coup d'œil. L'immobilité, avec la bouche sèche et la tension qui monte, douloureuse, des cuisses et du ventre à la poitrine, en coupant le peu de respiration que tu te permets encore. Le poids du Sig Sauer dans ta main droite, la paume serrée autour de la crosse. Les cheveux que tu écartes de ta figure parce qu'ils se collent sur les yeux. Une goutte de sueur qui coule sur tes paupières, brûle le coin de l'œil, et tu finis par passer la pointe de ta langue sur tes lèvres. Elles sont salées.

L'attente.

Un autre craquement dans le couloir, ou peut-être l'escalier. Le regard de Pote Gálvez depuis la porte d'en face, résigné, professionnel. Agenouillé en dépit de sa fausse corpulence, passant à demi la tête dans l'encadrement, la corne de bouc prête, la crosse enlevée pour la tenir plus commodément, un chargeur de trente balles et un second assujetti par du ruban adhésif au premier, à l'envers, et prêt à être retourné pour remplacer l'autre quand il sera vide. Encore des craquements. Dans l'escalier.

J'ai laissé mon verre à demi plein, murmure Teresa en elle-même. Elle se sent vidée intérieurement et lucide extérieurement. Ni réflexions ni pensées. Rien d'autre que les paroles lancinantes de la chanson et tout son être concentré sur l'interprétation des bruits et des sensations. Il y a un tableau, au bout du couloir, là où commence l'escalier : des étalons noirs qui galopent dans une immense plaine verte. A leur tête, un cheval blanc. Teresa compte les chevaux : quatre noirs et un blanc. Elle les compte comme elle a compté les douze barreaux qui protègent la cage de l'escalier, les cinq couleurs de la verrière qui donne sur le jardin, les cinq portes de ce côté du couloir, les trois appliques aux murs et la lampe qui pend du plafond. Elle compte aussi mentalement la balle dans le canon et les quinze dans le chargeur, le premier tir à double détente, un peu plus dur, et ensuite ça part en douceur, un coup après l'autre, jusqu'à épuisement des quarante-cinq balles des chargeurs de rechange qui pèsent dans les poches de son jean. Il y a de quoi faire des cartons, encore que tout dépende de ce que les tueurs ont avec eux. Dans tous les cas, patronne, il vaut mieux économiser les munitions : c'est la recommandation de Pote Gálvez. Sans s'énerver, sans se presser, une balle après l'autre. Ça dure plus longtemps et on gaspille moins. Et si les munitions s'épuisent, lancez des insultes à ces enfants de putain, elles aussi font mal.

Les craquements sont des pas. Et ils montent.

Une tête se présente avec précaution sur le palier. Cheveux noirs, jeune. Un torse, et une seconde tête. Ils braquent devant eux leurs armes, dont les canons décrivent des arcs de cercle en quête de quelque chose sur quoi tirer. Teresa tend davantage le bras, surveille Pote Gálvez du coin de l'œil, retient sa respiration, appuie sur la détente. Le Sig Sauer sursaute en crachant comme un tonnerre, boum ! boum ! boum !, et avant que résonne le troisième coup, tout le couloir est rempli du fracas des courtes rafales de l'AK du pistolero : raaaca ! raaaca ! racaaa ! et le couloir est envahi d'une fumée âcre, au milieu de laquelle la moitié des barreaux de l'escalier sont réduits en charpie, raaaca ! raaaca !, et les deux têtes disparaissent, et à l'étage au-dessous on entend des cris et des bruits de gens qui courent ; là-dessus, Teresa arrête de tirer et écarte son arme car Pote, avec une agilité inattendue pour un individu de son gabarit, se dresse et court plié en deux vers l'escalier, raaaca ! raaaca ! fait de nouveau sa corne de bouc à mi-chemin, et, une fois là, il dirige l'AK vers le bas, sans viser, lâche une autre rafale, cherche la grenade dans le sac qu'il porte à l'épaule, arrache la goupille avec les dents comme dans les films, la lance dans la cage de l'escalier, revient en courant, toujours plié en deux, et se jette à plat ventre tandis que de la cage de l'escalier monte l'explosion ; dans la fumée, et le fracas, une flambée d'air chaud vient frapper le visage de Teresa, et tout ce qui est dans l'escalier, chevaux compris, part en mille morceaux.

L'Apocalypse.

Voilà que la lumière s'éteint d'un coup dans toute la maison. Teresa ne sait pas si c'est bon ou mauvais. Elle court à la fenêtre et constate que le jardin, lui aussi, est plongé dans le noir et que les seules lumières sont celles de la rue, de l'autre côté des murs et de la grille. Elle court, courbée, vers la porte, bute contre la table et la fait tomber avec tout ce qui se trouve dessus, la tequila et les cigarettes vont au diable, elle s'aplatit de nouveau en passant la moitié de sa tête et son pistolet. La cage de l'escalier est un trou presque noir, faiblement éclairé par la demi-clarté qui entre par la verrière cassée donnant sur le jardin.

– Comment ça va, madame ?

Pote Gálvez a parlé dans un murmure. Bien, répond Teresa, très bas. Plutôt bien. Le pistolero n'ajoute rien. Elle le devine dans l'ombre, à trois mètres d'elle, de l'autre côté du couloir. Pinto, chuchote-t-elle. Ta putain de chemise blanche : on ne voit qu'elle. Trop tard pour en changer, répond-il. Y a plus urgent.

– Bravo, patronne. Économisez vos munitions.

Pourquoi n'ai-je pas peur, maintenant ? s'interroge Teresa. Comme si ce n'était pas moi qui suis dans cette merde ? Elle se tâte le front d'une main sèche, glacée, et empoigne son arme de l'autre main, moite de sueur. Il faudrait que quelqu'un me dise laquelle de ces mains est la mienne.

– Ils reviennent, ces enfants de putain, murmure Pote Gálvez, en pointant sa corne de bouc.

Raaaca ! Raaaca ! Des rafales courtes comme les précédentes, avec les éclats de 7. 62 qui crépitent en tombant sur le sol de tous côtés, la fumée qui pique la gorge en tourbillonnant dans l'ombre, éclairs de l'AK du pistolero, éclairs du Sig Sauer que Teresa tient à deux mains, boum ! boum ! boum ! en ouvrant la bouche pour ne pas avoir les tympans crevés par les détonations, tirant vers les éclairs qui jaillissent de l'escalier avec des sifflements qui passent, ziaaang ! ziaaang ! et s'enfoncent avec un claquement sinistre dans le plâtre des murs, le bois des portes, soulevant un crépitement de vitres brisées en frappant les fenêtres de l'autre côté du couloir. La culasse qui soudain ne revient pas, clic ! clac !, impossible de tirer d'autres balles, et Teresa déconcertée ne comprend pas tout de suite, puis elle pousse le bouton pour éjecter le chargeur vide ; le remplace par celui qu'elle portait dans la poche droite de son pantalon, et déverrouille la culasse en libérant une balle. Elle s'apprête à tirer de nouveau mais elle se retient, parce que Pote a sorti la moitié du corps au-dehors de son abri et qu'une autre grenade roule dans le couloir jusqu'à l'escalier, et cette fois l'éclair est immense dans l'obscurité, une nouvelle explosion, salauds, et quand le pistolero se redresse et court vers la cage, la corne de bouc pointée, Teresa se lève également et court à côté de lui, ils arrivent ensemble à la hauteur des barreaux détruits, ils se penchent pour vider leurs armes dans le trou, les éclairs de leurs tirs éclairent au moins deux corps couchés dans les décombres des marches.

Saloperie. La poudre qu'elle respire lui brûle les poumons. Elle étouffe sa toux du mieux qu'elle peut. Elle ne sait pas combien de temps s'est écoulé. Elle a très soif. Elle n'a pas peur.

– Combien de munitions, patronne ?
– Pas beaucoup.
– En voilà d'autres.

Dans l'obscurité, elle attrape au vol deux des chargeurs pleins que lui lance Pote Gálvez et rate le troisième. Elle le cherche par terre à tâtons et le met dans une poche de derrière.

– Personne ne va nous aider, patronne ?
– Ne déconne pas.

– Les *guachos* sont dehors... Le colonel semblait correct.

– Sa juridiction s'arrête à la grille de la rue. Il faudrait pouvoir aller jusque là-bas.

– Pas question. Trop loin.

– Oui. Trop loin.

Des craquements et des pas. Elle empoigne le pistolet et le braque sur l'ombre, en serrant les dents. L'heure est peut-être arrivée, pense-t-elle. Mais personne ne monte. Allons ! Fausse alerte.

Soudain ils sont là, et ni Teresa ni Pote Gálvez ne les ont entendus venir. Pote a juste le temps de s'en apercevoir. Teresa roule vers l'intérieur, en se couvrant la tête de ses mains, et l'explosion illumine la porte et le couloir comme en plein jour. Rendue sourde, elle met un moment à comprendre que la rumeur lointaine qu'elle perçoit est celle des rafales que tire Pote Gálvez. Moi aussi, il faudrait que je fasse quelque chose, pense-t-elle. Elle se relève, en titubant sous l'effet du choc de l'explosion, serre le pistolet, va à genoux jusqu'à la porte, sort à l'extérieur et commence à tirer à l'aveuglette, boum ! boum ! boum !, des flashs dans tous les sens, tandis que le fracas augmente, de plus en plus éclatant, de plus en plus proche, elle se trouve tout d'un coup face à des ombres noires qui se dirigent vers elle au milieu des éclairs orange, bleus, blancs, boum ! boum ! boum ! et il y a des balles qui passent, ziaaang ! et claquent contre les murs de tous côtés, jusqu'au moment où derrière elle, juste sous son bras droit, le canon de l'AK de Pote Gálvez vient se joindre à la fusillade, raaaaca ! raaaaca ! cette fois, ce ne sont pas de courtes rafales, elles sont longues, interminables, salauds ! l'entend-elle crier, salauds, elle comprend que quelque chose va mal, peut-être qu'il a été touché, ou peut-être que c'est elle, peut-être qu'elle est en train de mourir et qu'elle ne le sait pas. Mais sa main droite continue d'appuyer sur la détente, boum ! boum ! et si je tire, c'est que je suis toujours vivante, pense-t-elle. Je tire, donc j'existe.

Le dos au mur, Teresa met son dernier chargeur dans la crosse du Sig Sauer. Elle est étonnée de ne pas avoir la moindre éraflure. Bruit de la pluie qui tombe à verse dehors, dans le jardin. Par intermittence, elle entend Pote Gálvez gémir entre ses dents.

– Tu es blessé, Pinto ?
– Salement plombé, patronne…
– Tu as mal ?
– Un max. Pourquoi dire non si c'est oui.

– Pinto ?
– Oui, patronne.
– Ça sent trop mauvais, ici. Je n'ai pas envie qu'ils nous baisent quand nous n'aurons plus de munitions.
– Alors, commandez. C'est vous le chef.

La véranda, décide-t-elle. A l'autre bout du couloir. Elle est protégée par un toit et il y a des arbustes dessous. La fenêtre qui ouvre au-dessus n'est pas un problème, parce que, à cette heure, elle n'a plus un carreau intact. Si nous parvenons jusqu'à elle, nous pourrons sauter dans le jardin et ensuite nous ouvrir un passage, ou le tenter, jusqu'à la grille d'entrée ou le mur qui donne sur la rue. La pluie peut aussi bien nous entraver que nous sauver la vie. Peut-être que les militaires tireront aussi, mais c'est un risque de plus à courir. Il y a des journalistes dehors, des gens qui regardent. Ce n'est pas aussi facile que dans la maison. Et don Epifanio Vargas peut acheter un tas de gens, mais personne ne peut acheter tout le monde.

– Tu peux bouger, Pinto ?
– Eh bien ! figurez-vous que oui, patronne. Je peux.
– L'idée, c'est d'aller à la fenêtre du couloir, et dans le jardin.
– L'idée, elle est celle que vous déciderez.

Ça s'est déjà passé une fois comme ça, pense Teresa. Il est arrivé quelque chose de semblable, et Pote Gálvez était aussi là.
– Pinto ?
– A vos ordres.
– Il reste combien de grenades ?
– Une.
– Alors vas-y.

La grenade roule encore quand ils se mettent à courir dans le couloir, et l'explosion les trouve près de la fenêtre. En entendant derrière elle les rafales de corne de bouc que tire le pistolero, Teresa enjambe l'appui, en essayant de ne pas se blesser avec les éclats de vitre ; mais, en s'appuyant de la main gauche, elle se coupe. Elle sent le liquide épais et chaud couler sur sa paume pendant qu'elle parvient à passer au-dehors, dans la pluie qui lui fouette la figure. Les montants du toit grincent sous ses pieds. Elle passe son arme dans sa ceinture avant de se laisser glisser sur la surface mouillée, en se retenant à la gouttière. Puis, après être restée suspendue un instant, elle se laisse tomber.

Elle barbote dans la boue, avec de nouveau son arme à la main. Pote Gálvez atterrit à côté. Un choc. Un gémissement de douleur.
– Cours, Pinto. Vers le mur.

Pas le temps. De la maison, le faisceau d'un projecteur les cherche intensément, et les éclairs des coups de feu recommencent. Cette fois les balles font chchiou ! en tombant dans les flaques. Teresa lève le Sig Sauer. Pourvu, pense-t-elle, que toute cette merde ne l'ait pas bouché. Elle tire balle par balle, avec soin, sans perdre la tête, en décrivant un arc de cercle, puis elle se jette à plat ventre dans la boue. Soudain, elle remarque que Pote Gálvez ne tire pas. Elle se retourne pour le regarder et, à la lumière éloignée de la rue, elle voit qu'il est adossé à un pilier de la véranda, de l'autre côté.

– Désolé, patronne..., l'entend-elle murmurer. Cette fois ils m'ont eu pour de bon.

– Où ça ?

– En plein dans les tripes... Et je ne sais pas si c'est la pluie ou le sang, mais ça coule comme vache qui pisse.

Teresa mord ses lèvres pleines de boue. Elle regarde les lumières derrière la grille, les réverbères de la rue qui découpent les palmiers et les manguiers. Ça va être difficile, constate-t-elle, d'y arriver seule.

– Et le bouc ?

– Il est là... Entre nous deux... Je lui ai mis un double chargeur, plein, mais il m'est tombé des mains quand ils m'ont touché.

Teresa se soulève un peu pour voir. L'AK gît sur les marches de la véranda. Une rafale qui vient de la maison l'oblige à se coller de nouveau à terre.

– Je n'y arrive pas.

– Je suis vraiment désolé, je vous assure.

Elle regarde encore une fois vers la rue. Il y a des gens massés derrière la grille, des sirènes de police. On crie quelque chose dans un mégaphone, mais elle ne parvient pas à comprendre quoi. Dans les arbres, sur la gauche, elle entend un clapotement. Des pas. Peut-être une ombre. Quelqu'un cherche à la contourner. J'espère, pense-t-elle brusquement, que ces ordures n'ont pas de viseurs nocturnes.

– J'ai besoin du bouc, dit Teresa.

Pote Gálvez tarde à répondre. Comme s'il réfléchissait.

– Je ne peux plus tirer, patronne, dit-il enfin. Mon cœur fout le camp... Mais je peux essayer de l'attraper.

– Ne fais pas chier. Ils t'allumeront dès que tu montreras ta tronche.

– Je m'en fous. Quand c'est la fin c'est la fin, et y a plus qu'à passer de l'autre côté.

Une autre ombre patauge entre les arbres. Teresa comprend que le temps joue contre elle. Dans deux minutes, la seule issue aura cessé d'en être une.

– Pote ?

Un silence. Elle ne l'avait jamais appelé ainsi, par son petit nom.

– A vos ordres.

– Lance-moi ce putain de bouc.

Un autre silence. Le crépitement de la pluie sur les flaques et les feuilles des arbres. Puis, dans le fond, la voix étouffée du pistolero.

– Ç'a été un honneur de vous connaître, patronne.

– Même chose pour moi.

Teresa croit entendre Pote Gálvez fredonner un air : c'est le corrido du Cheval Blanc. Et avec ces paroles dans les oreilles, écumante de fureur et de désespoir, elle empoigne le Sig Sauer, se lève à demi et commence à tirer vers la maison pour couvrir son compagnon. Alors la nuit se zèbre de nouveau d'éclairs, et les balles claquent contre la véranda et les troncs d'arbres : et, se découpant sur tout cela, elle voit l'épaisse silhouette du pistolero se dresser dans la fulgurance des détonations et venir en boitant vers elle, affreusement lente, tandis que les balles pleuvent de toutes parts et criblent l'une après l'autre son corps en le désarticulant comme un pantin, jusqu'au moment où il s'écroule à genoux sur la corne de bouc. Et c'est un homme mort qui, dans le dernier sursaut de l'agonie, prend l'arme par le canon et la lance devant lui, en aveugle, dans la direction de l'endroit où il présume que se trouve Teresa, avant de rouler sur les marches et de tomber tête en avant dans la boue.

Alors elle crie. Fumiers d'enfants de putain, dit-elle en arrachant ce hurlement de ses entrailles. Elle vide contre la maison ce qui lui reste dans le pistolet, empoigne le bouc et se met à courir en s'enfonçant dans la boue, vers les arbres qui sont à gauche, là où elle a vu tout à l'heure se glisser les ombres, les branches basses et les arbustes lui fouettant la face, l'aveuglant de giclées d'eau et de pluie.

Une ombre plus précise que les autres, elle pointe le bouc, une rafale courte dont le recul la frappe au menton et la blesse. Un saut d'enfer. Des éclairs derrière et sur un côté, la grille et le mur qui se rapprochent, des gens dans la rue éclairée, le mégaphone qui continue de débiter des paroles incompréhensibles. L'ombre a disparu et, en courant pliée en deux, le bouc incandescent dans les mains, Teresa voit une forme tapie. La forme bouge ; sans s'arrêter, elle tend vers elle le canon de l'AK, presse la détente et lui tire une balle au passage. Je ne crois pas que je l'ai eu, pense-t-elle, à peine éteint l'éclair, en se baissant le plus qu'elle peut. Je ne crois pas. D'autres coups de feu derrière et le ziaaang ! ziaaang ! qui retentit près de sa tête, comme des mouches de plomb rapides. Elle se retourne et appuie de nouveau sur la détente, le bouc saute dans ses mains à cause de ce foutu recul, et l'éclat éblouissant de ses propres tirs l'aveugle pendant qu'elle change de position, juste au moment où quelqu'un mitraille l'endroit où elle était une seconde avant. Crève, salaud. Une autre ombre devant. Des pas qui courent derrière, dans son dos. L'ombre et Teresa se tirent dessus à bout portant, si près qu'elle entrevoit le visage à la brève lumière des coups de feu : une moustache, des yeux grands ouverts, une bouche blanche. Elle doit presque le pousser avec le canon du bouc pour continuer d'avancer pendant que l'homme tombe à genoux dans les arbustes. Ziaaang ! D'autres balles qui la cherchent sifflent, elle trébuche, roule à terre. Le bouc fait clic ! clac ! Teresa se jette sur le dos dans la boue et se traîne ainsi, la pluie coulant sur son visage, tandis qu'elle actionne le levier pour extraire le long double chargeur courbe, le retourne en priant pour qu'il n'y ait pas trop de boue sur les munitions. L'arme pèse lourdement sur son ventre. Les trente dernières balles, constate-t-elle, en léchant celles qui dépassent du chargeur pour les nettoyer. Elle l'enclenche. Clac ! Elle arme en tirant la culasse très fort en arrière. Clac ! Clac ! Alors, de la grille proche, parvient la voix admirative d'un soldat ou d'un policier :

– Bravo, ma narca !... Montre-leur comment meurt une gonzesse du Sinaloa !

Teresa regarde vers la grille, stupéfaite. Elle ne sait pas si elle doit le maudire ou en rire. Personne ne tire, maintenant. Elle se met à genoux, puis se lève. Elle crache de la boue amère qui a le goût de métal et de poudre. Elle court en zigzag entre les arbres, mais elle fait trop de bruit en pataugeant. Encore des détonations et des éclairs dans son dos. Elle croit voir d'autres ombres qui se faufilent le long du mur, mais elle n'en est pas sûre. Elle tire une brève rafale à droite et une deuxième à gauche, enfants de, murmure-t-elle, elle court sur cinq ou six mètres et s'accroupit de nouveau. La pluie se change en vapeur en touchant le canon brûlant de l'arme. Maintenant elle est assez près du mur et de la grille pour se rendre compte que celle-ci est ouverte, distinguer les gens qui sont là, à plat ventre ou accroupis derrière les voitures, et entendre les paroles que répète le mégaphone :

– *Venez par ici, madame Mendoza... Nous sommes les militaires de la IXe Région... Nous vous protégerons...*

Ils pourraient me protéger d'un peu plus près, pense-t-elle. Parce qu'il me reste vingt mètres, et ce sont les plus longs de ma vie. Sûre qu'elle ne parviendra jamais à les franchir, elle se dresse dans la pluie et dit adieu, un par un, aux vieux fantômes qui l'ont accompagnée si longtemps. Nous nous reverrons, salauds. Saloperie de merde de Sinaloa, se dit-elle, en guise de mot de la fin. Une autre rafale à droite et une autre à gauche. Après quoi, elle serre les dents et se met à courir en trébuchant dans la boue. Si épuisée qu'elle manque de tomber, mais cette fois personne ne tire. Aussi s'arrête-t-elle brusquement, surprise ;

elle se retourne et voit le jardin obscur et, dans le fond, la maison dans l'ombre. La pluie crible la boue devant ses pieds pendant qu'elle marche lentement dans la direction de la grille, la corne de bouc dans une main, vers les gens qui la regardent, *guachos* aux ponchos luisants de pluie, fédéraux en civil et en uniforme, voitures avec des gyrophares, caméras de télévision, formes allongées sur les trottoirs, sous la pluie. Des flashs.

– *Jetez votre arme, madame.*

Elle regarde les projecteurs qui l'aveuglent, déboussolée, sans comprendre ce qu'on lui dit. Finalement, elle lève un peu l'AK en le regardant comme si elle avait oublié qu'elle l'avait à la main. Il pèse terriblement lourd. Aussi le laisse-t-elle tomber par terre avant de reprendre sa marche. Bon Dieu ! se dit-elle pendant qu'elle passe la grille. J'espère qu'un de ces salauds d'enfants de putain aura une cigarette.

Épilogue

Teresa Mendoza comparut à dix heures du matin au siège du Parquet général de l'État ; la rue Rosales était interdite à la circulation par des pick-up militaires et des soldats en tenue de combat. Le convoi arriva à toute allure dans le bruit des sirènes, tous gyrophares allumés sous la pluie. Il y avait des hommes en armes sur les terrasses des immeubles, des uniformes gris de fédéraux et verts de militaires, des barrages aux coins des rues Morelos et Rubí, le centre historique ressemblait à une ville en état de siège. Depuis le porche de l'École libre de droit, où un espace pour les journalistes avait été aménagé, nous l'avons vue descendre de la Suburban blindée aux vitres teintées et passer sous l'arcade en fer forgé en direction du patio néocolonial avec lampadaires en fer forgé et colonnes cannelées. J'étais avec Julio Bernal et Élmer Mendoza, et nous avons à peine eu le temps de l'observer, éclairée par les flashs des photographes, dans le court trajet depuis la Suburban jusqu'au porche, entourée d'agents et de soldats qui l'abritaient sous un parapluie. Sérieuse, élégante, vêtue de noir, gabardine sombre, sac de cuir noir, et la main gauche bandée. Les cheveux coiffés en arrière avec une raie au milieu, rassemblés en chignon sur la nuque, retenus par deux barrettes en argent.

– Ça, c'est une bonne femme qui en a, a apprécié Élmer.

Elle a passé une heure et cinquante minutes à l'intérieur, devant la commission composée du procureur de l'État du Sinaloa, du commandant de la IXe Région, d'un procureur général adjoint de la République venu du District fédéral de Mexico, d'un sénateur et d'un notaire faisant fonction de secrétaire. Et peut-être, tandis qu'elle prenait place et répondait aux questions qu'on lui posait, a-t-elle pu lire sur la table les titres des journaux du matin de Culiacán : *Bataille dans la Colonie Chapultepec. Quatre fédéraux morts et trois blessés en défendant le témoin. Un pistolero également tué.* Et un autre, beaucoup plus dans le genre fait divers sensationnel : *La narca leur a filé entre les pattes.* On m'a dit plus tard que les membres de la commission, impressionnés, l'avaient traitée depuis le début avec une extrême déférence, et même que le général commandant la IXe Région lui avait fait des excuses pour les failles dans la sécurité ; et que Teresa Mendoza les avait acceptées en se contentant d'une légère inclination de la tête. Et quand, à la fin de sa déclaration, tous se sont levés et qu'elle en a fait de même en disant : merci, messieurs, pour se diriger vers la porte, la carrière politique de don Epifanio Vargas était détruite pour toujours.

Nous l'avons vue revenir dans la rue. Elle est passée sous l'arcade et est sortie protégée par des gardes du corps et des militaires, sous les flashs qui éclataient contre la façade blanche, tandis que la Suburban mettait son moteur en marche et roulait lentement à sa rencontre. A ce moment, j'ai remarqué qu'elle s'arrêtait, en regardant autour d'elle comme si elle cherchait quelque chose dans la foule. Peut-être un visage, ou un souvenir. Puis elle a eu un geste étrange : elle a glissé une main dans son sac, fouillé dedans, et en a tiré un papier ou une photo, qu'elle a contemplé quelques instants. Nous étions trop loin, et je me suis donc rapproché en poussant les journalistes, dans l'intention de voir de plus près, jusqu'à ce qu'un soldat me barre le passage. J'ai pensé que ce pouvait être la vieille moitié de photo que j'avais vue dans ses mains durant ma visite à la maison de la Colonie Chapultepec. Mais, à cette distance, il était impossible d'en être sûr.

Alors, elle l'a déchiré. Papier ou vieille photo, j'ai pu

voir comment elle en faisait des morceaux minuscules, avant de les éparpiller sur le sol mouillé. Puis la Suburban s'est interposée entre elle et nous, et je ne l'ai plus jamais revue.

Ce même soir, Julio et Élmer m'ont emmené à La Ballena – la cantine préférée du Güero Dávila – et nous avons commandé trois Pacífico tout en écoutant Los Tigres del Norte chanter *Carne quemada* sur le juke-box. Nous avons bu tous les trois en silence, en contemplant les autres visages silencieux qui nous entouraient. Quelque temps plus tard, j'ai su qu'Epifanio Vargas avait perdu ces jours-là son statut de député et qu'il avait fait un long séjour à la prison d'Almoloya, pendant qu'on réglait les termes de l'extradition demandée par le gouvernement des États-Unis ; une extradition qu'après un long et scandaleux procès le Parquet général de la République a fini par refuser. Quant aux autres personnages de cette histoire, chacun a suivi son chemin. Le maire Tomás Pestaña préside toujours aux destinées de Marbella. De même, le commissaire Nino Juárez poursuit sa carrière de chef de la sécurité de la chaîne de boutiques de mode qui est devenue une puissante multinationale. Maître Eddie Álvarez se dédie maintenant à la politique à Gibraltar, où il a un beau-frère ministre de l'Économie et du Travail. Et j'ai pu rencontrer Oleg Yasikov quelque temps après, alors que le Russe faisait un bref séjour dans la prison d'Alcalá-Meco pour une histoire confuse d'immigrées ukrainiennes et de trafic d'armes. J'ai trouvé quelqu'un d'étonnamment aimable ; il m'a parlé de son ancienne amie sans inhibitions et avec beaucoup d'affection, et il m'a même raconté certaines choses intéressantes que j'ai pu intégrer au dernier moment à cette histoire.

De Teresa Mendoza, on n'a plus jamais rien su. Certains assurent qu'elle a changé d'identité et de visage, et qu'elle vit aux États-Unis. En Floride, dit-on. Ou en Californie. D'autres affirment qu'elle est retournée en Europe, avec sa fille, ou son fils, si elle a fini par l'avoir. On parle de Paris, de Majorque, de la Toscane ; mais en réalité personne ne sait rien. Quant à moi, en ce dernier jour devant ma bouteille de bière à La Ballena, à Culiacán, je me suis lamenté de ne pas avoir le talent qui permettrait de tout résumer en trois minutes de musique et de mots. Mon corrido à moi, hélas, serait en papier imprimé et aurait plus de cinq cents pages. Chacun fait ce qu'il peut. Mais j'avais la certitude que, dans un autre endroit, tout près de là, quelqu'un était déjà en train de composer la chanson et que, bientôt, elle allait parcourir le Sinaloa et tout le Mexique, chantée par Los Tigres, ou Los Tucanes, ou un autre groupe légendaire. Une chanson que ces individus à l'aspect rude, avec de grosses moustaches, des chemises à carreaux, des casquettes de base-ball et des chapeaux texans qui nous entouraient, Julio, Élmer et moi, dans la même cantine – et peut-être à la même table – où s'asseyait le Güero Dávila, écouteraient gravement quand elle passerait sur le juke-box, chacun avec sa Pacífico à la main, hochant la tête en silence. L'histoire de la Reine du Sud. Le corrido de Teresa Mendoza.

La Navata, mai 2002

Il y a des romans complexes qui doivent énormément à beaucoup de gens. Outre César Batman *Güemes, Élmer Mendoza et Julio Bernal – mes* carnales *(mes frères) de Culiacán, État du Sinaloa –,* La Reine du Sud *n'aurait pas été possible sans l'amitié du meilleur pilote d'hélicoptère du monde : Javier Collado, qui m'a permis de vivre, à bord de son BO-105, bien des nuits de chasses nocturnes à la poursuite de chris-crafts dans le Détroit. A Chema Beceiro, patron d'une vedette turbo HJ des Douanes, je dois la reconstitution minutieuse de la dernière sortie en mer de Santiago Fisterra, rocher de León compris. Ma gratitude va aussi à Patsi O'Brian et à l'exactitude de ses souvenirs de prison, à l'assistance technique de Pepe Cabrera, Manuel Céspedes, José Bedmar, José Luis Domínguez Iborra, Julio Verdú et Aurelio Carmona, à la généreuse amitié de Sealtiel Alatriste, Óscar Lobato, Eddie Campello, René Delgado, Miguel Tamayo et Germán Dehesa, à l'enthousiasme de mes éditrices, Amaya Elezcano et Marisol Schulz, à l'implacable esprit holmésien de María José Prada et à l'ombre protectrice de la toujours fidèle Ana Lyons ; sans oublier Sara Vélez, qui a prêté son visage pour la fiche de police et la photo de jeunesse de sa compatriote Teresa Mendoza pour l'édition espagnole de ce livre. Excepté quelques-uns des noms cités ci-dessus, qui apparaissent sous leur identité véritable dans le roman, le reste – personnes, adresses, sociétés, bateaux, lieux – est de la fiction ou a été utilisé avec la liberté qui est le privilège du romancier. Quant aux autres noms qui, pour des raisons évidentes, ne peuvent être mentionnés ici, ceux qui les portent savent qui ils sont, tout ce que l'auteur leur doit, et tout ce que leur doit cette histoire.*

Il y a des romans compliqués qui doivent énormément à beaucoup de gens. Outre César Batman Güemes, Elmer Mendoza et Julio Bernal – mes carnales, mes frères, de Culiacán, Etat du Sinaloa –, La Reine du Sud n'aurait pas été possible sans l'amitié du meilleur pilote d'hélicoptère du monde : Javier Collado, qui m'a permis de vivre, à bord de son BO-105, bien des nuits de traque nocturne à la poursuite de contrebandiers dans le Détroit ; à Chema Recio, patron d'une vedette turbo HJ des Douanes, je dois la reconstitution minutieuse de la dernière sortie en mer de Santiago Fisterra, ce lieu de León compris. Ma gratitude va aussi à [illegible] O'Brian et à l'exactitude de ses souvenirs de prison, à l'assistance technique de Pepe Cabrera, Manuel Céspedes, José Bedmar, José Luis Domínguez Ibarra, Julio Terán et Aurelio Carmona, à la généreuse amitié de Sealtiel Alatriste, Oscar Lobato, Eddie Campbell, René Delgado, Miguel Tamayo et Germán Dehesa, à l'enthousiasme de mes éditrices Amaya Elezcano et Marisol Schulz, à l'implacable esprit polémique de María José Prada et à l'ombre protectrice de la toujours fidèle Ana Lucía, sans oublier Sara Pérez, qui a prêté son visage pour la fiche de police et la photo de jeunesse de sa compatriote Teresa Mendoza pour l'édition espagnole de ce livre. Excepté quelques-uns des noms cités ci-dessus, qui apparaissent sous leur identité véritable dans le roman, le reste – personnes, adresses, sociétés, bateaux, faits – est de la fiction ou a été utilisé avec la liberté qui est le privilège du romancier. Quant aux autres, ceux qui, pour des raisons évidentes, ne peuvent être mentionnés ici, ceux qui les portent savent où ils sont, tout ce que l'auteur leur doit, et tout ce que leur doit cette histoire.

Table

DU MÊME AUTEUR

Le Tableau du maître flamand
Jean-Claude Lattès, 1993
et « Le Livre de poche », n° 7625

Le Club Dumas ou l'ombre de Richelieu
Jean-Claude Lattès, 1994
et « Le Livre de poche », n° 7656

Le Maître d'escrime
Seuil, 1994
et « Points », n° P154

La Peau du tambour
Seuil, 1997
et « Points », n° P518

Le Cimetière des bateaux sans nom
prix Méditerranée 2001
Seuil, 2001
et « Points », n° P995

Le Hussard
Seuil, 2005
et « Points », n° P1460

Le Peintre de batailles
Seuil, 2007
et « Points », n° P1877

Un jour de colère
Seuil, 2008
et « Points », n° P2260

Cadix, ou la diagonale du fou
Seuil, 2011
et « Points », n° P2903

Les Aventures du capitaine Alatriste

1. Le Capitaine Alatriste
Seuil, 1998
et « Points », n° P725

2. Les Bûchers de Bocanegra
Seuil, 1998
et « Points », n° P740

3. Le Soleil de Breda
Seuil, 1999
et « Points », n° P753

4. L'Or du roi
Seuil, 2002
et « Points », n° P1108

5. Le Gentilhomme au pourpoint jaune
Seuil, 2004
et « Points », n° P1388

6. Corsaires du Levant
Seuil, 2008
et « Points », n° P2180

7. Le Pont des assassins
Seuil, 2012

Les Aventures du capitaine Alatriste
1 & 2
Point Deux, 2012

COMPOSITION : PAO ÉDITIONS DU SEUIL

Cet ouvrage a été imprimé en France par
CPI Bussière
à Saint-Amand-Montrond (Cher)
en juillet 2013.
N° d'édition : 66399-7. - N° d'impression : 2003940.
Dépôt légal : mai 2004.

Éditions Points

Le catalogue complet de nos collections est sur Le Cercle Points, ainsi que des interviews de vos auteurs préférés, des jeux-concours, des conseils de lecture, des extraits en avant-première…

www.lecerclepoints.com

P2647. 200 expressions inventées en famille, *Cookie Allez*
P2648. Au plaisir des mots, *Claude Duneton*
P2649. La Lune et moi. Les meilleures chroniques, Haïkus d'aujourd'hui
P2650. Le marchand de sable va passer, *Andrew Pyper*
P2651. Lutte et aime, là où tu es !, *Guy Gilbert*
P2652. Le Sari rose, *Javier Moro*
P2653. Le Roman de Bergen. 1900 L'aube, tome II *Gunnar Staalesen*
P2654. Jaune de Naples, *Jean-Paul Desprat*
P2655. Mère Russie, *Robert Littell*
P2656. Qui a tué Arlozoroff ?, *Tobie Nathan*
P2657. Les Enfants de Las Vegas, *Charles Bock*
P2658. Le Prédateur, *C.J. Box*
P2659. Keller en cavale, *Lawrence Block*
P2660. Les Murmures des morts, *Simon Beckett*
P2661. Les Veuves d'Eastwick, *John Updike*
P2662. L'Incertain, *Virginie Ollagnier*
P2663. La Banque. Comment Goldman Sachs dirige le monde *Marc Roche*
P2664. La Plus Belle Histoire de la liberté, *collectif*
P2665. Le Cœur régulier, *Olivier Adam*
P2666. Le Jour du Roi, *Abdellah Taïa*
P2667. L'Été de la vie, *J.M. Coetzee*
P2668. Tâche de ne pas devenir folle, *Vanessa Schneider*
P2669. Le Cerveau de mon père, *Jonathan Franzen*
P2670. Le Chantier, *Mo Yan*
P2671. La Fille de son père, *Anne Berest*
P2672. Au pays des hommes, *Hisham Matar*
P2673. Le Livre de Dave, *Will Self*
P2674. Le Testament d'Olympe, *Chantal Thomas*
P2675. Antoine et Isabelle, *Vincent Borel*
P2676. Le Crépuscule des superhéros, *Deborah Eisenberg*
P2677. Le Mercredi des Cendres, *Percy Kemp*
P2678. Journal. 1955-1962, *Mouloud Feraoun*
P2679. Le Quai de Ouistreham, *Florence Aubenas*
P2680. Hiver, *Mons Kallentoft*
P2681. Habillé pour tuer, *Jonathan Kellerman*
P2682. Un festin de hyènes, *Michael Stanley*
P2683. Vice caché, *Thomas Pynchon*
P2684. Traverses, *Jean Rolin*
P2685. Le Baiser de la pieuvre, *Patrick Grainville*
P2686. Dans la nuit brune, *Agnès Desarthe*
P2687. Une soirée au Caire, *Robert Solé*
P2688. Les Oreilles du loup, *Antonio Ungar*
P2689. L'Homme de compagnie, *Jonathan Ames*

P2690. Le Dico de la contrepèterie.
Des milliers de contrepèteries pour s'entraîner et s'amuser
Joël Martin
P2691. L'Art du mot juste.
275 propositions pour enrichir son vocabulaire
Valérie Mandera
P2692. Guide de survie d'un juge en Chine, *Frédéric Lenormand*
P2693. Doublez votre mémoire. Journal graphique
Philippe Katerine
P2694. Comme un oiseau dans la tête.
Poèmes choisis, *René Guy Cadou*
P2695 Poète… vos papiers !, *Léo Ferré*
P2696. La Dernière Frontière, *Philip Le Roy*
P2697. Country blues, *Claude Bathany*
P2698. Le Vrai Monde, *Natsuo Kirino*
P2699. L'Art et la manière d'aborder son chef de service pour lui demander une augmentation, *Georges Perec*
P2700. Dessins refusés par le *New Yorker*, *Matthew Diffee*
P2701. Life, *Keith Richards*
P2702. John Lennon, une vie, *Philip Norman*
P2703. Le Dernier Paradis de Manolo, *Alan Warner*
P2704. L'Or du Maniéma, *Jean Ziegler*
P2705. Le Cosmonaute, *Philippe Jaenada*
P2706. Donne-moi tes yeux, *Torsten Pettersson*
P2707. Premiers Romans, *Katherine Pancol*
P2708. Off. Ce que Nicolas Sarkozy n'aurait jamais dû nous dire
Nicolas Domenach, Maurice Szafran
P2709. Le Meurtrier de l'Avent, *Thomas Kastura*
P2710. Le Club, *Leonard Michaels*
P2711. Le Vérificateur, *Donald Antrim*
P2712. Mon patient Sigmund Freud, *Tobie Nathan*
P2713. Trois explications du monde, *Tom Keve*
P2714. Petite sœur, mon amour, *Joyce Carol Oates*
P2715. Shim Chong, fille vendue, *Hwang Sok Yong*
P2716. La Princesse effacée, *Alexandra de Broca*
P2717. Un nommé Peter Karras, *George P. Pelecanos*
P2718. Haine, *Anne Holt*
P2719. Les jours s'en vont comme des chevaux sauvages dans les collines, *Charles Bukowski*
P2720. Ma grand-mère avait les mêmes.
Les dessous affriolants des petites phrases
Philippe Delerm
P2721. Mots en toc et formules en tic. Petites maladies du parler d'aujourd'hui, *Frédéric Pommier*
P2722. Les 100 plus belles récitations de notre enfance
P2723. Chansons. L'Intégrale, *Charles Aznavour*

P2724. Vie et opinions de Maf le chien et de son amie Marilyn Monroe, *Andrew O'Hagan*
P2725. Sois près de moi, *Andrew O'Hagan*
P2726. Le Septième Fils, *Arni Thorarinsson*
P2727. La Bête de miséricorde, *Fredric Brown*
P2728. Le Cul des anges, *Benjamin Legrand*
P2729. Cent seize Chinois et quelque, *Thomas Heams-Ogus*
P2730. Conversations avec moi-même. Lettres de prison, notes et carnets intimes *Nelson Mandela*
P2731. L'Inspecteur Ali et la CIA, *Driss Chraïbi*
P2732. Ce délicieux Dexter, *Jeff Lindsay*
P2733. Cinq femmes et demie, *Francisco González Ledesma*
P2734. Ils sont devenus français, *Doan Bui, Isabelle Monnin*
P2735. D'une Allemagne à l'autre. Journal de l'année 1990 *Günter Grass*
P2736. Le Château, *Franz Kafka*
P2737. La Jeunesse mélancolique et très désabusée d'Adolf Hitler *Michel Folco*
P2738. L'Enfant des livres, *François Foll*
P2739. Karitas, livre I – L'esquisse d'un rêve *Kristín Marja Baldursdóttir*
P2740. Un espion d'hier et de demain, *Robert Littell*
P2741. L'Homme inquiet, *Henning Mankell*
P2742. La Petite Fille de ses rêves, *Donna Leon*
P2743. La Théorie du panda, *Pascal Garnier*
P2744. La Nuit sauvage, *Terri Jentz*
P2745. Les Lieux infidèles, *Tana French*
P2746. Vampires, *Thierry Jonquet*
P2747. Eva Moreno, *Håkan Nesser*
P2748. La 7e victime, *Alexandra Marinina*
P2749. Mauvais fils, *George P. Pelecanos*
P2750. L'espoir fait vivre, *Lee Child*
P2751. La Femme congelée, *Jon Michelet*
P2752. Mortelles Voyelles, *Gilles Schlesser*
P2753. Brunetti passe à table. Recettes et récits *Roberta Pianaro et Donna Leon*
P2754. Les Leçons du Mal, *Thomas Cook*
P2755. Joseph sous la pluie. Roman, poèmes, dessins *Mano Solo*
P2756. Le Vent de la Lune, *Antonio Muñoz Molina*
P2757. Ouvrière, *Franck Magloire*
P2758. Moi aussi un jour, j'irai loin, *Dominique Fabre*
P2759. Cartographie des nuages, *David Mitchell*
P2760. Papa et maman sont morts, *Gilles Paris*
P2761. Caravansérail, *Charif Majdalani*

P2762. Les Confessions de Constanze Mozart
Isabelle Duquesnoy
P2763. Esther Mésopotamie, *Catherine Lépront*
P2764. L'École des Absents, *Patrick Besson*
P2765. Le Livre des brèves amours éternelles, *Andreï Makine*
P2766. Un long silence, *Mikal Gilmore*
P2767. Les Jardins de Kensington, *Rodrigo Fresán*
P2768. Samba pour la France, *Delphine Coulin*
P2769. Danbé, *Aya Cissoko et Marie Desplechin*
P2770. Wiera Gran, l'accusée, *Agata Tuszyńska*
P2771. Qui a tué l'écologie ?, *Fabrice Nicolino*
P2772. Rosa Candida, *Audur Ava Olafsdóttir*
P2773. Otage, *Elie Wiesel*
P2774. Absurdistan, *Gary Shteyngart*
P2775. La Geste des Sanada, *Yasushi Inoué*
P2776. En censurant un roman d'amour iranien
Shahriar Mandanipour
P2777. Un café sur la Lune, *Jean-Marie Gourio*
P2778. Caïn, *José Saramago*
P2779. Le Triomphe du singe-araignée
Joyce Carol Oates
P2780. Faut-il manger les animaux ?, *Jonathan Safran Foer*
P2781. Les Enfants du nouveau monde, *Assia Djebar*
P2782. L'Opium et le Bâton, *Mouloud Mammeri*
P2783. Cahiers de poèmes, *Emily Brontë*
P2784. Quand la nuit se brise. Anthologie de poésie algérienne
P2785. Tibère et Marjorie, *Régis Jauffret*
P2786. L'Obscure Histoire de la cousine Montsé
Juan Marsé
P2787. L'Amant bilingue, *Juan Marsé*
P2788. Jeux de vilains, *Jonathan Kellerman*
P2789. Les Assoiffées, *Bernard Quiriny*
P2790. Les anges s'habillent en caillera, *Rachid Santaki*
P2791. Yum Yum Book, *Robert Crumb*
P2792. Le Casse du siècle, *Michael Lewis*
P2793. Comment Attila Vavavoom remporta la présidentielle
avec une seule voix d'avance, *Jacques Lederer*
P2794. Le Nazi et le Barbier, *Edgar Hilsenrath*
P2795. Chants berbères de Kabylie, *Jean Amrouche*
P2796. Une place au soleil, *Driss Chraïbi*
P2797. Le Rouge du tarbouche, *Abdellah Taïa*
P2798. Les Neuf Dragons, *Michael Connelly*
P2799. Le Mécano du vendredi
(illustrations de Jacques Ferrandez), *Fellag*
P2800. Le Voyageur à la mallette *suivi de* Le Vieux Quartier
Naguib Mahfouz

P2801. Le Marquis des Éperviers, *Jean-Paul Desprat*
P2802. Spooner, *Pete Dexter*
P2803. « Merci d'avoir survécu », *Henri Borlant*
P2804. Secondes noires, *Karin Fossum*
P2805. Ultimes Rituels, *Yrsa Sigurdardottir*
P2806. Le Sourire de l'agneau, *David Grossman*
P2807. Le garçon qui voulait dormir
Aharon Appelfeld
P2808. Frontière mouvante, *Knut Faldbakken*
P2809. Je ne porte pas mon nom, *Anna Grue*
P2810. Tueurs, *Stéphane Bourgoin*
P2811. La Nuit de Geronimo, *Dominique Sylvain*
P2812. Mauvais Genre, *Naomi Alderman*
P2813. Et l'âne vit l'ange, *Nick Cave*
P2814. Les Yeux au ciel, *Karine Reysset*
P2815. Un traître à notre goût, *John le Carré*
P2816. Les Larmes de mon père, *John Updike*
P2817. Minuit dans une vie parfaite, *Michael Collins*
P2818. Aux malheurs des dames, *Lalie Walker*
P2819. Psychologie du pingouin et autres considérations
scientifiques, *Robert Benchley*
P2820. Petit traité de l'injure. Dictionnaire humoristique
Pierre Merle
P2821. L'Iliade, *Homère*
P2822. Le Roman de Bergen. 1950 Le Zénith – tome III
Gunnar Staalesen
P2823. Les Enquêtes de Brunetti, *Donna Leon*
P2824. Dernière Nuit à Twisted River, *John Irving*
P2825. Été, *Mons Kallentoft*
P2826. Allmen et les libellules, *Martin Suter*
P2827. Dis camion, *Lisemai*
P2828. La Rivière noire, *Arnaldur Indridason*
P2829. Mary Ann en automne. Chroniques de San Francisco,
épisode 8, *Armistead Maupin*
P2830. Les Cendres froides, *Valentin Musso*
P2831. Les Compliments. Chroniques, *François Morel*
P2832. Bienvenue à Oakland, *Eric Miles Williamson*
P2833. Tout le cimetière en parle, *Marie-Ange Guillaume*
P2834. La Vie éternelle de Ramsès II, *Robert Solé*
P2835. Nyctalope ? Ta mère. Petit dictionnaire loufoque
des mots savants, *Tristan Savin*
P2836. Les Visages écrasés, *Marin Ledun*
P2837. Crack, *Tristan Jordis*
P2838. Fragments. Poèmes, écrits intimes, lettres,
Marilyn Monroe
P2839. Histoires d'ici et d'ailleurs, *Luis Sepúlveda*

P2881. Intrusion, *Natsuo Kirino*
P2882. Tatouage, *Manuel Vázquez Montalbán*
P2883. D'une porte l'autre, *Charles Aznavour*
P2884. L'Intégrale Gainsbourg. L'histoire de toutes ses chansons *Loïc Picaud, Gilles Verlant*
P2885. Hymne, *Lydie Salvayre*
P2886. B.W., *Lydie Salvayre*
P2887. Les Notaires. Enquête sur la profession la plus puissante de France, *Laurence de Charette, Denis Boulard*
P2888. Le Dépaysement. Voyages en France *Jean-Christophe Bailly*
P2889. Les Filles d'Allah, *Nedim Gürsel*
P2890. Les Yeux de Lira, *Eva Joly et Judith Perrignon*
P2891. Recettes intimes de grands chefs, *Irvine Welsh*
P2892. Petit Lexique du petit, *Jean-Luc Petitrenaud*
P2893. La Vie sexuelle d'un islamiste à Paris, *Leïla Marouane*
P2894. Ils sont partis avec panache. Les dernières paroles, de Jules César à Jimi Hendrix, *Michel Gaillard*
P2896. Le Livre de la grammaire intérieure, *David Grossman*
P2897. Philby. Portrait de l'espion en jeune homme *Robert Littell*
P2898. Jérusalem, *Gonçalo M. Tavares*
P2899. Un capitaine sans importance, *Patrice Franceschi*
P2900. Grenouilles, *Mo Yan*
P2901. Lost Girls, *Andrew Pyper*
P2902. Satori, *Don Winslow*
P2903. Cadix, ou la diagonale du fou, *Arturo Pérez-Reverte*
P2904. Cranford, *Elizabeth Gaskell*
P2905. Les Confessions de Mr Harrison, *Elizabeth Gaskell*
P2906. Jón l'Islandais, *Bruno d'Halluin*
P2907. Journal d'un mythomane, vol. 1, *Nicolas Bedos*
P2908. Le Roi prédateur, *Catherine Graciet et Éric Laurent*
P2909. Tout passe, *Bernard Comment*
P2910. Paris, mode d'emploi. Bobos, néo-bistro, paniers bio et autres absurdités de la vie parisienne *Jean-Laurent Cassely*
P2911. J'ai réussi à rester en vie, *Joyce Carol Oates*
P2912. Folles nuits, *Joyce Carol Oates*
P2913. L'Insolente de Kaboul, *Chékéba Hachemi*
P2914. Tim Burton : entretiens avec Mark Salisbury
P2915. 99 proverbes à foutre à la poubelle, *Jean-Loup Chiflet*
P2916. Les Plus Belles Expressions de nos régions *Pascale Lafitte-Certa*
P2917. Petit dictionnaire du français familier. 2000 mots et expressions, d'« avoir la pétoche » à « zigouiller », *Claude Duneton*

P2918. Les Deux Sacrements, *Heinrich Böll*
P2919. Le Baiser de la femme-araignée, *Manuel Puig*
P2920. Les Anges perdus, *Jonathan Kellerman*
P2921. L'Humour des chats, *The New Yorker*
P2922. Les Enquêtes d'Erlendur, *Arnaldur Indridason*
P2923. Intermittence, *Andrea Camilleri*
P2924. Betty, *Arnaldur Indridason*
P2925. Grand-père avait un éléphant
Vaikom Muhammad Basheer
P2926. Les Savants, *Manu Joseph*
P2927. Des saisons au bord de la mer, *François Maspero*
P2928. Le Poil et la Plume, *Anny Duperey*
P2929. Ces 600 milliards qui manquent à la France.
Enquête au cœur de l'évasion fiscale, *Antoine Peillon*
P2930. Pensées pour moi-même. Le livre autorisé de citations
Nelson Mandela
P2931. Carnivores domestiques (illustrations d'OlivSteen)
Erwan Créac'h
P2932. Tes dernières volontés, *Laura Lippman*
P2933. Disparues, *Chris Mooney*
P2934. La Prisonnière de la tour, *Boris Akounine*
P2935. Cette vie ou une autre, *Dan Chaon*
P2936. Le Chinois, *Henning Mankell*
P2937. La Femme au masque de chair, *Donna Leon*
P2938. Comme neige, *Jon Michelet*
P2939. Par amitié, *George P. Pelecanos*
P2940. Avec le diable, *James Keene, Hillel Levin*
P2941. Les Fleurs de l'ombre, *Steve Mosby*
P2942. Double Dexter, *Jeff Lindsay*
P2943. Vox, *Dominique Sylvain*
P2944. Cobra, *Dominique Sylvain*
P2945. Au lieu-dit Noir-Étang…, *Thomas H. Cook*
P2946. La Place du mort, *Pascal Garnier*
P2947. Terre des rêves. La Trilogie du Minnesota, vol. 1
Vidar Sundstøl
P2948. Les Mille Automnes de Jacob de Zoet, *David Mitchell*
P2949. La Tuile de Tenpyô, *Yasushi Inoué*
P2950. Claustria, *Régis Jauffret*
P2951. L'Adieu à Stefan Zweig, *Belinda Cannone*
P2952. Là où commence le secret, *Arthur Loustalot*
P2953. Le Sanglot de l'homme noir, *Alain Mabanckou*
P2954. La Zonzon, *Alain Guyard*
P2955. L'éternité n'est pas si longue, *Fanny Chiarello*
P2956. Mémoires d'une femme de ménage
Isaure (en collaboration avec Bertrand Ferrier)
P2957. Je suis faite comme ça. Mémoires, *Juliette Gréco*

P2958. Les Mots et la Chose. Trésors du langage érotique
Jean-Claude Carrière
P2959. Ransom, *Jay McInerney*
P2960. Little Big Bang, *Benny Barbash*
P2961. Vie animale, *Justin Torres*
P2962. Enfin, *Edward St Aubyn*
P2963. La Mort muette, *Volker Kutscher*
P2964. Je trouverai ce que tu aimes, *Louise Doughty*
P2965. Les Sopranos, *Alan Warner*
P2966. Les Étoiles dans le ciel radieux, *Alan Warner*
P2967. Méfiez-vous des enfants sages, *Cécile Coulon*
P2968. Cheese Monkeys, *Chip Kidd*
P2969. Pommes, *Richard Milward*
P2970. Paris à vue d'œil, *Henri Cartier-Bresson*
P2971. Bienvenue en Transylvanie, *Collectif*
P2972. Super triste histoire d'amour, *Gary Shteyngart*
P2973. Les Mots les plus méchants de l'Histoire
Bernadette de Castelbajac
P2474. La femme qui résiste, *Anne Lauvergeon*
P2975. Le Monarque, son fils, son fief, *Marie-Célie Guillaume*
P2976. Écrire est une enfance, *Philippe Delerm*
P2977. Le Dernier Français, *Abd Al Malik*
P2978. Il faudrait s'arracher le cœur, *Dominique Fabre*
P2979. Dans la grande nuit des temps, *Antonio Muñoz Molina*
P2980. L'Expédition polaire à bicyclette
suivi de La Vie sportive aux États-Unis
Robert Benchley
P2981. L'Art de la vie. Karitas, Livre II
Kristín Marja Baldursdóttir
P2982. Parlez-moi d'amour, *Raymond Carver*
P2983. Tais-toi, je t'en prie, *Raymond Carver*
P2984. Débutants, *Raymond Carver*
P2985. Calligraphie des rêves, *Juan Marsé*
P2986. Juste être un homme, *Craig Davidson*
P2987. Les Strauss-Kahn, *Raphaëlle Bacqué, Ariane Chemin*
P2988. Derniers Poèmes, *Friedrich Hölderlin*
P2989. Partie de neige, *Paul Celan*
P2990. Mes conversations avec les tueurs, *Stéphane Bourgoin*
P2991. Double meurtre à Borodi Lane, *Jonathan Kellerman*
P2992. Poussière tu seras, *Sam Millar*
P2993. Jours de tremblement, *François Emmanuel*
P2994. Bataille de chats. Madrid 1936, *Eduardo Mendoza*
P2995. L'Ombre de moi-même, *Aimee Bender*
P2996. Il faut rentrer maintenant…
Eddy Mitchell (avec Didier Varrod)
P2997. Je me suis bien amusé, merci !, *Stéphane Guillon*

P2998. Le Manifeste Chap. Savoir-vivre révolutionnaire pour gentleman moderne, *Gustav Temple, Vic Darkwood*
P2999. Comment j'ai vidé la maison de mes parents, *Lydia Flem*
P3000. Lettres d'amour en héritage, *Lydia Flem*
P3001. Enfant de fer, *Mo Yan*
P3002. Le Chapelet de jade, *Boris Akounine*
P3003. Pour l'amour de Rio, *Jean-Paul Delfino*
P3004. Les Traîtres, *Giancarlo de Cataldo*
P3005. Docteur Pasavento, *Enrique Vila-Matas*
P3006. Mon nom est légion, *António Lobo Antunes*
P3007. Printemps, *Mons Kallentoft*
P3008. La Voie de Bro, *Vladimir Sorokine*
P3009. Une collection très particulière, *Bernard Quiriny*
P3010. Rue des petites daurades, *Fellag*
P3011. L'Œil du léopard, *Henning Mankell*
P3012. Les mères juives ne meurent jamais, *Natalie David-Weill*
P3013. L'Argent de l'État. Un député mène l'enquête *René Dosière*
P3014. Kill kill faster faster, *Joel Rose*
P3015. La Peau de l'autre, *David Carkeet*
P3016. La Reine des Cipayes, *Catherine Clément*
P3017. Job, roman d'un homme simple, *Joseph Roth*
P3018. Espèce de savon à culotte ! et autres injures d'antan *Catherine Guennec*
P3019. Les mots que j'aime et quelques autres… *Jean-Michel Ribes*
P3020. Le Cercle Octobre, *Robert Littell*
P3021. Les Lunes de Jupiter, *Alice Munro*
P3022. Journal (1973-1982), *Joyce Carol Oates*
P3023. Le Musée du Dr Moses, *Joyce Carol Oates*
P3024. Avant la dernière ligne droite, *Patrice Franceschi*
P3025. Boréal, *Paul-Émile Victor*
P3026. Dernières nouvelles du Sud *Luis Sepúlveda, Daniel Mordzinski*
P3027. L'Aventure, pour quoi faire ?, *collectif*
P3028. La Muraille de lave, *Arnaldur Indridason*
P3029. L'Invisible, *Robert Pobi*
P3030. L'Attente de l'aube, *William Boyd*
P3031. Le Mur, le Kabyle et le marin, *Antonin Varenne*
P3032. Emily, *Stewart O'Nan*
P3033. Les oranges ne sont pas les seuls fruits *Jeanette Winterson*
P3034. Le Sexe des cerises, *Jeanette Winterson*
P3035. À la trace, *Deon Meyer*
P3036. Comment devenir écrivain quand on vient de la grande plouquerie internationale, *Caryl Férey*

P3037. Doña Isabel (ou la véridique et très mystérieuse histoire d'une Créole perdue dans la forêt des Amazones) *Christel Mouchard*
P3038. Psychose, *Robert Bloch*
P3039. Équatoria, *Patrick Deville*
P3040. Moi, la fille qui plongeait dans le cœur du monde *Sabina Berman*
P3041. L'Abandon, *Peter Rock*
P3042. Allmen et le diamant rose, *Martin Suter*
P3043. Sur le fil du rasoir, *Oliver Harris*
P3044. Que vont devenir les grenouilles ?, *Lorrie Moore*
P3045. Quelque chose en nous de Michel Berger *Yves Bigot*
P3046. Elizabeth II. Dans l'intimité du règne, *Isabelle Rivère*
P3047. Confession d'un tueur à gages, *Ma Xiaoquan*
P3048. La Chute. Le mystère Léviathan (tome 1) *Lionel Davoust*
P3049. Tout seul. Souvenirs, *Raymond Domenech*
P3050. L'homme naît grâce au cri, *Claude Vigée*
P3051. L'Empreinte des morts, *C.J. Box*
P3052. Qui a tué l'ayatollah Kanuni ?, *Naïri Nahapétian*
P3053. Cyber China, *Qiu Xiaolong*
P3054. Chamamé, *Leonardo Oyola*
P3055. Anquetil tout seul, *Paul Fournel*
P3056. Marcus, *Pierre Chazal*
P3057. Les Sœurs Brelan, *François Vallejo*
P3058. L'Espionne de Tanger, *María Dueñas*
P3059. Mick. Sex and rock'n'roll, *Christopher Andersen*
P3060. Ta carrière est fi-nie !, *Zoé Shepard*
P3061. Invitation à un assassinat, *Carmen Posadas*
P3062. L'Envers du miroir, *Jennifer Egan*
P3063. Dictionnaire ouvert jusqu'à 22 heures *Académie Alphonse Allais*
P3064. Encore un mot. Billets du Figaro, *Étienne de Montety*
P3065. Frissons d'assises. L'instant où le procès bascule *Stéphane Durand-Souffland*
P3066. Y revenir, *Dominique Ané*
P3067. J'ai épousé Johnny à Notre-Dame-de-Sion *Fariba Hachtroudi*
P3068. Un concours de circonstances, *Amy Waldman*
P3069. La Pointe du couteau, *Gérard Chaliand*
P3070. Lila, *Robert M. Pirsig*
P3071. Les Amoureux de Sylvia, *Elizabeth Gaskell*
P3072. Cet été-là, *William Trevor*
P3073. Lucy, *William Trevor*
P3074. Diam's. Autobiographie, *Mélanie Georgiades*